T. S. 엘리엇의 새로운 이해

한국 T. S. 엘리엇 학회 30주년 기념 총서

T. S. 엘리엇의 새로운 이해

한국 T. S. 엘리엇 학회 엮음

도서출판 동인

2022년은 20세기 문학을 대표하는 T. S. 엘리엇의 시 『황무지』(*The Waste Land*)가 출판된 지 100주년이 되는 해입니다. 『황무지』의 출판은 영미 문단에 이른바 '원폭 투하'와도 같은 대규모 영향을 끼쳤고, 우리나라에도 이내 수용되어 모더니즘의 대표 시로 적지 않은 영향을 끼쳤습니다. 『황무지』를 중심으로 한 엘리엇의 초·중기의 시들이 방법론적 새로움으로 영향을 끼쳤다면 『네 사중주』를 비롯한 후기 시들은 서양의 전통적 가치를 되살리려는 노력으로 많은 공감을 이끌어 왔습니다. 여러 면에서 서양 사회가 걸어온 길을 뒤따르고 있는 우리에게 엘리엇 문학에 대한 수용은 여전히 진행 중이라고 할 수 있겠습니다. 근·현대에 이루어진 서양의 문학적 실험은 충분하게 검증되지 못했고, 서양 사회가 가진 문제에 대해 엘리엇이 내린 진단과 처방 역시 여전히 유효한 것으로 보입니다. 『황무지』를 비롯한 엘리엇의 문학이 우리 사회에 주는 가장 커다란 메시지는 전통적 사회체제와 믿음 체계가 무너져가는 상황에 어떻게 대응할까의 문제라고 생각됩니다. 엘리엇은 근·현대화가 수반하는 문제들에 맞서 어떻게 전통적 가치의 힘을 빌려 대응할 것인가 고민했습니다. 기독교를 중심으로 하는 서양의 풍부한 문화적 유산은 엘리엇 문학의 자산과 배경인 동시에 당시에 그가 속했던 사회가 겪은 문제들과 얽혀있습니다. 기댈 문화적 유산을 풍부하게 가졌다는 것은 근세에 반복적으로 역사·문화적 단절을 겪어온 우리에겐 부러운 일입니다. 특히 전통을 잇기보다는 서양문화를 수용하며 새로운 변화를 선택해온 우리에게 전통과 새로운 것들 사이에서 고민하던 엘리엇은 우리 자신을 돌아보고 미래를 모색할 좋은 자료를 제공하고 있습니다.

우리 한국 T. S. 엘리엇 학회는 30년이 넘는 역사와 그에 걸맞은 견실한 연구 성과를 이루어온 학회입니다. 1960-70년대에는 다수의 젊은 우리 학자들이 영국과 미국, 그리고 국내에서 엘리엇 연구를 진지하게 수행하였습니다. 그 결과 1980-90년대 국내 영문학계는 우수한 엘리엇 연구자들이 양질의 연구 성과를 만들어냈습니다. 우리 학회는 그 흐름의 가운데서 1991년에 창립되어 『T. S. 엘리엇 연구』라는 학술서를 1993년부터 연 1-3회씩 발행해왔고, 봄과 가을에는 엘리엇에 대한 학술대회를 개최하는 한편, 매월 독회를 열어 엘리엇의 작품과 사상을 연구하는 일에 힘을 모아 오고 있습니다. 그동안 돌아가신 이창배 교수님에 의해 엘리엇의 시와 시극이 모두 번역되었고, 다른 많은 학자도 개별적인 작품을 번역하거나 단수 혹은 복수의 작품에 대한 심층적인 해설서를 출판해왔습니다. 그 중에서 안중은 교수의 『T. S. 엘리엇의 『황무지』 해석』(2014)은 국내·외 학자들의 연구 성과를 충실하게 반영한 특기할 만한 비평서라 하겠습니다. 하지만 이후에도 엘리엇에 관한 새로운 자료가 계속 발표되거나 발견되어왔고, 이 자료들을 반영한 엘리엇에 대한 연구를 체계적으로 모아보는 노력이 필요한 상황이 전개된 것도 사실입니다.

여전히 그리고 앞으로도 진지한 엘리엇 학자들이 반드시 참고해야 할 자료들이 끊임없이 출현하고 있는데 다음의 것들이 대표적인 것으로 볼 수 있습니다. 먼저, 1964년에 브래들리를 연구한 엘리엇의 박사학위 논문이 『F. H 브래들리 철학의 인식과 경험』(*Knowledge and Experience in the Philosophy* of F. H. Bradley)이라는 제목으로 출판되어 철학도였던 엘리엇 문학의 기저를 형성한 철학적 사고를 파악할 수 있게 되었습니다. 1971년에는 『황무지 원고본』(*The Waste Land: A Facsimile and Transcript of the Original Drafts*)이 에즈라 파운드(Ezra Pound)에 의해 수정되기 전의 모습으로 출판되었는데, 이 출판물은 『황무지』에서 엘리엇의 '본래 의도'를 파악할 수 있는 자료가 됩니다. 1998년에는 영향력 있는 엘리엇 학자 릭스(Christopher Ricks)가 『삼월 토끼의 노래』(*Inventions of the March Hare*)라는 제목으로 「J. 알프레드 프루프록의 연가」("The Love Song of J. Alfred Prufrock") 이전에 쓴 미간행 시들을 출판하였는데, 이는 이후 발표된 엘리엇의 시들을 습작기의 글들과 연결해서 그의 문학적 발전과정을 이해할 수 있는 좋은 자료가 되었습니다. 2020년 1월에는 65년간 밀봉되었던, 연인 에밀리 헤일(Emily Hale)에게 쓴 편지가 공개되어 그의 작품에 반영된 연애사를 더욱 정확하게 살필 수 있는 자료를 제공하고 있습니다. 이 편지들은 문학에서 개인적이고 감정적인 요소를 배제할 것을 주장한 엘리엇의 문학에서 사적(私的) 요소들을 추적할 수 있는 중요한 자료가 되고 있습니다. 전기로는 애크로이드(Peter Ackroyd)의 1984년 작, 『T. S. 엘리엇: 생애』(*T. S. Eliot: A Life*) 그리고 고든(Lyndall Gordon)이 각각 1977년과 1988년에 발표한 『엘리엇의 젊은 시절』(*Eliot's Early Years*)과 『엘리엇의 새로운 인생』(*Eliot's New Life*)이 좋은 자료가 되고 있습니다. 이들에 더해 1988년부터 엘리엇의 편지가 묶여 출판되고 있는데, 2021년 현재 9권까지 출판되었고, 2021년에는 엘리엇의 산문을 모은 『T. S. 엘리엇 산문 전집: 교정판』(*The Complete Prose of T. S. Eliot: The Critical Edition*)이 총 8권으로 출판되었습니다.

그간 우리 학회의 학술지 『T. S. 엘리엇 연구』는 기민하게 위의 자료를 포함한 새로운 연구 성과를 반영하는 연구물들을 축적해 왔습니다. 하지만 일부는 미래의 과제로 남겨진 것도 사실입니다. 이 같은 상황에서 학회 창립

30주년을 기념하여 그간의 연구 성과를 모아보고, 앞으로의 과제를 점검해 보려는 의도로 『T. S. 엘리엇의 새로운 이해』라는 제목으로 단행본을 기획하였습니다. 엘리엇의 문학을 새로운 시각에서 읽는 것은 우리 학회와 나아가서 학회가 존재하는 사회를 위해서도 매우 의미 있는 사업으로 생각됩니다. 학회가 회원들의 연구 성과를 학회 밖과도 공유할 수 있다면 뜻깊은 일일 것입니다. 단행본의 일차적인 목표가 엘리엇을 공부하는 사람들에게 기본적인 이해를 제공하는 것이지만 기존의 연구 성과를 넘어서는 새로운 이해를 제공한다면 더 좋은 일이라는 점을 저자들에게 말씀드렸습니다. 또한 이 단행본이 만들어지는 과정에서 새로운 연구에 대한 자극이 이루어진다면 더욱더 이상적이라는 생각도 하였습니다. 이 사업에는 15명의 학자가 참여하여 17편의 글이 만들어졌습니다. 학자마다 다른 연구 지형을 가져왔기에 같은 대상에 다른 해석이 내려진 부분도 있을 것입니다만, 문학은 다양한 해석을 부를 때 더 풍부한 가치를 지니게 됩니다. 국내의 대표적인 엘리엇 학자들이 참여한 본 연구서는 엘리엇 시에 대한 묵직한 이해를 제공하는 훌륭한 안내서가 될 것입니다.

위와 같은 목표에 다가가며 독자들의 이해를 돕기 위해 이 단행본이 설정한 기본적인 지침은 다음과 같습니다.

1. 먼저 전공자뿐만이 아닌 일반 독자들도 이해할 수 있도록 전반적이고 일반적인 소개를 포함하고 글의 내용도 평이하게 쓴다.
2. 하지만 지나치게 일반적인 내용에 그치면 글의 힘이 떨어지게 되므로 다양한 해석과 새로운 이해를 적극 포함한다.
3. 글에 대한 접근성을 높일 수 있도록, 가능할 경우 관련된 전기적 사실들을 포함한다.
4. 엘리엇 문학 전체, 시 혹은 큰 작품의 부분일 경우 그 작품 전체에서 해당 부분이나 작품이 차지하는 의의를 평가한다.

5. 가능할 경우, 본문에 더욱 쉽게 접근할 수 있도록 줄거리를 넣는다.
6. 번역이 어렵거나 쟁점이 있는 부분은 자세하고 친절하게 새로운 번역을 시도한다.

　글을 쓰고 모아서 책을 낸다는 일은 단순한 일이 아니어서 여러분의 도움이 필요한 작업입니다. 바쁘신 가운데 흔쾌하게 글을 맡아주신 집필진 모두에게 깊은 감사를 전합니다. 특별하게 많은 노력을 기울이신 안중은 교수님, 김준환 교수님, 김양순 교수님, 이홍섭 교수님, 이철희 교수님, 김영희 교수님께 다시 한번 인사드립니다.

2022. 12. 31.

조 병 화
한국 T. S. 엘리엇 학회 30주년 기념총서 발간위원장

| 약 어 |

CP   *The Complete Prose of T. S. Eliot: The Critical Edition*
『T. S. 엘리엇의 산문 전집』

CPP   *The Complete Poems and Plays of T. S. Eliot*
『T. S. 엘리엇의 시와 시극 전집』

IMH   *Inventions of the March Hare: Poems 1909-1917*
『삼월 토끼의 노래』

L   *The Letters of T. S. Eliot*
『T. S. 엘리엇의 서신』

OPP   *On Poetry and Poets*
『시와 시인들에 대하여』

P   *The Poems of T. S. Eliot: Collected and Uncollected Poems*
『T. S. 엘리엇의 시』

SE   *Selected Essays, 1951*
『비평 선집』

WLF   *The Waste Land: A Facsimile and Transcript of the Original Drafts Including the Annotations of Ezra Pound*
『황무지 원고본』

차 례

엘리엇의 "이종교배": 자신만의 목소리 찾기

_____ 권승혁(서울여자대학교)

I. 생애

T. S. 엘리엇(T. S. Eliot)은 1888년 9월 26일 미국 미주리주의 세인트루이스에서 태어났다. 그의 할아버지 윌리엄 그린리프 엘리엇(William Greenleaf Eliot)은 하버드 신학대학을 졸업한 후 세인트루이스로 이주하여 유니테리언 교회의 열정적인 목회자로 활동했다. 그는 미시시피강을 따라 세워진 여러 도시에서 수많은 선행을 베풀었다. 그는 남북전쟁의 부상자와 병자를 돌보았던 서부위생위원회(the Western Sanitary Commission)에서 일했고, 워싱턴 대학을 세웠을 뿐만 아니라 소년 소녀를 위한 학교를 세우기도 했다. 그는 또한 미국 전역에서 금주 운동을 펼치기도 했다. 그의 아버지 헨리 웨어 엘리엇(Henry Ware Eliot)은 목사가 아닌 사업가를 직업으로 선택하여, 세인트루이스의 벽돌 회사의 사장이 되었다. 그는 대체로 좋은 아버지였지만, 유니테리언 교리에 따라서 자식들에게 약간 엄한 편이었다. 그 밖에도 노년에 약해진 청력 때문에 그는 막내아들과 의사소통하는 데 다소 어려움을 겪었다. 그의 어머니 샬럿 챔프 스턴즈 엘리엇(Charlotte Champe Stearns Eliot)은 결혼 전에

는 매우 열정이 넘치는 교사였으며, 시를 애호했다. 그녀는 자신의 가족을 무척 사랑하면서도, 당대의 사회 개혁 운동에도 적극적으로 참여했다. 그의 부모가 만 44세였을 때, 그는 그들의 막내아들로 태어났다. 그는 자신보다 열아홉 살에서 열한 살이 더 많은 4명의 누이의 지극한 보살핌과 자신보다 아홉 살 더 많은 형 헨리의 관심 속에서 자랐다.

엘리엇은 미시시피강 너머 서부에서 태어났지만, 그는 영국과 뉴잉글랜드에 뿌리를 둔 유서 깊은 가문 출신이다. 엘리엇의 가계도를 보면, 미국의 2대 대통령인 애덤스(John Adams)와 6대 대통령인 애덤스(John Quincy Adams), 19세기 미국에서 대중적인 인기를 구가한 '화롯가 시인들'(Fireside Poets)인 로웰(James Russell Lowell)과 휘티어(John Greenleaf Whittier), 미국의 르네상스를 이끈 멜빌(Herman Melville)과 호손(Nathaniel Hawthorne) 등이 그의 유명한 친척이다(Sigg 16-17). 또 그가 하버드대학교에 입학할 무렵, 그의 친척인 찰스 윌리엄 엘리엇(Charles William Eliot)이 그 대학의 총장으로 무려 40년 동안 재직하고 있었다. 그의 가족들은 세인트루이스에 살면서도 보스턴의 유력 가문들과 긴밀한 관계를 유지했다. 그들은 매년 여름 뉴햄프셔의 햄프턴 비치와 케이프 앤의 글로스터항에서 휴가를 보냈다. 엘리엇이 8살일 때, 그의 아버지는 그의 가족의 여름휴가를 위해 바다가 내려다보이는 글로스터 근처의 이스턴 포인트에 큰 집을 지었다. 그는 그곳에서 새를 열심히 관찰하고, 돛단배를 조정하는 법을 배우며, 19번의 여름을 보냈다.

엘리엇은 여러 가지 이유로 문학작품을 읽는 것을 좋아했다. 우선 그는 선천적인 탈장 때문에, 친구들과 밖에서 뛰어놀지 못한 채, 주로 앉아서 지내야 했다. 나중에 수술로 치료받기 전까지 그는 항상 가죽이나 캔버스 천으로 만든 탈장대를 차고 지내야 했다. 그리고 그의 어린 시절에는 같이 놀 수 있는 동네 친구들이 거의 없었다. 그는 이웃이 모두 이사를 나가 슬럼이 되고 있던(DVW4 179) 도심 한가운데에 살았다. 그의 가족이 텅 빈 도심을 떠나지 못한 이유는 그곳이 그의 할아버지가 세운 유니테리언 메시아 교회로부터 몇 블록밖에 떨어지지 않은 곳이었을 뿐만 아니라, 그의 할머니가 바로 옆집에 살고 있었기 때문이었다. 그런 이유로, 글을 읽는 법을 배우자마자, 그는 책 읽기에 빠졌다. 그는 어릴 때 "창가 의자에 커다란 책을 펼쳐 놓고는 몽상에 빠져 삶의 고통을 잊곤 했다"고 회상했다(Sencourt 18). 그가 많이 읽은 작가로 셰익스피어를 꼽을 수 있는데, 그를 많이 읽은 이유는 "칭찬을 받았기" 때문이라고 회상했다("The Charles Eliot Norton Lectures" CP4 591). 그렇지만 그는 서양의 고전만 읽은 것이 아니라, 당대에 소년들에게 인기 많은 작가의 글도 읽었다. 예를 들어, 그는 인디언들과 개척기의 서부에 대한 모험 이야기를 주로 쓴 "메인 레이드(Mayne Reid)의 소설을 너무도 많이 읽어서" 그의 어머니가 걱정을 많이 했다고 한다(Jain 262 n. 42).

엘리엇은 자신의 할아버지가 소년의 교육을 위해 세인트루이스에 세운 스미스 아카데미(Smith Academy)를 1898년부터 1905년까지 다녔다. 그는 그곳에서 라틴어와 고대 그리스어, 프랑스어, 독일어를 배웠고, 1903-1904학년도에 라틴어 우수상을 받기도 했다. 그리고 하버드대학교에 입학하기 1년 전에 보스턴 남쪽에 있는 명문 사학인 밀튼 아카데미(Milton Academy)에서 공부했다. 그는 1906년에서 1909년까지 하버드대학교에서 철학과 문학을 공부했고, 3년 만에 학사학위를 받았다. 멋진 옷을 잘 입고 다녔고, 머리카락엔 포마드 기름을 발라 윤기가 흘렀으며, 머리 한가운데 가르마를 탔던 그는 하버드에서 "독특한 매력을 지녔고, 큰 키에, 약간은 맵시 있는 청년"이었다(Matthews 25). 학부를 졸업한 후, 그는 1년 만에 석사학위를 받았다. 그리고 그해 여름 그는 프랑스 파리로 건너가서, 소르본에서 1년간 공부했다. 그 뒤, 그는 하버드로 다시 돌아와 박사학위를 위한 공부에 매진했다. 1914년 셸던 장학금을 받은 그는 독일의 마르부르크대학교(University of Marburg)에서 박사학위논문을 마무리하고자 했으나, 제1차 세계대전이 발발하여, 옥스퍼드대학교의 머튼 칼리지(Merton College)로 전학하였다. 그곳에는 자신의 박사학위 논문의 핵심 주제를 제공한 브래들리(F. H. Bradley)가

재직하고 있었다. 비록 브래들리를 직접 만나지는 못했지만, 그는 1916년 「F. H. 브래들리 철학의 경험과 지식의 대상」("Experience and the Objects of Knowledge in the Philosophy of F. H. Bradley")이라는 제목의 박사학위논문을 제출했다. 독일 잠수함의 무차별 공격으로 엘리엇은 하버드대학교로 직접 가서 박사학위논문 청구 심사를 받는 대신에, 박사학위논문을 우편으로 보냈다. 이 논문은 즉시 박사학위논문 청구 자격을 갖춘 것으로 평가를 받았다. 그러나 그는 박사학위를 받기 위해 하버드로 돌아가지 않았다. 만약 그가 하버드로 돌아가 박사학위를 받았더라면, 그는 하버드대학교의 철학 교수가 되었겠지만, 그는 지금 우리가 알고 있는 『황무지』를 쓴 시인이 되지는 못했을 수도 있다.

II. 엘리엇의 습작 시와 초기 시를 읽는 방법

1914년 가을 엘리엇은 하버드 동창생이었던 에이큰(Conrad Aiken)의 소개로 파운드(Ezra Pound)를 런던에서 만났다. 그는 「J. 알프레드 프루프록의 연가」("The Love Song of J. Alfred Prufrock")를 파운드에게 보여주었다. 파운드는 이 시를 읽자마자, 미국 시카고에서 출판되던 『시』(Poetry)에 발표하고 싶었다. 파운드는 이 잡지의 편집자였던 먼로(Harriet Monroe)에게 이 시를 출판해 달라고 요청했다. 그러나 먼로는 이 시를 출판하는 데 상당히 오랫동안 머뭇거렸다. 그는 여러 달 동안 그녀를 설득해야만 했다. 파운드가 그녀를 설득하기 위해 썼던 여러 통의 편지 중에는 엘리엇이 "사실상 스스로 훈련했을 뿐만 아니라 다른 이의 도움 없이 스스로 현대화했지요. 전도유망한 젊은 작가 중에는 어느 하나를 이룬 이가 있을지언정, 이 둘을 모두 이룬 이는 없어요."라고 칭찬했다(80). 우여곡절 끝에 그의 시는 마침내 『시』의 1915년 6월호에 출판되었다. 이 시의 출판과 이 시에 대한 파운드의 평가가 의미하는 바는 엘리엇이 이 시에서 자신만의 목소리로 자신만의 시 세계를 구축했다는 것과 이를 통해서 현대시가 나아갈 바를 제시했다는 것이다. 이는 널리 알려진 일이기에 이 글에서 더 논의하지는 않을 것이다. 이 글의 목적은 엘리엇이 자신만의 목소리를 찾고, 또한 자신만의 시 세계를 구축한 이후의 시 세계를 살피는 것보다는 그 이전 과정, 즉 그의 습작을 통해 그가 자신만의 목소리를 찾고, 자신만의 시 세계를 만들어가는 과정을 살펴보는 데 있다. 이 글은 엘리엇의 습작 시와 초기 시를 읽으며, 그가 어떤 심상과 어떤 언어를 사용하였고, 어떤 느낌과 어떤 말씨를 갖게 되었는지를 확인하는 것이다. 다른 식으로 말하자면, 청소년기를 거치며 자신만의 목소리를 찾는 과정, 또는 자신만의 말씨를 갖는 과정, 또는 자신만의 어휘를 갖는 과정뿐만 아니라, 시의 소재와 주제로 무엇을 다룰 것인지, 그리고 이것들을 어떻게 다룰 것인지 등을 결정하는 과정을 확인해 보는 것이다. 아니면 엘리엇이 전문 작가가 되기 위해 습작을 써보는 시기에 스스로 어떻게 훈련했는지 그리고 어떻게 「프루프록의 연가」와 같은 훌륭한 작품을 첫 작품으로 내놓게 되었는지 등을 살펴보는 것이다. 또한 1911년 7월에 완성한 「프루프록의 연가」 이후에 쓴 습작－하버드대학교 박사학위 과정을 이수하는 시기부터 이 시를 출판한 시기 이전에 쓴 습작도 살펴보고자 한다. 그러나 이 시기 동안 쓰였으나, 1917년에 출판된 『프루프록과 다른 관찰들』(*Prufrock and Other Observations*)에 실린 시들은 그 논의에서 제외한다. 왜냐하면 이 시집에 실린 시들에 대한 해설은 이미 많기 때문이다. 따라서 이 글은 그가 살아 있는 동안 그 행방을 알 수 없었고, 그 행방이 밝혀진 이후에도 오랫동안 출판되지 않았던 작품들을 주로 다루고자 한다. 그가 생전에 그리고 자신이 죽은 이후에도 출판하기를 거부했던 작품들은 릭스(Christopher Ricks)가 1996년에 편집하여 출판한 『삼월 토끼의 노래』(*Inventions of the March Hare: Poems, 1907-1917*)와 릭스와 맥큐(Jim McCue)가 2015년에 편집하고 출판한 『T. S. 엘리엇 시집』(*The Poems of T. S. Eliot*)에 실려 있다. 전자에 실린 릭스의 주석과 해설이 엘리엇의 습작 시와 초기 시를 이해할 수 있는 많은 자료를 제공해주었지만, 이 글은 후자에 실린 엘리엇의 시를 텍스트로 삼았다.

작가 대부분이 그랬던 것처럼, 엘리엇도 자신의 목소리가 확실히 정해지지 않았던 시기에 썼던 습작을 생전에 출판하는 것을 꺼리거나 거부했다. 그렇지만 그는 어떤 작가의 습작 또는 초기 시를 연구할 이유를 명확하게 제시한 적이 있다. 그는 1928년 『타임즈 리터러리 서플리먼츠』(*Times Literary Supplements*)에 발표한 「시인의 차용」("Poets' Borrowings")에서 습작 또는 초기 시가 한 작가의 경력을 이해하는 데 도움이 될 수도 있다고 주장했다.

> 시인들이 자신의 초기 작품에 진 빚은 간과되기 쉽다. 그러나 . . . 모든 시인은, 위대한 시인조차도, 자신이 감명받은 바를 반복해서 사용하는 경향이 있다. 이것은 결코 영감이 부족하기 때문만은 아니다. 시를 쓰는 이는 누구나 자신에게 특히나 중요한 생각과 정서를 몇 가지 갖고 있다. 시를 쓰는 이는 누구나 끊임없이 이것들을 다른 무엇으로 바꿀 수 없는 표현을 찾고 싶어 하지만, 그는 자신의 표현에 불만족하며, 자신을 만족시키기 위해 처음 받았던 느낌, 원래의 이미지 또는 리듬을 쓰고 싶어 하곤 한다.

> [T]he debts of poets to their own earlier work are apt to be overlooked. Yet . . . any poet, even the greatest, will tend to use his own impressions over and over again. It is by no means a matter of poverty of inspiration. Every man who writes poetry has a certain number of impressions and emotions which are particularly important to him. Every man who writes poetry will be inclined to seek endlessly for a final expression of these, and will be dissatisfied with his expressions and will want to employ the initial feeling, the original image or rhythm, once more in order to satisfy himself. (*CP3* 386)

시인이라면 누구나 자신의 초기 작품에 표현하고자 했던 "처음 받았던 느낌, 원래의 이미지 또는 리듬"을 자신의 후기 작품에 다시 되살리고 싶어 한다고 엘리엇은 주장했다. 물론 이 주장은 그가 초기 시에 표현하고자 했던 것들이 후기 시에도 그대로 반복된다는 것을 의미하지 않는다. 그리고 엘리엇의 시 전체가 하등의 변화나 변모도 없이, 하나의 일관된 흐름으로만 읽을 수 있다는 뜻도 아니다. 그렇지만 그의 습작 시나 초기 시에 대한 이해는 그것에 대한 이해로 그치지 않고, 그의 시에 자주 반복되는 정서와 사상의 유래와 의미를 이해할 수 있는 중요한 자료나 근거가 될 수도 있다. 왜냐하면 엘리엇이 주장한 것처럼, 그의 유년 시절과 소년 시절의 경험이 그의 초기 시뿐만 아니라 그의 후기 시에도 종종 나타나기 때문이다. 예를 들어서, 자신의 어린 시절 대부분을 보낸 세인트루이스의 심상은 「프루프록의 연가」에서 노란 안개가 낀 더럽고 우중충한 도시로 나타난다(PI 5-6). 그리고 이 도시의 심상은 나중에 파리와 런던의 이미지와 중첩되어 『황무지』(The Waste Land)의 "비실재적인 도시 / 겨울 여명의 갈색 안개 아래에서"라는 구절로 바뀌어, 지대한 의미의 변화를 겪는다(PI 56). 또한 어린 시절에 보았던 세인트루이스를 관통하여 흐르는 흙탕물과 격류로 유명한 미시시피강은 그의 후기 시인 「드라이 샐베이지즈」("The Dry Salvages")에서 "느릿하지만, 야성 그대로이며, 다루기 힘든" "강력한 갈색의 신"으로 그려진다(PI 193). 이러한 예를 통해서 알 수 있듯이, 그의 습작 시와 초기 시에 관한 연구는 그의 시 전체, 또는 시의 발전이나 변화 등을 조망할 수 있는 하나의 관점을 제공한다는 점에서 상당히 중요하다.

    엘리엇은 어린 시절에 쓴 자신의 시에서 차용하는 것 이외에도, 다른 작가나 다른 시대의 작품으로부터도 일부를 빌려와 자신의 시로 만드는 기법을 적극적으로 활용했다. 이러한 기법은 인유(allusion)이다. 이 방법은 엘리엇이 자신의 목소리를 형성하는 데에도 그리고 작품의 의미를 풍부하게 만드는 데에도 매우 중요한 방법의 하나였다. 그는 「필립 매신저」("Philip Massinger")에서 다른 작가의 글을 빌려 쓰는 의미를 다음과 같이 설명했다.

미숙한 시인은 모방하나, 성숙한 시인은 훔친다. 형편없는 시인은 그가 취한 것의 가치를 손상하지만, 훌륭한 시인은 빌려온 것을 더 나은 것으로 만들거나 하다못해 다른 것으로라도 만든다. 좋은 시인은 훔친 것을 원래의 것과는 완전히 다르며 독특한 감정으로 만든다. 나쁜 시인은 훔친 것을 [자신의 글과 아무런 결속력 없는 것으로 만든다. 좋은 시인은 대개 시기적으로 동떨어지거나, 다른 언어를 사용하거나, 다른 관심을 가진 작가로부터 빌려오곤 한다.

Immature poets imitate; mature poets steal; bad poets deface what they take, and good poets make it into something better, or at least something different. The good poet welds his theft into a whole of feeling which is unique, utterly different from that from which it was torn; the bad poet throws it into something which has no cohesion. A good poet will usually borrow from authors remote in time, or alien in language, or diverse in interest. ("Philip Massinger" *CP2* 245)

많은 작가는 어린 시절에 다른 훌륭한 작가의 작품을 읽으며, 작가가 되고자 하는 꿈을 꾸며, 어떤 작품을 어떻게 쓸 것인지 결심한다. 엘리엇도 어린 시절부터 많은 작가의 작품을 읽으며, 작가라는 꿈을 꾸었으며, 그 작품에 사용된 특정한 심상이나 소재를 어떻게 이용할 것이며, 또한 어떤 주제를 어떠한 방식으로 독자에게 이야기할 것인지 배웠다. 그 배움의 과정에서 그는 다른 작가의 작품 일부를 빌려오는 인유의 기법을 적극적으로 활용했다. 그의 습작 시나 초기 시에는 다른 작가의 작품 일부를 가져다 쓸 때 그 인유한 시구나 감정이나 주제를 자신의 작품과 잘 섞지 못한 채 별개의 것으로 남겨둔 엉터리 시인과 같은 측면이 있지만, 그는 많은 연습을 통하여 다른 작가의 작품으로부터 인유한 것을 자신의 작품에서 새롭게 변모시켜 독특한 가치를 갖게 만드는 훌륭한 시인으로 점차 변했다.

　　엘리엇은 시기적으로 다른 시대에 속한 작가나 다른 언어를 사용하는 작가나 다른 관심을 가진 작가의 작품으로부터 인유하는 기법을 "이종교배"

라는 말로 설명한 적이 있다. 그는 조지 조의 시와 이를 비판했던 시트웰 (Edith Sitwell)에 관한 서평인 「호감이 가는 시와 그렇지 않은 시」("Verse Pleasant and Unpleasant")의 첫 두 문장에서 "이종교배"의 필요성을 간략하게 제시했다.

> 시는 새뮤얼 버틀러가 이종교배라고 부른 것을 항시 필요로 한다. 심각한 운문 작가는 다른 언어로 쓰인 최고의 운문과 모든 언어로 쓰인 최고의 산문과 자신을 이종교배 할 준비가 되어 있어야 한다.

> Verse stands in constant need of what Samuel Butler calls a cross. The serious writer of verse must be prepared to cross himself with the best verse of other languages and the best prose of all languages. (*CP1* 679)

엘리엇이 1917년 현대영문학강의(Extension course in Modern English literature)에 포함했던 버틀러의 책 『인생과 습관』(*Life and Habit*)에는 "모든 종은, 식물이건 동물이건, 종종 이종교배로 이득을 얻곤 한다. 그러나 이종교배가 너무 광범위할 경우, 교란하는 요소를 끌어들이기도 한다는 점을 우린 알고 있어야 한다"는 주장이 실려 있다(*CP1* 682 재인용). 다윈(Charles Darwin)의 영향을 받은 버틀러의 말을 확장하여 엘리엇은 시도 가장 잘 쓰인 운문뿐만 아니라 산문과도 늘 이종교배를 해야만 좋은 시를 쓸 가능성이 커진다고 주장한 것이다. 이종교배라는 생물학 용어는 문학에서 다른 작가나 작품의 영향이라는 말을 의미한다. 엘리엇은 여러 글에서 이종교배를 영향이란 용어로 바꾸어 다른 작가나 작품의 영향을 강력하게 옹호했다. 예를 들어, 그는 어떤 시인이 "25세가 지나서도 작가로 살아남기를 원한다면 . . . 새로운 문학의 영향을 받아야 한다"고 주장했다("Ezra Pound: His Metric and Poetry" *CP1* 639). 그리고 그는 "한 작가의 영향을 받는다는 것은 그로부터 우연한 영감을 얻게 되는 것이거나 또는 원하는 무엇인가를 갖게 되는 것이거나 또는 간과하고

있던 무엇인가를 볼 수 있게 되는 것이다"라고 영향의 의미를 설명하기도 했
다("In Memory of Henry James" *CP1* 648). 어떤 시인이 자신만의 목소리로 자
신만의 세계를 그리기 위해서는 다른 문학작품을 많이 읽고 그 특징을 이해
하고 그 작품에서 무엇인가를 배워야 한다는 것이다. 그 자신의 주장처럼,
엘리엇도 다른 시인의 작품을 읽고, 그들의 작품을 모방하여, 자신만의 시
세계를 만들고 자신만의 목소리를 내기 위해서 많은 습작 시를 썼다. 이 글
은 엘리엇이 시인으로서 살아남기 위해 채택했던 여러 가지 전략—한 작가
가 자신의 습작 시나 초기 시에서 차용하거나, 다른 작가의 작품에서 인유하
거나, 다른 작가의 영향을 받아들이는 것—을 바탕으로 쓴 습작 시와 초기
시를 살펴보고, 그 자신만의 목소리를 갖는 과정과 그 자신만의 시 세계를
형성하는 과정을 살펴보고자 한다.

III. 엘리엇의 다양한 실험

엘리엇이 처음으로 시를 쓴 것은, 그가 여덟이나 아홉 살이었던, 1897년
의 일이다. 이 시는 현재 전해지지 않는데, 발레리 엘리엇(Valerie Eliot)에 의
하면, 이 시는 "매주 월요일 아침에 다시 등교해야 하는 슬픔을 다룬 4편의
짧은 운문"이라고 한다(*L1* xxiii). 이 시는 엘리엇이 시인이 되겠다고 작정하고
쓴 첫 번째 시도 아니고, 심각한 수준의 시도 아닐 것이다. 이 시는 아마도
어릴 때부터 자주 들었거나 읽은 적이 있던 영국의 전래동요(nursery rhymes)
를 흉내 내어 등교하기 싫었던 자신의 심정을 동요라는 놀이의 방식으로 표
현한 것으로 추측된다. 그렇지만 이 시는 학교에 가고 싶지 않은 아이의 슬
픔이나 투정이나 욕망을 담음으로써, 어린아이의 놀이에 그치는 것이라기보
다는, 자신의 가족과 교육제도가 자신에게 부여한 의무에 대해 소심하게 저
항한 것이라고 볼 수도 있다. 왜냐하면 그는 "자기 자신을 위해 사탕을 사는

것이 이기적인 응석이라고 믿도록 키워졌다"고 회상했을 정도로(Levy 54) 상당히 엄격했던 자신의 가정교육에 어린이 노래로 저항한 셈이기 때문이다. 늘 부모의 뜻대로 자랐던 엘리엇은 어린 시절 자신만의 방식으로 부모의 뜻에 저항했고, 이는 나중에 부모의 꿈이었던 하버드대학교의 철학 교수 대신에 시인이 되겠다는 결연한 의지로 발전했을 수도 있다.

이 시 다음으로 엘리엇이 쓴 시는 1899년 1월 28일부터 2월 19일 사이에 그가 직접 만든 가족 신문인 『화롯가』(*Fireside*)에 실린 14편─현재 『화롯가』에 실렸던 시는 총 11편만이 남아 있다─과 1899년 2월에 비슷한 방식으로 제작한 『엘리엇의 화훼 잡지: 화초원예지』(*Eliot's Floral Magazine: A Journal of Floriculture*)에 실린 1편의 시이다(*P2* 150). 『화롯가』에 실린 시들은 루이스 캐롤(Lewis Carroll)의 소설 『실비와 브루노』(*Sylvie and Bruno*)의 여기저기에 흩어진 시들을 묶은 「정신 나간 정원사의 노래」("The Mad Gardener's Song")를 모방한 것이다. 다음은 캐롤의 총 9편의 시 중에서 첫 번째 노래다.

> 그는 피리 부는 연습을 하는
> 코끼리를 보았다고 생각했어요.
> 그가 다시 보았더니, 그것은
> 아내에게서 온 편지였더군요.
> '마침내 난 깨달았어,
> 인생의 쓴맛을!'이라고 말했어요.

> "He thought he saw an Elephant,
> That practised on a fife:
> He looked again, and found it was
> A letter from his wife.
> 'At length I realise,' he said,
> 'The bitterness of Life!'" (Carroll 65)

아이들을 위한 소설에 들어 있는 이 시들은 영국의 전래동요의 전통에 속한 것이다. 약강4보격과 약강3보격을 교대로 반복하며, 짝수 행만이 운을 이루는 이 시들은 전래동요의 운율을 따르고 있다. 만 10살의 엘리엇은 캐롤의 시를 흉내 내어, 약강4보격과 약강3보격의 행을 교대로 반복하며, 짝수 행이 운을 이루는 4행시를 썼다. 이 두 편의 시에 한 가지 다른 점이 있다면, 캐롤의 시는 삼인칭 관찰자 시점에서 기술되지만, 엘리엇의 시는 일인칭 관찰자 시점에서 기술된다는 점이다. 그 중의 첫 번째 시 전문을 인용하면, 다음과 같다.

> 제가 본 것은 버스를 탄
> 코끼리였다고 생각했어요
> 다시 쳐다보았더니,
> 안타깝게도 우리뿐이었어요.
>
> I thought I saw a elephant
> A-riding on a 'bus
> I looked again, and found
> Alas! 'Twas only us. (*P2* 147)

캐롤의 시를 흉내 냄으로써, 엘리엇은 재치와 유머가 넘치는 이 시를 영국의 전래동요와 영국의 난센스 시의 전통에 놓았다. 이 시는 각 연이 매우 심오하거나 특정한 의미를 전달하기보다는 단지 재미를 주는 것을 목표로 했다. 이러한 점은 상당히 점잖고 엄격한 가정에서 자란 그와 잘 어울리지 않는 것처럼 보이지만, 사실 그는 장난치며 놀기를 좋아했으며, 엄청나게 재치가 넘쳤다. 영국의 소설가였던 보웬(Elizabeth Bowen)은 엘리엇이 가장 불행했던 때―이혼 직전―에도 "너무도 재미있고, 매력적이며, 가정적이며, 다른 이를 잘 대해주었다"고 회상했다(Glendinning 80). 그리고 그는 나이가 들어서도 장난을 많이 쳤다. 그가 페이버 출판사에서 일할 때, 회사의 사장이었던 제프리 페이버(Geoffrey Faber)의 의자 밑에서 미국 독립기념일을 기념하는 폭죽을 터트리기도 했다(Gordon 259). 오든(W. H. Auden)에 의하면, 그는 출판사를 방문한 작가들을 방귀 소리가 나는 쿠션 위에 앉게 하거나, 불을 붙이면 폭발하는 담배를 주어 웃음을 주곤 했다(CP2 39). 이런 맥락에서 그는 엄격한 가정에서 자랐음에도 자신의 가족이나 주변 사람들에게 유쾌한 즐거움을 주기 위한 목적으로 유머와 재치가 넘치는 재미있는 시를 썼다고 생각할 수 있다. 이러한 예로는 동음이의어가 가득한 「연회의 손님들을 위한 우화」("A Fable for Feasters")나 병들어 누웠던 누이 샬롯을 위로하기 위해 재치 있는 표현을 가득 담은 시(L1 2-3)나 『실용적인 고양이들에 대한 늙은 쥐의 책』(Old Possum's Book of Practical Cats) 등이 있다.

　　자신의 가족에게 즐거움을 주는 시를 쓰던 엘리엇은 14세 무렵부터 본격적인 시를 쓰기 시작했다. 그는 『파리스 리뷰』(Paris Review) 인터뷰에서 피츠제럴드(Edward FitzGerald)의 『오마르 카이얌』(Omar Khayyam)의 영향을 받아, "매우 음울하고, 무신론적이며, 절망에 빠진 4행시를 몇 편 썼다"고 회상했다. 그는 이 시들을 아무에게도 보여주지 않았을 뿐만 아니라, 완전히 없애버렸다고 말했다(Hall 261). 그리고 1905년 그는 자신이 다니던 학교에서 발간된 『스미스 아카데미 교지』(Smith Academy Record)에 「서정시」("A Lyric")를 발표했다. 이 시는 벤 존슨(Ben Jonson)의 작품을 흉내 낸 것이지만, 상당한 연습의 결과물이라고 할 수 있다. 이 시는 2개의 연으로 이루어지고, 각 연의 압운은 abababab이다. 그리고 이 시는 약강4보격과 약강3보격이 교대로 반복되는 8행으로 구성된다. 그런 점에서 엘리엇은 이 시를 매우 전통적인 시작법에 따라 썼다. 그리고 엘리자베스 조나 17세기의 극작가나 시인들이 덧없이 짧은 삶과 영원성을 결합시켰던 것처럼, 그는 이 시에서 현대 물리학의 중요한 화두가 된 시간과 공간의 문제를 결부 지음으로써, 이 시의 소재나 주제를 전통적인 시에 종속시켰다. 그는 이 시를 밀튼 아카데미 교지에 고쳐 실었을 뿐만 아니라 『하버드 애드버키트』(*The Harvard Advocate*)에 다시 고쳐 실을 만큼, 이 시에 대한 애정이 깊었다.

엘리엇은 이듬해에 「서정시」보다 좀 더 엄격하고, 시라고 불릴 만한 시를 썼다. 「1905년 졸업생에게」("To the Class of 1905")라는 제목이 말하듯이 이 시는 스미스 아카데미의 졸업을 기념한다. 이 시는 총 14연이며, 각 연은 6행으로 이루어져 있다. 각 행은 약강4보격이며, 각 연의 압운은 대체로 두 가지 운이 약간은 불규칙하게 반복되어 음악적 효과를 노리고 있다. 다음은 첫 번째 연의 전문이다.

> 모두 다 알고 있는 기슭에 서서
> 잠시 미심쩍게 머뭇거리다가는
> 노래를 부르며, 우리는 항해를 떠나지
> 얕은 만을 가로질러─해도도 없이,
> 물밑에 숨은 암초를 경고해줄 불빛도 없이,
> 그러나 용기 내어 나아가자.

> Standing upon the shore of all we know
> We linger for a moment doubtfully,
> Then with a song upon our lips, sail we
> Across the habor bar─no chart to show,
> No light to warn of rocks which lie below,
> But let us yet put forth courageously. (*PI* 227)

이 시는 학생들의 졸업을 선원들의 출항에 비유한 전형적인 축시이다. 이 시의 화자는 자신과 함께 졸업하는 학생들을 출항을 앞두고 설렘보다는 두려움에 휩싸인 선원들에 비유한다. 선원들은 처음에 낯선 바다를 향하는 것을 주저하지만, 모두 함께 합심하여 노래를 부르며, 자신의 안위를 해칠 수 있는 암초를 피할 해도나 불빛도 없이 낯선 곳을 향해 항해를 떠나는 것처럼,

졸업생들은 이제 낯선 곳을 향해 새로운 모험을 떠난다. 새로울 것이라곤 하나도 없는 매우 전형적인 비유를 담고 있는 이 시는 당대의 또 다른 시대정신의 산물이다. 그것은 바로 제국주의이다. 그는 이 시의 2연에서 제국주의의 영향을 받았다는 것을 분명하게 드러낸다. 그는 "낯선 이역에서 한몫을 잡으려는" 식민지 개척자들을 언급함으로써(P1 227), 졸업의 목적은 세계 곳곳을 식민지로 개발하고 착취하는 제국의 사업에 이바지할 젊은이들을 배출하는 것이라는 제국주의의 이데올로기를 따랐다. 그가 졸업생을 식민지 개발을 떠나는 선원에 비유한 이유는 "우리들의 머리와 근육이 세계를 지배하리"라는 스미스 아카데미의 노래(Stayer 628-29)에 담긴 제국주의의 정신을 내면화했기 때문이다. 그런 점에서 이 시는 당대의 교육이 엘리엇에게 주입한 바를 충실히 따른 결과물이라고 할 수 있다.

엘리엇이 1905년부터 1906년까지 다녔던 밀튼 아카데미에서 쓴 시는 2편이 남아 있다. 한 편의 시는 시선을 끌 만큼 잘 쓴 작품은 아니고, 다른 한 편은 1년 전에 썼던 "서정시"를 고쳐 쓴 것이다. 아마도 그는 시를 줄곧 읽기는 했지만, 시를 새로 쓸 만한 시간과 여력이 없었을 것이다. 그렇지만 그가 하버드대학교에 재학하던 3년 동안 쓰거나 발표한 시들은 약 20편에 이른다. 이 시기 동안에 쓴 시들은 그가 자신의 목소리로 시를 쓰는 방법을 찾기 위해 당대를 대표하는 작가뿐만 아니라 여러 시대에 걸쳐 많은 작가의 작품을 읽으며 그 작품에서 배운 것을 자신의 습작에 적용한 결과물이다.

엘리엇이 밀튼 아카데미 재학 중이거나 하버드대학교의 1학년이나 2학년 무렵에 읽었던 작가 중에서 주목할 만한 시인으로는 1890년대 시인들을 꼽을 수 있다. 그들은 존 데이비드슨(John Davidson), 아서 시먼스(Arthur Symons)와 어니스트 다우슨(Ernest Dowson)이다. 그들은 바로 앞 세대의 작가였던 "라파엘전파와 공통점이 없고, 새롭고 독창적인 작품"을 썼기에 자신과 같은 "초보자에게 무엇인가를 줄 수 있을 것"이라고 그는 생각했다. 그가 이들로부터 배운 것은 "말하는 대로 . . . 시를 쓸 수도 있겠구나" 하는 것이었다. 워즈워스(William Wordsworth)가 일상생활에서 사용되는 말들을 시어로 채택한 적이 있긴 하지만, 그의 시어는 20세기 초에는 이미 구어체라고 하기 어려웠다. 엘리엇은 데이비드슨의 시, 특히 「주급 30실링」("Thirty Bob a Week")에서 19세기 말과 20세기 초에 사용되는 일상적인 영어로 구현된 "구어체의 리듬"과 "구어체의 표현"을 발견했으며, 이 시가 다루는 내용이 그 표현 방식과 적절하게 조화를 이루고 있다는 것을 알게 되었다("Tribute to John Davidson" CP8 175).

확실히 「주급 30실링」은 데이비드슨이 자신을 당대 영시의 시적 언어로부터 완전히 해방시킨 유일한 작품인 것처럼 보인다. . . . 그러나 나는 이 시의 내용뿐만 아니라, 가장 적합한 내용과 표현에서도 영감을 받았다고 생각한다. 왜냐하면 내게는 표현하고 싶은 상당히 많은 더러운 도시의 심상이 있었기 때문이다. 데이비드슨은 훌륭한 주제도 갖고 있었으며, 그 주제의 훌륭함을 끌어낼 수 있는 표현을 찾아냈다. 그렇게 하여 주급 30실링을 받은 회사원의 체면을 살릴 수 있었는데, 만일 훨씬 더 관습적인 시어를 사용했더라면, 주급 30실링을 받은 회사원의 체면을 제대로 드러낼 수 없었을 것이다. 데이비드슨이 이 시에서 만들어낸 인물은 내 평생 끊임없이 떠올랐고, 그 시는 내게 영원히 훌륭한 시로 남을 것이다.

Certainly, *Thirty Bob a Week* seems to me the only poem in which Davidson freed himself completely from the poetic diction of English verse of his time. . . . But I am sure that I found inspiration in the content of the poem, and in the complete fitness of content and idiom: for I also had a good many dingy urban images to reveal. Davidson had a great theme, and also found an idiom which elicited the greatness of the theme, which endowed this thirty-bob-a-week clerk with a dignity that would not have appeared if a more conventional poetic diction had been employed. The personage that Davidson created in this poem has haunted me all my life, and the poem is to me a great poem forever. ("Preface to *John Davidson*" CP8 434-35)

데이비드슨은 당대에 통용되던 라파엘전파나 스윈번의 시어와 시적 관습을 버리고, 세기말 보통 사람들이 일상생활에서 실제로 사용하는 언어, 특히 구어체 언어를 활용하여 시를 썼다. 또한 그는 현대 도시에서 일어나는 보통 사람들의 일상을 있는 그대로 그렸다. 엘리엇은 데이비드슨의 시에서 당대의 일상 언어를 활용한 구어체 리듬과 현대 도시의 일상생활의 한 장면을 있는 그대로 묘사하는 기법을 배웠고, 이는 나중에 보들레르의 시를 받아들일 수 있는 기초가 되었다. 이러한 점에서 데이비드슨의 시가 "[자신]의 시적 기교의 발전에 매우 중요한 위치를 차지한다"고 엘리엇은 생각했다("Tribute to John Davidson" *CP8* 175).

1890년대의 스코틀랜드 시인이었던 데이비드슨이 자신에게 큰 영향을 미쳤다고 회상하기도 했지만, 엘리엇은 여러 에세이에서 자신보다 한 세대 앞선 위대한 작가들의 작품들에서는 그가 나아갈 방향이나 길을 찾지 못했다고 진술했다.

> 1908년 초보 시인에게 도움이 될 만한 시인이 양국(미국과 영국) 어디에도 없었다고 말하는 것이 너무도 막무가내라고 생각하지는 않는다. . . . 브라우닝은 도움이 되기는커녕 오히려 더 큰 방해물이었다. 왜냐하면 그는 어디론가 쭉 나아간 셈이었고, 동시대의 언어를 발견하는 데 상당히 충분하다고 할 수 없었다. . . . 스윈번으로부터 어디로 갈 것인가라는 질문은 여전히 유효하지만, 그 대답이 어느 곳으로도 인도하지 못하는 것처럼 보였다.

> I do not think it is too sweeping to say that there was no poet, in either country, who could have been of use to a beginner in 1908. . . . Browning was more of a hindrance than a help, for he had gone some way, but not far enough, in discovering a contemporary idiom. . . . The question was still: where do we go from Swinburne? and the answer appeared to be, nowhere. ("Ezra Pound" *CP6* 759)

엘리엇 자신보다 한 세대 앞선 작가 중에는 아주 훌륭한 시인들이 전혀 없었던 것은 아니다. 예를 들자면, 테니슨(Alfred Lord Tennyson), 브라우닝(Robert Browning), 스윈번(Algernon Charles Swinburne), 라파엘전파 작가들(the Pre-Raphaelites), 에머슨(Ralph Waldo Emerson), 롱펠로우(Henry Wadsworth Longfellow), 월트 휘트먼(Walt Whitman) 등이 있었다. 그렇지만 엘리엇은 그들에게서 자신만의 목소리로 말하는 방법을 배울 수 없었다거나 그들을 읽지 않았다고 진술했다. 물론 이 진술이 너무 시건방진 것이라고 할 수도 있다. 그렇지만 그가 이렇게 진술하는 이유가 전혀 없는 것은 아니다. 예를 들어, 1917년 3월에 발표한 그의 첫 번째 문학 비평인 「자유시에 대한 숙고」("Reflections on Vers Libre")에서 그는 왜 스윈번의 시에서 배우기 어려웠는지 추측할 수 있는 주장을 했다. 그는 스윈번의 시가 매우 현학적이며 복잡한 시작법을 완벽하게 구현한 운문이라고 평가했다. 그러나 그의 시작법은 너무도 완전해서 그의 시에 약간의 유연함도 주지 못했으며, 시의 효과 역시 줄어들었다고 주장했다. 만일 영시가 발전할 수 있는 무엇인가가 스윈번의 운율에 숨겨져 있었다면, 그것은 스윈번이 발전시킬 수 있는 지점을 넘어서 있었을 것이기에, 그의 시는 엘리엇이 흉내 낼만한 그런 작품이 아니었다고 생각했다. 왜냐하면 엘리엇은 훌륭한 시란 고정된 시작법과 변화하는 시작법 사이의 대조를 통해서, 일관된 단조로움으로부터 눈에 띄지 않게 자연스럽게 벗어나는 것이라고 생각했기 때문이다(*CP1* 512-13).

엘리엇은 「호감이 가는 시와 그렇지 않은 시」에서 스윈번을 비판했던 것과는 다른 이유로 테니슨을 비판했다. 그는 테니슨을 자신의 구문에 많은 주의를 기울였으며, 각 단어를 적절하게 다룬 작가라고 생각했다. 그 예로 그는 테니슨이 가끔은 흥미롭지 못한 의미를 갖는 형용사를 쓰기도 했지만, 대체로 정확한 의미를 갖는 형용사를 사용했다고 주장했다. 다른 한 편, 엘리엇은 테니슨이 「릴리안」("Lilian")이란 시에서 그 주제를 잘 다룸으로써 자신의 시를 평범하지 않은 시가 되게 했지만, 그 기법의 측면에서는 상당히 전형적인 작품이라고 비판했다. 즉, 테니슨은 평범하지 않은 훌륭한 시를 쓰기 긴 했지만, 매우 전형적인 틀에 박힌 시를 쓰는 데 그쳤기에, 그를 모방할 만하지는 않았다고 평가했다(*CP1* 679-80).

또한 엘리엇은 조지 조 시인들이 여전히 낭만주의 전통 속에서 벗어나지 못하고 있다고 생각했다. 그들은 자신의 시에 급변하는 현대성이나 현대 도시의 삶을 담는 대신에 목가적이거나 이국적인 정취와 풍경을 담았을 뿐만 아니라, 언어를 새롭게 만드는 시도도 없이 기존의 시적 양식을 그대로 따르고 있다고 생각했다. 이러한 이유로 그는 자신이 배울 만한 작가 또는 자신에게 영향을 미칠 만한 작가가 없다고 생각했다.

1908년이나 1909년 엘리엇은 자신보다 한 세대 앞선 시인들의 목소리와 이들의 시적 기법으로는 자신의 목소리를 내는 방법을 배울 수 없다고 생각했기에, 그 대안을 "다른 시대의 시"(poetry of another age)와 "다른 나라의 시"(poetry of another language)에서 찾았다("Ezra Pound" *CP6* 759). "다른 시대의 시"와 "다른 나라의 시"는 그가 언급했던 이종교배 또는 영향을 의미하며, 실제로 그는 다른 시대의 시와 다른 나라의 시를 자신의 시에 접목하여 자신만의 목소리를 찾았고, 이를 바탕으로 현대시를 새롭게 만들었다. 그가 자신의 목소리와 시적 세계를 만들기 위해 읽었던 "다른 시대의 시"로 단테의 작품을 우선 꼽을 수 있다. 그렇지만 단테가 엘리엇에게 미친 영향은 이미 많은 연구가 이루어졌기에, 여기서는 다른 예를 들고자 한다. 그것은 바로 운문으로 쓰인 엘리자베스 조와 제코비언 기(the Jacobean era)의 드라마이다. 엘리엇은 그들의 영향에 대해 다음과 같이 말했다.

이 부차적인 극작가들[엘리자베스 조와 제코비언 기의 작가들]로부터 나는 시적 형성기에 많은 가르침을 받았다. 셰익스피어가 아니라, 그들로부터 내 상상력이 자극을 받았고, 내 리듬감이 훈련되었으며, 내 정서가 키워졌다. 내가 그들을 읽을 때 그들은 내 성정과 발전 단계에 가장 잘 맞았으며, 내가 어떤 생각을 갖기 훨씬 전에 또는 그들에 대해 글을 써야 할 기회를 얻기 훨씬 전에 열정적인 기쁨을 갖고 그들을 읽었다. 시를 쓰고 싶다는 욕망이 들끓던 시기에 나는 이 작가들을 스승으로 모셨다. 내게 영향을 미친 현대 시인이 보들레르가 아닌 줄 라포르그였던 것처럼 [내게 영향을 미친] 극 시인들은 말로우, 웹스터, 터너, 미들턴과 포드였지 셰익스피어가 아니었다. 셰익스피어와 같은 최고로 위대한 시인은 거의 영향을 줄 수 없다. 그는 단지 흉내를 내볼 뿐이다. 영향과 흉내의 차이는 영향은 무엇인가를 낳게 할 수 있지만, 흉내는 특히 무의식적인 흉내는 불모화하는 데 그칠 뿐이다.

It was from these minor dramatists that I, in my own poetic formation, had learned my lessons; it was by them, and not by Shakespeare, that my imagination had been stimulated, my sense of rhythm trained, and my emotions fed. I had read them at the age at which they were best suited to my temperament and stage of development, and had read them with passionate delight long before I had any thought, or any opportunity of writing about them. At the period in which the stirrings of desire to write verse were becoming insis-tent, these were the men whom I took as my tutors. Just as the modern poet who influenced me was not Baudelaire but Jules Laforgue, so the dramatic poets were Marlowe and Webster and Tourneur and Middleton and Ford, not Shakespeare. A poet of the supreme greatness of Shakespeare can hardly influence, he can only be imitated: and the difference between influence and imitation is that influence can fecundate, whereas imitation—especially unconscious imitation—can only sterilize. ("To Criticize the Critic" CP8 462)

엘리엇은 셰익스피어가 너무도 위대하여 시를 처음 쓰기 시작한 초보 작가가 따라 할 만한 작가가 아니라고 생각했다. 초보 작가가 더 많이 배울 수 있는 작가는 위대한 작가보다는 오히려 결점이 많은 군소작가라고 생각했다. 그러한 극작가 중에서 그는 웹스터(John Webster)를 가장 높게 평가했다. 그는 「자유시에 대한 숙고」에서 웹스터를 셰익스피어보다 더 솜씨 좋은 기술자라고 보았다. 그 이유는 그의 시가 일정한 규칙성을 유지하면서도 그 규칙성에서 끊임없이 벗어나는 시도가 잘 어우러져 있다고 생각했기 때문이다. 웹스터는 셰익스피어보다 훨씬 더 자유로우며, 그의 결점이 결코 자유분방함이 아니라는 증거는 그의 시가 자유를 얻는 순간 가장 강렬하기 때문이라고 보았다. 물론 그의 시에 부주의함이 없지는 않으나, 이로 인한 시의 불규칙성은 신중함으로부터 얻어진다고 생각했다. 예를 들어, 그의 작품은 5보격을 기본적으로 사용하고 있지만, 종종 짧은 행을 쓰거나 행들을 끊음으로써 작품의 각 행이 담고 있는 운율의 양을 변화시키며, 또한 규칙적인 강세의 반복을 깨뜨리는 자유를 누리고 있다고 판단했다. 당대의 비극을 쇠퇴의 바닥에 이르게 만든 극작가는 규칙을 가끔 깨뜨렸던 웹스터나 미들턴(Thomas Middleton)이 아니라 훨씬 더 규칙적인 운율을 채택한 터너(Cyril Tourneur)와 셜리(James Shirley)라고 그는 주장했다(CP1 514-15). 그는 영시의 전통에서만 시를 쓰는 기법을 배운 것이 아니라, 운문으로 쓰인 극 작품에서도 적절한 시적 기법을 배웠다. 그리고 그는 그들의 작품을 통해서 영시의 엄격했던 운율의 규칙을 어느 정도 깨뜨리면서 자유로워야만 새로워질 수 있다는 점을 깨달았고, 실제로 자신의 작품을 그렇게 만들었다고 생각했다. 그는 파운드의 시선집(*Selected Poems*)의 서문에서 "내 시는, 내가 판단할 수 있는 한, 다른 어떤 종류의 것보다도 자유시의 원래 의미에 더 가깝다. 최소한 1908년이나 1909년에 쓰기 시작한 시의 형식은 엘리자베스 조의 후기 극에 대한 연구로부터 직접 끌어낸 것"이라고 말했다("Introduction" *CP3* 518).

엘리엇의 초기 시에 엘리자베스 조의 후기 극보다 더 큰 영향을 미친 "다른 나라의 시"는 시먼스의 『상징주의 문학운동』(*The Symbolist Movement in Literature*)을 통해서 접하게 된다. 그는 1908년 12월 하버드대학교 유니언 도서관에서 우연히 읽게 된 시먼스의 책을 통해서 프랑스의 현대 자유시를 접했다. 프랑스 현대시인 중에서 그에게 가장 큰 영향을 미친 작가는 라포르그였다. "그가 보들레르 이후 가장 훌륭한 프랑스 시인이 아니더라도, 그는 분

명히 가장 중요한 기교적인 개혁가이다. 그의 자유시는 셰익스피어 후기 시,
웹스터, 터너의 작품이 자유시인 것과 같은 방식으로 똑같이 자유시"라고 말
했다("Introduction" *CP3* 518). 그는 라포르그의 시를 통해 자유시 이외에도 자
신에게 가장 적합한 화자를 통해서 "말하는 법"과 "[자기 자신만의] 언어 표현
방식이 갖는 시적인 가능성"을 처음으로 깨달았다고 회상했다("Talk on Dante"
CP7 482).

> 라포르그에게는 대체로 지적이며, 비판적이며, 예술과 과학과 철학에 관심이
> 있는 항상 진지한 젊은이가 있다. 즉 모든 정신적인 활동은 자신의 정밀한 정
> 서적인 상태를 갖는데, 라포르그는 이것을 민감하게 찾아내고, 주의 깊게 분석
> 한다. 젊은 시인이 실험 실습 연구재료로 삼을 수 있을 만큼 라포르그는 . . .
> 중요하다.

> [I]n Laforgue there was a young man who was generally intelligent, critical,
> interested in art, science and philosophy, and always himself: that is, every
> mental occupation had its own precise emotional state, which Laforgue was
> quick to discover and curious to analyse. So Laforgue has been . . .
> *important*, as a laboratory study for the young poet. ("Modern Tendencies in
> Poetry" *CP2* 217)

엘리엇은 라포르그를 통해서 테니슨의 늙은 율리시즈 대신에 젊은이를 시적
화자로 구현할 수 있는 예를 보았다. 또한 그는 라포르그로부터 현대를 가장
잘 그릴 수 있는 주제와 정서를 파악할 수 있었고, 그리고 그것을 표현하기
위해 현대어를 어떻게 사용하는지 배웠다. 그는 라포르그로부터 "암시적이
며, 선동적이며, 반성적인 의미를 나타내기 위하여 대화체, 속어, 신조어 및
기술적인 용어를 솜씨 좋게 사용하는" 법을 배웠다(Symons 56). 그는 라포르
그의 시를 통해서 말들을 효율적으로 결합하는 방법을 깨달았고, 그리고 그
말이 어떤 어조, 특히 아이러니를 띠는지 알게 되었다. 엘리엇은 라포르그의

시를 통해서 배운 여러 "시적인 가능성을 자신의 [목]소리"로 바꾸었다("Talk on Dante" *CP7* 482).

엘리자베스 조의 후기 극과 라포르그의 영향이 엘리엇의 시에 조금씩 반영되기 시작한 것은 1909년 말에 쓴 「북케임브리지에서의 두 번째 기상곡」("Second Caprice in North Cambridge")이다.

공터가 주는 매력이란!
불길하고, 황량하고, 막다르고,
무력한 땅이
눈에 탄원을 하고 마음을 괴롭히고,
네 동정을 요구하는구나.
재와 양철 깡통이 쌓이고,
흩어진 벽돌과 타일과
도시의 쓰레기들로 뒤덮여서는.

뭐라 정의 내리기도 어렵고
우리의 미적인 법칙과는 거리가 멀긴 하지만,
예기치 못한 매력과
설명할 수 없는 평안함으로
머리를 찍어 누르고 괴롭히는 이 땅을
(무어라고, 다시?)
12월의 어느 저녁
노랗고 붉은 석양 아래
잠시 멈추어 보자.

This charm of vacant lots!
The helpless fields that lie
Sinister, sterile and blind—

Entreat the eye and rack the mind,
Demand your pity.
With ashes and tins in piles,
Shattered bricks and tiles
And the débris of a city.

Far from our definitions
And our aesthetic laws
Let us pause
With these fields that hold and rack the brain
(What: again?)
With an unexpected charm
And an unexplained repose
On an evening in December
Under a sunset yellow and rose. (*P1* 235-36)

이 시는 도시 변두리의 풍경을 그림으로써 19세기 낭만주의 시나 20세기 조지 조의 시적 소재에서 벗어나고 있다. 그리고 이 시는 흐트러진 약강격 리듬과 가끔 각운을 사용하여, 정형화된 리듬과 그것에서 벗어난 변화가 적절하게 섞인 현대 자유시의 맛을 약간 볼 수 있게 해준다. 스미스 아카데미 졸업 축시가 운율이나 각운을 맞추기 위해 도치된 문장을 사용하는 문어체의 특성을 갖는다면, 이 시는 화자가 청자에게 실제로 말을 거는 듯한 구어체를 적극적으로 사용하고 있다. 그리고 이 시의 화자는 청자의 동정을 요구하거나("Demand your pity") 우리라는 인칭대명사를 사용하여("Let us pause"), 황량한 도시 공터의 풍경이 화자의 마음에 주는 일종의 매력과 고통을 청자와 공유하거나 청자를 자신의 이야기에 참여하게 만들고 있다. 화자가 청자를 이야기 속으로 끌고 들어와 이야기를 전개하는 방식은 1년 반 뒤에 쓴 「J. 알프레드 프루프록의 연가」의 내적 독백의 전조라고 할 만하다.

　　엘리엇은 엘리자베스 조의 후기 극과 라포르그에게서 많은 것을 배웠지만, 이를 자신의 목소리로 전환하는 데에는 상당한 연습과 시간이 필요했다. 왜냐하면 그의 청소년기에 형성된 자아 또는 변성기 이전의 목소리에서 벗어나야 했기 때문이다. 그의 어린 시절의 자아는 그의 할아버지의 종교였던 유니테리어니즘의 영향 아래 형성되었다. 그의 할아버지가 만든 행동거지의 지침은 그를 이성적이며, 사려 깊고, 예의 바르고, 분별력 있고, 자기부정을 하는 이로 만들었다. 그는 집안의 핵심적인 규칙에 따라 "도덕적인 판단과 의무와 방종 사이에서 결정을 내려야 했으며 . . . 이를 어기는 것은 죄를 짓는 것"이라고 느꼈다("American Literature and the American Language," *CP7* 792). 울프(Virginia Woolf)는 1920년 12월 5일 자 일기에 엘리엇을 "일그러지고 꽉 다문 입[을 가진], 조금도 제멋대로인 데가 하나도 없고 긴장을 풀지 않은, 압박을 당하거나, 감정을 절제하는" 젊은이로 묘사했다(*DVW2* 77). 이러한 인상은 약 20년이 흐른 뒤인 1940년 5월 25일 자 일기에서도 계속된다. 그녀는 그를 "매우 자기중심적이며, 스스로 고문하고, 자기 반성하는 이"라고 묘사했다(*DVW5* 287). 이러한 태도는 「귀부인의 초상」("Portrait of a Lady")에 등장하는 절제심이 강하고, 엄격한 청년의 모습으로 그려지기도 했으며, 「전통과 개인의 재능」("Tradition and the Individual Talent")에서 전통을 옹호하고 개인의 재능을 거부하는 몰개성론과도 상당히 닮았다. 그렇지만 그는 이러한 태도를 온전히 끝까지 유지한 것은 아니었다.

엘리엇은 석사학위를 마친 1910년 여름 부모의 반대를 무릅쓰고, 파리로 갔다. 그는 훗날 파리라는 도시가 제공한 "가장 자극적으로 다양한 사상"이 그를 성숙시키는 데 이바지했다고 말했다("Commentary" *CP5* 80). 파리의 다양한 사상이 그를 지적으로 성장시킨 것은 명백한 사실이지만, 그의 파리 체류는 자신의 가족과 교육제도와 영어가 자신에게 강요한 강력한 영향에서 벗어날 첫 기회였다. 미국에서 사는 동안 그는 가족의 뿌리 깊은 유니테리언교와 그에 따른 가정교육과 보스턴의 보수적인 중산층 담론의 영향 아래 놓여 있었다. 그는 파리에 살면서, 자신의 가족과 교육과 그 문화가 자신에게 가르쳐준 표현의 방식—스토아학파의 과묵함과 형식적인 언어로 정의될 수 있는 방식—을 의식적으로 그리고 완벽하게 거부하지 못했지만, 이것을 자신도 모르게 새로운 입장에서 바라볼 수 있었다. 우선 그는 가족과 교육을 통해 배운 언어로는 자신이 쓰고자 하는 바를 자신의 시에 쓸 수 없다는 것을 깨달았다. 그는 파리에 체류하면서, 자신의 가족과 학교와 미국에서 배운 언어를 포기하고, 새로 배운 언어인 프랑스어로 시를 썼다. 그는 『파리스 리뷰』인터뷰에서 "난 그때 영어를 포기하고 파리에 정착하여 점차 프랑스어로 글을 쓸까 하는 생각에 사로잡혀 있었다"고 말하기도 했다(Hall 266). 새로운 언어로 시를 쓰는 것 이외에, 엘리엇은 자신의 세대들이 사용하는 언어 중에서 무엇을 택하고 버릴 것이며, 무엇을 자신만의 것으로 만들 것인지 결정하기 위해서, 그는 자신의 습작 시와 초기 시에서 다양한 언어 실험을 했다. 그는 자신의 가족의 전통적인 담론과 현대적 담론 사이에서, 영어로 쓰인 시와 다른 언어로 쓰인 시 사이에서 그리고 전통적인 영시의 전통과 현대 자유시 사이에서 다양한 언어 실험을 했다. 그는 서로 다른 요소들을 이종교배하여 새로운 현대시를 만들어내기 시작했다.

엘리엇이 1910년 10월에 쓴 「광대 모음곡」("Suite Clownesque")은 그렇게 이종교배한 결과물의 하나이다. 다음은 이 모음곡의 첫 번째 시의 첫 2연이다.

색칠한 주랑을 가로질러
테라코타로 만든 사슴들 사이
화분에 심은 야자나무들, 잔디밭 사이
담배와 세레나데

여기 다시 나타난 희극 배우.
너무 커서 고압적인 옷 그리고 코
별들을 심문하는 코,

인상적이며, 의심 많은, 주홍색 코.
사람을 가장 잘 표현하고, 가장 실재적인 존재,
무례한 해파리,
쉬지 않고 움직이는 해파리.

Across the painted colonnades
Among the terra cotta fawns
Among the potted palms, the lawns,
The cigarettes and serenades

Here's the comedian again
With broad dogmatic vest, and nose
Nose that interrogates the stars,
Impressive, sceptic, scarlet nose;
The most expressive, real of men,
A jellyfish impertinent,
A jellyfish without repose. (*PI* 249)

엘리엇은 이 시의 첫 연에서 abba라는 압운형식을 따르며, 약강4보격을 사용하여, 규칙적인 영시의 리듬을 보여준다. 그러나 둘째 연에서 그는 압운을 두드러지게 사용하지 않았으며, 전체적으로 약강4보격을 사용하나, 첫 행과 셋째 행과 여섯 번째 행에서 규칙적인 리듬을 깨뜨려 약간은 자유로운 현대 자유시를 실험하고 있다. 그 외에 엘리엇은 이 시에 라포르그의 시에서 배운 또 다른 것을 실현했다. 그것은 젊은이를 등장시킨 것이다. 이 시에는 "번쩍 거리고 엄청나게 커다란 배" 때문에 매우 큰 옷을 입고, 커다란 주홍색 코를 붙이고, "다리를 쩍 벌리고는" 무엇인가 고민하는 광대("a comedian")가 나오는데, 이 광대는 젊은이 자신이라고 생각된다. 왜냐하면 그에겐 해결해야 할 문제가 하나 있는데, 이 문제는 광대에게 어울리지 않는 "철학과 예술"과 관련된 것이기 때문이다. 그런데 광대는 붉디붉은 커다란 코로 "별들을 심문하여" 이 심오한 문제를 풀려고 한다. 우스꽝스러운 복장을 한 광대라거나, 안절부절못하고 끊임없이 바다 속을 움직이는 "해파리"에 비유된 광대가 철학적이고 미학적인 문제를 우주 또는 절대자로 비유된 "별들"에게 물음으로써, 이 시의 화자인 젊은이는 자신을 조롱하는 듯한 아이러니를 이 시에 실현하였다.

「광대 모음곡」의 두 번째 시는 첫 번째 시보다 훨씬 더 자유로운 운율을 썼는데, 그 자유로움이 그 내용과 잘 어울린다.

> 발목까지만 내려오는 치마를 입은
> 그들은 모두 미성년자
> 셋은 측면에 그리고 하나는 중앙에
> (누가 감히 거부하겠는가)
> 안녕 여러분!
> 여러분, 안녕!
> 그들이 무대 한가운데 의자에 앉아서
> 손가락 하나를 흔들며 머뭇거리는 동안에: ―

> Each with a skirt just down to the ancle
> Everybody is under age
> Three on a side and one in the centre
> (Who would venture to be a dissenter)
> Hello people!
> People, hello!
> Just while they linger shaking a finger
> Perched on stools in the middle of the stage: ― (*PI* 250)

무대 한가운데에 4명의 여성이 등받이 없는 의자에 앉아 노래를 부르는 모습을 제시하는 첫 연에서는 다양한 음향 효과를 찾아볼 수 있다. 우선 강약격, 약강격, 또는 약약강격을 섞어 어떤 특정한 단어를 두드러지게 만들거나 자연스러운 구어체의 리듬감을 만든다. 예를 들어, 첫 행에서 강세가 들어가는 단어—each, skirt, down, ankle—는 무대에 등장한 가수들이 복숭아뼈까지 내려오는 치마를 입고 있다는 것을 명확하게 드러내고, 강세가 들어가지 않은 단어들은 이야기가 자연스럽게 흘러가는 느낌을 주고 있다. 또한 등장인물을 묘사하기 위해 상대적으로 긴 행을 사용하여 길게 늘어지는 느낌이 들게 하거나, 등장인물이 관객에게 소리치는 장면을 전하기 위해 상대적으로 매우 짧은 행을 사용함으로써 소리의 효과에 변화를 준다. 그리고 다음 2연과 3연은 그들이 부르는 노래인데, 대체로 약간 자유로운 약강4보격으로 쓰였다. 이 노래는 학교에 가지 않은 7명의 소녀가 시내 구경을 처음 하는지 전차를 타고 내리기도 하다가는 "다음엔 무엇을 해야 할지" 몰라 당황한 모습을 그린다. 2연과 3연에 사용된 다소 불규칙한 리듬은 시골뜨기의 첫 시내 나들이가 주는 기쁨과 설렘뿐만 아니라, 기쁨과 설렘 이후에 무엇을 할지 몰라 겪는 당황함을 그리는 데 적절한 시적 장치로 볼 수 있다.

「광대 모음곡」의 첫 연에서 "불이 환하게 켜진 무대"에 등장한 광대나 둘째 연에서 무대 위에서 노래 부르는 가수들은 엘리엇이 자주 갔던 보드빌(Vaudeville) 또는 뮤직홀(Music Hall)의 주요 등장인물이다. 그는 보드빌과 뮤직홀의 공연을 통해 대중문화를 접하게 되었고, 이를 자신의 시에 접목하였다. 그는 뮤직홀에서 울려 퍼지는 틴 팬 앨리 또는 래그타임(Ragtime)의 음악을 자신의 시에 이종교배함으로써 그의 시를 더 자연스러운 구어체의 시로 만들었다. 이 시에서 우스꽝스러운 모습을 한 광대가 심오한 철학적인 질의를 하는 아이러니와 자연스러운 구어체의 리듬감은 불과 반년 뒤에 「J. 알프레드 프루프록의 연가」에 더욱 구체적으로 나타난다.

파리에서 1년간 체류했던 엘리엇은 하버드대학교로 돌아와 박사학위 과정을 이수했다. 1911년 여름부터 1914년 여름까지 하버드에서 철학을 공부하는 동안 그가 쓴 시는 모두 5편이다. 그가 언제나 과작이었다는 점을 참작하더라도, 3년 동안 쓴 시가 모두 5편에 불과하다는 것은 이 시기에 그가 시보다는 철학 공부에 매진했다는 것을 의미한다. 그러던 그가 옥스퍼드대학교에서 박사학위논문을 준비하던 1914년 여름과 가을과 겨울에 약 10편의 시를 썼다(Ricks xl). 그가 이 기간에 쓴 10편의 시는 한동안 미루었던 시 쓰기를 한 번에 몰아서 쓴 것이라고 할 수 있다.

엘리엇이 이 기간에 쓴 시들 중에서 「억압된 콤플렉스」("Suppressed Complex")는 1915년 2월 2일 파운드에게 보낸 편지에 동봉되어 있었으므로, 1914년 여름부터 1915년 1월 사이에 썼을 것이라고 릭스는 추정한다(xl).

> 그녀는 고집스러운 눈으로 침대에 매우 조용히 누워서
> 숨을 참았다 나는 화로의 불빛 속에서
> 즐겁게 춤추는 구석에 똑바로 선
> 그림자에 불과하다고 생각하지 않으려고.
>
> 그녀는 뒤척이며 꿈을 꾸다가 손가락으로 이불을 꽉 쥐었다.
> 그녀는 매우 창백했고 거칠게 숨을 쉬었다.
> 아침이 황갈색 그릇에서 길게 자란 한련 덩굴을 흔들 때
> 나는 즐겁게 창문을 지나갔다.

> She lay very still in bed with stubborn eyes
> Holding her breath lest she begin to think
> I was a shadow upright in the corner
> Dancing joyously in the firelight.
>
> She stirred in her sleep and clutched the blanket with her fingers
> She was very pale and breathed hard.
> When morning shook the long nasturtium creeper in the tawny bowl
> I passed joyously out through the window. (*PI* 268)

이 시는 현대의 일상생활의 한 장면을 있는 그대로 그렸던 데이비드슨이나 보들레르에게서 배운 바를 잘 실현하고 있다. 이 시는 잠을 자다가 꿈을 꾸는 한 여인을 그린다. 그녀는 테니슨의 시에 등장하는 고귀한 귀족 부인도 아니고, 라파엘전파의 시에 등장하는 중세풍의 아름다운 여인도 아니다. 이 시에는 침대에 가만히 누웠다가 이상한 꿈을 꾼 뒤 아침을 맞이한 여인이 등장하지만, 그 외의 정보는 어떤 것도 추가로 제시되지 않는다. 그것은 데이비드슨과 보들레르가 그린 현대의 일상생활의 한 장면과 무척 닮았다. 그렇지만 이 시는 새로운 시적 기법을 사용한다. 그 기법은 각 연의 3-4행에서 두드러지게 나타난다. 각 연의 1-2행이 여인의 외부 세계를 그린다면, 나머지 부분은 여인의 내면-꿈 또는 무의식-을 그린다. 즉, 조지 엘리엇 (George Eliot)이나 헨리 제임스(Henry James)가 주인공의 심리 또는 내면을 그리는 기법을 엘리엇은 이 시에 적용하여, 한 여인이 침대에 누워 잠을 자는 현실 세계와 그녀의 꿈이 그리는 심리 세계를 결합했다. 1909년 11월에 쓴 「북케임브리지에서의 두 번째 기상곡」이 현대 도시의 퇴락한 공터를 보고 들은 대로 그리고 있다면, 이 시는 현실과 꿈이라는 무의식의 세계를 병치한다. 이 시는 현대 대도시에서 일상적으로 일어나는 일(잠자는 것) 또는 평범한 현대인의 삶을 그의 심리 또는 무의식에 투영함으로써, 현대시의 새로운 영역을 개척했다.

둘째로 이 시는 19세기 시에 사용되었던 매우 고상한 시어 대신에 일상 언어를 사용하고 있으며, 약강5보격의 고상한 문어체 대신에 구어체를 사용하고 있다. 이 시는 현대의 일상적인 삶 속에서 실제로 사용되는 말이 주는 자연스러운 느낌을 그대로 전하고 있다. 19세기의 화려한 장식이 많은 시어 대신에 일상적인 언어를 장식 없이 사용하는 현대시의 특징을 고스란히 보여준다.

셋째로 엘리엇은 이 시에서 헨리 제임스 소설의 주요한 특징을 실현하고 있다. 당대의 대표적인 영국 작가들-예를 들면, 메레디스(George

Meredith)나 체스터튼(G. K. Chesterton) ─ 이 어떤 생각에 푹 빠져 헤어 나오지 못하거나 어떤 감정에 휘둘렸다면, 매우 지적이었던 제임스는 그렇지 않았다고 엘리엇은 주장했다("In Memory of Henry James" 650). 어떤 생각이나 감정에서 벗어나 "살아있는 존재"를 있는 그대로 그렸던 제임스처럼(649), 그는 이 시에서 어떤 생각이나 감정을 독자에게 전달하기 위해서 애를 쓰기보다는 침대 위에서 잠을 자다가 꿈을 꾼 여성을 객관적으로 제시한다. 이 시가 구석에서 즐겁게 춤추는 "그림자"라는 꿈을 꾼 여성을 객관적으로 제시하는 기법은 몰개성론과도 관련이 깊으며, 또한 객관상관물(an "objective correlative") ─ "어떤 사물, 상황, 사건"을 제시하여 어떤 특정한 감정을 나타낼 수 있도록 하는 시적 기법 ─ 로 발전할 수 있는 여지를 담고 있다("Hamlet" *CP* 125). 물론 이 시에 등장하는 여인과 그녀의 꿈은 어떤 특정한 감정을 나타낼 수 있는 객관상관물로 제시된 것은 아니지만, 그 대상을 객관적으로 제시함으로써 그러한 단계로 나아갈 수 있는 초석이 되었다.

마지막으로 엘리엇은 이 시에서 자신의 주요 기법의 하나인 인유를 적극적으로 사용했다. 릭스에 따르면, 그는 보들레르의 「달의 축복」("Les Bienfaits de la Lune")과 호커(Robert Stephen Hawker)의 「아서 왕 만만세」("King Arthur's Waes-hael")와 셸리(Percy Bysshe Shelley)의 「로살린과 헬렌」("Rosalin and Helen") 등의 시구를 인유했다. 예를 들어, 엘리엇의 "그녀는 뒤척이며 꿈을 꾸다가"란 표현은 보들레르의 "당신이 잠을 잘 때"란 시구에서 온 것이며, 엘리엇의 "매우 창백했고"는 보들레르의 "특히나 창백한"이란 시구에서 온 것이며, 엘리엇의 "창문을 뚫고 즐겁게 지나갔다"는 표현은 보들레르의 "창문을 뚫고"와 "유리를 뚫고 아무 소리 없이 지나갔다"와 "즐거움"이란 시구를 섞어서 만든 것이다(*PI* 1149). 엘리엇은 보들레르의 시구를 거의 그대로 베껴 썼지만, 그는 각 시구가 보들레르의 시에서 갖는 어조나 의미나 뉘앙스를 그대로 베낀 것이 아니라, 그것이 자신의 시에서 새로운 어조나 의미나 뉘앙스를 갖도록 만들었다. 보들레르의 "당신이 잠을 잘 때"란 시구가 현실에서 일어나고 있는 사건을 그대로 재현한 것이라면, 엘리엇은 이것을 여인의 꿈 또는 내면세계와 결합하여 새로운 것으로 변모시켰다. 「필립 매신저」에서 주장한 것처럼, 그는 보들레르의 시구를 훔치기만 한 것이 아니라, 그것을 자신의 시에 적합하게 바꾸어 새로운 어조와 의미와 뉘앙스를 갖도록 만들었다.

이 시를 포함하여, 옥스퍼드 대학교에서 박사학위논문을 준비하며 쓴 시들은 앞서 살펴본 시들에 비하여 훨씬 더 세련되고, 현대시의 다양한 요소들―자유시, 구어체, 현대 도시의 삶, 화자의 심리 또는 내면세계 등―을 통합하여 자기 자신만의 목소리로 말하고 있다. 그렇지만 엘리엇이 「억압된 콤플렉스」를 파운드에게 보낼 때는 아직 「J. 알프레드 프루프록의 연가」의 출판이 확정되지도 않았고, 철학박사 학위 논문을 쓰는 것도 잠시 멈추었던 때였다. 엘리엇은 자신의 삶의 모든 것이 불확실하던 때에, 파운드를 통해서라도 이 시를 출판하여 자기 삶의 일부라도 확정 짓고 싶었을 것이다. 그는 파운드에게 겸손한 말투로 "소품 한 편을 동봉합니다. 이것이 좋지 않다는 것을 알지만, 그 밖의 것은 이것만큼도 좋지 않습니다. . . . 태워 버리세요." 라고 썼다(*P1* 1149 재인용). 비록 이 시가 그를 만족시킬 만큼 좋은 시는 아니었다 하더라도 그리고 궁극적으로 이 시를 출판하지는 못했더라도, 엘리엇이 이 기간에 쓴 시들은 자기 자신만의 방식으로 소재와 주제를 결정하고, 이것을 어떤 식으로 말할 것인지 정한 뒤에 나온 결과물이었기에, 그는 이 시를 출판할 용기를 낼 수 있었던 것이다.

IV. 결론

이 글은 엘리엇이 청소년기에 쓴 습작 시와 초기 시에서 자신만의 목소리를 형성하는 과정과 현대시의 다양한 특징을 실현하는 과정을 살펴보았다. 그는 자신이 선택한 소재와 주제를 자신만의 목소리로 말하기 위해서,

자신의 가정교육과 학교교육과 당대 사회의 문화가 그에게 강제한 바를 적절하게 받아들이거나 거부했다. 또한 그는 자신의 시에 필요한 여러 가지 시적 기법들을 위대한 작가뿐만 아니라 군소작가들에게서도 배웠고, 또한 영미시뿐만 아니라 다른 언어로 쓰인 시에서도 배웠다. 그는 이 과정을 "이종교배"라고 불렀는데, 그의 습작 시와 초기 시에 접목된 것은 영국의 전래 동요와 아동문학, 1890년대 스코틀랜드의 시인이었던 데이비드슨의 시, 엘리자베스 조와 자코뱅 기의 극작가들의 희곡, 단테의 『신곡』, 줄 라포르그의 시 등이었다. 그는 이들의 작품을 통해서 현대의 일상생활에서 사람들이 실제로 사용하는 언어를 활용해야 한다는 것, 전통적인 영시의 리듬에 얽매이는 대신 규칙과 자유가 적절하게 섞인 자유시를 써야 한다는 것, 자신에게 중요한 심상이나 주제는 제일 훌륭한 표현을 찾을 때까지 반복적으로 시도해야 한다는 것, 어떤 생각이나 감정에 치우치지 않은 채 어떤 특정한 사물이나 사건을 객관적으로 제시하여 그 사물이나 사건이 대신 어떤 생각이나 감정을 전할 수 있도록 해야 한다는 것을 배웠다. 엘리엇은 습작 시나 초기시를 쓰면서 배우고 익힌 여러 시적 기법을 자신의 것으로 만들어 자신의 목소리로 말할 수 있게 되었을 뿐만 아니라, 이는 나중에 『황무지』나 『네 사중주』와 같은 훌륭한 작품을 쓸 수 있는 초석이 되었다. 따라서 엘리엇이 생전에 출판하기를 거부했던 습작 시와 초기 시는 읽어볼 필요도 없는 작품들이라기보다는 그가 절정기에 쓴 시들의 형식과 내용을 이루는 기초임이 틀림없다.

▌인용문헌

Carroll, Lewis. *Sylvie and Bruno*. London: Macmillan, 1890.

Eliot. T. S. "American Literature and the American Language." *The Complete Prose of T. S. Eliot*. Vol. 7. 792-810.

___. "The Charles Eliot Norton Lectures for 1932-33. The Use of Poetry and the Use of Criticism." *The Complete Prose of T. S. Eliot*. Vol. 4. 574-694.

___. "A Commentary." *The Complete Prose of T. S. Eliot*. Vol. 5. 80-83.

___. *The Complete Prose of T. S. Eliot*. 8 vols. Ed. Ronald Schuchard, et al. eds. Baltimore: Johns Hopkins UP, 2014-21.

___. "Ezra Pound." *The Complete Prose of T. S. Eliot*. Vol. 6. 759-70.

___. "Ezra Pound: His Metric and Poetry." *The Complete Prose of T. S. Eliot*. Vol. 1. 626-47.

___. "Hamlet." *The Complete Prose of T. S. Eliot*. Vol. 2. 122-28.

___. "In Memory of Henry James." *The Complete Prose of T. S. Eliot*. Vol. 1. 648-52.

___. "'Introduction' to *Selected Poems*, by Ezra Pound." *The Complete Prose of T. S. Eliot*. Vol. 3. 517-33.

___. *The Letters of T. S. Eliot 1898-1922*. Vol. 1. Rev. ed. Ed. Valerie Eliot and Hugh Haughton. London: Faber, 2009.

___. *The Letters of T. S. Eliot 1928-1929*. Vol. 4. Ed. Valerile Eliot and John Haffenden. London: Faber, 2013.

___. "Philip Massinger." *The Complete Prose of T. S. Eliot*. Vol. 2. 244-59.

___. *The Poems of T. S. Eliot*. Vol. 1. Ed. Christopher Ricks and Jim McCue. London: Faber, 2015.

___. "Poets' Borrowings." *The Complete Prose of T. S. Eliot*. Vol. 3. 385-89.

___. "Talk on Dante." *The Complete Prose of T. S. Eliot*. Vol. 7. 482-92.

___. "To Criticize the Critic." *The Complete Prose of T. S. Eliot*. Vol. 8. 456-74.

___. "Verse Pleasant and Unpleasant." *The Complete Prose of T. S. Eliot*. Vol. 1. 679-85.

Glendinning, Victoria. *Elizabeth Bowen: Portrait of a Writer*. London: Weidenfeld and Nicolson, 1977.

Hall, Donald. *Their Ancient Glittering Eyes: Remembering Poets and More Poets*. New York: Ticknor, 1992.

Hargrove, Nancy Duvall. *T. S. Eliot's Parisian Year*. Gainesville: UP of Florida, 2009.

Jain, Manju. *T. S. Eliot and American Philosophy: The Harvard Years*. Cambridge: Cambridge UP, 2004.

Levy, William Turner and Victor Scherle. *Affectionately T. S. Eliot: The Story of a Friendship 1947-1965*. London: J. M. Dent, 1969.

Matthews, T. S. *Great Tom: Notes towards the Definition of T. S. Eliot*. New York: Harper, 1974.

Pound, Ezra. *The Letters of Ezra Pound, 1907-1941*. Ed. D. D. Paige. London: Faber, 1951.

Ricks, Christopher. *Inventions of the March Hare: Poems 1909-1917*. New York: Harcourt Brace, 1996.

Sencourt, Robert. *T. S. Eliot: A Memoir*. London: Garnstone, 1971.

Sigg, Eric. "Eliot as a Product of America." *The Cambridge Companion to T. S. Eliot*. Ed. A. David Moody. Cambridge: Cambridge UP, 1994.

Stayer, Jayme. "T. S. Eliot as a Schoolboy: The Lockwood School, Smith Academy, and Milton Academy." *Twentieth Century Literature* 59.4 (2013): 619-56.

Symons, Arthur. *The Symbolist Movement in Literature*. New York: Dutton, 1958.

Woolf, Virginia. *The Diary of Virginia Woolf, 1920-1924*. Vol. 2. Ed. Anne Olivier Bell. New York: Harcourt Brace Jovanovich, 1978. [Abbreviated as *DVW2*]

___. *The Diary of Virginia Woolf, 1931-1935*. Vol. 4. Ed. Anne Olivier Bell. New York: Harcourt Brace Jovanovich, 1982. [Abbreviated as *DVW4*]

___. *The Diary of Virginia Woolf*, 1936-1941. Vol. 5. Ed. Anne Olivier Bell. New York: Harcourt Brace Jovanovich, 1985. [Abbreviated as *DVW5*]

T. S. 엘리엇의 이른 청년기 시절 시: 1904-1910 연구*

_____ **김성현**(서울과학기술대학교)

I. 개관

토머스 스턴스 엘리엇(Thomas Stearns Eliot)이 성공회로 개종한 시기의 작품인 『재의 수요일』(*Ash-Wednesday*)을 기준으로 전반기와 후반기로 나누어진 그의 시 세계는, 「J. 알프레드 프루프록의 연가」("The Love Song of J. Alfred Prufrock") 이전에 쓴 근래에 들어 그의 미발표 시들이 공개되거나 출판되고 난 후 복잡해지는 양상이다. 국내 학자들 사이에서 엘리엇의 초기시라는 의미는 약 두 갈래로 나뉘는 것 같다. 그 하나는 초기 시를 1910년부터 1917년 「프루프록의 연가」 전까지 써졌던 시편들로 흔히 『삼월 토끼의 노래』(*Inventions Of March Hare*)에 실려 있는 시들을 의미한다. 다른 한편으로는 1910-17년 사이의 시들뿐만 아니라 「프루프록의 연가」까지를 초기 시로 보는 견해이다. 이러한 입장을 지닌 비평가들의 글에서는 1910년 이전, 즉 하버드

---

* 『T. S. 엘리엇 연구』 24.1 (2014)에 게재된 논문임.

대학에 재학 중일 때 쓰인 시들에 대한 언급은 거의 주목하지 않는다. 국외 연구의 경우에도 상황은 비슷하다. 낸시 기쉬(Nancy K. Gish)는 전체 엘리엇의 시작품을 초기부터 『황무지』를 거쳐 『네 사중주』에 이르기까지 일관된 주제를 시간과 그 시간을 초월하는 문제에 천착한 것으로 파악하지만 ("Introduction" ii), 하버드대학 시절의 시편에 대한 언급은 별로 없는 실정이다.

하지만, 엘리엇은 『삼월 토끼의 노래』에 실린 시들 이전, 즉 1910년 이전에도 몇 편의 시들을 썼고, 이러한 시들은 하버드 대학 재학시절 발표되기도 했다. 발레리 엘리엇(Valerie Eliot)은 이러한 매우 초창기 시절, 약 10대 후반에서 20대 초반 사이에 써진 시들을 『이른 청년기 시절의 시편들』(*Poems Written in Early Youth*)이라는 제목으로 1967년에 편집 출판한 바 있다. 존 헤이워드(John Hayward)에 따르면 이 책에 실린 책들은 약 1904년 겨울에서 1910년 사이, 즉 엘리엇의 나이 16살부터 22번째 생일까지 스미스 아카데미와 하버드 대학생이던 시절 쓴 것들이라고 한다(ix). 어떤 면에서 보면, 이 시기의 작품들은 완성된 시라기보다, 습작의 형태와 같은 작품이라고 할 수 있을 것이다. 하지만 초기 시에서 후기 시에 이르기까지 일관적으로 나타나는 엘리엇의 삶에 대한 성찰과 그의 종교성, 그리고 엘리엇 시학의 핵심이 이미 이러한 청년기의 시편들에서부터 그 맹아적 형태로 존재했었음을 확인해 보는 것은 매우 큰 의미가 있을 것이다.

이런 관점에서, 엘리엇이 하버드 대학 재학시절 쓰고 발표했던 시들과 엘리엇의 대표작품들 간의 연관성을 살펴보는 것은 매우 흥미로운 주제라고 할 수 있다. 비교적 젊은 시절부터 쓰기 시작한 엘리엇의 시작 활동은 『황무지』를 포함하여, 그의 작품이 보여주고 있는 형식적인 파격 혹은 그 형태적 비일관성과는 달리, 주제적인 측면에서 매우 일관된 태도를 견지하고 있다. 삶에 대한 근본적인 관점과 시간 혹은 문명에 대한 엘리엇의 태도는 이미 그가 하버드 대학 시절 썼던, 흔히 『하버드 애드버킷 시편』(*Harvard Advocate*

Poems)이라고 불리는 그의 작품들 속에서 그 단초를 보이며 「프루프록의 연가」와 『황무지』를 거쳐 『네 사중주』에 이르기까지 점차 성숙해지는 그의 중기, 후기 시들에서는 초기에 천착했던 주제가 매우 견고한 철학적 성찰로 더욱 깊어지는 것이라고 할 수 있을 것이다. 일반적으로 엘리엇 연구에서 매우 중요하게 다루어지는 그의 시학 이론의 핵심이 되는 개념들은 셔스터만 (Richard Shusterman)이 지적했듯이 "전통, 시적 몰개성, 객관적 상관물, 분석적 정확성, 그리고 비평적 객관성"(31)이라고 할 수 있다. 이와 같은 이론적 토대들은 철학도였던 청년 시절 탐구했던 "로이스(Josiah Royce), 브래들리 (Francis Herbert Bradley), 그리고 러셀(Bertrand Russell)"(31)의 철학과 비평적 통찰의 영향이 크며, 하버드 시절의 시들은 엘리엇이 본격적인 비평가로서 자신의 시학을 정립하기 전부터 그러한 시학의 단초를 이미 보여주고 있다. 이런 관점에서, 엘리엇의 하버드 시절 시들은 비록 본격적인 엘리엇 연구의 주된 텍스트로 다루어지진 않았지만[1] 전체 엘리엇의 시 세계를 조망하는 데 큰 의미가 있다고 할 수 있을 것이다. 이것은 마치 엘리엇이 『네 사중주』에서 "나의 처음에 나의 끝이 있었다"(In my beginning is my end)(P1 177)라고 강조하던 것처럼 그의 첫 작품들 속에 그의 마지막 작품이 메아리치고 있는 것만 같다.

---

1) 이 시기 엘리엇의 작품들은 엘리엇의 작품집 속에는 포함되어 있지 않으며("These poems do not appear in Eliot's *Collected Poems* or even in his *Complete Poems and Plays*." 인터넷 자료), 엘리엇의 작품집에 청년기와 초기 시가 시기별로 어떻게 포함, 출판되었는지는 노저용 교수가 명확하게 설명하고 있다. "Two years before his death in 1965, Eliot's *Collected Poems 1909-1962* was published without poems written in his early youth by Faber and Faber in 1963. Then five years later after his death, *The Complete Poems and Plays of T. S. Eliot* was again published by the same press with the inclusion of 14 juvenile poems in an appendix with 608 pages. Now, by adding over forty unpublished poems from the Notebook to the 1969 edition, *The Complete Poems and Plays of T. S. Eliot* will be more complete" (Jeo-Yong Noh, "T. S. Eliot's Inventions of the March Hare: Poems 1909-1917" 59).

II. 작품 해설

엘리엇의 초기 시에 대한 연구는 크리스토퍼 릭스(Christopher Ricks)가 1996년 편집 출판한 엘리엇의 초기 미발표 작품집 『삼월 토끼의 노래』를 바탕으로 이루어져 왔다(「엘리엇의 초기 시와 지적 미로」 7). 하지만 여기서 살펴볼 작품들은 시기적으로 『삼월 토끼의 노래』 전의 작품들이다. 발레리 엘리엇이 1967년 편집 출간한 『이른 청년기 시절의 시편들』에는 12편의 시가 실려 있는데 작품의 목록은 다음과 같다. 「서정시: 만약 시간과 공간이, 현자들이 말하는 것과 같다면」("A Lyric: If Time and Space, as Sages Say"), 「노래: 만약 공간과 시간이, 현자들이 말하는 것과 같다면」("Song: If Space and Time, as Sages Say"), 「노래: 우리가 언덕을 가로질러 왔을 때」("Song: When We Came Home across the Hill," "Before Morning"), 「키르케의 궁전」("Circe's Palace"), 「어떤 초상에 관하여」("On a Portrait"), 「노래: 달맞이꽃은 나방을 향해 잎을 연다」("Song: The Moonflower Opens to the Moth"), 「야상곡」("Nocturne"), 「유모레스크」("Humoresque"), 「우울」("Spleen"), 「송시」("Ode"), 그리고 엘리엇의 『황무지』 원고에 초고의 형태로 나타나 있는 「성 나르시소스의 죽음」("The Death of Saint Narcissus")이 이에 해당한다. 특히, 마지막으로 언급한 「성 나르시소스의 죽음」은 다른 작품들처럼 하버드 시절에 쓰인 시는 아니겠지만, 그렇다고 해서 「프루프록의 연가」 이후의 시들과 함께 다루어지는 시도 아니다. 특히 이 작품의 몇몇 구절은 『황무지』의 25-29행과 매우 유사해서,[2] 학자들은 이 시가

---

2) 다음은 「성 나르시소스의 죽음」("The Death of Saint Narcissus")의 첫 부분이다.

　이 회색 바위 아래 그늘로 오라―
　이 회색 바위 아래 그늘로 들어오라,
　그럼 나는 동틀 녘 모래 위로 드리워지는 너의 그림자와
　붉은 바위에 넘실거리는 불길을 뛰어넘는 너의 그림자가
　어떻게 다른지 보여줄 것이다.

초창기 작품이 아니라고 주장하기도 하지만, 헤이워드는 이 작품이 1911년에서 1915년 사이에 쓰인 것으로 추측한다(38). 이런 면에서 엘리엇의 미발표 초기 시가 그의 중기, 후기 대표작에 나타나는 주제와 많은 상관관계를 가지고 있을 것으로 여겨진다. 특히, 메이어(John T. Mayer)는 『황무지』가 그의 이전 미발표 시들에서 다루었던 주제를 가장 정교하게 천명한 것이라고 주장하기도 하였다(Noh 70). 고든(Lyndall Gordon)은 엘리엇의 미발표 초기 시에 이미 종교적인 주제에 천착하는 엘리엇의 중심사상이 배어난다고도 지적하였는데 (23), 이러한 측면은 시 「노래: 만약 공간과 시간이」에서 분명하게 나타난다.

현인들이 말하듯이, 만약 시간과 공간이
　존재할 수 없는 것이라면
하루를 사는 파리도
　우리만큼 오래 살아온 것이 될 것이다.

Come under the shadow of this gray rock-
Come in under the shadow of this gray rock,
And I will show you something different from either
Your shadow sprawling over the sand as daybreak, or
Your shadow leaping behind the fire against the red rock: (*PEY* 28)

다음은 『황무지』의 일부이다.

이 붉은 바위 밑에 그늘이 있을 뿐
(이 붉은 바위 그늘 밑으로 들어오라),
그러면 내 너에게 보여주마,
아침에 네 뒤를 성큼성큼 따르던 너의 그림자도 아니고,
저녁때에 네 앞에 솟아서 너를 맞이하는 그 그림자와도 다른 것을,

There is shadow under this red rock,
(Come in under the shadow of this red rock),
And I will show you something different from either
Your shadow at morning striding behind you
Or your shadow at evening rising to meet you; (*P1* 55)

하지만, 우리가 그럴 수 있을 때 살아가자
　사랑과 삶이 자유로울 때,
왜냐하면 시간은 시간이라 늘 빨리 흘러가기 때문이다,
　물론 현명한 사람들은 동의하지 않겠지만.[3]

If space and time, as sages say,
　Are things which cannot be,
The fly that lives a single day
　Has lived as long as we.

But let us live while yet we may,
　While love and life are free,
For time is time, and runs away,
　Though sages disagree. (*PEY* 10)

『이른 청년기 시절의 시편들』에 실린 내용에 따르면, 이 구절은 「서정시」
("A Lyric")라는 시의 내용과 매우 유사하다. 첫 번째 연의 구절은 다음과
같다.

만약 시간과 공간이, 현자들이 말하는 것처럼,
　존재할 수 없는 것이라면
쇠락을 느끼지 못하는 태양은
　우리보다 더 위대하지 않다.
그럼, 왜, 사랑이여, 우리는 정녕
　100년을 살게 해달라고 기도해야 하는 것인가?
하루를 사는 나비는 영원을 산 것이다.

---

3) 엘리엇의 이른 초기 시의 경우 참고로 할 번역본은 부재하며 본 논문에서 인용된 이른 초기
　시의 번역은 필자가 한 것이며, 이에 영문판 페이지만 기재함.

If Time and Space, as Sages say,
   Are things which cannot be,
The sun which does not feel decay
   No greater is than we.
So why, Love, should we ever pray
   To live a century?
The butterfly that lives a day
   Has lived eternity. (*PEY* 9)

여기서, 엘리엇은 현실적인 인식의 배경을 이루는 상대적인 비교의 관계가 사실상 임의적이며 그것은 시간과 공간에 대해서도 마찬가지라는 생각을 하고 있다. 따라서 시간과 공간이라는 임의적인 범주가 사라지면, 인간의 삶과 파리의 삶을 비교할 근거가 사라지게 되는 것이고, 그러면 인간과 파리 어느 것이 더 오래 살았는가 하는 비교는 불가능해진다. 영원의 시간 속에서는 하루이건 100년이건 그 차이는 거의 무와 같아지는 것으로 끝없이 수렴되기 때문이다.[4] 그리하여 "하루를 살았던 나비"는 영원을 사는 것과 동등하게 여겨질 수 있는 이유가 된다. 그와 같은 인간의 후천적이며 임의적인 비교를 초월한 절대적인 지평에 대한 갈구는 매우 종교적이고 초월적인데, 이것은 이후 엘리엇의 『네 사중주』의 성숙한 종교성에서 다시 한번 확인할 수 있게 된다.

---

4) 경제학에서 이러한 관점은 흔히 베버-페히너의 법칙으로 불린다. 여기서 말하는 베버-페히너의 법칙은 자극의 강도와 사람의 감각 사이의 일정한 비례관계를 말하는데, 근본적인 내용은 동일하다. 예를 들어, 양초가 10개인 방에 초를 하나 더 두면 밝기가 달라지는 것을 쉽게 느낄 수 있지만, 양초가 100개인 방에 초를 하나 더 두는 것은 그 밝기의 차이를 느끼기가 쉽지 않다는 것이다. 엘리엇이 생각하는 영원이라는 것도 이와 같은 맥락에서 이해될 수 있다. 인간의 인생이라는 한정된 시간, 예를 들어 100년이라는 시간 속에서 하루와 1년의 차이는 매우 크지만, 영원이라는 시간 속에서 하루와 1년의 차이는 아무런 차이도 만들어 낼 수 없게 된다.

현재의 시간과 과거의 시간은
아마 모두 미래의 시간에 존재하고
미래의 시간은 과거의 시간에 포함된다
· · · · · · · · · · · · · · · · · · · ·
가라, 가라, 가라, 새가 말했다. 인간이란
너무 과한 현실은 견딜 수 없는 것이다.
과거의 시간과 미래의 시간
있을 수 있었던 일과 있었던 일은
한끝을 지향하며 그 끝은 언제나 현존한다.

Time present and time past
Are both perhaps present in time future
And time future contained in time past.
· · · · · · · · · · · · · · · · · · · ·
Go, go, go, said the bird: human kind
Cannot bear very much reality.
Time past and time future
What might have been and what has been
Point to one end, which is always present. (*P1* 179-80)

일견 상식적인 관점에서는 이해하기 어려운 위의 구절 역시도 현실 인식의
바탕이 되는 상대적인 관점보다는 모든 임의적이고 인위적인 구분의 범주를
초월했을 때의 상태를 묘사하는 것이라고 할 수 있을 것이다. 과거와 현재
미래를 직선상에서 구분하는 종래의 시간관으로써는 현재, 과거, 미래가 초
월적으로 중첩되고 반복되는 엘리엇의 시간관을 이해하기는 불가능하다. 앞
서 언급되었던 기쉬의 연구가 밝힌 것처럼, 시간의 문제는 엘리엇의 작품 전
반에 공통으로 깔린 매우 일관된 주제이다(i-ii). 흥미로운 것은 『네 사중주』,
특히 「번트 노튼」에서 매우 고차원적이고 종교적이며 정교하게 다듬어진 엘
리엇의 세계관은 이미 그의 20대 초기에 그 맹아가 벌써 마련되어 있었지만

(Gish 2), 『네 사중주』의 종교적이고 초월적인 결론과는 다르게 「서정시」("A Lyric")와 「노래」("Song") 두 편에 공통으로 포함된 두 번째 연은 매우 세속적인 결의로 나타난다는 사실이다.

이슬이 줄기에서 떨고 있을 때,
　내가 당신에게 보낸 꽃은
야생벌들이 날아와 야생장미를
　빨기 전부터 시들어 가고 있었다.
그러니 우리 어서 새 꽃을 꺾으러 가자
　꽃이 시들어 가는 것을 애도하지도 말고
사랑의 날들은 얼마 안 되지만
　그것들이 신성한 것이 되게 하자.

The flowers I gave thee when the dew
　Was trembling on the vine,
Were withered ere the wild bee flew
　To suck the eglantine.
So let us haste to pluck anew
　Nor mourn to see them pine,
And though our days of love be few
　Yet let them be divine (*PEY* 9)

이 부분에서 엘리엇이 추구하는 것은 매우 세속적인 즐거움이다. 마치 현재를 가장 중요하게 생각하고 즐기라는 '카르페 디엠'(carpe diem)의 모토를 추구하는 것처럼, 젊어서 그 열정이 시들기 전에 어서 그 열정을 소모하자는 것처럼 여겨진다. 여기서는 20대 전후의 혈기 왕성한 열정과 신중한 성스러움에 대한 의식이 매우 절묘하게 균형을 이루고 있는데, 이러한 균형은 『네 사중주』에서 종교적인 경건함으로 기울어지게 된다. 그리하여, 일생의 삶이 매우 유한하고 얼마 되지 않더라도, 그날들을 "신성한"(divine)한 것으로 만들라고 속삭이는 것이다.

신화에 대한 관심, 모더니즘의 멜랑콜리, 라포르그(Jules Laforgue)로부터의 영향과 같은 엘리엇의 대표적인 시작품에서 나타나는 주요한 특징들은 대부분 이른 초기 시에서 이미 다루어지고 있음은 흥미롭다(엘리엇의 대표적인 시작품에서 나타나는 주요한 특징들에 해당하는 신화에 대한 관심, 모더니즘의 멜랑콜리, 라포르그(Jules Laforgue)로부터의 영향과 같은 것들이 초기 시에서도 엿보이고 있다는 점은 흥미롭다). 특히 객관적 상관물과 같은 엘리엇의 핵심적인 시학도 이른 초기 시에서 그 단초를 살펴볼 수 있다는 것은 충분히 주목할 만한 점이다. 『황무지』에서 광범위하게 차용되었던 신화에 대한 엘리엇의 깊은 관심은 이미 「키르케의 궁전」나 「어떤 초상에 대해」과 같은 작품에서 부분적인 요소로 다루어지고 있다. 잘 알려져 있다시피, 키르케는 그리스 신화 속의 등장인물로, 태양의 신 헬리오스(Helios)의 딸이다. 그리고 그 언니는 유명한 미노스 왕국의 미노타우로스를 잉태했던 파시파에(Pasiphaë)이고, 오빠는 헤라클레스 이야기에 등장하는 황금 양털을 지키는 에이테스(Aeetes)이다. 키르케는 자신의 적을 동물로 만들어버리는 마법의 능력을 지니고 있는데, 호머(Homer)의 오디세이(Odyssey)에서 오디세우스(Odysseus)의 선원을 모두 돼지로 만들어버리는 에피소드의 주인공이기도 하다. 이런 맥락에서, 이 시의 내용은 오디세우스가 자신의 선원들을 구하기 위해 1년간 키르케의 궁전에서 지내던 시절의 이야기인 것 같은 인상을 준다. 그러므로 이 궁전에는 항상 "고통 속에서 신음하는 인간의 목소리"가 샘 흐르는 소리처럼 항상 들려오고, 화자는 "이곳에 두 번 다시 오지 않을 것이다"라고 다짐한다.

> 고통 속에서 신음하는 남자들의 목소리처럼
> 흐르는 그녀의 샘 근처에는
> 인간이 모르는 꽃들이 있다.

그 꽃잎은 뾰족하고, 붉다.
끔찍한 줄무늬와 얼룩과 함께.
그 꽃들은 죽은 사람의 사지에서 자라났다.
우리는 이곳에 두 번 다시 오지 않을 것이다.

Around her fountain which flows
With the voice of men in pain,
Are flowers that no man knows.
Their petals are fanged and red
With hideous streak and stain;
They sprang from the limbs of the dead.
We shall not come here again. (*PEY* 20)

여기에서 특히 "죽은 사람의 사지"에서 자라는 "꽃"의 이미지는 놀랍게도 『황무지』 1부, 「죽은 자의 매장」의 마지막 구절을 연상시킨다.

자네가 작년에 정원에 묻었던 그 시체 말이야
거기서 싹이 돋았나? 올해는 꽃이 필 것 같은가?

'That corpse you planted last year in your garden,
'Has it begun to sprout? Will it bloom this year? (*PI* 57)

매우 무서운 이미지가 아름다운 이미지들과 아무런 이질적 거리낌 없이 섞여 있는 것은 『황무지』와 「프루프록의 연가」와 같은 작품들에서도 찾아볼 수 있다. 이미지를 다루는 기법적인 차원에서 이러한 이질적인 파편의 혼재는 널리 알려진 '객관적 상관물'의 기법이라고 할 수 있지만, 주제적인 측면에서 죽은 자의 사지에서 돋아나는 싹은 『황무지』의 첫 구절, "사월은 잔인한 달"이라는 선언의 직접적인 설명에 해당한다. 왜냐하면 새로운 싹이 돋아나는 생명의 원천은 이전에 살았던 것의 죽음으로 인해 그 밑거름이 될 수 있기 때문이다. 바꿔 말해서, 엘리엇 시작(詩作)의 초창기에 이미 순환적인 생명이 전해주는 숭고와 잔인함에 대한 직관적 통찰이 이미 나타나 있다는 것이다. 이론적인 측면에서, 윌리엄 스캐프(William Skaff)는 엘리엇의 "객관적 상관물"의 이론이 엘리엇과 교류했던 다양한 철학의 영향을 받았다고 하는데(155), 그중 버트란트 러셀(Bertrand Russell)을 빼놓을 수 없다. 특히 엘리엇이 하버드에서 러셀의 수업을 직접 듣기도 했던 시기에 엘리엇은 자연언어가 근본적으로 문법적인 구조에 의해서 논리적인 구조를 가진 것으로 파악했다. 따라서 언어는 오히려 어떤 감정이나 느낌을 표현한다기보다, 사건이나 사물을 반영해서 표현한다는 주장으로까지 이어지는데(Skaff 156), 이것은 사실상 '객관적 상관물'의 관점에서 언어의 의미를 파악하려는 시도이며 그 출발점이 하버드대학 재학시절로까지 소급된다는 것은 비슷한 시기 쓰인 이른 초기 시를 이해하는 좋은 단서가 될 수도 있을 것이다.

엘리엇이 『황무지』에서 중요하게 사용했던 대도시의 군중 이미지는 이러한 '객관적 상관물'의 하나라고 할 수 있을 텐데, 이것 역시 「어떤 초상에 대해」에서 찾아볼 수 있다.

우리는 알 수 없는 보잘것없는 수많은 꿈을 꾸는 군중 한가운데에
불안한 영혼과 지친 발길로 끝없이 서두르며
거리를 오르락내리락하는,
그녀는 이 저녁 홀로 방에 서 있다.

Among a crowd of tenuous dreams, unknown
To us of restless brain and weary feet,
Forever hurrying, up and down the street,
She stands at evening in the room alone. (*PEY* 21)

첫 번째 연에 나타난 이 장면은 『황무지』에서 비 실재의 도시 런던교를 오가는 군중들의 모습5)과 중첩된다. 서둘러 발길을 재촉하는 도시 군중의 모습이 핵심적으로 제시되며 빈방에 홀로 멍하니 앉아 있는 여인의 모습이 교차한다. 여기 묘사된 장면에는 고개를 숙인 채 자신의 발끝만 쳐다보며 걸어가는 군중의 모습을 객관적으로 묘사했던 『황무지』의 경우와는 달리, 직접적으로 "불안한" "지친" "서두르며"와 같은 다소 주관적인 묘사를 사용하고 있다. 이것은 『황무지』 1부에서 의식 없는 군중들이 산업사회의 부품처럼 집단으로 이동하는 모습을 매우 건조하고 객관적으로 제시했던 경우와 대비를 이룬다. 물론, 엘리엇의 "객관적 상관물 이론"(objective correlative), 그리고 "몰개성이론"(impersonal theory) 등으로 대표되는 엘리엇 시학의 집필 시기6)를 고려해 볼 때, 「어떤 초상에 대하여」는 엘리엇의 그러한 시학이 본격적으로 작품 속에 적용되기 이전의 작품이라는 것을 알 수 있다. 이와 유사한 감정배제의 묘사는 『황무지』 3부에서 메마르고 무의미한 사랑을 나누는 타이피스트의 장면에서 매우 두드러지게 나타난다.

보랏빛 시각, 눈도 등도
테이블에서 일어서고, 인간 엔진이
발동을 건 채 손님 기다리는 택시처럼 기다릴 때,
나 티레시아스는, 비록 눈이 안 보이고, 생과 사에 걸쳐 가슴 울렁이는
쭈글쭈글한 여인의 젖가슴을 가진 늙은 남자이지만, 볼 수는 있다.

---

5) 물론, 군중들의 모습에 대해서 로버트 크로포드(Robert Crawford)는 엘리엇이 빅토리아 시인인 제임스 톰슨(James Thomson)의 『두려운 밤의 도시』(*The City of Dreadful Night*)에 나타난 군중들의 묘사에 영향을 받았을 것으로 추측하며 두 시인 모두 단테(Dante)의 영향을 받았다고 주장하고 있다(Crawford 45).

6) 엘리엇 시론의 핵심인 전통론과 몰개성시론이 제시된 최초의 주요논문인 「전통과 개인의 재능」은 1919년 『에고이스트』(*The Egoist*) 지에 실린 것으로 알려져 있다(『이창배 전집 3권』 3).

At the violet hour, when the eyes and back
Turn upward from the desk, when the human engine waits
Like a taxi throbbing waiting,
I, Tiresias, though blind, throbbing between two lives,
Old man with wrinkled female breasts, can see (*P1* 63)

이렇게 진행되는 3부의 내용은 점차 타이피스트와 남자친구 청년이 함께 머무르는 공간에 대한 세세한 묘사로 이어진다. 더 나아가 엘리엇은 마치 영화 속의 에로틱한 장면을 묘사하는 것처럼 두 사람 사이에서 벌어지는 애정행각을 매우 건조하게 묘사한다. 하지만 이러한 행위는 별다른 사랑 없이 기계적으로 반복되는 일상의 일부인 것처럼 제시된다.

"자 이젠 끝났다. 끝나서 기쁘다"
아름다운 여인이 어리석은 행동에 몸을 빠뜨리고,
혼자서 다시 방 안을 거닐 때,
기계적인 손길로 머리를 쓰다듬고,
축음기에 레코드를 거는 것이다.

'Well now that's done: and I'm glad it's over.'
When lovely woman stoops to folly and
Paces about her room again, alone,
She smoothes her hair with automatic hand,
And puts a record on the gramophone. (*P1* 64)

특히, 축음기에 레코드를 거는 행위는 이전에 필자의 다른 졸고에서 지적했다시피 본질적인 가치를 상실한 채 기계적이고 일회적인 쾌락을 추구하는 현대인의 대표적인 묘사라고 할 수 있다. 엘리자베스 드류(Elizabeth Drew)가 지적한 것처럼, 축음기는 성적 행위의 기계적이고 자동적인 측면을 강조하기 위해 차용된 이미지이며(81) 그것은 "실제 노랫소리가 가지고 있었던 일회적인 가치, 직접 노래를 부르고 그 노랫소리를 듣는 것에서 느껴지는 생생한 의미를 상실하게 하는"(김성현 69) 대표적인 현대 기계문명의 상징으로 읽힐 수 있는 것이다.

「어떤 초상에 대하여」에는 황무지에서 가장 주된 이미지로 사용된 비실재의 이미지가 "비물질적인 환상"(an immaterial fancy)이라는 단어로 나타나 전체 시의 분위기를 매우 몽환적인 것으로 만들고 있는데, 이것은 『황무지』가 전반적으로 만들어내는 분위기와 매우 유사하다고 할 수 있다. 마지막 연의 앵무새에 대한 묘사는 객관적 상관물의 탁월한 선택이라고 할 수 있을 정도로 시적 화자의 내면을 효과적으로 형상화하고 있다. 전반적인 측면에서 봤을 때, 「어떤 초상에 대하여」는 한편의 회화처럼 느껴지는데, 마치 에드워드 호퍼(Edward Hopper)의 작품 중 하나를 그대로 묘사해 놓은 것 같은 인상을 준다. 도시의 삶에 지친 한 여인이 자신의 방에 미동도 없이 앉아 있는데, 그녀가 잠겨 있는 생각은 즐거운 것도 불길한 것도 아니다. 이런 여인을 한 마리 앵무새가 물끄러미 바라보고 있고, 이 모든 장면이 담긴 시를 독자를 슬쩍 엿보고 있는 것이다.

수없이 많은 보잘것없는 꿈을 꾸는 군중 한가운데에
우리는 모르는 불안한 영혼과 지친 발길
영원한 서두름으로 거리를 오르락내리락하는데
그녀는 이 저녁 홀로 방에 서 있다.

돌로 조각된 고요한 여신상과 같지는 않고
덧없이 사라질 것, 마치 우리가 사색에 빠진 악마를
어느 외진 숲속에서 만날 듯한,
그것은 자신의 비물질적인 환상이다.

즐겁지도 불길하지도 않은 명상은
여인의 입술을 힘들게 하지도 가녀린 손을 움직이지도 않는다.
여인의 어두운 눈동자는 그들의 비밀을 우리로부터 숨긴다.
그녀가 서 있는 우리들 생각의 원 저 너머로.

막대 위에 앵무새 한 마리, 소리 없는 스파이처럼
끈질기게 호기심 어린 눈으로 그녀를 바라본다.

Among a crowd of tenuous dreams, unknown
To us of restless brain and weary feet,
Forever hurrying, up and down the street,
She stands at evening in the room alone.

Not like a tranquil goddess carved of stone
But evanescent, as if one should meet
A pensive lamia in some wood-retreat,
An immaterial fancy of one's own.

No meditations glad or ominous
Disturb her lips, or move the slender hands;
Her dark eyes keep their secrets his from us,
Beyond the circle of our thought she stands.

The parrot on his bar, a silent spy,
Regards her with a patient curious eye. (*PEY* 21)

여기서 우리가 유추할 수 있는 시인의 내면은 다소 우울하고 고독하며 쓸쓸
하다. 생각에 잠겨 있지만 그것은 어떤 생각인지 겉으로 드러나지 않는 "비
밀"처럼 숨기고 그녀는 "우리들 생각의 범위 바깥에 존재한다"(Beyond the
circle of our thought she stands). 여기저기 분주하게 움직이는 사람들의 한가

운데 혼자 자기 방에 있는 여인의 이미지는 그래서 더 두드러진다. 그것은 소통의 부재이며 점점 세상으로부터 소외되어 자신만의 세계 속으로 침잠하는 현대인의 정신적인 초상이라고 할 수 있을 것이다. 어쩌면, 여기서 나타난 여인의 이미지는 『황무지』에서 타이피스트와 사랑을 나누는 그 여인의 전신이라고 해도 좋을 것이다. 또한, 이 작품이 사실은 한 여인의 초상에 해당하는 내용을 가지고 있다는 것은 이보다 몇 년 후에 발표된 「여인의 초상」 ("A Portrait of a Lady")을 상기시켜준다. 「어느 초상에 대하여」가 말 없는 여인의 모습을 묘사했다면, 「여인의 초상」에서는 그녀의 생각이 대화처럼 제시되며 현대인의 삶의 문제를 비교적 우울하게 제시하고 있다.

> "당신은 인생을 흘려버립니다, 흘려버리는 거예요.
> 청춘은 잔인해요, 회한이 없어요.
>
> . . . .
>
> "나는 늘 확신해요, 당신이 내 심정을
> 이해하신다고 늘 확신해요, 공감하신다고,
> 가로놓인 심연 너머로 손을 뻗쳐주신다고 확신해요.
>
> 'You let it flow from you, you let it flow,
> And youth is cruel, and has no more remorse
>
> . . . .
>
> 'I am always sure that you understand
> My feelings, always sure that you feel,
> Sure that across the gulf you reach your hand. (PI 11-12)

이 두 작품을 일종의 연작처럼 생각한다면, 「어떤 초상에 대하여」에 등장한 여인의 말 못 하는 비밀이 마치 소통에 대한 간절한 염원 같은 것이었으므로 우리는 유추할 수 있을 것이다. 이런 면에서, 엘리엇의 이른 초기 시는 상당 부분 그 이후의 시편들 속에 녹아들어 있는데, 특히 이 두 편의 시 마지막 부분에 앵무새가 공통으로 등장한다는 것은 단순한 우연의 일치만은 아닐 것이다. 침묵 속에서 물끄러미 주시하던 앵무새가 소리 지르는 앵무새로 다르게 나타나기 때문이다. 만주 자인(Manju Jain)에 따르면 「여인의 초상」 1, 2부는 1910년 2월 엘리엇이 파리로 떠나기 직전에 쓰인 것으로 밝히고 있다. 이 사실은 좀 흥미로운데, 「어떤 초상에 대하여」가 『하버드 애드버킷』에 발표된 시기가 1909년이기 때문이다. 시가 다루는 주제, 제목, 이미저리 등의 유사성과 집필 시기도 비슷한 것은 두 작품은 독립적으로 개별적이라기보다 어느 정도의 연장선에 있는 것으로 판단할 수 있는 여지를 준다. 특히, 자인에 따르면 「여인의 초상」에 등장하는 여인은 실제 인물을 모티프로 삼았다고 하는데, 그 여인은 바로 보스턴에서 하버드 학생들에게 차를 팔던 아델라인 모펫(Adelaine Moffat)을 모델로 하고 있다는 것이다. 특히, 「여인의 초상」에서 두드러진 주제로 평가되는 "묻힌 삶"(buried life)에 대한 인유[7]는 사실 「어떤 초상에 대하여」에서 여인이 홀로 방안에 머무는("She stands at evening in the room alone.") 장면이 사회문화적으로 확대된 것으로 이해할 수 있을 것이다. 물론 「여인의 초상」이 성취하고 있는 것만큼의 주제적인 심도와 시적 성취는 「어떤 초상에 대하여」에서 찾을 수는 없지만, 전기적인 측면에서 엘리엇이 자신의 이전 작품에서 부분적으로 얻어진 시적 편린들을 지속해서 가공하고 수정하여 완숙한 작품으로 발전시켰다는 것을 알 수 있다.

　　엘리엇의 대표작인 『황무지』가 매우 모더니즘적인 멜랑콜리의 정서를 배태하고 있는 작품이라면, 엘리엇은 이러한 우울의 정서에 민감한 작가라고 해야 할 것이다. 우울의 정서라는 측면에서 엘리엇이 보들레르로부터 직접 영향을 받은 부분들이 『프루프록과 다른 관찰들』을 포함, 이후의 작품들 속에 나타나지만, 초기 시에 엘리엇이 심지어 「우울」("*Spleen*")이라는 제목으

---

7) 이 부분의 인유는 보통 매튜 아놀드(Matthew Arnold)에서 온 것으로 여겨지지만 엘리엇은 아마도 헨리 제임스(Henry James)의 『대사들』(*The Ambassadors*)을 염두에 두었을 것으로 만주 자인은 보고 있다(62).

로 시를 쓰기도 했다는 것은 흥미롭다. 널리 알려진 것처럼 엘리엇은 상당 부분 보들레르의 영향을 받았으며, 우울은 보들레르의 산문집 제목이기도 하다. 엘리엇의 작품 속에서 우울의 정서는 상당히 중요한 시적 기후라고 할 수 있다. 우울이라는 중심적인 이미지는 권태나 멜랑콜리와 같은 유사한 정신적인 상태, 곧 현대인의 특징적인 정신성으로 규정되는 마음의 나른함으로 나타난다. 그래서 우울이라는 제목 아래 엘리엇이 묘사하고 있는 것이 매우 권태로운 일상이라는 것은 어느 정도 받아들일 만한 측면이 있다. 특히 일요일의 관성화된 생활 패턴과 가식적인 안정에 대한 묘사는 권태와 우울함에 갇힌 현대인의 모습을 함축적으로 제시하고 있다. 이것은 하그로브가 지적한 것처럼, 초기 엘리엇의 시부터 『황무지』에 이르기까지 엘리엇은 현대의 삶을 "공허하고, 의미 없으며, 보잘것없는 일상의 연속에, 악몽 같은 권태"(36)로 가득 차 있다고 말한 것과 맥락을 같이한다. 성숙해진 작품들로부터 추출된 이러한 시학적 관점이 이미 습작 시절부터 존재했었음을 확인할 수 있다.

> 일요일: 이 만족스러운 행렬들
> 명백한 일요일의 얼굴들;
> 보닛, 실크해트, 그리고 가장된 우아함이
> 반복적으로
> 당신의 정신적인 침착을
> 허가받지 않은 곁 이야기를 바꾸고 있어요.
>
> 저녁, 불빛들과 차!
> 아이들과 골목길의 고양이들
> 이 지루한 공모에 대항해서
> 힘을 규합할 수 없는 좌절감

그리고 인생은, 약간은 대머리에 회색빛
나른하고, 꼼꼼하고, 그리고 재미없는,
기다림, 모자와 장갑을 손에 들고,
타이와 정장은 격식에 맞게 입고
(늦어지는 것에 조금 조급해하며)
절대의 문간에 서다.

Sunday: this satisfied procession
Of definite Sunday faces;
Bonnets, silk hats, and conscious graces
In repetition that displaces
Your mental self-possession
By this unwarranted digression.

Evening, lights, and tea!
Children and cats in the alley;
Dejection unable to rally
Against this dull conspiracy.

And life, a little bald and gray,
Languid, fastidious, and bland,
Waits, hat and gloves in hand,
Punctilious of tie and suit
(Somewhat impatient of delay)
On the doorstep of the Absolute. (*PEY* 26)

이 작품 속에 나타난 인물은 마치 프루프록의 전신이기라도 한 것처럼 매우
비슷하게 묘사되고 있다. 대머리에(bald), 맥 빠지고(languid), 매력 없는(bland)
정장을 차려입은 전형적인 중년 사내의 이미지는 분명 후에 프루프록의 이미
지를 형성하는 데 영향을 주었을 것으로 여겨진다. 프루프록 역시 "대머

리"(with a bald spot in the middle of my hair)에 "모닝코트"(My morning coat, my collar mounting firmly to the chin)를 입은 마치 "핀에 꽂혀 판 위에 펼쳐진 것 같은"(And when I am formulated, sprawling on a pin, / When I am pinned and wriggling on the wall,) 격식으로 숨 막혀 괴로워하는 중년의 인물이다. 이것은 질서로 대변되는 외적 세계에 순응하면서 한편으로는 그것으로 야기되는 권태와 지루함 그리고 무기력한 일상을 견디기 힘들어하는 내적 갈등을 대립적인 구도로 파악하고 있다. 이 시에서 등장인물은 자신이 속해있는 무기력하고 권태로운 현실, 즉 "아이들과 골목길의 고양이들"이 함께 만들어내는 "지루한 공모"에서 벗어나고자 하지만, 거기에는 늘 "좌절감"만 따를 뿐이다. 이러한 대립적인 구도는 프루프록의 내적 자아와 외적 자아의 갈등으로 확장되어 명백히 "의식이 분열된"(Self-consciousness is a split state)(Jain 38) 상태이다.

이렇게 분열된 의식은 파편적으로 제시되는 신체의 이미지로 더욱 두드러진다. 「프루프록의 연가」는 등장인물을 제시하는 데 있어서 주로 신체의 일부분만을 제시한다.

> 그리고 나는 이미 그 눈들을 알고 있다. 그것들을 모두 알고 있다−
> 틀에 박힌 말로 사람을 꼼짝 못 하게 노려보는 눈들을,
>
> · · · · · · · · · · · · · · · · · ·
>
> 나는 이미 그 팔들을 알고 있다. 그것을 모두 알고 있다−
> 팔찌 낀 허옇게 드러난 팔들을
>
> · · · · · · · · · · · · · · · ·
>
> 그런데 오후도 저녁도 저렇게 편안히 잠들었구나,
> 긴 손가락들로 쓰다듬어져서!
>
> And I have known the eyes already, known them −
> The eyes that fix you in a formulated phrase,
> . . .

And I have known the arms already, known them all —
Arms that are braceleted and white and bare

. . . .
And the afternoon, the evening, sleeps so peacefully!
Smoothed by long fingers, (*PI* 7)

이렇게 파편적으로 제시된 신체의 파편성은 린다 노클린(Linda Nochlin)이 지적한 것처럼 절대적인 완전성 혹은 완전성에 대한 전통적인 믿음을 상실한 현대인의 상실감을 전달하는 매우 효과적인 전략이었다. 노클린에 따르면 "현대성은 잃어버린 전체성과 사라진 완전성에 대한 회의로 가득 차 있는 것"(poignant regret for lost totality, a vanished wholeness)이었다(7). 모더니즘을 형성한 근본적인 정신세계가 바로 이러한 절대적 완성에 대한 불가능성의 인식, 그로 인한 좌절감과 상실감이라는 것을 생각해 볼 때, "절대의 문간에 서"서 결국 그 "절대성"의 속으로 들어가지 못하고 밖에서 망설여야 하는 권태로운 현대인의 한 단면을 살피고 있는 이 「우울」이라는 작품은 비록 기법적인 면에서 성취도가 낮을 수 있지만, 엘리엇의 시적 정신세계의 형성 과정을 추적하는 데 큰 단서가 된다고 할 수 있을 것이다. 엘리엇이 브래들리 철학에 관해 연구했던 하버드대학 박사학위 논문, 『브래들리 철학의 인식과 경험』을 통해서 널리 알려졌지만, 절대성에 대한 엘리엇의 철학적 관심은 평생을 통해 지속된 것이었다. 이후 『네 사중주』와 같은 철학적인 작품들 속에서 성숙하고 깊이 있는 자신만의 철학을 제시하게 되지만 이미 20대에 절대에 대한 고민이 시작되었고, 그것이 시속에서 꿈틀대고 있었다는 사실은 꽤 주목할 만하다.

엘리엇은 그가 이룩한 괄목할 만한 시적 성취로 심오한 철학과 사상의 소유자로 별다른 이견 없이 인정되지만, 그의 사상의 궤적이 이렇게 다소 서투르고 단순한 직관에서부터 시작되었다는 것은 흥미로운 일이다. 엘리엇에 대한 후대의 평가는 대부분 성숙한 그의 시 세계를 중심으로 이루어져서 다소 어렵게 느껴지는 것이 사실이다. 하지만 그의 시적 성취와 철학이 어디서 어떻게 연원했는지를 살펴보는 것은 분명 엘리엇의 시 세계를 더욱 친숙한 것으로 느끼게 해줄 것이라고 믿는다.

피터 에크로이드(Peter Ackroyd)는 학생 시절 엘리엇이 쓴 초기 시에는 "시간의 흐름에 대한 몰두"가 나타나 있음을 지적하면서(42), 이것은 엘리엇이 속절없이 흐르는 시간에 대한 공허감을 날카롭게 인식한 결과라고 보고 있다. 시간에 대한 이러한 태도는 다소 진부한 인식이라고 할 수 있겠지만, 이러한 초기의 시간에 대한 직관적 인식이 궁극적으로 그의 대표작인『네 사중주』에 이르러서 시간에 대한 초월적인 지점에까지 이르게 된 것이라고 할 수 있을 것이다. 엘리엇은 매우 일찍부터 삶의 근원적인 조건에 해당하는 시간과 영원의 문제를 내면에 형성하고 있었고, 하버드 대학의 습작 시절부터 말년의 성숙한 작품들에 이르기까지 일관된 주제를 조금씩 성숙하게 발전시켜 나갔던 것이다. 앞서 살펴본 엘리엇의 이른 초기 시편들은 상당 부분 엘리엇의 후기 시에 거의 흡수되어 보다 시적으로 성숙한 작품으로 거듭나게 되었음을 살펴볼 수 있었다. 특히, 그의 시학 이론이 객관적으로 정립되기 이전에도 이른 초기 시에서 후에 "객관적 상관물"로 알려진 기법적 장치가 시도되고 있었다는 사실은 엘리엇의 시학 이론이 그저 이론으로 정립된 것이 아닌, 시적 직관에 의해서 바탕을 이루고 발전한 것으로 생각하게 한다. 전체적으로 봤을 때,『이른 청년기 시절의 시편들』을 거쳐,『삼월 토끼의 노래』,『프루프록과 다른 관찰들』,『황무지』, 그리고『네 사중주』에 이르는 전 시작 과정은 엘리엇 자신이 감성적인 면에서 점진적으로 성장해 나가는 단계와 조응하는 것이었고, 이런 면에서 엘리엇의 전 작품은 완숙한 작품으로 나아가는 긴 단계가 비교적 순차적으로 이루어진 것이라고 볼 수 있을 것이다. 그런 면에서 엘리엇의『이른 청년기 시절의 시편들』, 일반적으로 받아들여지는 초기 시 이전의 시들, 즉 하버드 재학시절의 시들을 살펴보고 연구하는 것은 전기적인 관점에서도 혹은 전체 작품을 조망하는 관점에서도 매우 의미 있는 작업임을 확인할 수 있었다.

인용문헌

에크로이드, 피터. 『토마스 스턴즈 엘리엇: 영혼의 순례자』. 오영미 옮김. 서울: 책세상, 1999.

[Ackroyd, Peter. *Thomas Stearns Eliot*. Trans. Youngmee Oh. Seoul: Chaik-Se-Sang, 1999.]

Crawford, Robert. *The Savage and the City in the Work of T. S. Eliot*. Oxford: Clarendon Press, 1987.

Drew, Elizabeth. *T. S. Eliot: The Design of His Poetry*. New York: Charles Scribner's Sons, 1949.

Eliot, T. S. *The Complete Poems and Plays*. New York: Faber and Faber, 1969.

___. *The Poems of T. S. Eliot*. Vol. 1. Ed. Christopher Ricks and Jim McCue. London: Faber, 2015.

___. *Poems Written in Early Youth*. New York: Farrar, Straus and Giroux, 1967.

Gish, Nancy K., *Time in the Poetry of T. S. Eliot: A Study in Structure and Theme*. New Jersey: Barnes and Noble Books, 1981.

Gordon, Lyndall. *Eliot's Early Years*. New York: The Noonday Press, 1977.

Hargrove, Nancy Duvall. *Landscape as Symbol in the Poetry of T. S. Eliot*. Jackson: UP of Mississippi, 1978.

Hayward, John. "Introduction." *Poems Written in Early Youth*. by T. S. Eliot. New York: Farrar, Straus and Giroux, 1967.

Jain, Manju. *A Critical Reading of the Selected Poems of T. S. Eliot*. Oxford: Oxford UP, 1991.

김성현. 「T. S. 엘리엇의 황무지에 나타난 도상학적 이미지 분석」. 『서강인문논총』 33 (2012): 39-87.

[Kim, Sunghyun. "The Analysis of Iconographhical Images in T. S. Eliot's The Waste Land. *Sogang Humanities Journal* 33 (2012): 39-87.]

이창배 번역. 『이창배 전집 9. T. S. 엘리엇 전집: 시와 시극』. 서울: 동국대학교 출판부, 2001.

[Lee, Changbae, trans. *Complete Works of Lee Chang Bae 9: The Complete Works of T. S. Eliot: Poetry and Poetic Drama*. Seoul: Dongguk UP, 2001.]

___. 『이창배 전집 3. T. S. 엘리엇 문학비평』. 서울: 동국대학교 출판부, 1999.

____. *Complete Works of Lee Chang Bae 3: T. S. Eliot Criticism.* Seoul: Dongguk
  UP, 1999.]

Nochlin, Linda. *The Body in Pieces: The Fragment as a Metaphor of Modernity.*
  New York: Thames and Hudson, 1994.

Noh, Jeoyong. *T. S. Eliot's Inventions of the March Hare: Poems* 1909-1917.
  Humanities Study: Youngnam U.

Skaff, William. *The Philosophy of T. S. Eliot: From Skepticism to A Surrealist Poetic
  1909-1927.* Philadelphia: U of Pennsylvania P, 1986.

「J. 알프레드 프루프록의 연가」

_____ **조병화**(거제대학교)

I. 개관

이 시는 T. S. 엘리엇의 첫 시집, 『프루프록과 다른 관찰의 시들』 (*Prufrock and Other Observations*)의 맨 앞에 실려 있는 시이다. 그러니까 20세기 전반을 대표하는 시인인 엘리엇의 공식 데뷔작인 셈이다. 엘리엇의 시를 포함하는 그의 모든 글 중에서 가장 널리 알려지고 가장 많은 영향을 끼친 작품을 꼽으라면 대부분의 사람이 『황무지』(*The Waste Land*)를 가리킬 것이다. 하지만 20세기 후반 이후부터 가장 많이 읽히는 엘리엇의 시가 무엇인가라는 질문에는 못지않은 다수의 사람이 이 시 「J. 알프레드 프루프록의 연가」("The Love Song of J. Alfred Prufrock")[1]를 꼽을 것이다. 그 이유는 물론 이 세대의 독자들이 『황무지』의 다층적 의미와 복합적 구조를 대할 준비가 안 되었다는 데에 있겠지만 「프루프록의 연가」 자체로 많은 흥미와 논쟁거리를 제공한다는 점도 빼놓을 수 없을 것이다. 『황무지』가 당대의 영미 시단을

---

[1] 이후부터 「프루프록의 연가」로 칭한다.

폭격했다면 「프루프록의 연가」는 그 폭격에 대한 예고편이라고 해도 좋을 정도로 『황무지』에서 본격적으로 시도된 많은 새로운 문학적 면모, 즉 모더니즘적인 요소들을 담고 있다.

이 혁명적 새로움은 이 시가 출판될 당시 받았던 저항과 부정적인 평가의 원인이 되기도 했는데 심지어 널리 알려진 다수의 모더니스트 시인을 후원했던 해리엇 몬로(Harriet Monroe)조차 그녀가 편집장으로 있던 월간지 『시』(Poetry: A Magazine of Verse)에 이 시를 싣기를 거부했다. 만약 이 시의 가치를 알아보고 끈기 있게 그녀를 설득한 모더니즘의 다른 아이콘인 에즈라 파운드(Ezra Pound)가 없었다면(Seymour 73) 이 시의 운명이 어떻게 되었을지 모를 일이다. 아마도 이 시를 처음 대하는 사람들을 당황시켰을 가장 두드러진 요소는 그 충격적 심상과 파편(破片)성일 것이다. 이 시에서 엘리엇이 제공하는 심상들은 당시 독자들의 기대를 한참 벗어나며, 사용된 비유들은 처음부터 파격적이고 거칠다. 이야기의 흐름은 일관성이 없으며 뒤따르는 이야기들이 앞선 이야기와 논리적인 관련을 맺는 것으로 보이지도 않는다. 전통적으로 진지한 시적 제재가 될 수 없었던 대상에 대해 잠시 낯선 담론을 늘어놓다가 금방 다른 제재를 끌어들여 알기 어려운 이야기를 다시 시작하기도 한다. 이 작품에 등장하는 역사적 인물과 사건, 성경, 앞선 시대의 문학 작품들에서 끌어온 거친 비유들이 의미하는 것과 제재들 사이의 상호 연관성은 더욱더 파악하기 힘들다. 시인 자신은 다양하고 복잡해진 현대 문명을 효과적으로 표현하기 위해 이 같은 복합적이고 우회적인 방법이 필요하다고 주장하지만(SE 289) 그 주장이 처음부터 설득력을 가졌던 것은 아니다.

이 시의 '연가'(Love Song)라는 제목은 역설적(ironical)이다. 이 제목이 만들어내는 기대인 연가의 특징을 이 시에서 찾는 일은 쉽지 않다. 꿈에 그리는 아름다운 여인의 사랑을 얻고자 그 여인에게 찬사를 늘어놓거나, 떠나간 연인을 그리워하며 다시 만나기를 꿈꾸거나, 만날 수 없는 헤어진 여인에 대한 절절한 그리움을 표현하지도 않는다. 대신 여인들에게 다가가지 못하는 심신이 나약하고 병적으로 예민한 자의식을 가진 주인공이 등장해서 못지않게 여러 문제를 가진 상대 여인들에 대해 부정적인 묘사를 펼친다. 문제의 여인들은 지적 허영에 빠져 있거나 주어진 세계에 갇혀 제한된 시각을 드러낸다. 화자와 여성들은 서로의 방식과 가치를 인정하지 않으며 그 결과 의미 있는 교류는 불가능한 것으로 나타난다. 시에 등장하는 여인들이 불러일으키는 감정은 그리움, 동경, 사랑이 아니라 좌절, 실망, 낯섦 그리고 소외(疏外)이고 이 점에서 이 시는 연가라기보단 풍자에 가깝다.

II. 엘리엇의 삶과 「프루프록의 연가」

엘리엇의 삶을 돌아볼 때 흥미로운 한 가지 사실은 그가 조상들이 미국을 찾아 걸었던 길을 거슬러 걸었다는 점이다. 그는 선조들이 걸어온 길을 역행하면서 경험한 것들을 문학적 소재로 삼기도 했다. 그가 이렇게 되짚어서 간 길은 흥미로운 전기적 사실 그리고 문학의 재료가 되는 차원을 넘어 그의 문학적 성격과 사상을 특징짓는 요소라고 할 수 있다. 그의 8대 선조인 앤드류 엘리엇(Andrew Eliot)이 17세기에 영국을 떠나 보스턴을 중심으로 하는 미국의 뉴잉글랜드(New England) 지방에 정착했고, 그 후 약 200년이 흐른 19세기 중반에 엘리엇의 조부인 윌리엄 그린리프 엘리엇(Rev. William Greenleaf Eliot)은 선교를 목적으로 미국의 중서부인 미주리(Missouri)주의 세인트루이스(St. Louis)에 정착한다. 1888년 당시 변방으로 취급되었던 이곳에서 태어난 엘리엇은 1906에 하버드대학에 입학하며 보스턴으로 가게 되고, 이어 1914년에는 유학을 위해 대서양을 넘어 영국으로 간다. 영국에서 1915년에 첫 부인인 비비엔(Vivienne Haigh-Wood)을 만나 결혼하며 영국에 정착하고 이어 1927년에 귀화하여 영국의 시민이 된다.

일생동안 엘리엇의 사고를 지배한 것은 형이상학적 혹은 종교적 지향성이라고 할 수 있다. 이 성향과 나란히 그를 성취로 이끈 그에 못지않은 중요한 동인은 엘리엇이 품었던 민감했던 자기부정 혹은 자기 극복과 관련된 자의식(self-consciousness)이다. 즉, 엘리엇은 20세기가 막 시작될 무렵, 오염되고 타락한 변방이었던 세인트루이스 출신으로서 당시 미국의 중심으로 여겨졌던 보스턴 소재 하버드대학에서 생활하며 예민한 자기 의심(self-doubt)을 키웠던 것으로 보인다. 그는 외부 시선을 민감하게 느끼며 그에 대한 반응으로 자신의 속내를 드러내기 두려워하며 겉으로 드러나는 모습에 많은 신경을 썼던 것으로 알려졌다. 완벽한 문장의 영어를 구사하려고 노력했다는 점 또한 외부의 시선에 예민하게 반응했던 엘리엇의 이 같은 성향을 증언한다. 하버드대학 시절 그를 지도했으며 비비엔과 불륜을 맺은 것으로 알려진 유명한 철학자 러셀(Bertrand Russel)을 비롯한 그를 알던 지인들이 모두 이 같은 성향을 증언한다(Seymour-Jones 67). 결국 미국을 떠나 영국으로 귀화한 것도 자기부정의 자의식과 정체감에 대해 보상심리가 작동한 결과로 보인다. 이 역행을 지적, 종교적 갈증을 해결하고자 노력한 행로로 보는 관점 역시 타당한 것이다. 하지만 날카로운 자의식을 가진 상태로 자신을 바라보는 시선들을 고통스러울 정도로 예민하게 의식할 경우, 그 상황을 초월하는 대상을 추구하거나 그 대상과 모종의 관계를 형성함으로써 열등감이나 부정적 자기평가를 극복하려는 선택은 매우 효과적인 대처방법일 것이기 때문이다. 그의 문학이 추구한 주목할 만한 혁명성도 많은 부분 그 같은 자기부정 혹은 극복 의지에서 비롯된 것으로 볼 수 있다. 자신이 속한 대상에 대해 품었던 엘리엇의 습관성 열등감은 영국 거주자 혹은 시민으로서 영국교회가 가진 종교적 깊이에 대한 불만(Gordon 213)과 파리를 사상과 문화의 중심지로 보며 동경했던 그의 태도와도 연결된다(Kirk 22).

가족의 영향은 양면적이었던 것으로 볼 수 있다. 7남매의 막내아들이었던 엘리엇은 부모와 나이 차이가 45년이나 되었다. 사회 관습상 아버지는 나이 차이만큼이나 엘리엇과의 사이에 거리가 있었다. 대신 엘리엇에게 즉각적인 가족 환경을 구성한 사람들은 어머니, 누나들 그리고 그를 돌보던 보모(保姆)였다. 아버지와 동갑이었던 어머니도 시인과의 커다란 나이 차이에 더해 사회활동에 바빠서 엘리엇을 돌보는 데 많은 시간을 할애하지 못한 것으로 전해진다(Seymour-Jones 34). 대신 그녀는 엘리엇 가(家)에 절대적인 권위를 행사한 시부 윌리엄 그린리프 엘리엇에 대한 넘치는 존경심에서 그의 가르침에 따라 금욕적이고 강한 사회적 책임을 갖도록 자녀들을 교육했다(Gordon 14). 이 엄격한 교육은 엘리엇의 평생의 태도를 형성하기도 했지만 그에 대한 저항심을 키우는 방향으로 작용하기도 했다. 100년 전, 가족의 영향이 지금보다 더 컸을 것을 생각하면 엘리엇에 대한 유니테어리언(Unitarian)적 가르침의 영향과 그에 대한 엘리엇의 반발의 크기 그리고 그 의미를 짐작할 수 있다. 엘리엇의 어머니는 문학지망가이기도 해서 여러 편의 출판된 시가 전해지는 걸 보면 그녀의 문학적 관심이나 재능이 엘리엇에게 끼친 영향을 짐작할 수 있다(Seymour-Jones 37-38). 엘리엇은 평생 형제자매들과 매우 가까웠는데 이 점은 여러 명의 누나가 병약했던 엘리엇을 정성껏 돌보았다는 것을 말한다. 또한 시인의 어린 시절 보모였던 애니(Annie Dunne)라는 여성은 아일랜드 출신으로 엘리엇이 품었던 가톨릭교회에 대한 추억과 관련된 인물로 기록되고 있다(Seymour-Jones 34).

　「프루프록의 연가」를 썼던 1910년을 전후로 의미 있던 전기적 사건은 먼저 그의 학업과 관련된 일이다. 하버드대학에서 학부, 석사, 그리고 박사 과정을 공부하며 철학을 전공한 사실은 그의 다양한 관심사 그리고 풍부한 독서량과 함께 그의 시에 뚜렷한 자취를 남긴다. 라틴어를 비롯한 대부분의 주요 유럽어를 구사할 수 있었던 그의 언어 지식과 감각은 그의 문학에 빈번하게 사용된 외국어의 형식으로 뚜렷한 자취를 남기고 있다. 그의 철학 학습은 그의 문학에 언어적 지식만큼 쉽게 드러나는 영향을 끼치지는 않았지만 주제 면에서 보자면 더 큰 영향을 끼쳤다고 할 수 있다. 특히 「프루프록의 연가」를 쓰던 시기는 프랑스에 머물던 때를 포함하며 엘리엇에 대한 베르그송(Henri Bergson 1859-1941)의 영향의 절정기에 해당한다(Gordon 55). 따라서 철학자·시인 엘리엇의 시 「프루프록의 연가」에서 베르그송의 영향을 배제하는 것은 적절하지 않을 것이다.

기본적으로 베르그송은 형이상학적 관점을 취한다. 그는 우주의 근본적인 요소를 지속되는 생명력으로 보았으며, 물질 세계는 "생명이 창조적으로 진행하는 과정에서 만들어진 퇴적물(deposit)"(Coplestone 183) 혹은 생명력이 왜곡된 양상으로 나타난 것으로 보았다. 그는 물질계와 관계하는 요소로 공간, 관습적 시간(clock time), 지성(intelligence) 그리고 실증적 과학과 수학 등을 꼽았다. 반면 생명력과 관계하는 요소로 순수기억(pure memory), 내적 시간(internal time), 직관 그리고 영혼(spirit)을 다루는 역할을 맡은 형이상학 등을 꼽았다(182). 베르그송에 따르면 생명은 태초에 한꺼번에 주어진 힘이며 그 힘이 우주를 움직이는 원동력이다. 반면 물질은 생명의 하강기에 출현하여 생명에 저항하는데 생명은 물질의 저항에 부딪혀 물질을 이용하거나 극복하며 지속적인 창조과정을 이어간다. 지성이 생명이 없는 고체인 물질에 관계하며 분절(分節)적인 관념을 형성하는 반면, 본능 혹은 본능의 최선의 상태인 직관은 자연 그대로의 무한한 생성의 흐름 즉 생명력이 작동하는 실재 세계에 참여한다. 과학적 사고 혹은 지성이 물질이 처(處)하는 공간(space)에 관계한다면 직관은 생명이 작동하는 내적 시간과 관계한다. 순수지속(pure duration)이라고 부르는 분절되지 않는 실재(real) 세계에는 순수기억[2]이 작동하며 여기에는 현재와 과거가 상호 침투하여 분리되지 않는 채 통합체로 존재한다. 이 통합된 과거와 현재의 동시성(synchronicity)은 총합된 인류 존재와 문화의 기록 혹은 저장소로서 엘리엇이 설정한 전통의 개념과 상응하는 바

---

[2] 순수기억은 자동기억 혹은 습관적 기억과 대조되는 개념이다. 일정한 조건이 형성되면 자동적으로 작동하는 신체적 반응 등과 같은 자동기억과 달리 순수기억은 우리 삶의 모든 순간이 기록된 저장소로 "의식의 저변"(infra-conscious)이며, 영적인 성격을 띠며 순수지속과 연결된다. (Coplestone 190-91)

가 크다.

　베르그송이 말하는 실재계(real world)는 이성적 분석이나 물리적 측정이 가능하지 않은, 직관으로만 다가갈 수 있는 대상이다. 우주의 본질을 생명력으로 보는 견해, 그 생명이 창조적으로 진화한다는 주장, 그리고 과거와 현재가 통합적으로 동시에 존재하며 인간이 이에 접근할 수 있다는 주장은 실증적 혹은 경험적 관점에서는 받아들일 수 없는 사고체계이다. 엘리엇 문학 역시 비이성적 요소를 근간으로 한다. 그는 문학을 존재의 통합적 표현으로서 원시인들의 의식(ritual)을 지향해야 한다고 보았다. 원시인들의 의식은 종교와 예술이 통합된 개인적, 집단적 존재 전체를 표현하는 일이었으며 그 의식에 이성(reason)의 참여는 거의 의미가 없는 수준이었다고 보았다(Skaff 88). 원시인들의 의식에 작용한 것은 그들의 무의식(the unconscious)으로 삶의 본질을 보다 충실하고 본질적으로 표현했다고 엘리엇은 보았다. 전통의 개념이나 예술의 지향점으로서 무의식에 대한 엘리엇의 이해가 베르그송의 생명력 그리고 그에 접근하는 기능으로서 직관에 대한 이해와 각론적 차이를 보이는 것은 사실이지만 두 사람 모두 과학이나 이성으로 다룰 수 없는 궁극적 혹은 초월적인 형이상학적 세계를 상정하고, 이에 관계하는 기능으로 비이성 혹은 무의식을 내세우는 것은 의미 있는 공통점이라 할 수 있다. 이런 점에서 엘리엇이 가진 형이상학적 성향에 대한 베르그송의 영향을 부정하기는 어려울 것이다.

　이같이 베르그송 철학의 비합리적이며 형이상학적 성격과 엘리엇에 대한 그 영향을 고려할 때 상당 부분 자전적 요소를 갖춘 것으로 알려진 「프루프록의 연가」를 경험적 세계에 갇힌 인물에 대한 묘사로 읽으려는 시도는 설득력을 갖지 못한다. 오히려 이 시에서 형이상학적 세계관과 자연과학적 사고방식의 충돌, 혹은 형이상학적 세계관을 상실한 세상에 대한 풍자와 조소를 찾으려는 노력이 보다 정당할 것으로 보인다. 이같이 종교관과 연결된 그의 형이상학적 사고에 대한 지향성은 당시 힘을 얻어가던 실증적 사고와 끝없이 충돌하는 모습을 보여준다. 기독교적 세계관이 그 권위를 잃어가고 있던 시기가 보여주는 혼란과 공포를 엘리엇처럼 잘 보여주는 시인을 찾는 일은 쉽지 않다. 이런 면에서 그가 『재의 수요일』(Ash-Wednesday) 이후 본격적으로 기독교적 세계관으로 복귀한 것은 그의 시가 보여준 혁명성과 대비되어 적잖은 '반동성' 논란을 일으키기도 했다. 하지만 모더니즘을 대표하는 시, 『황무지』를 비롯한 그의 초 · 중기 시에도 그의 형이상학적 지향성은 풍부하게 드러난다(Gordon 49).

　엘리엇이 「프루프록의 연가」을 쓰던 당시의 그의 나이를 고려할 때 그의 학업과 관련된 사실들 못지않게 흥미를 끄는 요소는 그의 연애사(戀愛史)이다. 이 시를 포함한 『프루프록과 다른 관찰의 시들』에 실린 시들은 대개 1909년에 착안되어 1912년에 완성되었다고 알려져 있다. 이때 엘리엇의 나이는 20대 초 · 중반이었으니 사랑과 연애가 시의 제재나 주제로 등장하는 것은 어쩌면 당연한 일이다. 엘리엇이 본인과 다른 시적 화자들을 내세우는 일이 흔하고 그의 시에 등장하는 인물과 사건들이 시인 자신의 전기적 사실과 일대일로 대응하지 않는다고 해도 그가 그리고 있는 대상과 주제가 그가 겪은 연애 감정이나 그에 관련된 사건 그리고 인물들과 연결되어있다는 점은 부정할 수 없을 것이다. 1910년을 전후로 한 몇 년은 엘리엇의 애정사에서 특기할 만한 시기이다. 이즈음 평생의 이성 친구였던 헤일(Emily Hale 1891-1969)을 만나 사랑을 고백하는 일이 있었다.[3] 1915년에 영국에서 비비

---

3) 2020년 초에 공개된 편지와 진술에서 엘리엇과 헤일이 모두 엘리엇의 구애에 대해 헤일이 별 반응을 보이지 않았다고 진술하고 있으나, 헤일은 엘리엇과의 결합을 꿈꾸며 평생 결혼하지 않았으며 엘리엇의 여러 시에 뮤즈로서 작용하고 있다. 특히, 1930년대에는 헤일은 공개적으로 엘리엇의 연인으로 행동했으며 병약한 비비엔이 죽으면 엘리엇이 자신과 결혼할 것을 확신했다. 20대에 일어났던 구애와 거절에 대하여 두 사람이 일치되는 말을 하지만 그 진술이 서로의 결합이 불가능한 것이 확실해진 노년에 이루어졌다는 점을 고려할 때, 그 진위여부와 구체적 정확성에 대해 확신할 근거는 없어 보인다. 엘리엇과 헤일이 언제 처음 만났는가에 대해서는 여러 견해가 있다. 고든(Lyndall Gordon)은 엘리엇 시에 나타나는 정원에서 여인들을 만나 끌리는 일련의 장면들이 헤일과의 만남에서 비롯된 것이라고 말하며 그 예로 1912년 작품

엔을 만나 성급한 결혼을 한 일은 이 시집과 직접 관련된 사건으로 볼 순 없지만 그 안에 표출된 정서적 태도는 그가 결혼을 전후로 한 시기에 가졌던 것과 크게 다르지 않을 것으로 판단할 수 있다. 또한 이 시집을 베르드날(Jean Verdenal)에게 헌정한 사실은 그가 1차 대전에 참전하여 1915년에 사망했다 하더라도 시인이 정서적 측면에서 상당한 정도로 1910년대 초의 연장선에 있었다는 점을 증언한다. 엘리엇이 동성애자라는 주장은 줄곧 존재했고 그에 대한 뚜렷한 증거가 발견되지는 않았지만 앞서 언급한 전기적 정황과 더불어 그의 작품에는 동성애를 연상시킬만한 근거는 충분히 발견된다.[4] 엘리엇의 시에 베르드날을 연상시키는 많은 모티프가 등장하는 것을 보면 그를 연정(戀情)의 대상에 포함하는 일이 무리는 아닐 것이다.

III. 「프루프록의 연가」의 문학적 의의

「프루프록의 연가」는 영·미시의 새로운 시작인 모더니즘(Modernism)을 알리는 신호탄이었다. 사실 모더니즘이라는 말은 새롭게 한다는 뜻과 그간 너무 익숙해져 더 이상 시적 감동을 효과적으로 불러오지 못하는 진부한 제재와 낡은 방법들을 버리고 새로운 제재를 새로운 문학적 방법으로 다루겠다는 시도(試圖) 혹은 그에 대한 선언이라고 볼 수 있다. 그리고 이 시도는 시를

「눈물 흘리는 소녀」("La Figlia che Piange")를 꼽는다(81). 최근 공개된 엘리엇의 편지에 의하면 두 사람의 첫 만남은 1905년에 있었다("Reports" Jan. 27).

4) 엘리엇이 대학원 과정을 마치고 유럽에서 공부하던 때인 1911년에 베르드날을 처음 만난다. 엘리엇과 베르드날은 문학에 대한 관심, 보수주의에 대한 지지 등에 공통점이 있었다. 이후 엘리엇은 베르드날이 제1차 세계대전에 참전하여 1915년 5월에 터키에서 사망한 것을 전해 듣는다. 엘리엇 시에 등장하는 라일락을 비롯한 꽃들은 베르드날을 연상시키기도 하는데 엘리엇이 동성애자라는 의혹의 중요한 근거가 되어왔다. 엘리엇의 첫 시집 『프루프록과 다른 관찰의 시들』은 이 프랑스인에게 헌정되었다.

포함한 문학과 예술의 역사에서 반복된 일이라고 할 수 있다. 그래서 이 같은 새로운 시대를 반영하는 시적 시도는 모두 모더니즘적이라고 해도 좋을 것이다. 그리고 20세기의 모더니즘도 당연하게 새로운 시를 위한 환경이 조성되었고 새로운 시적 방법과 제재가 이미 등장해 있다는 참여자들 다수의 공감과 그 공감에 기초한 노력의 산물일 것이다. 이 가운데 역시 가장 중요한 것은 이천 년 동안 서양 사회를 떠받쳐온 기독교를 중심으로 한 형이상학적 사고가 붕괴하고 그 자리에 자연주의적 세계관이 등장한 일일 것이다. 우주의 정점 혹은 중심에서, 존재하는 모든 사물의 일을 계획하고 운영하며 사후 심판을 담당하는, 만물과 인간 운명의 결정자로서 선하고 정의로운 신의 존재를 더는 믿지 않게 된 것이다. 세상은 맹목적으로 만들어져 돌아가는 것이며 죽은 후에는 다시 자연의 일부로 환원될 뿐이라는 자연주의적 세계관이 등장한 것이다. 인간이 신의 진지한 관심과 보호를 받고 있으며 이승에서의 삶의 이력에 따라 죽은 후 상 혹은 벌을 받는다는 전통적인 믿음체계가 흔들리게된 것이다. 종교가 정하는 '옳게 사는 방법'이 작동하지 않게 된 상황에서 어떤 기준에 따라 사는 것이 옳은 것인지도 알 수 없게 된 것이다. 이 상황에서 주어진 선택은 과거의 세계로 돌아가든지 아니면 인간이 그 모든 책임을 떠안든지 양자택일이었다. 「프루프록의 연가」뿐만 아니라 『황무지』를 비롯한 엘리엇의 초·중기 시에는 이 선택의 기로에 놓인 군상이 빈번하게 출현한다.

다음 특징으로 개별적 인간들을 커다란 구조의 작은 부품으로 만든 산업화와 함께 도시의 기능이 확대되면서 시의 주된 배경이 전원이 아닌 도시로 옮겨간 것을 꼽을 수 있다. 교회를 중심으로 조직된 공동체에서 자연의 흐름에 맞추어 농사를 지으며 살아가는 전통적인 사회와 달리 엘리엇 시에는 지저분하고 혼란스러운 도시와 거기에 사는 사람들이 주로 등장한다. 이들은 이 세상 혹은 우주 어디쯤에 자신이 위치해 있는지를 알 수 없는 그 시대의 가장 큰 화두(話頭)인 소외(alienation)의 희생자들로 등장한다. 이는 엘리엇에게 큰 영향을 준 프랑스 상징주의 시의 문제의식과도 연결되는데, 그 운동의 본질적인 매력은 도시를 배경으로 시를 쓰되 실증적 자연주의적 가치에 저항하여 초월적 세계를 동경하고 추구한 데 있다 할 수 있는데 이는 「프루프록의 연가」의 특징이기도 하다. 세 번째로는 심리적 지식이나 통찰력이 중요하게 된 점이다. 이전 시대의 사람들과 달리 미리 주어진 가치에 따라 사는 일이 더 이상 타당한 생활방식이 될 수 없는 환경에서 사람들은 혼란을 느꼈다. 이 상황에서 사람들이 어떻게 행동하는지를 이해할 수 있는 근거로 인간은 마음이 생긴 대로 이러저러하게 생각하고 행동한다는 설명은 형이상학적 세계관에 대한 설득력 있는 대안일 수 있었다. 사람들의 마음이 작동하는 방식을 이해하고 설명하는 것이 중요한 문제로 떠올랐고, 마음의 움직임은 문학적 소재가 될 충분한 자격을 가질 후보가 되었다. 엘리엇의 초기 시는 외부 대상을 객관적으로 그리고 있다기보다는 시적 화자의 마음속에 일어나는 일을 주로 다루고 있는데 이 점은 이 같은 시대적 특징을 반영한다.

엘리엇 시에 나타나는 또 다른 모더니즘의 특징은 새로운 발명인 영화적 방법과 음악적 기법들이다. 「프루프록의 연가」에서 장면들이 갑작스럽게 전환되는 것은 장면이 빠르게 전환되는 영화적 기법을 연상시킨다. 프랑스 상징주의의 영향을 반영하는 모더니즘 시의 또 다른 특징은 자유시이다. 어떤 생각이나 정서를 더 효과적으로 표현하는 형식이 있다는 믿음은 영시의 오랜 전통이었지만 복잡다단해진 현대적 상황에서 고유(固有)한 소재들을 다루기에 정해진 틀을 사용하는 일은 적합하지 않았다. (하지만 부분적으로는 특정 분위기와 심상을 만들어 내거나 음악성을 부여하기 위해 전통적인 시적 운율이나 리듬을 사용하는 일은 주저하지 않았다.) 또한 음악적 요소의 차용은 복잡하고 산만한 의식의 흐름을 따르는 엘리엇의 시에 통일성을 부여하는 힘이다. 엘리엇은 시의 제목을 '연가,' '광상곡,' '사중주' 등으로 붙이고 있는데 이는 그가 음악을 의식하며 시를 쓰고 있다는 점을 말한다. 특별히 『네 사중주』가

네 편으로 구성된 점과 그 시의 각 편이 『황무지』처럼 5부로 구성된 것은 음악적 요소를 빌려 시에 통일성을 주기 위한 시도로 볼 수 있다. 「프루프록의 연가」의 복잡함과 산만함이 어느 정도 통일성을 유지하는 것은 내용 못지않게 그 형식에 의존한다.

빼놓을 수 없는 다른 특징은 비유법의 변화이다. 낭만주의 시가 세련된 은유와 과장으로 넘쳐났다면 모더니즘은 보다 신선하고 효과적인 결과를 만들어내기 위해 시인의 감정이나 주관성의 개입을 제한하는 소위 객관적, 지적, 구체적(감각적) 대상들을 보조관념으로 등장시킨다. 또한 외국어, 고어, 그리고 번역물이 많이 등장하는데 이로 인해 시를 감상하기 위해 이전 시대보다 더 많은 노력이 필요하다고 할 수 있다. 엘리엇의 경우, 인유(allusion)와 시인의 감정과 주관성의 개입을 억제하려는 객관적 상관물(objective correlative)이 두드러진 새로운 비유법이라 하겠다.

정리하면, 「프루프록의 연가」는 다음과 같은 모더니즘적인 요소들을 대부분 담고 있다. 모더니즘의 특징들을 통합하는 동시에 새로운 문학운동에 근거를 제공한 것은 이전 시대와 달라진 새로운 시대가 왔다는 문제의식이고 그중 가장 핵심적인 요소는 기독교적 혹은 형이상학적 세계관을 상실한 것이다. 또한 시골이나 자연의 세계보다는 즉각적인 경험의 대상인 도시의 생활을 소재로 삼고 있으며 이 배경의 변화는 소외의 문제와 연결된다. 외부의 사건보다는 시인이 느끼는 의식이나 사고에 집중하는 내적 탐구가 중요한 방법으로 떠올랐으며 진부하고 낡은 시적 언어를 버리고 일상에서 사용되는 언어를 사용하고, 청각적 요소 못지않게 시각적 요소를 강화했다. 사건이나 인물에 대한 다면적이고 파편적인 묘사를 시도하며, 시인이 주장하는 해석, 의견, 그리고 가치는 최선이거나 최종적인 결론이 아니라는 문제의식이 모더니즘 문학의 한 특징이라 할 수 있다. 물론 시인은 독자보다 우월하다고 여기는 해석이나 결론을 내놓지도 않지만 독자의 독해는 타당한 근거만 있다면 나름대로 정당한 읽기로 여겨질 수 있다. 이 같은 태도는 우주의

존재가 신이나 형이상학적 존재-요소를 정점으로 그와 가까운 순으로 질서
가 정해져 있다는 종교적 혹은 형이상학적 세계관의 해체와도 의미 있는 관
련을 맺는다.

IV. 본문 해설

이 시의 줄거리는 다음과 같다. 저녁 시간이 마치 마취된 환자처럼 축
늘어져 있을 무렵, 프루프록이라는 이름을 가진 중년의 한 남자가 파티에 가
기 위해 길을 나선다. 거쳐 가는 길은 지저분하고 소란스러운 도시의 골목이
다. 화자는 마음속으로 복잡하게 이어진 이 길들과 어떤 중대한 문제를 연관
시킨다. 하지만 화자는 곧이어 그 문제에 대한 관심을 내려놓기로 하고 가던
길을 재촉한다.

화자가 도착한 곳에선 방안에서 여인들이 미켈란젤로(Michelangelo 1475-
1564)에 대해 말하는 소리가 들린다.

화자는 파티보다는 그 시간에 피어오른 안개로 관심을 옮긴다. 안개는
마치 고양이처럼 건물 주변을 맴돌다 수챗구멍 속으로 스러진다. 안개가 다
시 피어오를 시간이 있을 것이라는 상념은 또 다른 많은 일과 사건이 일어
날 많은 시간이 있을 것이라는 생각으로 이어지고 그런 생각은 화자가 자기
생각을 쉽게 바꾸거나 행동을 미루기 위한 변명으로 작용한다.

용기를 내어 우주를 혼란으로 몰아넣는 일을 감행해볼까 생각하던 화
자는 여인들이 그의 나약해지는 외모에 대해 언급한 것을 떠올리며 움츠러
든다. (여성들의 반응이 상상 속에서 일어난 것인지 화자가 실제로 경험한 것인지는
분명하지 않다. 마찬가지로 이 시에서 묘사된 사건들 전체가 실제로 일어난 것인지
아니면 화자의 마음속에서만 일어난 것인지도 분명하지 않다.)

화자는 그간 문제의 여성들에 대해 잘 알고 있었다고 말하며 자신은 삶

을 작은 커피스푼으로 퍼내듯 소심하게 살아왔다고 말한다. 화자는 멀리서 들려오는 여인들의 목소리를 알고 있기에 자신이 일을 감행할 수 없다고 말함으로써 자신을 구속하고 있는 존재가 여성들임을 말한다.

화자는 자신을 구속하는 것이 구체적으로 여성들의 눈임을 언급한다. 화자는 마치 그 눈들에게 관찰 대상이 되어 파헤쳐져서 꼼짝 못 하는 상태에 빠져 있다고 말한다.

이어 화자는 미세하게 관찰된 여인들의 팔, 여인들의 옷에서 풍기는 향수, 그리고 멀리서 들려오는 목소리들을 자신의 행동을 제한하는 요소들로 꼽는다.

화자는 잠시 길에서 관찰되는 늙은이들의 외로운 모습을 언급해 볼까 생각한다. (이는 여인들의 동정심을 유발하기 위한 것으로 보인다.)

하지만 그 생각은 거기서 멈춰지고 갑자기 자신이 차라리 바닷속을 기어 다니는, 본능으로 움직이는 게(crab)였더라면 좋았을 것이라 생각한다.

여기서 화자는 시작 부분에서 그랬던 것처럼 오후와 시간이 무기력한 모습으로 배경을 이루고 있음을 의식한다. 또한 다시 한번 자신이 뭔가 위대한 일을 할 수 있을지에 대해 생각한다. 하지만 끝내 자신의 무기력함과 동시에 자신이 처한 무의미한 상황을 인식한다.

화자는 용기를 내어 결단력 있게 행동하고 무엇인가 큰일을 해내었다 해도 그것이 가치가 있었을까 하는 회의에 빠진다. 만약 그 일이 문제의 여인이 의도한 바가 아니었다면 죽음을 넘나들며 우주에까지 영향을 미치는 일이었다 해도 그럴 가치가 없었을 것으로 생각한다.

화자는 자신이 생각하는 것을 표현할 수 없음도 말한다. 다만 여인들이 원하는 바가 아니라면 앞서 말한 거대한 일은 감행할만한 가치가 없었을 것이라는 점을 반복해서 말한다.

그런 과정을 통해 규정된 자신의 모습은 위인이 아니라 소심하고 말만 앞세우는 속물에 불과하다는 것을 다시금 자각한다.

화자는 나이를 먹어가는 자신을 의식하며 젊은이들을 따라 하거나 유행을 좋아볼까 생각한다.

끝부분에는 화자가 바다에서 헤엄치는 인어들을 목격하고 관찰하는 장면이 등장한다. 그 인어들은 화자의 눈에 띄기는 하지만 접근할 수 있는 대상은 아니다. 인어를 관찰할 수 있는 바닷가에 머무르던 화자와 동행자는 인간의 목소리에 잠을 깨고 이윽고 물 *밖으로 잠기게 된다.* (화자에겐 바닷속이 현실로, 바다 밖 세상이 바다로 인식되는 역전이 일어난다.)

____ 제목과 제사(epigraph)

대학원생이었던 1909년 당시 엘리엇이 구상했던 이 시의 제목은 "Prufrock Among the Women"이었는데 프루프록이 여성들에게 '둘러싸여' 있거나 '포위되었다'는 뉘앙스를 띤다. 제목이 「프루프록의 연가」로 바뀌며 적어도 제목에서는 주인공의 존재가 보다 부각되고 주체성이 강화된 느낌을 준다. 이 시가 과연 연가라 할 수 있는가의 문제 말고 흥미를 끌어온 부분은 주인공의 이름 '프루프록'(Prufrock)인데 그에 대한 해석은 대략 세 가지가 있다. 우선 특이하게 중간이름이 아닌 첫 이름의 머리글자만 쓴 것에 대한 것인데 이는 엘리엇이 본인의 이름을 표기하던 방식(T. Stearns Eliot) 중 하나였다는 점을 들어 엘리엇이 주인공을 자기와 동일시하고 있다고 보는 견해이다. 다음으로 주인공의 이름에는 특별한 뜻이 없고 엘리엇이 고향 세인트루이스에서 본 가구점의 이름(Prufrock-Littau)에서 가져온 것이라는 주장이다 (Kenner 3). 이 주장은 주로 엘리엇의 고향 혹은 미국이 끼친 영향을 논의할 때 등장한다. 또 다른 주장은 엘리엇이 주인공의 이름을 통해 성격을 부여하고 있다는 것인데, 'prufrock'을 신중하고 조심성이 많다는 뜻의 'prude'와 중요한 행사 때 입는 격식을 갖춘 옷 프록코드(frock)의 합성어로 보는 견해이다. 이 세 가지 견해 중 압도적인 설득력을 갖거나 완전하게 부정된 주장은 없다. 따라서 세 주장 모두가 작품을 이해하는 데에 도움을 줄 수 있는 요소를 일정 부분 가지고 있는 것으로 보인다. 또한 'Prufrock'이라는 이름이 연애시로 유명한 14세기 이탈리아 시인 페트라르카(Francesco Petrarca)의 이름을 연상시키려는 의도라는 견해도 있다.

제사는 단테(Dante Alighieri 1265-1321)의 『신곡』(*Divine Comedy*)의 「지옥편」("Inferno")에서 가져온 것으로, 주인공 단테와 지옥에 떨어진 그의 지인 (Guido da Montefeltro)과의 대화이다. 지옥을 찾은 사람 중 누구도 이승으로 되돌아간 사람이 없으니 자신의 이름을 더럽힐 염려 없이 자신이 저지른 잘못을 고백한다는 내용이다. 이 말은 앞으로 시를 통해 말하려는 내용이 화자 (話者) 혹은 시인이 불명예를 무릅쓰고 자신의 비밀을 있는 그대로 말하겠다는 의사표시로 해석된다. 시인의 개성과 감정을 드러내선 안 된다는 비개성이론을 주창한 엘리엇에게 어울리지 않을 법한 말이지만 이 시의 화자이자 주인공인 프루프록이 최소한 형식적으로는 엘리엇 자신이 아니라는 점을 기억해야 한다. 또한 이 제사가 다루는 대상이 지옥임을 고려하면, 본 시의 내용도 지옥에 대한 묘사라고 할 수 있는데 그것은 외부 세상일 수도 있고 시인의 마음일 수도 있다. 한편, 시인 엘리엇이 화자 프루프록의 비밀 이야기를 전하고 있다고 보는 견해도 있다.

말하기 어려운 비밀의 내용이 무엇일까에 대해서는 주로 세 가지 설득력 있는 관점이 있다. 우선 제목 그대로 화자가 겪은 실패한 사랑의 이야기일 수 있다. 화자가 끊임없이 여인들에게 관심을 가지고 그들의 환심을 사려 하지만 여인들은 그에게 관심을 보이거나 좋은 평가를 내리지 않는다. 그 결과 화자는 자신의 약점, 즉 신체적 나약함과 소심함을 고통스러울 정도로 예리하게 인식하는 과정을 겪게 되고 결국 다른 차원의 세상으로 도피를 꿈꾼다. 이 해석을 취하면 프루프록이 말하는 압도적 질문과 거대한 계획은 모두 관심 대상인 여인에게 접근하려는 노력이 된다. 두 번째로는 자신의 마음속에서 일어나는 사고와 감정들이 화자가 가진 개인적인 비밀일 수 있다. 마음속에서 일어나는 일들을 기록하고 해석하는 일은 당시 힘을 얻고 있던 심리학의 주요 관심사였으며 엘리엇 또한 이 새로운 학문에 비범한 이해를 가졌던 것으로 알려져 있다. 사람의 마음속에서 일어나는 사고와 감정은 세상에 익숙해진 틀로 정리해 표현되지 않는다면 무질서와 혼란일 수밖에 없다. 엘리엇은 그 원재료를 시를 통해 세상에 내어놓으며 그에 대한 변명으로 그 내용물을 지옥에 빠진 사람이 밝히기를 꺼리는 부끄러운 과거사에 비유한 것으로 볼 수 있다. 이 해석을 택할 경우 이 시에 사용된 의식의 흐름(stream of consciousness)과 내적 독백(internal monologue) 기법이 두드러진다. 마지막으로 엘리엇이 자신의 새로운 시적 실험과 포부를 드러내기 어려운 제사 속의 비밀로 삼은 것일 수 있다. 자신의 혁신적인 시적 시도를 세상이 어떻게 받아들이고 평가할 것인가는 엘리엇이 확신을 가지고 감행한 일이 아니다. 세상이 그에 부정적으로 반응할 경우, 그의 시적 포부와 방법은 부끄럽고 감추고 싶은 자신의 모습이 되는 것이다. 엘리엇이 제사를 선택하며 시 세 가지를 모두 염두에 두었을 가능성도 크다. 한편 이 제사에는 역설적인 면모도 읽을 수 있다. 자신이 지금부터 하려는 이야기 혹은 그가 생각하고 있는 내용이 지극히 중요하고도 필수적이라 믿지만 세상이 그것을 알아보지 못하고 있다고 생각할 때, 그 이야기를 부끄러운 것으로 포장함으로써 세상에 대한 비판의식을 드러내는 것이다. 이 같은 역설은 이 작품에 빈번하게 발견된다.

> 만일 내 대답이
> 아마도 이승으로 돌아갈 사람에게 하는 것이라 생각된다면
> 이 불꽃 혀는 더 이상 흔들리지 않으리라.
> 그러나, 내가 들은 말이 사실이라면,
> 아무도 이 심연에서 살아 돌아간 사람이 없기에,
> 이름을 더럽힐 두려움 없이 그대에게 대답하겠노라. (PI 5)

("If I but thought that my response were made
to one perhaps returning to the world,
this tongue of flame would cease to flicker.
But since, up from these depths, no one has yet
returned alive, if what I hear is true,
I answer without fear of being shamed.")

1-13행

이전의 시에서 저녁을 이처럼 거칠고 황량하게 묘사한 경우는 찾아보기 힘들다. 당시 신물질인 에테르(ether)에 마취된 채로 의식을 잃고 수술대 위에 널브러져 수술을 기다리는 환자의 이미지는 전통적으로 노을이 지는 황혼녘의 평온함과는 커다란 대조를 이룬다. 물론 이 분위기는 나약하고 무기력한 화자 자신의 정체감을 투사한 것이기도 하고 그가 앞으로 겪을 일들의 분위기를 예고한다.

또 하나의 쟁점은 "자 이제 갑시다, 그대와 나"(Let us go then, you and I)라는 첫 행에서 "우리"를 구성하는 한쪽인 "그대"가 누구냐는 것이다. 먼저 생각해 볼 수 있는 것은 이 시의 제목이 연가인 만큼 화자의 연인을 떠올릴 수 있지만 화자가 등장하는 여성들과 접합점을 찾지 못하는 본문의 내용에 비추어 보면 이 생각은 설득력을 잃는다. 다음으로 "그대"가 독자라는 의견이 있는데 화자가 "그대"를 안내하여 파티로 가는 설정이 자연스러운 것을 생각하면 부정하기 어려운 의견이다. 이 의견을 따르면 화자가 이후에 등장하는 사건의 전개로 독자를 안내하겠다고 제안하는 셈이다. 또 다른 강력한 의견은 "그대"가 화자의 제2의 자아(ego)라는 것이다. 시나 소설에서 작가나 화자의 마음속에서 일어나고 있는 일들을 기록하는 형식을 택할 때, 즉 의식의 흐름 기법을 사용할 경우 무질서하고 혼란스러운 그 내용을 받아낼 어느정도 관습적(conventional)이거나 객관적인 존재의 개입이 필요할 것이기 때문이다. 이는 우리 정신이 의식하는 주체인 자아와 통제하는 주체인 초자아로 구성되었다거나 의식에는 그 중심인 자아가 존재한다는 심리학의 관찰과도 조응하는 장치이다. 또한 시인이나 화자가 자신의 말을 들어주는 존재를 설정하는 일은 매우 효과적인 시적 장치가 된다.

　"압도적인 질문"(overwhelming question)이 무엇인가에 대해서도 많은 논쟁이 있다. 표면적으로 보면 이 질문 혹은 문제는 심약한 화자가 관심의 대상인 상대 여성에게 고백하는 일이다. 이 일은 자신감이 없는 화자를 압도하는 과제이며 우주를 굴려 공으로 만드는 일만큼 중대한 일로 나타날 수 있다. 하지만 앞서 말한 대로 이 견해를 취하면 이 시는 당시 엘리엇이 가졌던 진지한 철학적 관심과의 관련성이 약해진다. 이 압도적인 문제는 인간 존재에 대한 근본적이고 중대한 문제이지만 사람들이 관심을 두지 않거나 회피하는 문제로 보는 것이 보다 설득력이 있다. 화자는 세상 사람들과 달리 이 문제의 존재와 그 의의를 알고 있지만 그렇지 못한 세상에 맞서 그 문제를 부각해야 하는지 혹은 부각할 수 있는지는 확신하지 못하는 것으로 나타난다. 혹은 『네 사중주』에서 언급된 "무시간계"(the timeless)를 들여다볼 수 있었지만 그 내용을 전파할 용기가 없어 시간계로 퇴행해서 초월계를 떠올리는 것이라 할 수도 있다(Kirk 49).

　또 한 가지 흥미로운 문제는 길을 나서는 설정을 가진 이 시에서 화자와 동행인이 어디에서 출발하고 있는가의 문제이다. 주인공 자신이 인정받지도 못하고 또 끝내 적응에 실패하는 부정적 심상과 경험으로 가득한 공간으로 길을 나서는 주인공과 동행자의 출발지가 어디인가에 대한 질문에 대한 대답은 시의 끝부분(129-31행)에 등장한다. 이와 관련된 다른 질문은 왜 처음부터 내키지 않는 그 길을 나서야 하는가의 문제인데 이에 대한 답도 시의 끝에 제시된 것으로 보인다.

자 그러면 가봅시다, 그대와 나,
저녁이 수술대 위의 에테르에 마취된 환자처럼
하늘을 배경으로 널브러져 있을 때;
가 봅시다, 반쯤 인적이 끊긴 거리들을 지나,
하룻밤 묵는 싸구려 호텔에서 잠 못 이루는 밤을 보내며 내는
웅성거리는 소리가 들리는 후미진 골목과
(바닥에 버려진) 굴 껍데기와 톱밥이 뿌려진 식당들을 지나:
그대를 압도적인 문제로 이끄는
음흉한 의도를 지닌
지루한 논쟁처럼 이어지는 거리들을 지나 . . .
아, '그게 무엇이지?' 묻지 말고
(일단) 길을 나서 방문해봅시다. (*P1* 5)

13-14행

방에서 미켈란젤로에 관해 대화를 나누는 여인들을 묘사한 이 두 행에 대한 해석도 다양하다. 파티에 도착했지만 화자는 여인들에게 다가가지 못하고 그들이 하는 이야기를 먼발치에서 들을 뿐이다. 그들의 대화에 등장하는 미켈란젤로는 르네상스 예술을 대표하는 거장으로 기독교적 확신을 가지고 예술 활동을 했으며 역사에 크게 이름을 남긴 인물이다. 그런 미켈란젤로의 위상은 나약하고 자의식이 강한 존재로서 여성들의 관심으로부터 소외된 화자의 모습과 대조된다. 미켈란젤로가 예술로 표현한 인물들의 남성적인 면 즉 주인공과 대조되는 다윗 상(像)의 성적 매력에 대해 이야기하고 있다는 연상도 가능하다. 하지만 여인들이 미켈란젤로를 지적 허영의 대상으로 삼아 그에 대해 과시적이지만 피상적이고 이야기를 늘어놓고 있다는 느낌도 발생한다. 그럴 경우, 이 여성들은 속물적 존재들로서 부정적 판단의 대상인 동시에 당시의 '근본적인' 문제에 맞서지 못하는 세태를 대표한다.

방안에는 여인들이 오가며

미켈란젤로를 이야기한다. (*PI* 5)

15-22행

파티에 도착한 화자는 미켈란젤로에 관한 이야기를 나누는 여인들에 대한 관심을 유지하지 않고 창문 밖에서 피어오른 안개에 관심을 돌린다. 이 안개는 색이 노란 오염된 도시의 안개이자 연기(smoke)이고 그 움직이는 모습이 고양이의 행동에 투사된다. 안개는 등과 코를 창문에 비비기도 하고, 굴뚝에서 나오는 검댕을 등으로 받은 뒤 테라스를 미끄러져 간 뒤 솟구쳐 올라갔다 갑자기 잠드는 것으로 묘사된다. 안개의 오염된 모습은 마취된 환자에 비유된 저녁 시간과 같이 화자의 심리적 상태의 피투사체로 볼 수 있다. 여성들의 대화에 끼어들 수 없는 화자와 같이 안개는 창문 밖을 헤매는 길고양이처럼 소외된 모습을 보인다. 고양이에 비유된 이 안개에 대한 묘사 과정에서 고양이 전체가 언급되지 않는다는 점도 특기할 만하다. 고양이를 연상시키는 동작과 함께 등, 코, 혀 등의 고양이의 신체 일부만이 등장한다. 이 제유법(synecdoche)은 상호 단절되고 파편화된 현대적인 존재방식을 비판하는 이 시의 주제의식과 맞닿아있으며 이후 프루프록이 상대 여성을 묘사할 때도 등장하는 이 시의 두드러지는 비유이다. 앞서 베르그송의 철학에 대해 말했듯이 실재 세계는 분절체가 아닌 연속체로 직관 혹은 느낌으로 다가갈 수 있다. 주인공이 드러내는 분석적 사고로는 실재에 접근할 수 없으며 실재에 접근할 수 없음을 자각할 때 사고 주체는 혼란과 무력감을 경험한다. 이 시에서 이 무력감은 자신의 사고방식과 가치를 인정하지 않는 환경에 의해 강화된다.

유리창에 등을 비벼대는 노란 안개,
유리창에 주둥이를 문지르는 노란 연기,
혀를 내밀어 저녁의 모퉁이들을 핥고는,
수채에 괸 물웅덩이 위에서 머물다,
굴뚝에서 떨어지는 그을음을 등에 받고는,
테라스 옆을 스쳐 간 뒤 갑자기 뛰어오른다,
그리곤 그날이 아늑한 10월의 밤인 걸 알고는,
한 바퀴 집주변을 돌고 난 후 잠들어버렸다. (P1 5)

23-34행

화자는 안개가 거리를 움직이고 창문에 등을 비벼댈 시간이 미래에도 있을 것으로 생각한다. 화자는 안개를 위한 시간에서 출발하여, 사람들을 만나기 위해 얼굴을 꾸밀 시간, 살해하고 창조할 시간, 질문을 던지는 손들이 하는 일들을 위한 시간이 있을 것이라고 말한다. 이같이 앞으로 시간이 반복적으로 더 있을 것이라는 생각은 결심을 번복하며 실행을 미루는 구실이 된다. 하지만 동시에 앞으로 많은 시간이 있을 것이라는 점을 강조하는 것은 흘러가는 시간에 대해 느끼는 초조함을 드러내는 역설임이 점차 드러난다.

29-30행의 "질문을 들어 올려 너의 쟁반에 떨어뜨리는 손들의 모든 일과 날들을 위한 시간"도 해석을 요하는 부분이다. 『일들과 날들』(*Works and Days*)은 고대 그리스의 시인 헤시오드(Hesiod)가 방탕한 동생 페르세스(Perses)에게 삶의 교훈과 농사짓는 기술을 가르치기 위한 목적으로 쓴 글이다. 당시의 노동 강도에 비교할 때 프루프록이 처한 세계에선 접시에 편지를 갖다 놓는 정도가 노동이라 부를 만한 것이어서(Brooks 82) 사소한 행위들에 대해 고민하는 화자의 왜소함을 드러낸다. 또한 페르세스가 스스로 자

신의 삶을 비판하고 교훈에 귀 기울이는 것을 연상시키는 이 행들은 당시 철학과 문학 사이에 방황하던 엘리엇에 대한 가족들의 부정적인 반응을 연상시키기도 한다.5) 시간이 나누어져 각각 개별적으로 나열된 것은 현상세계의 외적 시간(external time)으로 이루어지는 공간적으로 인식되는 행위들이다. 또한 시간을 이렇게 분리해서 많은 시간이 있다고 주장하는 상태는 존재의 본질에 다가가지 못하는 소모적인 삶에 대한 비판의식을 담고 있기도 하다.

특별히, '살해하고 창조할' 시간을 말하는 28행은 작가로서 엘리엇의 반복되는 새로운 문학적 실험을 연상시킨다. 이 시각을 택할 경우, 이 시를 엘리엇의 문학적 실험과 야망 그리고 그에 대한 실제적이며 동시에 상상 안에서 일어나는 세상으로부터의 반응에 대한 기록으로 볼 수 있다. 이 시각을 뒷받침하는 요소로는 '살해와 창조,' 문학적 '영감과 교정(33행),' 그리고 '문학적 결심과 다시 생각 바꾸기'(48행) 등이 글쓰기와 고쳐 쓰기를 연상시킨다는 점이다. 또한 "세상을 흔들어 볼까?"(48-49행)라는 독백은 새로운 문학적 실험이 세상에 가져올 큰 변화를 상상하는 모습과 연결될 수 있다. 그의 새로운 문학의 가치를 알아보지 못하고 과거의 것에 매달리는 세상이 미켈란젤로에 집착하는 여인들(13-14, 35-36행)에 비유된 것일 수 있다. 또한 엘리엇에게 곁을 허락하지 않는 인어들(126-28행)은 앞으로 추구해야 할 문학적 이상을 나타내는 것으로 볼 수 있다. 물론 나이 먹어가는 것(40-44행)과 죽음에 대한 두려움(85행)은 자신에게 주어진 시간 동안 문학적 성취를 이룰 수 있을까 하는 불안함과 연결된다고 할 수 있다. 하지만 엘리엇이 문학적 야망과 미래에 대한 불안을 부분적으로 기록한 것은 인정할 수 있지만 이 시는 그것을 넘어서는 더 다양하고 복합적인 문제들을 다루고 있다.

---

5) 브룩스는 『일들과 날들』에 결혼 적령기에 대한 충고가 들어있는 사실을 들어, 여성들에게 다가가지 못하고 있는 프루프록이 결혼적령기를 넘기며 시간을 보내고 있는 상황을 언급한다. (82)

그래 정말 시간은 있을 것이다

거리를 따라 스쳐 지나가는 노란 안개가

유리창에 등을 비벼댈 시간;

시간은 있으리라. 시간은 있으리라

그대가 만나게 될 얼굴들을 만나기 위해 얼굴을 꾸밀 시간;

살인하고 생산(生産)할 시간,

그리고 질문을 들어 올려 당신의 접시에 떨어뜨릴

손들이 하는 일과 날들을 위한 시간,

그대를 위한 시간 그리고 나를 위한 시간,

그리고 여전히 백 번의 망설임을 위한 시간,

그리고 토스트와 차를 들기 전에,

백 가지 계획과 또 그 계획을 바꿀 시간은 있으리라. (*PI* 6)

35-36행

13-14행 반복

37-48행

화자는 자신의 상상 속에서도 결단력이 없는 존재로 나타난다. 찾아갔던 여성의 집 앞에서 발길을 돌리며 여성들이 자신에게 진행되는 탈모와 가늘어져 가는 팔다리에 대해 말하는 것을 예민하게 상상한다. 엘리엇이 프루프록의 나이를 약 40대로 설정한 것으로 알려졌는데(Gordon 66) 이 부분에 묘사된 신체적 변화는 엘리엇이 생각한 주인공의 나이에서 비롯한 것이라고 할 수 있다. 앞서 말했듯이 상대 여성을 방문하는 일을 미루며 앞으로 많은 시간이 있을 것이라 반복적으로 되뇌는 것은 자신이 늙어가는 것을 예민하게 의식하며 시간이 별로 없다는 초조함을 드러내는 역설이기도 하다. 그는 순간적으로 '우주를 교란해볼까' 생각하지만 짧은 시간 안에 다시 결심을 번복하는 시간이 있을 것이라는 사실을 언급함으로써 자신의 무결단성(indecisiveness)을 자각한다. 여기서 간혹 나타나는 우주를 교란하는 것과 같은 거대한 행위들에 대한 언급은 낭비적 일상 밖에 존재하는 보다 본질적이고 중요한 문제들을 화자가 의식하고 있음을 보여준다. 비록 세상이 그 문제들에 맞설 준비가 안 되어 있을지라도 화자는 계속해서 현실계를 초월적 질문에 비추어 보고 있다.

> 그리고 정말 시간은 있으리라
> "과감하게 한번 해봐?" "과감하게?"라고 생각할 시간
> 가운데 머리가 한 줌 벗겨진 채로,
> 돌아서서 계단을 내려갈 시간은 있으리라 —
> (그들이 말하겠지: '저 사람 머리칼이 가늘어지는 걸 봐!')
> 옷깃을 턱까지 단단하게 세워 놓은 내 모닝코트,
> 소박한 핀으로 모양을 잡아놓은, 화려한 듯 수수한 내 넥타이 —
> (그들이 말하겠지: '하지만 저 사람 팔다리는 어찌 저리 가늘까')
> 용기를 내어
> 우주를 흔들어볼까?
> 일 분 뒤에는 시간이 온다
> 일 분이 다시 뒤집게 될 결심과 재고를 위한 시간이. (*Pl* 6)

49-61행

이 연에는 화자가 왜 스스로 무기력하다고 느끼고 생각을 행동으로 옮기는 못하는지에 대한 이유와 양상이 직접 드러난다. 여성들의 무관심과 폄하(貶下)에도 불구하고 화자는 자신에 대한 여인들의 반응과 평가에 민감하게 반응하며 이들에 의해 자신의 행동을 규정 당한다. 멀리 떨어진 방에서

미켈란젤로 등을 화제로 삼는 여성들은 과장된 톤으로 가식적 목소리를 내고 있다: "먼 방에서 들려오는 음악 소리 아래 갑작스레 톤을 떨어뜨리는 목소리들"(voices dying with a dying fall / Beneath the music from a farther room)(52행). 화자는 이 같은 속물적인 모습을 달가워하지 않지만 역설적으로 자신은 그런 그들에게 규정되고 분석되고 있음을 토로한다. 한편, 51행의 "나는 삶을 커피스푼으로 계량하여 왔다"라는 표현은 이 상황에 처한 화자가 자신이 살아온 삶의 규모를 묘사한 말이다. '나는 소심하고 통이 작은 사람이다'라는 뜻이지만 직접적 묘사를 피하며 명증한 심상을 사용해 말하려고 하는 바를 전달하려는 이 같은 시도를 엘리엇은 '객관적 상관물'이라고 부르고 있는데 그 기법의 대표적인 예가 될 수 있다. 이 부분에서도 역시 신체의 일부인 여성들의 눈이 등장하는데 이 분리된 눈들이 화자에 대한 지배력을 확대하는 모습은 현실계의 상호 분리된 모습을 강조하는 장치이다.

> 왜냐하면 나는 이미 그들 모두를 알고 지냈다, 그들 모두를 ―
> 그 저녁, 오후, 그리고 저녁 시간을,
> 나는 내 삶을 커피스푼으로 재어내며 살아왔다;
> 나는 더 먼 방에서 들려오는 음악 소리에 묻혀
> 점차 작아져 들리지 않는 목소리들을 알고 있다
>   그러니 내가 어떻게 해볼 수 있겠는가?
>
> 그리고 나는 이미 그 눈들을 알고 있기에, 그 눈들 모두를 ―
> 공식화된 어구(語句)로 당신을 고정해 버리는 그 눈들,
> 그래서 내가 핀에 사지가 벌려진 채, 파헤쳐질 때,
> 내가 핀에 박혀 벽에서 꿈틀거릴 때,
> 어떻게 내가 뱉어내길 시작할 수 있으랴
> 내 시간과 방식들의 온갖 끄트머리들을?
>   그러니 어떻게 내가 해볼 수 있으랴? (*PI* 6-7)

62-69행

이 연은 앞의 내용을 반복한다. 추가된 요소는 화자가 제유적으로 사용된 여성들의 팔을 들어 스스로 여성들과 관계하는 양상을 보여준다는 점이다. 팔찌를 차고 있는 그들의 팔은 평시에는 희고 깨끗해 보이지만 불빛에서 자세히 보면 옅은 갈색의 털을 드러낸다. 이 부분은 여성에 대한 화자의 양가적인(ambivalent) 태도를 보여준다. 시의 서두에서 전망이 좋지 않은 분위기에도 불구하고 길을 나서게 만든 동인도 분명 여인들이었고, 시 전체에서 화자가 자신의 사고나 행동의 정당성 여부를 판단하는 근거도 여성들의 반응이다. 하지만 계속 여성들에 대한 관심을 유지하고 그들에 의해 통제되고 있긴 하지만 동시에 화자는 여성들에게 비판적 태도를 유지한다. 이 부분에서는 등장하는 여인들의 팔에 돋은 털을 언급함으로써 여인들을 동물적 심상과 연결한다. 이 심상은 지금까지 형성되어온, 세상 혹은 세태를 대변하는 존재로서 여성들이 가진 한계를 강조하는 효과를 만들어낸다. 화자를 받아들이지 않는 여인들 못지않게 여성들에 대한 그의 평가도 부정적이며 이 비판의식은 그가 다른 세상을 꿈꾸는 일에 보다 커다란 정당성을 제공한다.

> 그리고 나는 이미 그 팔들을 알고 있기에, 그 모든 팔들을
> 팔찌를 찬, 하얀, 맨살을 드러낸 팔들
> (그러나 등불 아래선, 옅은 갈색 솜털이 드러나는!)
> 나를 이렇게 혼란시키는 것은
> 옷에서 나는 향수일까?
> 테이블을 따라 올려진, 혹은 숄을 휘감은 팔들.
>   그러니 내가 해볼 수 있겠는가?
>   그러니 내가 시작할 수 있겠는가? (*Pl* 7)

70-74행

화자는 "황혼녘에 거리로 나가 창밖을 내다보며 담배를 피우고 있는 외로운 남자들을 지켜보았다"고 말하며 이 얘기를 꺼내야 할까 묻는다. 이 물음이 독자를 향한 것인지 아니면 상대 여성에게 말을 할 것인지 자문하는 것인지는 분명하지는 않다. 하지만 많은 시간이 있을 것이라며 행동을 미루며 앞에서 보인 여유의 허상을 드러내며 그 여유와 대조되는 초조함을 보인다. 73-74행의 "조용한 바다 밑을 기어 다니는 게(crab)였더라면"이라는 회한은 게는 번민이 없는 오로지 동물적 충동과 본능으로 살아가는 존재이고 화자가 이를 부러워하고 있다는 것이 일반적인 해석이다. 게는 자신을 보호하는 두꺼운 껍데기와 크고 단단한 집게발만 있으면 족한 존재이다. 물론 사변적인 특성을 가진 화자가 이 같은 물질적, 동물적 존재방식에 만족할지는 의문이어서 역설적 요소를 내포한다. 하지만 이 시는 "우리가 인간의 목소리에 의해 잠을 깨고 이어 우리는 가라앉는다"라는 문장으로 종결된다. 역설적으로 우리가 잠을 깬 곳은 그간 머물렀던 인어가 사는 세상이고 가라앉는 곳은 물이 아닌 뭍 즉 지금까지 「프루프록의 연가」에서 묘사한 세상이다. 바닷속의 삶을 진정한 가치를 가진 실재 세계로, 뭍 세상을 허상으로 봄으로써 화자는 바닷속의 삶을 동경하는 것으로 밝혀진다.[6]

> 말해볼까, 땅거미 질 무렵 길을 나서 좁은 거리들을 지나
> 창밖으로 몸을 기댄 셔츠 차림의 외로운 남자들의
> 담뱃대에서 나는 연기를 지켜보았노라고? . . .
>
> 차라리 나는 조용히 바다 밑을 허둥거리며 달리는,
> 한 쌍의 (게의) 집게발이었더라면 좋았을걸. (*P1* 7)

---

6) 바다 밑에 사는 게가 생명력이 작동하는 실재계 속의 존재로, 화자가 그를 동경하고 있다는 해석도 가능하다.

75-86행

이 시가 시작할 때처럼 시간, 공간적 배경이 다시 등장한다. 외관상 세상은 평화롭게 돌아가고 있다. 그 평화를 가져온 것은 "긴 손가락들"(long fingers)인데 이 손가락들은 쉽게 앞서 등장한 여성들의 신체를 연상시킨다. 그렇게 만들어진 평화로운 오후와 저녁 시간은 의인화되어 잠들어 있거나 피곤을 느끼며 심지어 꾀병(malinger)을 부리기도 한다. 꾀병이라는 단어 선택은 이 부분의 분위기를 앞선 마취된 채 수술대에 누워있는 환자에 비유된 저녁시간과 연결한다. 화자는 다시 이런 시간을 위기로 몰아넣는 시도를 감행해야 하는가에 대한 고민에 빠진다.

82행은 성경에서 인유한 유명한 부분이다. 어머니 헤로디아(Herodias)의 사주를 받은 살로메(Salome)의 청에 의해 유대의 지배자 헤롯(Harod Antipas)은 세례자 요한(John the Baptist)의 목을 베어 접시에 담아오게 한다.[7] 기독교가 성립하던 이 시기는 서양뿐 아니라 전 인류의 역사에서 후대에 지대한 영향을 미치는 사건들로 가득 찬 시간이다. 이 시기를 살며 고난을 겪었던 역사적 인물들과 비교해 화자가 사는 시기는 예언자 같은 위인이 필요 없는 단조롭고 무의미한 시간이다. 위대해질 수 있는 시간은 꺼지려는 촛불처럼 위태롭게 깜빡거리고 화자는 "영원한 종"(eternal Footman), 즉 시간 혹은 사자(使者)에게 끌려가 죽음에 이르게 되는 생각을 하며 두려워한다. 하지만 현대를 무의미한 시대로 보는 시각은 결단성 없는 화자의 태도에 대한 핑계로 볼 수도 있고 사소한 문제들에만 집착하는 세태에 대한 비판일 수도 있다. 왜소한 시대에 의미 없는 시간을 보내며 삶을 낭비하고 있다는 문제의식을 읽을 수도 있다.

---

7) 요한은 동생의 처인 헤로디아와 결혼한 헤롯을 소리 높여 비판하다 감옥에 갇히게 된다. (마가복음 6:21-28, 마태복음 14:6-11)

그리고 오후, 저녁이 매우 평화롭게 잠든다!

긴 손가락들에 의해 달래진 채,

잠들어있거나 . . . 지쳐있거나 . . . 아니면 꾀병을 부리는 건지도.

바닥에 펼쳐진 채로. 여기 당신과 내 곁에,

내가, 차를 마시고 케이크와 얼음과자를 먹고 난 후,

순간을 위기로 몰아갈 힘을 갖게 될까?

그러나 내가 울고 금식하고, 또 울고 기도했지만,

내 머리(약간 대머리가 되어버린)가 접시에 담겨 오는 것을 보긴 했지만,

나는 전혀 예언자가 아니다 ─ 그리고 여긴 중대한 문제가 존재하지도 않는다;

나는 내 위대한 순간이 깜빡거리는 것을 보았다,

그리고 그 영원한 하인이 내 코트를 잡고는 킥킥 웃는 것을 보았다.

그리고 간단히 말해, 나는 두려웠다. (*Pl* 7-8)

87-98행

이 연에서 화자는 세상에 자신의 중대 관심사를 제기했을 경우 일어났을 문제에 대해 언급한다. 먼저 화자는 그가 여인들과 함께 나누는 일상인 음료나 차를 마시거나 마멀레이드를 먹거나 가벼운 대화를 나누는 행동 등을 열거한다. 앞선 79행과 88, 89행에 언급된 이 같은 일련의 사회적 행위들은 별 의미를 갖지 않는 사소한 일상적인 것들이며 80행과 91-95행에 열거된 과감하고 중대한 의미를 띤 행위들과 대조를 이룬다. 가벼운 일상들과 용기를 필요로 하는 중대한 시도들이 서로 교차해서 언급되고 있는 것은 화자가 익숙한 일상 중에 이 일들을 감행할 결심을 강화하고 있는 걸 말한다. 화자는 차를 마시거나 대화를 나누는 도중 중대한 문제를 대화의 소재로 꺼내거나 우주를 굴려 공으로 압축하거나 그 공을 압도적인 문제 쪽으로 굴리는 일을[8] 시도할 가능성을 말한다. 이 일들은 마치 죽음에서 돌아온 라자로스 (Lazarus)[9](요한복음 11:1-45)가 전하는 말처럼 삶의 근본에 대한 이해를 제공

하는 문제일 것이다. 하지만 상대 여성은 관심을 보이지 않으며 "그것은 자신이 의도한 바가 전혀 아니다"라고 반응한다. 화자가 가진 궁극적인 관심사는 그가 사는 세상 혹은 그의 주변을 형성하는 여인들에게 전혀 중요한 문제가 아닌 것이다.

> 그런데, 결국, 그럴만한 가치가 있었을까,
> 컵에 든 음료들, 마멀레이드, 차를 든 후에,
> 자기(瓷器)그릇들 사이에서, 당신과 내가 이야기를 나누는 중에,
> 그럴만한 가치가 있었을까,
> 미소 지으며 그 문제를 물어뜯어 낼,
> 우주를 압축해 공 속에 집어넣어
> 그 공을 어떤 압도적인 문제를 향해 굴려갈 가치가,
> '나는 나자로요, 죽은 자들로부터 돌아온,
> 당신들 모두에게 말하러 돌아왔소, 당신들 모두에게 말하겠소'라고 말할 가치가 —
> 만일 어떤 이가 그녀의 머리맡에 베개를 받치며,
> '그건 전혀 내가 말하려 한 게 아녜요.
> 그건 전혀 그게 아녜요'라고 말한다면. (*PI* 8)

---

8) 92행, "우주를 압축해 공 속에 넣는"(To have squeezed the universe into a ball) 내용은 앤드류 마블(Andrew Marvell 1621-78)의 「그의 수줍은 여인에게」("To His Coy Mistress")에서 가져온 것이다. 이 시에서 시인은 시간이 빨리 흘러간다는 이유를 들어 대담하게 여인에게 잠자리를 같이할 것을 설득한다.

9) 성경에는 두 명의 라자로스가 등장한다. 죽음에서 돌아와 경험한 것을 말하는 요한복음의 인물(요한복음 11:1-44)과 거지로 살다 죽은 뒤, 지옥에 떨어진 부자로부터 이승으로 돌아가 동생에게 경고를 전할 것을 요청받는 인물이 그들이다(누가복음 16:20-25, 30). 두 사람 모두 사후의 세계에 대해 말할 수 있는 인물들이고 프루프록은 자신이 그 역할을 할 수 있다고 생각하지만 사람들이 그의 말을 듣지 않을 것이라 생각하고 시도를 포기한다(Brooks 84-85).

99–110행

이 부분에선 앞 연의 내용이 반복된다. 104-05행에서 엘리엇이 과연 자신이 하고 싶은 말을 제대로 전달할 수 있는가의 문제를 다룬다. 앞서 말했듯이 엘리엇에게 궁극적인 관심사는 형이상학적인 문제였고, 이 문제들을 알고 확신하기도 어려웠지만 그 의미나 깨달음을 어떻게 전달할까 하는 문제는 시인에게 더욱 커다란 과제였다. 형이상학적 메시지를 불완전한 언어로 담아내는 일은 시인에게 끝없는 좌절감을 느끼게 하는 이유였을 것이다. 환등기를 이용해 신경조직을 투사하여 스크린에 비치게 하는 일처럼 단지 그 내용을 어렴풋하게 보여줄 수밖에는 없는 일이라고 느꼈을 것이다.[10]

> 그런데 결국, 그럴만한 가치가 있었을까,
> 그럴만한 가치가 있었을까,
> 석양이 진 뒤 마당을 걷고 그리고 물 뿌려진 거리를 걸은 뒤에,
> 소설들을 읽고, 차를 마시고, 바닥을 따라 끌리는 스커트가 지나간 뒤에 —
> 그리고 이런 일, 그리고 더 많은 일들이 있고 난 뒤에? —
> 내가 뜻한 것을 정확히 말하기란 불가능하다!
> 마치 환등이 신경조직들을 이런저런 모양으로 스크린에 투사한 것처럼이 아니라면 말이다:
> 그럴만한 가치가 있었을까
> 만일 어떤 이가, 베개를 받치거나, 숄을 벗어 던지고,
> 그리곤 창문 쪽으로 돌아서며 말한다면:
> '그건 전혀 그게 아녜요.
> 그건 전혀 내가 말하려던 게 아녜요'라고. (*PI* 8)

---

10) '신경조직의 무늬' 그리고 '화면' 같은 말은 20세기 초에 발달하기 시작한 영화적 기법을 연상시키지만 등불을 이용해 필름에 담긴 그림을 스크린에 투사해서 보여주는 일은 16세기부터 존재한 것으로 알려졌다.

111–19행

87행부터 110행까지 주인공은 염두에 두었던 행동을 거의 실행에 옮기기 직전까지 간다. 하지만 그 행동이 상대 여성이 의도한 것이 아니라면 무의미한 것일 것이라고 여기며 결국 포기에 이르는데 그에 따라 형성된 자기 정체 의식에 대한 묘사가 111행부터 119행까지 이어진다. 자신은 극의 주인공 햄릿 같은 왕자가 아니라 시종(侍從)이나 참모이며 그에 어울리는 성향을 지녔다는 것이다. 여기서 화자가 햄릿 대신 자신을 견주는 인물은 『햄릿』에 등장하는 시종장(侍從長) 폴로니우스(Polonius)이다. 그는 자식들을 사랑하고 신중하지만 상황에 따라 입장과 의견을 바꾸고 권력에 아첨하는 인물이다. 그는 햄릿이 어머니와 나누는 얘기를 엿듣다가 살해되는데 햄릿은 그를 "지루하고 늙은 광대"(tedious old fool)로 부르기도 한다(Hamlet II, ii. 237). 여기서 흥미로운 점은 햄릿 역시 생각을 행동으로 옮기지 못하는 전형적인 인물인데 화자가 "나는 햄릿이 아니다"(I am not Prince Hamlet)라고 말할 때 햄릿에 대한 비판의식은 발견되지 않는다. 여기서 엘리엇은 햄릿을 신분적 지위, 극중 역할의 비중, 그리고 그의 도덕성과 동기의 순수성을 가지고 평가하고 있는 것으로 보인다. 햄릿과 프루프록 사이 행동의 규모 측면에서도 햄릿이 연기(延期)하는 것은 살인 계획이지만 프루프록은 머리모양이나 복숭아를 먹을지 말지 등과 같은 보다 사소한 문제들에 대해 고민하며 이 점이 그의 자의식을 형성하는 재료가 된다.

> 아니다! 나는 햄릿 왕자가 아냐, 또 누가 그리되려고 태어난 것도 아니다;
> 나는 시종관, 왕의 행차를 부풀리는 것으로
> 족한, 한두 장면의 맨 앞에 등장하거나,
> 왕에게 간언하는; 의심할 바 없이, 손쉬운 도구,
> 굽실거리고, 수단이 되는 일에 만족하고,
> 교활하고, 조심스럽고, 소심한;
> 늘 번지르르한 말을 하지만, 약간 둔감(한 척)하고;

때로는, 정말로, 거의 우스꽝스러운 —
때로는, 거의 어릿광대. (*PI* 9)

120-31행

바지를 접어 올려 입는 것이 당시 젊은이들 사이의 유행을 따르겠다
는 것인지 노화(老化)의 결과로 키가 줄어 바지의 길이를 줄여 입겠다는 것
인지 확실하지는 않다. 또한 복숭아를 먹겠다는 것이 노인들이 잘 먹을 수
없는 딱딱하고 신맛이 나는 과일을 먹어보겠다는 것인지 아니면 복숭아가
연상시키는 성적 이미지를 통해 성적 모험을 감행하겠다는 것인지도 논쟁
점이다. 두 가지 의미를 모두 내포하고 있는 것으로도 볼 수 있을 것이다.

124행부터는 예기치 않게 초현실적 존재들인 인어가 등장하는 장면이다.
미켈란젤로에 관해 대화를 나누는 미심쩍은 여인들과 달리 인어는 프루프록
에게 이상적인 여인으로 묘사된다. 이들이 이상적인 만큼 인어들에게 다가가
는 일은 비현실적으로 나타난다. 사실 세상에 대한 프루프록의 태도는 이중적
이다. 세상이 자신을 깔본다고 느끼며 위축되기도 하지만 간혹 본인은 세상이
모르는 것을 알고 있고 세상을 위기로 몰아넣을 잠재적 능력이 있다는 자부심
을 드러내기도 한다. 본인이 인어들에게 접근할 수는 없지만 이들의 존재를
알고 있으며 볼 수 있는 것만으로도 그렇지 못한 세상을 비판적으로 볼 수
있는 근거가 된다. 이 시의 마지막 행에 "인간의 목소리가 우리를 깨우고 마침
내 우리는 물에 잠긴다"라는 표현은 현상세계가 허상이라는 인식이기도 한다.
인어가 출몰하는 바닷속의 원관념이 무엇일까 하는 문제에 대해 현상계를 넘
어선 초월계 혹은 의식과 언어의 경계를 넘어서는 무의식의 영역이라는 해석
도 가능하다. 후자의 경우 세상 혹은 세태가 지향하는 경험적이고 자연적인
세계가 아니라 초월계를 담아낼 수 있는, 인류의 경험과 역사가 축적되고 모
여 있는 무의식의 세계라고 할 수 있다(Skaff 169-70). 프루프록의 근본적인 갈

등은 그 같은 세계의 존재에 대해 세상이 관심이 없거나 알려고 하지 않는 반면 자신은 그 세계의 존재를 의식하고 그 의의를 깨닫고 있는 데에 있다.

특별히 마지막 3행은 시의 시작에서 제기된 두 가지 의문에 대해 답을 제공하고 있는 것으로 보인다. 지금까지 화자 일행은 "붉고 갈색 빛을 띤 해초로 치장을 한 바다 소녀 옆 바다의 방에 머물렀던" 것으로 묘사된다. 이 세계는 화자가 동경하는 곳으로 삶의 근본을 마주할 수 있는 환경이다. 반면 화자와 동반자가 잠에서 깬 뒤에 "잠긴" 곳은 단테가 말한 지옥이며 화자 프루프록이 이 시에서 겪는 일들이 일어나는 공간이다. 엘리엇은 화자를 깨운 주체가 분명히 "인간의 목소리"임을 밝히고 있으며 시인, 화자 모두 이처럼 인간 세상에 속박되어있는 것이다.

나는 늙어간다 . . . 나는 늙어간다. . .
바짓단을 접어 올려 입어봐야겠다.

머리를 뒤로 넘겨 가르마를 타볼까? 용기 내서 복숭아를 하나 먹어볼까?
흰 플란넬 바지를 입고서 해변을 걸어봐야겠다.
나는 인어들이 노래하는 소릴 들었다, 서로에게.

인어들이 내게 노래해주리라 생각하진 않는다.

나는 그녀들이 파도를 타고 바다 쪽으로 향하는 모습을 보았다
바람에 뒤로 젖혀진 파도의 하얀 머리칼을 빗질하며
바람이 불어 바닷물을 희고 검게 만들 때.

우리는 바다의 방에 머물러왔다
적갈색 해초를 몸에 걸친 바다 소녀들 곁에서
인간의 목소리가 우리를 깨울 때까지, 그리고 우리는 물속에 잠긴다.
나는 인어들이 서로 각자 노래 부르는 것을 들었다. (PI 9)

인용문헌

Ackroyd, Peter. *T. S. Eliot*. London: Hamish Hamilton, 1984.

Brooks, Cleanth. "Teaching 'The Love Song of J. Alfred Prufrock.'" Ed. Jewel Spears Brooker. New York: MLA, 1988. 78-87.

Eliot, T. S. *The Letters of T. S. Eliot*. Vol. 1. Ed. Valerie Eliot and Hugh Haughton. London: Faber and Faber, 2009.

___. *The Poems of T. S. Eliot*. Vol. 1. Ed. Christopher Ricks and Jim McCue. London: Faber, 2015.

___. *The Waste Land: A Facsimile and Transcript of the Original Drafts Including the Annotations of Ezra Pound*. Ed. Valerie Eliot. San Diego: A Harvest Book, 1994.

Copleston, Frederick. *A History of Philosophy*. Vol. 4. Maine de Biran to Sartre. London: Search Press, 1975.

Dickey, Frances. "Reports from the Emily Hale Archive." *The International T. S. Eliot Society*. Web. 20 Mar. 2020. 〈https://tseliotsociety.wildapricot.org/news〉. [Abbreviated as "Reports" and cited with the dates posted online]

Gordon, Lyndall. *T. S. Eliot: An Imperfect Life*. New York: Norton, 1988.

Holt III, Earl K. "St Louis." *T. S. Eliot in Context*. Ed. Jason Harding. Cambridge UP, 2011. 9-15.

Kenner, Hugh. *The Invisible Poet: T. S. Eliot*. Methuen, 1960.

Ovid. *Metamorphoses*. Trans. Rolfe Humphries. Bloomington: Indiana UP, 1983.

Seymour-Jones, Carole. *Painted Shadow: The Life of Vivienne Eliot, First Wife of T. S. Eliot*. New York: Nan A. Talese, 2001.

Shakespeare, William. *Hamlet*. Web. 10 Oct. 2021. 〈http://shakespeare.mit.edu/hamlet/full.html〉

Skaff, William. *The Philosophy of T. S. Eliot: From Skepticism to a Surrealist Poetic, 1909-1927*. Philadelphia: U. of Pennsylvania, 1986.

Southham, B. C. *A Guide to the Selected Poems of T. S. Eliot*. 6th ed. San Diego: Harcourt, 1994.

「여인의 초상」: 인간관계의 탐구*

_____ **허정자**(한국외국어대학교)

    T. S. 엘리엇(Thomas Stearns Eliot)은 삶의 도덕가 혹은 비평가로서 '어떻게 사느냐' 같은 근본적인 삶의 문제에 주된 관심을 가진 시인이다. 엘리엇이 하버드대학교(Harvard University) 시절에 쓴 미발표 시[1]를 비롯하여 초기 시에는 개인의 고독하고 쓸쓸한 삶 그리고 원만하지 못한 인간관계의 모습이 그려지고 있다. 1909년의 엘리엇의 초기 미발표 시 「오페라」("Opera")에는 "우리 삶은 비극적인가요? 오 아니지요! / 삶은 희미한 미소를 지으며 / 무관심 속으로 떠난다."(We have the tragic? oh no! / Life departs with a feeble smile / Into the indifferent.)(*IMH* 17)라는 표현이 있다. '삶,' '비극,' '미소,' 그리고 '무관심'이란 단어가 우리의 관심을 끈다. 또한 1910년의 「신념 (개막 시)」("Convictions (Curtain Raiser)")에서 엘리엇은 남자의 사랑을 간절히 원하는 여인의 모습을 "나는 어디에서 나의 영혼을 이해해 주는 / 남자를 만날 수 있

---

* 이 글은 필자의 논문 「"살지 않은 삶"에 대한 비전: 「여인의 초상」에 나타난 청년 화자의 초상」을 수정하거나 삭제하여 재구성한 것임. 『T. S. 엘리엇 연구』 20.1 (2010): 117-47 참고.

1) 1996년 릭스(Christopher Ricks)가 『3월 토끼의 노래』(*Inventions of the March Hare: Poems 1909-1917*)라는 제목으로 엘리엇의 미발표 시를 출간했다.

을까! / 나는 내 심장을 그의 발밑에 던지고 / 내 목숨을 그에게 맡길 텐데."
("Where shall I ever find the man! / One who appreciates my soul; / I'd throw my
heart beneath his feet, / I'd give my life to his control.")(*IMH* 11)라고 묘사한다.
그에게 자신의 목숨이라도 바치겠다는 열정적인 여인의 모습이 무척 인상적
이다. 이러한 문제에 계속 관심을 가졌는지 엘리엇은 역시 하버드대학교 재
학 중이던 1910-11년에 두 남녀의 좌절된 관계를 그린 「여인의 초상」
("Portrait of a Lady")을 쓴다.[2] 엘리엇은 이 시에서 앞서 언급한 비극적 삶, 남
자의 사랑을 원하는 여인, '미소,' 그리고 '무관심' 같은 개념을 중심으로 타
인의 삶에 관심 없이 자신 홀로 낯선 이방인으로 고독하게 살아가는 인간의
모습과 관심을 두고 아무리 노력해도 해결점을 찾지 못하는 인간관계를 탐
구해 본다.

　　대표적인 모더니즘(Modernism) 시인인 엘리엇의 초기 모더니즘의 면모
를 엿볼 수 있는 「여인의 초상」은 영국 엘리자베스(Elizabeth) 시대의 극 그리
고 프랑스 시인 라포르그(Jules Laforgue)의 상징주의 시의 영향을 받은 것으
로 알려져 있다. 엘리엇은 이런 시적 기법 외에 자신이 시에 즐겨 사용하는
음악적 요소, 계절의 변화 그리고 도시 풍경[3]을 배경으로 「여인의 초상」의
암울한 분위기를 효과적으로 드러낸다.

　　인간 상호 간의 완전한 공감과 교류의 불가능 그리고 거기에 따른 개인
의 고독과 소외감이 복잡 미묘한 남녀관계를 통해서 「여인의 초상」에서 표
출된다. 엘리엇은 이 시에서 연상의 중년 여인[4]과 화자 역할을 하는 청년

---

[2] 엘리엇은 1888년에 태어났으니 20대 초반 때이다. 1915년에 발표되었다.

[3] 브룩스(Van Wyck Brooks)는 이 시의 배경인 보스턴(Boston)이 "너무 지적이고 . . . 지나치게
비판적이며 근심이 가득하고, 자의식이 강한 . . . 메마른 정서의 열매인 슬픈 불모로 가득하
다"라고 묘사한다(Ackroyd 39).

[4] 엘리엇의 친구 에이킨(Conrad Aiken)은 이 시에 나오는 여인은 엘리엇이 보스턴에 있을 때
실제로 알고 지내던 자신의 집에서 차를 대접하며 사람들을 만난 바로 그 여인을 연상시킨다
고 언급한다(Hargrove 45).

화자[5])의 극적 대화를 통해 사람 간 소통의 가능성을 시도해 본다. 여인과 청년[6]) 두 사람의 대화(목소리)와 그들이 나타내는 극적 갈등은 그들 사이에 깨뜨릴 수 없는 장벽이 놓여있다는 것을 효과적으로 드러내 준다(Gish 18). 특히 「여인의 초상」에서는 여인이 외로움을 호소하면서 적극적으로 청년과의 사귐을 원하게 되는데 거기에 대해 청년이 드러내는 "끌림과 반발" (attraction and repulsion)(Williamson 71) 그리고 그의 태도에 따라 여인이 보여주는 희망과 좌절의 심리적 풍경이 관찰과 분석이라는 일련의 장면으로 연출되고 있다(Smith 10). 「여인의 초상」은 여인과 청년 화자의 대화로 이야기가 진행되는 것 같으나 실제로는 여인의 독백 형식의 이야기를 청년 화자가 듣고 전달해 주는 방법으로 전개되고 그 과정에서 그 자신의 이야기, 그의 여인에 대한 주관적이고 편파적인 마음속 논평이나 관점이 독백 형식으로 첨가되고 있다고 할 수 있다. 따라서 「여인의 초상」은 청년 화자가 그리는 여인의 초상이라는 느낌을 주고 있는데, 청년이 표현하는 여인의 모습 속에서 그 자신의 초상도 엿볼 수 있다는데 이 시의 묘미가 있다. 엘리엇은 자신의 새로운 독특한 시적 기법으로 「여인의 초상」이라는 섬세하게 그려진 초상화 그리고 잘 만들어진 심리극을 감상할 수 있게 해준다.

「여인의 초상」의 여인은 거의 일 년이라는 세월을 보내면서 자신과 공감하며 자신의 마음을 이해해 줄 수 있는 남자와의 만남을 고대해 본다. 12월, 4월 그리고 10월을 배경으로 한 세 번의 티타임(teatime) 만남이 총 3부로 구성된 이 시는 어느 겨울 12월 연기와 안개 낀 오후에 함께 음악회를 보고 난 후 "오늘 오후는 당신을 위하여 바치기로 했어요"라고 말하면서 청년과의 교제를 위해 여인이 마련해 놓은 그녀의 방을 배경으로 1부가 시작된다.

---

5) 이 시의 청년 화자는 여성을 싫어하고 여성과의 만남을 수줍어하고, 지나친 낭만주의적 감성을 직접적으로 표현하는 것을 꺼리는 이지적인 청년 엘리엇을 떠오르게 한다(Raine xx).
6) 앞으로 청년 화자는 주로 청년이라는 말로 표현된다.

어느 12월 오후 연기와 안개 속에서
"오늘 오후는 당신을 위하여 바치기로 했어요"라는 말로써
당신은 장면을 마련하였고─그렇게 될 성싶어요─
컴컴한 방 안엔 네 개의 촛불
그 네 개의 동그란 빛이 머리 위 천장에 어리고,
말할 것이나 안 할 것이나 그 일체를 위하여 준비된
줄리엣의 무덤 분위기.
. . . .
"이 쇼팽 정말 가슴을 파고들어요, 아마 그의 영혼은
겨우 친구들 사이에서나 다시 살아날 거예요.[7] (*PI* 10)

외롭고 권태로운 여인은 청년을 위해 그 빛이 천장에 희미하게 비치는 촛불로 낭만적 분위기의 방을 꾸몄다고는 하나 사실 그녀의 방은 그녀에게는 누군가를 만날 수 있고 그녀의 감춰진 욕망이나 사랑의 감정 같은 정서를 드러낼 수 있는, 다시 말해 자신이 외로움으로부터 도피할 수 있는 계기를 마련하는 장소이기도 하다. 그러나 쇼팽처럼 영혼의 재생을 바라며 그녀가 장식한 방을 보고 청년은 자신의 삶을 가둬두는 "줄리엣의 무덤" 같은 죽음을 연상하게 된다. 여인의 청년에 대한 일방적인 감정은 결국 그의 무관심으로 보답을 받지 못하고 죽음을 동반한 비극적 결말을 가져올 수도 있다는 것을 상기시킨다. "12월 오후," "연기와 안개," "컴컴한" 등의 단어가 암시하듯이 청년은 어둡고 암울한 분위기만 느끼며 "삶의 여정 끝에 가까워진"(reach her journey's end)(*PI* 12) 나이 많은 여인과 만나는 것 자체를 부담스러워한다.

여인은 친구를 갖는다는 것의 미덕을 적극적으로 말하면서 무심하고 예민한 청년에게 사랑 같은 감정보다는 우정이 없는 삶은 "악몽"이라며 우정의 필요성을 강조한다. "악몽"은 바로 그녀의 무의미한 삶을 표현하는 단어

---

7) 엘리엇 시의 번역은 수정한 부분을 제외하고 이창배 선생님의 번역을 인용한 것임.

가 된다. 이렇게 그녀는 상대방의 반응이 어떻든 무슨 관계든 누군가와 연관되고 싶어 한다. 여인은 자신의 산산조각 나 흩어진 "잡동사니" 같은 삶이 공허하고 외롭다는 것을 깨닫기 때문이다. 후회하지 않기 위해서 여인은 헛되이 혼자만의 생각으로 청년과 함께 자신의 삶 속에서 의미를 찾으려고 애쓰고 있다.

> "당신은 모를 거예요, 친구가 얼마나 내게 소중한가를,
> 이렇게 숱한 잡동사니로 꾸며진 생활에서
> (난 이런 생활이 딱 질색이에요 . . . 아셨지요? 틀림없이 보시지요!
> 참 예민하시군요!)
> 정말 드물고 기이한 일이지요,
> 우정을 살리는 미덕을
> 소유하고, 그것을 남에게 주는
> 그런 미덕의 친구를 갖는다는 것은.
> 내가 이런 말을 하는 것은 괜한 소리가 아니에요—
> 이런 우정 없이는—삶이란 정말 악몽일 거예요!" (*P1* 10-11)

청년은 음악회를 보고 난 후 쇼팽 이야기를 하는 여인의 목소리를 "아득히 들리는 코넷 소리에 섞인 / 나지막한 바이올린의 가락"(attenuated tones of violins / Mingled with remote cornets)으로 느끼지만, 소중한 친구의 우정이 필요하다고 진심을 말하는 그녀의 목소리는 "선회하는 바이올린의 가락,"(the windings of the violins) "금간 코넷의 / 소곡,"(the ariettes / Of cracked cornets) "둔한 북소리,"(dull tom-tom) "변덕스러운 단조음"(Capricious monotone)이 억지로 만들어내는 짜증 나는 "잘못된 곡조"('false note')(*P1* 10-11)라고 단정 짓는다. 여인의 요구를 충족시켜줄 수 없는 그는 답답한 실내에서 누군가와 의미 있는 만남을 시도하기보다는 차라리 바깥세상으로 도피하여 담배 피우고, 바람 쐬고,

시계를 맞추고, 맥주나 마시면서 시간을 보내는 혼자만의 세계로 몸을 숨기려고만 한다.

> —담배 연기에 취한 머리, 바람이나 쐽시다,
> 기념비를 찬양하고,
> 요새 일어난 사건이나 얘기합시다,
> 공중 시계에 우리 시계를 맞추고,
> 그리고서 반 시간가량 앉아서 맥주나 마십시다. (*P1* 11)

이제 꽃이 피고 만물이 소생하는 4월의 봄으로 2부가 시작된다. 재생의 희망(a hope of rebirth)을 암시하는 꽃(Hargrove 46)처럼 봄에 여인은 봄날 같았던 청춘을 회상하며 자신의 텅 빈 삶에 새로운 활력을 불어넣어 삶다운 삶을 살고 싶다는 욕망을 느끼고 청년의 공감을 이끌어내려고 한다.

> 라일락이 피었기에
> 그녀는 라일락 꽃병을 방에 놓고
> 그 한 가질 손가락으로 비틀며 이야기한다.
> "아, 여보세요, 당신은 몰라요, 당신은 몰라요,
> 삶이 무엇인지를, 두 손으로 그것을 쥐고 있으면서"
> (서서히 라일락 가지를 비틀면서)
> "당신은 삶을 흘려버립니다, 흘려버리는 거예요,
> 청춘은 잔인해요, 회한이 없어요.
> 그것은 제가 못 보는 장면을 보고 조소하거든요."
> 물론 나는 미소 짓고,
> 계속 차를 마신다.
> "그러나 이 4월 황혼엔 어쩐지
> 나의 내면에 묻힌 삶과 파리의 봄이 생각나요.
> 무척 마음이 평화롭고 암만해도 세상은

멋지고 젊게만 생각이 돼요."
그 목소리가 돌아온다, 마치 8월 오후
깨진 바이올린에서 나오는 집요한 부조화음처럼.
"나는 늘 확신해요, 당신이 내 심정을
이해해 주시리라고 늘 확신해요, 공감하시리라고,
가로놓인 심연 너머로 손을 뻗쳐 주시리라고 확신해요.

・・・・・・・・・・・・・・・・・・・・・・・・・・・
난 친구들에게 차나 대접하며 여기에 앉아 있겠지요 . . . " (*PI* 11-12)

4월 해 질 녘에 여인은 자신의 방에서 "파리의 봄"을 떠올리며 아쉬움이 없게 손에 쥐고 있으면서도 알 수 없는 삶, 청춘을 헛되이 흘려버리지 말라고 청년에게 충고한다. 그리고 여인은 그의 관심을 끌기 위해 봄의 꽃이자 '첫사랑과 젊은 날의 추억'이라는 꽃말을 가지고 있는 꽃병의 라일락을 만지고, "내면에 묻힌 삶" 같이 인간의 마음속 깊이 흐르고 있는 욕망을 언급하며 인간관계에는 피상적이지 않은 깊은 교류가 있어야 함을 적극적으로 알려주려고 한다. 여인은 더 이상 젊음을 가질 수 없기에 절실한 마음으로 청년에게 감성적으로 다가가려고 노력한다. 청년은 여인과 공감하지 못한다. 그는 무심하게 차를 마시며 미소만 짓고 있다. 특히 청년은 "난 친구들에게 차나 대접하며 여기에 앉아 있겠지요"라는 여인의 틀에 박힌 반복되는 일상과 바깥이 아니라 실내에서 라일락을 비트는 것으로 구체화하는 그녀의 행동을 보고 사랑의 열정보다는 불안감을 느낀다. 청년은 그녀를 "깨진 바이올린에서 나오는 집요한 부조화음"으로 여기기 때문에 그녀를 보면서 삶의 무력감과 단조로움을 더욱 느끼게 된다. 하지만 여인은 "세상은 멋지고 젊게만 생각이 돼요"라고 말하면서 자신의 놓쳐버린 삶 때문에 청년과의 만남을 갈망하며 그에게 다가갈 감정의 여지를 살펴본다. 사실 여인은 나이가 많기에 자신이 청년에게 줄 수 있는 것, 청년이 자신에게서 얻을 수 있는 것은 다만 "우정과 공감(sympathy)뿐"이라고 털어놓는다. 그것이 무엇이든 그녀는 자신의 감정을 청년도 느끼고 있다고 확신하고 언젠가는 그가 건널 수 없는 장벽 같은 "심연 너머로 손을 뻗쳐" 자신의 손을 잡아줄 것을 고대한다. 「여인의 초상」의 여인은 음악회를 가거나 차를 따르며 손님을 대접하는 존재가 아니라 자신의 가치를 인정해 주는 사람을 만나 사랑하거나 우정을 나누고 싶은 강렬한 열정을 지닌 여인을 대변할 수도 있다. 그러나 이 시의 여인이 그동안 자신의 속마음을 감춘 채 손님이 오면 응접실에서 점잖게 예의상 차나 따라주고 관례적인 행동과 화법으로 남성의 관심을 끌려고 했다면, 그녀는 이제는 터져버릴 수밖에 없는 "억눌린 열정의 비밀스러운 곪음"(dark rankling of passions inhibited)(Wilson 102)을 암시한다.

늘 침착한 청년도 정원의 풍요(fertility)와 재생을 상징하는 히아신스(Hargrove 65) 향기가 유혹하고 반복되는 거리의 피아노 소리를 듣자 자신의 마음속 저 깊은 곳에 도사리고 있는 잊힌 기억과 욕망이 무엇인지 깨닫고 싶다는 충동을 느끼며 냉정을 잃는다.

> 당신은 볼 겁니다, 아침이면 언제나 공원에서
> 만화나 스포츠난을 읽고 있는 나를.
> 특히 나는 주목해서 읽지요.
> 영국의 어느 백작부인이 무대에 출연한다는 얘기,
> 한 희랍인은 폴란드 무도회에서 살해당했고,
> 또 하나의 은행 공금 횡령업자는 자수를 했다는 등등.
> 나는 안색 하나 바꾸지 않고,
> 나는 끝내 침착함을 유지한다, 그러나
> 거리의 피아노 소리가 단조롭고 싫증 나게
> 낡은 유행가를 되풀이하고
> 정원에서 히아신스 향기가 풍겨와
> 남들이 욕망하는 것을 회상하게 할 땐 그렇지도 않다.
> 이런 생각이 옳은지 그른지? (PI 12)

그러나 그것도 잠시뿐 청년은 "이런 생각이 옳은지 그른지" 하며 망설인다. 엘리엇은 최상의 시는 도덕과 관련이 있고 시인이 가장 관심을 두는 것은 선(good)과 악(evil)의 문제라고 강조한다(Smidt 68). 청년이 새롭게 느껴보는 감정에 대해 말하는 "옳다," "그르다"라는 자로 잴 수 있는 단지 도덕적인 선과 악의 문제만은 아닐 것이다. 그것은 '어떻게 사느냐'와 관련된 넓은 의미의 도덕적 개념과 연관된다. 청년은 사랑이나 우정 같은 욕망의 옳고, 그름의 문제보다 '어떻게 사느냐' 같은 근본적인 도덕적 삶의 문제에 직면하고 있다고 할 수 있을 것이다. 결국 청년은 안색 하나 바꾸지 않고 침착함을 유지하며 다시 불모의 일상의 삶을 영위하려고 한다. 여인은 청년이 약점도 없어 물리칠 수도 없는 사람이라며 "당신은 불사신이에요, 당신은 아킬레스의 발꿈치가 없어요."(You are invulnerable, you have no Achilles' heels.)(*P1* 12)라고 말한다. 여인의 지적처럼 청년은 외부와 차단된 채 무엇이 와도 타인과의 관계는 무시하면서 자기 삶의 태도를 바꾸지 않을 것이다. 청년은 한순간 신비한 내면에 묻힌 열정적인 정서를 알아내어 그의 앞에 놓인 활기찬 젊은이다운 삶을 살고 싶다는 희망을 가져보지만 그는 그런 삶은 "남들이 욕망하는 것"으로 인식할 뿐 어떤 뜻있는 행동은 하지 못한다. 특히 청년은 신문을 보면서 소심한 자신과는 달리 신문 기사 속 다른 사람들의 살인, 공금 횡령 등 거친 삶으로 자신의 정서를 치환시키면서 살아가고 있다(Jain 60-61). 신문 기사의 삶은 타인의 것이기 때문에 자신의 삶과 거리감이 있게 된다. 청년은 한 번 보고 버릴 수 있는 신문을 보면서 삶을 흘려보내듯 세상사에 직접 부딪치길 꺼리는 것이다. 이런 점에서 청년이 여인에게 짓는 미소도 덧붙여 살펴보자. 청년은 자신의 앞에 살아있는 사람이 있는데도 얼굴을 맞대고 말하는 것보다 "나는 미소 짓고"처럼 미소를 지으면서 사람을 대한다. 청년이 늘 짓는 미소는 단지 표정이나 사교적인 예의범절 같은 것이 아니라 자기 자신이나 정체성을 감추는 "형이상학적 가면"(metaphysical mask)이다. 청년은 고의로 실제의 자신과는 다른 누군지 알 수 없는 가면을 쓴 인물인 페르소나

(persona)로 거리를 두고 여인뿐만 아니라 세상과 마주한다(Habib 92). 청년은 소외된 채 게임을 하듯이 역할 연기(role-playing)를 하면서 냉소적으로 초연하게 사는 것이다(Habib 96). 이렇게 청년처럼 신문을 보거나 가면을 쓰고 혹은 자기 자신을 관찰하듯 세상과 마주하는 간접적이고 외형적인 경험이 아니라 몸소 체험하는 강렬한 직접적인 경험은 무의식 속의 숨겨진 삶을 인식하게 하고 의식을 확장하고 성숙시켜 가치 있고 활기찬 삶을 살 수 있게 하는 원동력이 된다고 할 수 있다. 청년은 사회적 존재로서의 인식을 거부하고 자기 탐닉에만 빠져 자아의 확대와 표피적이 아닌 직접 경험을 통한 자기계발을 실행하지 못한다.

청년이 여인과의 만남이나 자신의 삶에 대해 느끼는 두려움은 그들이 속한 "꽤 미개하지만 문명의 한계를 넘어선 세련된" 사회[8]의 문화나 삶의 방식의 저속함(vulgarity)에 대한 두려움 같은 것이다(Wilson 102-03). 또한 그 두려움은 청년이 혼자가 아니라 서로의 사랑이나 서로 간의 깊은 정서, 욕구 그리고 갈망을 교류할 때 비로소 "묻힌 삶"을 깨닫게 되고, 자신의 삶도 변화시킬 수 있다는 사실을 모르기 때문이기도 하다(Spender 40).

이제 마지막 3부 결실의 계절인 가을 "10월의 밤이 내린다."(The October night comes down;)(*P1* 13). 그러나 두 사람은 만남의 결실을 보지 못한 채 어둠을 배경으로 서로 다른 의미로 끝나게 된다. 시간이 흘러도 여전히 청년은 불안하고 무거운 마음으로 힘들게 다시 여인의 집을 방문한다. 그녀는 청년을 만나자 아쉬운 듯 "그런데 당신은 해외로 나가신다고요."(And so you are going abroad;)(*P1* 13)라고 말을 건넨다. 여인은 그에게 언제 돌아올지 모르지만 해외에서 많이 배우고 자신에게 편지라도 해달라고 하면서, 만남의 시작

---

8) 비평가들은 이 시의 배경을 보스턴 사회의 상위 중산층(upper middle class)이나 상류층(upper class)으로 간주한다. 예를 들어 하비브(M. A. R. Habib)는 인물의 언어, 태도와 관습 등을 말하며 상위 중산층을 언급한다(88-89). 하그로브(Nancy Duvall Hargrove)는 이 시에서는 상류층의 공허, 권태 그리고 불모의 정서가 드러나고 있다고 설명한다(47).

은 끝을 모르는 것이지만 왜 '우리'는 친구가 못 되었을까 하고 안타까움을 토로한다. 여인은 친구들의 생각과는 다르게 실제로는 자신의 삶을 바꿔 놓을 만한 만남을 청년에게 기대하기는 힘들다고 느끼자 '우리'의 관계는 "운명"에 맡겨야 하는가 하고 체념한다.

> "나는 요새 자주 의아해하는 거예요.
> (그러나 우리의 시작은 결코 끝을 모르지요!)
> 왜 우리는 친구지간이 못되었는가 하고."
> 나는 미소를 짓고 돌아서면서 문득 거울에서
> 제 표정을 본 사람과 같은 기분이다.
> 나의 침착이 주르르 녹아 흐른다. 우리는 과연 어둠 속에 있다.
>
> "왜냐하면 모두가 그렇게 말했어요, 우리 친구 모두가,
> 그들은 믿었었어요, 틀림없이 우리의 감정이 꼭 맞을 거라고!
> 나도 정말 이해할 수가 없어요.
> 우리는 이제 운명에 맡길 수밖에 없지요.
> 어쨌든 당신은 편지해 주시겠지요.
> 그리 늦진 않은 것 같아요.
> 나는 친구들에게 차나 대접하며 여기에 앉아 있겠지요." (*PI* 13)

여인은 이전처럼 친구들에게 차를 대접하며 지내야 함을 깨닫는다. 그녀는 "끝"과 "운명"을 말하면서도 희망의 끈을 놓고 싶지 않아 청년이 편지는 꼭 보내 주겠지 하며 자신에게 위안을 준다. 청년은 미련을 버리지 못하는 그녀에게 더욱 부담을 느끼고 심란하지만 '우리'는 정말로 어둠 속에 있다는 것을 확인할 뿐이다. 그는 여전히 미소 지으며 "거울에서 제 표정을 본 사람과 같은 기분"을 느낀다. 그러나 "나의 침착이 주르르 녹아 흐른다"라는 표현처럼 거울은 자기도취와 자기혐오의 감정이 섞인 당황한 청년의 부서지고 왠

지 낯선 왜곡된 자아의 모습을 그대로 반영해 주고 있다(Jain 58). 청년은 결국 인간보다는 꼭두각시나 동물의 모습을 연상시킨다. 그는 흉내 내고 소리 지르는 동물원의 곰, 원숭이, 그리고 앵무새로 그 존재의 의미가 축소되면서 실패한 우스꽝스러운 삶의 모습을 그대로 드러내 주고 있다.

> 그래서 나는 표현하기 위하여
> 모든 변화하는 형체를 빌려야만 하겠다 . . . 춤을 춰야지,
> 춤추는 곰처럼 춤을 추어야겠다,
> 앵무새처럼 소리 지르고, 원숭이처럼 지껄여야겠다. (PI 13)

그런데 해외로 나가는 핑계를 대면서 여인과 홀가분하게 헤어지려던 청년은 시의 마지막 연에서 "꺼지는 듯 끝나고" 있는 음악을 배경으로 시 1부의 "줄리엣의 무덤"을 연상시키는 여인의 죽음을 생각하게 된다. 청년은 만약에 어느 날 오후, 회색빛 연기가 자욱한 오후, 노랗고 붉게 물든 저녁에 자신을 남겨두고서 그녀가 죽는다면 어떻게 될까 하고 가정해 본다.

> 자! 그런데 만일 어느 날 오후 그녀가 죽는다면 어떨까?
> 회색빛 연기 낀 오후, 노란 장밋빛 저녁에.
> 연기가 지붕 위에 내릴 무렵,
> 펜을 손에 쥐고 앉아 있는 나를 두고서 죽는다고 한다면.
> 의아스럽다, 한참 동안은
> 어떻게 느껴야 할지 또는 내가 이해를 하는지조차 모르면서, 또는
> 현명한지 어리석은지, 더딘 것인지 너무 빠른 것인지도 모르니 . . .
> 결국 그녀가 한 수 앞선 것이 아닐까?
> 우리가 죽음을 이야기하고 있는 지금—
> 이 음악은 훌륭히 "꺼지는 듯 끝나고" 있다
> 대체 내게 미소 지을 권리가 있는 것일까? (PI 14)

청년이 상상하는 여인의 죽음이 역설적으로 여인의 참된 삶을 찾아 살려는 마지막 성실성의 증거라면(Spender 41-42), 그녀가 "한 수 앞선 것"은 아닌가 하고 한순간 불안해지면서 자신만만하던 그는 이제 당혹감과 두려움을 느끼게 된다. 마음대로 여인의 말을 평가하고 그녀에 관해 논평만 하던 청년은 그녀의 삶이 온전히 자신에게 의존하고 있어서 자신이 그녀의 삶을 지배한다고 믿었다. 여인의 죽음을 생각하자 청년은 비로소 그녀가 자신의 통제 밖에 있다고 깨닫게 된다. 그는 삶의 현실을 직시하자 당혹스러워한다. "어떻게 느껴야 할지," "내가 이해를 하는지," "현명한지 어리석은지," "내게 미소 지을 권리가 있는 것일까?"처럼 자신이 어떻게 해야 할지 모르는 청년은 냉정을 잃게 하거나 자기혐오의 감정을 불러일으키는 두려운 존재로 여인을 다시 인식하게 된다. 따라서 청년은 여인의 존재가 자신에게 미치는 결과를 감당할 수 없게 되자 그녀를 상상 속에서 마음대로 죽게 만들어서 「여인의 초상」이라는 제목처럼 그녀를 초상화에 가둬 고정하려는 생각을 하는 것이다.

여인의 상징적 죽음은 그들에게 어떤 의미가 있을까? 여인이 헛된 희망이나 청년에 대한 실망감으로 혹은 외로움을 견디다 못해 죽는다고 하면 그녀는 죽음으로써 동정을 사고 무의미한 삶을 벗어날 수도 있다. 그러나 "펜을 손에 쥐고 앉아 있는" 청년은 어떤 뜻있는 행동이나 사회적 요구나 사랑 같은 감정에 관심 없이 이기적인 초연한 "작가"(writer)(Spender 42)로[9] 홀로 살아가겠지만 그런 공허한 삶은 살아도 죽은 것 같은 생중사의 삶이 될 것이다. 죽음은 여인과 청년의 불모의 삶이나 관계를 상기시켜 주는 것이다.

엘리자베스 시대의 극작가 말로우(Christopher Marlowe)의 『몰타의 유대인』(The Jew of Malta)은 죄, 복수와 살인 등 폭력과 공포의 정서를 유발하는 극이다. 「여인의 초상」의 제사(epigraph)는 이 극에서 인용된 "너는 범했다—

---

9) 스펜더(Stephen Spender)는 "펜을 손에 쥐고 앉아 있는" 청년의 모습 때문에 그를 시인 같은 문인으로 간주한 것이다. 하비브는 이러한 의미로 "예술가"(artist)라는 말을 쓴다(95).

/ 간통을 그러나 타국에서의 일이다, / 게다가 그 계집애는 죽었다."(Thou hast committed— / Fornication: but that was in another country, / And besides, the wench is dead.)(*PI* 10)이다. 이 극의 비정한 유대인 바라바스(Barabas)는 잔혹한 행동을 일삼는 인물이다. 인용된 제사는 수사(Friar)가 바라바스에게 죄를 묻자 자신의 살인죄를 무마하기 위해서 간통이라는 거짓 죄를 자백하는 장면이다. 이런 점에서 품위 있고 세련된 응접실 같은 곳에서 사람들은 서로 만나며 인간관계를 맺지만 그러한 점잖은 사회의 만남에도 죄, 기만, 간통 그리고 죽음 등을 초래하는 인간의 잔인성과 폭력이 숨어있다는 것을 「여인의 초상」은 보여주고 있는 것이다(Jain 56).

청년은 여인의 요구에 대해 "내가 어떻게 비겁한 보상을 할 수 있겠는가?"(how can I make a cowardly amends?)(*PI* 12)라고 혼잣말을 한다. 그는 그녀를 위해 무엇을 할 수 있을까? 청년은 여인에게 미안하다고 말하거나 죄의식을 갖거나 자신과 그녀의 삶에 아픔을 느끼기에는 냉담한 사람이다. 여인은 청년과 공감하며 우정을 나누길 바라지만 남에게 예속되기를 두려워하는 그는 결국 인간관계는 "많은 사람이 실패하는 것"(many a one has failed)(*PI* 12)처럼 좋은 결과를 가져올 수 없다고 스스로 변명하고 판단을 내린다.

「여인의 초상」에는 외로움을 극복하려는 여인과 타인과의 사귐이나 사회적 요구를 거부하며 정해진 틀, 자신만의 공간에 안주하려는 청년 화자가 처한 극한 상황이 잘 드러나고 있다. 그리고 우리는 이 시에 표현된 남녀관계를 통해 소외와 감정의 억압이 주는 공포를 느끼게 된다. 그들의 만남은 미래에 대한 기약도 없고, 뚜렷한 결말도 없이 "제스처나 포즈"(a gesture and a pose)만 남긴 채 "미소나 악수처럼 단순하고 믿을 수 없는"(Simple and faithless as a smile and shake of the hand.)(*PI* 28)[10] 관계로 마무리된다.

삶의 비극성은 시인들의 중요한 시의 제재가 될 수 있다. 삶의 비극은

---

10) 엘리엇의 「눈물 흘리는 소녀」("La Figlia Che Piange")의 시 구절.

어디서 오는 것일까? 고독한 개인의 삶일 수도 있고 타인과 잘 지내지 못해서 오는 초조와 갈등 또는 죽음의 문제에 있을 수 있다. 엘리엇은 「여인의 초상」에서 이런 비극적 삶의 주제를 남녀관계를 넘어 실패할 수밖에 없는 인간관계를 통해 탐구해 본다. 그러나 엘리엇은 「신념 (개막 시)」에서 "자연법에 따라 사는 법을 배우고! / 사회적 행복을 추구하고 / 동료들과 소통하길 / 도리에 맞게. 절대 지나침이 없도록!"("learn to live by nature's laws!" / And "strive for social happiness / And contact your fellow-men / In reason: nothing to excess!")(*IMH* 11)라고 삶의 방식을 그려보기도 한다.

엘리엇이 「여인의 초상」을 쓴 지 한 세기가 지났지만 여전히 군중 속의 고독이란 말로 타인과의 정서적 공감 없이 그저 외로이 소외된 채 무의미하게 살아가는 것이 비극적인 현대인의 삶의 모습이다. 또한 인간은 어쩔 수 없이 평생 끝을 모르는 타인과의 관계를 의식하면서 살아야 한다는 고충을 깨닫고 있다. 엘리엇은 이런 모더니즘 혹은 실존적인 삶의 고뇌를 20대 초에 「여인의 초상」에서 상반된 여인의 삶과 청년의 삶을 대비시키면서 면밀히 살펴본다. 이런 점에서 「여인의 초상」은 21세기 지금 읽어도 남녀관계나 인간관계 그리고 '어떻게 사느냐' 같은 삶의 문제에 깊은 여운을 주는 엘리엇의 시대를 뛰어넘는 대표적인 명시로 남을 것이다.

❚ 인용문헌

Ackroyd, Peter. *T. S. Eliot*. London: Hamilton, 1984.
엘리엇, T. S. 『T. S. 엘리엇 전집: 시와 시극』. 이창배 역. 서울: 민음사, 1993.
[Eliot, T. S. *The Complete Poems and Plays of T. S. Eliot*. Trans. Changbae Lee. Seoul: Minumsa, 1993.]
___. *Inventions of the March Hare: Poems 1909-1917*. Ed. Christopher Ricks. London: Faber, 1996.

___. *The Poems of T. S. Eliot*. Vol. 1. Ed. Christopher Ricks and Jim McCue. London: Faber, 2015.

Gish, Nancy K. *Time in the Poetry of T. S. Eliot*. London: Macmillan, 1981.

Habib, M. A. R. *The Early T. S. Eliot and Western Philosophy*. Cambridge: Cambridge UP, 1999.

Hargrove, Nancy Duvall. *Landscape as Symbol in the Poetry of T. S. Eliot*. Jackson: UP of Mississippi, 1978.

Jain, Manju. *A Critical Reading of the Selected Poems of T. S. Eliot*. Oxford: Oxford UP, 1991.

Raine, Craig. *T. S. Eliot*. Oxford: Oxford UP, 2006.

Smidt, Kristian. *Poetry and Belief in the Work of T. S. Eliot*. Oslo: I Kommisjon Hos Jacob Dybwad, 1949.

Smith, Grover. *T. S. Eliot's Poetry and Plays: A Study in Sources and Meaning*. Chicago: U of Chicago P, 1974.

Spender, Stephen. *T. S. Eliot*. New York: Viking P, 1975.

Williamson, George. *A Reader's Guide to T. S. Eliot*. London: Thames and Hudson, 1967.

Wilson, Edmund. *Axel's Castle*. New York: Charles Scribner's Sons, 1954.

「게론티온」 읽기*

이홍섭(인제대학교)

I. 개관

　「게론티온」("Gerontion")은 T. S. 엘리엇이 1919년에 쓴 작품으로 모더니즘적인 경향이 강한 시들 중 하나에 해당한다. 시의 제목이자 노인의 이름에 해당되는 "Gerontion"은 "그리스어로 '왜소한 늙은이'"(a 'little old man' in Greek)(Murphy 240)라는 뜻을 지니고 있으며, 익명의 청자에게 이 늙은이가 자신의 궁핍한 처지와 종잡을 수 없이 혼란스러운 세상에 대한 다분히 자조적인 목소리를 말하는 극적 독백(dramatic monologue)의 형식을 취하고 있다. 하지만, 극적 독백의 형식을 취한 엘리엇의 잘 알려진 「J. 알프레드 프루프록의 사랑 노래」("The Love Song of J. Alfred Prufrock" 1915)가 시적 화자의 자기 고백적인 담화를 통해 화자의 복잡한 심리 상태와 혼란스러운 내면을 정밀하게 포착하고 있는 반면에, 「게론티온」에서 시적 화자이자 주인공인 게

---

* 이 글은 2013년 『T. S. 엘리엇 연구』 23.2에 게재되었던 졸고 「근대성의 위기, 알레고리, 그리고 「게론티온」」을 바탕으로 미세하게 수정한 것이다.

론티온은 삶의 구체성을 담지하고 있는 개별적인 주체라기보다는 시대상을 표상하는 추상화된 인물로 형상화되어 있다. 이런 측면에서 보자면, 「게론티온」은 엘리엇의 작품 중 알레고리(allegory)적인 성격이 매우 강한 작품에 속하며, 시적 화자의 특이한 이름인 게론티온 역시 우발적인 것이 아니라, 늙은이라는 의미를 지닌 화자의 이름과 그의 쇠락한 신체 모두 몰락하는 서구 문명, 즉 '늙은 유럽'(Old Europe)을 지시하는 알레고리적인 기호가 된다. 유별나게 특이한 이름에 해당하는 게론티온을 전경화(foregrounding)하고 있는 이 시는 이런 점에서 등장인물이 구현하고 있는 추상적 가치나 일반적인 속성을 지시하는 기호로서 추상된 이름을 배치하곤 하는 알레고리 문학의 오랜 전통과 맞닿아있다.

II. 본문 분석

게론티온이라는 이름에 드러나고 있는 엘리엇의 알레고리적인 기획은 그가 자신의 무기력함과 곤궁한 처지를 한탄하는 장면에서 더욱 본격적으로 모습을 드러낸다. 1연의 서두에서 엘리엇은 게론티온을 고대 그리스의 전투와도 관련된 인물이자 현재 유럽의 대도시에 거주하고 있는 초현실적인 인물임을 부각함으로써 그의 늙은 신체에 늙은 유럽이라는 알레고리적인 의미를 각인시킨다.[1] 게론티온의 늙은 신체에 공존하고 있는 고대와 근대의 사

---

[1] 1연에 나오는 사건들과 인유들에 대한 국내의 최근 연구는 안중은 "'Gerontion': The Labyrinth of Interpretations"(2005) 참조. 선행 연구들에 바탕하고 있는 이 논문에 따르면 "뜨거운 성문"은 고대 그리스의 북부와 중부를 가르는 군사적 요새지인 '뜨거운 성문들'이라는 의미를 지닌 테모필래(Thermopylae)를 염두에 둔 표현이다. 또한 "따뜻한 비"는 고대 로마인과 마케도니아간의 키노스케팔라에(Cynoscephalae)전투를 의미하며, 짠물습지는 영국의 엘리자베스 여왕의 식민지개척 전투들 혹은 1825년 그리스와 터키간의 미솔롱기(Missolonghi)전투를 의미한다(124).

건들은 그를 한 개인의 경험을 넘어서는 집단적, 사회적 기억을 내장한 탈개인적인 주체로 만든다. 이런 점에서 그는 『황무지』(*The Waste Land*)에 등장하는 티레시아스(Tiresias)와 유사한 인물로서 후자가 고대 그리스의 예언자일 뿐만 아니라 현대 런던의 일상에서 일어나는 일들을 세세하게 관찰하고 이를 자신의 '거대한 기억' 속에 저장하고 있는 고대—근대적 인물인 것처럼, 게론티온은 동시대인 20세기 초를 포함한 서구의 전 역사를 단편적이고 비선형적인(non-linear) 형태로나마 자신의 '오래된 몸'에 내장하고 있는 인물이 되고 있다. 또한, 서구의 수많은 역사적 사건 중 게론티온이 역사상 중요한 전투들을 선택적으로 언급한 것은 우연이라기보다는 이 시가 제1차 세계대전이 종결된 다음 해인 1919년에 창작되었다는 점과 무관하지 않다. 자신이 "뜨거운 성문에 있었거나 / 따뜻한 비를 맞으며 싸운 적이 없네"(I was neither at the hot gates / Nor fought in the warm rain)라고 참회하듯 고백하는 그의 목소리에는 수천만 명의 사상자를 낸 미증유의 세계대전을 겪었던 동시대의 유럽인들이 대전의 희생자들에 대해 가지고 있는 무거운 죄책감과 회한이 복화술사의 이중적인 목소리처럼 공존하고 있다. 고대에서 20세기에 이르는 역사의 현장에서 방관자로서 시대의 비극들을 지켜보기만 했다는 자책감은 게론티온이 고령의 노인이라는 점을 고려하면 동시대의 기성세대가 지닌 무력감과도 관련되어있다.

게론티온의 퇴락한 집은 몰락하는 유럽을 생생하게 보여주는 또 다른 알레고리적인 기호로서 그의 늙은 신체가 파국적인 위기에 처한 동시대의 유럽을 주체의 측면에서 형상화하고 있다면 쓰러져가는 그의 집은 이를 공간적인 차원에서 재현하고 있다. 게론티온의 집 창문턱에 쪼그려 앉아 있는 유대인 집주인의 괴이한 모습 역시 이 시의 형상화가 지향하고 있는 것이 사실주의적인 것과는 거리가 멀며, 과장되고 그로테스크한 이러한 묘사들을 통해 그 속에 내장된 알레고리적인 이념들을 표출하고자 한다는 것을 암시하고 있다. 과잉된 형상화를 선호하는 이러한 알레고리적인 충동이 단적으로 드러나는 대표적인 한 예는 집주인인 유대인의 이력으로, 그는 "앤트워프의 어느 선술집에서 산란되어, / 브뤼셀에서 물집 생기고, 런던에서 덧대지고, 껍질이 벗겨진"(Spawned in some estaminet of Antwerp, / Blistered in Brussels, patched and peeled in London) 인물로 소개되고 있다. 탁월한 수완과 막대한 자본으로 유럽의 경제를 실제로 장악하고 있는 유대인들의 주 거주지들인 벨기에의 앤트워프와 브뤼셀, 그리고 영국의 런던이라는 도시 공간들이 의도적으로 각인된 집주인의 몸은 이제 더 이상 한 개인의 구체적인 신체가 아니라 늙은 게론티온의 몸이 의미화하고 있는 몰락하는 유럽을 경제적으로 지배하는 유대 자본을 표현하는 알레고리적인 기호가 된다.

유대인 집주인의 우스꽝스러운 이력이나 세입자의 집 문턱에 쭈그려 앉은 그의 기괴한 모습을 통해 당대의 유대 자본의 패권적 권력을 풍자하고 있는 이 대목은 엘리엇이 이 당시에 지니고 있었던 반유대주의적인 정서의 한 단면을 보여준다. 제1차 세계대전의 종결 후 베르사유 조약(Treaty of Versailles)이 체결되었던 1919년은 엘리엇의 시 세계에서 반유대주의적인 작품들이 가장 많이 창작된 시기로 「게론티온」뿐만 아니라 「베데커와 함께한 버뱅크: 시가를 든 블라이슈타인」("Burbank with a Baedeker: Bleistein with a Cigar")과 「요리용 달걀」("A Cooking Egg") 등이 쓰였다(Anthony 98). 이 당시 로이드 은행(Lloyds Bank)에 근무하였던 엘리엇은 유럽의 정세를 좌지우지하는 유대 금융자본의 막강한 힘을 직접 목격하고 있었다. 하지만 이러한 전기적 사실이나 이 시기의 그의 시들에 빈번히 등장하는 유대인들에 대한 신랄한 풍자들이 그가 일부 극단적인 극우주의자들처럼 자신의 동시대의 문명사적 위기의 근원을 유대인과 그들의 금융자본에서 찾고 있다는 것을 의미하지는 않는다. 비록 엘리엇이 동시대의 적지 않은 유럽인이 공유했던 반유대주의적 편견에서 벗어나지는 못했지만, 그에게는 자신의 시대가 겪고 있는 문명사적인 위기는 총체적이고 발본적인 것으로 유대 금융자본과 같은 경제 영역에서의 제한된 문제를 넘어서 있는 것이었다.

게론티온이라는 노인의 궁핍한 삶과 집주인인 유대인에 대한 묘사를 통해 몰락하는 유럽의 사회적 단면을 알레고리적으로 형상화한 1연과 달리 「게론티온」의 2연에서는 근대적 주체가 겪고 있는 정신적인 위기에 대한 일종의 계보학적인 탐사를 시작하고 있다. 앞서 언급한 게론티온의 이중적인 신체의 관점에서 보면, 2연에서 게론티온은 근대성의 위기를 경험하고 있는 주체가 더는 아니라 그 위기의 근원인 역사적 과거로 회귀한 인물이자 동시에 이를 현재적 목소리로 전달하는 화자의 모습이다. 4행으로 된 매우 짧은 이 연에서 게론티온은 자신의 시대가 겪고 있는 정신적, 영적 혼란의 근원에는 예수의 신성과 성육신(incarnation)을 둘러싼 갈등이 자리하고 있음을 암시적으로 말하고 있다. 첫 행에서는 예수를 구세주로 받아들이지 않는 바리새인들(Pharisees)이 등장하는 마태복음 12장의 한 부분을 인유(allusion)의 형태로 소개된다. 예수가 눈먼 병자 등을 치유하는 "이적들"(wonders)을 보여주었음에도 불구하고 율법주의자들인 이들 바리새인은 이것을 예수의 신성(divinity)에 대한 확고한 "표적"(sign)으로 받아들이지 않고 예수에게 "우리는 표적을 보고자 하오!"(We would see a sign!)라고 항변한다. 유럽문명의 종교적, 정신적 토대에 해당하는 기독교에 대한 게론티온의 부정적인 시각은 기독교의 정수에 해당하는 성육신에 대한 회의적인 태도가 표출되는 2연의 2-3행에서 정점을 이룬다. 요한복음에서 언급한 "태초에 말씀이 있었고 말씀은 하나님과 함께 있었으며 말씀이 하나님"(In the beginning was the Word, and the Word was with God and the Word was God)에 바탕하고 있는 성육신 신앙에 대해 회의적인 게론티온은 "어둠에 싸인 말"(a word / Swaddled with darkness)에 불과한 이 교리를 둘러싼 논쟁과 갈등이 기독교를 기반으로 하는 유럽 사회에 분열의 뿌리가 되었음을 넌지시 말한다. 성육신을 믿는 기독교인들에게 예수의 탄생은 인류사의 새로운 기원과 같은 것이라면 이를 믿지 않는 이들에게는 이 사건은 기독교와 이에 기반하고 있는 사회적 가치와 제도에 대한 의심과 회의를 심화시키는 것이다. 기독교가 고대 로마 제국의 국교로 공식적으로 인정되는 과정과 그 이후에도 계속되었던 수많은 교리 논쟁과 근대 유럽에서 자행되었던 구교와 신교의 오랜 갈등과 종교 전쟁들이 입증하듯이, 기독교는 자신의 정통성을 인정받기 위하여 타 종교를 무자비하게 배척하고 탄압하였을 뿐만 아니라 교리적인 차이를 보이는 기독교 내의 다양한 분파를 이단시하였다. 성경의 예수님이 인류의 죄를 사하기 위해 오신 사랑과 구원의 주님이라면, 유럽의 현실 역사에서 그는 "호랑이 그리스도"(Christ the tiger)가 되었으며 그의 신성이나 성육신에서 기독교의 정통성을 찾는 이들은 이를 부정하는 이교도들과 이단자들을 그의 이름으로 처단하였다(Brooker 99). 아담이 하느님의 명을 어김으로써 그를 진노하게 하였다면 그의 후손들은 구세주 예수를 호랑이―그리스도로 변형시킴으로써 자신도 모르게 구원의 세계에서 멀어지게 되었다.

　　게론티온이 유럽의 현재적 위기의 근원을 성육신 신앙에 대해 갈등과 분열에서 찾고 있는 2연과 달리, 3연에서 그는 자신이 만났던 몇 명의 인물들에 대한 간략한 묘사를 통해 동시대의 정신적, 문화적 위기의 증후들을 포착한다. 하나의 연이 바뀔 때마다 이천 년에 가까운 시간의 도약이 있는 극도의 비-선형적인(non-linear) 전개를 통해 현재의 시간으로 되돌아온 그는 우선 "타락한 오월"(depraved May)의 음울한 풍경화를 보여준다. 이 음울한 풍경화에 등장하는 "박태기나무"(Judas)는 예수님을 배신한 유다가 목매어 죽은 것으로 잘 알려진 수종으로 이 나무의 등장은 2연의 주제인 예수님의 성육신을 둘러싼 논쟁과 3연의 현재의 정신적인 타락상을 자연스럽게 연결하는 장치에 해당한다. 주제적인 차원에서 보자면 박태기나무 혹은 유다나무라고 불리는 이것은 신이 만든 에덴동산이 아니라 인간이 만든 '악의 동산'에 심어진 나무로, 알레고리적인 의미를 지닌 이 나무의 이름은 현실의 역사는 기독교의 믿음과 달리 구원과 은총의 역사가 아닌 음모와 배신, 탐욕과 살육으로 점철되고 있음을 생생하게 전해주고 있다.

　　1연에서 유대인 집주인에 대한 과장된 형상화를 통해 이 인물이 담지하는 알레고리적인 이념을 드러나게 하는 것과 유사하게 3연에 등장하는 네 명의 동시대 인물들에 대한 묘사는 이들의 독특한 행동들에 대한 순간포착(snapshot)을 통해 이들이 문제화하고 있는 의미들이 드러나게 한다. 이들 중 첫 번째 인물인 "실베로 씨"(Mr. Silvero)는 음흉하고 탐욕스러운 인간상의 한 전형으로 '실버'(silver)를 연상시키는 그의 이름은 이러한 성격을 압축적으로 드러내는 알레고리적 장치로 사용되었다. 밤새 방을 걸으며 무언가를 애무하는 실베로의 기이한 행동은 그가 도자기 산업으로 유명한 프랑스의 중서부 지역의 리모즈2)에 기거하고 있다는 사실에 의해 그 의미가 암시적으로 드러난다. 이 시에서 일종의 부재한 현존(absent presence)으로 존재하는 도자기는 산업혁명의 과정에서 몰락해버린 과거의 고급문화의 대표적인 한 예로써 대량생산과 대량 소비의 메커니즘 속에서 흔한 상품으로 전락하였다. 실베로가 밤새 방을 거닐며 애무하는 것은 바로 이 도자기들이며, 이제 이들은 도자기상으로 추정되는 실베로가 원하는 높은 이윤을 위해 판매될 상품이자 그의 애무하는 손길에 밤새 희롱당하는 노리개로 전락하였다.

3연에 등장하는 나머지 인물들에 대한 묘사는 실베로의 경우와 마찬가지로 이들의 행동에 대한 한두 마디의 언급에 그치고 있으며, 극도로 절제된 이러한 묘사가 지닌 의미는 해석 불가능에 가까운 이 압축된 묘사들 자체가 지닌 의미와 더불어 이들이 위치한 문맥에 의해서 결정된다. "어두운 방에서 촛불들을 옮기는 / 드 토른키스트 부인"(Madame de Tornquist)의 경우 그 자체만으로는 그녀의 행동이 의미하는 바를 독해하기는 거의 불가능하다. 그럼에도 불구하고, 촛불을 옮기는 토른키스트 부인의 행위를 "교령회를 주재하는 것"(presides over ghostly seances)(Brunner 148)이나 비교(秘敎)적인 제식을 행하는 것(Ellis 27)으로 해석할 수 있는 것은 그녀가 예수의 신성을 둘러싼 갈등과 분쟁 그리고 이어진 종교적, 문화적, 도덕적 타락을 보여주는 구도

---

2) "Limoges," *Wikipedia*, Web. 12 Dec. 2013, http://en.wikipedia.org/wiki/Limoges.

속에 자리하고 있기 때문이다. 이어 등장하는 "쿨프 양"(Fräulein von Kulp)의 경우도 마찬가지로 "문고리를 잡은 채 / 현관으로 들어서는" 그녀의 극히 일상적인 하나의 동작으로만 그녀에 대한 가치 평가적인 판단을 하기는 불가능하다. 하지만 3연에서 그녀가 실베로나 토른키스트과 마찬가지로 서구 문명의 타락상을 압축적으로 보여주는 인물의 한 사람으로 호명되었다는 점에서 그녀의 행동은 한 개인의 일상적인 행위를 넘어서는 사회적인 의미의 그물망에 포착되게 된다. 앞서 살펴보았듯이, 1연에서 노쇠한 게론티온의 신체와 그가 세든 집이 각각 문명사적인 위기에 처한 유럽의 몰락상과 상승하는 유대 금융자본의 힘에 대한 우화적인 삽화라면, 이제 바람조차 막지 못하는 허술한 그의 집은 무너지고 있는 유럽을 표상하는 또 다른 삽화에 해당하며, 바람과 함께 현관을 들어서는 쿨프의 행동은 이러한 쇠락을 촉발하는 행위와 연관되게 된다. 자신을 몰락하는 유럽과 동일시하는 게론티온의 관점에서 보면, 실베로나 토른키스트가 문화나 종교의 영역에서의 타락을 조장하는 타자들이라면, 쿨프는 젠더와 세대의 측면에서 자신과 대립하는 타자로서 바람을 몰고 집안으로 들어서는 그녀와 바람이 새어들고 있는 집에서 처량하게 있는 게론티온 본인의 대조적인 모습은 이러한 타자적인 관계를 우화적인 삽화의 형태로 보여주고 있다.

3연에 등장하는 나머지 한 인물은 "하카가와"(Hakagawa)로, 실베로에 이어 등장하고 있는 이 일본인을 게론티온은 유럽의 "타락한 오월"을 조성하는 인물 중 한 사람으로 호명하고 있다. 티치아노의 그림들 앞에 동양식의 경배를 드리는 그의 모습 이면에는 서양의 문화유산에까지 침투한 이질적이고 이교도적인 동양문화에 대한 게론티온의 경계심과 두려움이 자리하고 있다. 특히, 동양의 타자인 일본인이 엘리엇의 작품세계에 등장한 것은 극히 이례적인 경우로 이 예외적인 출현의 시대적 배경에는 「게론티온」이 1차 세계대전을 종결짓는 베르사유 조약이 한창 진행되던 시기에 창작되었다는 사실이 자리하고 있다. 19세기 말부터 유럽에서는 서구의 몰락과 동양의 부흥에 대한 위기감이 황화론(黃禍論)과 같은 형태로 퍼져나가기 시작하였으며, 일본이 1905년에 있었던 러일 전쟁을 승리로 이끌면서 황화론이 현실화할 수 있다는 두려움은 더욱 팽배해졌다. 또한 1차 세계대전에서 연합국의 일원으로 참여했던 일본은 전후 유럽과 전 세계의 세력 판도를 결정했던 역사적인 사건인 베르사유 회의에 전승국으로 참여하여 국제 사회에서의 자신의 입지를 확고히 하였을 뿐만 아니라 독일의 식민지였던 아시아의 일부 지역을 자신의 손아귀에 넣었다. 이러한 시대적인 맥락에서 보면, 주로 그리스 신화나 성경을 소재로 한 작품을 그렸던 16세기 이탈리아의 유명 화가인 티치아노 (Tiziano Vecellio)의 그림들에 고개를 조아렸던 하카가와의 동양적인 숭배는 일종의 '문명의 충돌'에 해당하며, 이러한 충돌에서 희화화(戱畵化) 내지 소유의 대상으로 전락한 것은 동양이 아닌 서양의 종교적, 문화적 전통이다.

　3연에 등장하는 네 명의 인물이 각각 문화적, 인종적, 종교적, 젠더적 차원에서 서구의 "타락한 오월"을 대표하는 알레고리적인 인물이라면 4연에서는 서구의 역사 그 자체가 알레고리적인 인물로 게론티온에 의해 호명된다. 구세주 예수의 탄생이 세속의 역사에서는 구원이 아닌 갈등과 대립을 초래하였으며 이후의 역사는 분쟁, 탐욕, 타락의 연속이었다고 진단하는 게론티온은 이제 역사의 의미 그 자체에 대한 뿌리 깊은 불신감을 표출하며(김병옥 23), 이러한 그의 발본적인 문제 제기에서 역사는 요부의 이미지를 지닌 여성으로 알레고리화 되어 나타난다. "역사는 많은 교활한 통로와 꾸며낸 회랑과 / 출구를 가졌고 야망을 속삭이며 속이고, / 허영된 것들로 우리를 이끈다. 이제 생각해 보라 / 우리의 주의가 산만할 때 그녀는 준다"(History has many cunning passages, contrived corridors / And issues, deceives with whispering ambitions, / Guides us by vanities. Think now / She gives when our attention is distracted). 파국적인 역사에 대해 느끼는 자신의 좌절감을 팜므파탈(femme fatale)적인 여인의 유혹에 무기력하게 굴복하는 남자의 모습으로 알레고리적으로 형상화하고 있는 4연에서 주목할 점은 이러한 젠더화된 대립을 통해 게론티온은 자신을 순진한 남자/주체로 정립함과 동시에 모든 잘못을 간교한 요부/역사에게 전가하고 있다는 점이다. 게론티온에 의하면 역사는 "주는 것을 너무 유연하면서도 혼란스럽게 주기에 주는 것이 오히려 갈망을 굶주리게"(what she gives, gives with such supple confusions / That the giving famishes the craving) 할 뿐만 아니라, "너무 일찍 주거나"(Gives too soon) "너무 늦게 준다"(Gives too late)라고 항변한다. 또한 역사가 주는 것의 내용조차 "믿기지 않는 것"(What's not believed in)이거나 "없어도 되리라 생각되는 것"(what's thought can be dispensed with)과 같이 사람들의 예상이나 기대에 어긋나는 것이라며 역사에 대한 깊은 불신과 피해의식을 드러낸다(이상섭 178). 역사와 개인의 관계를 이분법적 대립의 관계로만 설정하고 역사의 과정에 참여하는 적극적인 주체로서의 개인의 역할과 책임의 문제를 철저히 배제한 게론티온의 모습 이면에는, 자신이 감당할 수 없는 엄청난 역사의 무게에 짓눌린 채 제1차 세계대전 이후의 동시대인의 절망감과 더불어 악몽 같은 이 현실을 젠더화된 대립을 통해 도피하고자 하는 남성의 무의식적인 욕망이 중첩적으로 자리하고 있다.

한편, 구체성이나 개인성보다는 추상성과 일반성을 중시하는 알레고리적인 재현에 기반하고 있는 이 시에서 역사에 대한 게론티온의 절망감이 진정으로 문제화하고 있는 것은 미성숙한 한 개인의 극단적인 비관주의적인 태도가 아니라 이 '문제적 개인'이 담지하고 있는 시대적 증후 또는 사회적인 의미이다. 즉, 앞서 살펴보았듯이 게론티온의 궁핍한 처지나 실베로를 비롯한 다른 등장인물들의 독특한 행동들이 파국적인 위기에 처한 서구의 단편(斷片)들을 드러내는 알레고리적인 기호로서 작용하였듯이, 역사에 대한 게론티온의 깊은 불신감은 한 개인의 특이한 문제가 아니라 혼돈의 시대를 살아가는 개인들이 일반적으로 겪고 있는 주체의 위기감을 표상하고 있다. 사실, 「게론티온」에서 역사의 위기와 주체의 위기의 의제는 서로 분리된 것이 아니라 동전의 양면처럼 서로 맞닿아있는 것으로 총 7연으로 구성된 이 시의 전반부가 전자의 측면을 중점적으로 더 부각하고 있는 반면, 후자의 경우는 게론티온의 자가-반성적인 모습이 나타나기 시작하는 4연의 후반부에서부터 점진적으로 부각된다.

혼돈의 시대에 느끼는 자신의 좌절감을 역사에 대한 원망의 형태로 표출했던 4연의 전반부와는 달리 4연의 마지막 4행에서 게론티온은 자신의 세대들은 이러한 파국적 상황의 피해자일 뿐만 아니라 이러한 상황을 초래하는 데 일조하였음을 넌지시 고백한다. 이 대목에서 처음으로 등장하는 청자(聽者)에게 자신의 내밀한 속내를 고백하는 형식을 취함으로써 게론티온은 이제 자신의 문제를 동시대의 불특정 다수인 "우리의"(our) 문제로 객관화할 수 있는 대화적인 공간을 확보한다. 혼탁한 역사에 대한 게론티온의 좌절감은 여전하지만 이제 그는 자기 자신을 되돌아보며 자신과 자기 세대의 잘못에 대한 반성적 성찰을 시도한다. 자신의 세대가 지닌 외형상의 미덕들마저 실제로는 자신들의 "파렴치한 범죄들에 의해"(by our impudent crimes) 강제된 것이라고 자기-반성하는 게론티온은 개인들의 품성과 자질에 대한 어떠한 낙관적인 신뢰를 경계한다. 쉽게 "영웅주의"로 변질할 수 있는 이러한 낙관적인 태도가 오히려 사회의 "이상한 악들"을 양산하게 되었다고 진단하는 그의 입장은 금욕적인 자제와 초연함을 중시하는 견인주의(堅忍主義)적인 관점을 넘어서 매우 비관적이다. 역사를 "많은 교활한 통로와 꾸며낸 회랑"을 지닌 미궁(迷宮)에 비유했던 그는 이제 "두려움도 용기도 우리를 구하지 못한다"(Neither fear nor courage saves us)라고 절망하며 탈주를 포기한 채 역사의 미궁에 자신을 스스로 감금시킨다. "분노를 잉태한 나무로부터 떨어지는"(shaken from the wrath-bearing tree) 눈물들은 그의 피눈물로 그 눈물에는 자신의 시대와 역사에 대한 분노와 좌절, 그리고 게론티온의 자기 연민이 함께 녹아 있다. 역사에서 주체로의 전환을 보여주는 4연에서 게론티온이 자기-성찰을 통해 궁극적으로 발견한 것은 역사를 이끌어가는 능동적, 적극적인 주체가 아니라 혼돈의 시대에 좌절하고 체념하며 역사의 발전 가능성을 부정하는 회의적, 비관적인 개인들이다.

　게론티온의 관심이 역사에서 주체로의 전환을 이룬 4연의 후반부에서 보여주었던 비관론적인 인간관은 자신의 극적 독백을 듣고 있는 청자와의 관계와 이와 관련된 자신의 감정의 문제를 털어놓은 5연에서 보다 복잡한 양상을 띠며 전개된다. 청자인 "당신"(you)의 정체는 5연에서도 여전히 불명확하며 다만 마지막 행에서 "당신이 더 가까이 접촉하기 위해"(for your closer contact)라는 표현이 등장하고 게론티온이 청자에게 지녔던 "열정"(passion)을 상실했다고 고백한다는 점에서 한때 사랑했던 연인이거나 혹은 절친했던 벗이라고 추정된다. 기쉬(Nacy Gish)나 윌리엄슨(George Williamson)과 같은 평자들은 5연의 주 내용이 게론티온의 세속적 사랑과 종교적 사랑의 상실이 함께 관련된 것으로 "당신"이 연인과 예수 둘 다를 지칭한다고 주장(Gish 42-43; Williamson 110-11)하지만, 앞 연에서 게론티온이 "우리의 영웅주의"와 "우리의 파렴치한 범죄들"과 같은 언급에서 청자를 동시대의 인물로 상정하고 있다는 점에서 예수와의 연관성은 설득력이 없다. 또한 5연의 첫 행에서 게론티온이 "호랑이가 새해에 솟구친다. 우리를 삼킨다"(The tiger springs in the new year. Us he devours)라고 말할 때 그는 청자를 자신의 동시대인으로 호명하고 있을 뿐만 아니라 자신과 마찬가지로 폭력적인 권위와 힘을 지닌 '호랑이―기독교'에 희생되는 인물로 간주하고 있음을 알 수 있다. 이런 점들에서 5연은 게론티온이 주 예수에게 드리는 신실하지 못한 자신의 신앙에 대한 종교적인 고백이라기보다는 주변의 지인에게 털어놓은 그의 양심적인 고백으로, 이를 통해서 역사와 시대라는 거대 담론뿐만 아니라 지극히 사적인 관계에서 마저 그가 매우 비관적인 입장을 지니고 있음이 드러난다.

　청자에게 자신의 속내를 토로하는 게론티온의 고백에서 주목할 점은 그의 열정의 상실은 열정의 무의미함에 대한 그의 자각과 맞닿아있으며 이러한 자각 이면에는 존재와 사유가 지닌 가치를 부정하는 그의 허무주의적인 태도가 자리하고 있다는 점이다. 우선, 성육신 교리에 회의적인 그의 태도에서 보듯이 그는 초월적 존재에 의한 구원의 가능성을 부정하고 있으며, 폭력과 탐욕으로 가득 찬 세속의 역사에서도 어떠한 희망도 발견하지 못하고 절망한다. 또한 그는 개인이 주체적인 의지를 갖고 현실에 참여하는 것은 단지 "영웅주의"에서 비롯된 것으로 "파렴치한 범죄들"만 양산한다고 주장하며 개인들의 적극적인 행위가 지닌 의미들 역시 철저히 부정한다. 게론티온이 이제 청자에게 "나는 내 열정을 잃어버렸네. 내가 왜 그것을 유지할 필요가 있겠는가? / 유지해보아야 틀림없이 불순해질 텐데"(I have lost my passion: why should I need to keep it / Since what is kept must be adulterated?)라고 반문하듯 말할 때 그는 열정을 포함한 인간의 감정은 순수성을 유지할 수 없으며 감정적인 유대나 애정에 바탕하고 있는 인간관계마저 부질없음을 말하고 있다. 이런 측면에서 그가 "나는 내 시각, 후각, 청각, 미각, 촉각도 잃어버렸다"(I have lost my sight, smell, hearing, taste and touch)라고 청자에게 고백하였을 때 그가 진정으로 의미하고자 한 것은 오감을 상실해가는 자신의 늙은 육체에 대한 나르시스적인 연민이 아니다. 그에게는 이제 세상과 소통을 위해 필요한 지각이나 감각마저 무의미하며, 열정이나 감각의 상실마저 무의미해진 그가 지향하는 것은 '의지의 무'로서 자신이나 세상에 대한 어떠한 적극적인 의지를 상실한 채 주어진 조건에 수동적으로 반응할 뿐이다. 열정의 상실에 이어 "공포 속에서 아름다움을, 심문하며 공포를 잃어버렸다"(To lose beauty in terror, terror in inquisition)라는 게론티온의 또 다른 상실에 대한 고백이 궁극적으로 향하고 있는 지점도 허무주의로서 그가 마주한 공포는 세계와 삶의 의미 없음에 대한 공포(Gish 44)이며 이러한 공허함의 편재성에 대한 지속적인 탐구과정에서 그는 공포조차 무의미한 감정임을 느끼게 된다.

열정, 공포, 아름다움과 같은 감정 그리고 감각마저 소멸해버린 채 의미 없는 일상을 무기력하게 이어가는 게론티온은 6연에서 시선을 자기 자신에서 외부세계로 옮겨가며, 그가 삼라만상에서 보았던 것도 자신의 삶에서 느꼈던 것과 같은 존재의 공허함이다. 주위 세계의 미물들에게로 먼저 시선을 돌린 그는 "그 거미는 무엇을 하려는가? / 그 작업을 중지하겠는가? 비구미 벌레는 / 미룰 것인가?"(What will the spider do / Suspend its operations, will the weevil / Delay?)(*P1* 33)라고 자문(自問)한다. 생사의 갈림길인 줄도 모르고 거미줄 앞에 잠시 멈추어 선 이 비구미 벌레의 모습은 각 개체의 의지나 자각을 무화(無化)시키는 운명과 우연의 세계에 갇힌 존재들의 무의미한 몸짓을 알레고리적으로 형상화하고 있다. 이어서 등장하는 "드 베일라쉬, 프레스카, 케멀부인"(De Bailhache, Fresca, Mrs. Cammel)으로 나열된 인물들 역시 그들의 개별적 주체성은 무의미하며, "전율하는 큰곰자리 궤도를 넘어서 / 파열된 원자들이 되어 선회했다"(whirled / Beyond the circuit of the shuddering Bear / In fractured atoms)(*P1* 33)라는 표현이 의미하듯이 그들은 우주적 공간에서 원자의 형태로 소멸하는 동일한 인간 존재로서 그들의 선회하는 몸짓은 만물의 영장으로 간주되었던 인간들이 실상은 광활한 우주 공간 속의 한 낱 미진(微塵)에 불과한 존재임을 생생하게 시각화하고 있다. 게론티온의 허무주의적 시선이 머무르는 또 다른 존재인 "벨 섬의 바람 낀 해협에서 바람을 가르는 / 혹은 혼 곳에 달리듯 나는 갈매기"(Gull against the wind, in the windy straits / Of Belle Isle, or running on the Horn)에서 발견한 것 역시 생명의 약동이나 존재의 자유가 아니라 캐나다 동부 해협에서 남미의 남단까지 이르는 먼 여행 후 이제 "눈 속의 흰 깃털들"(White feathers in the snow)로만 남은 덧없는 생명체의 잔해들이다.

거미줄이라는 미세한 공간에서부터 큰곰자리와 같은 우주적 공간까지의 삼라만상에서 존재들의 덧없음을 목격하는 게론티온은 6연의 마지막 대목에서 자기 자신의 무화를 예감한다. 소멸하는 존재들에 대한 언급에 이어 나오는 "무역풍에 의해 졸음 오는 구석에 내몰린 늙은이"(And an old man driven by the Trades / To a sleepy corner)라는 게론티온의 최종적인 자기규정에는 스스로 자신을 "구석"이라는 삶의 공간의 끝자락에서 소멸해가는 "졸음 오는") 존재로 인식하고 있음이 암시적으로나마 드러나고 있다. 또한 게론티온을 구석으로 내모는 무역풍은 「서풍부」("Ode to the West Wind")에서 셸리 (Percy Bysse Shelley)가 언급한 파괴와 창조의 바람이 아니라 모든 존재를 단지 무로 이끄는 바람으로 망망대해에 나부끼는 갈매기의 흰 깃털들에도, 그리고 쇠락한 게론티온의 몸에도 불고 있다. 무역풍이 지닌 또 다른 의미는 사회ㆍ경제적인 것으로 유럽 열강들의 해외 무역과 식민지 쟁탈을 둘러싼 대립의 파국적인 결과인 1차 세계대전 직후에 이 시가 쓰였다는 점과 1연에서 보았듯이 유럽의 대표적인 무역 도시들인 브뤼셀과 런던 등에 연고가 있는 유대인의 집에 세 들어 사는 게론티온의 처량한 신세를 고려하면 그를 구석으로 내모는 이 무역풍은 유대인의 경제적인 힘과 관련되어있다. 이런 측면에서 보면, "졸음 오는 구석"이라는 공간도 앞서 언급되었던 게론티온의 몸과 유사하게 이중적인 의미를 지니게 된다. 즉, 게론티온이 지닌 허무주의적인 맥락에서 보면 이 공간은 그를 무로 이끄는 실존적인 공간인 반면, 사회ㆍ경제적인 측면에서 보면 이것은 몰락하는 유럽의 변방인인 게론티온을 표상하는 알레고리적인 공간이 된다.

게론티온의 집/구석이 지닌 이중적인 의미는 7연에서도 이어지며, 2행으로 된 짧은 마지막 연에서 주목할 점은 단수가 아닌 복수의 세입자들이 등장한다는 점이다. 유대인의 집에 세든 늙은이인 게론티온이 자신의 노쇠한 신체와 퇴락한 집에 대한 독백으로 시작된 이 시의 마지막 대목에서 "이 집의 세입자들"(Tenants of the house)이라는 익명의 복수의 인물들을 호명함으로써, 엘리엇은 「게론티온」이 독특한 개성을 지닌 고유한 한 개인이 아니라 궁극적으로 평범한 다수의 일반인에 대한 시이며 게론티온은 늙은 유럽의 만인(Everyman)에 대한 하나의 알레고리적인 초상임을 암시한다. 이 시에서 사회, 경제, 종교, 문화, 실존 등의 다양한 영역에서 드러나는 파국의 징후들에 대한 게론티온의 번잡한―혹은 외형상 매우 무질서하고 파편화된―생각들을 "마른 계절의 마른 머리의 생각들"(Thoughts of a dry brain in a dry season)로 요약함으로써 이 시가 "마른 계절"로 표현된 몰락의 위기에 처한 유럽을 시대적 배경으로 하며 존재적 차원에서든 사회 · 경제적 영역에서든 주체의 위기를 표상하는 알레고리적인 인물인 세입자가 겪고 있는 정신적인 위기감("마른 머리의 생각들")을 표현하고 있음을 압축적으로 말하고 있다. 다른 한편, 마른 계절의 세입자들에 대한 언급으로 끝나는 「게론티온」의 마지막 대목은 엘리엇이 왜 이 시를 자신의 대작인 『황무지』의 서시로 삼기를 진지하게 고민했는지를 짐작게 한다. 엘리엇이 「게론티온」에서 근대성의 정신적인 위기를 쇠락한 노인인 게론티온이라는 한 알레고리적인 인물을 통해 문제화하고 있다면, 불모의 계절 4월에 대한 언급으로 시작되는 『황무지』에서는 이 위기를 「게론티온」의 마지막 대목에 등장하는 익명의 "세입자들," 즉 수많은 게론티온 아니 현대의 만인의 "마른 머리의 생각들"과 덧없는 몸짓들을 다양하게 형상화하고 있는 모더니즘적 서사시의 형태로 총체적으로 표출하고 있다.

▌인용문헌

Ahn, Joongeun. "'Gerontion': The Labyrinth of Interpretations." *Journal of the T. S. Eliot Society of Korea* 14.1 (2004): 121-52.

"Alfred Mond." *Wikipedia*. Web. 9 Dec. 2013.
⟨http://en.wikipedia.org/wiki/Alfred_Mond,_1st_Baron_Melchett⟩.

Anthony, Julius. *T. S. Eliot, Anti-Semitism, and Literary Form*. Cambridge: Cambridge UP, 1996.

Brooker, Jewel Spears. *Mystery and Escape: T. S. Eliot and the Dialectic of Modernism*. Amherst: Massachusetts UP, 1996.

Brunner, Edward. "'Gerontion': The Mind of Postwar Europe and the Mind(s) of Eliot." *A Companion to T. S. Eliot*. Ed. David E. Chinitz. Oxford: Wiley-Blackwell, 2009.

Deleuze, Gilles. *Nietzsche and Philosophy*. London: Continuum, 2006.

Eliot, T. S. *The Complete Poems and Plays of T. S. Eliot*. London: Faber and Faber, 1969.

___. *The Letters of T. S. Eliot, Volume I 1898-1922*. Ed. Valerie Eliot and Hugh Haughton. London: Harcourt, 1988.

___. *The Poems of T. S. Eliot*. Vol. 1. Ed. Christopher Ricks and Jim McCue. London: Faber, 2015.

___. *Selected Essays*. London: Faber and Faber, 1969.

Ellis, Steve. *T. S. Eliot: A Guide for the Perplexed*. New York: Continuum, 2009.

Ellmann, Maud. *The Poetics of Impersonality: T. S. Eliot and Ezra Pound*. Brighton: The Harvester Press, 1987.

Gish, Nancy K. *Time in the Poetry of T. S. Eliot*. New York: Barnes and Noble Books, 1981.

김병옥. 「게론티온」의 하이데거적 읽기」. 『T. S.엘리엇 연구』 14.2 (2004): 7-38.

[Kim, Beongok. "A Heideggerian Reading of 'Gerontion.'" *Journal of the T. S. Eliot Society of Korea* 14.2 (2004): 7-38.]

이창배 역. 『T. S. 엘리엇 전집: 시와 시극』. 서울: 동국대학교 출판부, 2001.

[Lee, Changbae, trans. *The Complete Poems and Plays of T. S. Eliot*. Seoul: Dongguk UP, 2001.]

이상섭. 「무슨 지식이기에 용서가 없는가?: 「지런션」 새로 읽기」. 『T. S.엘리엇 연구』 9 (2000): 175-89.

[Lee, Sangseop. "After What Knowledge, Why Not Forgiveness? Towards a New Reading of 'Gerontion.'" *Journal of the T. S. Eliot Society of Korea* 9 (2000): 175-89.]

"Limoges." *Wikipedia*. Web. 12 Dec. 2013. 〈http://en.wikipedia.org/wiki/Limoges〉.

Murphy, Russell E. *Critical Companion to T. S. Eliot: A Literary Reference to His Life and Work*. New York: Infobase Publishing, 2007.

Sherry, Vincent. "'Where are the Eagles and the Trumpets?': Imperial Decline and Eliot's Development." *A Companion to T. S. Eliot*. Ed. David E. Chinitz. Oxford: Wiley-Blackwell, 2009.

Smith, Alexander. "The Literary Consequences of the Peace: T. S. Eliot, Ezra Pound, and the Treaty of Versailles." Diss. Columbia U, 2006.

Smith, Stan. *The Origins of Modernism: Eliot, Pound, Yeats and the Rhetorics of Renewal*. London: Harvester Wheatsheaf, 1994.

Southam, B. C. *A Guide to the Selected Poems of T. S. Eliot*. San Diego: Harvest Books, 1968.

Williamson, George. *A Reader's Guide to T. S. Eliot: A Poem-by-Poem Analysis*. Syracuse: Syracuse UP, 1998.

『황무지』 제1부 「주검의 매장」 여러 갈래로 펼쳐 읽기*

_____ 김양순(고려대학교)

I. 개관

1. 『황무지』(*The Waste Land*)가 탄생하기까지

엘리엇(T. S. Eliot)은 1919년 11월 5일 친구 존 퀸(John Quinn)에게 보낸 편지와 12월 18일 어머니에게 보낸 편지에서 자신이 마음에 두고 있는 시작품 창작에 대한 기대감을 표시하였다(*Letters* 413, 424). 그 시작품이 다름 아닌 『황무지』로 추정되지만, 1922년에 『황무지』가 출판되기 이전, 사실상 그 씨앗은 이미 1914년, 1915년부터 발아하고 있었고, 엘리엇이 쓴 단편적인 표현들이 5부 「천둥이 한 말」("What the Thunder Said"), 1부 「주검의 매장」("The Burial of the Dead")에 포함되었다(Jain 124). 그러나 정작 1920년에는 로이드 은행(Lloyds Bank) 업무와 산문집 『성림』(*The Sacred Wood*)의 집필로 엘리엇이 시

* 이 논문은 2021년 대한민국 교육부와 한국연구재단의 지원을 받아 수행된 연구임 (NRF-2021S1A5 A2A01072828).

창작에 몰두할 시간은 절대적으로 부족했다. 더구나 그의 아내 비비엔(Vivien Haigh-Wood)은 아버지의 중환으로 긴장과 불안에 싸여 있었고, 1921년에는 비비엔 자신의 정신적 안정을 위해 요양이 필요한 상황에 이르렀다. 엘리엇은 이처럼 고통스러운 여건에도 불구하고 계속 장시를 써나갔고, 처음에는 이 작품에 "그는 다양한 목소리들을 통제한다"(He Do the Police in Different Voices)라는 제목을 붙였다.[1] 1921년 6월에 그의 어머니가 영국을 방문하기 전에 엘리엇은 아마도 이 원고를 완성하고 싶었을 것이다(Jain 125). 그러나 그의 형 헨리(Henry Eliot)가 어머니에게 보낸 1921년 12월 12일의 편지에 따르면, 엘리엇이 퇴근 후 가정에서 창작에 몰입할 수 없었던 이유는 전적으로 비비엔과의 불행한 결혼 생활에 있다.[2] 특히 헨리는 비비엔의 과도한 요구와 끊임없이 관심을 바라는 성격이 엘리엇의 창작을 방해하는 요인이라고 우려하며, 엘리엇의 건강을 위해 그리고 창작의 열망을 충족시켜주기 위해서는 엘리엇 혼자만의 시간이 필요하다고 말한다(Letters 613). 사실상 1921년 10월에 엘리엇은 "신경쇠약"(nervous breakdown)이라는 사유를 로이드 은행에 공식적으로 제시하고, 의사의 권유로 3개월간의 병가를 얻어 영국 켄트주(Kent County)의 마르게이트(Margate)로 갔다.[3] 그곳에서 그는 3주간 다시 시

---

1) 원래의 제목은 디킨스(Charles Dickens)의 『우리 공통의 친구』(Our Mutual Friend)에서 따온 구절이고, 디킨스의 소설에서는 슬로피(Sloppy)가 "신문을 아름답게 읽는 사람"(a beautiful reader of a newspaper)인 이유를 설명할 때 사용된 표현이다. 『황무지』의 원고가 시도한 다양한 문체와 극적 목소리의 특징을 제목에서 드러낸 것이다.

2) 헨리의 이러한 견해와 엘리엇 부부의 불행한 결혼에 대한 비평가들의 시각 사이에 큰 차이가 없을지 모르나, 당시 엘리엇의 신경쇠약에는 복합적인 이유가 분명 존재하는 듯하다. 위태로운 결혼 생활뿐만 아니라, 1919년 1월 부친의 죽음, 교사로서의 이후 은행가로서의 과도한 업무량과 생계를 유지하기 위한 여러 활동, 즉 서평과 비평문 집필, 강연 등도 그에게 심적 압박을 주었을 것이다.

3) 마르게이트로 갈 때 비비엔이 동행하였는데, 그 당시 엘리엇과 비비엔의 관계에 대해 비평가들은 견해 차이를 보인다. 예컨대 『목소리와 비전』(Voices and Visions)이라는 비디오 자료의 엘리엇 편에 스펜더(Stephen Spender)와 애크로이드(Peter Ackroyd)의 의견은 나뉜다. 스펜더는 비비엔과의 결혼은 극도로 불행한 결혼이었고, 『황무지』의 핵심은 이처럼 서로에게 생

를 쓸 수 있었다.[4] 11월에 스위스의 로젠(Lausanne)으로 가는 도중, 당시 파리에 체류하던 파운드(Ezra Pound)를 만나 미완성 원고를 보여준 것으로 추정된다(Jain 126, Reeves 11). 엘리엇은 로젠에서 치료받고 원고를 마무리하여 1922년 1월, 런던으로 돌아오는 길에 다시 파리에 들러 파운드에게 완성된 원고를 보여주었다. 주지하다시피 파운드의 과감한 편집으로 "4월은 가장 가혹한 달, 키우며"(April is the cruellest month, breeding)라는 시행으로 시작해서 "샨티 샨티 샨티"(Shantih shantih shantih)로 끝나는 『황무지』가 완성되었다.

2. 『황무지』와 비평의 파동

『황무지』는 1922년에 출판된 이래로, 비평적 흐름의 지표가 되는 가장 중요한 시작품으로 평가받는다. 출판된 직후, "의미, 계획, 의도"도 없는 "휴지"라는 혹평에서부터(Cuddy and Hirsch 3 재인용) "가장 훌륭한 시인," 천재의 작품이라는 호평까지 다양한 평가가 쏟아져 나왔다. 이 작품을 좋아하든 싫어하든 비평가들은 『황무지』의 주제, 형식과 내용에 대해 계속 논의해왔다. 『황무지』는 1차 세계대전 이후의 삶에 대한 절망, 부정, 공허함을 표현하는 시로, 그 이후 절망에서부터 나오는 희망의 가능성을 암시하는 텍스트로, 그뿐만 아니라 어떠한 구조도 없는 파편의 더미로 혹은 인간의 심리와 의식을 따르는 내재적 통일성을 갖춘 작품 등으로, 각 시대의 비평 조류에 따라, 독자의 관점에 따라 달리 해석된다. 엘리엇의 창작 과정이 주로 파편적인 표현과 부분을 써두고, 이후에 융합의 가능성이 보일 때 이들을 배열하고 수정하

각을 말할 수 없는 두 연인의 비극이라고 진술한다. 반면 전기작가 애크로이드는 특히 2부의 상류계층의 남녀 대화를 극적 장치로 이해하고, 이 부분 원고 여백에 비비엔이 "훌륭함"(wonderful)이라고 평을 한 예를 들면서, 당시 둘의 관계가 그렇게까지 파경의 단계는 아니라고 주장한다.

4) "마르게이트 모래밭에서 나는 그 어느 것도 연결할 수 없다"(On Margate Sands. / I can connect / Nothing with nothing)(P 66).

여 작품을 완성하는 방식이라는 사실도("The Art of Poetry" 58) 『황무지』의 구조와 질서에 관한 논쟁에 대한 하나의 시사점이 될 수 있다.

　　1차 세계대전 이후 유럽에 감도는 불안, 공포, 환멸, 혼동 등의 정서와 파편화된 현실을 전례 없는 새로운 기법과 형식으로 표현했다는 점에서, 『황무지』는 분명 획기적인 작품이다. 형식과 내용이 파격적으로 상호 작용함으로써 형식의 통일성과 시적 구조에 대한 흥미로운 논쟁을 불러일으킨다. 과연 『황무지』의 세상은 어느 곳을 가리키는 것일까? 앞서 언급하였듯이, 직접적으로 『황무지』는 전쟁으로 파괴된 황폐한 유럽, 서구인의 정서적·정신적 고갈과 문명의 몰락을 얘기한다. 사회적, 문화적, 역사적 차원에서의 의미는 『황무지』에 등장하는 다수의 인유(allusion), 과거와 현재의 병치, 신화적 장치들로 인해, 보다 포괄적이고 보편적인 비전으로 확장될 수 있다. 이와 같은 공적 차원의 함의가 시인의 사적 차원에서의 고통과 연결되어 있다는 인식이 특히 최근 엘리엇 비평에서 강조된다. 시인의 "개인적 비극"이 『황무지』 창작의 핵심적인 원동력이고(Southam 132), 고통의 원인인 비비엔이 그의 뮤즈였다는 것이다(Southam 34 재인용). 요컨대 "황무지"는 시인 개인의 불행, 자아의 피폐함뿐만 아니라, 당대 유럽의 황폐함이고, 더욱 보편적으로 "인간의 육체적, 정서적, 심리적 불모"의 상태(Jain 150), 즉 심리적 지형에 대한 비유이다.

3. 「주검의 매장」: 『황무지』의 서곡

　　『황무지』의 제목이 제1차 세계대전 이후 당대의 상황뿐 아니라, 시인과 독자의 개인적 심리상태 등 시간과 공간을 넘어서 보편적인 의미를 암시하듯이, 작품의 내용 또한 의미의 다양한 층위를 열어준다. 엘리엇이 자신의 "붕괴를 막아내기 위해"(against my ruins) 텍스트의 "이러한 파편들을(These fragments) 모았다면(P 71), 그에게 『황무지』 창작은 고통을 토로하고 절망에서 벗어나기 위한 작업이었다. 만약 『황무지』가 유럽 문명의 쇠락에 대한 문명 진단이라면, 이러한 부정적 인식 역시 정신적 탐색을 위한 순례의 출발을 예고하는 것이다. 부정에서 긍정으로, 타락에서 구원으로의 전환을 『황무지』가 얼마나 명시적으로 보여주는지에 대해서 여전히 의문이 남지만, 적어도 제1부의 제목은 죽음과 부활이라는 기독교적 진리, 식물신의 희생과 소생이라는 풍요 의식, 어부왕(Fisher King) 영토의 불모성과 회복의 신화, 성배(Holy Grail) 전설 등과 직간접적으로 연결된다. 엘리엇이 자신의 주석(Notes)에서 밝혔듯이, 그의 작품의 배경과 토대가 된, 제시 웨스턴(Jessie Weston)의 『의식에서부터 로맨스까지』(*From Ritual to Romance*)와 제임스 프레이저(James Frazer)의 『황금 가지』(*The Golden Bough*)는 인류학적 관점을 제공한다. 웨스턴과 프레이저의 저술은 엘리엇에게 방법론적인 차원뿐만 아니라, 인간의 심리, 경험과 역사를 비유적인 문학으로 확장해서 다루는 가능성을 제시해준 것이다.

「주검의 매장」이라는 제목은 영국 국교도의 기도서 "사자의 매장식" (The Order for the Burial of the Dead)에서 따온 것으로 의식의 특성을 띤다. "주검의 매장"이라는 표현은 계절의 순환, 풍요의 의식을 암시한다. 즉 매장은 씨를 뿌리는 작업이고, 부활은 미래의 수확을 지칭하는 것이다. 1부, 특히 「주검의 매장」의 도입부는 엘리엇 초기 시에 자주 등장하는 주제를 제시한다. 고통을 일깨우는 의식의 부담보다 오히려 망각을 선호하는 현대인들의 존재 양상, "생중사"(death-in-life)를 역설의 기법으로, 충격적으로 드러낸다. 1부에서 『황무지』의 상태는 명확하게 파악하기 어려운 다양한 화자들의 파편적인 서사로 묘사되고, 장면은 급격하게 전환되므로 선형적 의미의 전개나 발전을 찾기 어렵다. 그러나 1부의 제목이 연상될 만한 질문들이 1부 마지막 부분에 제기되고, 마지막 행에서는 보들레르(Charles Baudelaire)의 표현을 빌려 독자를 소환한다. 요컨대 「주검의 매장」에는 런던, 금융 중심지라는 구체적인 지역이 나오지만, "허망한 도시"(unreal city)는 특정한 도시로 국

한되지 않고, 화자와 독자의 의식의 흐름 가운데 어떠한 지리적 지역 혹은 심리적 지형으로 확장될 수 있다.

『황무지』가 엘리엇 개인의 고통에서 출발한 시이든, 서구 문명의 몰락에 대한 사회비평을 담은 작품이든, 고통과 몰락을 넘어서, 자아의 벽과 문명의 병폐를 벗어나서 새로운 단계를 지향하는 의도를 내포한다. 「주검의 매장」은『황무지』의 1부로서, 절망의 비전을 보여주는 작품이 과연 구원을 향한 탐색의 가능성을 보여줄 수 있을지 독자에게 질문을 던진다. 그 질문에 대한 해답이 5부,「천둥이 한 말」에 이르러 명확해지기보다는, 천둥의 소리처럼 메아리로 남을지 모르나, 그 메아리는『황무지』의 의미를 탐색하는 독자가 새로운 관점으로 풀어내야 하는 과제인 것이다.

II. 엘리엇의 삶과「주검의 매장」

엘리엇은 개성과 감정으로부터 객관적 거리를 두는 "몰개성" 시인, "보이지 않는 시인"으로 알려져 있다. 그리고『황무지』는 1차 세계대전 이후 당대 유럽 사회를 비판한 작품, 한 세대, 한 시대의 곤경을 표현한 시로 평가되었다. 그런데 최근 비평에서『황무지』는 고백적·자전적 측면을 가진 작품으로, 시인 자신의 정신적 자서전을 전략적으로 시대의 고통을 통해 드러낸 시로 다루어지기도 한다. 엘리엇이 역사적, 신화적, 문화적 차원을 작품의 핵심에 두었다면, 이 또한 시인의 은밀한 감정에 대한 "객관적 상관물"이라는 해설이 가능하게 된 것이다. 그리고 만약『황무지』가 서구 문명의 위기나 붕괴를 묘사한다면, 그 상태는 다름 아닌 시인 자신의 정신적 위기와 붕괴를 의미한다는 것이다. 엘리엇 자신이『황무지』가 "개인적인, 전적으로 중요하지 않은 삶의 불평을 토로"한 것에 불과하다고 언급한 사실도 이러한 해설에 무게를 더해 준다(*Facsimile* 1).

1919년 12월 18일에 어머니에게 보낸 편지에서 엘리엇은 자신이 장시를 쓰기 시작했다고 말했고, 1919년에서 『황무지』가 출판된 1922년 사이 몇 년간이 엘리엇에게는 정신적·육체적으로 고통스러운 시기로 알려져 있다. 앞서 언급하였듯이, 엘리엇은 1921년 가을에 의사의 권유로 스위스에 가서 건강을 회복하면서 장시의 원고를 완성하였고, 1922년 1월 런던으로 돌아오는 길에 당시 파리에 있던 파운드에게 원고를 보여주었으며, 파운드의 과감한 제왕절개 같은 수술로 『황무지』가 탄생하게 된다.

　　한편 『황무지』가 시인의 개인적인 이슈에 뿌리를 둔 작품이라는 고든(Lyndall Gordon)의 관점을 따르면, 그 뿌리는 1922년 출판 시기보다 훨씬 이전 1911년에서 1915년 사이의 기간으로 거슬러 올라간다("Mixing/Memory and Desire" 39). 엘리엇은 하버드 재학시절에, 근처에 있던 미망인 이모 집을 자주 방문하면서, 이종사촌 엘리너 힝클리(Eleanor Hinkley)와 각별하게 지냈고, 고든의 추정에 따르면, 힝클리의 친구 에밀리 헤일(Emily Hale)을 1912년쯤에 힝클리 집에서 만났다("Mixing/Memory and Desire" 43). 그런데 헤일이 엘리엇의 편지를 1956년에 프린스턴대학교에 기증한 후 1957년에 남긴 공식 편지에서 그녀는 둘의 만남의 시기를 1911년에서 12년 사이, 엘리엇의 철학 박사과정 중, 혹은 그보다 조금 일찍 학부 혹은 석사 과정 중으로 기억한다(Narrative Written by Emily Hale Box 14, Folder 8). 반면 2020년에 공개된 헤일에게 보낸 엘리엇의 1,131통의 서한문 중 1932년 8월 18일자 편지에서 엘리엇은 둘이 처음 만난 때가 1905년이라고 말하였다(Emily Hale Letters from T. S. Eliot Box 3, Folder 5). 고든의 추정과 헤일의 기억에 비해 엘리엇이 추억한 첫 만남은 그와 헤일 둘 다 "너무도 수줍고 내성적"이던 더욱 어린 시절에 이루어진 것이다. 그 후 1913년, 연극에 깊은 관심을 지닌 헤일은 힝클리 집에서 제인 오스틴(Jane Austen)의 소설, 『에마』(Emma)를 극화한 코믹한 장면을 엘리엇과 연기하기도 했다. 엘리엇은 우아한 외모와 목소리, 언어에 대한 감각 등 배우의 자질을 겸비한 헤일에게 애정을 느꼈고, 1914년 중반 영국으로 떠나기 전에 그녀에게 사랑의 고백을 했다. 둘 사이의 좋은 감정이 결혼에 대한 약속으로 이어지기 이전, 엘리엇은 영국에서 1915년 3월에 자신과 판이한 성격의 비비엔을 만나 가족에게도 비밀로 한 채 서둘러 결혼한다. 비비엔의 활기차고 대담한 면이 소심한 엘리엇에게는 매력적으로 느껴졌지만, 이미 잘 알려져 있듯이 그녀의 정서적 불안정과 질병으로 엘리엇의 결혼 생활은 고통의 연속이었다. 심신이 지친 상태에서 엘리엇이 그려낸 「주검의 매장」의 장면들 가운데 가장 낭만적인 히아신스(hyacinth) 소녀의 에피소드는 런던에서 비비엔을 만나기 이전 엘리엇이 애정을 품은 미국인 에밀리 헤일을 떠오르게 한다.

　　히아신스 소녀의 에피소드는 기억과 소망이 중첩되는 장면, 즉 과거의 순수에 대한 기억과 현재를 초월하고픈 소망을 표현하고, 고든이 지적하듯이 이 소녀는 엘리엇의 기억 속에 보존된 에밀리 헤일이고, 순수와 이상화된 이미지로 정제되어 고정된 존재인 것이다("Mixing/Memory and Desire" 46). 물론 이 장면에 대한 해설이 단지 순수한 낭만적 사랑에 대한 기억으로 한정되지 않고, 오히려 허무와 공포를 의미한다는 정반대의 관점도 존재한다. 이것은 입으로 말할 수도, 눈으로 볼 수도 없는 상황과 빛의 중심에 자리한 침묵을 원래 『황무지』의 제사(epigraph)인 "공포! 공포!"(The horror! The horror!)의 출처, 『암흑의 핵심』(Heart of Darkness)과 연결하는 시각이다. 그리고 이러한 침묵에는 상반된 관점, 즉 부정적인 순간과 환희의 순간이 공존한다고 해석하는 에드워즈(Michael Edwards)와 같은 비평가도 있다(108-09). 이 에피소드에 대한 다양한 해설이 가능하다 해도, 1부에서 고조된 낭만적 사랑의 감정이 표현된 부분으로 이 장면이 떠오르고, 엘리엇의 자전적 요소로는 에밀리 헤일과의 과거 사랑을 들 수 있다. 헤일에 대한 기억은 『황무지』를 창작하던 당시의 고통과 대조를 이루면서, 시인에게 과거에 대한 회한을 불러일으킨다.

　　『황무지』 1부 도입부에 엘리엇의 실제 경험이 시적 자료로 활용된 예는 뮌헨에 있는 슈타른베르거(Starnbergersee) 호수, 호프가르튼(Hofgarten) 공원과 마리(Marie)라는 이름의 부인 등이다. 엘리엇은 1911년 8월에 독일 뮌헨을 방문한 적이 있다. 그리고 최근까지 마리의 대사는 오스트리아 왕비의 조카이면서 각별한 친구였던 마리 래리쉬(Marie Larisch) 백작부인의 회고록『나의 과거』(*My Past*)에서 인용된 구절로 해석되었고(Southam 140, Jain 153) 발레리 엘리엇이 편집한『황무지』의 팩시밀리 본의 주석에서도, 시인 엘리엇이 이 백작부인을 직접 만난 적이 있으며, 이 부인과 나눈 대화가『황무지』에 그대로 포함된 것으로 추측하였다(125-26). 그런데 엘리엇은 에밀리 헤일에게 보낸 1931년 3월 2일자 편지에서 마리가 누구인지 분명하게 밝히고 있다. 마리는 엘리엇이 뮌헨에서 하숙했던 집에 거주하던 모리츠 부인(Marie von Moritz)이고, 그는 마리와 가끔 산책하였으며, 그녀의 이야기가 "거의 그대로"(almost word for word)『황무지』에 쓰인 것이다(Emily Hale Letters from T. S. Eliot Box 1, Folder 3).

엘리엇의 당시 경험과 관련된 또 하나의 세부적인 예는 타로 카드이다. 엘리엇의 친구 메리 트레블리언(Mary Trevelyan)에게 직접 얘기한 바에 따르면, 1921년『황무지』를 쓰던 중, 점쟁이를 찾아간 적이 한 번 있고, 엘리엇은 그때 타로 카드를 처음 보았다는 것이다(Gordon, "Mixing/Memory and Desire" 50-51). 그런데『황무지』주석에서 자신이 타로 카드 구성에 대해 잘 아는 바가 없다고 말했고, 이후『시와 시인들에 관하여』(*On Poetry and Poets*)에서는 타로 카드와 성배 전설에 지나친 비평가들의 관심이 쏠린 데에 유감을 표시했다(110). 타로 카드의 의미에 대한 과도한 해설을『황무지』비평에 포함하지 않는다고 해도, 1921년에 엘리엇이 타로 카드를 직접 본 경험과 1922년에『황무지』가 출판된 사건이 시기적으로 가깝다는 사실은 시인이 세부 소재를 작품 속에 가져오는 과정을 상상하게 하는 흥미로운 요소이다.

1부에서 당시 엘리엇의 현실과 가장 근접한 장면은 런던의 아침을 묘사한, 그리고 단테(Dante)의『지옥편』(*Inferno*)을 끌어온 대목이다. 엘리엇은

1917년에 교사직을 그만둔 후, 로이드 은행에서 8년간 근무하면서, 1차 대전 후, 유럽의 정치적·경제적 위기를 제대로 인식한다. 금융가 중심에서 어음 인수, 외환업무, 영국과 독일 사이의 국제 재무 조정 등 실무를 담당하던 엘리엇의 하루는 킹 윌리엄 거리(King William Street), 성 메리울노스 성당(Saint Mary Woolnoth)이 있는 도심에서 시작되었고, 그 거리에 이르는 런던 다리를 건너는 군중의 물결은 엘리엇이 본 실제이다. 엘리엇이 경험한 일상의 파편들을 고려할 때, 『황무지』에 담겨 있는 전후 유럽의 절망적인 분위기가 상징적·추상적 차원에서만 묘사된 것이 아님을 알 수 있다.

앞서 살펴보았듯이, 「주검의 매장」을 엘리엇의 자전적 요소와 연결하여 읽을 때 텍스트의 구체성이 드러나면서, 난해한 현대시 『황무지』가 독자에게 조금 더 가깝게 다가올 수 있다. 그러나 엘리엇의 불행한 결혼, 정신적인 갈등과 고통을 성급하게 『황무지』에 대응하여 작품의 의미를 파악하려는 시도가 『황무지』의 다면성과 보편성을 조망하는 데에는 지나치게 단선적인 방법이 될 수 있다.

III. 「주검의 매장」의 문학적 의의

『황무지』의 문학적 의의를 몇 가지로 압축해서 설명할 때, 가장 먼저 언급해야 하는 특징은 당시 시와 시론의 패러다임을 뒤흔든 『황무지』의 급진적인 새로움이다. 영시를 어떻게 쓰고, 읽고, 비평해야 하는지, 그 방법론의 변화를 초래하는 혁신적이고 독창적인 작품의 출판은 대개 문학사조의 전환점이 되는데, 분명 엘리엇 이전과 엘리엇 이후로 영시의 흐름이 나뉠 정도로 『황무지』의 출현은 문단에 충격을 안겨준 사건이다. 『황무지』의 참신함은 불확실한 여러 명의 화자, 인유, 과감한 병치, 이미지와 문체의 갑작스러운 전환 등의 기법과 형식적 측면에서뿐만 아니라, 주제와 내용 면에서도 발견된다. 그리고 불연속적인 파편화된 기법이 단지 형식적인 기술에 머무르지 않고, 고통, 상실, 소통의 단절 등의 시의 주제와도 연결되기 때문에, 『황무지』의 현대적 특징은 더욱 눈길을 끄는 것이다. 요컨대『황무지』는 복잡하고 파편화된 형식에 복잡하고 파편화된 현실을 담아낸 작품이다. 제1차 세계대전 이후, 현대의 경험을 표현하기 위해서는 19세기와는 다른 새로운 방식이 필요하다는 모더니스트의 인식이 결정화된 시작품이 다름 아닌『황무지』다.

『황무지』가 전면적으로 정치적·사회적 문제를 다루지는 않는다고 해도, 한 세대의 절망을 보여주는 시, 당대 사회를 비판하는 작품으로 받아들여진다. 그리고 엘리엇은 1차 세계대전 이후 유럽 사회의 불안과 공포를 묘사한 시인, 즉 현대인의 불모성, 파편화, 환멸이라는 주제를 심도 있게 그려낸 시대의 대변인으로 평가받는다. 현대인의 권태와 불안 등의 정신적 피폐함과 1차 세계대전 이후의 런던을 비롯한 유럽 도시의 황폐함이『황무지』에 겹쳐있고, 시인 개인의 고통은 보편적 인간의 고뇌와 연결된다. 따라서『황무지』는 개인적, 문화적, 역사적, 실존적, 철학적 관점들로 새롭게 해설될 수 있는 시, 즉 독자에게 다양한 의미를 계속 탐색해 보게 하는 텍스트이다. 『황무지』는 주제와 모티프들의 변주를 보여주는 음악적인 시로 주목받고, 시간, 언어, 장르, 공간 등을 다양하게 병치하는 입체파 시로 해설되며, 여러 목소리, 등장인물, 세팅을 배치한 극적인 시로 꼽히고, 관점의 변화, 과감한 병치와 전이, 몽타주 기법을 사용한 영화적인 시로 보이며, 무의식적인 불안, 공포, 욕망 등의 정서를 마치 꿈속에서처럼 불연속적인 이미지로 투사하는 초현실적인 시로 읽힌다(Jain 133). 달리 말하면,『황무지』는 단일한 관점, 해설의 틀 안에 가둘 수 없는 시로서, 새로운 비평과 시대적 흐름에 따라 그리고 또 다른 독자의 시각에 따라 "다시 읽기"가 가능한 생명력이 강한 작품이다.

이와 같은『황무지』의 특징을 배경으로 두고, 1부「주검의 매장」의 문학적 의의를 간략하게 살펴보자. 『황무지』의 혁신은 과거의 신화, 작품, 다른 장르의 예술 등을 끌어와서 엘리엇의 방식으로 새롭게 창조해 내는 데에 있다. 그러한 실험의 결과물은 흥미롭게도 이전의 작품들과 확연히 다른 독창성을 지닌다. 프레이저, 웨스턴, 초서(Geoffrey Chaucer), 성경, 바그너(Richard Wagner), 단테, 보들레르 등 다양한 원자료들의 메아리가 분명 공존함에도, 『주검의 매장』은 구체적인 한정된 의미를 넘어서 "아이디어의 음악"(music of ideas)에 이르는 듯하다(Cuddy and Hirsch 3 재인용). 복잡한 아이디어들이 하나의 통합된 결론에 이르기보다, 설명하기 어려운 방식으로 어우러져서 분위기와 느낌을 환기하는 것이다. 따라서 아이디어와 음악이라는 조화롭지 못한 단어의 조합이 『황무지』를 설명하는 데 오히려 더 적합해 보인다.

성배 전설, 어부왕 이야기, 타로 카드, 식물신의 재생 의식과 다양한 장르의 작품들이 『황무지』에 작동하고 있지만, 각 자료가 사실적인 바탕으로 작품의 윤곽을 선명하게 보여주지 않으므로, 독자는 기존의 서사와 『황무지』의 내용 간의 균열과 간극에서 나름의 의미를 탐색한다. 특히 1부의 제목, 「주검의 매장」과 런던 출근길에서 마주친 스테트슨(Stetson)에게 작년에 묻었던 시체에서 싹이 트는지, 꽃이 필지, 서리가 화단을 망쳤는지 묻는 결말 부분은 식물신의 신화를 암시하지만, 여기서도 풍작을 기원하는 의식과 재생의 가능성을 제시한다기보다 모호한 분위기에서 질문을 던진다. 예컨대 과거 BC 260년경 밀라에(Mylae) 해전에 함께 있었던 스테트슨을 1차 세계대전 이후 런던에서 마주친다는 설정 그리고 스테트슨이라는 이름이 미국 모자 제조업자의 이름이라는 점 등, 과거와 현재의 과감한 병치 및 그 효과에 대해 독자는 궁금해진다. 런던의 구체적인 장면과 이와 어긋나는 신화를 병치하는 방식도 『황무지』가 1차 세계대전 이후의 도시를 사실적으로 묘사하면서 동시에 상징하고 있는 "땅"이 과연 어디인지, 그리고 그 의미는 무엇인지 독자가 숙고해 보게 한다.

현실과 신화가 겹쳤다 어긋날 뿐만 아니라, 구체성과 추상성이 공존하고, 여러 명의 명확하게 파악할 수 없는 화자가 등장하므로, 1부의 시작에서부터 독자는 안정감을 잃는다. 초서의 소생하는 봄이 연상되는 도입부에서 엘리엇은 4월을 가혹한 고통의 달로 묘사하고, "키우고" "휘젓고" "뒤섞는" 구체적인 행위와 기억과 욕망이라는 추상적 개념을 융합하며, 1연에서부터 불특정한 여러 화자의 말을 인용부호도 없이 등장시켜 독자의 익숙함을 뒤흔드는 것이다.

성경의 예언과 신탁과 같은 무게는 현대의 파편화된 이미지의 더미와 병치되고, 단테의 『지옥편』은 런던 다리를 물결처럼 건너가는 도시인들의 모습으로 연결된다. 출근길의 구체적인 경험을 그린 도시의 장면과 "허망한" 심리적 단면의 경계가 불분명하다. 화자 외부의 도시와 화자 내부의 심리가 합쳐지는 것이다. 그리고 보들레르의 『악의 꽃』(Les Fleurs du Mal)의 서시인 「독자에게」("Au Lecteur")를 인용함으로써, 시인은 『황무지』의 독자가 "허망한" 도시 속의 권태와 무력감, 정신적 공허함의 문제에 직면하게 한다.

1부에서 서로 다른 시간, 맥락, 작품들이 동시에 등장하는 특성뿐만 아니라, 시의 어조와 장르 면에서도 서정적, 극적, 대화체의 어법이 함께 사용되고, 교향악과 오페라 등 음악적 요소가 가미되는 점도 이 작품의 복잡한 현대성을 돋보이게 해준다. 히아신스 정원의 장면은 1부에서 낭만적인 감정이 고조되는 부분으로, 앞서 인용된 바그너의 오페라, 『트리스탄과 이졸데』(Tristan und Isolde)의 운명적인 사랑과 연결되는 듯하면서도, 보이지 않고, 말을 할 수도 없는 절정의 순간은 모호해 보인다. 기억으로 불러일으킨 극도의 낭만적인 순간이 현실에서는 전혀 가능하지 않다면, 과거 에피소드에 대한 화자의 심리는 회한, 죄의식까지 포함한 복잡한 감정일 것이다.

히아신스 소녀 에피소드에 사용되는 표현처럼, 1부에 서정시의 분위기가 존재한다. 바그너 오페라 중 선원의 노래도 애잔한 서정성을 띠는 부분이다. 그리고 잔잔한 음악으로 시작한 도입 부분도 여름에 대한 회상 이전까지 서정적이라 불릴 수 있다. 갑작스러운 소나기의 등장부터 따옴표는 없지만 이어지는 대화 장면은 극적인 특성을 띠고, 소소스트리스 부인(Madame Sosostris)이 타로점을 치는 장면은 구어체의 극적 화법을 보여준다. 또한 다양한 어조와 어법을 음악으로 비유하여, 잔잔한 교향악과 같은 도입부, 관악기가 포함된 악장과 같은 소나기가 쏟아지는 여름, 웅장하고 엄숙한 섹션의 에제키엘(Ezekiel) 예언서 부분, 바그너 오페라의 사랑과 죽음 등등으로 설명할 수 있다.

단일하지 않은 어조와 어법의 변화, 여러 종류의 언어 사용, 과거 문학 및 전통의 기발한 재창조를 통해, 『황무지』와 그 1부는 시어와 영시의 영역을 확장하고, 방향을 새롭게 설정하며, 이후의 문학과 이론에 지속적인 영향을 끼치는 20세기 모더니즘을 대표하는 작품이다. 혁신적인 기법과 형식적 특징이 다만 기교의 차원에 머무르는 것이 아니라, 시대적 문제와 현대인의 심리 등을 복합적으로 다루는 작품의 주제와 긴밀하게 연결되어 있다. 『황무지』는 시대에 따라 또 다른 독자에게 또 다른 의미를 전달하는 시로서 21세기 비평의 새로운 조류 속에서도 살아남을 수 있는 강력한 작품이다.

IV. 줄거리

『황무지』에서 이야기의 선명한 흐름이나 줄거리를 찾는 것은 쉽지 않다. 복수의 화자가 등장하고, 화자가 어디로 향해 가는지, 시인의 의도는 무엇인지 드러나지 않기 때문이다. 『황무지』의 1부를 읽으면서 독자의 마음속에 떠오르는 감정의 패턴이 있다면 그러한 패턴이 이야기의 줄기를 대신하는 것이다. 따라서 각자 감정의 패턴을 그리는 데 도움이 될 만한 1부의 대략적인 구성을 살펴보고자 한다.

총 18행으로 구성된 1연은 1행에서 7행까지, 8행에서 18행까지 두 부분으로 나뉜다. 물론 하나의 연에서 전반과 후반이 의미상으로 겹쳐 이어지지만, 전반은 계절과 자연에 초점을 맞추고, 후반은 사회적 측면을 강조한다. 영국의 봄이 시작되는 4월, 상식적으로 추운 겨울 후에 약동하는 생명의 계절을 맞이할 때 희망이 싹트겠지만, 역설적으로 시인은 4월을 가장 가혹한 달로 겨울을 따뜻한 계절로 묘사한다. 독자는 도입부의 도발적인 역설에 의문을 가질 수밖에 없다.

8행에서는 계절의 변화 중 여름을 들고 있지만, 여기서는 전반과 비교해 조금 더 구체적인 인물, 장소와 행위를 연상할 수 있다. 여름 소나기를 피해 회랑으로 들어갔다가, 비가 그치자 뮌헨의 공원, 카페로 화자는 이동하고, 카페에서 상대에게 자신의 어린 시절 친척 집에서 보낸 과거의 기억을 소개하며, 겨울과 여름의 여가활동 등을 얘기한다. 즉 도입부의 봄과 겨울의 중간 계절인 여름이 갑작스레 등장하면서, 1차 세계대전 이후 유럽의 사회 계층과 인종 간 경계의 와해를 암시하는 대목으로 넘어간 것이다(*York Notes* 19).

19행부터 42행까지의 두 번째 연도 두 부분으로 나뉘는데, 첫 부분은 구약성경의 에제키엘의 예언이고, 후반부는 운명적 사랑의 서사, 바그너의 오페라 『트리스탄과 이졸데』에 나오는 선원의 노래와 또 하나의 낭만적 사랑의 장면, 히아신스 소녀 에피소드이다. 하느님이 사람의 아들, 에제키엘을 불러, 반항하는 무리에게 신의 메시지를 전달하라는 임무를 주고(Ezekiel ii, 1), 하느님을 배반하고 우상을 섬기는 민족에게 그들의 우상이 산산조각이 날 것이라는 예언을 전하라고 지시하며(Ezekiel vi, 4, 6), 인간의 노쇠와 죽음을 예고하는(Ezekiel xii, 5) 내용이 텍스트의 바탕에 깔려있다. 『트리스탄과 이졸데』의 선원의 노래는 오페라의 전반적인 분위기를 환기하면서, 트리스탄의 사랑에 대한 기대와 절망이라는 양극단의 감정을 히아신스 소녀 장면의 말로 표현할 수 없는 초현실적인 사랑이라는 극한 감정과 연결해준다.

다음 연에서는 성경의 에제키엘 예언서와 달리, 타로 카드로 점괘를 짚어보는 소소스트리스의 대사가 나온다. 과거 예언자의 신성함, 이집트의 풍작을 예견하는 데 사용된 타로 카드의 효력과 현대판 엉터리 점쟁이 소소스트리스의 비속함이 대조를 이룬다. 그러나 이 타로 카드 장면은 『황무지』에 등장하는 인물들을 미리 보여주기도 하고, 교살된 남자의 카드는 비어 있어, 예수의 희생을 통해 가능하게 된 부활이나, 식물신의 제물로 가능하게 된 다음 해의 소생을 현실에서 기대하기 힘든 황무지의 절망적인 상태를 암시해 준다.

소소스트리스 부인이 눈앞에 보인다고 말한 군중의 모습은 다음 연의 런던 다리를 건너 출근하는 군상으로 이어진다. 1부 마지막 연에서의 런던의 모습은 블레이크의 「런던」("London"), 단테의 『지옥편』, 보들레르의 파리와 중첩되며, 활기 없는 도시인의 반복적인 삶이라는 보편적인 문제를 드러내는 장면이다. 그런데 도시의 군중 가운데서 화자가 알아본 스테트슨이라는 인물에게 던지는 질문들은 일견 논리에 맞지 않는, 이해하기 힘든 것이지만, 독자는 1부의 마지막에 이르러 "정원," "시체," "싹" 등의 시어에서 「주검의 매장」이라는 제목의 의미, 풍요의 의식과 비로소 부합되는 표현을 만나게 된다.

V. 번역

I. 「주검의 매장」

사월은 가장 가혹한 달, 죽은 땅에서
라일락을 키우고, 기억과
욕망을 뒤섞고, 굼뜬 뿌리를
봄비로 일깨우니까.

겨울이 오히려 포근했으니, 망각의
눈으로 대지를 덮고, 메마른 알뿌리로
작은 생명을 길러주기에.
여름은 소나기를 몰고서, 슈타른베르거 호수를 건너
갑자기 들이닥쳤고, 우리는 회랑에 잠시 들어갔다가,
햇빛이 나서, 호프가르텐 공원으로 나가,
커피를 마시며, 한 시간 동안 얘기를 했다.
나는 러시아인이 아니에요, 리투아니아 출신이지만, 진짜 독일인이에요.
그리고 우리는 어렸을 때, 사촌인 대공 집에,
머물렀는데, 그가 썰매를 태워줬었고,
나는 겁이 났어요. 그는 마리,
마리, 꼭 붙잡아라고 말했어요. 그리고 우리는 쏜살같이 내려갔지요.
산속에서는, 자유로운 느낌이 들지요.
밤의 대부분, 나는 책을 읽고, 겨울에는 남쪽으로 갑니다.

움켜잡는 뿌리는 무엇이며, 이 돌무더기에서
무슨 가지가 자라난단 말인가? 사람의 아들이여,
그대는 말하기는커녕, 짐작하지도 못하리라, 왜냐면 단지 부서진 이미지의
    더미만을
알고 있으니까. 그곳에서 태양은 따갑게 비추고,
죽은 나무에는 쉴 그늘도 없고, 귀뚜라미의 위안도,
마른 바위에 물소리도 없기에. 다만
붉은 바위 아래 그늘이 있을 뿐,
(이 붉은 바위의 그늘 안으로 들어오너라),
그러면 나는 네 뒤를 따라 성큼성큼 걸어오는 아침의 그림자나
너를 만나러 일어서는 저녁의 그림자와는
다른 어떤 것을 보여주리라.
너에게 한 줌의 흙속에 들어 있는 공포를 보여주겠다.

바람은 시원하게
고향으로 부는데,
아일랜드의 연인은,
어디서 나를 기다리는지?

'당신은 일 년 전에 처음으로 내게 히아신스를 주었지요.
'그래서 모두 나를 히아신스 소녀라고 불렀답니다.'
—하지만 한아름 꽃을 안고, 머리칼은 젖어 있는 당신과 같이,
히아신스 정원에서, 밤늦게, 돌아왔을 때, 나는
아무런 말도 할 수 없었고, 눈은 보이지 않았어요, 나는
산 것도 죽은 것도 아니었고, 아무것도 알 수 없었지요.
빛의 중심을 들여다보니, 침묵.

황량하고 적막합니다. 바다는.

유명한 천리안, 소소스트리스 부인은,
지독한 감기에 걸렸지만, 그래도
유럽에서 가장 현명한 여인으로 알려져 있고,
영특한 한 벌의 카드를 가지고 있다. 그녀는 말했다,
여기, 당신의 점괘가 나왔어요, 익사한 페네키아의 수부네요,
(그의 눈은 진주로 변했어요. 보세요!)
여기에 벨라도나, 암석의 여인,
여러 장면에 등장하는 여인.
이건 지팡이 세 개를 지닌 남자, 이건 운명의 바퀴,
그리고 여기에 애꾸눈 상인이 있고, 이 카드는,
빈 카드이고, 그가 등에 짊어지고 가는 것인데,
내가 봐서는 안 되는 겁니다. 교살당한 남자는
보이지 않네요. 익사를 조심하세요.

수많은 사람들이, 원을 그리면서 움직이는 게 보이네요.
고마워요. 만약 에퀴톤 부인을 만나면,
내가 천궁도를 가져간다고 말해주세요.
요즘은 하도 시절이 험악하니까요.

허망한 도시,
겨울 새벽의 갈색 안개 아래,
런던 다리 위를 군중은 흘러 건너갔다. 그렇게도 많은 사람들이,
나는 죽음이 그렇게 많은 이들을 망쳤다고 생각하지 못했었다.
이따금, 짧은 한숨을, 내쉬며,
각자 자신의 발치만 보면서 갔다.
언덕길을 올라 킹윌리엄 가를 내려가면,
성 메리울노스 교회의 종소리가
9시 마지막 둔탁한 소리로 시간을 알려주었다.
거기서 아는 친구를 보고, 스테트슨! 이라고 소리쳐 불러, 그를 멈춰 세웠다.
'자네 밀라에 해전 때 나와 같은 배에 있던 친구로군!
'자네가 작년에 정원에 심었던 시체에선,
'싹이 트기 시작했나? 올해에는 꽃이 필까?
'아니면 갑작스레 내린 서리가 그 화단을 망쳤나?
'오 인간에겐 친구인, 개를 멀리하게,
'그러지 않으면 그놈이 발톱으로 다시 파헤칠 거야!
'그대! 위선적인 독자여!—나의 동포,—나의 형제여!'

VI. 흥미로운 해석이 가능한 부분들

제사 & 71행

원래 엘리엇이 제사로 사용하려고 한 표현은 "공포! 공포!"였고, 그는 콘래드(Joseph Conrad)의 어구가 『황무지』를 "설명해주는"(elucidative) 제사로 서 적절하다고 생각했으나, 파운드는 『암흑의 핵심』에서 가져온 이 어구가 『황무지』의 제사가 되기에는 무게감이 덜하다고 판단하였다. 엘리엇은 1921 년 12월과 1922년 1월 사이에 파운드와 의견 교환을 한 후, 이러한 파운드의 제안을 반영하여, 3월에 최종적으로 페트로니우스(Petronius)의 『사티리콘』 (*Satyricon*) 무녀의 이야기를 제사로 확정하였다(Southam 134-35). 무녀는 한 줌의 모래알만큼 수많은 햇수, 영생을 아폴로 신에게 요구할 때, 영원한 젊 음을 잊고 청하지 않아, 점점 예지력도 쇠퇴해지고 몸은 늙어 쪼그라들면서, 사람들의 조롱을 받는 존재이다. "무녀야 너는 무엇을 바라니?"라고 물었을 때, "죽고 싶어"라고 대답한다. 살아있지만 삶의 의미와 활력을 상실한, 그리 고 죽을 수도 없는 무녀의 운명이 『황무지』의 생중사라는 주제에 부합하는 것이다. 또한 무녀는 『황무지』의 등장인물들, 특히 1부의 점쟁이 소소스트리 스와의 의미적 관련성이 깊다.

영어가 아닌 라틴어와 그리스어의 원문으로 되어 있는 제사의 등장으 로, 독자는 『황무지』의 시작부터 작품과의 거리감을 느낄 수 있는 반면에, "공포! 공포!"라는 제사는 동시대의 독자가 주석이나 비평서의 도움 없이 다 가갈 수 있는 어구이다. 그리고 콘래드에 대한 엘리엇의 의미 있는 평가가 원래 제사의 삭제로 독자에게 가려지게 된 듯하다. 물론 엘리엇에게 가장 중 요했던 작가를 꼽는다면 그 작가는 단테가 될 것이다. 엘리엇은 자신의 시에 "가장 지속적이고 가장 깊은 영향을 끼친 작가"로 단테를 지목했고, 엘리엇 이 사망한 후 파운드 또한 엘리엇의 목소리는 "진정으로 단테적인 것"이었다 고 평가했다(Southam 20 재인용). 주지하다시피, 단테의 언어의 단순함과 아름다움, 사고와 이미지의 힘 등이 엘리엇에게 끼친 영향은 그의 1929년 에세이, 「단테」("Dante")에 잘 나타난다. 단테만큼의 비중은 아니지만, 『황무지』를 창작하던 시기에 분명 콘래드를 향한 엘리엇의 이끌림이 있었다. 그에게 콘래드는 근본적으로 악과 도덕이라는 주제에 몰두한 진지한 작가이고, 1956년의 에세이 「비평의 영역」("The Frontiers of Criticism")에서 암시하듯이, 『암흑의 핵심』의 커츠 씨(Mr Kurtz)와 『황무지』의 "자네가 작년에 정원에 심었던 시체에선 싹이 트기 시작했나?"(that corpse you planted last year in your garden?)라는 시행 사이에 옅은 관련성이 있고, 더 나아가 『황무지』가 『암흑의 핵심』과도 연관성이 있는 것이다(OPP 108). 아마도 이러한 관계는 『황무지』의 공허함을 잇는 엘리엇의 『텅빈 사람들』(The Hollow Men)의 제사, "커츠 씨―그는 죽었음"(Mistah Kurtz—he dead.)에서도 드러난다(P 79). 엘리엇의 『황무지』와 『텅빈 사람들』의 분위기에서 커츠의 정신적 타락, 궁극적인 절망과 공포가 연상된다. 그 외에도 「주검의 매장」의 41행 "빛의 중심을 들여다보니, 침묵"(Looking into the heart of light, the silence.)에서 "빛의 중심"이라는 어구는 콘래드의 『암흑의 핵심』이라는 제목을 의도적으로 뒤집은 것으로 볼 수 있다. 요컨대 콘래드를 엘리엇이 『황무지』의 제사에서 살리지는 못했지만, 이면에는 여전히 콘래드의 영향이 드리워져 있는 것이다.

헌사: il miglior fabbro

이 어구는 "더 나은 기교가"(the better craftsman)라는 의미로, 단테가 『연옥편』(Purgatorio)에서 12세기 프로방스의 음유시인 아르노 다니엘(Arnaut Daniel)에게 바치는 찬사다. 다니엘이 다른 경쟁자들보다 더 뛰어나다는 뜻에서 단테가 쓴 어구를 엘리엇은 『황무지』편집에 지대한 공을 세운 파운드에게 감사를 표하기 위해 사용했다. 이 헌사(for E.P./miglior fabbro/from T.S.E./Jan 1923)는 1923년 1월에 엘리엇이 『황무지』에 추가한 것이고, 1922년 12월에 덧붙인 저자의 주석과 함께, 보니 리버라이트(Boni & Liveright) 1923

년 판에 포함되었다(Southam 137).

　　엘리엇은 파운드의 비평적 안목과 기술적 능력을 높이 평가하고, 『황무지』가 한 편의 시로 완성되는 데 파운드의 역량이 중요한 역할을 했음을 헌사를 통해 밝히는 것이다. 엘리엇의 이와 같은 입장은 그가 친구 존 퀸에게 『황무지』 원고를 선물로 송부하면서 보낸 편지에서도 드러난다. 『황무지』가 『크라이테리언』(*Criterion*)을 통해 출판된 후 2주가 채 되지 않은 1922년 10월 23일에 퀸에게 보낸 편지에서, 엘리엇은 다이얼 상(*Dial award*)을 자신보다 파운드에게 먼저 주었어야 한다고 말하고, 『황무지』 원고는 파운드가 편집하기 이전과 이후의 차이를 증명해 줄 자료로서 가치가 있음을 강조한다(Brooker 102-03 재인용).

　　이러한 엘리엇의 견해에도 불구하고, 독자는 "더 나은 기교가"라는 문구를 엘리엇의 의도와 달리 해석할 수 있다. "기교가"라는 표현은 "시인" "작가" "거장"과는 미묘하게 다른 뉘앙스를 갖기 때문이다. 파운드가 엘리엇의 원고를 삭제한 부분은 있지만, 완성본에 파운드의 단어와 시행은 단 하나도 포함되어 있지 않다. 또한 고든은 엘리엇이 스위스 로젠에서 완성한 『황무지』 원고, 즉 파운드가 편집하기 이전 작품에 문화적 요소가 더 남아 있었고, 이 부분이 『황무지』 후반부에 암시되는 비전과 균형을 더 잘 이룬다고 주장했다(Jain 128 재인용). 엘리엇의 자전적 면모를 작품에서 지우는 데 파운드가 주력하였다면, 고든은 고통받는 시인에 대한 진실이 더 드러나 있는 원고의 가치를 암시한 것이다(*Eliot's Early Years* 117-18). 편집자로서의 파운드의 능력과, 이에 관한 엘리엇 자신의 부연 설명을 논외로 하더라도, 20세기 모더니즘의 대표작품인, 『황무지』의 헌사가 '더 훌륭한 시인'이 아니라 '더 훌륭한 기교가'라는 점은 흥미롭다. 왜냐하면 이 표현은 『황무지』를 창조한 시인은 엘리엇이고, 원고를 손질하는 데 기술을 발휘한 기교가가 파운드라는, 이 둘 사이의 경계를 뚜렷하게 해주기 때문이다.

12행: Bin gar keine Russin, stamm' aus Litauen, echt deutsch.

"나는 러시아인이 아니에요. 리투아니아 출신이지만, 진짜 독일인이에요."라는 의미의 시행이 단순히 화자의 출신을 설명한다기보다 당시 유럽의 불안정한 정치 사회상을 표현하는 것으로 해석될 수 있다. 대개 독일어 시행을 "I am not Russian at all; I come from Lithuania; I am a real German"으로 번역하지만, 스티븐슨(Stephenson)은 하나의 행을 의도적으로 더욱 분절적인 변칙 영어로, "Am no Russian, come from Lithuania, genuine German"으로 번역한다(Southam 142 재인용). 리투아니아는 1795년부터 오랜 기간 러시아의 지배를 받았고, 1917년에 짧은 기간 동안 독일에 의해 점령당했다. 비로소 1차 세계대전 이후 독립을 하게 되는데, 그 나라의 지도자들은 대개 독일인이었다. 『황무지』 작품 속 화자는 독인 뮌헨의 카페에서 이야기를 나누지만, 사실상 독일이 자신의 국가는 아니므로, 무디(A. David Moody)가 말했듯이, 12번째 시행만으로도 엘리엇은 유럽의 격렬한 와해의 전조를 보여주는 것이다(82). 엠슨(William Empson)은 이 화자가 엘리엇이 유독 노골적인 경멸을 표현하는 인물이라고 언급하였는데(Southam 143 재인용), 엠슨의 비평으로 이 시행의 의미는 더욱 모호해지는 듯하다.

41행

"빛의 중심을 들여다보니, 침묵"(Looking into the heart of light, the silence.)이라는 시행에서 침묵에 대한 해설은 극명하게 나뉜다. 41행의 마지막 단어가 "silence"이고, 그 앞 세 행은 "could not," "neither," "nothing"으로 끝난다. 즉 모두 부정적인 의미를 지닌 것이다. 따라서 히아신스 정원의 장면에서도 『황무지』의 전반적인 분위기와 유사한 공허함이 전달된다. 반면에 "nothing"을 하나의 존재의 양식으로, 물질과 언어를 초월한 단계로 해설함으로써, 이 시행의 의미는 더욱 미묘해진다. 그리고 히아신스 소녀의 에피소드 전후에 낭만적이고 운명적인 사랑과 죽음을 대표하는 작품, 바그너의

『트리스탄과 이졸데』에서 따온 노래, 즉 선원의 애인에 대한 그리움을 담은 노래와 황량한 바다를 가리키는 행이 배치되어, 이 시행의 "침묵"은 부정과 긍정, 즉 허무와 신비 등 상반된 의미를 내포한다.

60-66행

『황무지』의 허망한 도시 속을 흘러가는 군중에서 단테의 『지옥편』의 "긴 사람들의 물결"(such a long stream of people), "죽음이 그렇게도 많은 사람들을 망쳤다고 생각하지는 못했다"(that I should never have believed that death had undone so many)라는 구절이 연상된다. 이 인유보다 상대적으로 덜 명확하지만, 여전히 1부 결말의 분위기를 예고하는 듯한 작품은 보들레르의 『악의 꽃』에 포함된 「일곱 늙은이」("Les Sept Vieillards")라는 시이다. "우글거리는 도시, 몽환으로 가득 찬 도시, / 그곳에선 대낮에도 유령이 행인에게 달라붙는다!"(O swarming city, city full of dreams, / Where the ghost accosts the passer-by in broad daylight!) 엘리엇에게 이 두 행은 보들레르의 중요한 의미를 집약해 주는 것이었다. 단테의 지옥와 엘리엇의 런던이 과거와 현재의 연속성을 보여준다면, 보들레르의 도시와 엘리엇의 도시는 그들이 실제 경험한 도시이고, 그곳의 정서는 보들레르의 "권태"라 할 수 있다. 그러나 1930년에 엘리엇이 「보들레르」("Baudelaire")라는 글에서 말했듯이, 권태는 심리적, 병리학적으로 해석될 수 있지만, 역시 정반대의 관점에서 정신적인 삶을 향해 가기 위한 분투에서 나온 것일 수 있다(SE 423).

69-73행

20세기 런던에서 고대 밀라에 해전에서의 친구를 만난다는 설정이 부자연스럽지만, 이는 20세기의 1차 세계대전과 260 BC의 해전 사이의 거리를 좁히는 방식이면서, "모든 전쟁은 하나의 전쟁"이고 "본질적인 동질성"을 갖는다는 점을 일깨워준다(Southam 153 재인용). 스테트슨이라는 이름에 대해서도 의

견이 분분하다. 스테트슨은 미국 모자 제작자 이름이고, 또한 오스트리아와 뉴질랜드 군인들이 쓰던 모자(slouch hat)이기도 하다(Jain 162). 엘리엇 주변 사람들은 스테트슨이 파운드를 지칭하는 것으로 추측했는데, 파운드가 가장 좋아한 모자는 챙이 넓은 스테트슨 모자였다고 하는 점도 이런 추정을 하는 데 일조한다. 정작 엘리엇은 어떤 특정한 인물을 염두에 두지 않았고, 다만 금융가에 근무하는 사람 정도의 의미를 이 고유명사에 부여한 듯하다. 다른 비평가들은 이 이름이 영국에는 맞지 않고 오히려 미국적 특성을 띠며, 전형적인 사업가의 이름이라고 보았다. 발레리 엘리엇은 스테트슨이라는 이름을 가진 런던에 거주하는 미국 은행가가 있었다고 말했고, 엘리엇이 이 인물을 서로 아는 친구를 통해 소개받았을 수도 있다고 추측했다(Southam 153 재인용). 구체적인 런던의 지역인 킹윌리엄 가와 성 메리울노스 교회가 등장하고, 시간과 장소를 뛰어넘는 현대의 런던과 고대의 밀라에가 교차하며 등장하는 스테트슨에 대해 새로운 의미를 더할 수 있다. 그가 미국인으로서 영국에 거주하는 은행가라면, 엘리엇 자신을 투영한 인물로 볼 수 있기 때문이다. 엘리엇이 런던에 정착할 때 영국인보다 더욱 영국인으로 보일 정도였다고 하지만, 영국식 영어 억양과 복장을 자신을 보호하기 위해 쓴 가면이라고 해설하고, 항상 외국인으로서 갖는 불안정이 엘리엇의 내면에 존재하였다(*Letters* 613)고 주장할 수 있다. 이러한 관점에서 볼 때, 『황무지』는 세대와 시대의 불안을 그린 작품이면서 동시에 엘리엇의 불안을 다룬 작품이 된다. 무엇보다 추방, 치환, 전이 등과 관련된 불안, 고독, 소외의 정서는 엘리엇 개인과 무관하지 않으면서, 『황무지』와 모더니스트 작품에서 다루는 세대와 시대의 분위기와 관련이 깊다.

76행: You! hypocrite lecteur!—mon semblable,—mon frère!
그대! 위선적인 독자여!—나의 동포—나의 형제여!

1부의 마지막 행은 보들레르의 『악의 꽃』의 서시인 「독자에게」의 마지막 행에서 가져온 것이다. 보들레르는 무지함, 실수, 비속함 등의 죄가 우리에게 있지만, 가장 최악의 죄는 권태, 정신적인 고갈이라고 주장한다(York Notes 25 재인용). 그런데 엘리엇은 보들레르의 위선적인 독자를 작품에 끌어들인다. 시인과 독자는 권태라는 죄를 공유하고, 반복되는 도시의 삶의 지루함은 심각한 정신적 불만으로 고조된다(Southam 156). 시인과 독자의 거리를 좁히는 "동포" "형제"라는 단어의 의미는 비교적 쉽게 이해되는데, 과연 "위선적"이라는 표현은 어떤 의미에서 사용된 것인지, 그리고 엘리엇이 이 구절을 통해 암시하는 시인과 독자의 관계는 어떠한지 궁금해진다. 이 마지막 행 이전에 스테트슨을 만난 화자는 계속 몇 가지 질문을 했고, 그 질문의 의미 또한 모호한 것이다. 텍스트의 상황에 충분히 공감할 수 없는, 아마도 화자와 텍스트의 허구성을 인지하는 독자를 "위선적"이라고 말하는 것일까, 그리고 그 "위선"을 시인 자신도 공유한다고 암시하는 것일까? 흥미롭게도 1부의 마지막 행은 엘리엇의 시행이 아니라, 보들레르의 시행이기에, 다시 작가 엘리엇의 입장과 이 시행을 읽는 독자의 위치 사이에 의도적인 거리를 설정하고 있다. 결론적으로 이 문제적인 시행은 시와 시인, 시와 독자, 시인과 독자 사이의 풀리지 않는 긴장을 암시한다.

❙ 인용문헌

Brooker, Jewel Spears. "Dialectical Collaboration: Editing *The Waste Land*." *The Cambridge Companion to* The Waste Land. Ed. Gabrielle McIntire. New York: Cambridge UP, 2015. 102-15.

Cuddy, Lois A., and David H. Hirsch. Introduction. *Critical Essays on T. S. Eliot's* The Waste Land. Ed. Cuddy and Hirsch. Boston: G. K. Hall, 1991. 1-24.

Edwards, Michael. *Towards a Christian Poetics*. London: Macmillan, 1984.

Eliot, T. S. "Art of Poetry." *Paris Review* 21 (1959): 47-70.

___. Emily Hale Letters from T. S. Eliot. C0686. Special Collections, Princeton U, Princeton.

___. *The Letters of T. S. Eliot Volume 1: 1898-1922.* Ed. Valerie Eliot and Hugh Haughton. London: Faber and Faber, 2009. [Abbreviated as *Letters*]

___. *On Poetry and Poets.* London: Faber and Faber. 1990. [Abbreviated as *OPP*]

___. *The Poems of T. S. Eliot Volume I: Collected and Uncollected Poems.* Ed. Christopher Ricks and Jim McCue. Baltimore: Johns Hopkins UP, 2015. [Abbreviated as *P*]

___. *Selected Essays.* London: Faber and Faber, 1980. [Abbreviated as *SE*]

___. *The Waste Land: A Facsimile and Transcript of the Original Drafts Including the Annotations of Ezra Pound.* Ed. Valerie Eliot. New York: Harcourt Brace, 1971.

Gordon, Lyndall. *Eliot's Early Years.* Oxford: Oxford UP, 1977.

___. "'Mixing/Memory and Desire': What Eliot's Biography Can Tell Us." *The Cambridge Companion to* The Waste Land. Ed. Gabrielle McIntire. New York: Cambridge UP, 2015. 39-53.

Hale, Emily. Narrative Written by Emily Hale. C0686, Box 14, Folder 8. Special Collections, Princeton U, Princeton.

Jain, Manju. *A Critical Readings of the Selected Poems of T. S. Eliot.* Oxford: Oxford UP, 1991.

Moody, A. David. *Thomas Stearns Eliot: Poet.* New York: Cambridge UP, 1997.

Reeves, Gareth. *T. S. Eliot's* The Waste Land. London: Harvester Wheatsheaf, 1994.

Southam, B. C. *A Guide to the Selected Poems of T. S. Eliot.* New York: Harcourt Brace, 1994.

Voices & Visions: T. S. Eliot. Dir. Lawrence Pitkethly. New York Center for Visual History, 1988.

York Notes. *Notes on* The Waste Land. London: York P, 1980.

『황무지』 제2부 「체스게임」: 부조화의 성*

_____ **손기표**(안산대학교) · **조병화**(거제대학교)

I. 개관

　『황무지』(*The Waste Land*) 전체의 주제는 서양문명이 타락하여 불모지가 되었다는 비판의식이다. 그 비판의 한가운데에 무너진 형이상학 세계관 혹은 종교의 문제가 있고 타락의 구체적 모습은 성적 오염과 남녀 사이에 불통과 불화이다. 초월적 준거를 상실하고 생물학적 욕구와 자연적 현상에 갇혀있을 때 인간은 개인적으로나 사회적 차원에서 모두 타락한 존재가 될 수밖에 없다. 「J. 알프레드 프루프록의 연가」("The Love Song of J. Alfred Prufrock")에서 형이상학적 가치를 잃어버리고 세속적 가치에 매달리는 환경에 처한 화자가 겪는 회의와 고통을 호소했다면, 『네 사중주』(*Four Quartets*)에서는 어떻게 초월적 요소와의 관계를 회복할 수 있는지에 대한 모색을 그리고 있다고 볼 수 있다. 시기상으로 그 가운데 들어오는 『황무지』는 초월적 가치를 상실한 사회의 구성원들이 어떤 문제를 겪고 있는지 그 구체적

---

* 『T. S. 엘리엇 연구』 31.3 (2021)에 게재된 논문을 확장한 글이다.

양상이 성(性)을 중심으로 묘사되어 있다.

1부 「주검의 매장」("The Burial of the Dead")에서는 부활에 대한 믿음을 상실한 사회가 어떤 어려움을 겪고 있는지를 묘사한다. 4부 「수사」("Death by Water")는 사후세계를 제재로 삼음으로써 형이상학적 문제에 접근하며, 5부 「천둥이 말한 바」("What the Thunder Said")는 초월적 구원을 확신하지 못한 상태에서 차선책으로 윤리적 처방을 제시한다. 그 사이에 끼어있는 2부 「체스게임」("A Game of Chess")과 3부 「불의 설법」("The Fire Sermon")은 형이상학적 믿음을 상실한 세계가 겪고 있는 윤리적 문제를 성적 타락에 초점을 맞추어 다루고 있다. 「불의 설법」이 결혼 밖에서 이루어지는 타락의 양상을 그리고 있다면, 「체스게임」은 결혼 내에서 이루어지는 문제들을 다루고 있다. 「체스게임」의 전반부는 상류층 부부의 문제를, 후반부는 경제적으로 궁핍한 하류계층인 군인 부부의 모습을 그리고 있다. 두 가정 모두 부부 사이에 공감과 교류가 단절되어 있고, 불행한 일상을 보내는 가운데 문제 해결을 위한 돌파구는 제시되지 못하며, 반복되는 의미 없는 일상 가운데 죽음이 기웃거리는 모습이다. 등장인물들은 모두 자신만의 일방적인 요구와 주장에만 빠져있으며 상대를 이해하려 하지 않는다. 그들 관계가 어떤 방향으로든 의미 있는 결실을 맺을 것이라는 전망도 보이지 않는다.

형이상학적 주제들은 엘리엇에게 궁극적인 관심사였으며 주로 현상 묘사에 집중하는 것으로 보이는 『황무지』 또한 이 점에서 예외가 아니다. 형이상학적 관심이 이 세상이나 우주의 근원과 원리에 대한 관심이라면 우리가 어떻게 행동하는 것이 옳은가 하는 문제인 윤리적 관심은 당연하게 형이상학적 질문과 연결될 수밖에 없다. 형이상학적 관점에서 보면 우주의 근원과 그 운행원리를 알고 그에 맞추어 사는 삶이 윤리적이기 때문이다. 『황무지』의 불모 상황은 남녀 간의 불통 혹은 부조화와 연결되고 이는 다시 성의 문제와 연결된다. 그래서 엘리엇의 윤리적 문제의식은 자연스럽게 성적 타락에 대한 비판으로 연결된다. 성의 본질은 존재를 이어가는 필수적인 장치이기도 하지만 우주 자체가 음양의 조화에 의존한다는 동양적 관점에서 보면 성의 조화가 무너지는 일은 존재의 근본을 위협하는 일이다. 그런 점에서 성은 우주를 지속하려는 신 혹은 섭리의 목적에 부합하며 남녀관계는 그 초월적 원리가 구체적 형상으로 표현된 것이라고 하겠다. 성이 오로지 욕구 (lust)로 타락하거나 더 높은 차원의 가치로 승화되지 못하면 이에 상응하는 궁극적 원리에서 벗어나 조화를 상실하고 위기에 빠질 수밖에 없다는 신화적인 문제의식이 이 작품의 저변에 존재한다.

2부의 원래 제목은 「새장에 갇혀」("In the Cage")로 『황무지』 전체의 제사(epigraph)에 등장하는 쿠메의 한 무녀(Sibyl at Cumae)가 새장 혹은 병(bottle)에 갇혀 아무런 희망 없이 영원히 늙어가는 저주 속에서 차라리 죽기를 원하는 모습과 연결된다. 이 주제의식은 「체스게임」에서도 여전히 유효한데, 2부의 등장인물들은 예외 없이 구원의 희망이나 다른 종류의 탈출구 없이 반복되는 일상에 갇혀 소모적이고 불행한 삶을 살고 있는 모습이다. 제목이 '체스게임'으로 바뀌며 제목이 만들어내는 의미가 '희망 없는 일상의 반복'에서 '남녀 사이의 투쟁적 관계'로 초점이 옮겨졌는데, 이 두 가지 문제는 본문 안에서 경중을 가리기 어렵게 중요한 두 주제의식으로 부각된다. 다만 '체스게임'이 『황무지』 전체의 제사와 반복을 피하며 시적 상상력을 더욱 풍부하게 자극하는 선택으로 보인다.

제목 「체스게임」은 17세기 극작가인 토마스 미들턴(Thomas Middleton)의 두 작품 『여자여 여자를 조심하라』(Women Beware Women)[1]와 『체스게임』(A Game at Chess)에서 빌려온 것이다. 앞 작품은 모든 인간관계를 상대와 술수 싸움을 벌이는 체스판의 말(chess piece)들의 움직임으로 이해하며, 다른 작품

---

[1] 『여자여 여자를 조심하라』는 성(性)을 중심으로 욕망, 불륜, 배신, 그리고 살인 등이 펼쳐지는 작품이다. 신부 비앙카(Bianca)를 못 믿어 신랑 레안시오(Leantio)는 먼 길에 나서며 어머니에게 그녀를 맡긴다. 그러나 시어머니가 체스게임에 빠져있는 사이 비앙카가 공작(Duke)과 불륜에 빠지는 사건이 벌어진다. 이같이 책략과 속임수가 지배하는 관계는 「체스게임」에서 다루는 부부관계에 겹쳐 투영된다.

도 영국과 스페인 사이의 전쟁을 비유하고 있어 인간관계를 갈등과 투쟁의 시각에서 바라본다. 인간관계 특히 부부관계가 체스게임에 비유될 때 두 사람 사이에는 이해와 사랑이 아닌 전략과 전술이 작동하고, 불화는 화해가 아닌 더 큰 갈등으로 이어지고, 상대에게 회복할 수 없는 타격을 입히거나 심지어 목숨을 빼앗음으로써 목적이 달성된다. 그 과정에서 패배한 상대가 겪을 어려움이나 비참한 운명에 대한 공감이나 관심은 개입하지 않는다. 오히려 상대가 겪는 어려움이 클수록 성취감과 만족감이 높아진다. 「체스게임」이 이 같은 투쟁적인 부부관계를 묘사하기 위해 의도되었다는 해석은 『황무지 원고본』(*The Waste Land: A Facsimile and Transcript of the Original Drafts*)에 의해 더욱 지지된다. 여기엔 "상아(象牙) 인간이 우리 사이에 끼어들었다"(The ivory men make company between us)라는 행(64행)이 삭제되지 않고 있다(*WSF* 19). 물론 상아는 체스게임의 말을 만드는 재료이다.

「체스게임」은 그 안에서 인용된 두 인물과 관련된 사건과도 긴밀한 주제 의식을 공유한다. 먼저 맨 앞에 등장하는 클레오파트라(Cleopatra)는 당시 여성으로서는 드물게 세계사적 사건에 연루된 인물로, 셰익스피어는 그녀를 사랑과 명예를 위해 목숨을 버린 영웅적 모습으로 그린다. 하지만 그녀는 형제들과 결혼을 하기도 했고 이후 로마의 실력자들과 염문을 뿌린 부정적 심상을 가진 인물이기도 하다. 그녀의 결혼은 국내적으로는 권력을 잡기 위한 것이었고 로마의 실력자인 카이사르(Julius Caesar)와 안토니우스(Marcus Antonius)와의 관계는 국제적 역학관계에서 이집트의 안정을 위한 것으로 해석된다. 이 작품의 주제의식은 나이팅게일로 변신한 필로멜라(Philomela)와도 겹쳐있다. 오비디우스(Ovidius)의 『변신』(*Metamorphoses*)에 등장하는 필로멜라는 형부 테레우스(Tereus)에게 겁탈당한 후, 복수하고 쫓기다가 신들에 의해 나이팅게일로 변하여 구조된 인물이다. 클레오파트라가 남녀관계에서 지배적인 모습을 보인다면, 필로멜라는 대조적으로 남성의 폭력성에 잔혹하게 짓밟혀 파괴되는 모습을 대표한다. 두 여성 모두 조화로운 남녀관계와는 거리가 먼 인물로 클레오파트라가 상류층 부인의 모습을 보여주는 것이라면, 필로멜라는 착취당한 뒤 버려질 위기에 처한 하류층 아내의 모습과 닮아있다. 하지만 클레오파트라가 로마의 실력자들과의 관계에서는 수동적일 수밖에 없었고 테레우스에 대한 필로멜라의 복수는 극단적으로 폭력적인 것이었다.[2] 엘리엇은 「체스게임」에서 다수의 여성 인물을 통해 여성의 전체적인 모습을 조망하려 시도하며 동시에 개별적인 등장인물에도 복수(複數)의 성격을 부여하고 있다.[3]

「체스게임」에는 두 쌍의 부부에 관한 이야기가 다층적인 목소리들로 구성되어있다. 첫 번째는 당시 상류계층에 속한 부부가 서로 교류하는 방식이고 두 번째는, 두 여자가 어느 카페에서 나누는 대화 속에 드러나는, 군인을 남편으로 둔 릴(Lil)이라는 하류계층에 속한 여자의 부부관계이다. 서로 다른 계층에 속한 이 두 부부의 결혼생활 이면에는 제1장 「죽은 자들의 매장」에서 제시된 형이상학적 구원, 다시 말해 현상적 부부관계를 초월하는 가치들이 배제된 상황적 환경이 위치한다. 엘리엇이 다른 두 계층의 부부를 병치시킨 것은 그들로 하여금 시대적 대표성을 갖게 하려는 것으로 보인다. 이들의 삶은 2부의 원제가 말하고자 했던 새장 안에 갇혀 "나는 죽고 싶다"라고 외치는 쿠메의 무녀의 존재 양상과 겹친다.

II. 엘리엇의 전기와 『황무지』

「체스게임」은 물론이고 『황무지』 전체에서 가장 중요한 전기적 사실은 엘리엇과 그의 첫 번째 부인 비비엔(Vivienne Haigh-Wood)과의 관계이다. 둘

---

2) 본문 해설 참조
3) 가령 후반부의 등장인물인 릴도 남편과 주변 인물에게 희생되는 인물이지만 그녀의 행위들은 윤리적 의구심을 불러일으킨다.

이 결혼한 1915년과 『황무지』가 출판된 1922년 사이에 『황무지』 집필을 포함하는 관련 사건과 그 밖의 재료 대부분이 발생하기 때문이다. 엘리엇과 비비엔 사이에 불화는 문학사적으로 매우 잘 알려진 일이며 「체스게임」의 전반부에는 엘리엇 자신이 겪고 있던 결혼생활의 실상을 연상시키는 장면들이 등장한다. 엘리엇은 가족들이 지지했던 하버드대학의 철학 교수가 되기를 포기하고 영국에 남아 문학가가 되는 길을 택하고 그 선택을 공고하게 하는 한 과정으로 비비엔과 결혼한다.[4] 이 결혼은 매우 급작스러운 것으로 두 사람 모두에게 일어날 불화와 불행을 예고하는 일이기도 했다.

엘리엇은 가정교사였던 비비엔을 1915년 옥스퍼드에서 처음 만나 약 3개월 뒤에 결혼한다. 엘리엇이 다변적인 감정과 적극적인 성격을 가진 그녀에게 끌린 것은(Gordon 113) 이해할 수 있는 측면이 있지만 이 결혼은 사려 깊고 진중한 엘리엇에게 어울리지 않는 선택이었다. 두 사람이 겪은 불화의 원인으로 꼽는 것은 서로가 가진 가치관과 성향의 차이, 두 사람 모두가 가졌던 건강 문제, 그리고 엘리엇의 (성적) 건강이 원인이 되었을 수 있는 (Ackroyd 66) 비비엔의 불륜, 그리고 엘리엇의 성적 지향성 등이 언급되고 있지만, 그 주장의 일부에 대한 뚜렷한 증거는 존재하지 않는다. 분명한 사실은 두 사람 사이에 결혼 직후부터 불화가 지속되었고, 그 관계는 점차 악화하여 엘리엇 쪽에서 관계 단절을 위한 과감한 노력을 감행하였고, 결국 비비엔이 정신병원에 갇혀 그곳에서 불행한 생을 마감하였다는 점이다. 이 과정에서 이 부부의 어려움을 가중한 인물로 버트란트 러셀(Bertrand Russell)이 있다. 하버드대학에서 엘리엇을 지도한 일이 있는 러셀은 처음에는 가난한 이

---

4) 엘리엇은 에밀리 헤일(Emily Hale)이 그녀에게 쓴 자신의 편지를 공개하겠다는 결정을 들었을 때, "나는 내 배들을 불태우고 영국에 남기 위한 노력을 기울이기 원한다는 단지 그 이유로 내가 비비엔과 사랑에 빠졌다고 자신을 설득하기에 이르렀다"(I came to persuade myself that I was in love with her simply because I wanted to burn my boats and commit myself to staying in England.)라고 쓰고 있다(*L1* xvii). 하지만 엘리엇이 비비엔에게 끌린 이유에 대한 다양한 설명이 존재한다.

들 부부에게 따뜻한 관심을 보이며 자신의 아파트를 나누어 쓰게 하는 등의 도움을 제공한다. 하지만 러셀이 비비엔에게 도에 넘치는 호의를 베푸는 등 의심스러운 행동을 하다가 이들은 1915년 여름에서 1918년 1월까지 이어진 장기간의 불륜관계에 빠진다(Gordon 121). 러셀의 서신과 자서전의 기록으로 보아 이는 사실이며 엘리엇도 그들 사이에 불륜을 확신하게 된다. 이 시기의 엘리엇의 작품들에 담긴 성과 남녀문제에 대한 심한 부정적 묘사는 이에 대한 반응으로 볼 수 있다(127-28). 특히 『황무지』가 집필되던 시기는 두 사람의 불화가 정점에 달했던 시기이다. 당시 비비엔과의 결혼생활에서 비롯한 육체적, 정신적 고통은 엘리엇이 정신과 치료를 받으며 요양을 해야 할 정도였다. 그 같은 전기적 사실이 가장 뚜렷한 자취를 남긴 작품이 바로 이 「체스게임」이다.

『황무지』를 집필하는 데에 필요한 에너지는 주로 앞서 언급한 전기적 사건들에 의해 공급되었을 것이다. 1차 대전을 포함하여 거칠다고 할 수밖에 없는 이 시기에 엘리엇이 겪었던 경험들을 역사적인 작품으로 승화시킨 힘은 그의 철학적 사고의 깊이와 형이상학적 지향성이었다. 당시 엘리엇이 개인적으로 품었을 실망, 분노 그리고 좌절 등의 부정적인 개인감정에 역사적이고 신화적인 의미라는 겹겹의 옷을 입혀 많은 사람이 공감할 수 있는 『황무지』로 만들어낸 것이기 때문이다. 『황무지』뿐만 아니라 엘리엇의 문학 전부에 가장 커다란 영향을 끼친 철학자는 영국의 관념주의 철학자 브래들리(F. H. Bradley)가 꼽힌다(Brooker and Bentley 39). 엘리엇의 비평이론과 작품엔 브래들리의 철학적 사고를 대입하여 설득력 있게 이해될 수 있는 부분이 풍부하다. 특히 엘리엇은 1914년부터 1916년까지 하버드대학에서 철학박사 취득을 위해 브래들리를 연구했는데[5] 이는 『황무지』가 구상되고 써진 시기와 맞물린다. 브래들리 역시 베르그송(H. Bergson)처럼 형이상학 지향성의

---

[5] 이 연구결과는 1964년에 『브래들리 철학에서 인식과 경험』(Knowledge and Experience in the Philosophy of F. H. Bradley)이란 제목으로 출판되었다.

철학자라도 할 수 있다. 브래들리를 접한 후 엘리엇은 베르그송을 "과학적 사실의 궁극적 타당성을 감정적 경험으로 배격"한 인물로 보게 되었다. 그리고 그처럼 형이상학적 문제를 과도하게 감정에 호소하는 태도를 19세기 낭만주의의 유물로 비판하고 베르그송과 결별하게 된다(Skaff 31).

브래들리 철학은 우선 우주의 '실재'(Reality)는 시간을 초월한 하나의 유기적 전체(systematic whole), 혹은 연합체(unity)이고 세상의 모든 존재는 여기에 포함되는 동시에 그 아래에서 조화를 이룬다는 보았다. 이 통일 상태를 떠나면 이 '실재'는 자신(self)과 물체 그리고 주체와 대상으로 나뉘고 시간과 공간도 등장한다. 이 분리된 요소들은 관계(relation)로 연결되는데 통합 상태에서 분리된 이 상태를 관계적 단계(relational stage)라고 불렀다. 브래들리는 주체와 대상이 분리되기 이전 상태에서의 경험을 무매개(無媒介) 경험(immediate experience)이라 불렀는데 여기엔 당연히 의식(consciousness)이나 언어가 개입하지 않는다. 이는 세상을 경험하는 최초의 형태로, 주체와 대상이 구분되지 않는 '느낌'(feeling)이라고 보았으며 세상을 감각하거나 인지하는 원재료가 된다. 브래들리는 이 물아일체(物我一體)의 경험을 '유한중심'(finite center) 혹은 '관점'(point of view)이라고 부르기도 했는데 이는 무매개 경험의 개별성 혹은 개인적 차원의 경험을 가리키기 위한 것으로 보인다. 이 단계를 벗어난 후 시간과 공간이 등장한 단계에서 주체(the mind)에 의해 회고(回顧)되는 형식으로 인지될 때, 유한중심들의 묶음은 '자신' 혹은 '영혼'(soul)과 동일한 것으로 보일 수 있는 것이다(12). 브래들리는 이 통합체로서의 경험을 개별적 존재들에게 고유한 것일 수 있지만 시간 공간을 초월하여 항시 존재하며 관계적 단계에 처한 존재들에게 영향을 미친다고 보았다. 또한 관계적 단계는 재통합을 지향하는데 다시 통합된 상태로 변하는 것을 초월적 단계(transcendent stage)라고 불렀다.6) 브래들리는 분리된 세계는 다시 무매개 경험과 유사한 보다

---

6) 『황무지』에서 이 경험에 상응하는 것은 1부 「죽은 자들의 매장」에 나오는 히아신스 정원 장면 (PI 56)으로 볼 수 있다. 이 관련성은 본문 해설에서 다루고자 한다.

높은 단계를 지향하는 경향이 있다고 보았고 이렇게 완전하게 재통합된 상태를 '절대'(the Absolute)로 불렀다(13).

엘리엇에 대한 브래들리 철학의 영향이 가장 두드러지게 나타나는 부분은 엘리엇의 전통에 대한 개념이다. 브래들리는 우주를 하나의 유기체로 이해함으로써 그에 대한 새로운 더함과 뺌이 모두 그에 영향을 주며, 개별체가 통합체에 공헌하며 또한 전자는 후자 아래서 완전해진다고 생각한다. 이는 엘리엇이 소개한, 새로운 요소가 추가되는 일에 의해 전체적 통합체가 새롭게 형성된다는 전통의 개념과 상응하는 바가 크다. 또한 『황무지』에 등장하는 개별적 인물들이 통합을 지향하고 종국에 하나로 통합되어 통합된 인물의 한 일면을 구성하는 것도 브래들리가 관계적 단계가 초월적 단계를 지향한다는 견해와 의미 있는 유사성을 띤다. 또한 브래들리는 감각(perception)과 사고(thought), 의지(will)와 욕망(desire), 그리고 기쁨(pleasure)과 고통(pain) 등의 정신적 경험이 모두 구체적 특성으로 분리되기 이전 단계의 "전체 영혼의 종합적 상태"의 느낌(feeling)에 뿌리를 두고 있다고 보았다(12-13). 엘리엇이 그의 논문에서 인용하기도 한 이 부분은 통합된 감수성 이론의 기반으로 볼 수 있다. 이처럼 『황무지』를 중심으로 한 엘리엇 문학의 근저에는 브래들리의 철학이 흐르고 있다는 사실은 부정할 수 없다. 또한 『황무지』에서 묘사된 제 인물과 사건들의 저변에 엘리엇이 의도한 철학적 의미를 살피는 일은 그의 시의 이해를 위한 필수적인 과정으로 보인다.

III. 본문해석

2부 「체스게임」(77-173행)의 이야기 흐름은 비교적 간단하다. 먼저 남편이 귀가하기 전에 호화스럽게 장식된 방에서 한껏 치장한 부인이 등장한다. 그녀가 의자에 앉아있다는 언급을 제외하면 부인 자체에 대한 묘사는 없고 부인이 거처하는 방이라는 환경과 그녀를 장식하는 데 사용하는 보석과 향수를 통해 간접적으로 부인에 대한 묘사가 진행된다. 이 고도의 화려함과 짙은 향기는 혼란과 마비를 야기하는 부정적인 것들로 밝혀진다. 이 방의 벽난로 장식 위에는 형부에 의해 겁탈당한 필로멜라가 나이팅게일로 변신하는 모습이 진열되어 있다. 화자는 과거에는 필로멜라의 경고가 사막을 채웠지만 지금은 그 소리가 성적 쾌락을 좇는 소리로 들릴 뿐이라고 말한다.[7] 혼자 있던 부인은 남편이 귀가하자 자신의 신경이 좋지 않다고 말하며 날카롭게 남편을 몰아붙이고 남편은 말없이 비난과 공격에 대한 반응으로 여러 생각을 떠올리지만 겉으로 드러내지는 않는다. 이어지는 대화는 이 부부가 반복되는 무료한 일상에 갇혀 고통 속에서 갈등하는 모습을 표현한다.

장면이 바뀌면 술집에서 두 여인이 릴이라는 이름을 가진 군인의 아내에 대해 이야기를 나눈다. 릴의 남편은 참전했다가 얼마 전에 제대했고 그사이에 릴은 다섯 아이를 낳았으며 임신 중절을 위해 복용한 약으로 인해 이가 빠지는 등 건강이 나빠지고 외모는 보기 흉할 지경인 늙은 모습으로 변했다. 한 여성은 릴이 추한 외모 때문에 남편이 그녀에게 매력을 못 느끼면 그녀를 떠나 다른 여자한테 갈 것이라고 경고했다는 말을 한다. 하지만 그녀는 릴 부부의 저녁 초대에 응한 적이 있다는 사실을 덧붙여 릴 부부와 그녀 사이에 심상치 않은 의혹을 불러일으킨다. 그녀들의 대화 중간에 술집 종업원이 영업 종료 시간을 알리는 소리가 가끔 끼어든다. 시의 마지막에는 재촉하는 종업원의 이 외침이 『햄릿』에서 오필리아(Ophelia)가 강물에 몸을 던져 자살하기 전에 고하는 작별인사와 중첩된다.

---

7) 이 부분에서 엘리엇은 화려함에 둘러싸인 부인과 필로멜라뿐만 아니라 배경묘사를 통해 『아니네이스』(*Aeneis*)의 인물 디도(Dido)와 창세기의 인물 이브(Eve)도 등장시키는데 이는 「체스게임」에 등장하는 여성들의 개별적 모습들을 모아 여성 전체의 모습을 보이기 위한 것으로 보인다.

77-93행

　제1연의 첫 문장 "그녀가 앉은 의자는 빛나는 옥좌같이 대리석 위에 빛났다"는 셰익스피어의 『안토니와 클레오파트라』(*Antony and Cleopatra*)의 제2장 2절 "그녀가 앉은 바지선은 빛나는 옥좌같이"(The barge she sat in, like a burnish'd throne)에서 차용한 구절이다. 엘리엇은 클레오파트라의 화려한 이미지를 현대를 사는 상류층 부인의 모습에 중첩하고 있다. 클레오파트라는 역사적 미인으로 널리 알려졌지만 사랑과 권력을 좇다 자살로 생을 마감한 인물이기도 하다. 엘리엇이 클레오파트라를 통해 의도한 심상은, 이어지는 부인에 대한 묘사가 과한 화려함, 공허 그리고 혼동으로 흐름으로써 부정적인 것임을 알 수 있다. 77행부터 106행까지 이어지는 긴 묘사에서 부인 자신은 의자에 앉아있다는 점을 제외하면 직접 묘사되지 않고 있으며(Brooker and Bentley 101), 대신 물리적 환경과 그녀가 소유한 물건들이 그녀에 대해 말하고 있다. 또한, 등장하는 물건들도 자체보다는 반사되거나 외부적인 힘으로 좌우되거나 증폭되는 모습이 더욱 부각된다는 점도 흥미롭다. 앉은 의자도 대리석에 반사되어 빛나고, 촛대에서 나오는 불빛도 거울에 반사되어 두 배의 빛을 내고, 보석이 발하는 빛도 반사된 다른 빛과 결합한다. 이들은 모두 실체성을 상실하고 허위 혹은 기만적 모습을 가진 존재임을 보이려는 의도이다. 묘사의 직접 대상이 되지 않는 부인도 실체성이 있는 살아있는 인물인지 유령인지 알 수 없을 정도로 약한 정체감을 가진 채로 그녀의 예민한 신경만이 집중적으로 부각된다. 이어 그녀가 소유한 보석과 향수로 묘사가 이어지는데, 합성된 향수들은 후각적 감각을 어지럽히고 마비시킬 뿐만 아니라 시각적으로도 방의 혼란스러움을 더한다.

　온갖 화려함을 다 갖춘 것으로 보이는 부인에 대한 묘사가 야기하는 가장 두드러진 심상은 공허함과 기만성이다. 옥좌, 대리석, 거울, 수놓아진 기둥, 금빛 큐피드, 보석, 비단으로 만든 보석상자 등 호화롭고 과시적인 물체들이지만 이들은 오히려 주인의 단절되고 소외된 모습을 강화하는 방향으로 작동한다. 이런 과한 장식들로 꾸며진 거실에서 옥좌 같은 의자에 앉은 클레오파트라를 연상시키는 여인은 영국 상류층의 부인이다. 이 부인과 장식들은 화가의 딸로서 치장과 예술에 관심이 깊었던 비비엔을 연상시키는 이미지들을 첩첩이 불러온다. 이 인물과 그녀의 주변의 화려함은 길게 유지되지 못하고 기만적이고 혼란스러운 부정적인 느낌을 불러일으킨다. 빛나는 의자, 보석, 그리고 향수는 내적 가치가 아닌 겉모습에만 사로잡힌 부인의 모습을 대변한다. 그리고 이 화려함은 비극적이지만 영웅적 요소를 갖췄던 클레오파트라 삶의 일면에 대비되어 공허한 느낌을 더한다.

> 그녀가 앉은 의자는 마치 광을 낸 옥좌처럼
> 대리석 위에서 번쩍였다, 그 대리석 위엔
> 과일 넝쿨로 장식한 받침대가 거울을 떠받치고 있다
> 그 넝쿨에선 금빛 큐피드가 내다보고 있다
> (다른 큐피드는 날개로 눈을 감추고 있다)
> 그 거울은 일곱 가지 촛대에서 나오는 불빛을 두 배로 밝게 하며
> 빛을 테이블 위에 반사시킨다 그사이
> 비단 함에서 우르르 쏟아진
> 그녀의 보석들이 내는 광채가 일어 촛대의 빛을 맞는다.
> 상아와 색을 넣은 유리로 만든 호리병엔
> 뚜껑이 열린 채, 낯선 합성된 향수들이 잠겨있다,
> 연고, 분 혹은 액체로 된 향수─그 냄새로
> 고통을 주고, 어지럽히고, 감각을 마비시킨다; 이 향들은
> 창문에서 막 불어온 바람에 동요되어 길게 늘어진 촛불에 힘을 더하고,
> 상승하며 촛불에서 나는 연기를 격자천장(格子天障)으로 밀어 올린다,
> 그 천장에 장식된 무늬를 흔들어대며. (PI 58)

94-103행

클레오파트라는 뛰어난 미모와 커다란 권력에도 불구하고 자살로 생을 마감한다. 92행의 격자천장(laquearia)은 버질(Virgil)의 『아이네이스』(*Aeneis*)에서 가져온 것으로 그 여주인공 디도(Dido) 역시 주인공 아이네이아스(Aeneas)가 신들의 설득에 따라 로마 건국을 위해 그녀를 떠난 후 자살하게 된다. 이 부분을 지배하는 인물은 필로멜라인데 이 공주의 운명도 그들과 크게 다르지 않다. 그녀의 형부 테레우스는 그녀를 겁탈한 뒤 자신의 만행이 드러나는 것을 두려워한 나머지 그녀의 혀를 자르고 깊은 숲에 가둔다. 이후 언니와 함께 형부에게 복수를 하고 달아나다 신들의 도움으로 나이팅게일로 변하는 인물이다.[8] 필로멜라 신화 역시 성과 결혼이 종교적 양심이나 도덕적 믿음에 의해 보호되지 못하고 욕망으로 인해 파괴되는 두드러진 예가 된다. 브룩스(Cleanth Brooks)는 제시 웨스턴(Jessie Weston)이 『의식에서 로맨스로』(*From Rituals to Romance*)에서 신전을 드나들던 처녀들을 겁탈하고 그녀들로부터 황금 잔을 빼앗은 것이 그 땅의 저주를 야기한 것이라고 지적했음을 언급하

---

8) 필로멜라 관련 신화는 몇 개의 다른 판(version)이 있지만, 후세의 문학작품에 많이 인용되는 오비드의 『변신』 6권에 나오는 이야기가 유명하다. 테레우스(Tereus)는 트레이스(Thrace)의 왕으로서 아테네의 판디온(Pandion)왕의 딸 프로크네(Procne)와 결혼한다. 프로크네는 동생 필로멜라가 보고 싶어 자신이 동생을 방문하든지 아니면 동생을 그들의 궁전으로 초대할 것을 남편인 테레우스에게 요청한다. 테레우스는 후자를 선택하고 본인이 직접 아테네로 가서 처제인 필로멜라공주를 트레이스까지 데려오기 위해 길을 나선다. 장인의 궁전에서 그녀를 처음 보았을 때부터 필로멜라를 탐하게 된 테레우스는 계략을 세워 트레이스로 돌아오는 도중에 그녀를 범하게 된다. 그리고 자신의 죄를 덮기 위해 필로멜라의 혀를 자르고 그녀를 깊은 숲 속 오두막에 가두고 경비를 세워 감시한다. 벙어리가 된 필로멜라는 자신의 처지를 태피스트리로 짜서 언니 프로크네에게 보내고 남편의 만행을 알고 격분한 프로크네는 복수심에 불타올라 테레우스와의 사이에 태어난 자기 아들을 살해한 뒤 요리하여 남편에게 식사로 제공한다. 뒤늦게 이 사실을 안 테레우스는 그 두 자매를 죽이기 위해 도끼를 들고 추적하고 자매가 그에게 잡힐 찰나에 그들은 신들에게 간절히 기도했고, 그들을 가엾게 여긴 신들이 프로크네를 제비로, 필로멜라를 나이팅게일로 변신시켜 테레우스의 추적을 벗어나게 해준다. (판에 따라 테레우스가 필로멜라의 팔까지 자르기도 하며, 원래 프로크네가 나이팅게일로, 필로멜라는 제비로 변하였지만 필로멜라의 운명과 나이팅게일의 울음소리가 잘 어울린다는 이유로 둘의 위치가 바뀐 것으로 보인다.)

며 여성을 범하는 것은 세속화 과정의 좋은 상징이라고 말한다. 또한 사랑은 욕망 충족을 억제하며 금욕과 의식(ritual)이 개입하는 반면, 욕망(lust)은 결국 그 목적을 스스로 파괴하는 결과를 초래하는데, 현대의 황무지 상황은 욕망 충족의 수단인 과학적 태도의 결과라는 점을 지적하기도 한다(Brooks 16).

98행의 "숲속의 장면"(sylvan scene)은 엘리엇이 스스로 『황무지』의 「주석」("Notes on *The Waste Land*")에서 밝혔듯이 밀턴(John Milton)의 『실낙원』(*Paradise Lost*)에서 가져온 것으로, 등장하는 여성의 무리에 모든 여성의 어머니인 이브(Eve)를 더하려는 의도이다. 이 점은 『황무지』의 모든 등장인물을 테이레시아스(Tiresias)에 "통합하려는"(uniting all the rest)(*PI* 74) 엘리엇의 의도처럼 「체스게임」에 등장하는 모든 여성을 하나로 모으려는, 즉 각 등장인물이 보이는 사건과 특성을 총합적 여성 혹은 여성성으로 묶으려는 의도로 보인다. 커다란 권력과 많은 부를 누렸으나 비극적으로 삶을 마감한 클레오파트라와 디도 그리고 남자의 욕망에 희생된 필로멜라에 이브가 더하는 속성은 그녀의 단견(短見)으로 사탄의 꾐에 빠져 아담을 부추겨 선악과를 먹게 함으로써 인류에게 갈등과 고통을 안겨준 인물이라는 점일 것이다.

디도와 이브가 간접적으로만 출현하고 있는 반면 필로멜라가 당한 비극은 "야만적인 왕에게 강제로 당했다"(100행)라고 씀으로써 상세하고 직접적으로 묘사된다. 신화로 전해지는 그녀의 비극이 "범할 수 없는 목소리로" 계속 이어지는 가운데 세상이 사막에 비유되어 그녀의 경고를 경청하지 않았다는 것을 말한다. 하지만 102-03행에 이르면 시제가 현재로 변하며 "세상이 여전히 '쩍 쩍' 소리를 쫓고 있다'라는 표현이 등장하는데, 이 소리는 "더러운 귀"(dirty ears)에 들리게 되어 나이팅게일의 울음소리는 경고에서 성적 행위에 수반되는 의성어로 변하게 된다. 이 소리는 제3장 「불의 설법」에서도 여섯 번 반복되는데(*PI* 204) 이는 엘리엇이 성적 타락에 대해 품었던 깊은 비판의식을 드러낸다. 이 비극뿐만 아니라 104에서 105행의 "다른 말라버린 시간의 그루터기들이 벽 위에 묘사되어 있다'라는 표현은 이중적인 의미를 띤다. 오랜 세월이 흘러 그 사건들의 구체적 모습과 그 의미가 희미해졌다는 뜻과 더불어 잘려 나간 필로멜라의 혀(혹은 그리고 팔)를 연상시키기도 한다. 이어 무엇인가를 응시하고 밖으로 몸을 내민 형체가 등장하여 그 방을 침묵으로 몰아넣으며 다른 공간으로부터 차단하고 있음을 말한다.

그 같은 배경에서 107행에는 남편으로 보이는 사람이 발을 끌며 계단을 오르는 소리가 들린다. 발을 끄는 행위는 귀가(歸嫁)가 마지못한 것임을 암시하고 "불빛 아래 불꽃 끝처럼 날카로운 그녀의 머리칼들이 빛을 내었다가 말들로 바뀌는" 것은[9] 그녀가 상대에게 날카로운 언어적 공격을 퍼부었다는 것과 상호 교통의 단절을 나타내는 적막이 이어진 것을 나타낸다. 부부 사이에 침묵은 '야만적'(savage)이고 폭력적인 것이어서 이들 관계는 테레우스와 필로멜라 자매와의 관계를 연상시키기도 한다.

클레오파트라가 자신의 정치적 목적을 위해 남녀관계를 이용하고 필로멜라가 형부에게 겁탈당한 이야기는 엘리엇 자신의 처지와 맞닿아 있기도 하다. 결혼 직후부터 시작된 비비엔의 불만이 넘치는 결혼생활, 그리고 아내와 스승이던 러셀과의 불륜 등의 사건은 이 시기의 작품인 『황무지』에 많이 투사된 것으로 보인다. 불행한 결혼생활의 가운데에 처한 엘리엇에게 비비엔은 클레오파트라의 지배적이고 기만적인 성향과 함께 테레우스에게 겁탈당한 필로멜라의 비극을 동시에 가진 모습으로 다가왔을 것이다. 그 두 가지 특성은 모두 노력으로 극복하기 어려운 문제라는 공통점을 가진다.

구리 못이 박힌 거대한 선박용 목재는
색칠한 돌로 만든 난로 안에서 노랗고 푸른(녹색) 빛을 내며 타고,
그 슬픈 빛 안에선 조각된 돌고래 한 마리가 수영을 했다.

---

9) 관계에서 불은 물과 대비되어 소통과 교류가 아닌 갈등과 투쟁의 심상을 야기하며, 『황무지』에서 물이 불완전하나마 재생 혹은 부활과 연결되는 데에 반해 불은 승화나 초월보다는 욕망 혹은 타락과 연결된다.

고풍스러운 벽난로 장식 위론

마치 창문이 숲 풍경에

저 야만적인 왕에게 그렇게 거칠게 당하고 만

필로멜라의 변신을 던져 넣은 듯하다; 그러나 거기엔 여전히 나이팅게일이

범접할 수 없는 울음으로 모든 사막을 채웠고

또 계속 울었다, 그리고 세상은 여전히 쫓는다,

더러운 귀에 들려오는 "쩩 쩩" 소리를.

그리고 시들어버린 시간의 다른 그루터기들의 이야기가

벽에 표현되어 있었다; 응시하는 형체들이

기대며, 몸을 밖으로 내밀고 있다, 침묵으로 그 방을 차단하며.

계단 위에 발자국 끄는 소리가 난다.

불빛 아래, 빗질 된 그녀의 머리가

불꽃의 끝과 같은 모양으로 뻗쳤다가

말로 타올랐다, 그리고는 야만적인 침묵이 뒤따르곤 했다. (*P1* 58-59)

111-26행

111행부터 114행까지 이어지는 부인의 요구는 남편이 함께 있어 줄 것
과 자신에게 말을 하라는 호소로 시작한다. 하지만 113행부터는 남편에 대
한 비난으로 바뀌는데 부인은 상대가 가진 태도 중 본인의 생각에 집중하는
것을(자신은 그 내용을 알 수 없는) 공격한다. 이 부분은 두 남녀의 관계양상을
통해 어떻게 두 사람 사이를 연결하는 고리가 파괴되었고 상호교류에 실패
하고 있는지를 말한다. 우선 두 사람이 동원하고 있는 인식 유형이 서로 다
른 것임을 보인다. 부인이 자신의 육체적인 혹은 감각적인 고통을 호소하며
관심을 요구하는 반면 남편은 일관되게 거리를 유지하며 마음속에 일어나는
연상과 혼잣말로 반응한다. 이들 관계에서 여성이 중시하는 것은 감정에 기
초한 관계(relationship)이고, 남성은 주로 지적 기능을 동원하여 반응하며 부

인이 가치를 두는 요소를 무시하거나 전반적으로 냉소적인 반응으로 일관한다. 다른 특성을 가진 상대를 이해하려는 의지와 능력이 부재한 상태에서 관계의 회복은 불가할 뿐만 아니라 상대는 불필요하거나 성가신 존재일 수밖에 없다.

111행에 "내 신경이 나쁘다"라는 말은 앞에서 부인이 방을 묘사할 때처럼 그녀가 예민한 신경만으로 존재한다는 인상을 강화한다.10) 하지만 이 말은 그 의미의 모호성으로 인해 특정성을 갖지 못한다. 실제로 몸이 아픈 것일 수도 있고, 감각이 비상하게 예민한 상태일 수도 있고, 별다른 통증 없이 몸이 무겁고 불안을 느끼는 상태일 수도 있다. 문맥상 별다른 신체적 고통이 부각되지 않고, 상대에게 비판적이고 공격적인 모습을 보이며, 소리 따위의 환경에 민감하게 반응하는 것으로 판단하면 두 번째 경우에 가깝다고 볼 수 있다. 동시에 이는 남편의 무관심과 냉정한 태도에 대한 항의의 표시에 그칠 수도 있다. 이런 모호성은 남편에게서는 발견되지 않는다. 부인이 큰 소리로 얘기하는 반면, 남편은 침묵하고, 부인이 바람 소리에 예민하게 반응하는 반면, 남편은 그 소리에 관심이 없고 동요하지도 않는다. 부인에겐 '생각하고,' '알고,' '기억하는' 대상이 나타나지 않는 반면, 남편이 생각하고 기억하는 대상은 많은 것들을 연상시키는 풍부하고 깊이를 가진 내용들이다. 부인은 그 같이 자신과 다른 남편을 전혀 이해할 수 없고 남편은 그런 부인에게 곁을 허락하지 않는다. 그래서 이 부부는 서로의 생사조차 문제가 되지 않는 극단적인 상호 소외된 관계로 그려진다. 비비엔을 연상시키는 부인은 오로지 일방적으로 자기감정을 표현하며 자신의 요구를 상대에게 강요한다. 부인에게는 무반응으로 인식되지만, 남편은 부인의 계속되는 질문에 혼자만의 생각으로 예민하게 반응한다. 부인이 질문하는 동안 남편이 생각하

---

10) 『황무지』가 본격적으로 집필되던 1920년 말에 비비엔은 아버지의 병간호 등의 영향으로 쓰러지게 된다. 그녀의 증상은 주로 신경쇠약과 관련된 것으로 "공황(panic)이나 섬망(delirium)에 가까운 자의식(self-consciousness)"(Ackroyd 109)이었다.

고 있는 것은 더럽고 쥐가 들끓는 참호와 전쟁에서 죽은 군인들의 시체와 뼈이다. 이때 떠오르는 1차 대전 전장의 비참한 심상들은 두 사람의 불화의 모습과 중첩된다.

브루커(Jewel Spears Brooker)와 벤틀리(Joseph Bentley)는 이 장면이 앞서 남녀관계가 "자신들의 생각에 갇혀 상호교류나 극복(transcend)이 불가능한" 양상을 그린 「여인의 초상」("Portrait of a Lady")을 떠올리게 한다고 말한다 (106). 이 같은 자기 폐색(閉塞) 상태는 같은 시기의 작품 「J. 알프레드 프루프록의 연가」에서도 나타나는데, 화자는 여성 등장 인물들에게 끌리기는 하지만 관계 개선을 위한 노력을 시도하지 않으며 그 관계에 의의를 두지도 않는 모습이다. 「여인의 초상」에는 관계 강화를 청하는 여성 인물에게 여러 부정적인 모습을 발견하며 거리를 두다 결국 상대를 떠나는 결정을 하는 화자가 등장하는 반면, 「J. 알프레드 프루프록의 연가」에는 지향하는 가치의 차이를 극복하지 못하고 자기 폐색의 상태로 회귀하는 결말이 묘사되어 있다.[11]

115행부터 부인의 관심은 남편의 태도로부터 문 밑을 지나는 바람으로 옮겨가는데 그녀의 바람에 대한 예민한 반응은 그녀가 느끼는 공포에서 비롯한다. 남편이 부인의 상태를 호소하는 대상이라면 바람은 그녀의 날카로워진 신경이 쏠리는 대상이자 동시에 원인이다. "저 소음이 무엇인가?" 그리고 "그 바람이 무엇을 하고 있냐?"라는 반복되는 질문은 피해망상을 반영하고 이 상황에서 그녀가 생각할 수 있는 바람이 끼칠 수 있는 유일한 영향은 그녀의 존재에 대한 위협, 즉 죽음일 것이다.[12] 이에 대해 남편은 바람은 그

---

11) 이 작품들이 베르그송의 영향 하에 있던 시대의 작품이어서 베르그송이 제시한 초월적 가치에 관심을 둔 인물과 세속적 가치에 몰입한 인물들 사이의 불화를 그리고 있다고도 할 수 있다.

12) 엘리엇이 존 웹스터(John Wester)의 『악마의 소송』(The Devil's Law Case)으로부터 이 문장을 인유하면서 그 뜻을 오해한 것으로 알려졌다. 죽어가는 환자를 두고 나누는 의사들의 대화에 이 문장이 '환자가 아직 살아있는가?'라는 뜻으로 쓰였지만 엘리엇은 바람을 "마지막 숨"(dying breath)이라는 뜻으로 해석하여 주석(Notes)에 넣게 된다(North 23n).

저 아무것도 아니라고 혼자만의 독백 혹은 속생각으로 반응하지만 부인은 마치 이를 들은 것처럼 "당신은 아무것도 모르고, 아무것도 못 보고, 아무것도 기억 못 하느냐"라고 공격한다. 이 장면은 브루커가 지적하는 것처럼, 거기에 나열된 인식의 양상들로 인해 1부 「주검의 매장」에 등장하는 히아신스 소녀 장면을 떠올리게 한다. 이 두 장면은 말하고, 보고, 아는, 다시 말해, 행위, 지각, 그리고 인식 내용에 있어 정확하게 일치한다.

> 일 년 전 처음으로 당신이 내게 히아신스를 주셨죠;
> 사람들은 저를 히아신스 소녀라 불렀습니다.
> ―하지만 늦게, 우리가 그 히아신스 정원에서 돌아왔을 때,
> 당신 팔은 가득했고 머리는 젖어 있었죠, 나는
> 말을 할 수 없었고, 눈으론 볼 수도 없었습니다, 나는
> 죽은 것도 산 것도 아니었고, 아무것도 알지 못했습니다.
> 그저 빛의 한 가운데, 침묵을 들여다볼 뿐이었습니다. (*PI* 56)

하지만 이 동일한 지각과 인식의 내용들은 두 장면에서 매우 대조적인 함의를 띤다. 「체스게임」에 등장하는 남녀 사이에 불화와 대비되는 히아신스 정원 장면은 브래들리가 말하는 무매개 경험, 즉 주체와 대상이 하나로 결합하여 통합된 교류가 일어난 것으로 나타난다. 물론 정원에서 돌아온 뒤에는 그 초월적 순간이 흐트러지는 양상을 보이지만[13] "가득 안은 팔 그리고 젖은 머리"와 같은 충만한 감정과 감동적 화합의 심상들이 등장한다. 말을 할 수 없고, 볼 수 없으며, 살아있는 것인지 죽은 것인지를 모르는 상태는 「체스게임」에서 여성이 상대를 비난하며 "당신은 아무것도 모르고, 볼 수 없고, 기억 못하느냐?"라며 공격하는 내용과는 다른 성격의 것이다. 후자에

---

13) 이 같은 무매개 경험이 완전한 것은 아니다. 이 경험은 순간적인 것이고(Brooker and Bentley 39), 개별적인 경험은 전체 실재의 작은 부분 혹은 단지 하나의 '관점'(point of view)일 뿐이다(Skaff 12).

서 말을 하는 것이 서로를 이해하지 못하는 손상된 관계를 보여준다면 히아신스 정원 장면은 이들이 완전한 교류와 결합을 이룬, 주체와 그 대상이 분리되기 이전 상태, 즉 '무매개 경험'의 한 양상을 제시한다. 『황무지 원고본』에는 "우리는 쥐가 다니는 통로에 있다" 대신 "우리는 쥐가 다니는 통로에서 처음 만났다"(we met first in rats' alley)로 되어 있다(WLF 17). 이는 둘 사이에 교류와 화합의 원형(原型)이 존재하지 않음을 말한다. 무매개 경험이 부재한 관계는 둘 사이의 불화를 초월적 관계로 회복시킬 준거가 없음을 말한다. 남편의 머릿속에서 여섯 번 반복되는 "아무것도 없음"(nothing)은 두 사람 관계가 초월적 합일로 발전할 희망이 없다는 인식의 반영이다.

이 부분에서 가장 관심을 끄는 행은 "그의 눈들이 이제 진주가 되었다"(Those are pearls that were his eyes.)라고 말하는 125행이다.[14] 이 문장은 1부의 47행의 반복이며 4부 전체의 제재인 익사한 상인 플레바스(Phlebas)의 사후 모습이다. 4부 「수사」는 1920년에 프랑스어로 썼던 「식당 안에서」("Dans le Restaurant")의 끝부분을 영어로 고쳐 쓴 것이다. 「식당 안에서」에서 언급된 플레바스의 고향 콘월(Cornwall)과 "그의 삶은 고된 것이었다"(c'était un sort pénible)라는 평가가 빠진 것을 제외하면 두 글의 내용은 거의 같다. 이 사실은 엘리엇이 황무지를 쓰던 시기를 전후로 오랫동안 죽음의 문제에

---

14) 클레오파트라와 필로멜라 신화가 보여준 이성 관계는 모두 죽음을 포함한 비극을 불러오는 파괴적 관계이다. 엘리엇은 "저들은 그의 눈이었다"(Those are pearls that were his eyes)라는 셰익스피어의 『폭풍우』에 등장하는 대사를 반복적으로 사용하고 있는데 이는 이 시의 주제와 깊은 관련을 맺는다. 먼저 함께 여행하다 폭풍을 만나 좌초했을 때 아들 퍼디난드는 그의 아버지가 익사했을 것으로 생각하며 슬픔에 빠진다. 이때 요정이 나타나 그의 아버지가 익사한 뒤 바닷물의 영향으로 눈이 진주가 되었고 그의 뼈들은 산호로 변했다고 노래한다. 여기에는 일종의 풍자적 의미가 담겨있다. 인간의 죽음 이후 그 영혼의 문제는 완전히 무시한 채 육체만 자연적 물체들로 변한 것이 과연 위안을 줄 수 있을까? 그렇다면 인간이라는 생명체는 시간의 흐름을 타고 순환하는 현상세계에만 갇혀 있는 존재일까? 인간의 오감으로 느낄 수 있는 현상세계가 전부인 것인가? 그 이면에 시간과 생로병사를 초월한 영원한 세계는 존재하지 않는 것인가? 사람의 눈이 진주가 되었다는 이야기가 반복적으로 등장하는 것은 엘리엇이 이 시에서 말하고자 하는 주제와 긴밀한 관련성을 갖는다.

진지한 관심을 가졌음을 말한다. 이 진주로 변한 눈 모티프는 셰익스피어의 『폭풍우』(The Tempest)에서 가져온 것으로 아버지가 폭풍우를 만나 익사한 줄 알고 있는 아들 퍼디난드(Ferdinand)에게 요정 에어리얼(Ariel)이 들려주는 위로의 노래이다.[15] 여기엔 생각해야 할 다수의 요소가 존재하는데, 우선 실제로 아버지 알론소(Alonso) 왕이 죽지 않았다는 사실, 이 노래가 퍼디난드를 미란다(Miranda)와 만나게 하려는 프로스페로(Prospero)의 의도를 실행하기 위한 수단이라는 점, 그리고 마지막으로 죽은 뒤에 오는 구원의 방식이 초월적인 성격이 아니라 물질적이라는 점 등이 그것들이다. 이 요소들은 물을 통한 죽음과 재생이 종교적 부활과 구원을 연상시키기도 하지만 주어진 상황에서는 죽음조차도 희화화(戲畫化)될 수 있음을 말하기도 한다.

「체스게임」에서 죽음을 강하게 연상시키는 부분은, 138행의 누군가 문을 두드리기를 기다리는 장면과 죽음을 앞둔 오필리아의 작별인사와 중첩되는 마지막 3행에서 후반부의 등장인물들이 헤어지며 서로에게 건네는 인사이다. 선술집을 나서며 종업원과 두 여성 사이에 반복되는 작별인사는 릴의 선택이 진퇴양난에 몰렸음을 시사한다. 전반부의 쳇바퀴 도는 듯한 무료한 삶의 반복에서 의미 있는 탈출구가 보이지 않는 것처럼, 후반부 릴의 삶도

---

15) 『폭풍우』는 한 가족이 불화로 흩어졌으나 시련 끝에 결국 진실이 드러나고 용서와 화해를 통해 재결합한다는 내용을 가진 낭만희극이다. 주인공 프로스페로는 이탈리아 밀란(Milan)의 공작이었지만 동생 안토니오(Antonio)와 나폴리의 왕 알론조의 모략으로 추방당한다. 지중해의 한 섬에서 딸 미란다와 함께 살게 된 프로스페로는 그곳에서 곤잘로(Gonzalo)의 도움으로 마술을 익히고 요정 에어리얼을 종복으로 얻는다. 때마침 알란조왕과 안토니오 일행이 배를 타고 튀니스에서 이탈리아로 돌아오고 있다는 소식을 들은 프로스페로는 마술을 부려 지중해에 폭풍우를 일으켜 그 배를 난파시킨다. 그 결과 승선했던 사람들은 모두 흩어져 결국 그 섬으로 오게 된다. 섬에 도착한 알론조 왕은 아들 퍼디난드가 바다에서 익사했다고 생각하며 비통해하고, 퍼디난드는 반대로 아버지 알론조가 바다에 빠져 죽었을 것이라 믿고 절망에 빠진다. 이때 요정 에어리얼이 퍼디난드에게 위의 노래를 불러준 것이다. 그러나 퍼디난드의 아버지가 익사했다는 말은 사실이 아니다. 그들은 모두 흩어졌지만 각자 살아서 그 섬에 모여 있었다. 결국, 이 섬에서 알론조는 프로스페로에게 행했던 과거의 잘못을 뉘우치고 프로스페로는 그를 용서하고 서로 화해한다. 그들의 아들과 딸인 퍼디난드와 미란다는 서로 사랑에 빠지고 프로스페로는 밀란의 공작으로 다시 복귀하며 결말을 맺는다.

죽음밖에는 탈출구가 없어 보이는데 그 죽음은 구원과는 연결되지 않는다. 이 맥락에서 보면 죽은 뒤에 눈이 진주로 변하는 것에는 역설적 의미가 있다는 것을 암시한다. 『폭풍우』에서 아버지의 죽음을 슬퍼하는 아들에게 아버지의 눈이 진주로 변하고 다른 신체 부분들이 더 풍성하고 신비로운 것으로 변했다는 말은 일시적인 위안이 될 수는 있어도 초월적 시각에서는 결코 긍정적인 것이 될 수 없다. 특별히 엘리엇의 형이상학적 지향성을 생각할 때, 초월적 구원이 아니라 단지 물리적 내구성이 더해진 사후 모습은, 1부 「주검의 매장」에 나타난 것과 같이 땅이 얼어 매장하지 못하고 모아놓은 사체들처럼 괴기스러운 심상을 부른다.

127행부터 130행에 나오는 셰익스피어식 재즈는 황무지 상황에서 전통 문화가 타락한 것을 표현한다. 비록 엘리엇이 '객관적 상관물' 기법을 소개하며 셰익스피어가 햄릿의 감정을 직접 묘사가 아닌 외부적 장치들을 통해 충분하게 전개하고 있지 못했다고 비판한 일이 있지만(SE 145), 셰익스피어는 엘리엇에게 단테(Dante Alighieri) 못지않은 중요한 문학적 자산이었다. 「체스 게임」만 해도 『안토니와 클레오파트라』와 『햄릿』(Hamlet)이 인유되고 있으며 이 부분에서도 다시 그의 이름이 언급된다. 하지만 여기서는 반응이 없는 남편에게 "산 건지 죽은 건지 모르겠다" 그리고 "머리에 아무것도 없냐"라는 공격을 피하려는 의도로 당시 유행하던 노래를 떠올린다.

'나 오-늘밤 신경이 불안해요. 네, 정말요. 같이 있어요.
'말 좀 해봐요. 왜 늘 말이 없죠. 말을 해봐요.
'무엇을 생각하는 거죠? 무엇을요? 무슨?
'당신이 무엇을 생각하고 있는 건지 전혀 모르겠어요. 생각해봐요.'

나는 우리가 쥐들이 다니는 통로에 있다고 생각한다.
죽은 사람들이 그들의 뼈를 잃어버린 곳에.

'저 소리는 무엇이죠?'

　　　　　　　　　문 밑에서 나는 바람 소리.

'지금 저 소리는 무엇이죠? 바람이 무엇을 하는 건가요?'

　　　　　　　　아무것도 그래 아무것도 아니지.

　　　　　　　　　　　　　　　　'당신은

아무것도 모르나요? 아무것도 못 보나요? 아무것도

기억 못 하고요?'

　　　　　　　나는 기억한다.

저들은 그의 두 눈이 변해서 된 진주들이다.

"당신은 살아있나요, 아니면 죽었나요? 머릿속엔 아무것도 없나요?"

　　　　　　　　　　　　그러나

오 오 오 오 저 셰익스피어식 래그는

정말 우아하고

정말 지적이야 (*P1* 59)

131–38행

　131행부터 138행까지는 무엇을 해야 하는지를 고민하는 부부의 무의미하고 무료한 일상의 반복이 묘사된다. 이성적인 남편이 인내와 냉소적 태도로 최소한 외관상으로는 잘 버텨내는 것으로 보이는 이 무료함이 부인에겐 "머리를 풀어 늘어뜨린 채 거리를 헤매는" 광기를 유발할 정도의 고통을 불러온다. 후반부의 젊은 부부와 주변 인물들이 성에 탐닉하고 있다면 이들은 목욕을 하거나 택시를 불러 어딘가를 다녀오는 소소한 일상을 반복하는 가운데 부부 사이의 심리적 관계는 체스 놀이를 하는 듯 투쟁적인 성격으로 이어진다.

　138행의 "눈꺼풀 없는 눈을 내리누르며 (누군가 찾아와) 문을 두드릴 것을 기다리며"라는 표현은 변함없이 돌아가는 일상의 고통에서 벗어나고픈 갈망을 가리킨다. "눈꺼풀이 없는 눈"은 죽은 뒤 진주로 변한 플레바스의 눈을 연상시키기도 하고 물고기의 눈을 연상시키기도 한다. 또한 무료한 일상이 반복되는 삶에서 잠은 휴식이나 활력 충전의 의미도 약해지고 청해도 쉽게 찾아오지 않는다. 오지 않는 잠 대신 체스를 두며 기다리는 대상은 단순하게 남녀가 아닌 제3의 인물일 수도 있지만, 쿠메의 무녀가 그렇듯 죽음일 수도 있고 구원일 수도 있다. 하지만 문제는 『황무지』에서 구원은 인간의 노력만으로는 가능하지 않다는 점인데, 이 인식은 「천둥이 말한 바」에서 윤리적 해결책을 제안하지만 그 해결책은 천둥이 몰고 오는 비, 즉 초월적 구원에 의존한다는 점에서 분명해진다.

> '지금 나는 뭘 해야 하죠? 나는 뭘 해야 하죠?
> '이 몰골로 뛰어나가 거리를 걸을까요
> '머리를 풀어 내린 채, 그렇게요. 내일은 또 뭘 하죠?
> '또 앞으론 도대체 뭘 하죠?'
>   열 시엔 따뜻한 물(목욕).
> 그리고 네 시엔 비가 오면, 덮개 있는 차(車)로.
> 그리고 우리는 체스 게임을 한판 하겠죠.
> (우리 사이엔 상아(象牙) 인간들이 함께했죠)
> 꺼풀 없는 눈을 내리누르며 그리고 문에 노크 소리를 기다리며. (*PI* 60)

139-173행

「체스게임」의 후반부의 제재는 어느 하류층 부부의 결혼생활로, 선술집에서 제삼자인 두 여성이 나누는 대화를 통해 묘사된다. 릴 부부와 친분이 있는 한 여성이 이야기하고 다른 여성은 듣기만 하는 구성으로 되어있다. 이들이 속한 계층과 처한 상황은 대화 내용과 배경을 통해 알 수 있지만 그들이 사용하는 어휘, 문장구조, 그리고 말투에서도 드러난다. 짧은 대화체 문장이 반복되며, 구두점으로 정확하게 구분되지 않은 인칭과 화법이 뒤섞여 있어 읽는 데에 혼선을 주지만 내용을 파악하기는 어렵지 않다. 이 대화로 드러나는 사건과 상황은 전쟁(1차 대전)에 참전했던 릴의 남편이 얼마 전 제대한 상황에서 시작한다. 그 사이 릴은 반복되는 출산과 이어지는 낙태로 인해 조로(早老)하게 되고 남편이 그 모습을 못 견뎌 한다는 이야기가 등장한다. 대화는 릴의 남편이 다른 여자를 찾을 수 있고 또 그에 응할 여자가 있을 것이라는 경고를 릴에게 했다는 이야기, 릴이 아이를 낙태하는 약을 먹은 후 몸 상태가 나빠졌으며, 대화자 가운데 한 명이 릴 부부의 식사에 초대받아 간 적이 있다는 이야기로 이어지는 비교적 단순한 내용이다. 하지만 조금 깊이 들여다보면, 남편이 다른 여성에게 자기 부인의 추한 모습을 못 봐주겠다고 말하는 상황, 가난한 릴의 남편에 대해 왜 많은 여성이 관심을 두는지, 그리고 릴 부부와 함께한 저녁이 뜻하는 것이 무엇인지에 대한 의문이 발생한다.

먼저 릴 부부에 관한 이야기를 주도하는 여성은 이야기가 진행됨에 따라, 릴의 남편 알버트와 미심쩍은 사이임이 암시되고, 릴의 자리를 노리는 인물로 나타난다. 그녀는 릴과 관계를 이어가며 릴의 편에 선 척하지만 알버트와 함께 그녀에 관해 뒷담화를 하고 그녀가 처한 어려움에 공감하지도 않는다. 두 번째 문제는 「체스게임」에 묘사된 시간적 배경은 젊은 남자들이 1차 대전에 참전한 결과로 사회에서 그 수가 절대적으로 부족했기 때문에 제대하거나 참전하지 않은 젊은 남자는 여자들 사이에 인기가 높을 수밖에 없었다(Seymour-Jones 7). 군대에 가지 못한 엘리엇이 비비엔과 만나 쉽게 결혼할 수 있었던 이유도 영국 전역에 젊은 남자들의 수가 절대적으로 부족했기 때문이라고 볼 수 있다. 또한, 167-68행의 "개몬"(gammon)은 돼지 뒷다리살을 소금에 절여 보관한 일종의 햄을 말하는데 뒷다리살이 "따뜻함"과 결합함으로써 성적인 의미를 갖게 되며, 첫 번째 화자가 릴 부부의 성(性)에 관련되어 초대받았다는 매우 외설스럽고 특이한 불륜 장면을 연상시킨다.

후반부에 등장하는 인물들을 지배하는 원리는 오로지 물리적, 생물학적 유용성이며 그들의 관계에 다른 가치는 일절 개입하지 않는다. 군대에 있던 시간 내내 어려운 살림 속에서 출산과 육아를 도맡아 온 아내가 성적 매력을 상실하면 거리낌 없이 버려지며, 그 과정을 옆에서 지켜본 친구가 그 자리를 탐하는 등 이들은 스스로 그 같은 존재 방식에 대해 아무런 비판의식을 갖지 못한다. 누구든 자신의 생물적, 물리적 욕구를 충족시키지 못하면 불필요한 존재가 된다. 하지만 동시에 이 같은 오로지 즉각적인 필요에 순응하는 삶은 대가를 치를 수밖에 없다는 문제의식이 드러나기도 한다. 아무 일 없을 것이라는 약사의 말을 믿고 낙태를 위해 약을 먹은 릴이 곤경에 처하는 데에서 알 수 있듯이 이 같은 삶의 방식은 매우 위험한 것이다. 알버트로부터 릴을 빼앗으려는 여성의 의도가 성공한다 해도 그녀에게 행복이나 더 나은 미래가 보장되지는 않는다. 그녀가 상대해야 할 사람은 바로 그의 친구인 릴에게 진퇴양난의 불행을 초래한 사람이고 그와의 관계는 역시 탈출구 없는 소모적 삶의 반복이 될 것이다. 이들에게 남녀관계는 상호 성적 욕구 해소를 위한 수단일 뿐이다. 이 황무지 상황에 대한 엘리엇의 구체적인 묘사는 그 자체로 그 같은 행위로 인해 치르게 될 대가에 대한 경고로 읽히기도 한다.

후반부에서 가장 흥미로운 부분은 남편 알버트의 직업과 관련된 부분이다. 릴은 전반부의 클레오파트라와 디도 그리고 필로멜라에 견줘지는 인물이고 그 결과 당연하게 그녀의 남편은 안토니우스 그리고 아이네이아스와 연관된다. 하지만 알버트는 그들과 비교되어 형편없이 폄하된 모습이다. 평생 장군이자 정치가로 지낸 앞선 역사 혹은 신화 속 인물들에 비해 단지 4년을 군대에서 보낸 하급 군인 알버트가 군대를 떠나는 일은 속어로 묘사될 (got demobbed) 정도로 하찮은 사건이다(139행). '제대시키다'(demobilize)에서 어미를 떼어냄으로써[16] 그 사전적 의미는 패거리에서 떨어져 나온다는 뜻이 되어 마치 일종의 불량집단에 속했던 것이라는 인상을 야기한다. 또한 로마를 건국하거나 로마의 정치를 흔들던 인물들의 영웅적 면모는 아내에게 준 소액의 돈의 행방을 궁금해 하는 졸장부의 모습(143-44행)과 대조되며, 사랑을 위해 명예와 권력 심지어 목숨을 포기했던 안토니우스와 달리 알버트는 다섯 아이를 낳는 과정에서 손상된 외모를 구실로 그녀를 떠나려 하고(149행), 종국에는 다른 여자를 끌어드리는 도덕적 타락상을 드러내는(166-67행) 인물로 나타난다. 남편 알버트의 왜소화는 그 상대인 릴의 존재의 크기도 심각하게 훼손한다. 클레오파트라는 안토니우스를 만나기 전에 벌인 여러 기행과 불륜에도 불구하고 그를 깊이 사랑하여 불명예 대신 죽음을 선택하는 영웅적 면모를 보여준다. 디도 또한 신들의 부추김을 받은 아이네이아스가 정치적 야망으로 카르타고(Carthage)를 떠나자 자살을 택하며 이후 죽어서 만난 아이네이아스와 화해하지 않음으로써 그녀의 사랑의 무게가 로마의 건국과 비견될 수 있는 것임을 보인다. 이에 비해 릴은 자신의 삶을 통제할 수 있는 의지와 능력을 상실한 채 남편과 주어진 상황에 운명을 맡길 수밖에 없는 무력한 존재이다. 현대판 클레오파트라와 디도는 가난, 대책 없는 출산, 이기적인 남편과 주변인들의 선택을 어쩔 수 없이 받아들일 수밖에 없는 수동적이고 무기력한 존재로 타락한다.

> 릴의 남편이 제대했을 때, 내가 말했어요—
> 내가 돌리지 않고 직접 릴에게 말했어요.
> **서둘러 주세요. 마칠 시간입니다.**
> 곧 알버트가 돌아오니 좀 똑똑히 굴라고.
> 그는 이 몇 개 해 넣으라고 당신에게 준 돈을 어떻게 했는지
> 알고 싶어 할 거예요. 그가 정말 줬다니까요. 나도 그 자리에 있었어요.
> 당신(릴) 이빨 다 빼버리고, 괜찮은 틀니 세트로 하나 해 박아요.

---

16) 'demobilized'가 'demobbed'으로 바뀌면 현대의 군대도 '폭도'(mob)로 폄하되는 효과가 발생한다.

맹세컨대, 당신 모습은 못 봐주겠다고 그가 말했다니까요.

그리고 나도 더 이상은 그렇다 했고요, 또 불쌍한 알버트를 생각하라고 했죠,

그는 군대에 4년 있었고, 재미를 보길 원하죠,

당신이 그에게 그걸 못 준다면, 그럴 다른 사람들이 있을 거예요, 나는 말했죠.

오, 그런가요, 릴이 말하데요. 그렇다고 봐야죠, 내가 말했죠.

그렇다면 누구에게 고맙다고 해야 할지 알게 되겠네요, 릴이 말하고 나를 똑바로 쳐다보는 거예요.

서둘러 주세요. 마칠 시간입니다.

당신이 원하지 않으면, 당신 맘대로 할 수 있겠죠, 내가 말했죠.

다른 이들이 골라잡을 거예요, 당신이 못하면 (이라고도 했고요).

그러나 알버트가 달아난다면, 말해주지 않아서 그런 건 아닌 거네요.

그렇게 늙어 보이다니 부끄러운 줄 알아요, 내가 말했죠.

(그런데 릴은 겨우 서른한 살)

나도 어쩔 수 없어요, 릴은 얼굴을 찡그리며 말했죠,

지우려고, 먹은 약 때문이에요, 릴은 말했죠.

(그녀는 벌써 (애가) 다섯 명이고, 막내 조지 낳다가 거의 죽을 뻔했다.)

약사는 괜찮을 거라고 했지만, 전혀 예전 같지가 않아요.

당신은 정말 바보군요, 내가 말했죠.

어쨌든 알버트가 당신을 버리지 않으면 그만이겠지만, 내가 말했죠.

애들을 원치 않으면서 왜 결혼을 한대요?

서둘러 주세요. 마칠 시간입니다.

그런데 알버트가 집에 있었던 그 일요일에, 그들은 따뜻한 햄을 먹었어요.

그리고 나도 식사에 오라 불렀어요, 그 더운 멋진 맛을 보라고요 (*PI* 60)

168-72행

두 번 반복되는 "서두르세요. 마칠 시간입니다"로 시작하는 마지막 5행
은 강력하게 죽음을 연상시킨다. 먼저 두 여성의 대화 사이에 끼어드는 종업

원이 문 닫을 시간을 알리는 말은 대문자로 표시됨으로써 큰 소리로 외치는 소리임을 말해준다. 동시에 손님들에게 떠날 것을 재촉하는 신호로 그 요구를 피할 수 없다. 문을 닫은 뒤에 손님이 가게에 남아있을 수는 없는 일이다. 종업원이 외치는 소리는 "안녕히 계세요, 숙녀분들, 안녕히 계세요, 아름다운 숙녀분들"(172행)이라는 마지막 3행의 인사들과 중첩되는데, 이는 『햄릿』의 여주인공 오필리아가 죽음을 결심한 뒤 클로디우스(Claudius)와 거트루드(Gertrude) 그리고 다른 일행들에게 작별을 고할 때 한 인사이다.[17] 궁핍한 생활 속에서 다섯 아이를 낳고 희생하다 건강을 해치고 성적 매력을 잃어버린 릴이 남편에게 버림받으면 남아있는 선택은 실제적인 죽음이나 죽음과 다를 바 없는 비참한 삶일 뿐이라는 것을 뜻한다.

서둘러 주세요. 마칠 시간입니다.
서둘러 주세요. 마칠 시간입니다.
안녕 빌, 안녕 루, 안녕 메이, 안녕.
안녕, 안녕, 안녕
숙녀분들 안녕히 가세요, 안녕히 가세요, 아름다운 숙녀분들, 안녕, 안녕.

(PI 61)

---

17) 햄릿을 연모했던 오필리아는 그로부터 돌아오는 사랑 대신 "수녀원이나 가라"("Get thee to a nunnery")라는 심한 저주를 받는다. 여기서 수녀원(nunnery)은 매춘부집이라는 의미이다. 게다가 오필리아의 아버지인 폴로니우스(Polonius)는 장막 뒤에서 햄릿이 어머니와 나누는 이야기를 엿듣다가 클로디우스(Claudius)로 오인되어 햄릿에 의해 살해당한다. 이에 실성한 오필리아는 시냇가의 버드나무로 올라가 물에 떨어져 익사한다. 오필리아는 햄릿의 배신과 갑작스러운 아버지의 죽음에서 비롯한 충격으로 실성하여 방황하다가 물에 빠져 죽은 것이다.

IV. 맺는말

『황무지』 전체를 관통하는 주제 '불모지가 되어버린 현대문명'의 저변에는 남녀문제가 있다. 황무지의 땅(land)은 여성을 상징한다. 웨스턴과 프레이저(James Frazer)가 전하는 것처럼 황무지에 불모성이라는 저주가 내린 것은 그 땅을 지배하는 남성 즉 왕이 불능(impotence)에 빠졌기 때문이다. 다시 말해 황무지는 남녀가 서로 교통할 수 없는 상태에 이른 것의 결과이자 원인이다. 남녀 사이에 교통이 불가한 상태에서 남녀는 각각 자신의 편익에만 몰두한 나머지 상대를 이해하기 위한 노력을 하지 않고, 깊은 차원의 상호작용이 단절된다. 남녀 서로에게 상대는 화합하고 교류해야 할 대상이자 목적이 아니라 마치 체스게임에서처럼 싸워서 이겨내고 물리쳐야 할 적으로 변한 것이다. 테레우스가 그의 아내인 프로크네를 정치적이고 생물적인 수단으로 취급했기에 그들의 관계에 치명적 손상을 초래할 수밖에 없는 행위인 처제 필로멜라를 겁탈하는 일이 일어난다. 클레오파트라를 연상시키는 상류층 부인이 보여주는 남편과의 관계에도 일방적 요구와 상대에 대한 원망과 분노만이 드러나며, 군인의 아내인 릴도 자식을 낳고 성적 욕구를 해소하는 대상일 뿐이다. 이 요구 혹은 욕구를 충족시킬 수 없을 때 상대는 용도 폐기될 위험에 처한다.

이 불모적 상황에 대한 책임은 남녀 모두에게 있겠지만 웨스턴의 관찰처럼[18] 엘리엇은 그 본질적인 원인을 남성에게 돌리고 있는 것으로 보인다. 클레오파트라에서 릴에게 이르기까지 그들에게 죽음이나 극도의 고통을 야기한 인물은 모두 남성이기에 그렇다. 후반부에 숨어있는 인물인 햄릿의 어

---

18) "왕의 병이 그의 나라에 불행을 초래하기 때문에 둘 중 첫 번째(왕)가 더 중요하다. 왕은 좋은 일이든 나쁜 일이든 그의 나라에 영향을 미치게 되어있다."(The first of these two (the King and the land) is the more important, as it is the infirmity of the King which entails misfortune on his land, the condition of the one reacts, for good or ill, upon the other)(Weston 36).

머니 거트루드의 경우도 비록 남편이 죽자마자 시동생과 결혼하여 계속 부귀와 영화를 누리려는 부도덕한 욕망에 휘둘리는 인물일지라도 그 선택은 남성들의 거짓과 강요에 의한 것들이다. 남편을 살해하고 왕위를 찬탈한 시동생이 없었다면 그녀의 명예와 가족의 안녕은 흔들리지 않았을 것이다. 「체스게임」에 등장하는 여성 인물은 모두 열 명이다. 전반부에서는 처음 등장하는 상류층 부인, 클레오파트라, 필로멜라, 디도, 그리고 『실낙원』을 인유함으로써 이브(Eve)가 간접적으로 등장한다. 후반부에는 릴과 술집에서 그녀에 대해 이야기를 나누는 두 명의 여성이 등장하고 오필리아를 통해 간접적으로 등장하는 거트루드도 그녀가 겪은 사건의 무게로 인해 지나칠 수 없는 존재이다. 필로멜라는 남성의 폭력에 처참하게 당함으로써 쉽게 희생자의 모습을 띠지만 처음 등장하는 화려한 환경에 놓인 부인 역시 나머지 인물들과 공통점을 갖는다. 먼저 그녀는 실체성이 없는 귀신과 같은 존재로 그녀를 둘러싼 화려함은 역설적으로 삶의 공허함을 강조하며, 이후 밝혀지는 그녀의 삶의 실체적 모습은 그 화려함과 대조되어 더욱 비극적 색채를 띤다. 이들 여성이 모여서 이루는 모습은 다양하고 복합적이지만 남성과 조화로운 교류에 실패하는 공통점을 공유한다.

이후 『황무지』는 남녀가 조화를 이루고 그 결과 질서와 풍요가 회복될 수 있을 것인지에 대해 희망을 품지만 확신은 하지 못하는 모습으로 결론난다. 여기에 개입하는 중요한 요소는 물이다. 오필리아는 죽은 뒤 눈이 진주로 변한 플레바스처럼 익사한다. 『황무지』에서 물은 죽음을 나타내기도 하지만 부활 혹은 재생을 상징하기도 한다. 온전한 남녀 사이를 연결하는 매개 역시 물이었다. 물이 등장하는 곳엔 남녀 사이에 교류가 일어나거나 재생 혹은 부활의 신호가 나타났다. 1부에서 히아신스 소녀의 젖은 머리는 그녀와 화자 사이에서 일어난 무매개 경험으로서 낭만적인 혹은 신화적인 교류를 암시한다. 5부 「천둥이 말한 바」는 천둥이 몰고 오는 비와 함께 재생과 개벽의 심상으로 가득하다. 『황무지』를 비를 몰고 오는 천둥소리로 마무리한 것은 엘리엇이 정신적 재생 혹은 구원을 예고하거나 그 갈망의 표현으로 보인다. 황무지에 내리는 비는 남녀 사이에 조화로운 교류가 시작되는 것을 상징하며 남녀가 조화롭게 결합하는 문제는 형이상학적 차원에서 우주의 질서 회복과 연결된다. 이는 동양철학에서 우주의 섭리가 음양의 조화로 이루어졌다는 생각과도 일치한다. 『황무지』에 그려진 사람들은 현상세계의 이면에 이 같은 초월적 요소들이 작용한다는 믿음을 저버렸다. 주제적 관점에서 이후의 작품들에서 엘리엇이 설정한 구원의 주체는 기독교의 신이다. 엘리엇이 『황무지』를 쓰고 있던 당시에는 본인이 기독교인임을 공식적으로 선언하기 전이지만, 그의 학문적 이력과 그가 당시에 쓴 여러 글로 판단하면, 이때에도 형이상학적 가치에 경도되어 있었다는 점은 부인할 수 없다. 『황무지』를 구성하는 비극적인 불모의 상황은 엘리엇에게 객관적 묘사의 대상에 그칠 수 없는 문제이며 필연적으로 구원의 대상이다.

▍인용문헌

Ackroyd, Peter. *T. S. Eliot.* London: Hamish Hamilton, 1984.

Brooker, Jewels Spears and Joseph Bentley. *Reading* The Waste Land: *Modernism and the Limits of Interpretation.* London: U of Massachusetts P, 1990.

Brooks, Cleanth. "*The Waste Land:* An Analysis." Ed. B. Rajan. *T. S. Eliot: A Study of His Writings by Several Hands.* London: Dennis Dobson, 1947.

Eliot, T. S. *The Letters of T. S. Eliot.* Vol. 1. Ed. Valerie Eliot and Hugh Haughton. London: Faber and Faber, 2009.

___. *The Poems of T. S. Eliot.* Vol. 1. Ed. Christopher Ricks and Jim McCue. London: Faber, 2015.

___. *Selected Essays.* London: Faber and Faber, 1951.

___. *The Waste Land: A Facsimile and Transcript of the Original Drafts Including the Annotations of Ezra Pound.* Ed. Valerie Eliot. New York: A Harvest Book, 1994.

Dickey, Frances. "Reports from the Emily Hale Archive." *The International T. S. Eliot Society.* Web. 20 Mar. 2020.

⟨https://tseliotsociety.wildapricot.org/news⟩. [Abbreviated as "Reports" and cited with the dates posted online]

Gordon, Lyndall. *T. S. Eliot: An Imperfect Life.* London: W. W. Norton & Co. 1988.

Kenner, Hugh. *The Invisible Poet: T. S. Eliot.* Methuen, 1960.

North, Michael. Ed. *The Waste Land: Authoritative Text, Contexts, Criticism / T. S. Eliot.* London: W. W. Norton and Co. 2001.

Ovid. *Metamorphoses.* Trans. Rolfe Humphries. Bloomington: Indiana UP, 1983.

Seymour-Jones, Carole. *Painted Shadow: The Life of Vivienne Eliot.* New York: Nan A. Talese, 2001.

Shakespeare, William. *Antony and Cleopatra.* Ed. John Wilders. Shakespeare, 1995. Web. 20 Mar. 2021. ⟨http://shakespeare.mit.edu/cleopatra/full.html⟩

___. *Hamlet.* Ed. Neil Taylor and Ann Thompson. London: Arden Shakespeare, 2006. Web. 20 Mar. 2021.

⟨http://shakespeare.mit.edu/hamlet/full.html⟩

___. *The Tempest.* Ed. Virginia Mason Vaughan and Alden T. Vaughan. Shakespeare, 1995. Web. 20 Mar. 2021.

⟨http://shakespeare.mit.edu/tempest/full.html⟩

Skaff, William. *The Philosophy of T. S. Eliot: From Skepticism to a Surrealist Poetic, 1909-1927.* Philadelphia: U. of Pennsylvania, 1986.

Southham, B. C. *A Guide to the Selected Poems of T. S. Eliot.* 6th ed. New York: Harcourt, 1994.

Weston, Jessie L. *From Ritual to Romance. Full Text Archive—Free Classic E-books.* Ed. Robert Kiesling. Web. 10 Oct. 2021.

⟨https://www.fulltextarchive.com/page/From-Ritual-to-Romance/⟩

『황무지』 제3부 「불의 설법」: 부도덕한 성애는 죽음

_____ 안중은(안동대학교)

I. 작품 의의와 개관

20세기 최고 시인 T. S. 엘리엇(T. S. Eliot)의 모더니즘 대표 시 「황무지」("The Waste Land")는 1922년 10월 15일 영국에서 엘리엇이 편집장인 『크라이테리언』(*The Criterion*) 지 창간호에 처음 발표되었고, 이어서 동년 11월 미국의 『다이얼』(*The Dial*) 지에 발표되었다. 원래 800행이 넘는 장시를 에즈라 파운드(Ezra Pound)의 철저한 사독(私讀) 협조로 절반 정도인 433행으로 축소된 「황무지」에 엘리엇의 「주석」("Notes")을 첨부하여 쪽수를 다소 늘린 단행본 『황무지』(*The Waste Land*)가 동년 12월 15일 미국 뉴욕의 보니앤리버라이트(Boni and Liveright) 출판사에 의해 1,000권 부수로 간행되었다. 영국에서는 1919년 엘리엇의 『시편들』(*Poems*)을 이미 출판한 버지니아 울프(Virginia Woolf)와 부군 레너드 울프(Leonard Woolf)의 호가스(Hogarth) 출판사에 의해 1923년 『황무지』가 450권 부수로 출간되었다. 한편, 20세기 최고 소설가 제임스 조이스(James Joyce)의 모더니즘 대표 소설 『율리시즈』(*Ulysses*)가 프랑스 파리의 셰익스피어앤컴퍼니(Shakespeare and Company)에 의해 『황무지』보다 먼저 출판되었으니, 1922년은 문학에서 모더니즘 최고의 해라고 규정할 수 있을 것이다. 물론 출판되자마자 난해한 『황무지』와 『율리시즈』는 비평가들의 엄청난 호평과 혹평을 동시에 받아왔으나, 이 두 작품을 능가하는 후속 작품이 출현하지 못한 것도 부인할 수 없는 사실이다. 한편, 1971년 『황무지 원고본』(The Waste Land Manuscript)이 파운드가 1969년 9월 30일 이탈리아 베네치아에서 쓴 「서사」("Preface")와 엘리엇의 두 번째 부인 발레리(Valerie)의 「서문」("Introduction")과 함께 출판됨으로써 시인의 작시 의도를 제시하고, 난해한 시 해석에 새로운 빛을 던져주었다.

엘리엇은 『황무지』에서 "부도덕한 성애"와 "죽음"이라는 두 주제를 씨줄과 날줄로 직조하기 위하여 그리스·로마 신화, 성경, 불경, 힌두교의 우파니샤드 경전 그리고 성 아우구스티누스(St Augustinus, Augustine, 354-430), 단테 알리기에리(Dante Alighieri, c. 1265-1321), 에드먼드 스펜서(Edmund Spenser, 1552-1599), 윌리엄 셰익스피어(William Shakespeare, 1564-1616), 존 웹스터(John Webster, c. 1580-c. 1632), 앤드루 마블(Andrew Marvell, 1621-1678), 샤를 보들레르(Charles Baudelaire, 1821-1867), 폴 베를렌(Paul Verlaine, 1844-1896) 등 위대한 작가들의 작품 및 음악가 리하르트 바그너(Richard Wagner, 1813-1883)의 오페라 원용과 인유를 통하여 자신의 "인생에 대한 개인적이고 아주 사소한 불만의 표출"(the relief of a personal and wholly insignificant grouse against life)을 신비평(New Criticism)의 아버지답게 자신의 주요 비평이론인 몰개성시론(沒個性詩論)과 신화 기법 및 몽타주 기법 등에 따라 잘 드러내고 있다(WLF 1). 2021년 한국 T. S. 엘리엇 학회 창립 30주년을 진심으로 축하하고, 2022년 『황무지』 출판 100주년을 기쁜 마음으로 회고하면서 제3부 「불의 설법」("The Fire Sermon")과 제4부 「수사」("Death by Water")를 필자의 저서 『T. S. 엘리엇의 『황무지』 해석』(2014)에서 고찰한 내용보다 더욱 심도 있게 조명하고자 한다. 우선 엘리엇이 「불의 설법」에서 "부도덕한 성애는 죽음"이라는 명제를 난해하고도 다양하게 제시하고 있는 것을 살펴보자.

II. 작품 해설

『황무지』 제3부 「불의 설법」은 불교의 창시자 붓다(c. 563-483 BC)가 설파한 팔리(Pali) 경전의 "불의 설법 강론"(Fire Sermon Discourse)인 『아-딧따빠리야-야 숫따』(The Ādittapariyāya Sutta)에 근거를 두고 있다. 엘리엇이 그의 「주석」에서 밝혔듯이 시제(詩題)를 헨리 클라크 워렌(Henry Clarke Warren)의 『불교 번역』(Buddhism: In Translations, 1896)에서 차용했다고 밝힌 붓다의 가야산 제3설법인 "불의 설법"은 마태복음 5-7장에 기록된 예수 그리스도의 "산상수훈(山上垂訓)"(Sermon on the Mount)과 그 중요도에서 비견되고 있다(PI 75). 붓다의 "불의 설법"의 핵심은 "모든 것이 불타고 있다"(all is burning)라는 것이며, 오감(五感)과 정신의 해탈을 통하여 번뇌에서 벗어나는 것을 가르치는 설법이다. 불의 심상과 상징은 인간의 "욕망"(Lust)이며 파멸적인 것이다. 아울러 이 "불"은 붓다와 거의 동시대에 활동하다가 시칠리아의 에트나 화산(Mount Etna)에 투신자살한 것으로 유명한 소크라테스(Socrates, c. 469-399 BC) 이전의 그리스 철학자 엠페도클레스(Empedocles, c. 494-c. 434 BC)가 주장한 만물의 4원소인 "공기, 흙, 물, 불" 중에서 불과, 엘리엇이 『네 사중주』(Four Quartets, 1943)의 「제사(題詞)」("Epigraph")로 인용하고 있는 헤라클레이토스(Heraclitus, c. 535-c. 475 BC)가 주창한 만물유전(萬物流轉, all is flux), 즉 삼라만상의 끊임없는 운동과 생성소멸의 원동력인 자연적 불에 상응한다. 물론 만물의 한 요소인 불과 육체의 정욕의 불은 신약의 사도행전 2장 3절과 『네 사중주』 제4부 「리틀 기딩」("Little Gidding") 제4악장에서 언급되고 있는 성령의 불과는 차원이 다른 것이다.

『황무지』의 주된 공간은 영국 런던이고, 「불의 설법」에서 화자-시인은 가을의 을씨년스러운 템즈강가와 강둑 그리고 계절에 어울리게 전형적인 마지막 잎사귀들 및 자연의 생명과 여름의 전형적 색채인 녹색이 사라진 갈색의 땅을 묘사하고 있다.

강을 덮던 천막은 걷혔다. 간당거리던 마지막 잎들이
축축한 강둑으로 엉켜 가라앉는다. 바람은 소리 없이
갈색 대지 위를 지나간다. 요정들은 사라졌다.
아름다운 템즈여, 고요히 흘러라, 내 노래 그칠 때까지.
물 위엔 빈 병도, 샌드위치 포장지도 떠 있지 않다.
비단 손수건도, 마분지 갑도, 담배꽁초도,
또는 기타 여름밤을 상기시키는 아무런 흔적도 없다. 요정들은 사라졌다.
그리고 그 짝들, 도시 중역들의 놀아먹는 자식들도
사라져 버렸다. 주소도 남기지 않고.
레망호 물가에 앉아 나는 울었노라. . .
아름다운 템즈여, 고요히 흘러라, 내 노래 그칠 때까지,
아름다운 템즈여, 고요히 흘러라, 내 노래 높지도 길지도 않으려니,
그러나 나는 등 뒤에서 찬바람 속에
해골이 덜거덕거리는 소리와 귀가 찢어질 듯이 킬킬대는 웃음소리를 듣는다.

(Eliot, 『전집』 64)[1]

The river's tent is broken: the last fingers of leaf
Clutch and sink into the wet bank. The wind
Crosses the brown land, unheard. The nymphs are departed.
Sweet Thames, run softly, till I end my song.
The river bears no empty bottles, sandwich papers,
Silk handkerchiefs, cardboard boxes, cigarette ends
Or other testimony of summer nights. The nymphs are departed.
And their friends, the loitering heirs of city directors;
Departed, have left no addresses.
By the waters of Leman I sat down and wept . . .
Sweet Thames, run softly till I end my song,
Sweet Thames, run softly, for I speak not loud or long. (*P1* 62)

---

1) 이 글에서 엘리엇의 인용 시 한글 번역은 고 이창배 교수의 번역을 따랐으나 일부 수정하였다.

화자·시인은 런던의 대동맥이자 런던 시민의 생명줄인 템즈강이 19세기 산업혁명을 거쳐서 20세기 현대 자본주의와 물질주의 시대에서 황량한 모습으로 변모한 것을 "갈색 대지"(brown land)와 "요정들은 사라졌다."(The nymphs are departed.) 등의 시구와 시행으로 표현하고 있다. 이와 대조적으로 엘리엇은 과거 16세기 영국 르네상스 시대 대표 시인 스펜서가 「축혼가」("Prothalamion," 1596)에서 구가한 목가적 초원과 요정들 및 한 쌍의 백조가 노닐던 "아름다운 템즈"(Sweet Thames)를 돈호법으로 불러내고 있다. 스펜서의 「축혼가」 제2행 "감미롭게 부는" 서풍의 신 "제피로스"(Sweet breathing Zephyrus)는 엘리엇의 「불의 설법」 제2행 "바람"(The wind)은 불지만 그 소리가 전혀 "들리지 않는"(unheard) 음산한 분위기와 매우 대척적이다. 엘리엇은 세이렌들과 같이 고혹적이지만 치명적인 여인들을 상징하는 "요정들"과 자본가들의 한심한 한량 후예들을 표상하는 "도시 중역들의 놀아먹는 자식들"(the loitering heirs of city directors)이 "여름밤"(summer nights) 템즈강가에서 먹고, 마시고, 진정한 사랑의 감정이 없이 즉석에서 낯선 이성과 하룻밤 육체적 쾌락을 추구하고, 성관계 이후에 담배를 피운 흔적들을 "빈 병"(empty bottles), "샌드위치 포장지"(sandwich papers), "비단 손수건"(Silk handkerchiefs), "마분지 갑"(cardboard boxes), "담배꽁초"(cigarette ends) 등의 시어로써 역설적으로 표현하고 있다. 특히 이들이 템즈강가에서 아무런 죄의식 없이 "주소도 남기지 않고"(have left no addresses) 일회적으로 맺는 쾌락적 성관계를 암시하는 시어들인 "마분지 갑"과 "비단 손수건"에서 전자는 콘돔을 담는 휴대용 종이갑을, 후자는 성교 후에 음부(陰部)를 닦는 오늘날 휴지 대용의 소지품을 가리킴으로써 불모의 성이 강조되고 있는 것이다. 그러나 계절이 바뀌자 여름밤 강가에서 이들의 일시적 정욕의 발산은 흘러가는 강물처럼 사라져버렸다.

제182행에서 시인의 시점은 영국 런던의 템즈강에서 갑자기 스위스 로잔의 "레망"(Leman)호로 공간 이동을 하게 된다. 2004년 여름 필자가 방문한 드넓은 빙하 호수 레망호(Lac Léman)는 제네바호(Lake Geneva)로 불리기도 하며, 엘리엇의 첫 번째 부인 비비엔(Vivien)과 그의 철학 스승 버트런드 러셀(Bertrand Russell, 1872-1970)과의 불륜 및 경제적 궁핍 등으로 신경쇠약에 걸린 엘리엇이 로이드 은행(Lloyds Bank)에 병가를 내고, 1921년 11월 중순부터 12월 하순까지 당대 최고 정신치료 의사 로제르 비토즈(Roger Vittoz, 1863-1925)에게 치료받기 위해 방문한 곳이다. "애인"의 뜻이 담겨 있는 "레망" 호숫가에 "앉아 나는 울었노라. . . "(I sat down and wept. . .) 시행에서 시인은 과거를 회상하면서 남몰래 슬픔의 눈물을 흘리며 말없음표로써 호수에 투신자살까지 심각하게 고려하고 있는 내심을 은연중에 내비치고 있다. 시인을 죽음으로 강력하게 이끄는 레망호는 제1부 제8행에 등장하는, 독일 바이에른 왕국(Königreich Bayern)의 왕 루트비히 2세(Ludwig II)가 미쳐서 투신자살한 빙하 호수 "슈타른베르거제"(Starnbergersee)와 일맥상통하는 호수의 심상으로서 아내로부터 배신당한 사랑은 곧 죽음이라는 등식을 내포하고 있다. 제183-84행에서 화자-시인의 시점은 다시 과거의 "아름다운 템즈"강으로 돌아가서 자신의 넋두리를 들어달라고 돈호법으로 소환하여 하소연하고 있다.

이어서 제185-95행에서 화자는 마블의 형이상 시 「수줍어하는 애인에게」("To His Coy Mistress") 제21행 "그러나 내 등 뒤에서 항상 듣는다"(But at my back I always hear)를 원용함으로써 겨울철 하룻저녁 등 뒤에서 부는 차가운 돌풍 속에서 들려오는 과거의 죽음을 회상하고 있다.

그러나 내 등 뒤에서 찬바람 속에
해골이 부딪는 소리와 입이 찢어질 듯한 킥킥대는 웃음소리를 듣는다.

쥐 한 마리가 둑 위로 끈적거리는 배때기를 끌며
살며시 풀숲 속으로 기어갔다.
겨울 어느 날 저녁때 가스 공장 뒤편에서였다.
흐릿한 운하에서 나는 낚시하면서

난파한 형왕(兄王)의 일이며
그 이전에 죽은 부왕(父王)의 일을 명상하였다.
허연 시체들은 축축한 낮은 땅 위에 알몸으로 노출되고,
낮은 추녀 밑 작은 다락방에 버려진 메마른 해골들은
해마다 쥐 발에만 걸려 덜그럭거릴 뿐이다. (Eliot, 『전집』 64-65)

But at my back in a cold blast I hear
The rattle of the bones, and chuckle spread from ear to ear.

A rat crept softly through the vegetation
Dragging its slimy belly on the bank
While I was fishing in the dull canal
On a winter evening round behind the gashouse
Musing upon the king my brother's wreck
And on the king my father's death before him.
White bodies naked on the low damp ground
And bones cast in a little low dry garret,
Rattled by the rat's foot only, year to year. (PI 62)

화자가 회상하는 과거는 "해골이 부딪는 소리"(rattle of bones)와 입이 귀에 걸리는 "킥킥대는 웃음소리"(chuckle)의 청각적 심상으로서 음산한 죽음을 냉소적으로 드러내고 있다. 죽음의 심상인 "쥐 한 마리"(A rat)가 템즈강 "제방위"(on the bank)로 "끈적거리는 배때기"(its slimy belly)를 끌고 "풀숲 속으로"(through the vegetation) 살며시 기어가는 장면은 제2부 「체스 게임」("A Game of Chess") 제115행 "쥐들의 통로"(rats' alley)가 암시하듯이 제1차 세계대전 중 엄청난 크기의 쥐들이 전장의 참호(塹壕, trench) 속에서 "죽은 군인들의 유해를 가져가는"(Where the dead lost their bones) 장면을 회상시키면서 죽음의 의미를 강화하고 있다. 참호는 2019년 개봉한 샘 멘데스(Sam Mendes) 감독의 영화 〈1917년〉(1917)에 잘 재현되어 있듯이 실제 독일군의 대량 살상용

신무기인 기관총의 공격을 방어하기 위하여 2미터 깊이 땅을 파고 연결한 통로이지만, 지루한 공방전을 전개하면서 수많은 사상자 전우를 지척에서 목도한 영국군에게는 지옥 그 자체였다. 템즈강 제방이 강물의 범람을 막기 위하여 수로를 따라 높이 쌓은 것과는 정반대로 전장의 깊은 참호는 폭우가 쏟아지면 고인 물을 퍼내야 하며, 적군뿐만 아니라 전염병과도 싸워야 하는 군인들에게는 죽음의 골짜기인 셈이다. 이제 "쥐"를 통한 죽음의 시각적 심상은 자연적 죽음의 계절인 "겨울 저녁"(winter evening)에 "가스 공장"(gashouse) 뒤로 돌아가는 "흐릿한 운하"(dull canal)에서 낚시하고 있는 화자, 즉 현대판 어부왕(漁夫王, Fisher King)의 "형왕의 난파"(the king my brother's wreck)와 선행한 "부왕의 죽음"(the king my father's death)에 대한 명상으로 확장되고 있다. 엘리엇이 『황무지』의 제목뿐만 아니라 상징성에서 커다란 영향을 받았다고 밝힌 제시 L. 웨스턴(Jessie L. Weston)의 『제식에서 로맨스로』(*From Ritual to Romance*)에서 서술하고 있는 켈트 신화, 즉 아서왕(King Arthur)의 전설에 등장하는 어부왕은 다리나 사타구니 부상으로 서지 못하고 앉아서 만병통치의 기적적인 성배(聖杯, Holy Grail)를 찾아서 가지고 오는 기사 가웬(Gawain) 또는 퍼시벌(Perceval, Percival)을 기다리며 코르베닉(Corbenic) 성(城)의 강에서 배를 타고 낚시만 하는 "불구의 왕"(Maimed King) 또는 "부상당한 왕"(Wounded King)이다(115-22, *PI* 72; "Fisher King"). 따라서 성불구를 함의하는 어부왕은 아내 비비엔과 스승 러셀의 불륜으로 충격을 받아서 성적 불능에 빠진 엘리엇을 상징하고 있는 것은 명백하다. 또한 어부왕이 낚시하고 있는 "물고기 상징성"(Fish symbolism)은 남근, 다산, 예수 그리스도이지만, 시구 "흐릿한 운하"가 죽음을 함의하므로 황무지에서 불능, 불모, 구원의 요원함을 상징하기도 한다(Weston 128; 안중은, 『해석』 120). 여기서 시인의 개인적 비극을 적용하면, 죽음의 순서가 다르지만 "형왕의 난파"는 제1차 세계대전의 갈리폴리(Gallipoli) 상륙작전 도중 1915년 4월 23일 에게해(Aegean Sea)의 병원선에서 감염 모기 매개의 패혈증(敗血症)으로 전사한 시인 루퍼트 브룩(Rupert Brooke,

1887-1915)과 동일시되고, "부왕의 죽음"은 1919년 1월 7일 작고한 친부 헨리 웨어 엘리엇(Henry Ware Eliot, 1843-1919)의 죽음으로 간주할 수 있을 것이다 (*L1* 316n). 특히 4월의 꽃 "라일락"(the lilac) 심상으로 엘리엇의 『황무지』에 영향을 끼친 「그란체스터 고목사관」("The Old Vicarage, Grantchester," 1912)을 작시한 동안(童顔)의 미남 시인 브룩은 케임브리지대 킹스 칼리지(King's College) 출신으로 1909년 6월부터 12월까지 캠(Cam)강 상류 5km에 위치한 그란체스터(Grantchester)의 고목사관 부근 찻집인 오처드하우스(Orchard House)에서 하숙한 적 있다(Delany 78). 이곳에서 엘리엇이 1922년 5월에 "인 간미"(beauté de l'homme) 있는 "매력적 인물"(figure attrayante)로, 1941년 5월 에는 "삼류시인"(poetaster)으로 평가한 양성애자(兩性愛者, bisexual) 브룩은 당 대 최고 명사들인 소설가 울프와 E. M. 포스터(E. M. Forster), 철학자 러셀과 비트겐슈타인(Wittgenstein), 경제학자 케인즈(Keynes) 등과 함께 그란체스터 그룹(Grantchester Group)을 주도적으로 조직하고 활동하였다(*CP2* 484; *L1* 407; Delany 245). 2004년 여름 방문한 오처드하우스에서 필자는 1914년경 엘리엇 이 그란체스터 그룹과 교제를 나눈 것을 전시된 사진들로 확인하였는데, 당시 브룩은 그에게 살갑게 대한 친형과도 같은 존재였을 것이다(안중은, 『해 석』 99-100). 이어서 황폐국의 형왕과 부왕의 죽음의 심상은 강 또는 바다의 "축축한 낮은 땅"(the low damp ground) 위에 있는 "허연 시체들"(White bodies naked)과 "낮은 추녀 밑 작은 다락방"(a little low dry garret)에 유기된 메마른 "해골들"(bones)로 확산하고 있다. 이 유해들이 "해마다"(year to year) 쥐의 발 에 걸려서 덜거덕거리는 소리를 내는 청각적 심상은 4년간 지속된 지옥같이 참혹한 제1차 세계대전뿐만 아니라 전쟁이 없는 시기의 황무지에서 죽음의 소리로까지 확대되고 있는 것이다.

한편, 제196-202행에서 화자·시인은 시구 "그러나 내 등 뒤에서"(But at my back)의 반복적 사용과 20세기 현대문명의 총아인 자동차 소리의 청각적 심상이 촉매가 되어 부도덕한 성애를 은근히 그려내고 있다.

그러나 내 등 뒤에서 때때로 들리는
자동차의 경적과 모터 소리, 이 차는
스위니를 싣고 목욕하고 있는 포터 부인에게로 데려가겠지.
오 달이 비치네, 찬란히 포터 부인과
그 딸에게
그들은 소다수에 발을 씻고 있구나
그리고 오, 원형 천장 아래 합창하는 어린이 찬양대 목소리여! (Eliot, 『전집』 65)

But at my back from time to time I hear
The sound of horns and motors, which shall bring
Sweeney to Mrs. Porter in the spring.
O the moon shone bright on Mrs. Porter
And on her daughter
They wash their feet in soda water
Et O ces voix d'enfants, chantant dans la coupole! (PI 62)

엘리엇은 반복적인 시구 "내 등"과 자동차의 "경적과 모터 소리"(The sound of horns and motors)의 청각적 심상을 매개로 과거 회상을 통하여 부도덕한 성애와 죽음을 병치시키고 있다. 다시 말해, "불륜은 곧 죽음"이라는 등식을 은근히 제시하고 있는 것이다. 등장인물 "스위니"(Sweeney)는 엘리엇의 시 「나이팅게일에 에워싸인 스위니」("Sweeney Among the Nightingales," 1919)와 「발기한 스위니」("Sweeney Erect," 1919) 등에 나오는 인물로서 「J. 알프레드 프루프록의 연가」("The Love Song of J. Alfred Prufrock," 1915)의 등장인물인 부도덕한 성애에 대하여 우유부단하고 신중한 중년 신사 프루프록과는 달리 짐승같이 왕성한 정욕을 마음껏 발산하며 불륜을 저지르는 상징적 인물이다. 전기적 비평의 관점에서 고찰하면, 엘리엇은 프루프록에, 시인의 첫 번째 부인과 부도덕한 성관계를 가졌던 자유연애론자이자 그의 철학 스승 러셀은 스위니에 각각 비유될 수 있을 것이다. 제198-200행은 좀 더 심도 있게 해석하면, 달빛 찬란한 밤에 스위니와 노천 온천(hot spring)에서 "목욕하고 있는"(in the spring) 포터 부인(Mrs. Porter)과 그녀의 딸과의 3인 성교인 스리섬(threesome)을 암시하고 있다. 인명 "포터"는 "문"(門)을 뜻하는 프랑스어 "porte"에서 나온 단어로 유추하면 "음문"(陰門, vulva)의 의미도 되므로 성에 대해 개방적이고 무분별한 창녀를 함의한다고 볼 수 있다. 포터 부인이 당대 문호들에게 가싱턴(Garsington)의 출입문을 개방한 러셀의 정부(情婦) 오톨린 모렐 여사(Lady Ottoline Morell)를 암시하면, 그녀의 딸은 딸처럼 지낸 비비엔으로, 스위니는 이들의 애인 러셀을 표방하므로 시공을 초월하는 스리섬으로 간주할 수 있다(안중은, 『해석』 73-74). 이들의 부도덕한 성관계 이후의 행동은 "소다수"(soda water)로 그들의 "발"(feet)을 씻는 시행에서 드러난다. 소다수는 세정제의 역할을 하고, 제1차 세계대전에 참전한 호주 병사들이 부른 노래 중에서 "발"은 금기어 "여성기"(女性器, cunt)를 완곡어법(euphemism)으로 대체한 것이기 때문이다.

제202행의 매우 선율적인 프랑스어 시행 "그리고 오, 둥근 천장 아래 합창하는 어린이 찬양대 목소리여!"(Et O ces voix d'enfants, chantant dans la coupole!)는 프랑스 상징주의 시인이자 음악성 시의 대가인 베를렌의 소네트 「파르시팔」("Parsifal," 1886) 제14행을 인용하였고, 대성당의 돔 아래에서 거룩한 성가를 부르는 어린이 찬양대의 목소리를 가리킨다. 베를렌의 시는 바그너의 3막 오페라 『파르지팔』(Parsifal, 1882)의 영감을 받아서 작시되었는데, 바그너의 오페라는 13세기 독일의 기사이자 시인 볼프람 폰 에셴바흐(Wolfram von Eschenbach)가 쓴 아서왕의 기사 퍼시벌의 성배 탐색 서사시에 근거를 둔 것이다. 주된 내용은 마법에 걸린 여인들뿐만 아니라 아름다운 쿤드리(Kundry)의 유혹을 이겨낸 성배 수호의 흑기사 파르지팔이 성창(聖槍, Holy Lance)으로 성배 기사단의 왕 암포르타스(Amfortas)의 상처를 찔러서 치유하게 된다. 형태상 남근과 여근의 상징인 성창과 성배는 예수 그리스도의 십자가 처형에서 로마 군병 롱기누스(Longinus)가 죽음을 확인하기 위하여

성자의 옆구리를 찌른 "롱기누스의 창"이고, 성배는 성만찬 시에 포도주를 담았지만 성자의 보혈을 담은 잔으로서 기적적 치유의 상징이다. 인용 시와 유사하게 하늘의 합창 소리는 파르지팔이 성배를 손에 들고 무릎 꿇고 기도하자 들려왔고, 흑기사는 성창을 들어 기도하는 기사들을 축복한다. 베를렌은 소네트에서 바그너 오페라의 하늘의 합창 소리를 어린이 찬양대의 노랫소리로 바꾸었고, 엘리엇이 인용하면서 성스러운 의미를 성적인 것으로 전도시킨 것이다("*Parzifal*"; Johnson 235; Verlaine 154-55). 다시 말해, 엘리엇이 베를렌의 시행을 스위니와 포터 부인 모녀와의 부도덕한 성애와 소다수로 음부를 씻어내는 행위를 병치시킴으로써 순결한 성(聖)과 전도된 성(性)의 상반되는 요소를 억지로 연결하고 있는 셈이다. 프랑스 시어 "coupole"은 원래 로마 판테온의 돔 정상부에 있는 원형 개구부를 가리키고, "눈"(eye)을 뜻하는 라틴어 "오쿨루스"(oculus)에서 파생되었으며, 프랑스어 접두사 "coup"는 "찌르기"를 뜻하고, 영어 접미사 "pole"(장대)은 뒤에서 살필 "Metropole"의 접미사와 같이 "남근"(男根)을 상징한다. 따라서 합성어 "coupole"은 여성의 질 속으로 남근의 삽입과 사정(射精)을 함의하므로 "couple"(성교하다, 애인)의 성적 말장난(sexual pun)으로 간주할 수 있을 것이다. 대성당의 반구형 궁륭(穹隆)은 남성기(男性器)의 귀두 부분과 흡사하므로 "어린이들의 목소리"는 성관계 후에 포터 부인 모녀의 음부 속으로 들어간 스위니의 정자들이 세척됨으로써 잉태하지 못하고 쏟아져 내리면서 죽어가는 비명을 함의한다. 결국 엘리엇은 황무지 같은 현실에서 "부도덕한 성애는 곧 죽음"이라는 명제를 고도로 은밀하게 드러내고 있는 것이다.

제203-06행에서 엘리엇은 한 음절의 의성어 시어들을 반복적으로 사용하고, 그리스 신화를 원용함으로써 잔인한 성폭행을 간결하고도 강렬하게 묘사하고 있다.

짹 짹 짹

적 적 적 적 적 적

참으로 잔인하게 성폭행을 당하여.

테러우 (Eliot, 『전집』 65)

Twit twit twit

Jug jug jug jug jug jug

So rudely forc'd.

Tereu (*PI* 63)

구어체 시어 "테레우"(Tereu)가 가리키는 테레우스(Tereus)는 고대 그리스 북
동쪽 트라키아(Thrace)의 왕으로서 왕비 프로크네(Procne)가 죽었다는 거짓말
로 아름다운 처제 필로멜라(Philomel, Philomela)를 유인하고 숲속에서 두 번
겁탈한다. 두 차례의 성폭행은 제2부 「체스 게임」 제103행에 등장하는 시구
"적 적"(Jug Jug)으로 이미 은밀하게 암시되었다. 또한 6회 반복되는 "적 적
적 적 적 적"(Jug jug jug jug jug jug)의 숨은 의미는 "6"이 숫자 상징성에서 "짐
승"을 나타내기 때문에 테레우스는 왕이라기보다 정욕과 간계와 위력에 의
한 성폭행을 자행하고 나서 폭로를 막기 위하여 필로멜라의 혀를 뽑아버리
는 만행을 저지르는 금수와 다를 바 없다는 것을 함의한다. 이것은 정부 오
톨린이 있지만, 아들과 같은 엘리엇의 첫 번째 아내 비비엔과 불륜의 관계를
유지하다가 어느 순간 끊어버린 러셀의 정욕이 왕성한 동물성과 잔인한 인
간성을 연상시킨다. 엘리엇의 시 「나이팅게일에 에워싸인 스위니」에서 러셀
을 표상하는 스위니는 "원숭이 모가지"(Apeneck), "기린"(giraffe), "얼룩말"
(zebra)로 묘사되고, 「아폴리낙스 씨」("Mr. Apollinax")에서는 호색적인 반인반
수신(半人半獸神) "사티로스"(Satyr)에 비유되고 있기 때문이다. 의성어 "적 적"
은 형태상 자궁을 의미하고, 명금(鳴禽) 나이팅게일(nightingale)의 울음소리인
동시에 성교 시에 남근이 질액(膣液)이 흐르는 여근(女根) 속으로 들락거릴 때

자연스레 발생하는 소리를 가리킨다. 혀가 뽑힌 필로멜라가 형부의 만행을 알린 자수(刺繡)로 정황을 파악한 프로크네는 자기 아들 이티스(Itys)를 죽여서 인육(人肉) 스튜로 남편 테레우스에게 대접한다. "성폭행은 죽음"이라는 등식이 고전 신화에서 다시 확인되는 순간이다. 결국 도피하는 프로크네는 "제비"(swallow)로, 필로멜라는 "나이팅게일"로, 이들을 추격하던 테레우스는 왕의 형상처럼 머리에 왕관(crown) 모양의 화려한 볏, 즉 육관(肉冠, crown)이 달린 "후투티"(hoopoe) 또는 "매"(hawk)로 변신하여 끝없는 추격전을 벌이게 된다. 물론 오비디우스(Ovidius)의 『변신 이야기』(Metamorphoses) 이후로 프로크네가 나이팅게일로, 필로멜라가 제비로, 테레우스가 후투티로 변신했다는 신화가 보편적이지만, 이티스가 꿩으로, 프로크네가 제비로, 테레우스가 올빼미로 변신한 신화, 또는 위의 변신 신화를 종합하면 "트윗 트윗 트윗"(Twit twit twit)은 제비의 지저귀는 소리로, "적 적 적 적 적 적"은 나이팅게일의 소리로 간주할 수 있을 것이다(안중은, 『신화』 334-35). 그럴 경우 전자는 프로크네가 자식을 잃고 애도하는 소리 또는 테레우스가 성폭행 당시 필로멜라의 입술에 혀로 키스하고 두 젖가슴을 빨 때 생기는 의성어로, 후자는 그녀의 음부 속으로 발정 난 짐승같이 성기를 강압적으로 반복하여 삽입할 때 생기는 의성어로 각각 해석할 수 있다. 그런데 실제 암컷 나이팅게일은 혀가 뽑힌 필로멜라가 변신한 나이팅게일처럼 소리를 내지 못한다는 사실에 주목할 필요가 있다. 시인은 간결한 두 의성어를 반복적으로 표현함으로써 죽음 앞에서 비참하게 쫓기는 새들의 울음소리와 동시에 테레우스 왕의 무도한 성폭행을 은밀하고도 적나라하게 드러내고 있는 것이다.

제207-14행에서 화자-시인은 그의 시점을 고대 그리스 트라키아에서 현대 영국 런던의 "허망한 시티"(Unreal City), 즉 금융가의 중심지인 "시티"(City) 지역으로 시공간 이동을 한다.

허망한 시티,

겨울 한낮의 갈색 안개 속에서

유게니데스 씨, 스미르나의 상인은

수염이 시꺼멓고, 호주머니 가득 건포도의

런던 착 운임 보험료 화물대금 지불 보증 일람불 어음을 가지고 있었다.

그는 저속한 프랑스어로

캐넌가호텔의 오찬에 나를 초대하고

이어서 주말 휴가는 메트로폴호텔에서 쉬자는 것이었다. (Eliot, 『전집』 65)

Unreal City

Under the brown fog of a winter noon

Mr. Eugenides, the Smyrna merchant

Unshaven, with a pocket full of currants

C.i.f. London: documents at sight,

Asked me in demotic French

To luncheon at the Cannon Street Hotel

Followed by a weekend at the Metropole. (*PI* 63)

"허망한"(Unreal)의 의미는 실존하지만 비실재(非實在), 즉 생중사(生中死) 상태의 죽음을 의미하고, 역시 죽음을 상징하는 계절인 "겨울"(winter)과 미세먼지가 자욱한 도시 공해를 의미하는 "갈색 안개"(brown fog)가 음산한 죽음의 분위기를 강화하고 있다. 지명 "스미르나"(Smyrna)는 요한계시록 2장 8-11절에 기록된 소아시아 7교회 중에서 순교로 유명하고, 사도 바울이 칭찬한 "서머나" 교회가 있던 지역이며, 오늘날 터키 제3의 대도시이고 제1의 수출무역 항구도시 이즈미르(Izmir)이다. 스미르나의 상인 "유게니데스 씨"(Mr. Eugenides) 이름은 그리스 테살리아 지역 좁은 고원의 산악 도시국가 에디스(Eddis) 신화와 판테온에 등장하는 도적들의 신 유게니데스에서 나온 것인데, 그 특징은 피부가 불에 탄 진흙같이 진한 흑갈색이다("Eugenides"; "Eddis"). 유게니데스 씨는 이름 그대로 "우수한(Eu) 유전자(gene)"를 소유한 남성으로 보편적으로 면도를 하지 않아서 "수염이 시꺼먼"(Unshaven) 전형적인 터키인이다. 수염은 수사자의 갈기처럼 힘센 남성성을 상징하므로 유게니데스 씨는 앞에서 살펴본 스위니에 비견되는 정욕이 왕성한 남성의 환유로 볼 수 있다. 그러나 그의 호주머니에 가득한 "건포도"(currants)의 "런던 착 운임 보험료 화물대금 지불 보증 일람불 어음"(C.i.f. London: documents at sight)은 물질이 풍성한 무역업자의 생식불능을 상징한다. 시어 "건포도"는 「나이팅게일에 에워싸인 스위니」 제20행의 시어 "온실 포도"(hothouse grapes)가 생식능력이 넘치는 남성의 고환을 상징하는 것과 대조적으로 바싹 말라버린 생식능력을 함의하기 때문이다. 그의 "저속한 프랑스어"(demotic French)는 성적으로 타락한 사교계에서 통용되는 무례하고 비속한 프랑스어로서 화자에게 "캐넌가호텔"(Cannon Street Hotel)에서 오찬을 하고, "메트로폴"(Metropole) 호텔에서 주말을 보내자고 유혹한다. 캐넌가호텔은 런던의 캐넌 가에 있었던 호텔인데, 제2차 세계대전 당시 독일군의 폭격으로 파괴되어 지금은 흔적도 없이 사라진 공간이다. 고유명사 "캐넌"(Cannon)은 보통명사 "대포"(大砲)의 의미이고, 메트로폴의 "메트로"(Metro)는 지하철을 뜻하는 동시에 "자궁"을 함의하는 접두사이고, 앞에서 언급한 "폴"(pole)은 장대의 의미이며, 외형들이 모두 남근을 분명히 연상시키므로 남성성을 상징한다. 화자를 런던의 로이드 은행 외사부에서 8년 이상 근무한 엘리엇과 동일시할 경우 유게니데스 씨는 일람불 어음을 과시하면서 거액의 환전을 요구하는 최우수 고객으로 접근하여 행원에게 동성애(同性愛, homosexuality), 즉 남성애(男性愛, androphilia)를 은근히 제안한다고 해석할 수 있다. 주지하듯이 남성애는 창세기 19장에 등장하는 기원전 21세기 외적으로 에덴동산같이 풍요로웠지만 극심한 성적 타락상으로 인하여 멸망의 유황불 심판을 받은 고대의 두 죄악의 도시 소돔(Sodom)과 고모라(Gomorrah)를 상기시킨다. 전자는 남성끼리 항문 섹스나 오럴 섹스를 하는 "남색(男色)의" 또는 짐승과 성관계를 하는 "수간(獸姦)의"(sodomy)라는 형용사의 어원이 되었고,

후자는 성병 "임질"(淋疾, gonorrhea)의 기원이 되었다. 특히 남성 생식기의 영구적인 손상과 불치의 불임을 가져올 수 있는 임질은 영어 "gonorrhea"가 "gono"(씨, 정자)와 "rhea"(배출)의 합성어이므로 임균(淋菌)에 감염된 정액이 흘러나오는 성병이다("Sodomy"; "Sodom & Gomorrah"). 여기서 임질보다 더욱 강력한 성병으로서 15세기 말에 발견된 매독(梅毒, syphilis)─보들레르, 모파상(Maupassant), 마네(Manet), 슈베르트(Schubert), 쇼펜하우어(Schopenhauer) 등을 감염시킨 전염병─을 "신의 징벌"로 간주한 부친의 성 의식과 성교육의 영향을 받은 엘리엇이 자본주의의 속성들인 배금주의(拜金主義)와 물질만능주의와 상업주의의 성적 타락상을 강력히 비판하고 있다고 유추할 수 있다("Syphilis"; *LI* 41). 요컨대, 앞에서 살펴본 테레우스 왕의 처제 필로멜라 성폭행, 스위니와 포터 부인 모녀와의 3인 성교, 유게니데스 씨가 제안한 동성애는 황무지 같은 고대 그리스 트라키아와 현대 영국 런던에서 벌어지는 재생 불가능한 부도덕한 성애로서 죽음과 동일시되는 것이다.

다른 한편, 제218-19행, 228-30행, 243-46행 세 곳에 등장하는 화자는 고대 그리스 테베(Thebes)의 유명한 예언자 테이레시아스(Tiresias)인데, 엘리엇은 『황무지』의 「주석」에서 그를 "가장 중요한 인물"(the most important personage)이라고 밝혔는데, "모든 여성이 한 여성이고, 양성이 테이레시아스에서 만나기"(all the women are one woman, and the two sexes meet in Tiresias) 때문이라고 그 이유를 제시하고 있다(*PI* 74; 안중은, 『신화』 389). 그리스 신화에서 양성의 소경 예언자 테이레시아스는 제우스(Zeus)와 헤라(Hera)가 던진 남녀 성욕의 비교에 관한 질문에 여성이 남성보다 10배나 더 왕성하다고 답변함으로써 분노한 여신의 저주로 소경이 되었지만, 지고신이 부여해준 예언의 능력과 다른 사람들보다 7배나 장수하는 혜택으로 보상받게 된다(Ovid 67; Lemprière 619). 개인차가 있겠지만, 성욕이 아주 강한 23세의 동양계 배우 샤넌 싱(Shannon Singh)이 2021년 초 "하루에 성관계를 8번까지 할 수 있다"라고 밝혀서 테이레시아스의 판단이 틀리지 않음을 방증하는 것 같다.

제215-48행에서 비록 육안(肉眼)으로 보이지 않지만, 심안(心眼)으로 모든 것을 투시(透視)할 수 있는 능력의 소유자 테이레시아스는 하루 일상이 끝나는 "저녁 시간"(the evening hour), 즉 이성이 마비되고 감성이 활동하는 "보랏빛 시각"(the violet hour)에 현대의 여성 "타자수"(typist)의 실내 공간을 관찰하고 있다.

보랏빛 시각, 눈도 등도
데스크에서 일어서고, 인간 엔진이
발동을 건 채 손님 기다리는 택시처럼 기다릴 때
나 테이레시아스, 비록 눈이 안 보이고, 생(生)과 사(死)에 걸쳐 가슴 울렁이는
쭈글쭈글한 여인의 젖가슴을 가진 늙은 남자이지만 투시할 수는 있다,
이 보랏빛 시각, 다투어 집으로 향하고,
선원을 바다로부터 귀가시키는 이 저녁때
차(茶) 시간에 집에 돌아온 타자수는 조반상을 치우고,
스토브에 불을 피우고, 통조림 음식을 늘어놓는다.
창문 밖으로 아슬아슬하게 늘려 있는
속옷가지는 저녁 햇살을 받아서 마르고
긴 의자(밤에는 침대용) 위엔
스타킹, 슬리퍼, 캐미솔, 코르셋이 쌓여 있다.
나 테이레시아스, 쭈글쭈글한 젖가슴의 노인이지만
이 광경을 알아차렸고, 나머지는 가히 짐작했다.
나도 또한 그 기다리던 손님을 기다렸다.
그 화농투성이의 청년은 왔다.
작은 주택 소개업소의 서기 녀석, 눈알이 부리부리한,
마치 브래드퍼드 부호의 머리 위에 올라앉은
실크햇처럼 거만한 시정배,
제 생각엔 지금이 절호(絶好)의 시간이었다,
식사는 끝났겠다. 여자는 나른하니 고단한 판

애무의 손길을 뻗쳐 보니,

별생각은 없는 모양이나 나무라지도 않는다.

충혈된 얼굴로 기운을 내어 다짜고짜 공격하였으나,

더듬어 들어가는 손엔 아무런 저항이 없다.

놈의 허영심엔 반응의 여부가 필요 없지만,

무관심은 오히려 다행이었다.

(그리고 나 테이레시아스는 이 긴 의자, 즉 침대에서

일어난 모든 일을 벌써 경험한 바다.

테베의 성벽 밑에서 앉아도 봤고

사자(死者)들의 가장 낮은 지옥을 걸어도 본 나다)

선심 쓰는 작별의 키스를 해주고서

길을 더듬어 나간다, 불도 안 켜진 계단을 찾아 . . . (Eliot, 『전집』 66)

At the violet hour, when the eyes and back

Turn upward from the desk, when the human engine waits

Like a taxi throbbing waiting,

I Tiresias, though blind, throbbing between two lives,

Old man with wrinkled female breasts, can see

At the violet hour, the evening hour that strives

Homeward, and brings the sailor home from sea,

The typist home at teatime, clears her breakfast, lights

Her stove, and lays out food in tins.

Out of the window perilously spread

Her drying combinations touched by the sun's last rays,

On the divan are piled (at night her bed)

Stockings, slippers, camisoles, and stays.

I Tiresias, old man with wrinkled dugs

Perceived the scene, and foretold the rest —

I too awaited the expected guest.

He, the young man carbuncular, arrives,

A small house agent's clerk, with one bold stare,

One of the low on whom assurance sits
As a silk hat on a Bradford millionaire.
The time is now propitious, as he guesses,
The meal is ended, she is bored and tired,
Endeavours to engage her in caresses
Which still are unreproved, if undesired.
Flushed and decided, he assaults at once;
Exploring hands encounter no defence;
His vanity requires no response,
And makes a welcome of indifference.
(And I Tiresias have foresuffered all
Enacted on this same divan or bed;
I who have sat by Thebes below the wall
And walked among the lowest of the dead.)
Bestows one final patronising kiss,
And gropes his way, finding the stairs unlit . . . (*PI* 63-64)

시인은 테이레시아스의 특성을 구체적으로 묘사하고 있는데, "생과 사에 걸쳐 가슴 울렁이는"(throbbing between two lives), 즉 현생의 테베와 사후의 지옥에서 존재했던 "쭈글쭈글한 여인의 젖가슴을 가진 노인"(Old man with wrinkled female breasts)으로서 "비록 눈이 안 보이지만"(though blind) 남녀의 정사를 "투시할 수 있는"(can see) 인물로 등장하고 있다. "차" 마시는 저녁 "시간에"(at teatime) 늦게 "조반상을 치우고"(clears her breakfast), "스토브에 불을 피워서"(lights / Her stove) 난방하며, 직접 요리하지 않고 "통조림 음식"(food in tins)으로 저녁을 준비하는 타자수의 모습에서 바쁜 일상을 간편하게 살아가는 현대 도시인 내지 게으른 여성을 대변하고 있다. 여기서 타자수는 저서 출판을 위하여 원고를 불러주는 습관을 지닌 철학자이자 정부(情夫) 러셀을 위하여 타자를 쳐준 비비엔을 연상할 수 있을 것이다. 또한 제221행 시어 "선원"(the sailor)을 제2부에서 타로 카드 점괘로 나오는 "익사한 페니키아

선원"(the drowned Phoenician Sailor)과 제4부에 등장하는 "페니키아인 플레바스"(Phlebas the Phoenician)와 동일시할 경우 엘리엇 자신을 시사하고 있다. "창문 밖으로 아슬아슬하게 널려져서"(Out of the window perilously spread) 석양 햇살에 말려지는 그녀의 "속옷가지"(combinations), 실내에는 밤에 "침대"(bed)로 변신하는 "긴 의자"(On the divan) 위에 널브러진 "스타킹, 슬리퍼, 캐미솔, 코르셋"(Stockings, slippers, camisoles, and stays) 등이 단칸방에서 번듯한 침대조차 없이 가난하게 살아가는 유부녀 타자수의 모습을 웅변으로 말해주고 있다. 여러 가지 여성용 속옷과 캐미솔 및 아름다운 몸매 보정용 코르셋 등은 러셀이 애인 비비엔에게 성애의 징표로 준 선물일 것이다. 저녁식사를 마친 후 "나른하니 고단한"(bored and tired) "절호의"(propitious) 시간에 타자수가 기다리고 있는 남성이 도착한다. 그는 성욕이 왕성하지만 매화 모양의 피부궤양이 증상인 매독에 걸린 듯 얼굴이 "화농투성이의 청년"(the young man carbuncular)인 "작은 주택 소개업소의 서기"(A small house agent's clerk)로 그려지고 있다. 역시 이 등장인물은 엘리엇의 타자본에는 "싸구려 주택 소개업소의 서기"(A cheap house agent's clerk)로 나와 있으므로(*WLF* 45), 가난한 신혼부부였던 엘리엇과 비비엔에게 자신의 아파트와 작은 집을 제공한 왕성한 성욕의 소유자인 러셀과 동일시할 수 있을 것이다. 갑부 시정배처럼 등장한 놈의 거들먹거리는 모습이 "눈알이 부리부리한"(one bold stare), "거만함"(assurance), "브래드퍼드 부호의 머리 위에 올라앉은 실크햇"(a silk hat on a Bradford millionaire) 등의 시어와 시구들로 드러나고 있다. 시어 "시정배"(the low)는 1950년대와 1960년대 초 섹스 상징으로 우상이 된 미국 배우이자 가수 마릴린 먼로(Marilyn Monroe, 1926-1962)의 세 번째 남편 아서 밀러(Arthur Miller, 1915-2005)의 희곡 『세일즈맨의 죽음』(*Death of a Salesman*, 1949)에 등장하는 주인공 로먼(Lowman)의 이름이 자본주의 사회에서 하류계층 인물(low+man)을 떠올리게 한다. 동시에 시구 "브래드퍼드 부호"(Bradford millionaire)는 제1차 세계대전 당시 양모 산업으로 엄청난 수익을 올린 영국

요크셔(Yorkshire) 브래드퍼드 지역을 가리키고, 백만장자는 그곳의 "전쟁 폭리 획득자"(war-profiteer)를 함의한다(*PI* 666). 따라서 엘리엇 시의 청년은 재물은 풍성하나 정신이 척박한 현대의 저급한 졸부들을 냉소적으로 풍자하고 있기도 하다. 이어서 타자수를 애무하려는 청년의 시도에 그녀가 거부하지 않자 그는 흥분되어 얼굴을 붉히며 다짜고짜 그녀를 덮친다. 그의 "더듬어 들어가는 손"(Exploring hands)은 기다렸다는 듯이 아무런 "저항"(defence)도 없고, 갑의 위치에 있는 그의 "허영심"(vanity)에 순종하는 을의 입장에 처한 그녀의 "무반응"(no response)은 오직 약육강식(弱肉強食)의 법칙이 지배하는 동물세계의 자연스러운 행위이며, 남성의 뜻대로 내버려두는 여성의 "무관심"(indifference)이 오히려 그에게 적격인 것이다. 어쩌면 선원 남편이 귀가하기 전에 빨리 정사를 끝내려는 타자수의 조바심 때문에 성관계에서 그녀의 소극적 무관심이 표출될 수도 있을 것이다. 어쨌든 가난한 타자수와 부유한 청년의 성적 관계는 피지배 여성과 지배 남성의 전통적인 성적 위계를 시사하고 있다.

　　제243-46행 소괄호 안의 압축적 4행으로 엘리엇은 긴 의자-침대에서 벌어지는 남녀의 성행위를 "모든 일을 벌써 경험한"(foresuffered all) 양성의 화자-테이레시아스 예언자의 절제된 진술을 통하여 제시하고 있다. 이것은 1912년 동시대 소설가로서 존경하던 스승이자 언어학 교수 어니스트 위클리(Ernest Weekley)의 성적으로 자유분방한 아내 프리다(Frieda)의 유혹에 넘어가서 만난 지 20분 만에 동침하고 그녀와 함께 독일 바이에른으로 불륜의 도피 행각을 하고서 결혼한 로렌스(D. H. Lawrence, 1885-1930)가 한 세대 이상 외설작품으로 낙인찍혀서 판금되었던, 『채털리 부인의 연인』(*Lady Chatterley's Lover*, 1928)에서 상세히 묘사한 기교와는 극명하게 대조적이다(Maddox 117, 121, 134). 제145행 "테베의 성벽 밑에서 앉아도 봤던 나"(I who have sat by Thebes below the wall)는 그리스 신화에서 태양신 아폴론(Apollo)의 수금 연주에 맞추어 축성된 트로이 성벽과 유사하게 암피온(Amphion)의 하프 연주에 맞추어 축성된 테베 성벽을 상기시킨다. 2019년 11월 26일 필자가 방문한 테베에서 웅장한 성벽을 조우하지 못한 원인(遠因)은 스핑크스의 수수께끼를 풀고 테베의 왕이 된 오이디푸스(Oedipus)가 부왕 라이오스(Laius)를 죽이고 어머니 이오카스테(Jocasta) 왕비와 결혼한 죄, 즉 친족살해와 근친상간의 대죄(大罪)일 것이다. 오이디푸스에게 그의 자범죄(自犯罪)를 직고하는 테이레시아스를 추방하자 소경 예언자는 갈 길을 잃고 테베 성벽 아래에 앉아서 다가올 제1차 테베 전쟁인 테베공략 7장군(Seven against Thebes)의 전쟁에서 승리하지만, 제2차 테베 전쟁인 에피고노이(the Epigonoi, Epigoni) 전쟁으로 인한 도시국가 테베의 멸망을 한탄했을 개연성이 높다. 신화적으로 테이레시아스는 에피고노이 전쟁에서 무너지는 테베를 탈출하라고 조언했기 때문이다("Epigoni"). 한편, 유부녀와의 간통 또는 간음은 곧 죽음이라는 명제는 테베의 예언자 테이레시아스가 불교에서 뜨거운 불길로 고통을 받는 소위 팔열지옥(八熱地獄) 중 가장 낮은 아비지옥(阿鼻地獄) 또는 무간지옥(無間地獄)에 떨어졌다는 것을 의미하는 시행 "사자들의 가장 낮은 지옥을 거닐었다."(walked among the lowest of the dead.)에서도 역시 압축적으로 드러나고 있다("팔열지옥"). 앞에서 고찰한 여러 가지 부도덕한 성관계, 즉 테레우스 왕의 필로멜라 성폭행, 스위니와 포터 부인 모녀의 스리섬, 유게니데스 씨가 제안하는 동성애, 화농투성이 청년과 유부녀 타자수의 불륜은 고대부터 현대까지 황무지 같은 이 세상에서 곧 죽음과 동일하다는 것을 나타내고 있다. 제목 "불의 설법"에 어울리게 불과 같은 정욕으로 이승에서 부도덕한 성관계에 탐닉하는 남녀들은 결국 저승에서 팔열지옥의 불길로 영원히 고통받는다는 것을 함의하고 있는 것이다. 이들의 성관계 이후에 청년은 타자수에게 "선심 쓰는"(patronising) 작별 키스를 하고, "불도 안 켜진 계단"(the stairs unlit)을 더듬거리며 내려간다. 『재의 수요일』(Ash-Wednesday) 제3부 제9행에 등장하는 "컴컴한 계단"(the stair was dark)과 일맥상통하는 이 계단은 타자수와 부도덕한 성행위를 한 후에 청년이 일상으로 돌아가는 통로이지만 결국 죽음과 지옥으로 내려가는 계단 심상임을 엘리엇은 말없음표로써 함축하고 있는 것이다.

제249-56행에서 불륜의 정사(情事)를 무사히 끝내고 홀로 남은 여인은 내면의 생각을 드러내고, 그녀의 몸을 추스르고 흐트러진 머리칼을 쓸어내리면서 음악으로 성적인 분위기를 지속하려는 외적인 행위가 그림 같이 이어지고 있다.

> 여자는 돌아서서 잠시 거울을 들여다본다.
> 떠나간 애인의 생각은 이제 거의 없이.
> 하나의 희미한 생각이 여자의 뇌리를 스쳐간다.
> '자 이젠 끝났다. 끝나서 기쁘다.'
> 아리따운 여인이 우행(愚行)에 빠지고,
> 혼자서 다시 방 안을 거닐 때,
> 자연스러운 손길로 머리칼을 쓰다듬고,
> 축음기에 음반을 거는 것이다. (Eliot, 『전집』 66-67)

> She turns and looks a moment in the glass,
> Hardly aware of her departed lover;
> Her brain allows one half-formed thought to pass:
> 'Well now that's done: and I'm glad it's over.'
> When lovely woman stoops to folly and
> Paces about her room again, alone,
> She smoothes her hair with automatic hand,
> And puts a record on the gramophone. (*PI* 64)

"아리따운 여인"(lovely woman)은 "떠나간 애인"(departed lover)을 거의 생각하지 않고, 고개를 돌려서 거울 속에 비친 자신의 모습을 잠시 바라본다. 그녀는 "뇌리"(腦裏, brain)를 스쳐 가는 "하나의 희미한 생각"(one half-formed thought), 즉 자아와 본능과의 대화에서 애인과의 성행위가 무사히 끝난 것에 대하여 안도감을 느끼게 된다. 애인의 격렬하게 돌진하는 성행위의 태세로 보아서 복상사(腹上死)를 떠올릴 수도 있기 때문이다. 또한 짧게 끝난 이들의 성교는 앞으로도 지속될 것을 암시하는 듯하다. 엘리엇은 올리버 골드스미스(Oliver Goldsmith, 1728-74)의 소설 『웨이크필드의 목사』(The Vicar of Wakefield, 1766)의 제24장에 등장하는 2연시의 제1행 "아리따운 여인이 우행에 빠지고"(When lovely woman stoops to folly)를 인용하고 있는데, 제2행 "남자들이 배신하는 것을 너무 늦게 알 때"(And finds too late that men betray)의 유일한 해결책은 "죽는 것"(is to die)이므로 배신할 청년과 혼외정사를 나누는 유부녀 타자수의 우행은 곧 죽음이라는 명제가 성립되는 것이다(127-28). 여기서 불교적으로 해석하면, 청년과 타자수의 불륜은 마음이 성적인 탐욕과 어리석음으로 충만해 있으므로 아귀(餓鬼)와 축생(畜生)의 존재로 규정할 수 있을 것이다. 이제 여인은 홀로 남은 방안에서 다시 거닐고, 헝클어진 머리칼을 자연스레 손으로 넘기면서 "축음기"(蓄音機, gramophone) 위에 "음반"(音盤, record)을 걸어놓음으로써 성적인 분위기를 지속시킨다. 보통 축음기의 바늘이 SP(Standard Play)판 음반에 파인 홈을 긁어서 3-5분 한 곡의 음악을 재생하기 때문에 바늘이 달린 축음기는 남근을, 가운데 구멍이 뚫려 있고 오목하게 홈 파인 둥근 음반은 여근을 각각 상징한다고 볼 수 있다. 따라서 평소 "축음기 음악에 맞추어서 춤추는 것을 좋아하고, 항상 옷을 잘 입은"(Ackroyd 61) 비비엔과 동일시할 수 있는 여인이 듣는 음악은 자신의 성적 쾌감을 유지해주는 에로틱한 음악일 개연성이 매우 높다. 최초의 축음기는 1877년 토마스 에디슨(Thomas Edison)이 발명한 "Phonograph"였고, 이후 그레이엄 벨(Graham Bell) 연구소에서 원통형 축음기 "Graphophone"을 개발했으며, 1887년 에밀 베를리너(Emile Berliner)가 아연 재질의 원반형 축음기 "Gramophone"을 개발하자 1890-1920년 사이 원반형 축음기가 시장을 장악하게 된다(P1 668; "Phonograph"). 따라서 19세기 말과 20세기 초 음악 분야에서 기계문명을 대표하는 "축음기"와 SP판 "음반"은 이후 전축(電蓄), 즉 전기

축음기와 LP(Long Play)판 음반으로 발전하면서 음악의 대중화에 크게 기여하였다. 엘리엇 시의 타자수는 『황무지』가 출판된 이래 100년 동안 기계문명의 비약적 발전으로 "MP3 플레이어" 또는 휴대전화기의 유튜브(YouTube) 음악 동영상 버튼을 누르는 현대의 컴퓨터 자판기를 치는 여성으로 진화해왔지만, 여전히 그녀와 애인의 간음과 유사한 부도덕한 성행위가 지속되고 있는 것은 엄연한 현실이요, 병리적·파괴적 사회현상이다.

　제258-65행에서 화자-시인의 시점은 청각적 심상인 음반을 매개로 음악 소리를 따라 런던의 템즈 강위와 강가의 "스트랜드가"(the Strand)와 "빅토리아 여왕가"(Queen Victoria Street) 위를 마치 한 폭의 조감도처럼 움직이고 있다.

> '이 음악은 물살을 타고 내 곁을 흘러'
> 스트랜드가를 따라 빅토리아여왕가로 올라갔다.
> 오 시티여, 도시여, 내게 때때로 들린다,
> 템즈강하가의 어느 선술집 옆에서
> 흐느끼는 만돌린의 유쾌한 음악과
> 그 안에서 대낮에 빈둥거리는 어시장 인부들의
> 떠들썩하고 지껄이는 소리가. 그리고 그곳엔
> 순교자 마그누스교회의 벽이
> 이오니아식 백색과 금색의 형언할 수 없는 찬란함을 지녔다. (Eliot, 『전집』 67)

> 'This music crept by me upon the waters'
> And along the Strand, up Queen Victoria Street.
> O City city, I can sometimes hear
> Beside a public bar in Lower Thames Street,
> The pleasant whining of a mandoline
> And a clatter and a chatter from within
> Where fishmen lounge at noon: where the walls
> Of Magnus Martyr hold
> Inexplicable splendour of Ionian white and gold. (PI 64)

인용부호 안의 제258행은 원래 엘리엇의 타자본에는 9행으로 나와 있던 것을 파운드의 교정 덕분에 한 시행으로 압축되었기 때문에 엘리엇은 음악 형식을 알고 있었을 것으로 추론된다. 또한 엘리엇이 「주석」에서 시사했듯이 셰익스피어의 『폭풍우』(The Tempest)에서 그대로 인용한 것인데, 이어지는 대사 "물살의 노도와 나의 격정을 완화하며"(Allaying both their fury and my passion)에서 보듯이 음악으로 화자-시인의 분노가 진정된다(PI 75; 668). 이어서 고유지명 "스트랜드"는 강변의 의미인 중세영어 "strond"에서 파생되었고, 템즈강 북쪽 제방을 따라서 시티오브웨스트민스터(City of Westminster)와 센트럴런던(Central London)을 연결하는 1.3km의 도로이다("Strand, London"). 또 다른 고유지명 "빅토리아여왕가"는 서쪽 끝이 "뉴브리지가"(New Bridge Street)이고, 동쪽 끝이 "맨션하우스가"(Mansion House Street) 사이로 연결되는 1.1km 도로이다("Queen Victoria Street, London"). 이 두 도로를 따라 흘러가는 음악 소리를 따라서 화자는 "정오에"(at noon) "시티"(City) 지역과 런던 "도시"(city)의 "템즈강하가"(Lower Thames Street)의 "선술집"(public bar) 안에서 들려오는 "흐느끼는 만돌린의 유쾌한 음악"(the pleasant whining of a mandoline) 소리와 "어시장 인부들"(fishmen)의 "떠들썩하고 지껄이는 소리"(a clatter and a chatter)를 가까이서 듣게 된다. 크기가 기타와 바이올린 사이의 현악기 "만돌린"은 외적인 모양새가 아래 공기통은 남성의 고환과 정낭을, 길게 뻗은 나무 부분과 현은 남근과 유사하므로 남성성의 상징이다. 또한 시어 "mandoline"은 동물 같은 "남성"(man)—수컷이 암컷과 "교미하다"(do line) 또는 명령형인 "남성이여, 교미하라"(man, do line)로 해석할 때, "흐느끼는 만돌린의 유쾌한 음악" 소리는 성욕이 왕성한 남성이 성적인 쾌감을 느낄 때 은밀하게 발산하는 소리 또는 악기 소리가 남성을 성적인 분위기로 유인하는 것으로 이해할 수 있을 것이다. 또한 만돌린의 쾌감에 흐느끼는 소리의 음악적 심상은 앞에서 살핀 제비와 나이팅게일의 지저귀는 소리, 어린이 합창대의 노랫소리, 타자수의 축음기 위의 음반 소리와 중첩되면서 성적인 의미를 강화한다. 시구 "빈둥거리는 어시장 인부들"(fishmen lounge)은 앞에서 살핀 "놀아먹는 자식들"을 연상시키며, 전자는 하류층을, 후자는 상류층을 대변함으로써 템즈강 주변 모든 인간의 성적 타락상이 제시되고 있다.

템즈강하가의 어시장 인부와 생선장수들의 음악 소리 내지 육체적 쾌락의 소리 및 시끌벅적한 세속의 소리의 청각적 심상은 성스러운 "순교자 마그누스"(Magnus Martyr) 교회 벽면의 백색 이오니아식 기둥들에 비치는 햇빛으로 발현되는 "이오니아식 백색과 금색의 형언할 수 없는 찬란함" (Inexplicable splendour of Ionian white and gold)의 시각적 심상과 뚜렷하게 대조되고 있다. 2009년 7월 1일 제1회 T. S. 엘리엇 학회 국제여름학교(T. S. Eliot International Summer School 2009) 일정표의 일환으로 "엘리엇의 런던 도보 여행"(Walking Tour of Eliot's London)에 참가하면서 필자가 방문한 여러 장소 가운데 순교자 성 마그누스 성당(St Magnus the Martyr) 안에서 오후에 흰색 이오니아 식 열주(列柱, colonnade)에 비쳐 드는 찬란한 황금색 햇빛을 바라보았을 때 엘리엇의 제265행은 시적 상상력의 소산물이 아니라 실제의 광경을 묘사한 것임을 직감하였다. 여기서 엘리엇이 「주석」에서 1671년과 1687년 사이에 건축된 "순교자 성 마그누스 성당의 내부가" 당대 최고의 건축가 "크리스토퍼 렌(Christopher Wren)의 가장 훌륭한 설계 중의 하나라고 생각한다."라고 내린 평가는 주목할 만하다(P1 75; 안중은, 『해석』 185). 순교자 성 마그누스 성당은 『황무지』 제1부 「주검의 매장」("The Burial of the Dead") 제67행에 등장하는 성 메리 울노스 성당(Saint Mary Woolnoth)과는 대조적이다. 전자의 명칭은 경건한 신앙심으로 메나이해협전투(Battle of Menai Strait)에 참전하지 않고 배에 남아서 찬송가를 부르고, 이후 스코틀랜드 에길세이(Egilsay)섬에서 체결할 평화 협정에 속자 교회에 피신하여 밤새도록 기도하였으나 이튿날 사촌 정적(政敵) 하콘(Haakon)에게 체포되어 임종 시 도끼 참수형 집행자를 위해 기도함으로써 순교자가 된 고대 스칸디나비아인 오크니 백작(Earl of Orkney), 즉 성 마그누스 에를렌드슨(Saint Magnus Erlendsson,

1075-1116)의 이름을 따서 명명되었다. 11세기 중엽에 창건된 순교자 성 마그누스 교회의 역사는 유구하지만, 1666년 런던대화재로 전소된 후 재건되었으며, 생명수가 흐르는 템즈강가의 제방 둑 위에 건축되었기 때문에 생명과 구원을 상징하고 있다. 이와 대조적으로 오늘날 상인과 은행원들의 교회인 후자의 명칭은 12세기 초 기증자 울노스 드 웨일브록(Wulnoth de Walebrok)의 이름을 따서 명명되었다. 성 메리 울노스 성당은 템즈강둑 너머 영국은행(Bank of England) 등이 위치한 런던 금융의 중심지 롬바드가(Lombard Street) 바로 맞은편에 건립되었는데, "양모"의 의미인 "울"(wool)에서 섬유산업 그리고 가공할만한 고리대금업자인 롬바드인들의 함의를 통하여 부패와 죽음을 상징하고 있는 것이다("St Magnus-the-Martyr"; "Magnus Erlendsson, Earl of Orkney"; 안중은, 『해석』 179-80). 그러나 정신분석학적 비평으로 접근하면, 성 마그누스 성당의 "벽"(walls)은 여성의 음문 안쪽 질벽(膣壁, vaginal wall)을, "이오니아식"(Ionian)은 질 속에 "삽입된"(hold) 미끈한 대리석 "이오니아식 기둥"(Ionian columns), 즉 남성의 음경(陰莖)을 함의한다. 시구 "Magnus Martyr"의 라틴어 "마그누스"는 "위대한, 거대한"의 뜻이므로 "순교자"는 크게 발기한 남근의 죽음, 즉 사정한 직후 남근의 위축을 암시한다. 여기서 시어 "이오니아식"은 『황무지』 초고에서는 "코린트식"(Corinthian)이었고, 시구 "형언할 수 없는 찬란함"(Inexplicable splendour)은 「체스 게임」 제101행 나이팅게일의 소리인 "범할 수 없는 목소리"(inviolable voice)를 연상시키는 시구 "범할 수 없는 음악"(Inviolable music) 또는 "그것들의 충만한 기쁨의 찬란함"(Their joyful splendour)이었음을 고려하면, 엘리엇과 파운드가 더욱더 선율적이고 적확한 시어들로써 종교적 성(聖)으로 세속적 성(性)을 감추려고 한 의도를 읽어낼 수 있을 것이다(WLF 37). 고대 그리스의 건축학 용어인 "코린트식"을 한층 선율적 시어 "이오니아식"으로 바꾼 이유는 실제 성당의 기둥이 이오니아식 양식이기도 하지만, 전자가 후자보다 화려한 양식으로서 풍요를 상징하는 아칸서스(acanthus) 풀로 주두(柱頭)를 감싸듯 조각하는 것이 불모의 황무지 시적 분위

기에 어울리지 않기 때문일 것이다. 또한 시어 "Ionian"은 "I am on it"(나는 끝났다)와 지소사 "an"의 합성어이므로 "나는 끝난 작은 사람"으로 해석하면, "순교자 마그누스 교회"의 함의와 같이 사정 직후 위축된 남근과도 어울리는 심상이며, 앞에 제시된 타자수가 성행위 이후에 "끝났어"(that's done)라고 말하는 것과 상통한다. 게다가 이것은 "나는 오난이다"(I Onan)의 성적 말장난이 되므로 창세기 38장에서 형이 후사가 없이 죽자 형수 다말(Tamar)과 성교 시에 자신의 씨를 땅에 설정(泄精)하여 고의적 불임의 악행을 행함으로써 주님에게 죽임을 당하기 때문에 질외사정 또는 자위(onanism, coitus interruptus)의 어원이 된 오난을 연상할 수도 있다. 따라서 시구 "백색과 금색"(white and gold)은 성행위의 절정 시에 남성이 사정하는 정액과 여성이 분비하는 질액의 색채 심상으로 간주할 수 있다. 이것은 마치 엘리엇이 1960년 서명판에서 제138행으로 복원했으나 이듬해 최종판에서 삭제한 제2부 「체스 게임」의 시어 "상아군(象牙軍)"(The ivory men)의 "상아색"이 남녀 성행위의 오르가슴 시에 분비되는 정액과 질액이 섞인 색채를 연상시키는 것과 유사한 해석이다 (안중은, 『해석』 35-36). 결국 엘리엇은 생명과 구원의 상징인 순교자 성 마그누스 성당의 성스러운 심상을 성적으로 전도하여 희화화하고 있는 것이다.

제266-78행에서 시인의 시점은 매우 간결한 시어와 시구로 현대 런던의 오염된 템즈강과 짐배와 붉은 돛과 그리니치 하류 지역을 조망하고 있다.

강은 땀 흘린다
기름과 타르
짐배는 둥실
밀물에 뜨고
붉은 돛은
활짝
바람결 따라 육중한 돛대에 펄럭인다.

짐배는
아일 어브 독즈를 지나
하류 그리니치 유역(流域)으로
통나무를 흘려보낸다.

바이아랄라 라이아
발라라 라이아랄라 (Eliot, 『전집』 67)

The river sweats
Oil and tar
The barges drift
With the turning tide
Red sails
Wide
To leeward, swing on the heavy spar.
The barges wash
Drifting logs
Down Greenwich reach
Past the Isle of Dogs.

Weialala leia
Wallala leialala (*P1* 65)

앞에서 조명한 스펜서가 예찬하던 16세기 영국 르네상스 시대의 "아름다운 템즈"는 20세기 초 엘리엇이 관찰했을 때의 템즈강과 아주 뚜렷이 대비된다. 현대의 템즈강은 엘리엇이 『네 사중주』 제3부 「드라이 샐베이지즈」("The Dry Salvages") 제2행에서 "힘센 갈색 신"(a strong brown god)으로까지 신격화한 미시시피강(Mississippi River)과도 극단적으로 대조적이다(*P1* 193). 과거 생명의 강이었던 현대의 템즈강은 산업문명의 부산물인 "기름과 타르"(Oil and tar)로 범벅되어 "땀 흘리고"(sweats) 번들거려서 죽음의 냄새가 진동하는 강으로 변했기 때문이다. 실제 "기름"은 템즈강을 운항하는 수많은 선박에서 흘러나왔고, "타르"는 석탄, 목재, 석유 또는 식물과 나무의 퇴적물인 토탄(土炭)에서 형성된 것이다. 그러나 "밀물"(turning tide)의 수로(水路) 따라서 운항하는 "짐배"(barges) 그리고 "바람결 따라"(leeward), 즉 순풍에 "활짝"(Wide) "육중한 돛대에 펄럭이는"(swing on the heavy spar) "붉은 돛"(Red sails)은 기계가 아닌 자연의 힘에 의존하는 양상을 보이기도 한다. 짐배들은 템즈강이 굽이돌고, 과거의 개 농장에서 유래된 거대한 남근 형상의 "아일 어브 독즈"(Isle of Dogs)를 지나서 템즈강 남안의 "하류 그리니치 유역"(Down Greenwich reach)으로 건축용 자재인 "통나무를 흘려보낸다"(Drifting logs). 여기서 정신분석학적 비평으로 접근하고, 한국의 트롯 「남자는 배, 여자는 항구」의 은유법을 원용하면, "강", "밀물", "바람결", "붉은 돛"은 여성성을, "짐배", "육중한 돛대", "통나무" 등은 남성성을 상징하는 시어들이다. 특히 바람결 따라 "육중한 돛대"에 활짝 펄럭이는 "붉은 돛"은 여성의 매혹에 이끌려서 바람난 남성의 발기한 남근이 여근 속으로 진입할 때 활짝 문을 여는 여성의 불그스레한 대음순(大陰脣)과 소음순(小陰脣)을 함의한다고 볼 수 있다. 게다가 고유지명 "아일 어브 독즈"를 성적 말장난 "아이 러브 독즈"(I love dogs)로 해석하면(김형태 80), 엘리엇이 "아일 어브 독즈"로 동물적 난교(亂交)를 즐기는 창녀와 같은 여성의 성적 타락상을 정치(精緻)하게 은유하고 있는 것이다. 또한 시어 "그리니치"는 1504년 헨리 7세(Henry VII)가 재건하고, 헨리 8세(Henry VIII)가 태어나고 앤 불린(Anne Boleyn)과 결혼하였으며, 엘리자베스 1세가 태어나고 자란 "그리니치궁"(Greenwich Palace) 또는 플라센티아궁(Palace of Placentia)으로 유명했기 때문에 다음 연에 등장하는 처녀 여왕의 환유로 간주할 수 있다("Palace of Placentia"). 따라서 "그리니치"는 "통나무들"과 "독즈"가 상징하는 발정 난 개들 같이 정욕이 왕성한 남성 또는 충견(忠犬) 같은 충신들과 불륜을 저지른 탕녀(蕩女)와 같은 처녀 여왕 엘리자베스 1세를 함의한다. 실제 여왕은 충신 레스터 백작을 "짐(朕)의 애완견"(my little dog)이라고 명시한 바 있어서 이 주장이 설득력이 있다(Stedall 155 재인용).

제290-91행 "바이아랄라 라이아 / 발라라 라이아랄라"(Weialala leia / Wallala leialala)는 바그너의 오페라 『니벨룽의 반지』(Der Ring des Nibelungen, 1876) 제4부 『신들의 황혼』(Götterdämmerung) 제3막 제1장에서 세 명의 라인 강 아가씨들(Rheintöchter, Rhine-daughters)인 보크린데(Woglinde), 벨군데 (Wellgunde), 플로스힐데(Flosshilde)가 강가에서 통곡하는 비탄의 소리이다. 이들은 니벨룽(Nibelung)인 소인 요정왕 알베리히(Alberich)를 거부함으로써 사랑과 권력 투쟁을 시작하고, 반지를 소유하게 되는 영웅 지크프리트 (Siegfried)에게 파국, 즉 신들에게 어둠의 엄습을 초래하는 죽음을 경고한다 (PI 75; 안중은, 『해석』 208 재인용). 흥미롭게도 『황무지』 제1부 「주검의 매장」 제31-34행에서 엘리엇이 독일어로 인용한 바그너의 『트리스탄과 이졸데』 (Tristan und Isolde, 1865)의 비극적 사랑 이야기가 작곡가 자신의 개인적 불륜을 소재로 한 오페라이다. 루트비히 2세의 후원을 받은 바그너가 비단 수입자 오토 베젠동크(Otto Wesendonck)의 부인이자 재색을 겸비하고, 예술적 감수성이 풍부하며, 자신을 열렬히 숭배한 마틸데(Mathilde)와의 금지된 사랑이 작품 소재였으며, 그녀가 불륜을 남편에게 알리면서 자살 협박으로 정부를 후원하게 한 것은 놀라운 반전이다(Johnson 111). 바그너는 이 오페라 속에 콘월(Cornwall)의 왕 마르케(Marke)의 왕비 이졸데(Isolde)와 함께 사랑의 묘약을 나누어 마신 후에 부도덕한 밀회를 즐겼으나 그녀의 품속에서 비극적 운명을 맞이하는 트리스탄(Tristan)에게 베젠동크와 마틸데와 자신을 각각 투영한 것이다(Köhler 409-14; Johnson 222). 낭비벽이 심하여 재정적으로 굴곡이 심했지만 음악계에서 왕처럼 군림했던 바그너는 첫 번째 부인으로 독일 출신 여배우 민나 플라너(Minna Planer)가 있음에도 불구하고 유부녀 후원자·애인 제시(Jessie)가 있었고, 처제이자 가수 아말리(Amalie)와 스리섬 관계가 되기도 했지만 결국 이혼하게 되었다(Köhler 103, 239). 게다가 바그너는 애제자이자 『트리스탄과 이졸데』의 지휘자 한스 폰 빌로(Hans von Bülow) 남작부인으로 헝가리 출신 피아니스트·작곡가 프란츠 리스트(Franz Liszt)의 둘째 서녀(庶女) 출신의 비서 코지마(Cosima)의 정부(情夫)가 되었고, 그의 자서전『나의 생애』(*Mein Leben*, 1870)를 그녀에게 구술로 집필하게 했다. 흥미롭게도 이러한 바그너와 코지마의 관계는 앞에서 고찰한 러셀과 타자수 비비엔의 관계와 흡사한데, 전자들은 결혼을 하지만 후자들은 여성의 결혼 파탄으로 끝난 것이 차이점이다. 또한 바그너는 2명의 딸이 있던 유부녀 코지마와의 불륜으로 2명의 딸과 아들 지크프리트 사생아를 낳은 후에 1870년 7월 18일 이 부부가 이혼하자 한 달이 지난 8월 25일 그녀와 재혼하였다(Köhler 457, 466, 470, 486; Johnson 133, 154). 이처럼 여성 편력이 많은 바그너는 엘리엇에게 육체적 욕망을 충족시키기 위하여 처제 필로멜라를 성폭행한 테레우스 왕, 스리섬을 즐기는 정욕의 사나이 스위니, 동성애를 선호하는 생식불능의 유게니데스 씨, 테이레시아스가 투시한 유부녀 타자수와 불륜을 저지르는 부동산중개업소의 서기에 비유될 수 있을 것이다. 또한 바그너는 앨리스(Alys), 도라(Dora), 패트리샤(Patricia), 에디스(Edith)와 네 번 결혼하였고, 수많은 애인과 정사를 가졌으며, 앨리스와 이혼, 도라와 재혼 사이에 유부녀 비비엔과의 부도덕한 성애를 추구한 금수 같은 철학자-스승 러셀에 버금가는 존재인 것이다(안중은,『해석』74-75).

제279-91행에서 시인의 시점은 다시 엘리자베스 1세의 르네상스 시대 대영제국의 황금기와 당시 오염되지 않은 템즈강으로 돌아가지만, 라인강 아가씨들의 비탄조 후렴은 반복되고 있다.

엘리자베스와 레스터
노는 물결에 부딪히고
선미(船尾)는 꾸며져
붉은빛 금빛의
번쩍이는 선체
포말에 찬 파도

양 기슭에 잔물결 이루고
남서풍 받으며
물결을 타고
종소리는 흘러가고
하얀 탑들

　　　　바이아랄라 라이아
　　　　발라라 라이아랄라 (Eliot, 『전집』 67-68)

Elizabeth and Leicester
Beating oars
The stern was formed
A gilded shell
Red and gold
The brisk swell
Rippled both shores
Southwest wind
Carried down stream
The peal of bells
White towers

　　　　Weialala leia
　　　　Wallala leialala (*PI* 65)

위 연은 쉼표나 마침표가 전혀 없기 때문에 "의식의 흐름"(stream of consciousness)의 기법으로 16세기 영국 템즈강 위의 연애 사건에 대한 시인·화자의 기가 막히는 심정을 신속하게 노정하고 있다고 진단할 수 있다. 간결한 시구 "엘리자베스와 레스터"(Elizabeth and Leicester)는 스펜서의 걸작 『선녀여왕』(*The Faerie Queene*, 1590)의 소재가 된 엘리자베스 1세(Elizabeth I, 1533-1603)와 정부 로버트 더들리, 제1대 레스터 백작(Robert Dudley, 1st Earl of Leicester, 1532-88)을 가리키고 있다. 백작의 후원을 받은 스펜서는 그의 풍유

시에서 엘리자베스 1세를 선녀여왕 "글로리아나"(Gloriana)로, 더들리를 "아서 왕"(King Arthur)에 비유되는 이상적 군주로 예찬하고 있다(Stedall 144). 그러나 이들의 부도덕한 성애는 사라 그리스트우드(Sarah Gristwood)의 『엘리자베스와 레스터: 권력, 열애, 정치』(*Elizabeth & Leicester: Power, Passion, Politics*)와 앤 서머셋(Anne Somerset)의 전기 『엘리자베스 1세』(*Elizabeth I*) 및 로버트 스테달(Robert Stedall)의 『엘리자베스 1세의 은밀한 애인』(*Elizabeth I's Secret Lover*)에 상세하게 조명되어 있다. 1559년 10월 10여 명의 구혼자가 경쟁할 정도로 매혹적인 여왕은 "훤칠한 키, 날씬하고 꼿꼿한 자세, 백설보다 더 하얀 피부"를 지녔고(Somerset 114), "아주 지적인 인상에다 노래와 춤을 좋아" 했으며, 애인 더들리는 "신체적으로 굉장히 매력적"이고, "대단한 정력과 준수한 용모"를 지닌 귀족 출신이었다(Stedall 92, 94, 107). 실제 "처녀여왕, 글로리아나"(Virgin Queen, Gloriana)로도 불린 엘리자베스 1세는 1564년 레스터 백작 작위를 하사한 더들리와 8세부터 친분이 각별했으며, 이들의 연인 관계는 1588년 스페인 무적함대를 격파한 후에 백작이 작고하기까지 30년 이상 이어졌다. 처녀여왕이 "창녀"(whore)에 비유되는 것은 1559년 더들리가 윈저성(Windsor Castle) 무관장(武官長)이 되어 아주 가까워졌지만, 그녀가 46세 가톨릭교인 홀아비 아룬델(Arundel) 저택에서 5일간 머물렀고, 정부가 윈저성에서 사냥을 즐기는 동안에도 외교관 윌리엄 피커링(William Pickering)과도 연애를 했다는 진술에서 드러난다(Stedall 94-95). 한편, 당시 더들리의 부인 에이미 롭사트(Amy Robsart)가 유방암으로 사망하면 여왕은 정부와 결혼한다는 소문이 파다했다. 1560년 9월 8일 에이미가 저택 2층 계단에서 넘어져 목이 부러져서 사고사로 죽었다고 검시관이 판정했지만, 더들리가 여왕과 결혼하기 위해 부인을 살해했거나 여왕이 애인과 결혼하기 위해 살해했다는 의심이 나돌았다. 그러나 유방암 세포가 척추와 경추(頸椎)에 전이되어 작은 충격에도 넘어져서 뼈가 바스러지고 죽게 되는 사고사의 개연성이 높다(Somerset 131-32). 여하튼 더들리의 무죄를 적극적으로 방어한 엘리자베스 1

세는 에이미의 죽음으로 심적 고통이 심해지자 그와의 결혼을 포기하게 된다(Stedall 102-05). 그러나 이후 정부를 잊지 못하던 엘리자베스 1세는 홀아비 레스터 백작과 스코틀랜드의 과부 메리 여왕(Mary, Queen of Scots)과 함께 런던에서 왕실 대가족으로 세 명이 함께 사는(ménage a trois) 정략결혼까지 제안하였다(Stedall 132). 처녀여왕이 은밀하게 음탕한 생활을 했다는 합리적 의심은 1561년 임신으로 여겨지는 몸이 부풀어 오르는 부종(浮腫)으로 병상 생활을 했으며, 1587년 스페인에서 자신이 여왕과 백작의 사생아라고 주장하는 청년 아서 더들리(Arthur Dudley)가 스파이 혐의로 체포된 사실에서 방증되고 있다(Gristwood 129, 351, 355-57). 다른 한편, 1565년 여름 레스터 백작은 엘리자베스 1세 질녀이자 제1대 에섹스 백작 부인(1st Countess of Essex)으로 "성적 매력"(sexual magnetism)이 엄청난 레티스 놀즈(Lettice Knollys, 1543-1634)와 염문(艶聞)을 뿌리고, 에섹스 백작 사후 1578년 레티스와 은밀히 재혼하여 여왕을 진노하게 만들었다(Stedall 153, 205). 그 사이 혈기 왕성한 더들리는 남편 사후 궁녀로 입궁한 눈부신 미모와 화려한 의상의 더글러스 쉐필드(Douglas Sheffield)와의 열렬한 연애로 1574년 로버트 쉐필드(Robert Sheffield)가 태어났는데, 그가 1604년 백작의 적자(嫡子)라고 주장하며 로버트 더들리로 자칭하면서 친자 확인 소송을 제기하였고, 당시에는 중죄가 아닌 중혼(重婚)의 상태에서 레티스와 재혼할 정도로(Stedall 181-82, 184) 레스터 백작 역시 스위니와 같이 부도덕한 성애를 추구한 동물 같은 남성으로 시사되고 있다. 결국 스페인으로부터 해상권을 장악한 영국을 해가 지지 않는 강대국으로 만들고 제국의 르네상스 시대를 활짝 연 처녀여왕 엘리자베스 1세도 남성 편력이 다양하며, 여성 편력이 난잡한 레스터 백작과의 부정한 성관계를 유지한 것을 엘리엇은 암시하고 있는 것이다. 또한 엘리자베스 1세는 『황무지』 제2부 「체스 게임」 첫 시행 "그 여자가 앉은 의자는 광택이 찬란한 옥좌와 같이"(The Chair she sat in, like a burnished throne,)에서 인유되고 있는 클레오파트라 7세(Cleopatra VII)를 상기시킨다. 이집트 마지막 파라오 클레오파트라는 왕조 계승 풍습인 "형매혼"(兄妹婚, sibling marriage)(Schiff 21)에 따라서 동생 프톨레마이오스 14세와 아들 프톨레마이오스 15세와 두 번 결혼하였으며, 기원전 48-44년 로마공화국 독재관 율리우스 카이사르(Julius Caesar)의 정부로서 그가 공화파이자 그의 서자 브루투스(Brutus) 일당에게 원로원에서 암살된 이후 카이사리온(Caesarion), 즉 프톨레마이오스 15세를 낳았다. 또한 클레오파트라는 헤라클레스에 비유될 정도의 장사로서 카이사르의 기병대장 출신 집정관 마르쿠스 안토니우스(Marcus Antonius, Mark Antony)의 정부에서 부인이 되어 세 명의 자녀를 낳았다. 따라서 엘리자베스와 알렉산드리아 교외 구역인 "근친상간의 도시 카노보스의 창녀" 또는 "창녀 여왕"(harlot queen) 클레오파트라는 육체의 욕망에 이끌려서 또는 상황에 따라서 전략적으로 성적 상대방과 간통한 공통점이 있다(Colas 95, 107, 109, 170, 275; Schiff 18). 한편, 카이사르는 부인들인 코넬리아(Cornelia), 폼페이아(Pompeia), 칼푸르니아(Calpurnia) 이외에도 브루투스를 낳은 세르빌리아(Servilia)와 클레오파트라 등 정부들이 있었고, 안토니우스도 부인들인 안토니아(Antonia), 풀비아(Fulvia), 카이사르의 양자이자 정적 옥타비아누스(Octavianus) 누이 옥타비아(Octavia), 클레오파트라 이외에도 옥타비아누스 어머니 아티아(Atia)를 정부로 삼았기 때문에 로마의 최고 권력자들은 레스터 백작과 비견될 수 있을 것이다.

이어서 인생을 상징하는 템즈강 위에서 "붉은빛 금빛의 / 번쩍이는 선체"(A gilded shell / Red and gold)의 화려한 유람선의 "노가 물결에 부딪히고"(Beating oars) 시구에서 노가 물결과 지속적으로 접촉하면서 철썩이는 소리는 힘센 남근과 질액이 흐르는 여근의 교합 시에 발생하는 자연 현상을 연상시킴으로써 앞에서 언급한 "적 적" 소리와 일맥상통한다(안중은, 『해석』91). 엘리자베스 1세와 레스터 백작은 템즈강 북쪽 제방에 위치한 "하얀 탑들"(White towers)을 대표하는 "백탑"(White Tower)이 중앙에 있는 "런던 타워"(Tower of London), 즉 현재 버킹엄 궁전 이전의 궁전 또는 성에서 강의 상류로 노를 저으면서 유람을 즐기다가 방향을 선회하여 하류의 궁전 선착장으로 내려갈 때는 "남서풍"(Southwest wind)에 맡기면서 밀회를 즐기고 있는 것이다. 물결에 "부딪치는 노", "선미"와 "선체", "하얀 탑들"은 남근을, "종"(bells)은 고환을, 강물의 "포말에 찬 파도"(The brisk swell)와 "양 기슭에 이는 잔물결"(Rippled both shores)은 성관계에서 여성이 느끼는 절정의 순간 흘러나오는 질액과 양 허벅지의 전율을 각각 함의한다. 특히 "잔물결"은 예이츠의 신화 소네트 「레다와 백조」("Leda and the Swan," 1923)에서 성적 쾌감의 절정을 의미하는 시구 "허리의 전율"("A shudder in the loins")을 연상하기에 충분하다. 따라서 템즈강 위에서 유람선을 타고 농탕치는 엘리자베스 1세와 레스터 백작은 군주가 궁궐 밖의 템즈강 위에서 노골적으로 불륜의 사랑을 하고 있음이 은근히 제시되고 있는 것이다. 이 광경은 나일강 위로 클레오파트라와 카이사르가 순풍에 의지하여 "떠다니는 궁전" 같은 초호화 유람선을 타고 3-9주간 알렉산드리아에서 멤피스로 신혼여행과 같이 왕복 여행한 역사적 사실을 상기시킨다(Colas 103; Schiff 81-87). 결국 엘리엇은 앞의 연과 같이 간결한 연 속에서 엘리자베스 1세의 성적 타락으로 황무지와 같은 대영제국 나아가서 시공을 초월하여 전 세계의 모든 여성이 성적으로 타락했음을 강조하고 있는 것이다. 이것은 마치 햄릿(Hamlet)이 덴마크의 왕비 거트루드(Gertrude)가 부왕이 삼촌 클로디우스(Claudius)에게 독살된 지 한 달도 안 되어 그와 재혼한 것에 실망, 분노하여 양광(佯狂)하게 되고, 제1막 제2장 제146행에서 "연약한 자여, 그대 이름은 여자니라!"(frailty, thy name is woman!)라는 독백으로 어머니의 부정(不貞)을 모든 여성에게 일반화하고, 제3막 제1장 제133행에서 약혼녀 오필리아(Ophelia)에게 "수녀원"과 "갈보집"의 중의성(重義性)을 지닌 단어 "nunnery"를 사용하여 "갈보집으로 가시오, 가요."(Get thee to a nunnery, go.)라고 질책함으로써 테이레시아스와 같이 성적인 관점에서 모든 여성이 타락하여 불모라고 비하하는 것과 일맥상통한다. 결국 여성혐오증에 사로잡힌 햄릿을 사랑하던 청순한 오필리아가 미쳐서 강물에 빠져 죽게 되는 것과 같이 레망 호숫가에 앉아서 비통해하던 엘리엇도 미쳐서 물에 빠져 죽고 싶은 심정일 뿐이다. 여기서 엘리엇은 클레오파트라와 엘리자베스 1세 및 거트루드가 일국의 상징인 국모이지만, 성적으로 타락하거나 창녀와 같이 부정할 때 그 나라는 불모지가 되고 황폐국으로 변한다는 명제를 은근히 강조하고 있는 것이다.

한편, 라인강 세 딸의 반복되는 통곡인 "바이아랄라 라이아 / 발라라 라이아랄라"는 템즈강 세 딸의 성폭행 하소연으로 연결되고 있다.

'전차와 먼지투성이 나무들.
하이베리가 나를 낳았어. 리치먼드와 큐는
나를 망쳤어. 리치먼드에서 나는 무릎을 올렸어
좁은 카누 바닥에 반듯이 누워.' (Eliot, 『전집』 68)

'Trams and dusty trees.
Highbury bore me. Richmond and Kew
Undid me. By Richmond I raised my knees
Supine on the floor of a narrow canoe.' (PI 65)

"전차"(Trams)와 "나무들"(trees)은 지금까지 고찰한 "둥근 천장", "축음기", "만돌린", "이오니아식(기둥들)", "짐배", "돛대", "통나무", "노", "선미", "선체", "탑" 그리고 「나이팅게일에 에워싸인 스위니」 제20행의 "바나나"(bananas)와 같이 형태상 남근을 상징하는 시어들이다(PI 51). 특히 형용사 "먼지투성이"(dusty)는 남성 생식기가 성병에 걸리거나 건강하지 못하여 『황무지』의 시제에 어울리는 불모를 함의한다. 전차를 타고 먼지투성이의 가로수를 지나서 도착하는 "하이베리"(Highbury)와 "리치먼드"(Richmond) 및 "큐"(Kew)는 2004년 여름 필자가 방문한 런던 중심부 외곽에 위치한 공간들로서 여성성을 함의하는 하이베리 필즈(Highbury Fields)와 리치먼드 공원(Richmond Park)

및 아름답고도 광활한 영국왕립큐식물원(Kew Gardens)이 있는 지역이다. 하이베리에서 태어난 첫 번째 템즈강 딸은 리치먼드와 큐에서 마치 필로멜라가 테레우스 왕에게 숲속에서 두 번 성폭행을 당한 것과 유사한 성적 체험을 한다. 그러나 필로멜라가 형부의 성폭행을 고지하고 복수에 동참하는 것과 달리 위의 여성 화자는 리치먼드의 템즈강 위에서 뱃놀이를 하는 "좁은 카누 바닥에 반듯이 누워"(Supine on the floor of a narrow canoe) "무릎을 올렸어"(raised my knees)라는 수치심 없는 고백에서 보듯이 남성 상위 성체위(性體位)가 가능하도록 주도적 성행위를 연출하는 여성의 모습이 적나라하게 그려져 있다. 이 여성은 앞에서 언급한 타자수의 소극적인 성행위보다 훨씬 더 적극적인 모습을 연출하고 있는 것이다.

이어서 제296-99행에서 두 번째 템즈강 딸의 하소연을 들어보자.

'내 발은 무어게이트에 있고, 내 애인은
내 발밑에 있어. 그 일이 있은 후
그는 울었어. 그는 "새 출발"을 약속했지.
나는 아무 말도 안 했어. 무엇을 원망해?' (Eliot, 『전집』 68)

'My feet are at Moorgate, and my heart
Under my feet. After the event
He wept. He promised "a new start."
I made no comment. What should I resent?' (P1 66)

시어 "무어게이트"(Moorgate)의 "무어"(Moor)는 황야 지대(moorland), 즉 시제인 "황무지"와 유사한 은유이고, "게이트"(gate)가 앞의 창녀 "포터 부인"의 이름과 같이 여성성을 상징하는 "음문"을 암시하므로 황무지에서의 모든 불임 여성을 함의하고 있는 것이다. 또한 "무어게이트" 자체가 사창가를 의미할 수 있으므로 이 창녀는 앞의 포터 부인과 같은 성병을 옮기는 음부(淫婦)이며, 오디세우스를 유혹한 세이렌과 같은 유혹녀 또는 존 키츠(John Keats)의 시 「무자비한 미녀」("La Belle Dame sans Merci," 1819)에 등장하는 기사를 유혹하여 죽이는 요정과 같이 치명적인 미인일 수도 있다. 앞에서 언급한 "발"을 금기어 "여성기"의 완곡어로 간주하면, 무어게이트에서의 "내 발"(My feet)도 여성 화자의 성병에 걸려서 불임이 된 "내 여성기"(My cunt)를 함의한다. 그리고 앞에서 언급한 화농투성이의 청년 정력가와 유사하게 때로 경멸적으로 사용되는 "원기 왕성한 애인"(my heart), 즉 "애인"(sweet heart)이 여성-화자의 "내 발밑에 있어"(Under my feet)의 고백은 성병에 걸린 음문 아래서 입술이나 혀로 음부를 애무하는 쿤닐링구스(cunnilingus) 구강성교(口腔性交)의 성관계를 암시하고 있다. 남성이 입이나 혀로 성병에 걸린 여근을 애무하는 쿤닐링구스와 여성이 성병에 걸려서 "더러운"(dirty) 남근을 애무하는 펠라티오(fellatio) 구강성교는 모두 잉태와 출산이 불가능한 불모지에서 육체적 쾌락만 추구하는 성행위가 죽음임을 엘리엇은 시사하고 있는 것이다. 두 남녀의 "그 일"(the event), 즉 성관계 이후 후회의 눈물을 흘리면서 "새 출발"(a new start)을 약속한 성적 파트너인 남성에게 대꾸도 하지 않고 원망도 하지 않는 여인은 진정한 사랑이 결여된 모습을 노정하고 있다.

제300-05행에서 엘리엇은 런던의 템즈강물이 동쪽으로 흘러가서 이르는 바닷가 휴양지 마게이트에서의 세 번째 여성 화자의 고백을 제시하고 있다.

'마게이트 백사장에서였지.
나는 무엇이 무엇인지
기억나지 않아.
더러운 손의 갈라진 손톱,
아무것도 기대하지 않는
비천한 인간들'
　　　　　라 라 (Eliot, 『전집』 68)

'On Margate Sands.

I can connect

Nothing with nothing.

The broken fingernails of dirty hands.

My people humble people who expect

Nothing.'

　　　　　　　　　la la (PI 66)

제300행은 엘리엇이 「불의 설법」을 작시할 때 휴양차 방문한 영국 동남부 켄트(Kent) 카운티 해변의 마게이트 휴게소에서 백사장과 바다를 바라보면서 떠오른 시상을 적시하고 있다. 고유지명 "마게이트"(Margate)는 접두사 "마"(Mar)가 "바다"를 의미하는 프랑스어 "la mer"와 독일어 "das Meer"와 유사하게 또 호수 지명들인 "윈더미어"(Windermere)와 "그라스미어"(Grasmere)의 접미사 "미어"(mere)와 같이 "물"을 뜻한다. 여성성을 함의하는 접미사 "게이트"(gate)는 "무어게이트"의 접미사 "게이트"와 같이 "음문"의 성적 함의가 있으므로 "마게이트"는 질액이 풍부한 육감적(肉感的) 여성을 상징하는 시어이다. 그러나 강물과 바닷물이 만나는 "마게이트 백사장"(Margate Sands)의 공간은 황무지와 같이 불모의 여성을 은유하며, 이곳에서 집단 성폭행을 당한 여성은 심각한 후유증으로 과거를 회상할 수 없는 기억상실증에 걸린 것 같다. 다만 그녀가 기억하고 있는 유일한 것은 그녀를 성폭행한 손길이 앞에서 조명한 화농투성이 청년의 "더듬어 들어가는" 애무의 "손"과는 달리 "비천한 인간들"(humble people)의 "더러운 손"(dirty hands)의 "갈라진 손톱"(broken fingernails)일 뿐이다. 시구 "더러운 손"은 처제에게 성폭행한 테레우스의 악한 "흉수"(凶手)를 상기시키며, "악인들"의 제유(提喩)이기도 하다. 집단 성폭행을 자행하는 인간들은 "아무것도 기대하지 않고"(who expect / Nothing) 오로지 육체적 정욕의 불길에만 휩싸여서 절망적인 생중사의 삶을 살고 있는 황무지의 군상으로 제시되고 있다. 지옥과 같은 현실에서 구원의 소망조차 부재함으로써 제1차 세계대전 이후 절망적인 허무주의(虛無主義, nihilism)에 사로 잡혀 있는 20세기 초엽 유럽의 인간상과 다를 바 아니다. 제306행 "라 라"(la la)는 라인강 아가씨들의 "바이아랄라"에서 따온 후렴으로서 성폭행 당한 템즈강 아가씨들의 체념을 표현하는 것이지만, 엘리엇은 황무지 같은 현실에서의 성적 타락상을 경멸적으로 표현하고 있는 것이다(PI 680).

압축된 시행인 제307행 "그러고서 나는 카르타고로 갔습니다"(To Carthage then I came)에 엘리엇은 「주석」에서 "한 떼의 불경스러운 애인들이 내 귓전에 온갖 노래를 불렀던 곳"(where a cauldron of unholy loves sang all about mine ears)이라고 부연하고 있는데, 이 부분은 성 아우구스티누스의 『고백록』(Confessionum, Confessions, c. 400) 제3권 제1장 첫 문장을 인용한 것이다(PI 75; Augustine, Confessions 51). 따라서 시행의 화자는 북부 아프리카 타가스테(Tagaste) 출신으로 청년 시절 9년 동안 사치와 향락의 도시 카르타고(Carthāgō)로 가서 사교(邪敎) 마니교와 점성술에 빠졌으며, 정부를 두고 육체적 쾌락에 탐닉한 탕자를 가리킨다. 그러나 아우구스티누스는 어머니 모니카(Monica)의 끊임없는 눈물의 기도와 밀라노 주교 암브로시우스(Ambrosius, Ambrose)의 영적인 설교 덕분에 386년 회개하고, 397년 히포(Hippo), 즉 카르타고 주교가 되고, 『신국론』(De civitate Dei, The City of God, c. 413-26) 등을 집필하며, 초기 기독교계 교부로서 성자의 반열에 오르게 된다. 카르타고는 타락과 음란으로 들끓는 소굴로서 "시궁창" 같은 도시였지만, 아우구스티누스가 유학을 가서 철학을 권면한 키케로(Cicero)의 『호르텐시우스』(Hortensius, 45 BC)를 읽은 도시이기도 하다(Augustine, Confessions 57; 『고백록』 72-73). 기원전 814년 전설적 디도(Dido) 여왕[2]이 건설한 카르타고는 카르타고어로 "신

---

2) 디도 여왕은 베르길리우스(Vergilius, 70-19 BC)의 서사시 『아이네이스』(Aeneis, 19 BC)의 주인공 아이네이아스(Aeneas)가 참전한 트로이 전쟁에서 멸망한 도시를 떠나 타르타고로 가서 만난 애인이었으나 그가 로마제국을 건설하기 위하여 떠났을 때 자결한 비련의 여인이었다(Augustine, Confessions 22-23).

도시"인데 무역을 하는 페니키아인들이 정착하여 건립한 막강한 제국이었다. 기원전 218-202년 제2차 포에니 전쟁에서 카르타고는 명장 한니발(Hannibal)의 코끼리부대가 알프스를 넘어서 로마 공화정을 거의 정복할 뻔했지만 결국 역전패하였고, 기원전 146년 지중해의 패권을 놓고 벌인 로마 공화정과의 제3차 포에니 전쟁에서 멸망하게 되었다. 그 후 카르타고는 기원전 49-44년 카이사르에 의해 재건되어 1세기경 인구 50만 명의 대도시로 성장했으나, 결국 698년 아랍족에게 전멸됨으로써 창세기의 성적 타락으로 멸망한 도시국가인 소돔과 고모라와 같이 "허망한 도시"로 변했으며, 오늘날 튀니지(Tunisia)에 발굴된 유적이 남아 있다("Carthage"; 안중은, 『해석』194).

제308-11행에서 엘리엇은 시어 "불타는"(burning)을 4번 반복함으로써 인간 세상의 사방에서 온통 정욕의 불길에 지배받는 화자와 그의 간절한 기도를 묘사하고 있다.

불이 탄다 탄다 탄다 탄다
오 주님이시여 당신은 나를 끄집어내소서
오 주님이시여 끄집어내소서

불이 탄다 (Eliot, 『전집』 68)

Burning burning burning burning
O Lord Thou pluckest me out
O Lord Thou pluckest

burning (*PI* 66)

숫자 상징성에서 "4"는 인간계 현세의 시공인 동서남북과 춘하추동을 가리키므로 시어 "불타는"은 항상 불타는 정욕을 나타내는 동시에 내세의 공간인 지옥의 사방에서 불타는 화염을 시사한다. 카르타고에서 유혹하는 창녀들과 지나친 호색한(好色漢)으로 성관계에 탐닉함으로써 사방에서 불타는 지옥의 화염에 에워싸여 있는 죄인을 구원해달라고 "주님"(Lord)에게 절박하게 기도하는 화자 아우구스티누스는 바로 화자 시인과 중첩되고 있는 것이다. 간절한 기도 덕분에 현세와 내세에서 그를 영원히 파멸시키는 정욕의 불길은 기세가 꺾여서 약하게 한번 "불이 타게"(burning) 된다. 이처럼 화자의 기도는 정욕의 불길을 완전히 끌 수 없으며, 황무지 같은 현세의 정욕의 불길이 내세의 지옥불과 연결되기 때문에 파괴적 불에서 구원받을 수 있는 유일한 방법은 기도가 아니라 불을 끌 수 있는 물에 의한 죽음이다. 엘리엇에게 "부도덕한 성애가 곧 죽음"이라는 명제가 지금까지 살펴본 다양한 부도덕한 성애를 촉발하는 육체의 정욕의 "불길로부터 구원은 익사"라는 공식으로 『황무지』 제4부에서 나타나게 된다. 이 불은 현세의 육체의 파괴적 불로서 영적으로는 내세의 지옥불과 같으며, 현실적으로는 『네 사중주』에 등장하는 런던 공습에 독일의 폭격기가 퍼붓는 파괴적 불로 확장되며, 영혼 구원의 오순절 "성령의 불"과는 대조적이다.

인용문헌

김형태. 「『황무지』: 아내와 럿셀에 대한 분노」. 『인문과학연구』 14 (1995): 77-92.
안중은. 『영미시와 그리스 로마 신화』. 동인, 2020.
___. 『T. S. 엘리엇의 『황무지』 해석』. 동인, 2014.
"팔열지옥." terms.naver.com/entry.naver?docId=905531&cid=50763&categoryId=50784. Jun. 26, 2021.
Ackroyd, Peter. *T. S. Eliot*. Hamish Hamilton, 1984.
"Adittapariyaya Sutta: The Fire Sermon." www.accesstoinsight.org/tipitaka/sn/sn35/sn35.028.nymo.html. Jun. 23, 2021.
Augustine. 『고백록』. 김평옥 역. 범우, 2020.
___. *Confessions*. Trans. Sarah Rudin. The Modern Library, 2017.

"Carthage." *Wikipedia*. en.wikipedia.org/wiki/Carthage. Jun. 28, 2021.

Colas, Martin. 『클레오파트라』. 임헌 역. 해냄출판사, 2006.

Delany, Paul. *Fatal Glamour: The Life of Rupert Brooke*. McGill-Queen's UP, 2015.

"Eddis." eugenides.fandom.com/wiki/Eddis. Jul. 3, 2021.

Eliot, T. S. 『T. S. 엘리엇 전집: 시와 시극』. 이창배 역. 민음사, 1988.

___. *The Complete Prose of T. S. Eliot*. II. Ed. Anthony Cuda and Ronald Schuchard. Johns Hopkins UP, 2021. [Abbreviated as *CP2*]

___. *The Letters of T. S. Eliot*. I. Ed. Valerie Eliot and Hugh Haughton. Faber and Faber, 2009.

___. *The Poems of T. S. Eliot*. Vol. 1. Ed. Christopher Ricks and Jim McCue. London: Faber, 2015.

___. *The Waste Land: A Facsimile and Transcript of the Original Drafts Including the Annotations of Ezra Pound*. Ed. Valerie Eliot. A Harvest Book, 1994.

"Epigoni." *Wikipedia*. en.wikipedia.org/wiki/Epigoni. Jun. 24, 2021.

"Eugenides." eugenides.fandom.com/wiki/Eugenides_(god). Jul. 3, 2021.

"Fisher King." *Wikipedia*. en.wikipedia.org/wiki/Fisher_King. Aug. 7, 2021.

Goldsmith, Oliver. *The Vicar of Wakefield*. The New American Library, 1961.

Gristwood, Sarah. *Elizabeth & Leicester: Power, Passion, Politics*. Viking, 2007.

Johnson, Stephen. 『바그너, 그 삶과 음악』. 이석호 역. 포노, 2012.

Köhler, Joachim. *Richard Wagner: The Last of the Titans*. Trans. Stewart Spencer. Yale UP, 2004.

Lemprière, John. *A Classical Dictionary*. George Routledge and Sons, 2019.

Maddox, Brenda. *D. H. Lawrence: The Story of a Marriage*. Simon & Schuster, 1994.

"Magnus Erlendsson, Earl of Orkney." *Wikipedia*. en.wikipedia.org/wiki/Magnus_Erlendsson,_Earl_of_Orkney. Jun. 27, 2021.

Ovid. *Metamorphoses*. Trans. Rolfe Humphries. Indiana UP, 1983.

"Palace of Placentia." *Wikipedia*. en.wikipedia.org/wiki/Palace_of_Placentia. Jul. 9, 2021.

"*Parsifal*." *Wikipedia*. en.wikipedia.org/wiki/Parsifal. Jun. 30, 2021.

"Phonograph." *Wikipedia*. en.wikipedia.org/wiki/Phonograph. Jun. 28, 2021.

"Queen Victoria Street, London." *Wikipedia*. en.wikipedia.org/wiki/Queen_Victoria_Street,_London. Jun. 6, 2021.

Schiff, Stacy. *Cleopatra: A Life*. Back Bay Books, 2011.

"Sodom & Gomorrah." www.wildbranch.org/teachings/word-studies/100sodom
    gomorrah.html. Jun. 26, 2021.

"Sodomy." *Wikipedia*. en.wikipedia.org/wiki/Sodomy. Jun. 26, 2021.

Somerset, Anne. *Elizabeth I*. Knopf, 1991.

"St Magnus-the-Martyr." *Wikipedia*. en.wikipedia.org/wiki/St_Magnus-the-Martyr#
    11th_and_12th_centuries:_foundation. Jun. 27, 2021.

Stedall, Robert. *Elizabeth I's Secret Lover: The Royal Affair with Robert Dudley, Earl
    of Leicester*. Pegasus Books, 2020.

"Strand, London." *Wikipedia*. en.wikipedia.org/wiki/Strand,_London. Jun. 5, 2021.

"Syphilis." *Wikipedia*. en.wikipedia.org/wiki/Syphilis. Jul. 21, 2021.

Verlaine, Paul. *Selected Poems*. Trans. Martin Sorrell. Oxford UP, 2009.

Weston, Jessie L. *From Ritual to Romance*. Doubleday Anchor Books, 1957.

『황무지』 제4부 「수사」: 불타는 육체의 구원

_____ 안중은(안동대학교)

I. 작품 의의와 개관

　엘리엇이 1921년 11월 중순부터 12월 하순까지 스위스 로잔에서 스승 러셀의 정부 모렐 여사로부터 소개받은 정신과 의사 비토즈로부터 정신치료를 받으면서 완성한 『황무지』 제4부 「수사」("Death by Water")는 그가 1918년에 작시, 발표한 프랑스 시 「식당에서」("Dans le Restaurant")에 바탕을 두고 있다. 전자의 시 전문 10행은 후자의 시 마지막 7행을 영역, 원용한 것이기 때문이다. 엘리엇의 프랑스 시와 번역시 및 상세한 해설은 필자의 저서 『T. S. 엘리엇과 상징주의』(2012)를 참고하기 바란다(247-54). 제4부 「수사」는 『황무지』 전체에서 가장 짧은 것인데, 『네 사중주』의 각 제4부가 가장 짧은 것과 유사하게 시인의 의도적 창작 기교로서 각 시의 주제를 가장 선명하게 부각하고 있다. 바꾸어 말하면, 『황무지』 제1부 「주검의 매장」의 주제인 "죽음"과 제2부 「체스 게임」과 제3부 「불의 설법」의 주제인 "부도덕한 성애"가 교차하는 씨줄과 날줄로 짜이다가 제4부 「수사」에서 다시 "죽음"의 주제가 교차하고 있는 것이다.

II. 작품 해설

『황무지』제4부「수사」는 제3부「불의 설법」에서 육체의 다양한 정욕의 불길로부터 구원의 방법으로 제시되는 물에 의한 죽음, 즉 익사(溺死)를 그 주제로 다루고 있다.

> 페니키아인 플레바스는 죽은 지 보름,
> 갈매기 울음도 깊은 바다의 놀도
> 이득도 손실도 다 잊었다.
> > 바다 밑의 조류가
> 소곤대며 그의 유골을 수습했다. 솟구쳤다 가라앉을 때
> 그는 노년과 청년의 뭇 층계를 지나
> 소용돌이에 휩쓸렸다.
> > 이교도이건 유대인이건
> 오 그대 타륜(舵輪)을 돌리고 바람머리를 내다보는 자여,
> 플레바스를 추념하라, 그대와 같이 한때 미남이었고 키가 컸던 그를.
> > > > (Eliot, 『전집』 69)

> Phlebas the Phoenician, a fortnight dead,
> Forgot the cry of gulls, and the deep sea swell
> And the profit and loss.
> > A current under sea
> Picked his bones in whispers. As he rose and fell
> He passed the stages of his age and youth
> Entering the whirlpool.
> > Gentile or Jew
> O you who turn the wheel and look to windward,
> Consider Phlebas, who was once handsome and tall as you. (*PI* 67)

위 시의 처음과 마지막 시행에 두 번 등장하는 시어 "플레바스"(Phlebas)는 플라톤의 마지막 대화록인 『필레보스』(Philebus)의 등장인물을 원용한 것으로 추정된다. 여기서 플라톤의 스승 소크라테스는 형이상학적인 지혜와 지성의 우월성을, 이와 상반되게 필레보스는 형이하학적인 쾌락과 즐거움의 우월성을 주장하기 때문에 인명 "플레바스"는 육체적 쾌락주의를 함의한다고 볼 수 있다(안중은, 『상징주의』 253-54). 또한 시어 "페니키아인"(the Phoenician)은 과거 로마자 알파벳을 고안했고, 지중해에서 무역을 통하여 부를 축적하여 도시국가 카르타고를 건설한 페니키아인들, 즉 상업주의와 물질주의를 내포한다. 따라서 시구 "페니키아인 플레바스"는 현대 자본주의 사회의 부정적인 단면인 물질주의와 쾌락주의를 상징하는 것이다. 또한 "페니키아인 플레바스"는 제1부에 소소스트리스 부인(Madam Sosostris)이 내담자-시인에게 제시하는 첫 번째 타로 주제 카드로서 "죽음"을 상징하는 제47행의 "익사한 페니키아 선원"과 연결된다(PI 56). 흥미롭게도 엘리엇에게 영향을 끼쳤을 제임스 조이스(James Joyce, 1882-1941)의 모더니즘 최고 소설 『율리시즈』(Ulysses, 1922) 제6 에피소드 "지옥"(Hades)에서 블룸(Bloom)이 상상하고 있는 "가장 즐거운"(the pleasantest) 형태의 죽음인 "익사"(Drowning)가 『황무지』의 주제인 것이다(104; 안중은, 『상징주의』 254). 제1부 첫째 시행 "4월은 가장 잔인한 달"(April is the cruellest month)이 함의하는 죽음은 앞에서 언급한 1915년 4월 23일 에게해에서 전사한 절친 영국 시인 브룩과, 엘리엇이 4월로 기억했으나 실제 동년 5월 2일 다다넬즈 해협의 해전에서 전사한 절친 프랑스 군의관 장 베르드날(Jean Verdenal)을 떠올리게 한다(안중은, 『해석』 99-101). 제8행에 등장하는 호수 "슈타른베르거제" 시어에도 바그너를 후원하였고, 전 세계에서 가장 아름다운 성 "노이슈반슈타인"(Neuschwanstein), 즉 백조의 성을 건설한 바이에른 왕국의 미치광이 왕 루트비히 2세가 투신자살한 사건이 투영되어 있다(PI 55). 바다에서의 익사는 기원전 260년 고대 로마와 카르타고의 제1차 포에니 전쟁으로 시칠리아 인근의 "밀라이 해전"(Battle of Mylae)에서 전사한 화자의 전우 "스텟슨"(Stetson)과 연결된다("Battle of Mylae"; *PI* 57). 제2부 마지막 시행은 셰익스피어의 『햄릿』(*Hamlet*) 제4막 제5장에서 사랑하는 햄릿 왕자의 양광 때문에 정말 미쳐서 "굿나잇, 귀부인들, 굿나잇, 아가씨들, 굿나잇, 굿나잇"(Good night, ladies, good night, sweet ladies, good night, good night)이라고 마지막 작별인사를 한 후에 버드나무 위에 올라갔으나 가지가 부러져서 강물에 익사한 오필리아를 상기시킨다(*PI* 61). 브룩, 베르드날, 스텟슨은 전쟁 중 바다에서 전사하였고, 루트비히 2세와 오필리아는 미쳐서 호수와 강에 각각 투신자살한 점에서 "물에 의한 죽음," 즉 수사의 공통적인 양상인데, 엘리엇은 자신을 페니키아인 플레바스와 동일시함으로써 지중해 또는 레망호 또는 템즈강에서 익사하고 싶은 절체절명의 위기의 순간과 죽음을 목전에 둔 번민을 드러내고 있는 것이다.

요컨대, "페니키아인 플레바스"는 로이드 은행의 외사부에서 격무에 시달리면서 오로지 예금과 대출의 "이득과 손실"(the profit and loss)만 계산함으로써 시를 쓸 여유가 거의 없었던 엘리엇 자신을 나타내고 있다. 라틴어 "플레바스"는 라틴어 동사 형태인 "flebas"(너는 울었다)에서 나왔고, 이것은 "나는 운다"(fleo)에서 원용된 인명이므로(안중은, 『시와 비평』 70) 레망호에서 자신의 신세를 한탄하면서 비탄에 잠긴 화자를 연상시키며, 미쳐서 바다나 호수나 강에 익사하고 싶은 심정의 화자와도 연결된다. 다시 말해, 부도덕한 성애가 지배하는 황무지 같은 현실에서 또는 육체의 정욕의 불길에서 벗어나거나 구원받는 방법으로는 익사가 유일한 대안이라는 것을 제시하고 있는 것이다. 시구 "죽은 지 보름"(a fortnight dead)은 "밤"(night)에 "성채"(城砦, fort), 즉 여성성을 지키지 못하고 "야간전투"(김형태 88)에서 장렬히 산화(散華)한 기사와 같은 플레바스는 비비엔을 지켜주지 못한 엘리엇 자신을 함의하고 있다. 그는 익사하여 청각적 기능을 상실함으로써 성관계 중 여성의 신음을 나타내는 "갈매기 울음"(the cry of gulls)과 쾌감의 극치에서 여근의 전율을 함의하는 "깊은 바다의 놀"(the deep sea swell) 소리도 들리지 않는다. 특히 시어 "갈매기"의 영어 "gulls"는 "아가씨들" 또는 "여자 친구들"의 뜻인 "girls"와 발음의 유사성에서 성적 말장난이 되기 때문에 시구 "갈매기 울음"은 위와 같이 성적인 의미로 해석할 수 있을 것이다. 결국 육체의 죽음은 육체의 정욕과 끈질긴 고리를 끊게 되는 것이다. 눈물 흘리며 익사한 플레바스는 지중해를 배경으로 무역업에 종사하던 페니키아인들을 표상하며, 터키의 도시 스미르나의 무역상이자 동성애에 초대하던 유게니데스 씨의 상대자·화자라고 유추하면 "깊은 바다"는 지중해뿐만 아니라 아테네의 영웅 테세우스(Theseus)의 부왕 아이게우스(Aegeus)가 투신자살하였고, 무역풍이 불어서 부를 창출해주는 지중해 동부의 다도해 에게해를 가리킨다. 에게해는 앞에서 언급했듯이 엘리엇의 절친 브룩과 베르드날이 전사·익사한 다다넬즈 해협과 연결되고, 아이게우스의 죽음은 어부왕이 명상하는 부왕의 죽음을 떠올리게 한다. 엘리엇의 시 「발기한 스위니」에 등장하는 시구인 "아리아드네의 머리카락"(Ariadne's hair)과 "위서(僞誓)한 돛"(perjured sails) 및 엘리엇 습작 시의 시제 「바쿠스와 아리아드네: 육체와 영혼의 두 번째 논쟁」("Bacchus and Ariadne: 2nd Debate between the Body and the Soul," 1911)에서 드러나듯이 그리스·로마 신화에 정통한 시인은 테세우스가 아내 아리아드네를 에게해의 낙소스(Naxos)섬에 유기한 후에 바쿠스가 그녀를 아내로 취하였지만, 그가 슬픔에 잠겨서 고국 아테네로 귀항할 때 부왕과 약속한 검은 돛 대신 흰 돛을 달지 못한 결과 부왕의 투신 익사를 암시하고 있다. 그리스 신화 속의 아이게우스 왕의 죽음과 같은 인과관계는 없지만, 제3부 「불의 설법」에서 어부왕이 명상하는 부왕의 죽음은 아들 엘리엇과 비비엔의 결혼과 파경에 충격을 받은 부친의 죽음과 접맥된다고 할 수 있다. 제4부 「수사」는 「제사」의 주제인 "죽음에의 희구"(death-wish)와 제1부 「주검의 매장」의 주요 주제인 "죽음"의 명상을 거쳐서 제3부 「불의 설법」의 주요 주제인 "부도덕한 성애는 죽음"의 명제를 확인한 결과 정욕의 불길에 휩싸이는 황무지 같은 세상에서 자신을 구원하기 위하여 미쳐서 바다에 빠져 죽고 싶은 화자·시인의 간절한 소망을 짧게 시로 구현한 것이다.

익사한 페니키아인 플레바스는 제1부 「주검의 매장」의 제목과 같이 땅속의 "매장"(埋葬, burial) 또는 에트나 화산에 뛰어든 엠페도클레스와 같이 화장(火葬)이 아니라 형왕과 같이 수장(水葬)된 어부왕인 것이다. "그의 유해"(his bones)는 "바다 밑의 조류"(A current under sea)가 "소곤대는 소리"(whispers)로 애도를 표시하면서 수습하는데, 그 과정에서 셰익스피어의 『폭풍우』를 인유하고 있는 제1부 「주검의 매장」 제48행 "그의 눈은 변하여 진주로 되는" (Those are pearls that were his eyes) 기적 같은 엄청난 변화를 겪게 된다(PI 56). 시어 "진주"(pearls)는 마치 불교에서 붓다와 고승들의 사후 전통적인 화장인 다비식에서 발견되는 영롱한 보석 같은 사리를 연상시킨다. 어쩌면 동서고금을 초월한 부도덕한 성애와 집안에서 아내의 불륜 및 집 밖의 직장에서 비정상적인 성애의 유혹을 부단히 받으므로 정욕에 불타는 황무지 같은 세상에서 도피하는 방안으로서 테이레시아스와 같이 장님이 되어도 두 눈은 찬란한 진주로 남아 있기를 바라는 엘리엇의 죽음에의 희구가 익사한 페니키아인 플레바스에 농축된 것이다. 엘리엇의 마음은 마치 예이츠가 「비잔티움 항해」("Sailing to Byzantium," 1927)와 「비잔티움」("Byzantium," 1930)에서 육신의 정욕을 태우고 "황금가지"(golden bough) 위에 앉아서 노래하는 시간을 초월하는 영원한 황금새가 되고 싶다고 예찬한 예이츠의 심정과도 유사하다. 여기서 엘리엇의 「J. 알프레드 프루프록의 연가」의 마지막 제131행 시구 "우리는 익사한다."(we drown.)에서 시인 엘리엇을 표상하고 있는 화자 프루프록의 죽음과 『황무지』 제4부 「수사」의 화자 플레바스의 죽음을 비교하면 흥미로울 것이다(PI 9). 전자는 프루프록의 자아와 본능, 즉 "우리"가 대화하는 내적 독백 또는 백일몽에서 부도덕한 성애가 충족되지 않고 좌절함으로써 자아와 본능이 무의식의 바닷속으로 익사, 즉 심리적·형이상학적 죽음을 의미한다. 이와 대조적으로 후자는 플레바스가 부도덕한 성애로 불타고 있는 황무지 같은 세상을 한탄하면서 눈물 흘리며 실제의 바닷속으로 투신자살하는 익사, 즉 육체적-자연과학적 죽음이다. 무의식의 바다로 침잠하는 프루프록의 정신적 익사는 실제 죽지 않고 살아있어서 순환적으로 반복되지만, 실제 바다에서 두 눈이 진주로 변용하는 격변을 겪는 플레바스의 익사는 죽음의 관문을 통하여 일회적으로 영원히 시간을 초월하게 된다. 다시 말해, 플레바스의 육신은 수습되고 육체에서 이탈한 영혼은 솟구쳤다 가라앉으면서 "소용돌이"(whirlpool)로 들어가서 정욕의 불길에 휩싸인 "노년과 청년의 단계"(the stages of his age and youth)를 거쳐 간 것이다. "소용돌이"는 당대에 엘리엇에게 영향을 끼친 파운드와 윈덤 루이스(Wyndham Lewis)가 주도한 소용돌이주의(Vorticism)의 "소용돌이"(vortex)를 연상시키는데, 이것은 빛을 포함한 우주의 모든 것을 빨아들이는 별의 시체로서 시공간을 초월한 영역인 "블랙홀"(black hole)과 같은 존재이다. 따라서 "소용돌이"는 이승에서 저승으로 통하는 입구의 상징이며, 육체의 뜨거운 정욕의 불길을 꺼버리는 차가운 바닷물 속에서의 죽음, 즉 익사의 완성이다. 플레바스의 죽음을 통하여 노년기에서 청장년기를 거쳐서 유아기, 즉 죽음에서 출생으로 소급되는 그의 삶 전체의 궤적이 사후에 주님의 심판대 앞에 선 죄인처럼 순간적으로 적나라하게 펼쳐지는 듯하다.

제319-21행에서 엘리엇은 "타륜을 잡고 바람머리를 내다보는 자"(you who turn the wheel and look to windward)에게 인생이라는 바다를 항해하는 "이교도이건 유대인이건"(Gentile or Jew), 즉 신앙을 초월한 모든 독자에게 플레바스를 추념해달라고 권면하고 있다. 시어 "타륜"(wheel)은 제1부 제51행에서 소소스트리스 부인이 여섯 번째 제시한 타로 카드의 점괘 "바퀴"(Wheel), 즉 "운명의 바퀴"(Wheel of Fortune)보다는 "불교적 생명의 윤회"(Buddhist Wheel of Life)를 상징한다(P1 56; Chevalier and Gheerbrant 1100). 불교의 교리로서 끊임없는 윤회(輪廻, saṃsāra, transmigration)는 생로병사의 중생(衆生)이 사후에도 업보에 따라서 변신하여 고통을 받으며 재생하기 때문에 현세에서 플레바스의 죽음은 내세에서 새로운 출생을 함의하고 있다. 또한 시어 "바람

머리"(windward), 즉 역풍은 앞의 제272행 시어 "바람결 따라"(leeward)와는 반대 방향으로 불어서 역경을 가져오는 바람, 즉 남성성을 파멸시키는 여성성을 상징함으로써 인생의 바다에서 여성과의 성관계를 추구하는 모든 남성에게 사랑의 패배자 플레바스의 죽음을 기억하라고 요청한 것이다. 생전에 "미남이었고 키가 컸던"(handsome and tall) 플레바스는 루이스가 자서전 『작렬과 폭격』(*Blasting and Bombardiering*)에서 1914년 파운드의 작은 아파트에서 엘리엇을 처음 만난 인상을 "날씬하고 키 크고 대서양 건너편의 매력적인 환영"이라고 회상하고(Lewis 282; Ackroyd 56), 고 김종길 고려대 명예교수가 『내가 만난 영미작가들』에서 엘리엇을 "훤칠하면서도 날카롭고 유능해 보이는 준수"한 시인이라고 회고했듯이 엘리엇의 외적인 신체 묘사와 부합되는 것이다(14). 요컨대, 엘리엇은 제3부 「불의 설법」의 부도덕한 성애가 곧 죽음이라는 주제를 확장해서 제4부 「수사」에서는 불타는 육체의 정욕에서 벗어나는 방법으로서 템즈강, 슈타른베르거제, 레망호, 지중해, 에게해를 포괄하는 물에 의한 죽음을 제시하는 동시에 자신은 익사를 희구하는 존재라는 것을 은근히 시사하고 있다.

Ⅰ 인용문헌

김종길. 『내가 만난 영미 작가들』. 서정시학, 2009.
김형태. 「『황무지』: 아내와 럿셀에 대한 분노」. 『인문과학연구』 14 (1995): 77-92.
안중은. 『T. S. 엘리엇과 상징주의』. 동인, 2012.
___. 『T. S. 엘리엇의 시와 비평』. 브레인하우스, 2008.
___. 『T. S. 엘리엇의 『황무지』 해석』. 동인, 2014.
Ackroyd, Peter. *T. S. Eliot*. Hamish Hamilton, 1984.
"Battle of Mylae." *Wikipedia*. en.wikipedia.org/wiki/Battle_of_Mylae. Jun. 28, 2021.
Chevalier, Jean and Alain Gheerbrant. *Dictionary of Symbols*. Trans. John Buchanan-
        Brown. Penguin Books, 1996.

Eliot, T. S. 『T. S. 엘리엇 전집: 시와 시극』. 이창배 역. 민음사, 1988.

___. *The Poems of T. S. Eliot*. Vol. 1. Ed. Christopher Ricks and Jim McCue. London: Faber, 2015.

___. *The Waste Land: A Facsimile and Transcript of the Original Drafts Including the Annotations of Ezra Pound.* Ed. Valerie Eliot. A Harvest Book, 1994.

Joyce, James. *Ulysses.* Inkflight, 2018.

Lewis, Wyndham. *Blasting and Bombardiering: An Autobiography 1914-1926.* John Calder, 1982.

『황무지』제5부「천둥이 말한 바」*

_____ 김준환(연세대학교)

I. 개관

죽음을 통한 새로운 생명에의 기대가 지연된 채 불모의 상태에서 영원히 죽지 못해 살아가야 하는 운명에 처한 사람들과 그들이 살아가는 공간인 메마른 땅을 그린『황무지』는 제5부인「천둥이 말한 바」에 이르러 그 대단원의 막을 내린다. 식물 신화, 성배 전설, 기독교 및 인도 신화가 중첩 혹은 병렬되며 전개되는 제5부는 새로운 생명을 가능케 하는 존재의 죽음, 그로 인한 땅의 황폐화, 그리고 이를 치유하기 위해 생명의 물을 찾아가는 여정의 마지막 모습을 그리고 있다. 제5부에 이르러 새로운 생명에 대한 기대가 좌절되는 드라마가 여전히 반복되기는 하지만 그 상황에서 벗어날 잠재적 가능성이 잠정적으로나마 암시된다.

『황무지』전체가 "깨어진 영상의 더미" 혹은 "파편들"의 병치 혹은 중첩을 통해 불규칙하게 연결되어 있듯, 제5부에서의 재생 가능성을 탐색하는

* 『T. S. 엘리엇연구』32.1 (2022)에 게재된 논문임.

이야기도 인과론에 따라 일직선적으로 이어져 있지는 않다. 독자들은 일점 원근법에 따른 3인칭 전지적 시점을 지닌 화자가 아닌, 다층적이며 비선형적으로 움직이는 화자의 시선을 따라 시·공간적으로 병치 혹은 중첩된 채 여러 방향으로 분산되는 듯 보이는 장면들을 따라 이동한다. 급격하게 이동하는 카메라의 시선과 같은 보이지 않는 화자의 눈은 과거와 현재라는 시간을 넘나들고, 시간상의 변화와 복합적으로 얽힌 과거의 도시와 현재의 도시, 영국, 유럽, 예루살렘, 인도 등과 같은 공간을 넘나든다.

제5부에서 화자의 시선은 구세주(특히 예수)의 수난과 죽음 장면, 이로 인해 물이 없는 산을 지나며 물을 소망하는 장면, 부활한 구세주를 전혀 인식하지 못하는 인간의 상황이 담긴 장면, 파괴된 고대 문명의 중심 도시들과 병치된 20세기 초 파괴된 유럽 도시들이 그려진 장면, 중세 성배 전설에서의 위험 예배당으로 가는 길에 널브러진 주검들이 등장하는 장면, 닭이 울자 저 멀리 비를 머금은 먹장구름과 함께 울리는 천둥소리 가득한 히말라야의 산과 강바닥을 드러낸 갠지스강의 장면, 신의 목소리인 천둥소리가 주는 세 가지 교훈이 황무지에 울려 퍼지는 장면, 화자/인물이 등장하여 황무지를 뒤로 한 채 강기슭에서 낚시하는 장면, 서로 다른 언어들로 구성된 텍스트 파편들을 모으는 자신의 처지를 전하는 화자/인물이 등장하는 장면과 그리고 마지막으로 천둥소리가 전하는 세 가지 교훈을 되뇌며 평온을 기원하는 장면으로 이동한다.

공간상의 급격한 이동과 더불어 개별 공간의 특성에 상응하며 울려 퍼지는 음향 또한 급격히 변한다. 먼저 (제1단락) 정적, 외침과 울음소리, 봄 천둥의 울림소리가 등장하고, 이 소리가 변주되며 (제2단락) 메마른 불모의 천둥소리와 상상 속의 매미 소리, 풀잎 소리, 물소리, (제4단락) 어머니의 애통해하는 웅얼거림, (제5단락) 머리카락 현에서 나오는 섬뜩한 바이올린 소리, 박쥐들의 휘파람 소리와 날갯짓 소리, 추억을 알리는 종소리, 텅 빈 곳에서 울리는 목소리, (제6단락) 스산한 풀잎 소리, 바람 소리와 문짝 흔들리는 소리, 그리고 변화의 조짐을 알리는 수탉의 울음소리, (제7단락) 세 번 반복되며 웅장하게 울려 퍼지는 "다"라는 천둥소리와 세 가지로 변주된 소리, (제9단락) 웅장한 천둥소리에서 잦아든 「런던 다리」("London Bridge") 동요의 노랫소리, (제10단락) 다시 반복되는 천둥의 변주 소리, 그리고 마지막으로 (제11단락) 산스크리트어로 된 기원하는 목소리로 이어지며 변화된다.

이렇듯 시·공간상의 급격한 이동, 이에 따른 음향 효과의 급격한 변화를 통해 공감각적으로 구성된 파편적인 장면들은 각각 원심력을 가지고 퍼져나가기만 하는 것이 아니라 엘리엇이 제시한 세 가지의 테마를 중심으로 구심력을 가지고 모여들기도 한다. 첫째 테마는 성경의 『누가복음』 24장 13-31절에 서술된 엠마오로 가는 길, 둘째는 제시 웨스턴(Jessie L. Weston)의 『제식으로부터 로망스로』(*From Ritual to Romance*)에 서술된 위험 예배당에로의 접근, 그리고 셋째는 헤르만 헤세(Hermann Hesse)의 『혼돈 들여다보기』(*Blick ins Chaos*, 1920)에 수록된 첫 번째 에세이 「『카라마조프의 형제들』 혹은 유럽의 몰락」("*Die Brüder Karamasoff* oder Der Untergang Europas")에 그려진 유럽 특히 당대 동유럽의 쇠퇴다.

첫째 테마인 누가복음에 그려진 엠마오로 가는 길에 관한 일화는 예수의 죽음과 부활 이후 아직 부활을 인지하지 못한 채 엠마오로 가는 두 길손에 관한 이야기다. 둘째 테마인 제시 웨스턴이 설명한 위험 예배당에로의 접근에 관한 일화는 모든 불모의 상태를 치유하는 성배 성당에 도달하기 직전 성배 탐색자가 위험 예배당을 지나며 겪어야 하는 기이하고 무시무시한 세계에 관한 이야기다. 그리고 마지막 셋째 테마인 도스토옙스키의 작품에 관한 헤세의 명상은 보수적이며 과거지향적인 자들에게는 죽음으로 보이고 미래지향적인 예언자들에게는 새로운 탄생으로 보이는 유럽의 쇠퇴, 즉 충동을 억압하고 유지되어오던 유럽 문화가 해체되며 카라마조프적, 원시적, 아시아적, 주술적 충동의 세계로 빠져드는 상황에 관한 이야기다.

이 세 가지 이야기는 원래 죽음으로부터 새로운 생명에로의 변화를 보이는 것인데, 제5부에 원용된 이야기는 모두 새로운 생명이 오기 직전 상태에서 끝을 맺는다. 엠마오로 가는 길 이야기는 식사를 하며 길손들이 부활한 예수를 인식하는 것으로 끝을 맺지만, 엘리엇은 아직 그들이 부활한 예수를 알아차리지 못하고 있는 상황까지만 그린다. 성배 탐색 이야기는 위험 예배당을 거쳐 성배 성당에 도달하여 모든 불능의 상태로부터 생명의 상태로 바뀌는 것으로 끝을 맺지만, 엘리엇은 마지막 시험 단계인 위험 예배당을 거쳐 가는 장면까지만 그린다. 그리고 유럽의 퇴락 이야기는 창조적 충동을 통해 기존의 고착된 유럽 문화를 새로운 문화로 변화되는 과정에 관한 이야기지만, 엘리엇은 (동)유럽의 몰락에 관한 부분만 주석에 인용한다. 엘리엇이 선택적으로 인유한 이 세 가지 이야기 모두 죽음의 상태가 극적으로 해소되지 않은 지점에 머물기는 하지만, 곧 다가올 새로운 생명은 부재의 상태 혹은 가능태로 존재한다.

구세주의 죽음, 그로 인한 생명(물) 없는 황폐한 땅과 그 거주자들의 상황, 그리고 이를 벗어나기 위해 새로운 생명을 찾아가는 길의 막바지에, 제5부의 제목이기도 한 "천둥이 말한 바"가 전해진다. 엘리엇은 고대 인도 경전 중 하나인 『브리하드아란야까 우파니샤드』(*Brihadaranyaka—Upanishad*, "광활한 숲에서 전해진 비밀스러운 가르침을 담은 우파니샤드")의 제5장 2부에 그려진 창조주 프라자파티(Prajapati)의 일화를 인유하여 황무지에 거주하는 모든 존재에게 동일한 천둥소리의 세 가지 다른 가르침—"주라," "자비를 베풀라," "자제하라"—을 전한다. 신의 목소리인 천둥소리가 황무지 거주자들에게 이 세 가지 덕목이 부재하다는 사실을 인식하도록 전하기는 하지만 이 세 가지 가르침을 실천하라는 원본에서의 명령은 실현되지 않은 채 지연되며 가능태로서만 남는다.

II. 「천둥이 말한 바」, 그 개인적·역사적 의미와 형식적 특성

보이지 않는 시인/화자 엘리엇이 만든 비개성적인 시의 대표작『황무지』는 엘리엇의 개인사와 관련된 자서전으로 평가되기도 하고, 제1차 세계대전 이후 유럽의 상황을 그린 20세기 서사시로 평가되기도 한다. 엘리엇이 언급한 시인의 임무 중 하나가 "자신의 개성적이고 개인적인 고뇌를 풍부하고 낯선, 보편적이고 비개성적인 무엇으로 변화시키는 것"이라는 점을 감안한다면, 개인의 특수한 영역은 아마도 역사의 보편적인 영역에서 분리될 수 없다고 볼 수 있을 것이다. 즉 엘리엇의 개인적인 삶, 그가 살았던 당대 유럽의 상황, 그리고 이 둘을 반영한 텍스트인『황무지』는 분리된 채 논의되기 어려울 수 있다.

일례로, 엘리엇이『황무지』의 중요한 원천 중의 하나로 언급한 오시리스(Osiris) 신화는 위의 세 가지 층위를 이어주는 매개가 될 수 있을 것이다. 이시스(Isis)는 갈가리 찢겨 나일강에 버려진 오시리스의 시신 조각들을 찾아 다시 붙여 오시리스를 재생시킨다. 오시리스의 시신 조각을 찾아다니는 이시스처럼, 카메라의 눈과 같은『황무지』의 화자/탐색자는 재생의 가능성 없이 죽지 못해 살아가야만 하는 황무지 거주자들 사이를 지나다니며 그 모습들을 포착한다. 오시리스의 찢겨 버려진 시신처럼 널브러져 있는 것은 비단 황무지 거주민들의 분리된 삶뿐만 아니라, 신경쇠약과 불행한 결혼 생활 등으로 인한 엘리엇 개인의 깨어진 삶, 그가 살았던 제1차 세계대전 이후 분열된 유럽의 상황, 그리고 이 두 가지 모두가 재현된『황무지』라는 파편화된 텍스트 자체이기도 할 것이다.

어쩌면 엘리엇은『황무지』의 마지막 행에서 "평온"이라는 의미의 "샨띠히, 샨띠히, 샨띠히"라는 기원을 통해서, 마치 이시스가 오시리스의 절단(dis-member)되어 흩어진 시신을 다시 모아(re-member) 재생시켰듯, 당시 건강과 결혼 생활 문제로 분열되어 흐트러진 개인적인 삶과 제1차 세계대전 및 베르사유조약 이후 개별 국가로 분열되고 절연되어가던 유럽을 다시 모아 새로운 유기체로 재생시키고자 했을 것이다. 『황무지』의 저자/화자는 개인적으로뿐만 아니라 사회·역사·문화적으로 절단된 이 상황을 내용과 형식 면에서 절단된 시신과 같은 텍스트의 조각들을 모아가며 시에서 호명된 "그대"와 함께 그 상황을 스스로 인식하고 벗어나 새로운 생명을 얻고자 하는 소망을 지닌 채 폐허를 탐색한다.

제5부의 일부 구절 및 장면이 이미 1910년대 중반경에 쓰인 글에 간헐적으로 나타나기는 했지만, 엘리엇이 제5부를 현재의 형태로 쓴 시기는 그가 스위스의 로잔에서 신경쇠약을 치료 중이던 1921년 하반기로 추정된다. 매튜 골드(Matthew K. Gold)에 따르면, 엘리엇은 신경쇠약을 이유로 1921년 10월 12일 로이드 뱅크에서 3개월의 병가를 내고, 요양차 첫 아내인 비비안과 제3부에 등장하는 영국 켄트주의 해안 마을 마게이트에서 지내면서 기초적인 수준의 『황무지』 초안을 만들었다. 이후 치료가 여의치 않자 11월 중순에 『뇌 제어를 통한 신경쇠약 치료』(The Treatment of Neurasthenia by Means of Brain Control)의 저자인 의사 비토즈(Dr Roger Vittoz)에게 치료받기 위해 제3부에 등장하는 레만 호수에 인접한 로잔으로 가기로 하고, 가는 길에 파리에 들러 파리 외곽의 요양원에 가기로 되어 있던 비비안을 파운드의 집에 남겨둔다. 엘리엇은 로잔에서 치료받으며 19쪽에 달하는 『황무지』 초안의 마지막 형태를 그해 말에 완성한 후 1922년 1월 초에 영국으로 되돌아간다.

린달 고든(Lyndall Gordon)은 로잔에서 만들어진 수정본 초안이 이전의 초보적 수준의 초안에 담긴 개인적 요소들을 다수 제거하고 사적인 슬픔 위로 좀 더 사실적인 현대적 장면을 덧대면서, 개인적인 병력에서 문화적 질병으로 초점이 변경되었다고 주장한다. 엘리엇 자신도 "[]비비안에게 결혼은 아무런 행복도 가져다주지 못했고, . . . 내게 결혼은 『황무지』라는 작품이 나오게 된 정신 상태를 가져다주었다"라고 주장한 적이 있을 정도로 그의 사적인 생활이 『황무지』의 저류를 형성하고 있다는 점을 부인하지는 않았다. 그는 또한 『황무지』를 당대 세계에 대한 중요한 사회적 비평이라는 비평가들의 주장에 대해서 이 시가 자신에게는 "삶에 대한 사적이며 온통 하찮은 투덜거림이고, 한 편의 리드미컬한 넋두리"일 뿐이라고 주장하거나 "단순히 나 자신의 감정을 완화해주는 시"라고 주장하기도 했다.

이 시기 엘리엇이 겪은 신경쇠약의 원인이 개인의 건강 문제에서 온 것이든 아니면 첫 아내 비비안과의 결혼 생활 등에서 온 것이든, 그 병증을 직접 경험하던 엘리엇과 달리 그 경험에 대한 시를 쓰던 동일하면서도 다른 시인 엘리엇은 치료 중에 썼던 로잔 초본의 제5부 창작 과정과 관련하여, 어느 날 오후 앉은 자리에서 별 수정 없이 거의 자동기술적으로 완성했다고 여러 차례 언급했다. 실제로 『황무지』의 편집에 개입했던 파운드의 제안을 일부 수용하며 엘리엇이 로잔 텍스트를 상당히 수정하기는 했지만, 제5부는 거의 수정을 하지 않았고 파운드조차도 제5부 시작 부분의 여백에 "여기서부터는 좋음"이라는 표시를 하고 거의 수정 제안을 하지 않았다.

엘리엇은 제5부의 이런 창작 과정과 관련하여 "어떤 형태의 질병이 종교적 깨달음뿐만 아니라 예술적·문학적 창작에 아주 좋다는 것은 흔히 있는 일이다. 분명히 아무런 진전 없이 몇 달 혹은 몇 년 동안 명상된 글 조각이 갑자기 형태와 단어를 취하는 경우가 있으며, 이 상태에서 긴 구절들이 거의 혹은 전혀 다시 손댈 필요 없이 만들어질 수도 있다"라고 언급했다. 그가 같은 맥락에서 "나는 쇠약이나 빈혈 등과 같은 어떤 형태의 건강하지 못함이 . . . 자동기술적 글쓰기 상황에 근접하는 식으로 시를 유출할 수 있다는 것을 알고" 있다고 주장하면서 이에 덧붙여 그런 글쓰기의 효과를 "불안과 두려움이라는 짐이 순간적으로 걷히고," "습관적인 장벽들이 갑자기 허물어지며" "견딜 수 없는 짐을 갑자기 벗을 때의 안도감"이라고 언급했다.

이런 문맥에서 제5부는 당시 "불안으로 떨리는" 엘리엇의 건강하지 못한 상태 혹은 비비안과의 불안정한 결혼 생활 등으로 인한 분열된 죽음의 상태에서 벗어나 심리적인 평온의 상태로 나가고자 하는 소망일 수 있으며,

동시에 좀 더 확장된 문맥에서 보자면 제1차 세계대전 이후 특히 베르사유조약으로 인해 정치 · 경제적으로 발칸화된 유럽이라는 죽음의 상태에서 벗어나 "유럽의 정신"을 담은 전통적인 문학 · 문화를 통한 통합된 유럽이라는 새로운 유기체를 형성하고자 하는 소망일 수도 있다.

개인적 병증에서 당대 유럽의 사회 · 역사적 병증으로 확장한 문맥에서 볼 경우, 제5부에 그려진 과거와 당대 서구 문명의 주요 도시들의 파괴, 그리고 헤세의 도스토옙스키론에 기대어 보다 구체적으로 제시된 당대 유럽 혹은 동유럽의 몰락 등은 엘리엇이 여기서 단순히 개인적인 차원만을 염두에 둔 것이 아니라 전후 유럽의 역사적인 차원을 함께 고려한 것이라는 점을 보여준다. 1917년부터 로이드 은행에 다니며 식민지 및 해외 부서 업무를 담당하던 엘리엇이 종전 후 로이드 은행과 독일 사이의 전쟁 전 부채 문제를 다루며 "평화조약이라는 섬뜩한 문건들 속에 있는 난해한 점들을 명료하게 하려는" 노력을 기울이고 있었다는 점도 이를 뒷받침한다.

문화와 종교에서의 통합된 유럽을 옹호하던 엘리엇은 여러 시와 산문 및 편지에서 1918년 제1차 세계대전 종전과 1919년 베르사유조약 체결로 인해 그리스와 로마로부터 이어져 온 유럽 문명이 "민족/국가주의"(nationalism) 단위로 조각나며 해체되던 "유럽의 발칸화"에 대해 심각한 우려를 표명했다. 특히 시인 엘리엇은 1919년에 쓴 시이자 『황무지』의 일부로 고려했던 「보잘것없는 노인네」("Gerontion")를 통해 당대 전쟁으로 인해 황폐화된 인간과 파괴된 유럽의 상황을 진단하여 재현했고, 문학/문화 비평가 엘리엇은 산문 「전통과 개인의 재능」("Tradition and the Individual Talent")을 통해서는 정치 · 경제적인 이해관계로 발칸화되어가던 당대 유럽의 상황을 치유하고 통합된 유럽을 재건하는 데 필요한 "유럽의 정신"과 그에 기초한 "전통"을 그 처방으로 내세웠다.

『황무지』의 종결부에서 열거된 파편들이 영어뿐만 아니라 이탈리아어, 라틴어, 프랑스어로 쓰인 문장 조각들이라는 점, 그리고 바로 이어 나오는 토마스 키드(Thomas Kid, 1557?-1595)의 『스페인 비극』(The Spanish Tragedy,

1592)에서 극중극에 등장할 인물들이 서로를 이해하지 못하도록 라틴어, 그리스어, 이탈리아어, 프랑스어를 사용하도록 만든 점을 고려한다면, 이는 엘리엇이 개인적 차원의 황무지뿐만 아니라 전후 유럽이라는 역사적 차원의 황무지를 배경으로 파편화되어 서로 소통하지 못하고 절연된 개별 국가들의 문화적 텍스트 조각들을 모아보려는 의도를 암시한 것이라고 볼 수 있을 것이다. 물론 엘리엇의 이 암시된 의도가 『황무지』에서는 미완의 기획으로 남는다. 시인 엘리엇은 『황무지』라는 시 텍스트에서 파편화된 상태를 제시함으로써 인식하는 정도에서 멈추지만, 비평가 엘리엇은 1922년부터 주 편집자로 참여했고 그 창간호에 『황무지』가 수록되었던 『크라이테리언』(*The Criterion*)을 통해서 "유럽의 정신"을 반복적으로 강조하며 정치·경제적으로 분열된 유럽 국가들 사이의 문화적 소통을 가능케 하고자 했다.

이와 같은 개인적 차원과 사회·정치적 사건을 이어주는 것은 『황무지』의 주요 모티프 중의 하나인 욕망과 욕정이 뒤얽힌 사랑과 전쟁이다. 우선 『황무지』의 가장 중요한 모티프는 성취되지 못한 남녀의 사랑이다. 제1차 세계대전 당대의 문맥에서 보자면, 그 대표적인 예는 릴과 제대한 알버트다. 이런 관계는 시간과 공간을 넘나들며 제1부에서의 트리스탄과 이졸데, 묵묵부답의 화자와 히아신스 소녀, 제2부에서의 클레오파트라와 안토니, 디도와 아이네이아스, 나이팅게일과 테레우스, 이름이 주어지지 않은 여성과 남성, 오필리아와 햄릿, 제3부에서의 님프들과 시티 국장들의 후손들, 타이피스트와 부동산 중계소 비서, 엘리자베스와 레스터, 제5부에서의 비토리아와 브라치아노, 테레우스와 프로크네, 아이다 공주와 왕자, 벨 임페리아와 발사자 등 다양한 남녀 관계로 변주되며 반복된다. 특히 기쉬(Nancy K. Gish)도 언급했듯이, 클레오파트라와 안토니, 디도와 아이네이아스, 릴과 알버트, 타이피스트와 부동산 중개소 비서, 엘리자베스와 레스터, 비토리아와 브라치아노, 아이다 공주와 왕자, 벨 임페리아와 발사자 등의 관계는 직·간접적으로 사적인 사랑과 공적인 전쟁이 뒤얽혀 그 경계를 모호하게 만든다.

건강과 결혼 생활이라는 개인적 차원[1]뿐만 아니라 제1차 세계대전 이후 유럽 전체의 정치 · 경제적 차원에서의 분열되고 파편화된 상황이 중첩된 것은 결국 시인 엘리엇이 만든 『황무지』 텍스트 자체의 형식상의 파편화된 상황이기도 하다. 엘리엇은 제1부 제2단락의 "깨어진 영상의 더미"와 제5부 종결부의 "나의 폐허에 대고 떠받쳐 온" "이 파편들"로 구성된 『황무지』의 파괴된 형식을 통해 파괴된 자신과 유럽의 모습을 재현하고 있다. 이런 내용과 형식으로 구성된 『황무지』는 적어도 제4부까지는 파편화된 모습만을 보여주다가, 제5부에 이르러서는 그 파편화가 완전히 해소되지는 않았지만, 해소의 가능성을 잠재적으로 보여준다. 아마도 이런 의미에서 엘리엇이 특히 제5부를 "가장 훌륭할 뿐만 아니라 적어도 전체를 정당화하는 유일한 부분"이라 말했으리라고 생각해볼 수 있을 것이다.

　　『황무지』를 맺는 제5부에서, 구세주의 죽음으로 인해 물이 없기는 하지만 물을 소망하고, 인간에 의해 그 실체가 인지되지는 않았지만 부활한 구세주가 존재하기는 하고, 위험 예배당에 주검이 널브러져 있기는 하지만 성배 성당에 가까워졌고, 황폐한 땅이 여전히 펼쳐져 있지만 새로운 세계를 알리는 닭 울음소리가 들려오고, 비가 내리지는 않았지만 비를 머금은 먹구름이 다가오고, 천둥소리가 전하는 교훈이 황무지의 거주민들에 의해 실천되지는 않았지만 전해지기는 하는 등, 4부까지 지속되어오던 황무지에서 벗어날 가능성이 마지막에 이르러 잠재적으로나마 암시되고 있다.

　　그리고 엘리엇이 "매우 멋진 부분이며 그 나머지는 일시적"이라고 언급한 제5부 331-358행의 "물 듣는 노래"(water dripping song)는 황무지에서 벗어나는 기대 혹은 소망을 가장 잘 보여준다. 엘리엇은 자신이 퀘벡에서 들었다는 갈색 지빠귀(은둔-지빠귀)에 대해 "외딴 숲과 덤불 무성한 은신처에 서식

---

[1] 첫 부인인 비비안 헤이우드(Vivienne Haigh-Wood)와 버트런드 러셀(Bertrand Russell)의 관계, 그리고 엘리엇 자신과 에밀리 헤일(Emily Hale)의 관계 등으로 인한 불행한 결혼 생활을 생각해볼 수 있을 것이다.

한다. . . . 그 음은 다양하거나 풍성하지는 않지만, 음조나 정교한 조음의 순수성과 감미로움 면에서 타의 추종을 불허한다. 지빠귀의 '물 듣는 노래'는 당연하게도 유명하다"라고 저자 노트에 적고 있다. 엘리엇은 가정법 문장을 하나씩 쌓아가며 물 없는 바위산 속에서 "물이 있다면"을 반복하며 물에 대한 염원을 증폭시켜 간다. 그리고 그 극점에 환영 속에서나마 그 이전에 울려 퍼지던 "적 적 적" 소리와 극적으로 대조되는 "또록 뚜룩 또록 뚜룩 뚜룩 뚜룩 뚜룩"이라는 물 듣는 소리가 울려 퍼진다. 물론 이 부분의 마지막 행은 "하지만 물이 없다"로 끝나고 이어지는 엠마오로 가는 길의 일화에서 기대하던 구세주가 부활하였지만 인식되지 못한 상황이 전개되는 황무지 상황이기는 하지만, 적어도 환상 속에서나마 황무지에서 벗어날 가능성을 보여주며 마지막 행에 이르러 엘리엇은 "평온"을 의미하는 "샨띠히 샨띠히 샨띠히"를 소망하며 그 대단원의 막을 내린다.

III. 줄거리

어쩌면, 『황무지』는 브룩스(Cleanth Brooks)가 "이단"이라고까지 경고했던, 풀어 설명하는 것이 가장 어려운 혹은 거의 불가능한 작품 중 하나일 것이다. 특히 이 작품의 가장 특징적인 구성 방식인 파편들의 비선형적 병치 혹은 중첩 기법을 고려한다면, 이 작품을 풀어 설명하기란 더더욱 무모한 일일 수 있을 것이다. 그럼에도 불구하고 굳이 제5부인 「천둥이 말한 바」를 시 단락별로 요약해 본다면 다음과 같을 수 있다.[2]

---

2) 제5부를 설명하는 데 사용할 텍스트의 단락(연) 구분은 크리스토퍼 릭스(Christopher Ricks)가 편집한 『T. S. 엘리엇의 시편들』(The Poems of T. S. Eliot, 2015)을 따르고, 행 구분은 『T. S 엘리엇: 시와 극 전집, 1909-1950』(T. S. Eliot: Complete Poems and Plays, 1909-1950, 1952)을 따른다. 이에 따라 시 단락은 11개 단락, 시행은 322-434행으로 한다.

『황무지』제1부의 마지막 시 단락에서 당대의 황무지인 런던의 금융가 시티 지역을 지나가던 보이지 않는 화자 혹은 탐색자의 카메라와 같은 눈은 제2부에서 제4부를 거치며 황무지의 구체적인 장면 및 그와 중첩 혹은 병치된 신화적 혹은 원형적 장면을 지나, 마지막인 제5부에 이른다. 제5부의 제1단락에서 그 화자의 시선은 제1부에서 마담 소소트리스가 찾을 수 없었던, 재생을 의미하는 "매달린 자"의 카드의 변주인 구세주(예수, 식물 신, 혹은 어부 왕)의 죽음 장면으로 이동한다.

제1단락

제5부는 화자의 시선이 구세주의 수난과 죽음이 벌어진 장면에 머물며 시작한다. 특히 이 부분은 주로 성경의 「마태복음」 26-28장과 「누가복음」 22-24장의 중심 사건인 예수의 죽음과 부활에서 인유해 온 이미지들로 구성되어 있다. 해당 부분의 주된 서사는 최후의 만찬으로부터, 겟세마네/감람산에서의 기도, 붙잡혀 대제사장의 공회에 나감, 고발되어 빌라도 총독에게로 넘겨짐, 골고다 언덕에서 십자가에 못 박혀 죽음을 거쳐, 죽은 지 사흘 만에 부활하는 일련의 사건들로 구성되어 있다. 특히 제1단락은 "이후"(After)를 반복적으로 사용하여 예수의 여러 수난을 압축적으로 그린 이후, 예수의 죽음과 이로 인해 죽어가는 인간의 상황을 언급하며 제5부를 시작한다. 여기서 등장하는 "서리" 및 "정원들"은 제1부의 제2단락에 등장하는 "히아신스 정원"과 제4단락에 등장하는 "작년 네 정원에 심었던 시체," 그리고 "갑작스러운 서리"와 연결된다.

> 땀투성이 얼굴들에 붉게 드리운 햇불 이후
> 정원들에 내린 서릿발 같은 정적 이후
> 돌밭들에서의 고뇌 이후

외침과 울음소리

감옥과 궁전 그리고

머나먼 산들 위 봄 천둥의 울림소리

살아 있던 그는 이제 죽고

살아 있던 우리는 이제 죽어간다.

가까스로 견디며.

322 After the torchlight red on sweaty faces
323 After the frosty silence in the gardens
324 After the agony in stony places
325 The shouting and the crying
326 Prison and palace and reverberation
327 Of thunder of spring over distant mountains
328 He who was living is now dead
329 We who were living are now dying
330 With a little patience

제2단락

화자의 시선이 물이 없고 돌만 있는 산으로 이동하며, 구세주의 죽음으로 인해 나타난 황무지 상황, 특히 제1부 제2단락의 "메마른 돌에는 물소리도 없다"라는 구절에서 제시되었던 생명을 가져다줄 수 있는 물이 부재한 상황이 그려진다. 이 단락은 "여기엔 물 없고 오직 바위뿐"에서 시작하여 "만약"(if)을 사용한 여러 가정법 문장을 반복적으로 사용하여 물에 대한 강렬한 소망을 드러내지만 결국 구세주의 죽음으로 인한 이 황무지엔 "물은 없다"로 끝을 맺는다. 여기서 "물"은 제1부에서 제4부까지 나타나는 주요 모티프인 "물"에서 이어진 것이며, 제5부의 제2단락 전체는 특히 제1부 제2단락의 "죽은 나무는 피할 곳을 주지 못하고, 귀뚜라미는 위안을 주지 못하며, / 메마른 돌 물소리는 없다. 그저 이 붉은 바위 아래 그림자가 있을 뿐"이라는 부분이 변주되며 확장된 것이다. 이 단락에 사용된 문장의 특징 중 하나는 문장 부호가 없다는 점이다.

여기엔 물이 없고 오직 바위뿐
바위 있고 물이 없고 그저 모랫길
물이 없는 바위산들
그 산들 사이 굽이쳐 오르는 길
물이 있다면 우리가 멈춰 서서 마실 터인데
그 바위 사이에선 누구도 멈추거나 생각할 수 없다
땀은 메마르고 발은 모래 속
그 바위 사이 물이라도 있다면
침도 뱉을 수 없는 삭은 이빨을 한 죽은 산 어귀
여기선 설 수도 누울 수도 앉을 수도 없다
산들 속엔 정적마저 없고
비를 머금지 않은 메마른 불모의 천둥뿐
산들 속엔 고독마저 없고
갈라진 흙담집들의 문들에서
붉은 부루퉁한 얼굴들만 빈정대며 으르렁댈 뿐
　　　　　　　　　　　　　　물이 있고
　바위 없다면
　바위 있고
　물도 있고
　물
　샘물
　바위 사이 물웅덩이가 있다면
　물소리라도 있다면
　노래하는 매미 소리와
　메마른 풀잎 소리 아닌
　바위 위 물소리라도 있다면

은둔하는 갈색 지빠귀가 소나무들 속
또록 뚜룩 또록 뚜룩 뚜룩 뚜룩 뚜룩 노래하는 그곳에
하지만 물은 없다

331 Here is no water but only rock
332 Rock and no water and the sandy road
333 The road winding above among the mountains
334 Which are mountains of rock without water
335 If there were water we should stop and drink
336 Amongst the rock one cannot stop or think
337 Sweat is dry and feet are in the sand
338 If there were only water amongst the rock
339 Dead mountain mouth of carious teeth that cannot spit
340 Here one can neither stand nor lie nor sit
341 There is not even silence in the mountains
342 But dry sterile thunder without rain
343 There is not even solitude in the mountains
344 But red sullen faces sneer and snarl
345 From doors of mudcracked houses
346   If there were water
347   And no rock
348   If there were rock
349   And also water
350   And water
351   A spring
352   A pool among the rock
353   If there were the sound of water only
354   No the cicada
355   And dry grasses singing
356   But sound of water over a rock
357   Where the hermit-thrush sings in the pine trees
358   Drip drop drip drop drop drop drop
359   But there is no water

제3단락

화자의 시선은 예수의 부활과 이를 확신하지 못한 채 엠마오로 가는 두 길손 이야기 장면으로 이동한다. 특히 예수의 죽음과 부활을 다룬 성경의 두 부분 중 「누가복음」 24장에 이야기된 '엠마오로 가는 길'의 일화가 이 장면을 구성하는 기본적인 틀로 사용된다. 성경에 서술된 바로는, 예수의 부활 소식을 듣고 엠마오로 돌아가던 두 길손은 부활 사건을 이야기하는 동안 예수가 동행하지만 예수를 알아보지 못하고 도착하여 음식을 나누며 축사할 때에야 알아보게 된다. 하지만 엘리엇은 이 시 단락에서 엠마오로 가는 길의 일화 중 그 두 길손이 부활한 예수를 알아보지 못하는 상황만을 인유한다. 이 단락에서의 "나"와 "그대"는 샤를 보들레르(Charles Baudelaire)의 『악의 꽃』(*Les Fleurs du Mal*) 중 「독자에게」의 마지막 행을 인유한 제1부 마지막 행 "그대! 위선적인 독자여!—나의 닮은 꼴,—나의 형제여!"에서의 "나"와 "그대"가 변주된 형태이다.

> 항상 그대 곁에 걷고 있는 제삼자는 누구인가?
> 세어 보면, 모두 그대와 나 둘뿐
> 한데 내가 저 앞 하얀 길을 올려다보면
> 항상 그대 곁에 걷고 있는 또 다른 이가 있어
> 갈색 망토에 감싸인 채, 두건 쓰고, 미끄러지듯 움직여
> 남자인지 여자인지 모르겠지만
> —한데 그대 반대편에 있는 건 누구인가?

360   Who is the third who walks always beside you?
361   When I count, there are only you and I together
362   But when I look ahead up the white road
363   There is always another one walking beside you
364   Gliding wrapt in a brown mantle, hooded
365   I do not know whether a man or a woman
366   ─But who is that on the other side of you?

제4단락

  화자의 시선은 떠도는 무리, 문명의 중심 도시들의 형성과 파괴로 향한다. 이 단락은 구세주의 죽음이나 부재, 혹은 부활은 했지만 인간들이 그 구세주를 인식하지도 확신하지 못하는 황무지 상황에서 반복적으로 벌어지는 전쟁과 죽음, 그리고 도시의 형성과 파괴를 그린다. 여기서는 「누가복음」 23장 27절에 등장하는 예수의 죽음을 애통해하는 "슬피 우는 사람들과 여인네들의 큰 무리," 혹은 식물 신의 죽음과 부재 혹은 불모 상태를 애통해하는 어머니 신 혹은 여인네들, 혹은 당대 제1차 세계대전 중 (폴란드를 두고 벌어진) 전장에서 죽은 아들을 애도하는 어머니들의 여러 소리가 중첩된다. 더불어 구세주가 부재한 역사의 과정에서 끊임없이 세워지고 무너지는 고대 지중해를 중심으로 한 문명의 중심 도시들과 당대 유럽 문명의 중심 도시들이 병치되어 제시된다. 슈펭글러(Oswald Spengler)의 『서구의 몰락』(*The Decline of the West*, 1918)과도 함께 연상해볼 수 있는, 이 부분에서 엘리엇은 주석을 통해 밝힌 바와 같이 헤세의 『혼돈 들여다보기』에 수록된 「『카라마조프의 형제들』 혹은 유럽의 몰락」의 마지막 부분을 인용하여 당대 동유럽의 쇠퇴를 원형적인 방식으로 그리고 있다. 여기서 "떼 지어 몰려다니는 저 무리"(hordes)는 제1부 제3단락과 제4단락에서의 "군중들"(crowds)과 제2부와 제3부에 제시된 황무지 거주민들의 변주이며, 여기서 열거된 서구 문명의 주요 도시들은 제1부 제4단락에서 지옥처럼 그려진 런던의 시티 지역 및 그 이후 런던 전체가 변주된 것이다. 또한 이 공간을 채우는 빛깔은 티레시아스가 등장하는 제3부의 제5단락에서와 마찬가지로 "보랏빛"이다.

> 저 공중 높이 저 소리는 무엇인가
> 어머니의 애통해하는 웅얼거림
> 편평한 지평선으로만 에워싸인
> 갈라진 땅에서 비틀거리며, 끝없는 평원들 위로

두건 쓴 채 떼 지어 몰려다니는 저 무리는 누구인가

저 산들 위 도시는 무엇인가

보랏빛 공중 속 망가지고 다시 만들어지고 터져 부서진다

무너지는 탑들

예루살렘 아테네 알렉산드리아

비엔나 런던

비현실적인

367   What is that sound high in the air

368   Murmur of maternal lamentation

369   Who are those hooded hordes swarming

370   Over endless plains, stumbling in cracked earth

371   Ringed by the flat horizon only

372   What is the city over the mountains

373   Cracks and reforms and bursts in the violet air

374   Falling towers

375   Jerusalem Athens Alexandria

376   Vienna London

377   Unreal

제5단락

화자의 시선은 초현실주의적인 방식으로 그려진 지옥 같은 이 암울한
황무지로 이동하며, 이곳에 물이 없음을 다시 한번 확인한다. 15-16세기 네
덜란드 화가인 히에로니무스 보스(Hieronymus Bosch, 약 1450-1516)의 지옥 그
림을 연상시키듯, 공감각적으로 묘사된 이 무시무시한 장면은 한 여인이 검
은 머리 타래로 바이올린을 켜듯 그 곡조를 켜고, 이와 동시에 아이 얼굴을
한 박쥐들이 퍼덕이며 검어진 성벽을 타고 내려가며 쉭쉭 휘파람 소리를 내
고 있다. 이러한 배경 속에서 제4단락에 제시되었던 탑들이 뒤집혀 무너지

는 상황이 그려지며 더불어 무너지는 종소리가 울려 퍼진다. 이 파괴의 현장에서 (목)소리들은 물 없는 메마른 물 저장고와 우물로부터 공허하게 울려 퍼진다. 여기서 머리카락은 제1부 제2단락에서의 히아신스 소녀의 젖은 머리카락, 제2부 제1연에서의 신경질적인 여인의 "머리카락," 그리고 제3부 제6단락에서의 타이피스트의 "머리카락"으로 변주되며 이어져 온 것이다. 또한 여기서 시간을 알렸던 종소리 또한 제1부 제4단락에서의 "시간을 알렸던 세인트 메리 울노스"의 변주이기도 하다. 그리고 제4단락에서의 죽음과 애도 그리고 끊임없이 반복되는 도시의 생성과 파괴를 통해 전달되는 끔찍한 분위기는 "보랏빛"으로 제5단락에서 공감각적으로 표현된 장면의 섬뜩한 분위기로 이어진다.

한 여자가 긴 검은 머리카락을 팽팽히 잡아당겨
그 줄들로 은밀하게 수군대는 곡을 켰고
아기 얼굴 박쥐들이 보랏빛 황혼녘
휘파람 소리를 내고, 날개를 퍼덕이며
머리를 아래로 한 채 검어진 벽 아래로 기어 내려갔고
공중에선 탑들이 뒤집힌 채,
시간을 알렸던, 추억을 불러일으키는 종들을 울렸고
목소리들은 텅 빈 물 저장소들과 마른 우물들에서 울렸다.

378 A woman drew her long black hair out tight
379 And fiddled whisper music on those strings
380 And bats with baby faces in the violet light
381 Whistled, and beat their wings
382 And crawled head downward down a blackened wall
383 And upside down in air were towers
384 Tolling reminiscent bells, that kept the hours
385 And voices singing out of empty cisterns and exhausted wells.

제6단락

　화자의 시선은 성배 탐색의 마지막 단계인 위험 예배당(Chapel Perilous)으로 이동한다. 새로운 생명을 가능케 할 물이 없는 황폐한 땅의 모습이 성배 탐색 과정에서 탐색자가 위험 예배당으로 다가가는 탐색의 마지막 과정과 중첩되어 묘사되며, 이 메마른 황무지를 적셔줄 물이 나타날 가능성이 암시된다. 죽은 구세주 혹은 불구가 된 어부 왕, 그로 인한 땅의 황폐화를 치유하기 위해 성배를 찾아가는 과정에서 탐색자가 지나야 하는 위험 예배당 주위로 이전의 탐색자들이 실패한 채 죽어 묻힌 무덤들이 무너져 나뒹굴고 마른 뼈들이 드러나 있으며, 예배당 자체도 폐허가 된 채 황량한 모습으로 그려져 있다. 탐색의 마지막 단계에서 전개되는 이 황량한 풍경에 닭이 우는 소리가 울려 퍼지며 베드로가 닭이 세 번 울기 전에 예수를 모른다고 부인하리라는 암울한 분위기와 더불어 변화의 조짐이 보이기 시작한다. 아직 비가 내리지는 않지만 마침내 번개가 치고 비를 몰아오는 습한 돌풍이 인다. 여기서 "메마른 뼈"는 제2부 제3단락과 제3부의 제1단락과 제2단락에서의 죽음을 의미하는 "뼈"들이 변주된 것이다. 또한 "뼈"와 연결된 "바람"의 모티프는 제2부 제3단락과 제4단락에서 변주된 것이기도 하다.

　　　　산들 사이 이 퇴락한 구덩이 속
　　　　희미한 달빛 속에서, 풀잎이 노래하고 있다
　　　　나뒹구는 무덤들 위로, 예배당 주위로
　　　　바람의 집일뿐인, 텅 빈 예배당이 있다.
　　　　창문들도 없고, 문짝은 흔들거리며,
　　　　메마른 뼈들은 아무도 해칠 수 없다.
　　　　수탉만이 지붕 위에 서서
　　　　코 코　키요　코 코　키요
　　　　번쩍이는 번갯불 속에서. 그러자
　　　　비를 몰아오는 습한 돌풍

386   In this decayed hole among the mountains

387   In the faint moonlight, the grass is singing

388   Over the tumbled graves, about the chapel

388   There is the empty chapel, only the wind's home.

390   It has no window, and the door swings,

391   Dry bones can harm no one.

392   Only a cock stood on the rooftree

393   Co co rico co co rico

394   In a flash of lightening. Then a damp gust

395   Bringing rain

제7단락

카메라와 같은 화자/탐색자의 시선은 인도의 강가(갠지스강)와 히마반트 (히말라야)로 확장된다. 공간의 전환에도 불구하고 생명을 가져다주는 물의 부재와 그 물을 기다리는 상황은 반복된다. 시 전체뿐만 아니라 바로 앞 제6단락에서 제시된 땅의 메마름과 비를 기다림이라는 틀을 따라 강가는 물이 메말라 바닥을 드러내고 나뭇잎들은 처진 채 비를 기다리고 있다. 하지만 제6단락에서 암시되었던 변화를 의미하는 히마반트 너머 멀리서 비를 머금고 모여드는 먹장구름이 등장한다. 전반부에서의 모든 소리는 사라지며, 밀림은 죽은 듯 정적에 싸인다. 모든 소리가 제거된 이 순간 제6단락에서의 번개에 이어 천둥소리가 울려 퍼진다.

세 번 반복되는 동일한 천둥소리 "다"(DA)는 황무지에서 새로운 생명의 가능성이 차단된 채 살아가는 이들에게 현재 자신들의 상황을 깨닫게 하고 그 상황이 만들어진 이유와 그에 대한 처방을 들려준다. 이 천둥소리는 동일한 하나의 소리이며 듣는 이들에 따라 "주라" "자비를 베풀라" "자제하라"라는 서로 다른 의미로 해석되며 전해진다. 천둥소리는 먼저 탐욕스러운 자신을 내려놓고(self-surrender) "보시(布施)하라"라는 뜻의 나누어 "주라"라는 의미로, 다음으로 유아론이라는 감옥에 갇혀 타인에게 자비심을 가지지 못하는 자신을 넘어서서 "자비를 베풀라"라는 의미로, 마지막으로 통제하는 손에서 벗어나 무절제한 자신을 "자제하라"라는 의미로 울려 퍼진다. 천둥소리가 전하는 이 세 가지 교훈은 역으로 제1부에서 제5부에 이르는 동일하지만 다양한 죽음의 상태에 빠진 황무지 거주민들이 결핍하고 있는 것들을 보여준다.

강가[3]는 내려앉았고, 축 처진 나뭇잎들은
비를 기다렸는데, 먹장구름들이
저 멀리, 히마반트[4] 위로, 모여들었다.
밀림은 정적 속에 웅크린 채, 등 굽히고 있었다.
그때 천둥이 말했다
다
다따: 우리는 무엇을 주었던가?
나의 친구여, 나의 피가 뒤흔들리는 심장
일순간의 내려놓음이라는 그 엄청난 대담성
한 시절의 조심성이 결코 철회할 수 없는 것
이것으로, 오직 이것만으로, 우리는 존재해왔으며
이는 우리의 사망 기사들 속에서나
자애로운 거미줄로 뒤덮인 기억들 속에서나
야윈 사무 변호사가 우리 없는 빈방들에서
찢어 여는 유언장의 봉인 아래 그 어디서도 찾을 수 없다
다
다야드밤: 나는 들었다 열쇠가

---

3) 강가(Ganga): 인도의 갠지스(Ganges) 강. 혹은 갠지스 강의 의인화된 존재로 힌두교도들이 정화와 용서의 여신으로 숭배했던 존재.

4) 히마반트(Himavant): 인도 아대륙과 티베트고원 사이에 있는 히말라야. "서리 내린"(frosty), "얼음 덮인"(icy) 혹은 "눈 덮인"(snowy)이라는 뜻. 히말라야의 의인화된 존재로 히말라야의 통치자이며, 강의 여신인 강가의 아버지.

문에서 한 번 도는 소리 단 한 번 도는 소리를
우리는 열쇠를 생각한다, 각자 자신의 감옥에서
열쇠를 생각하며, 각자 감옥을 확인한다
오직 해질녘, 에테르 같은[5] 소문들이
부서져 몰락한 코리올레이너스를 일순간 되살아나게 한다

다

담야따: 배는 호응했다
즐거이, 돛과 노에 숙련된 손에
바다는 잔잔했고, 그대의 심장도, 초대받았더라면,
즐거이, 순종하여 고동치며 호응했을 터인데
통제하는 손들에

396   Ganga was sunken, and the limp leaves
397   Waited for rain, while the black clouds
398   Gathered far distant, over Himavant.
399   The jungle crouched, humped in silence.
400   Then spoke the thunder
401   DA
402   *Datta*: what have we given?
403   My friend, blood shaking my heart
404   The awful daring of a moment's surrender
405   Which an age of prudence can never retract
406   By this, and this only, we have existed
407   Which is not to be found in our obituaries
408   Or in memories draped by the beneficient spider
409   Or under seals broken by the lean solicitor
410   In our empty rooms
411   DA
412   *Dayadhvam*: I have heard the key

---

5) 에테르 같은(aethereal): 공기 같은, 가볍고 여린, 휘발성의, 천상의, 영묘한.

413   Turn in the door once and turn once only

414   We think of the key, each in his prison

415   Thinking of the key, each confirms a prison

416   Only at nightfall, aethereal rumours

417   Revive for a moment a broken Coriolanus

418   DA

419   *Damyata*: The boat responded

420   Gaily, to the hand expert with sail and oar

421   The sea was calm, your heart would have responded

422   Gaily, when invited, beating obedient

423   To controlling hands

제8단락

천둥소리가 서서히 잦아들며, 이제 화자의 시선은 메마른 땅을 뒤로한 채 어부 왕으로 추정되는 화자/인물이 강기슭에서 낚시하고 있는 장면으로 이동한다. 제3부 제2단락에서 잠시 등장했던 낚시하는 화자/인물 어부 왕이 자신의 불구로 인해 황폐해진 땅을 뒤로한 채 강기슭에 앉아 낚시를 한다. 앞서 템스강 주변 가스공장 뒤에서 낚시질하던 현대판 어부 왕은 마치 제1부에서 런던 다리를 건너 황무지로 들어가며 탐색을 시작했다가 이제 시의 말미에 이르러 마치 황무지를 다 탐색하고 지나온 듯 그 메마른 황무지를 등지고 강기슭에서 낚시질하는 어부 왕으로 변주된다. 성배 탐색의 마지막 단계에서 탐색자가 하는 행위 중 하나가 질문하는 행위 자체이듯이, 황무지를 지나온 이 화자/인물은 죽음을 맞이하기 전에 자신의 땅을 정리해야 하는가 하는 질문을 던진다.

나는 강기슭에 앉아
메마른 평원을 뒤로한 채, 낚시를 하고 있었다
나는 적어도 내 땅들이라도 정리해야 하나?

424	I sat upon the shore
425	Fishing, with the arid plain behind me
426	Shall I at least set my lands in order?

제9단락

제8단락에서는 강이 앞에서 이어지는 인도의 강가인지 아니면 시의 전반적인 배경인 런던의 템스 강인지 특정되지 않았지만, 한 행으로 구성된 제9단락에서의 「런던 다리」 동요로 말미암아 인도로 확장되었던 화자/탐색자의 시선은 다시 제1부의 마지막 단락에 등장했던 런던 다리로 이동한다. 그리고 커다란 천둥소리는 아이들이 부르는 동요 소리로 대체된다. 제5부의 제4단락에서 초현실주의적으로 그려진 종말론적 비전인 "무너지는" 탑들과 도시들이 변주되며, 여기서는 제1부에서 당대의 지옥으로 표상된 금융가 시티 오브 런던으로 들어가는 길목인 런던 다리가 무너진다.

런던 다리 무너져 무너져 무너져

427	London Bridge is falling down falling down falling down

제10단락

무너진 것은 비단 탑들과 도시들과 런던 다리뿐만이 아니라 서로 다른 언어로 구성된 텍스트의 "파편들"이기도 하다. 이제 화자의 시선은 시·공간을 가로지르는 유럽의 문학 텍스트 조각들로 이동한다. 엘리엇은 단테(Dante Alighieri, 1265-1321)의 『신곡』(La Divina Commedia, 약 1308-1320)의 연옥편에서 인유한 이탈리아어로 된 한 구절, 『비너스 철야제』(Pervigilium Veneris, 약 2-4세기 사이)에서 인유된 라틴어로 된 한 구절과 영국 빅토리아 시대의 시인 테니슨(Alfred, Lord Tennyson, 1809-1982)의 『공주』(The Princess, 1847)에서 인유된 영어로 된 구절, 네르발(Gérard de Nerval, 1800-1855)의 소네트 모음집 『키메라』(Les Chimères, 1854)에 수록된 스페인어 제목의 「엘 데스디차도」("El Desdichado")6)에서 인유된 프랑스어 구절 등의 네 가지 파편을 병치시킨다. 그리고 화자/탐색자는 자신의 파멸 혹은 "폐허에 맞대어 이 파편들을 떠받쳐 왔다"라고 말한다.

　　물론 이것은 시인 엘리엇이 "깨어진 영상의 더미" 혹은 "파편들"을 비선 형적으로 병치하고 중첩해서 만든 『황무지』의 제작 방식 및 의도를 나타낸 것이라고도 볼 수 있다. 또한 단테의 인용문에서 "모국어에 더 훌륭한 예술 가"인 아르노 다니엘(Arnaut Daniel)이 이탈리아어 사이에서 프로방스어로 말 하는 것과 키드의 『스페인 비극』에서 언급된 서로 다른 언어들 사이의 소통 불가능성을 이야기하는 것, 그리고 네르발의 소네트에서 아키텐의 왕자가 전통을 박탈당한 것을 고려한다면, 이것은 서로 다른 언어로 파편화된 문구 들이 서로 소통하지 못하는 유럽 문명의 폐허를 암시한다고 볼 수도 있다. 그리고 이것은 『비너스 철야제』와 테니슨의 「오 제비여, 제비여」("O Swallow, Swallow")와 키드의 『스페인 비극』에 그려진 사랑의 어긋남 혹은 부재를 고 려한다면 엘리엇의 개인적인 삶과도 연관해 볼 수 있을 것이다.

　　그럼에도 불구하고, 엘리엇은 파편의 형태로나마 각각의 구절 속에 희 망의 씨앗을 담고 있는 구절들을 인유한다. 특히 종결부의 첫 번째 파편의 경우, 엘리엇은 『황무지』의 전반부에서 단테의 지옥편에서 많은 구절을 인 유한 데 반해 이 종결부(coda)에서 연옥편의 구절, 특히 연옥에서 낙원에 이 르는 정화의 불에 뛰어드는 구절을 인유한다. 그리고 두 번째와 세 번째 파 편들도 각기 봄과 사랑 그리고 침묵을 넘어선 발화 혹은 죽음을 넘어선 새 로운 생명에 대한 소망을 함축하고 있다. 그 소망이 이루어지기를 바라며, 다시 한번 천둥이 말한 바가 반복된다. 주라, 자비를 베풀라, 자제하라.

───────────────

6) 흔히 "불행한 자" 혹은 "박탈당한 자"로 번역됨.

그러곤 그는 그들을 정화하는 불 속으로 숨어들었다
나는 언제 제비처럼 될까―오 제비여 제비여
폐허가 된 탑 속 아키텐의 왕자
나는 나의 폐허에 맞대어 이 파편들을 떠받쳐왔다
그럼 그대 분부대로 하지요. 히에로니모는 다시 미쳤다.
다따. 다야드밤. 담야따.

428   *Poi s'ascose nel foco che gli affina*
429   *Quando fiam uti chelidon―O swallow swallow*
430   *Le prince d'Aquitaine à la tour abolie*
431   These fragments I have shored against my ruins
432   Why then Ile fit you. Hieronymo's mad againe.
433   Datta. Dayadhvam. Damyata.

제11단락

　『황무지』 전체의 대단원의 막을 내리며, 시인/화자/탐색자는 우파니샤드의 마지막에 기원하는 말인 "평온"이라는 의미의 '샨띠히 샨띠히 샨띠히'를 읊조린다. 이로써 비를 머금은 먹장구름은 저 멀리서 몰려오고 천둥소리가 울려 퍼지지만 아직 비가 내리지 않은 상황에서, 제사로 인유된 무녀처럼 죽지 못한 채 영원히 불행한 삶을 살아가야만 하는 모든 황무지 거주자에게 평온이 깃들기를 기원하며 『황무지』는 끝을 맺는다. 미완의 상태이지만, 아마도 우울과 공포의 정서를 그 나름의 객관적 상관물을 통해 예술적 정서로 만든 엘리엇은 자신뿐만 아니라 제1차 세계대전 이후의 유럽에도 평온이 깃들기를 바라지 않았을까?

　　샨띠히　　샨띠히　　샨띠히
434   Shantith   shantih   shantih

IV. 제5부 「천둥이 말한 바」에 대한 몇 가지 주석[7]

제1단락: 322-330행

제5부의 제1단락은 예수의 수난에서 죽음으로 이어지는 일련의 사건을 주로 성경의 여러 부분에서 복합적으로 병치하여 압축적으로 묘사하고 있다.

322행__ "횃불"은 유다의 배반과 관련된 요한복음 18장 3절에서 인유된 것이다.

유다는 로마 군대 병정들과 제사장들과 바리새파 사람들이 보낸 성전 경비병들을 데리고 그리로 갔다. 그들은 등불과 횃불과 무기를 들고 있었다.

324행__ "돌밭들에서의 고뇌"는 성경의 여러 곳에서 언급된다.

누가복음 22장 44절 "예수께서 고뇌에 차서, 더욱 간절히 기도하시니, 땀이 핏방울같이 되어서 땅에 떨어졌다"; 시편 141장 6-7절 "그들의 판관들이 돌밭에 내던져지면, 그들은 내 말이 달므로 듣게 되리라, / 사람들이 흙을 갈아 부서뜨릴 때 같이, 우리의 해골이 무덤의 입구에 흩어져 있으리라"; 마태복음 13장 5-6절 "어떤 씨앗들은 흙이 별로 없는 돌밭에 떨어지니, 흙이 깊지 않아 싹은 났지만, 해가 뜨자 타버리고, 뿌리가 없어 말라버렸다"; 20-21절 "돌밭에 뿌린 씨는 이런 사람이다. 그는 말씀을 듣고, 곧 기쁘게 받아들이기는 하지만, 그 속에 뿌리가 없어서 오래 가지 못하고, 말씀 때문에 환난이나 박해가 일어나면, 곧 걸려 넘어진다."

---

7) 엘리엇의 『황무지』에 관한 주석은 너무나 다양하고, 때로는 서로 충돌하기도 한다. 아래의 주석은 필자가 시를 나름대로 이해한 바에 따라 선별하고 내용을 이해하기 쉽게 설명을 덧붙인 것이다. 그리고 필자는 가능하면 인유된 구절들을 보다 구체적인 문맥 속에서 이해할 수 있도록 원본 텍스트의 인유된 구절들 전·후의 문장들을 가능한 한 많이 포함하려고 했다.

제2단락: 331-359행

357행__ [엘리엇의 주석]

이 새는 *Turdus aonalaschkae pallasii*라고 하는 갈색 지빠귀(hermit-thrush)로 내가 퀘벡 지역에서 들었다. 채프만(Chapman)이 (『동북미의 새에 관한 안내서』(*Handbook of Birds in Eastern North America*)에서) 말하기를 "이 새는 한적한 삼림 지대와 잡목으로 뒤덮인 은신처에서 서식한다. . . . 그 새의 음색은 다양하지도 않고 그 음량이 아주 풍성하지는 않지만 음조의 순수함과 감미로움과 섬세한 전조 면에서는 타의 추종을 불허한다." 그 새의 "물-듣는 노래"는 당연히 명성이 높다.

이와 관련하여 엘리엇은 1923년 포드 매독스 포드(Ford Madox Ford)에게 보낸 편지에서, 약 30행의 좋은 시행에 관해 묻고 난 후 스스로 답하는 과정에서 "마지막[제5부]에 있는 스물아홉 행의 물-듣는 노래" 부분을 지목한다. 엘리엇이 언급한 29행은 제5부의 제2단락으로 331-359행에 이르는 부분이다. 이는 『황무지』의 음향 효과를 감안한다면, 제2부와 제3부에 펼쳐진 메마른 황무지에 울려 퍼지던 "적 적" 소리와 극적인 대조를 이루며 환상 혹은 가정 속에서나마 물의 가능성을 듣는 부분이다.

제3단락: 360-366행

엘리엇은 본문 제3단락에서 인유한 엠마오로 가는 길의 일화에 대해 어니스트 섀클턴(Ernest Shackleton)의 실제 남극 탐험에서의 일화를 주석으로 달아 놓았다. 이로 인해 본문에서 인유된 엠마오로 가는 두 길손의 이야기는 주석에서 인유된 남극을 탐험했던 세 탐험가의 실제 경험과 특이한 방식으로 중첩된다.

360행_ [누가복음 24장 13-16절]

마침 그날[예수가 부활한 날]에 그들 가운데 두 사람이 예루살렘에서 한 삼십 리 떨어져 있는 엠마오라는 마을로 가고 있었다. / 그들은 일어난 이 모든 일을 서로 이야기하고 있었다. / 그들이 이야기하며 토론하고 있는데, 예수께서 가까이 가서, 그들과 함께 걸으셨다. / 그러나 그들은 눈이 가려져서 예수를 알아보지 못하였다.

360행_ [엘리엇의 주석]

이 이후의 시행은 (뭔지 잊기는 했지만 내가 생각하기로는 섀클턴의 남극 탐험) 여러 남극 탐험 중 하나에 관한 설명에 의해 촉발된 것인데, 그 이야기는 일단의 탐험가들이 힘이 극한에 다다른 상태에서 실제로 셀 수 있었던 숫자보다 한 명 더 있었다는 환상에 지속적으로 빠져 있었다는 것이다.

『남극: 섀클턴의 마지막 여행 이야기 1914-1917』(*South: The Story of the 1914-1917 Expedition*. London: W. Heinemann 1919) 중, 엘리엇이 원용한 해당 구절은 다음과 같다.

그날들을 되돌아보면 나는 신의 섭리가 설원을 가로질러 가던 때뿐만 아니라 사우스 조지아 착륙장으로부터 코끼리 섬을 가르던 폭풍을 동반한 악천후의 바다를 가로질러 가던 때 우리를 이끌어 주었다는 것을 의심하지 않는다. 나는 사우스 조지아의 이름 모를 산들과 빙하를 넘어 서른여섯 시간 동안 오래 힘들게 걸어가면서 가끔 우리가 세 명이 아니라 네 명인 듯했던 것을 알고 있다. 나는 내 동료들에게 그 점에 대해 아무 말도 하지 않았지만, 나중에 워슬리가 "대장, 제가 걷는 동안에 다른 사람이 우리와 함께 있다는 느낌을 받았었습니다"라고 내게 말했다. 크리안도 똑같은 생각을 털어놓았었다.

제4단락: 367-377행

[엘리엇의 주석] 헤르만 헤세의 『혼돈 들여다보기』와 비교:

이미 유럽의 절반은, 이미 적어도 동유럽의 절반은 무질서에로의 길에 들어서서, 술에 취한 채 신성한 광기로 심연의 가장자리를 따라 질주하며 드미트리 카라마조프의 찬가와 같은 찬가를 부른다. 언짢은 부르주아는 이 노래를 비웃고, 성자와 예언자는 눈물을 머금은 채 그 노래를 듣는다.

독일어 원문으로 인용한 헤세의 이 부분은 엘리엇이 제5부의 전체 주석에서 언급한 세 번째 주제인 최근 동유럽의 쇠퇴와 관련된 것이다. 엘리엇은 러시아 혁명, 독일 및 오스트리아-헝가리 이중제국의 해체라는 문맥에서 쓰인 헤세의 『혼돈 들여다보기』에 수록된 첫 번째 산문인 「『카라마조프가의 형제들』 혹은 유럽의 몰락」의 마지막 부분을 주석에 인용하고 있다. 엘리엇이 언급한 이 산문은 원래 1919년에 발표되었다가 다소의 수정을 거쳐 세 편의 에세이를 담은 『혼돈 들여다보기』에 재수록된 것이다.

애컬리(Chris Ackerley)는 이 단락과 앞선 단락(360-366) 사이의 흥미로운 연결고리를 제시하고 있다. 그는 엘리엇이 『카라마조프의 형제들』을 읽었으리라는 가정하에 이반과 스메르쟈코프의 아래 대화(11권 8장)를 인용한다.

그[이반]는 "알겠지만, 나는 네놈이 꿈일까 봐, 내 앞에 앉아 있는 허깨비일까 봐 겁이 난다"라고 중얼거렸다.
"여기 허깨비는 없습니다, 우리 둘과 다른 한 사람이 있을 뿐이죠. 분명 제삼자는 우리 사이에 있습니다."
"그게 누구야? 누가 있단 말이야?" 이반은 주위를 돌아보며 황급히 구석구석 살피며 겁먹은 소리로 말했다.
"제삼자란 하느님, 섭리하는 신이죠. 그분이 지금 우리 옆에 있는 제삼자입니다. 그저 찾지는 마십시오. 그분을 찾지 못할 테니."

제6단락: 386-395행

이 단락은 엘리엇이 제5부에 관해 언급한 두 번째 주제인 "위험 예배당" 으로 다가감(웨스턴의 책)과 연관된 부분이다. 이와 관련하여 『제식으로부터 로망스로』에서 찾아볼 수 있는 내용은 다음과 같다.

성배 로망스를 공부하는 학생들은 여러 판본에서 주인공—때로는 여주인공— 이 신비로운 성당에서 기이하고 무시무시한 모험—삶에 대한 극단적인 위험으 로 가득 차 있는 모험—을 하는 것을 보게 된다. 그 세부 사항들은 매우 다양 하다. 때로는 재단 위에 죽은 몸이 있고; 때로는 초를 끄는 검은 손이 있고, 기 이하고 위협적인 목소리들이 있다. 그리고 일반적으로 이 모험에 초자연적인, 사악한 힘들이 드리워져 있다는 인상을 받게 된다.

제7단락: 396-423행

402행_ [엘리엇의 주석]

"다따, 다야드밤, 담야따" (주라, 자비를 베풀라, 자제하라). 천둥의 의미에 관한 일화는 『브리하드아란야까 우파니샤드』 5.1에서 찾아볼 수 있다." 번역으로는 [파울] 도이센(Paul Deussen)의 『베다의 우파티샤드 60』(*Sechzig Upanishads des Veda*)이 있다.

엘리엇이 사용했던 것으로 알려진 도이센의 독일어 원본의 영역본(*Sixty Upanishads of the Veda*)의 해당 부분을 옮기면 다음과 같다.

1. 프라자파티의 서로 다른 세 아들들인 신들(the gods), 인간들(humans), 악마 들(the demons)이 자신들의 아버지인 프라자파티의 제자로 살았다. 그들이 제 자로서 그와 함께 지낸 후 신들이 말했다: "우리에게 가르침을 주소서, 오 주

여!" 그러자 그는 그들에게 "다"(da)라는 음절을 발화했다.―"너희는 그것을 이해했느냐?"라고 그가 물었다.―"저희가 그것을 이해했습니다, 당신은 저희에게 우리가 자제(damyata)해야 한다고 말씀하셨습니다"라고 대답했다.―"그렇구나, 너희들이 그것을 이해했구나."

2. 그런 후 인간들이 그에게 말했다. "우리에게 가르침을 주소서, 오 주여!" 그러자 그는 그들에게도 "다"(da)라는 음절을 발화했다. "너희는 그것을 이해했느냐?"라고 그가 물었다.―"저희가 그것을 이해했습니다, 당신은 저희에게 우리가 주어야 한다(datta)고 말씀하셨습니다"라고 대답했다.―"그렇구나, 너희들이 그것을 이해했구나."

3. 그런 후 악마들이 그에게 말했다. "우리에게 가르침을 주소서, 오 주여!" 그러자 그는 그들에게도 "다"(da)라는 음절을 발화했다. "너희는 그것을 이해했느냐?"라고 그가 물었다.―"저희가 그것을 이해했습니다, 당신은 저희에게 우리가 자비를 베풀라(dayadhvam)라고 말씀하셨습니다"라고 대답했다.―"그렇구나, 너희들이 그것을 이해했구나."

그 신성한 목소리, 천둥은 심지어 자제하라(control yourself), 주라(give arms), 자비를 베풀라(have compassion)라는 뜻의 "다," "다," "다"라고 발화하며 천둥소리를 반복해 낸다.―그러므로, 이 세 가지 발화를 실천해야 한다: 자제하라, 주라, 자비를 베풀라.

403-410행_ "주라"는 무엇을 주는가에 관한 것이기도 하겠지만, 무엇보다 주기 위해서 자신을 내려놓아야 한다는 태도의 문제이기도 하다. 이는 너무 사려 깊게 생각하여 조심하면 결국 내려놓지 못하고 결국 아무것도 주지 못한다는 것이다. 그리고 이 일순간의 철회할 수 없는 내려놓음이 우리가 세상에 존재했던 증거이지만, 이는 드러내는 것이 아니고 내려놓는 것이기 때문에 사망 기사나 묘비의 비문이나 유언장 등과 같은 그 어떤 공식 문서에도 존재하지 않는다. 특히 엘리엇은 "내려놓음"(surrender)이라는 동사를 「전통과 개인의 재능」에서 시인의 탈-개성화를 언급할 때도 유사하게 사용한다.

여기서 일어나는 일은 더 가치 있는 무엇인가를 대하는 순간에 자신을 지속해서 내려놓는 것(a continual surrender of himself)이다. 예술가가 성장한다는 것은 지속해서 자기를 희생하고, 지속해서 개성을 소멸시키는 것이다.

408행__ [엘리엇의 주석] 존 웹스터(John Webster)의 『하얀 악마』(*The White Devil*) 5막 6장과 비교

벌레가 그대들의 수의를 뚫기 전에,
거미가 그대들의 비문에 얇은 커튼을 치기 전에,
그들아내들은 재혼할 것이오.

자코비안 비극의 대표적 복수극인 『하얀 악마』는 하얀 악마인 비토리아(Vittoria)와 브라치아노(Brachiano) 공작을 중심으로 벌어지는 정치적 음모, 불륜의 욕정, 유혈의 복수를 그리고 있다. 엘리엇이 언급한 해당 구절은 극의 마지막 장에서 불륜 관계를 맺은 비토리아와 브라치아노가 공모하여 비토리아의 남편과 브라치아노의 아내를 살해한 것이 밝혀지고, 극의 마지막에서 벌어지는 결혼식에서의 마상 시합에서 브라치아노는 독살당하고, 비토리아의 동생인 플라미니오(Flaminio)가 계략을 꾸며 죽은 척하다가 일어선 후 자신을 죽이려던 비토리아와 그녀의 종인 잰키(Zanche) 앞에서 하는 대사이다. 이 구절의 전후를 보면 이 인유를 통해 엘리엇이 자신의 첫 번째 아내와 겪은 불화를 우회적으로 표현하고 있는 것은 아닐까 하는 생각을 해볼 수도 있을 것이다.

오 임종의 자리에 누운 채, 울부짖는
아내들에게 시달리는 남자들이여!
절대 그들을 믿지 마시오. 그들은
벌레가 그대들의 수의를 뚫기 전에,

거미가 그대들의 비문에 얇은 커튼을 치기 전에 재혼할 것이오.

너희들은 얼마나 교활하게 벗어나려고 했던가!

너희들은 포병장에서 훈련을 한 것인가?

여자를 믿으라고? 절대로, 절대로 아니지. . . .

우리는 조금의 쾌락을 위해 우리의 영혼을 악마에게 저당 잡히고,

여자들은 매매증서를 작성하지. 남자들이 결혼해야만 하다니!

자신의 주군이자 남편을 구했던 휴페름네스트라에 비해

마흔아홉 명의 자매는 하룻밤에 자신들 남편의 목을 벴다.

412행__ [엘리엇의 주석] 단테의 『지옥』(*Inferno*) 33.46의 구절과 비교

그러곤 나는 그 무시무시한 탑의 하단부에서

문에 못질하는 소리를 들었다.[8]

엘리엇이 주석에 인용한 구절은 13세기 이탈리아 귀족인 우골리노 백작 (Ugolino della Cherardesca)이 정치적 반역으로 인해 두 아들과 두 손자와 함께 피사의 탑에 감금된 채 굶어 죽게 된 이야기의 일부다. 우골리노는 죄수들이 탑에 갇힐 때 "단 한 번 돌아가는" 열쇠 소리를 듣는다. 그 이후에 감옥의 열쇠는 강물에 던져지고, 갇힌 자들은 굶어 죽게 된다. 죽음에 이르기까지 탑에 감금되는 상황은 이어지는 엘리엇의 주석에서 언급한 브래들리의 "나 자신의 원, 외연이 닫힌 원" 즉 자신의 닫힌 자아나 의식의 감옥에 갇힌

---

8) 엘리엇의 오류이든 혹은 의도적 변형이든, 편·역자들의 주석에 따르면, 엘리엇은 "못질하다"라는 의미의 이탈리아어를 "가두다" 혹은 "열쇠를 돌리다"로 이해했다고 한다. 특히 사우스햄 (B. C. Southam)에 따르면, 단테의 원문은 감옥 문을 못으로 박아버린 것으로 되어 있지만, 엘리엇은 단테의 템플 클래식 판 이탈리아-영어 텍스트를 사용했다는 가정 아래 못질하는 소리를 키 돌리는 소리로 이해 혹은 오해했다고 한다. 또 하나의 흥미로운 점은, 사우스햄도 언급했듯이, 엘리엇이 『황무지』가 발표되기 1년 전 「런던 서한」("London Letter" 1921. 06)에서 자신이 로이드 은행의 시티 오피스에서 근무하던 날들을 우골리노의 감금과 연결하였다는 것이다.

상황으로 이어진다.

[엘리엇 주석]: F. H. 브래들리(Bradley)의 『현상과 실재』(*Appearance and Reality*)의 346쪽과 비교

나의 외적 감각은 내 사고나 내 감정에 못지않게 나 자신에게 사적이다. 어떤 경우든 나의 경험은 나 자신의 원, 외연이 닫힌 원 내부에 속해 있다. 그리고 그 모든 구성 요소들이 유사한데도 각 영역은 그 주변에 있는 다른 영역들에 대해 불투명하다. . . . 간략히 말하자면, 한 영혼에 나타나는 하나의 존재로 여겨지기에, 각 영혼에 대한 전 세계는 그 영혼에 특이하고 사적이다.

"자비를 베풀라"라고 하는 천둥소리의 교훈과 달리 황무지의 거주민들은 자아의 감옥에 갇힌 채 자비심을 가지지 못하고 살아간다. 그 일례로 주어진 인물이 바로 417행의 코리올레이너스다.

417행_ 코리올레이너스는 셰익스피어(William Shakespeare, 1564-1616)의 『코리올레이너스』(*Coriolanus*)의 주인공으로 로마의 장군이다. 자신의 자존심과 배은망덕한 로마인들을 벌할 자신의 욕망에 이끌려 로마에 대적하던 볼스키 군에 들어간다. 그는 로마를 상대로 승전했지만, 자신의 어머니와 부인과 아이들에게 설득당해 로마를 노략질하지는 않게 된다. 이 새로운 배반 행위를 처벌하기 위해 볼스키족이 그를 죽인다. 여기서 코리올레이너스는 자신의 자아 혹은 의식이라는 감옥에 갇힌 채 자비롭지 못하지만 자기 어머니의 탄원에 그 감옥으로부터 일순간 벗어나기는 했으나 결국 볼스키에 의해 비극적인 죽음을 맞이하게 된다. 자아의 감옥에 갇혀 있다가 그 감옥 문을 열쇠로 열고 외부와 공감하여 자비심을 베풀 가능성을 일순간이나마 보여준 코리올레이너스를 "자비를 베풀라"의 일례로 보여주고 있다.

제8단락: 424-426행

엘리엇은 자신이 주석에서 언급한 제시 웨스턴의 『제식으로부터 로망스로』 중 어부 왕에 관한 논의와 성경 이사야서 38장 1절을 병합하여 만든 단락.

425행_ [엘리엇의 주석] 웨스턴, 『제식으로부터 로망스로』 어부 왕에 관한 장.

웨스턴이 어부 왕에 관해 언급한 것 중, 어부 왕 자신과 자신이 거주하는 땅과의 관계, 그리고 삶의 상징으로서의 물고기에 관해 언급한 부분을 보면 다음과 같다.

왕의 성격, 그가 겪고 있는 장애, 그로 인해 자신의 종족과 땅에 행해진 결과는 일찍이 통치자와 그의 땅 사이에 존재했던 익숙한 관계─주로 왕을 삶과 풍요의 신성한 원리와 동일시하는 의존 관계─에 두드러지게 상응한다. // 물고기는 태곳적 삶의 상징이라는 점, 그리고 어부의 지위는 처음부터 특히 삶의 기원과 보존에 연관되었다고 하는 여러 신들과 연상되어왔다는 점을 우리는 분명히 확신할 수 있다. // [어부 왕은 단순히 심히 상징적인 인물일 뿐만 아니라 전체 신화의 본질적인 중심으로, 반은 신이고 반은 인간인 존재이며, 자신의 백성과 땅 사이에 서 있으며, 그들의 운명을 통제하는 보이지 않는 힘이다.

426행_ 이사야서 38장 1절

그 무렵에 히스기야가 병이 들어서 거의 죽게 되었는데, 아모스의 아들 예언자 이사야가 그에게 와서 말하였다. "주님께서 이렇게 말씀하십니다. "네가 죽게 되었으니, 너의 집안 모든 일을 정리하여라. 네가 다시 회복되지 못할 것이다.""

성배 탐색자가 마지막 단계에서 해야 하는 것이 질문을 던지는 것이라는 점을 감안한다면, 여기서 죽음을 인식하고 그에 대해 준비해야 하지 않겠느냐는 질문은 탐색의 마지막 단계에 왔다는 점을 알려준다.

제9단락: 427행

여기서 런던 다리는 제1부 마지막 단락에서 제시된 금융권인 시티 지역으로 들어가는 런던 다리의 변주이다. 제1부가 단테의 지옥과 보들레르의 개미들이 득실대는 도시를 중첩해서 만든 런던의 시티 지역으로 들어가는 길목으로서의 런던 다리를 묘사했다면, 제5부의 종결부는 동요를 원용하여 런던 다리가 무너지면 어떻게 무너지지 않게 튼튼하게 다시 세울까를 노래한다. 이는 제4단락에서 세워졌다가 무너지는 문명의 중심 도시의 파괴를 연상시킬 뿐만 아니라, 동요에서의 "열쇠로 그녀를 가두자"라는 구절은 앞서 등장한 우골리노와 그의 자손들을 탑에 가둔 "열쇠"를 연상시키기도 한다.

런던 다리 무너져 / 무너져, 무너져, / 런던 다리 무너져 / 내 예쁜 여인! // 열쇠로 그녀를 가두자 / 가두자, 가두자 / 열쇠로 그녀를 가두자 / 내 예쁜 여인! // 우리는 어떻게 다리를 세울까 / 세울까, 세울까 / 우리는 어떻게 다리를 세울까 / 내 예쁜 여인! // 은과 금을 가지고 다리를 세우자 / 은과 금, 은과 금 / 은과 금을 가지고 다리를 세우자 / 내 예쁜 연인! // 내겐 은과 금이 없는데; / 없는데, 없는데 / 내겐 은과 금이 없는데 / 내 예쁜 여인! // 바늘들과 핀들로 다리를 세우자 / 바늘들과 핀들로, 바늘들과 핀들로 / 바늘들과 핀들로 다리를 세우자 / 내 예쁜 여인! // 바늘들과 핀들은 꺾여서 부러져요 / 꺾여서 부러져요, 꺾여서 부러져요 / 바늘들과 핀들은 꺾여서 부러져요 / 내 예쁜 여인! // 나무와 진흙으로 다리를 세울까 / 나무와 진흙으로, 나무와 진흙으로 / 나무와 진흙으로 다리를 세울까 / 내 예쁜 여인! // 나무와 진흙은 떠내려가요 / 떠내려가요, 떠내려가요, / 나무와 진흙은 떠내려가요 / 내 예쁜 여인! // 튼튼한 돌들로 다리를 지어요 / 튼튼한 돌들로, 튼튼한 돌들로 / 튼튼한 돌들로 다리를 지어요! 내 예쁜 여인! // 튼튼한 돌들은 오래 갈 거야 / 오래 갈 거야, 오래 갈 거야 / 튼튼한 돌들은 오래 갈 거야 / 내 예쁜 여인!

제10단락: 428-433행

엘리엇은 이탈리아어, 라틴어와 영어, 그리고 프랑스어로 구성된 세 가지의 파편적인 구절들을 병치한다. 단순하게 보자면, 이 구절들은 시인/화자가 인유를 통해 『황무지』에서 사용했던 "깨어진 영상의 더미" 혹은 "파편" 중 남아있는 것들을 병치하여 모아놓은 것이라고 볼 수 있을 것이다. 같은 연에 인유된 키드의 『스페인 비극』과 함께 고려해 볼 경우, 이 구절들은 서로 다른 네 가지 언어로 구성되어 마치 바벨탑 이야기에서처럼 서로 이해되지 못하는 파편화된 언어로 병치되어 있는 것이라고 볼 수 있을 것이다. 또한 이 파편적인 구절들에 그려진 화자 혹은 인물들은 대체로 개별 이야기 속 자신(들)이 욕정과 욕망으로 인해 타락한 죽음의 상황과 그로 인한 주변 세계의 황폐해진 상황을 인식하고 다가온 죽음을 스스로 깨달았거나 이제까지 지연되었던 생명의 가능성을 감지한 인물들이기도 하다.

428행__ [엘리엇의 주석] 『연옥』(*Purgatorio*) 26장 148행.

"계단 정상으로 그대를 인도한
저 권능으로, 나 지금 그대에게 청하노니,
때때로 나의 고통을 생각하라."
그러곤 그는 그들을 정화하는 불 속으로 사라졌다.

엘리엇은 자신의 주석에 인용한 단테의 『신곡』의 연옥편 26장 145-148행 중 마지막 행을 이탈리아어로 인유한다. 욕정(lust)을 다루는 제26장에서 단테는 살아있기에 육신을 가진 채 여행하며 연옥의 제7층에 이르러 그의 그림자 (shadow)가 드리워진 정화의 불길 속에서 서로 반대 방향으로 걷고 있는 두 무리의 영혼을 마주한다. 두 무리는 서로 마주치면 머물지 않고 짧은 입맞춤만 한 후 죄를 정화하기 위해 계속 걷는다. 다시 걷기 시작하며 동성애의 죄를 기억하는 한 무리는 유황불로 파괴된 도시 "소돔과 고모라"를 외치고, 동물적인 이성애의 다른 한 무리는 "파시파에(Pasiphaë)가 황소를 꾀어 욕정을 채우려고 암소 안으로 들어간다"라고 외친다.[9] 이후 단테는 이탈리아의 사랑 시인 귀도 귀니첼리(Guido Guinizelli, 약 1225-1276)와 프로방스 시인 아르노 다니엘(Arnaut Daniel, 1180-1200)을 만난다. 단테가 귀니첼리와 하는 대화를 발췌해보면 다음과 같다.

그들이 말한 소원을 두 번이나 들어본 내[단테]가
말했다. "오 때가 되면 언젠가
평화를 누리게 될 영혼들이여

설익은 젊은 육신이든 잘 익은 늙은 육체이든
내 육신은 저곳에 남아 있지 않고 이곳에
피와 뼈와 살을 지닌 채 나와 더불어 있어,

더 이상 눈먼 자가 되지 않으려고 올라간다오
죽을 몸을 이끌고 그대들의 세계를 거쳐 가는 것은
저 위에 계신 여인[성모]의 은총이라오.

바라노니 가장 빠른 시간 내에
그대 심장의 커다란 소망을 끌어안고
사랑으로 가득하고 넓게 펼쳐진 하늘 집에 다다르기를,"

---

9) 크레타섬의 여왕 파시파에는 황소와 사랑에 빠져 다이달로스(Daedalus)가 만들어준 암소 속에 들어가 황소와 정을 통한 후 반은 인간이고 반은 황소인 미노타우로스(Minotaur)를 낳는다.

이에 대해 귀니첼리는 다음과 같이 응대한다.

나는 그 첫째 영령이 다시 말하는 걸 들었다.
"더 나은 죽음을 죽으려는 희망으로
우리 세계를 경험하며 지나가는 그대는 복되고 복되고 복되도다!

우리와 함께 오지 않는 저들은
카이사르가 승리하여 지나갈 때
그를 여왕이라고 부르게 만들었던 그 죄[10]로 그릇되었다오

그대가 듣고 보았듯 그들은 스스로를 비난하며
'소돔'이라 외치고 달아난다오, 그래서
수치심이 그들을 깨끗이 태워버릴 불길을 더한다오.

우리의 죄는 자웅동체였다오.
하지만 우리는 인간의 법도를 멸시하고
야수들처럼 욕정의 노예가 되었기에

마찬가지로 우리는 우리 자신에게 비난을 퍼부으며,
짐승 같은 모양의 나뭇암쇠에서 야수 같은 짓을 하여
야수가 되어버린 그녀[파시파에]의 이름을 외친다오.

나는 이제 우리의 행실과 우리의 죄를 설명했으니,
그대 우리의 이름을 알고자 하더라도
알려줄 수도 없고, 그럴 시간도 없다오.

하지만 나의 이름은 그대의 청에 따라 알려주겠소.
나는 귀도 귀니첼리, 죽기 전에 뉘우쳤기 때문에
이렇게 당장 죄를 씻고 있다오."

---

10) 카이사르가 바티아나의 왕 니코메데와 가진 외설스러운 관계로 욕정의 죄를 의미함.

귀니첼리는 이렇게 말을 마치고 사랑의 시를 쓰던 자신을 알아본 단테에게 자신보다 "더 훌륭한 예술가"인 아르노를 소개해주고 자신은 다시 정화의 불 속으로 사라진다. 끝으로 단테는 아르노의 이야기를 듣는다.

> 그귀니첼레가 말하길, "오 형제여, 내가
> 우리 무리 중" (그는 앞에 있는 영혼을 가리키며)
> "모국어에 더 훌륭한 예술가를 보여줄 수 있다오.
>
> 로망스어로 된 사랑의 운문이나 산문에서
> 누구보다 빼어났다오; 어리석은 자들이나
> 리모주의 그 작가가 더 중요하다고 떠들게 하라지!
>
> 그자들은 진리보다는 세평을 중시하여
> 어떤 솜씨나 이유가 자신들에게 들려져야 하는지를
> 기다리지 않고, 준비 없이 주장을 편다오."
> ·
> 그리고 그는 자기 곁에 있는 다른 이에게 자리를
> 마련해주기 위해서인 듯 불 속으로 사라졌다,
> 마치 물고기가 깊은 물속으로 미끄러져 가는 듯이.
>
> 내단테는 그귀니첼레기 지목한 재아르노에게
> 한 걸음 다가가 이 영예로운 곳에 그 이름을 새기고 싶은
> 나에게 그의 이름을 말해주기를 청했고
>
> 그는 솔직하고 자유롭게 응답했다,[11]
> "그대의 친절히 묻는 말에
> 나를 감출 수도 감추려 할 수도 없다오

---

11) 단테는 이어지는 아르노의 대답을 아르노의 "모국어"인 프로방스어로 하게 만들었다.

나는 아르노, 울고 노래하며 가는 이
뉘우치며 나는 과거의 어리석음을 보고
즐거이 내 앞에 놓인 희망찬 날들을 본다오

그러므로 나 간청하니, 이 계단의 정점까지
그대를 인도해온 그 힘으로 내 아픔을
누그러뜨리도록 마음 써주오."

그러곤 그는 그들을 정화하는 불 속으로 숨어들었다.

이 파편은 엘리엇이 여러 중심 모티프 중의 하나인 "불"에 의한 타락을 다룬 제3부 「불의 설교」("The Fire Sermon")에 사용하고 남은 파편으로 볼 수도 있을 것이고, 제3부에서 지연되었던 "불"에 의한 정화를 암시하는 파편으로도 볼 수도 있다. 엘리엇이 인유한 연옥 26장의 마지막 행의 경우, 부스(Allyson Booth) 등 몇몇 비평가들이 지적하듯이 엘리엇은 단테에 관한 글에서 이 문장의 동사를 "숨어들었다"(hide)가 아니라 "뛰어들었다"(dive)로 번역하여 지옥의 불에서와 달리 연옥의 불에서는 죄인들이 자신의 죄를 자각하고 인정하며 능동적으로 정화의 불 속에 뛰어든다는 의미로 변경한다.

429행_ [엘리엇의 주석]『비너스 철야제』. 제2부와 제3부의 필로멜라와 비교.

엘리엇은 무명의 라틴 시인의 시『비너스 철야제』의 라틴어로 된 일부 구절과 영국 빅토리아 시대의 시인 테니슨의 「오 제비여, 제비여」의 영어로 된 일부 구절을 병치한다.

『비너스 철야제』: "언제 나는 제비처럼 되어"
2-4세기 사이에 라틴어로 된『비너스 철야제』는 시실리아(Sicily)를 배경

으로 이른 봄 풍요와 사랑의 여신인 비너스의 축제 전야에 쓰인 시다. "사랑한 적 없는 이를 내일 사랑하게 하라, / 사랑한 적 있는 이를 내일 사랑하게 하라"라는 후렴구를 열 차례 반복하여 사용하는 이 시는 첫 연에서 계절의 순환에 따라 봄이 오며 자연과 인간의 세계가 활력과 생식능력을 지닌 채 조화를 이루며 깨어나는 장면에서 시작한다.

> 사랑한 적 없는 이를 내일 사랑하게 하라,
> 사랑한 적 있는 이를 내일 사랑하게 하라.
> 새로운 봄, 노래하는 봄! 봄에 세상이 태어난다!
> 연인들은 봄에 조화를 이루고, 새들은 봄에 짝을 짓고,
> 숲은 결혼을 축하하듯 나뭇잎을 쏟아낸다.
> 내일 나무 그늘 사이 하나 된 연인들은
> 오두막 속 활기찬 젊음을 도금양 덩굴과 섞어 짜리라.
> 내일 디오네는 고결한 왕좌에 올라 법을 선포하리라.[12]

하지만 시의 마지막 부분에서 화자는 폐허가 된 황량한 도시를 배경으로 비극적으로 고립된 자신의 침묵을 비통해하며 언제 자신의 봄이 오게 될는지를 묻는다.

> 사랑해본 적 없는 자는 내일 사랑하게 하라,
> 사랑해본 적이 있는 자도 내일 사랑하게 하라.
> 양들이 스페인 금작화 아래 자기네 몸을 돌보는 걸 보라,
> 각각 그들을 감싸는 결혼의 연으로 보호받으며:
> 그늘에 남편들과 함께 소리 내는 동물의 무리를 보라.
> 여신은 노래하는 새에게 침묵하지 말라 한다.
> 이미 백조의 목쉰 소리가 못 위로 울려 퍼진다;

---

12) 한글 번역은 단순히 내용을 이해하기 위해 라틴어를 약식으로 영역한 버전을 사용함.

포플러 그늘에 테레우스의 젊은 아내가 노래하여,

그녀의 잔혹한 남편에 대한 자매의 불평이 아니라

그녀의 아름다운 선율의 입술에서 사랑의 곡조가 흐른다고 생각게 했다.

그녀는 노래하고, 나는 침묵한다. 나의 봄은 언제 올까?

나는 언제 제비처럼 되어, 침묵하지 않게 될까?

나는 침묵으로 나의 시신을 잃어버렸고, 포이보스는 나를 유념치 않는다;

아미클라이도 목소리를 잃게 되고 그 침묵으로 인해 사라져갔다.

사랑해본 적 없는 자는 내일 사랑하게 하라,

사랑해본 적이 있는 자도 내일 사랑하게 하라.

아미클라이(Amyclae)는 펠레폰네소스의 나무도 많고 풍요로운 도시로서, 메세니아와 스파르타 사이의 메세니아 전쟁(Messenian War, 기원전 743-724) 직전 스파르타의 왕 텔레클루스에 의해 정복당한다. 잦은 전쟁으로 인해 아미클라이의 거주자들은 적의 공격에 관한 잘못된 경보를 너무 자주 들었고, 이로 인해 그런 잘못된 소문을 내지 못하게 하는 법이 통과되어, 결국 스파르타인들이 실제로 침공해오자, 아무도 그 사실을 알리지 못했다.

「오 제비여, 제비여」: "오 제비여, 제비여" 『공주』 4장 75-98행

이웃 나라 왕자와 어린 시절부터 결혼을 약속한 아이다(Ida) 공주는 남녀평등과 지식을 추구하기 위해 왕자와의 결혼을 거부하고 여자 대학을 설립한다. 전쟁을 통해 이 문제를 해결하고자 하는 왕자의 아버지에 반해 왕자는 여장을 한 채 공주를 설득하러 오지만 실패하고 결국 전쟁이 일어난다. 전쟁에서 왕자는 생사의 기로에 서게 되고, 공주는 마침내 마음을 바꿔 왕자를 사랑으로 돌보아 소생시킨다. 엘리엇이 인용한 구절은 여장한 왕자가 공주의 청에 따라 자신의 의도를 우회적으로 전하려고 부르는 노래의 일부다. 『비너스의 철야제』에서의 인용문과 연결해 본다면, "나는 언제 제비처럼 되어, 침묵하지 않게 될까?"라고 생각하는 화자는 결국 자신의 침묵을 깨고 연

인에게 노래를 부르고 있다고 볼 수 있을 것이다.

오 제비여, 제비여, 남쪽으로 날아, 날아가,
그녀에게 날아가, 금박 처마에 내려앉아
그녀에게 그녀에게 내가 네게 한 말을 전해다오,

오 그녀에게 말해다오, 모두 아는 그대 제비여,
남쪽은 밝고 격렬하고 변화가 심하다는 걸,
북쪽은 어둡고 진실하고 부드럽다는 걸.

오 제비여, 제비여, 내가 따라가
그녀의 격자창에 내려앉을 수 있다면, 나는 이천만의 사랑을
찍찍 찌르륵, 짹짹 후윗우윗 지저귀리라.

오 내가 네가 되어 그녀가 나를 받아들여,
나를 그녀의 가슴에 누이고, 내가 죽을 때까지
그녀의 심장이 눈 덮인 요람을 흔들어 준다면.

왜 그녀는 자기 심장을 사랑으로 입히길 주저하는가,
부드러운 재가 지체하듯
자신을 입히기를 지체하는가, 모든 숲이 푸르른데도?

오 제비여 그녀에게 말해다오, 함께 태어난 새들이 날아갔다고:
그녀에게 말해다오, 나는 남쪽에서 분방하게 지내지만,
내 둥지는 오래전 북쪽에 만들어져 있다고.

오 그녀에게 말해다오, 인생은 짧지만 사랑은 길다고,
북쪽 여름의 태양은 짧고,
남쪽 아름다움의 달은 짧다고.

오, 제비여, 금빛 숲에서 날아가,

그녀에게 날아가, 지저귀며 구애해서 그녀를 내 여자로 만들어 다오,

그리고 말해다오, 그녀에게 말해다오, 내가 그대를 따르리라고.

왕자와 아이다 공주 사이의 결혼 문제, 이로 인한 서로 이웃한 나라와의 전쟁, 이 전쟁으로 인해 패배한 왕자의 생과 사를 넘나드는 상황, 그리고 변화된 아이다 공주의 사랑과 보살핌으로 다시 살아난 왕자는 제1장에 제시되었던 트리스탄(Tristan)과 이졸데(Isolde)의 여러 변주 중 하나로 볼 수 있다.

430행_ [엘리엇의 주석] 제라르 드 네르발의 소네트 「엘 데스디차도」.
엘리엇은 프랑스 시인 네르발의 소네트 모음집 『키메라』에 수록된 소네트 「엘 데스디차도」의 제2행을 인유하고 있다. 보통 명사로 "물의 도시"를 뜻하는 아키텐은 남프랑스의 지역으로 11-13세기 프로방스어를 사용하여 궁정 연애를 주로 노래하던 트루바두르 시인들이 있던 곳이다. 이 트루바두르 시인들의 문화는 남프랑스의 이단 문제로 인해 알비 십자군에 의해 파괴되었다. 이 파괴로 인해 네르발의 화자인 아키텐 왕자는 그 전통을 박탈당한 불행한 자로 느끼며, 잃어버린 사랑과 지옥으로의 하강을 겪는다. 이 소네트는 전체적으로 『황무지』가 그린 당대 문명의 붕괴와 죽음의 상황에 부합할 뿐만 아니라, 당시 그의 개인적인 심리적 상실감, 특히 결혼 생활로 인한 불화 등과 연결하여 볼 수도 있을 것이다. 이와 관련해서는 1853년 네르발이 정신병으로 두 번째 입원했을 때 이 소네트를 썼다는 것도 신경쇠약에 걸린 엘리엇이 신경쇠약에 걸린 채 『황무지』를 썼다는 것과 유사하다는 점도 주목해볼 만하다. "폐허가 된 탑"도 앞서 나온 여러 형태의 무너진 (문명적인 혹은 개인적인 차원의) 탑들과 연관되어 있으며, 벼락을 맞아 부서지는 타로 카드 16번인 "탑"(The Tower)과도 연관된다.

나는 어둠의 사람―홀아비―위로받지 못한 사람,

나는 폐허가 된 탑 속 아키텐 왕자

나의 유일한 별은 죽었고, 나의 별 무리 박힌 루트는

우울의 검은 태양을 품고 있다.

무덤의 밤, 나를 위로해주었던 그대,

포실리포와 이탈리아의 바다를,

나의 적막한 마음을 그토록 즐겁게 해줬던 꽃을,

포도 덩굴과 장미가 뒤얽혀 있는 정자를 다시 돌려주오.

나는 아모르인가 포이보스인가? . . . 뤼지냥인가? 비롱인가?

내 이마는 아직 여왕의 입맞춤으로 불타고 있다;

나는 사이렌이 헤엄치는 동굴에서 꿈을 꾸었다 . . .

그리고 나는 두 번이나 아케론강을 건넜다:

오르페우스의 수금으로

지금은 성자의 한숨을, 지금은 요정의 울음을 변조하면서.

432행_ [엘리엇의 주석] 키드의 『스페인 비극』

"그럼 그대 분부대로 하지요"는 『스페인 비극』의 4막 1장에서 아들 호레이쇼(Horatio)를 잃은 아버지 히에로니모(Hieronymo)가 복수를 결심하고 부탁받은 극중극을 만들겠다고 대답하는 부분이며, "히에로니모는 다시 미쳤다"는 이 극의 부제목이다. 1580년 스페인 카스틸랴 왕국의 펠리페 2세는 포르투갈을 침공하고 알칸타라 전투에서 승리하여 포르투갈을 합병하여 통치한다. 이런 문맥에서 이 극은 스페인의 호레이쇼와 그의 아버지 히에로니모, 벨-임페리아(Be-limperia), 포르투갈의 발사자(Balthazar)와 벨-임페리아의 오빠 로렌조(Lorenzo)의 사랑과 정치와 전쟁이 뒤얽힌 사건을 다룬다. 스페인 왕은 정치적 목적으로 조카딸 벨-임페리아를 포르투갈 왕자 발사자와 결혼시키려 하지만, 그녀는 히에로니모의 아들 호레이쇼와 사랑하는 사이이다. 발사자는 무리와 함께 사랑을 속삭이던 두 사람을 습격하여 호레이쇼를 죽인다.

이 소동에 잠이 깬 히로니모는 미친 듯 아들의 복수를 맹세하고, 극중극을 통해 출연한 발사자 무리를 죽이고 마지막으로 혀를 물어 끊어낸 뒤 죽는다.

히에로니모: 그럼 분부대로 하지요. 더 말할 나위도 없답니다.
제가 젊었을 때, 아무 결실도 없이
온 마음을 다해 시에 전념했답니다;
비록 전문가들에게 아무런 득도 주지 못했지만,
세상 사람들에게는 즐거움을 주었답니다.

. . . .

히에로니모: 우리가 해야 할 일이 한 가지 남아 있습니다.
발사자: 그게 뭔가, 히에로니모? 뭐든 잊지 말아야지.
히에로니모: 우리 각자가 모르는 언어로
자신의 역할을 해내야 한다는 것입니다.
그러니 나의 주군이신 당신은 라틴어로, 나는 그리스어로,
그대는 이탈리아어로, 그리고 내가 알고 있기에
벨-임페리아는 프랑스어를 연습한다고 하니,
그녀의 모든 대사는 궁정식 프랑스어가 될 것입니다.
벨-임페리아: 내 재간을 시험해 보겠다는 뜻이군요, 히에로니모.
발사자: 한데 그러면 그저 혼란만 있을 것 같은데,
그리고 우리 모두 거의 이해될 것 같지 않은데.

. . . .

히에로니모: 그렇지.
이 혼란 속에서 하늘이 짜놓은
바빌론의 몰락이 이젠 보인다.
그리고 세상이 이 비극을 좋아하지 않는다면,
늙은 히에로니모의 운도 어려워지겠지.

여기서 주목할 점은 벨임페리아, 호레이쇼, 발사자 사이의 사적인 갈등과 공적인 전쟁, 서로 소통되지 않는 다른 언어로 인한 혼돈 상황, 그리고 『비너스의 철야제』의 화자가 필로멜라를 연상하며 말한 "침묵"이나 「엘 데스디차도」에서의 전통을 박탈당한 화자의 상황과 연결될 수 있는 잘려 나간 "혀"다.

제11단락: 434행

434행_ [엘리엇의 주석] 샨티히. 우파니샤드에서 의례적으로 마무리하는 말. 이 말에 상응하는 우리말은 '사람의 헤아림을 뛰어넘는 평화'(The peace which passeth understanding)다.

엘리엇은 주석에 붙인 이 표현을 성경의 「필립비인들에게 보낸 편지」("Philippians") 4장 7절을 가져오며 "하나님의 평화"에서 "하나님의"를 생략한 채 인용한다. 엘리엇이 주석에서 인용한 7절 전후를 보면 그가 무엇을 의미하는지 조금은 짐작할 수도 있을 듯하다.

4. 주님과 항상 기뻐하십시오. 거듭 말합니다. 기뻐하십시오. 5. 여러분의 너그러운 마음을 사람들에게 보이십시오. 주님께서 오실 날이 얼마 남지 않았습니다. 6. 아무 걱정도 하지 마십시오. 언제나 감사하는 마음으로 기도하고 간구하며 여러분의 소원을 하나님께 아뢰십시오. 7. 그리하면 사람의 헤아림을 뛰어넘는 하나님의 평화가 그리스도 예수를 믿는 여러분의 마음과 생각을 지켜주실 것입니다. 8. 형제 여러분, 끝으로 여러분께 당부합니다. 여러분은 무엇이든지 참된 것과 고상한 것과 옳은 것과 순결한 것과 사랑스러운 것과 영예로운 것과 덕스럽고 칭찬할 만한 것들을 마음속에 품으십시오. 9. 그리고 나에게서 배운 것과 받은 것과 들은 것과 본 것을 실행하십시오. 그러면 평화의 하느님께서 여러분과 함께 계실 것입니다.

이 마지막 행은 몇몇 비평가에 의해 추정상 베르사유조약과 연관된 것으로 언급되기도 한다. 예를 들어, 당대 엘리엇과 동시대의 하버드 졸업생이자 이후 미국의 공산주의 활동가였던 존 리드(John Reed)는 동일 제목인『사람의 헤아림을 뛰어넘는 평화』를 통해 베르사유조약을 비판했다고 하며, 당시에 베르사유조약을 반어적으로 표현하던 문구도 "사람의 헤아림을 뛰어넘는 평화"였다고 한다. 만약 이런 문맥이 적용될 수 있다면, 그리고 직전 단락에서의 유럽 언어상의 발칸화를 고려한다면, 이 마지막 구절은 제1차 세계대전과 베르사유조약이라는 당대의 역사적 문맥과 연관되어 논의될 수 있을 것이며, 특히 베르사유조약과 이로 인한 당대 유럽의 발칸화에 대한 비판과 더불어 이를 극복하기를 기원하는 것일 수도 있고, 이와 달리 마지막 연/행 자체가 그 상황에 대한 반어적 비판일 수도 있으며, 시 전체의 종결은 돈강법(bathos)이 사용된 것으로 볼 수도 있을 것이다.

V. 기타 :『황무지』제5부의 서로 다른 텍스트들

제5부는 행과 연 수는 판본에 따라 다소 다르다. 실제 행의 수는 113행이지만, 흔히 112행으로 표기된다. 이 차이는 346행의 위치에 있는 "만약 물이 있다면"(If there were water)이라는 하나의 행을 분리된 하나의 행으로 계산할 것인지 아닌지에 따라 나타나는 차이다. 빼고 계산하면 5부 전체는 322행에서 433행에 이르는 112행이 되고, 넣고 계산하면 5부 전체는 322행에서 434행에 이르는 113행이 된다.

연의 수는 더 복잡하다.『황무지』가 1922년『크라이테리언』에 처음 발표될 때 제5부는 13연으로 구성되어 있었지만, 이후 제2연과 제3연이 합쳐지며 제2연으로, 제5연과 제6연이 합쳐지며 제4연으로 재편된다. 텍스트상의 가장 큰 혼란은 종결부다. 기존의 제10연에서 제13연까지의 네 연은 때에 따라서는 기존의 방식대로 네 연으로 분리된 채 편집되기도 하고, 때에 따라서는 기존의 제11연과 제12연이 합쳐져 세 연으로 편집되기도 하고, 어떤 경우에는 네 연이 하나의 연으로 편집되기도 한다. 행 구분과 달리 특히 이 부분에서의 연 구분은 시의 의미를 다르게 하는 요소이기도 하다.

『황무지』의 제5부 「천둥이 말한 바」에 대한 해설을 하는 이 글은 시의 행수를 113행(322-434행)으로 하고 시의 연수를 11연으로 하는 텍스트를 사용하였다. 참고로 행과 연 구분과 관련하여 『황무지』의 다양한 기존의 텍스트들 무작위로 선택하여 연대기 순으로 정리해보면 다음과 같다.

The Criterion (1922) 13연 [시행 번호 없음]

01연 09행: 322-330; 02연 15행: 331-345; 03연 14행: 346-359; 04연 07행: 360-366; 05연 05행: 367-371; 06연 06행: 372-377; 07연 08행: 378-385; 08연 10행: 386-395; 09연 28행: 396-423; 10연 03행: 424-426; 11연 01행: 427; 12연 06행: 428-433; 13연 01행: 434

The Waste Land (Boni and Liveright, 1922): 11연 112행

01연 09행: 322-330; 02연 28행: 331-358; 03연 7행: 359-365; 04연 11행: 366-376; 05연 08행: 377-384; 06연 10행: 385-394; 07연 28행: 395-422; 08연 03행: 423-425; 09연 1행: 426; 10연 6행: 427-432; 11연 1행: 433

T. S. Eliot: Collected Poems 1909-1962 (HBJ, 1971): 8연 113행

01연 09행: 322-330; 02연 29행: 331-359; 03연 07행: 360-366; 04연 11행: 367-377; 05연 08행: 378-385; 06연 10행: 386-395; 07연 28행: 396-423; 08연 11행: 424-434

Collected Poems 1909-1962 (Faber, 1974): 8연 112행

01연 09행: 322-330; 02연 29행: 331-358; 03연 07행: 359-365; 04연 11행: 366-376; 05연 08행: 377-384; 06연 10행: 385-394; 07연 28행: 395-422; 08연 11행: 423-433

T. S. Eliot: The Complete Poems and Plays, 1909-1950 (HBJ, 1971): 8연 113행

01연 09행: 322-330; 02연 29행: 331-359; 03연 07행: 360-366; 04연 11행: 367-377; 05연 08행: 378-385; 06연 10행: 386-395; 07연 28행: 396-423; 08연 11행: 424-434

The Complete Poems and Plays of T. S. Eliot (Faber, 1978): 8연 112행

01연 09행: 322-330; 02연 29행: 331-358; 03연 07행: 359-365; 04연 11행: 366-376; 05연 08행: 377-384; 06연 10행: 385-394; 07연 28행: 395-422; 08연 11행: 423-433

The Waste Land (Ed. Michael North, Norton, 2001): 10연 112행

01연 09행: 322-330; 02연 28행: 331-358; 03연 07행: 359-365; 04연 11행: 366-376; 05연 08행: 377-384; 06연 10행: 385-394; 07연 28행: 395-422; 08연 03행: 423-425; 09연 07행: 426-432; 10연 01행: 433

The Annotated Waste Land (Ed. Lawrence Rainey, Yale UP, 2006): 10연 112행

01연 09행: 322-330; 02연 28행: 331-358; 03연 07행: 359-365; 04연 11행: 366-376; 05연 08행: 377-384; 06연 10행: 385-394; 07연 28행: 395-422; 08연 03행: 423-425; 09연 07행: 426-432; 10연 01행: 433

The Poems of T. S. Eliot. Vol I Collected and Uncollected Poems (Eds. Christopher Ricks and Jim McCue, Johns Hopkins UP, 2015): 11연 112행

01연 09행: 322-330; 02연 28행: 331-358; 03연 07행: 359-365; 04연 11행: 366-376; 05연 08행: 377-384; 06연 10행: 385-394; 07연 28행: 395-422; 08연 03행: 423-425; 09연 01행: 426; 10연 06행: 427-432; 11연 01행: 433

▌인용문헌

Ackerley, Chris. *T. S. Eliot: The Love Song of J. Alfred Prufrock and The Waste Land*. 2nd ed. Humanities-Ebooks, 2010. https://web-p-ebscohost-com-ssl.access.yonsei.ac.kr:8443/ehost/detail/detail?vid=0&sid=87ded750-f5a5-4e5f-9d6d-061015d8a2d9%40redis&bdata=Jmxhbmc9a28mc2l0ZT1laG9zdC1saXZl#AN=373326&db=e000xww. Accessed 15 Aug. 2021.

___. "'Who Are These Hooded Hordes . . . ' Eliot's *The Waste Land* and Hesse's *Blick ins Chaos*." *Journal of the Australasian Universities Modern Language Association*, Nov. 1994. 103-06. https://www.proquest.com/docview/1311106777?pq-origsite=gscholar&fromopenview=true&imgSeq=1. Accessed 15 Aug. 2021.

Booth, Allyson. *Reading* The Waste Land *from the Bottom Up*. Palgrave, 2015.

Claes, Paul. *A Commentary on T. S. Eliot's Poem*, The Waste Land. The Edwin Mellen, 2012.

Dante Alighieri. *The Comedy of Dante Alighieri, the Florentine: Cantica I Hell*. Trans. Dorothy L. Sayers. Penguin, 1980.

Davidson, Harriet. "Improper Desire: Reading *The Waste Land*." *The Cambridge Companion to T. S. Eliot*. Ed. A. David Moody. Cambridge UP, 1994. 121-32.

Dussen, Paul. *The Philosophy of the Upanishads*. Trans. Rev. A. S. Geden. T. & T. Clark, 1906.

Eliot, T. S. *Collected Poems 1909-1962*. Harcourt, Brace & World, 1988.

___. Introduction to *Pascal's Pensées*. E. P. Dutton, 1958. vii-xix.

___. *The Annotated* Waste Land *with Eliot's Contemporary Prose*. Ed. Lawrence Rainey. 2nd ed. Yale UP, 2006.

___. *The Poems of T. S. Eliot. Vol. 1. Collected and Uncollected Poems*. Eds. Christopher Ricks and Jim McCue. Johns Hopkins UP, 2015.

___. "The Waste Land." *The Criterion*, vol 1, no. 1, Oct. 1922. 50-64.

___. *The Waste Land*. Ed. Michael North. Norton, 2001.

___. *The Waste Land: A Facsimile and Transcript of the Original Drafts Including the Annotations of Ezra Pound*. Ed. and Intro. Valerie Eliot. A Harvest/HBJ Book, 1971.

___. *Use of Poetry and Use of Criticism*. Harvard UP, 1986.

Frazer, James. *The Golden Bough: A Study in Magic and Religion*. 1922. MacMillan, 1969.

Gish, Nancy K. "Eliot and Virgil in Love and War." *T. S. Eliot Studies Annual*. Sept. 2017. 178-92.

___. "What the Thunder Said." *The Waste Land: A Poem of Memory and Desire*. Twayne, 1988. 90-103.

Gold, Matthew K. "The Expert Hand and the Obedient Heart: Dr. Vittoz, T. S. Eliot, and the Therapeutic Possibilities of *The Waste Land*." *Journal of Modern Literature*, vol. 23, no. 3/4, Summer 2000. 519-33.

Gordon, Lyndall. "*The Waste Land* Manuscript." *American Literature*, vol. 45, no. 4, Jan. 1974. 557-70.

Hesse, Hermann. "The Brothers Karamazov—The Downfall of Europe." Trans. Stephen Hudson. *Dial* 72.6 (1922): 607-18. https://theworld.com/~raparker/exploring/books/hesse_hudson_brothers.html/. Accessed 15 Aug. 2021.

Jain, Manju. *A Critical Reading of the Selected Poems of T. S. Eliot.* Oxford UP, 1991.

Kyd, Thomas. *The Spanish Tragedie.* Edward Alde, 1587. https://www.gutenberg.org/files/6043/6043-h/6043-h.htm. Accessed 15 Aug. 2021.

Moody, A. David. *Thomas Stearns Eliot, Poet.* 2nd. ed. Cambridge UP, 1979.

Smith, Grover. *T. S. Eliot's Poetry and Plays.* 2nd ed. U of Chicago P, 1956.

Southam, B. C. *A Guide to the Selected Poems of T. S. Eliot.* 6th. ed. Harcourt Brace, 1994.

Tennyson, Alfred Lord. "The Princess." *The Poetical Works of Tennyson.* Ed. G. Robert Stange. Houghton Mifflin, 1974. 115-62.

The Pervigilium Veneris: A New Critical Text, Translation and Commentary. Ed. William M. Barton. Bloomsbury, 2020.

Weston, Jessie L. *From Ritual to Romance: An Account of the Holy Grail from Ancient Ritual to Christian Symbol.* Doubleday Anchor Books, 1957.

Williamson, George. *A Reader's Guide to T. S. Eliot.* Syracuse UP, 1953.

『재의 수요일』, 「1930-56년 연서」, 「1963년 엘리엇의 입장문」: 엘리엇과 헤일의 관계 재조명*

_____ 김영희(비전대학교)

I. 개관

1930년에 초판이 발행된 『재의 수요일』[1](_Ash Wednesday_)의 제목은 기독교 절기의 명칭에서 유래되었다. '재의 수요일'은 "회개"(Williamson 168)의 날로써, 에덴동산의 원죄로 죽음의 선고를 받은 아담과 그 후손들/기독교도가 그리스도의 고난과 십자가 대속의 은혜를 생각하며, 사순절 전날인 재의 수요일에 이마에 재를 바르고 "너는 흙이니 흙으로 돌아갈지어다"(창 3:19)라

---

* 『T. S. 엘리엇 연구』 31.2 (2021): 31-61에 게재한 논문을 수정한 글이다.

[1] 「재의 수요일」에 대한 인용 원문은 초판인 『재의 수요일』(_Ash Wednesday_)이 아닌, T. S. Eliot, _The Poems of T. S. Eliot_, Vol. 1, Ed. Christopher Ricks and Jim McCue(Baltimore: Johns Hopkins UP, 2015)의 「재의 수요일」("Ash Wednesday")을 사용하였다. 따라서 본 글의 제목과 초판에 대한 설명을 제외하고 시의 명칭을 「재의 수요일」로 하겠다. 이후 인용은 행수로만 표기한다. 번역은 이창배, 번역, 『T. S. 엘리엇 전집: 시와 시극』(서울: 동국대학교 출판부, 2001)과 주낙현 신부의 해석을 부분 참조한 필자 번역이다.

며 죄를 회개하고, 하나님께 자비와 용서를 구하는 날이다. 대개 성공회와 가톨릭 성도들은 기도실에 들어가서 사제에게 고해성사로 죄를 고백하고 용서를 구한다. 하지만 「재의 수요일」의 화자는 하나님께 직접 회개와 속죄를 간구하는 기도의 모습을 보인다. 그는 하나님의 "심판"(34)을 두려워하며 "자비"(27)를 간절히 기도하는데, 시를 읽다 보면 익숙한 교회 기도문이 섞여 있어서인지 독자들도 화자의 회개 기도에 동참하는 기분이 들게 한다. 이런 장치들이 「재의 수요일」을 T. S. 엘리엇(T. S. Eliot, 1888-1965)의 시 가운데 가장 아름다운 시로 칭송받게 하는 듯하다.

　　「재의 수요일」에는 신비한 두 여인이 있다. 침묵의 여인은 "마리아의 희고 푸른 옷을 입은"(136) "성스러운 어머니"(226)와 눈이 부시도록 순결한 "흰옷"(59)과 "흰빛"(148)을 감고, 아름다운 "보석으로 치장한 유니콘들이 끄는 금빛 찬란한 상여"(154; 「연옥편」, 29.106-50)를 탄 "누이"(194, 226, 234)이다. 이 여인은 성모 마리아와 베아트리체를 상징하는 "아름다운 얼굴"을 지닌 화자의 꿈/베일/기억/"환상"(Reports 30 May 2020)의 여인이다. 다른 여인은 「재의 수요일」의 초판 헌정사에 있는 "나의 아내에게"(To My Wife)(Smith 135)에서 나타난 현실 여인이다. 독자들과 학자들은 당연히 헌정사의 아내가 첫째 아내 비비엔(Vivienne Haigh-Wood Eliot, 1888-1947)이고, 엘리엇이 그녀에게 사랑과 감사를 담아 바치는 글이라고 여겼다. 하지만 그 헌정사가 "1937년"(Gordon 310) 후속판에서 갑자기 사라졌고, 비비엔이 1947년에 정신병원에서 약물 과용으로 인한 심장마비로 사망하면서, 「재의 수요일」 헌정사의 의미를 재고하게 만든다. 그것이 비비엔에 대한 엘리엇의 사랑이나 감사의 표현이었는지, 아니면 그의 죄의식의 발로였는지, 아니면 비비엔이 아닌 다른 사람에게 바치는 글이었는지, 이를 보는 사람마다 견해를 달리하고 있다.

　　2020년 1월 2일에 엘리엇이 연인 헤일(Emily Hale, 1891-1969)에게 40년간 보낸 "1131통의 연서"2)가 대중에게 공개되었다. 1930년 11월 3일 연서에서 엘리엇은『재의 수요일』이 헤일에 대한 그의 "사랑의 발전"을 보여주는 시라고 밝혔다. 이 때문에 헌정사에 담긴 "아내"의 의미가 학자들에게 매우 "강력하게 매혹"(powerfully fascinating)(*Reports* 2 Jan. 2020)적인 의미로 새롭게 부각되었다. 연인 헤일이 비비엔보다 그에게 영감을 주는 뮤즈로 성스럽게 여겨졌을 뿐만 아니라 "결혼"(양재용 6, 10)을 염두에 둔 그의 "비공식적 (미래의) 아내"(*Reports* 20 Jan. 2020)까지로 생각되었던 것은 아니었는지에 대한 논란이다. 엘리엇은 1922년 런던 에클스톤(Ecclestone) 광장에서 헤일과 우연히 조우했을 때부터 줄곧 비비엔과의 잘못된 결혼생활을 청산하고 이혼할 것을 생각했다. 이런 그의 결단은 1925년경부터 친구들에게 이혼의 의사를 밝히거나, 1927년 개종 및 1930년 「재의 수요일」의 발표와 헤일과 연서 교환의 행동으로 나타났다. 하지만 1933년 변호사를 통해 진행되었던 비비엔의 합의이혼 거부와 심각한 교회법 위반 여부, 그에 따른 1935년 공식적 별거, 1938년 비비엔의 정신병원 입원 등으로 이혼과 재혼의 가능성이 사실상 불투명해지자,『재의 수요일』의 헌정사를 삭제했을 가능성이 크다. 헤일에게 보낸 연서와 당시 그의 개인적인 정황들을 고려해볼 때, 뿌리 깊은 유니테리언 가문의 엘리엇이 여러 이유로 영국국교회로 개종했던 사건도 이런 그의 개인적 사정과 연관성이 있어 보인다. 이처럼 「재의 수요일」은 엘리엇의 삶에서 "돌이킬 수 없는"(1) 가장 중요한 전환점이 되는 시로 평가되고 있다.

엘리엇은 1930년 12월 8일 연서에서 자신의 행동에 대해 "사후 인간의 평판을 두려워하지 않는다"라고 말한 바 있다. 하지만 그는 사후에 하나님 앞에 설 자신의 모습을 상상하며 "염려"(218)를 그치지 않았던 것 같다. 「재의 수요일」에서 엘리엇은 성서 에스겔서 27장 죽음의 골짜기 부분과 요한복음 1장 태초 부분, 그리고 단테의『신곡』의 "패턴"(*Reports* 26 Feb. 2020)을 차용하

---

2) 엘리엇이 헤일에게 보낸 연서는 양재용 교수가 영국에서 직접 필사한 사본 일부와 2020년 디키(Dickey) 교수 〈https://tseliot.com/〉 사이트의 헤일 관련 자료를 참조하였다.

여 죄인/화자/인간의 회개를 촉구하였다. 화자는 지옥을 빠져나와 연옥과 천국을 지나 영원의 세계에서 하나님을 대면하고 미가서 6장 3절 "오 나의 백성이여 내가 너희에게 어떻게 했는가"(163)란 말씀을 받는다. 슈차드(Shuchard)는 이런 「재의 수요일」을 단순히 개종에 대한 시로 여기는 것을 안타깝게 여기면서 "위대한 인간의 강력한 영적 고행의 사랑시"(150)로 보았다. 일련의 정황에서 「재의 수요일」 헌정사의 아내로서 그의 첫째 아내 비비엔은 작품과의 연결점이 희박해 보인다. 오히려 당시 그에게 많은 영향을 주었던 비공식적 연인인 헤일일 가능성이 더 크다. 사랑하는 헤일을 "단테『신곡』의 베아트리체"(Letters 6 Aug. 1934; Reports 26 Feb. 2020)처럼 연인이자 뮤즈, 그리고 미래의 비공식적 아내로서 영원히 간직하려던 엘리엇의 깊은 사랑을 「재의 수요일」에서 엿볼 수 있기 때문이다.

II. 전기적 사실

엘리엇은 1927년 영국국교회(Anglicanism)[3]로 개종했지만, 그의 집안은 원래 세인트루이스(St. Louis, Missouri)에서 유니테리언으로 잘 알려진 보스턴 브라만 명문 집안이었다. 할아버지 윌리엄(William Greenleaf Eliot)은 하버드대학교 신학부를 졸업하고 3개의 교회와 워싱턴대학교를 세운 유명한 유니테리언 목사였다. 조부를 진심으로 존경했던 엘리엇의 어머니 샬롯(Charlotte Eliot)은 그를 위한 전기를 쓸 정도였다. 이처럼 독실한 기독교 목회자 집안에서 출생한 엘리엇은 누구보다도 기독교와 교회법에 대해서 잘 알고 있었

---

3) 성공회(영국국교회)는 옥스퍼드파, 고교회파, 저교회파로 계파가 나뉘는데, 엘리엇은 가톨릭 미사 전례와 유사하고 전통을 존중하는 고교회파의 앵글로-가톨릭으로 1927년 개종하였다. 엘리엇은 『랜슬럿 앤드루스를 위하여』(For Lancelot Andrewes)에서 "문학에서는 고전주의자, 정치에서는 왕당파, 종교에서는 앵글로 가톨릭"(classicist in literature, royalist in politics, and anglo-catholic in religion)로 자신의 정체성을 밝힌 바 있다(7).

을 것이다. 하지만 엘리엇은 하나님은 한 분이고 성부 하나님 외에 성자와 성령의 존재를 인정하지 않는 유니테리언을 "사회 및 공공 서비스 교리나 지적 회의론"(Letters 9 Jan. 1931)의 답답한 기독교 "금욕주의"(Letters 21 Mar. 1933)로 생각했다. 따라서 그는 개종 이후에 성자 예수 그리스도의 탄생과 관련된 시를 모아서 『에어리얼 시집』(Ariel Poems)을 발표하거나, 삼위일체 성부·성자·성령의 존재를 예시하는 『재의 수요일』을 발표했는데, 이는 삼위일체설을 부정하는 유니테리언주의에 대한 그의 반론을 강력하게 펼친 것으로 해석될 수 있다.

엘리엇은 헤일에게서 그의 독실했던 유니테리언 성도인 "어머니"(Reports 2 Jan. 2020)의 모습과 "집/가족의 느낌"(Reports 30 May 2020)을 받고 위로를 느꼈다. 하지만 그는 "가족과 역사적 전통으로 있는 유니테리언 교회로 되돌아가는 일"은 고통이라고 헤일에게 개종의 의지를 강조하였다(Letters 9 Jan. 1931). 이는 엘리엇이 헤일과 종교적 갈등이 있었음을 짐작해 볼 수 있는 부분이다. 그래서인지 엘리엇은 개종 이후에도 한 달에 한 주는 유니테리언 교회에서 예배를 드리고자 했고 그가 선호했던 교회는 유니테리언의 "킹스 채플"(Letters 18 Nov. 1932)이었다. 또한 그가 1932년 미국 "워싱턴 대학을 방문"했을 때, 그가 "창립 이사장"이었던 조부의 외손자라고 소개되어 고맙지만 유니테리언 교회에 대한 좋은 기억이 없다고 이를 헤일에게 전하기도 하였다(Reports 31 Jan. 2020). 이처럼 그가 개종 이후에도 한동안 유니테리언 교회와 성공회 교회를 함께 다녔던 것은 유니테리언을 고수하는 헤일과의 관계를 좋게 하려는 그의 배려로 보인다. 하지만 그가 유니테리언에서 가톨릭이 아닌 영국성공회로 개종한 여러 가지 이유를 생각해볼 때, 그가 교리 때문에 개종한 면도 있겠지만, 교회법상 자신의 이혼과 재혼의 합법화를 위해서 영국성공회를 택한 것은 아닌지 생각해볼 필요가 있다. 대부분의 기독교 결혼 율법은 일부일처제이어서 불륜이나 간통과 간음의 경우를 제외하고 공식적으로 이혼[4]을 금하고 있기 때문이다.

1963년 엘리엇의 입장문에서도 이런 차이는 명확히 보인다. 그가 헤일과 결혼할 수 없었던 여러 가지 이유 가운데, 헤일이 "이혼에 대해서 기독교와 가톨릭의 견해와 비슷한 견해"(Eliot 1963)를 가지고 있었던 점을 들고 있다. 개신교와 마찬가지로 현재 가톨릭교의 경우 이를 가장 엄격하게 고수하는 편이기 때문에, 이런 면은 헤일이 "자신(엘리엇)의 감정이나 의견에 따르지 않고, 이모부의 의견(금욕주의)을 더 존중"하고, (이로 인해) "육체적 관계가 전혀 없었다"(Eliot 1963)라는 엘리엇의 불평 어린 주장이 관련 있다. 현실적으로 믿기 어려운 부분도 있지만, 교회 율법과 교리 측면에서는 타당해 보이는 부분이다. 유니테리언의 활동 당원인 헤일의 입장에서는 완전히 이혼하지 않은 엘리엇과 육체적 관계를 갖는 것은 명백한 "행음죄"(sexually immoral)에 해당하여, 성경에서 말하는 영원한 지옥의 "불과 유황으로 타는 못"(계 21:6)의 형벌을 피할 수 없다고 여겼을 것이기 때문이다. 가톨릭과 개신교의 결혼관과 다르게, 영국국교회/성공회는 결혼과 이혼에 대해서 비교적 관대함을 보인다. 이런 차이점은 최근 2021년 5월 29일 토요일에 결혼한 보리스 존슨(Boris Johnson) "영국 총리의 세 번째 재혼"이나(방승민), 2009년 4월 8일 전남편이 건재한 이혼녀 카밀라 파커볼스(Camilla, Duchess of Cornwall)와 이혼남 "찰스 황태자(Charles, Prince of Wales)의 재혼"(이호갑)의 예에서 비교될 수 있겠다.[5]

---

4) 성서에서 구약시대는 "이혼증서"를 주면 쉽게 이혼이 가능했지만, 신약시대에 와서는 배우자의 "음행"이 있는 경우를 제외하고 아내를 버리는 경우 "간음"죄가 된다고 말한다(마 5:31-32).

5) 2019년부터 총리관저에서 연인 캐리 시먼즈(Carrie Symonds)와 함께 동거해오던 영국 존슨 총리는 2020년에 약혼과 임신 사실을 대중들에게 알렸고, 2021년 성공회의 웨스트민스터 대성당이 아닌 런던의 가톨릭 성당인 웨스트민스터 성당에서 30명을 초대해 비밀 결혼식을 올렸다. 영국에서 그의 재혼 소식은 크게 놀라운 것이 아니었지만, 이혼 이력이 있는 존슨 총리의 결혼식이 "가톨릭 성당에서 혼배 미사"(방승민)로 이루어졌다는 점은 세계적으로 논란이 되었다. 일반적으로 가톨릭교회는 신자들의 이혼을 인정하지 않으며, 재혼도 허락하지 않고, 부득이 재혼할 경우 결혼식은 혼배 성사 형태로 진행될 수 없는 등 종교 생활에 제약을 두었기 때문이다. 존슨 총리가 가톨릭에서 성공회로 개종했지만, 이전의 두 배우자가 가톨릭 세례를 받지 않았고, 성당에서 혼배미사를 드린 것도 아니어서, 그들과의 결혼을 정식 결혼이 아닌 사실혼으로 간주되었기에 가톨릭 성당에서 결혼식을 할 수 있었다. 이처럼 가톨릭에서는

엘리엇은 공식적으로 두 번의 결혼을 하였지만, 이혼 경력은 없고, 여러 명의 연인이 있었기에 그가 평소에 교회법에 대한 고민이 많았을 것이다. 그의 공식적 첫째 부인은 비비엔이고 두 번째 부인은 발레리(Valerie Eliot, 1926-2012)이다. 그리고 그의 비공식적 연인은 에밀리 헤일과 공식적 연인 메리 트리벨리언(Mary Trevelyan)이 있다. 엘리엇은 발레리와 재혼하기 전까지 헤일과의 비공식적 연인 관계를 40년이나 유지하면서, 동시에 트리벨리언과도 1938년부터 1957년까지 공식 파트너로서 가까운 관계를 유지했다. 트리벨리언은 헤일의 존재를 전혀 알지 못했고, 그녀 역시 헤일처럼 엘리엇과 결혼을 원했는데, 비비엔이 정신병원에 들어가자마자 엘리엇에게 청혼했다고 한다. 이들이 뮤즈들처럼 엘리엇에게 직간접적인 도움을 주었던 것은 명백한 사실이다. 하지만 그는 비비엔에게는 지옥과 같은 고통의 감동으로 시를 썼고 헤일에게는 천국과 같은 성스러움과 사랑의 감동으로 시와 시극을 썼다. 엘리엇은 내면의 감정이나 열정을 거의 드러내지 않는 성격이었지만 헤일의 연서에서는 자신의 감정을 여과 없이 드러내면서 영감뿐만 아니라 실무적인 부분까지 그녀의 도움을 받았던 정황을 보인다. 1935년 12월 13일 연서는 주목(朱木) 아래에서 헤일이 엘리엇에게 키스를 요구하며 (결혼) 반지를 평생 빼지 않을 것을 맹세 받는 내용이 있다. 반지는 그들의 사랑과 "결혼의 상징"(양재용 6)으로 추정된다. 그는 연서에서 자신이 그녀로 인해 최상으로 행복하다고 매번 말했지만, 그의 연서를 읽는 독자들은 그의 "순수"하고 "비정상적인 사랑"(Eliot 1963; *Reports* 5 Jan. 2020)법과 끝나지 않을 그의 고

이혼이나 재혼이 엄격히 금지되어 있다. 반면 영국성공회는 가톨릭과 다르게 신자의 이혼과 재혼을 비교적 용이하게 허락하는 편이다. 이는 역사적으로 16세기 영국 국왕 헨리 8세 집권 시기로 거슬러 올라가는데, 당시 헨리 8세는 자신의 이혼과 재혼을 허락하지 않던 가톨릭교회와 갈등을 빚었고, 결국 로마 바티칸과 결별하고 성공회를 영국 국교로 정하게 된다. 따라서 영국국교회(성공회)가 탄생하고 영국 종교사를 크게 변화시킨 주요 배경이자 원인은 "이혼과 재혼에 대한 교회의 태도와 허용" 때문이었고, 아직도 가톨릭과 성공회는 결혼과 이혼에 대한 입장이 상이하다(방승민). 따라서 엘리엇이 헤일에게 교회법이 엄중하기 때문에 비비엔과 이혼이 어렵다던 주장은 사실이 아닐 가능성이 크다.

통스럽고 비극적인 삶을 행간에서 읽을 수 있을 것이다.

센코트(Sencourt)는 비비엔과의 "비극적인 결혼생활"(231)을 모르고『재의 수요일』를 완전히 이해하기는 불가능하다고 보았다. 엘리엇은 1925년부터 비비엔과의 이혼을 언급하기 시작했고, 그녀에게서 합법적으로 벗어나려고 온갖 노력을 다했다. 결국 엘리엇이 1934년 12월에 "집행관을 사서 자신의 책과 서류들을 압수"했을 때, 비비엔은 도대체 그가 왜 그렇게까지 거금을 들여 그의 물건을 찾아가는지 그 이유를 변호사에게 되물었다고 한다. 결국 비비엔은 남동생과 엘리엇에 의해 1938년 정신병원에 수용되기까지 반미치광이처럼 사방으로 엘리엇을 찾아다니며 그를 만나려 했고 그가 자신에게 돌아올 것을 굳게 믿었다고 한다. 하지만 설혹 비비엔이 이혼을 허락해준다해도, 교회법상 비비엔은 "엘리엇과 헤일의 불륜"(Reports 2 Feb. 2020)을 밝혀야 이혼이 성사되기에, 그의 도덕성과 명성에 치명적인 타격을 줄 수 있는 시도들은 그에게 불리하게 작용할 뿐이었다. 따라서 이미 사회적 종교적으로 유명인이 되어버린 엘리엇이 오히려 이혼을 수락하기 어려운 실정이 되었다. 진퇴양난의 상황에서 그는 결혼을 원하는 헤일에게 교회법의 엄중함으로 변명하며 미안함과 무한한 이해를 구하면서 결혼을 지연시킬 뿐이었다. 하지만 학자들은 1932년에서 1935년까지 비비엔이 이혼을 허락해서 엘리엇이 자유로웠다면 아마 엘리엇은 손해를 감수하더라도 지극히 사랑했던 헤일과 재혼했을 거라는 데 의견을 모은다.

그가 "바라던"(Letters 14 Feb. 1947) 대로 1947년에 비비엔이 갑자기 사망했지만, 그의 고통스러운 상황은 별반 달라지지 않았다. 결국 그는 비비엔에게 심한 "죄책감"을 느끼면서 헤일과의 재혼을 거부하고 속죄를 위하여 "7년간 수도원"(Spurr 117-28)에서 수도자와 같은 삶을 택하게 된다. 그는 여성들과의 관계에서 사랑과 행복을 갈망했지만, 교회법과 사회 윤리적 문제에 부딪혀서 좌절할 뿐이었다. 그러던 중 그의 삶을 구렁텅이에서 구원해줄 나이 어린 조력자를 만나게 되는데, 바로 그의 두 번째 부인 발레리였다. 엘리엇

은 40세의 나이 차이에도 불구하고, 발레리와 1957년에 결혼하였다. 발레리
는 10대에 이미 그의 팬으로서 그를 존경해왔고 23세에 페이버 출판사(Faber)
에서 그의 비서직을 반갑게 수락하여 7년간 일하다가 30세가 되던 1957년 1
월 8일에 68세의 할아버지뻘 되는 엘리엇과 결혼에 성공하였다. 그녀는 비
서 시절과 마찬가지로 평소처럼 엘리엇의 작품들을 정리하였고, 8년 후 1965
년 엘리엇의 사망 이후에도 꾸준히 그의 유작을 정리하여 아내로서의 소임
을 다하였다. 발레리는 말년의 엘리엇에게 사랑과 행복과 도움을 안겨준 신
의 선물과 같은 부인이었던 것이다.

　　이런 이타적인 두 번째 부인 덕분에 엘리엇은 비로소 작은 평화와 안식
을 되찾게 되었지만, 한평생 그는 행복을 추구하면 할수록 더 큰 고통과 슬
픔이 부메랑처럼 되돌아오는 비운 때문에 마지막까지 그의 영혼을 고통 속
에 두었을 것이다. 무엇보다도 헤일과 비비엔에 대한 그의 "배반"은 1960년
과 1963년 그의 적극적인 입장표명에도 불구하고, 그의 시극『가족의 재회』
(The Family Reunion)와『칵테일 파티』(The Cocktail Party)에서 보였던 바와 같
이, 그를 영겁의 "고통"과 "죄의식"(양재용 68)에서 해방시키지 못했던 것으로
보인다. 하지만 이미 그는 1930년에『재의 수요일』에서 이를 운명처럼 예견
하였고, 과거와 현재와 미래와 영원을 관통하는 시간의 흐름 속에서 죄인들
에 대한 구원의 간절한 "절규"(306)를 감추지 않는다. 이처럼 「재의 수요일」
은 미가서의 선지자와 같은 그의 예언자적 모습이 관찰될 수 있는 시이다.

　　엘리엇의 빗나간 운명의 장난은 비비엔과의 잘못된 결혼생활에서 시작
되었다. 그의 첫째 부인 비비엔은 왕실 예술가 아카데미 집안 출신으로 1915
년 3월 런던의 댄스 파티장에서 엘리엇을 만났다. 그녀는 이미 약혼자가 있
었지만, 수줍은 26세 청년 엘리엇에게 충격으로 다가갔고, 둘은 금방 육체적
사랑에 빠져버렸다. 비비엔은 화려하고 춤도 잘 추고 말도 잘하고 옷도 대범
하게 입고 여배우처럼 보였다. 비비엔은 남자들에게 인기가 많았는데, 엘리
엇도 그녀의 매력에 빠져서 친구 에이컨(Conrad Aiken)에게 성적 욕망으로 그

녀와 결혼하고 싶다고 말했다. "미숙"하고 "경험"이 없어서인지, 엘리엇은 그
녀와의 결혼을 신중히 생각하지 않고 그저 "장난스러운 정사"(Eliot 1963) 정
도로 급한 결혼을 한 것이다.

하지만 결혼 이후, 부유한 집안의 막내아들로서 가족들의 사랑과 기대
를 한 몸에 받아왔던 하버드대 문학·철학도인 엘리엇의 삶은 단 일 년 만에
감당하기 힘들 정도까지 피폐해졌다. 소통의 부재는 차치하더라도 병약한
비비엔의 건강 악화와 병원비로 인한 생활고는 엘리엇에게 지옥과 같은 삶
을 경험하게 했다. 불확실한 미래를 전망하며 그는 문학 선생과 편집자와 은
행원으로 생활을 연명하면서, 자신의 비참한 고통을 시로 승화시켰다. 그의
부친은 이런 그의 "영국에서 삶을 재앙"(Letters 27 Jan. 1931)으로 여겼다고 한
다. 결국 그는 부모님의 임종과 장례식조차 제대로 지키지 못하게 되었다.
그나마 마지막에라도 자신의 성공을 지켜보았던 어머니의 죽음보다, 자신의
불행과 고생만 보았던 아버지의 죽음에 그는 평생 애통했다고 한다. 1922년
『황무지』(The Waste Land)와 1925년 「텅 빈 사람들은」("The Hollow Men")은 전
쟁 이후 황폐해진 사회상과 더불어, 이런 그의 개인적인 불행이 고스란히 담
겨있어서 피할 길 없었던 부조리한 그의 세상을 대변한 것이다. 하지만 엘리
엇은 1922년 런던에서 우연히 헤일을 만나게 되면서 자신의 과거가 뭔가 크
게 잘못되었음을 깨닫는다. 그래서 그는 헤일에 대한 자신의 사랑을 되찾기
위해 새로운 길로 나아가기를 결단하는데, 그에 대한 결과물이 바로 1927년
개종과 1930년 『재의 수요일』의 발표이다.

헤일은 엘리엇의 가슴 아픈 첫사랑이자 마지막 사랑으로 보인다. 아마
엘리엇과 헤일의 치핑 캠든(Chipping Campden)에서의 기억이 그의 일생에서
"가장 행복한 시간"(Reports 2 Jan. 2020)이었을 것이다. 무엇보다도 엘리엇은
그의 부인이었던 비비엔이나 발레리를 위해서 「재의 수요일」처럼 간절한 사
랑과 용서를 고백하는 시를 남기지 않았다. 또한 엘리엇은 『황무지』 히아신
스의 소년과 소녀처럼 사랑에 눈이 멀고, 『트리스탄과 이졸데』[6]처럼 가슴

아픈 이별을 겪게 되지만, 「재의 수요일」과 연서를 통해 죽음도 불사하는 불멸의 여인으로 헤일을 영원히 남아 있게 하였기 때문이다.

　잘 알려지지 않은 헤일의 삶은 처음부터 마지막까지 그리 평탄하지 않았다. 헤일의 부친 에드워드 헤일(Reverend Edward Hale)은 유니테리언 목사로서 하버드 신학부에서 학생들을 가르쳤었다. 헤일의 어머니는 아들의 죽음으로 정신병자가 되어서 헤일을 양육하기 어려웠다고 한다. 그래서 헤일은 이모인 이디스(Edith Perkins)와 유니테리언 목사인 이모부 파킨스 목사(Reverend John Carroll Perkins)의 손에 자랐다. 목사의 가정에서 태어나고 자란 헤일은 엘리엇의 눈에 착하고 아름다운 천사나 다름없었을 것이다. 그들은 엘리엇이 17세, 헤일이 14세인 "1905년 어린 시절"에 엘리노 힌클리(Eleanor Hinkley) 집에서 처음 만났다고 한다(Letters 18 Aug. 1932; *Reports* 27 Jan. 2020). 1911년과 1912년에는 제인 오스틴(Jane Austin)의 『엠마』(*Emma*) 연극을 같이 공연했는데, 엘리엇이 "헤일의 발"(Letters 24 July 1931)을 밟게 되었고 이때 엘리엇은 착한 헤일에게 반하게 된다. 이렇게 짝사랑을 쌓아온 엘리엇이 "1914년" 하버드대 대학원 대학원생의 신분으로 옥스퍼드대 장학금을 받아 갑자기 독일로 떠나게 되자, 용기를 내서 헤일에게 "사랑을 고백"하였다(Eliot 1963). 하지만 청혼을 하지는 않았는데, 이는 그가 아버지의 도움과 기대로 3년간 하버드대 대학원에서 철학박사 학위과정을 준비하고 있었지만, 철학자라는 직업에 마음이 전혀 없었고, 또한 그에 대한 탁월한 능력이 있거나 확신이 없었으며, 무엇보다도 당시 그는 오직 시를 쓰는 일에만 관심이 있어서, 이처럼 미래가 불확실한 자신이 결혼을 통해 가정을 꾸릴 수는 없다고 생각했기 때문이다. 이후에도 그는 꽃과 서신을 교환하며 헤일과 연락을 계속 주고받았기에, 헤일은 그가 돌아오면 당연히 자신과 결혼할 것으로 여기고 기다렸다고 한다.

---

6) 1914년 11월 29일에 보스턴 오페라 공연(*Reports* 5 Jan. 2020).

하지만 제1차 세계대전으로 엘리엇은 독일에서 영국으로 거주지를 옮기게 되었고, 그곳에서 에즈라 파운드(Ezra Pound, 1885-1972)를 운명적으로 만났다. 파운드는 "그의 인생을 완전히 바꾸어 놓았는데"(Eliot 1963), 그는 엘리엇의 시에 열광하였고 그가 그토록 갈망하던 칭찬과 격려를 해주었고, 영국에 남아서 시를 계속 쓰길 권했다. 파운드의 영향 아래, 엘리엇은 모든 것을 버리고 영국에 남겠다는 굳은 결심을 하였다. 그러기 위해서 가족들의 반대에도 불구하고 그는 비비엔의 협조를 받아 "그녀와 사랑에 **빠졌다**고 자신을 설득"(Eliot 1963)해서 결혼하게 된다. 비비엔도 파운드의 영향 아래 "그녀 자신이 시인(엘리엇)을 영국에 가두어 그를 구할 것"(Eliot 1963)이라고 생각하였다. 그들은 만난 지 4개월 만인 1915년 6월 26일에 등기소에서 2명의 증인을 세우고 간단한 결혼서약을 했다. 물론 엘리엇은 비비엔의 "헌신"을 알고 있었다. 그녀는 돈 한 푼 없는 시인 지망생 엘리엇에게 모든 것을 주었지만 그녀가 그에게 "얻은 것은 아무것도 없었"(Seymour-Jones 95)기 때문이었다. 또한 만약 그가 비비엔과 결혼하지 못했다면 바로 미국으로 되돌아가서 부모님들의 기대 속에서 원하지 않는 철학자의 삶을 살았을 것도 알았다. 하지만 비비엔과의 결혼은 결국 파국으로 치달았고, 헤일과의 관계는 1922년 다시 만나기 전까지 7년간 중단되었다.

옥스포드에서 나는 매우 혼란스러운 상태에 있었습니다. 나는 내가 결코 훌륭한 철학 교수가 되어서는 안 된다는 것, 내 마음이 거기에 있지 않다는 것, 내 정신조차 충분하지 않다는 것을 알고 있었습니다. 그래서 나는 결국 당신을 사랑하지 않는다는 것을 점차 설득했다고 생각합니다. 뭐가 문제인지 몰랐습니다! 그러다가 나는 갑자기 잠에서 깼습니다. 내가 당신에게 얼마나 해를 끼쳤는지 모릅니다. 그러나 나는 내 눈 아래에 있는 내가 저지른 해악을 아주 잘 알 수 있었습니다. 그리고 나는 이것이 어떤 경우에도 내 남은 인생에 대해 속죄해야 한다는 것을 알게 되었습니다. (Letters 3 Nov. 1930)

시인이 되기 위해서 엘리엇은 자신의 모든 것을 포기했다. 국가와 가족과 하버드대 철학박사와 헤일을 버렸고 그녀를 사랑하지 않는다고 자신을 속였다. 하지만 그가 헤일을 다시 만나자마자 그의 가면은 바로 부서졌다. 1930년 11월 3일 편지는 1922년[7] 런던의 에클스톤 광장에서 헤일이 했던 질문에 답변하면서, 그는 자신의 과오[8]이자 가식, 잘못하고 망친 것들을 매일 후회했었지만, 헤일을 사랑하는 마음을 후회한 것은 아니었다고, 그의 변함없는 사랑을 헤일에게 고백하였다.

> 하지만 그때도 나는 여전히 당신에 대한 나의 사랑이 죽었다고 설득하려고 노력했지만, 내 마음이 죽었다고 스스로 설득해야만 그렇게 할 수 있었습니다. 황무지, 내 인생이 끝났다고 생각했습니다. 하지만 에클스톤 광장에서 당신을 보았을 때 나는 당신이 단지 감상적인 기억일 뿐이며 당신을 보는 것이 그것을 증명한 것이라고 확신했습니다. 돌이켜보면서 그 가식은 마치 카드 집처럼 무너져서 한참을 헤매었고, 모든 것을 재정비해야 하는 나 자신을 발견했습니다. 그때부터 나의 활동적인 영적 생활이 시작되었지만 2년 동안 점점 더 어려워지고 나머지는 말할 필요가 없었습니다. (Letters 3 Nov. 1930)

헤일을 향한 사랑은 그의 신앙심을 회복하게 하였다. 헤일이 "하나님의 사랑으로 인도"(Letters 3 Oct. 1930)했기 때문에, 그는 「재의 수요일」을 다르게 설명할 필요가 없다고 말한다. 엘리엇이 시극을 쓰게 된 동기도 당연히 헤일 때문으로, 대학에서 드라마를 지도하는 헤일을 위해서 "시극에서 헤일을 위한 역할과 반대의 편인 자신을 위한 역할을 시극에서 쓰고 싶다"라고 말하였다(Letters 16 Dec. 1935). 이처럼 엘리엇의 시극은 "자서전적인 의미"(양재용 7)가 담겨있었다. 헤일은 편지로 그에게 "행복"과 "초자연적인 행복"을 선사하

---

7) 엘리엇은 1922년으로 기억하고 헤일은 1924년으로 기억함.
8) 왜 자신을 두고 비비엔과 결혼했는지에 대한 질문으로 추정됨.

였고, 엘리엇은 그녀의 편지를 "사랑과 성스러운 것," "하나님이 주신 은총의 선물"로 극찬하였다. 특히 1930년 11월 3일 편지는 1963년 엘리엇의 입장문과는 다르게 엘리엇이 헤일에 대한 "사랑을 인정"(*Reports* 2 Jan. 2020)하는 강력한 증거였다. 엘리엇은 "당신이 비범한 영적 성숙과 지식에 도달했다. 그것은 당신을 더욱 빛나게 한다"(Letters 3 Nov. 1932)라며 헤일을 경배하는데, 이런 그의 편지는 「재의 수요일」의 여인을 호칭하는 "여인이여"(Lady)로 시작되거나, 아니면 성령을 나타내는 "비둘기"(Letters 27 Jan. 1931, 17 Feb. 2031)의 호칭으로 시작되기도 하였다. 이처럼 헤일의 존재는 뮤즈처럼 현실 속에서 시인을 이끌며 하나님에게 가는 "영원"(Letters 30 Apr. 1933)의 세계에 이르게 하는 듯했다.

하지만 그의 지나친 숭배는 신이나 "성인"(Letters 14 Feb. 1933)이 아닌 평범한 인간이 받기에 무척 과도해 보인다. 헤일은 현실적 결혼을 희망하는 지극히 평범한 여인이었기에 심적 부담이 있었을 것이다. 엘리엇도 헤일을 사랑하는 자신의 마음이 과도하거나 교회의 교리에 어긋나는지 언더힐 신부(Evelyn Underhill)에게 고해성사를 한 적이 있다. 신부는 "헤일을 사랑하고, 헤일을 생각하고 모습을 마음에 소중히 간직하는 것은 죄가 아니다"(Letters 3 Nov. 1930)라는 답변을 해주었다. 오히려 신부는 그녀가 어려움에 처한 엘리엇을 돕고 영적으로 발전할 수 있도록 해주는 신의 선물이라고 말하였다. 하지만 독실한 기독교도인 엘리엇은 누구보다 성경을 잘 알고 있었기 때문에 성경에서 간음의 죄가 가장 크다는 것을 알고 있었을 것이다. 1930년 12월 24일 편지에서 그는 "하나님이 당신을 축복하시고 지켜주신다"라고 장담했지만, 그의 내면에는 불안과 고통이 여전히 도사리고 있었음을 엿볼 수 있다. 엘리엇은 헤일에게 사랑을 고백하고 계속 "구애"를 했지만 이미 그는 자신이 헤일과 결혼할 수 없는 처지임을 알고 있었기에 헤일을 "속인 것"(*Reports* 17 Feb. 2020)으로 보인다.

엘리엇은 비비엔이 살아있는 한 "영국의 혼인법과 자신의 종교로 인해 이혼이 거의 불가능하다"(최현빈 295)라고 판단하면서, 헤일과의 관계를 현실보다 "잠재적"(최현빈 292) 의식의 세계를 추구하는 상황으로 변경한다. 당시 비비엔은 그에게 더욱 "아이처럼" 매달렸는데, 엘리엇은 자신이 마치 그녀의 "요양사"(Letters 4 Feb. 1931) 같다고 말할 정도였다. 그래서 그는 1932년에서 1933년 미국의 하버드 대학교 노튼(Charles Eliot Norton) 대리 교수로 떠날 때, "비비엔의 어머니"(Eliot 1963)를 통해서 그녀가 동반하지 못하게 막았고, 1933년 미국에서 영국으로 되돌아왔을 때는 완벽히 잠적하며 그가 돌아온 것을 비비엔에게 알리지 않았다. 그리고 그는 변호사를 비비엔에게 보내어 정식으로 이혼을 신청하였다. 하지만 비비엔의 거부로 이혼이 무산되자 그는 다시 공식적 별거를 신청하게 된다. 1935년 11월 18일 엘리엇은 자신의 책 전시회에 쫓아온 비비엔을 마지막으로 만나게 되는데, 같이 집으로 돌아가자는 비비엔의 요청을 냉정히 거절하였다. 결국 비비엔은 1938년 엘리엇과 남동생의 요청으로 정신병원에 입원하게 되었다. 하지만 1947년 1월 22일 비비엔이 정신병원에서 심장마비로 갑자기 사망하자, 엘리엇은 손으로 얼굴을 감싸며, "오 하나님, 오 하나님" 외치며 괴로워했다고 한다. 마치 자신이 그녀를 직접 살해한 것 같은 감정과 "죄의식"(Ackroyd 284)에 휩싸이게 되었고, 엘리엇은 재혼을 원하는 헤일에게 고인을 위해 생각할 시간을 두고 4월에 다시 의논하자고 말했다가, 2월에 헤일을 만나서 자신의 "내면에 소요"가 자리하기 시작하고, "과거의 고통, 양심의 가책, 절망감, 성에 대한 거부감"(Letters 3 Feb. 1947; Eliot 1963) 등이 갑자기 그를 사로잡았다고 그녀를 설득하였다. 이렇게 엘리엇은 헤일과의 결혼을 그녀가 "알 수 없는 이유"(Hale 2)로 무한정 연기한다. 그리고 그는 7년간 수도원에서 "수도자의 삶"(Spurr 153)과 같은 회개와 속죄의 삶을 살았다.

　　비비엔의 사망과 제2차 세계대전은 엘리엇이 인정하고 싶지 않았던 헤일의 평범함을 깨닫게 했던 것 같다. 엘리엇이 1960년과 1963년에 쓴 입장문은 그간 헤일에 대한 그의 심경의 변화를 자세히 설명한다. 그는 헤일을 깊이 사랑하고 숭배하기까지 했지만, 헤일은 시인인 그를 사랑하기보다 그의 "평판"(Eliot 1963)을 사랑했음을 알게 되었다. 그는 자신의 사랑을 "유령/성령(Holy Ghost)에 대한 유령(ghost)"(Eliot 1963)의 사랑으로 진단한다. 엘리엇은 헤일이 그의 "신학"과 "감정"을 따르기보다 항상 유니테리언 목사인 "이모부의 의견"을 따르고, 유니테리언 신앙을 고수하면서, "성공회 교도들과의 사소통"(Eliot 1963)이 어렵다고 여기는 점을 이해하지 못했다. 또한 그녀가 그의 "시를 이해하지 못하고" 시적 재능도 없이 "둔감"하며, 그의 시를 "좋아하는 것도 아니어서"(Eliot 1963) 실망한 듯 보였다. 그래서 그는 그녀가 그와 결혼하고 그의 부모님들처럼 시인을 버리게 하고 대학교 철학 교수가 되기를 꿈꾸고 있다고 여겼을 것이다. 이런 헤일에 대한 바뀐 그의 시각은 엘리엇이 1915년 영국에서 시인이 되기 위해 부모님의 반대를 무릅쓰고 영국 여자와 결혼하면서 겪었던 고초와 "소요"(Eliot 1963)가 다시 그를 엄습하게 했다. 비로소 그는 자신이 현실의 헤일이 아닌 "기억 속의 헤일"(Eliot 1963)을 사랑해왔다는 진실을 마주하였다. 그리고 자신은 그저 "분열"되고 "환각"(Eliot 1963)/환상에 빠진 사람이었음 깨닫게 되었다. 오히려 그는 "헤일과의 결혼을 막고 자신을 시인으로 남게 한"(Eliot 1963) 비비엔의 공로에 고마움과 죄의식을 느끼게 되었다. 비비엔의 죽음으로 그는 헤일과의 결혼을 무기한 연기하였고 사실상 포기한 것으로 보인다.

1956년 헤일은 엘리엇에게서 1930년부터 1956년까지 받은 1,131통의 연서를 프린스턴(Princeton) 대학교의 파이어스톤(Firestone Library) 도서관에 기증했다. 헤일의 연서가 "소각"(Eliot 1963)되지 않고 남아 있었다면 거의 2,000통이 넘는 엄청난 분량의 연서가 남아 있었을 것이다. 연서가 반세기 이상 개봉되지 못한 이유로 엘리엇이 두 사람 중에서 마지막 남은 사람의 사망일을 기준으로 50년 후에 공개되는 조건을 주장했기 때문으로 알려졌었다. 하지만 이는 그들이 연서를 주고받기 시작한 초창기 1932년에 이미 "서로 약조"했던 사항이었다. 당시 헤일은 이에 동의하지 않았지만 엘리엇이 오히려 그녀에게 제안하고 설득했었다. 엘리엇은 자신의 시에 대한 "해석의 오류"(Letters 19 Feb. 1932) 때문에 그들의 편지가 시에 대한 "유일한 열쇠"(Reports 10 Jan. 2020)가 되기를 원했다. 그래서 그는 편지를 "일기"(Reports 29 Jan. 2020)처럼 자세히 쓰기도 했다. 엘리엇이 1965년 1월 4일에 사망하였고 헤일은 1969년 10월 12일에 사망하였기에, 편지들은 2019년 10월에 개봉되어서 2020년 1월에 대중에 공개되었다. 엘리엇은 발레리와의 재혼으로 처지가 변하여, 그와 에밀리와의 관계가 세상에 드러나지 않기를 원하게 되면서, 헤일이 보낸 편지와 녹음기록을 모두 소각하였다. 하지만 엘리엇이 헤일에게 보낸 편지들은 헤일의 기증으로 고스란히 세상에 공개되었다. 현재 이 연서로 인해 엘리엇과 그의 작품들, 그리고 그들의 관계에 대한 진실과 헤일의 영향력은 새로운 사실로 규명되는 중이다. 특히 1933년 3월 1일 연서에서 엘리엇이 "헤일"에게 주목하지 않고 "『재의 수요일』이 읽히는 것을 원하지 않는다"라고 말하였던바, 이는 「재의 수요일」이 어느 다른 누군가가 아닌 헤일만을 위한 시이고 헤일에게 바쳐진 시임을 증명하는 것이다. 따라서 그의 "아내에게"라고 붙인 「재의 수요일」의 헌정사는 비비엔이 아니라 비공식 아내인 헤일에게 바치는 글로 추측해 볼 수 있는 것이다.

III. 문학적 의의

엘리엇은 초기 시와 1922년 『황무지』(The Waste Land)에서 무신론적인 모더니즘 시인으로서 정신적으로 황폐한 현대인의 불모성과 소외문제를 비판적으로 다룬 시인으로 알려져 왔다. 하지만 그가 1927년 개종하자 이에 대하여 에즈라 파운드(Ezra Pound)는 "그 무슨 이유든지, 모세를 따라가기 위해 뮤즈를 버린 모든 이들의 정신상태를 한탄할 수밖에"(Accord 260)라는 2행시를 써서 실망감을 표출했다고 한다. 개종 직후 발표된 『재의 수요일』은 파운드의 말처럼 뮤즈/철학을 버리고 모세/신학을 선택한 엘리엇의 의지를 보이는 기념비적인 시이다. 엘리엇은 20세기 초에 종교를 비과학적인 미신으로 간주하는 시대 문명과 물질문명 사회 속에서, 진실한 인간관계의 부재로 인한 현대인의 문제를 고민하였고, 마침내 그 해결점을 기독교에서 찾은 것이다. 이런 그의 고민은 1917년 「J. 알프레드 프루프록의 연가」("The Love Song of J. Alfred Prufrock")부터 시작하여, 『황무지』와 「텅 빈 사람들」의 지옥과 같은 광경을 거쳐서, 「재의 수요일」 연옥 계단의 회개와 속죄의 과정을 지나, 『네 사중주』에서 구원의 완성을 이루는 영적 여정을 보여준다.

특히 「재의 수요일」은 "헤일을 위해서"(Letters 1 Mar. 1933) 헤일에게 바쳐진 시로 보인다. 그는 자신이 기억하는 헤일을 "시인의 감정이 그대로 문학 작품에 반영되는 것이 아니라 직접적 관계가 없는 심상, 사건, 상징 등을 이용하여 표현"(이상섭 17)하는 객관적 상관물인 침묵의 여인을 통하여 시로 승화시키는 데 성공하였다. 그 여인은 성서의 그리스도의 모후 마리아와 단테 『신곡』의 베아트리체의 얼굴을 지녔는데, 마치 베아트리체가 단테를 천국으로 인도했던 것처럼, 화자를 삼위일체 하나님께 인도한다. 화자는 침묵의 여인과 함께 지옥과 연옥과 천국의 환상 여행을 하는데, 이는 「재의 수요일」이 창세기에서 요한계시록까지 성서 전체 내용과 단테의 『신곡』의 「지옥편」, 「연옥편」, 「천국편」을 모두 아우르는 범위를 보인다. 무엇보다도 화자가 시에서 유대교와 유니테리언교에서 주장하는 구약시대 한 분 하나님이 아닌, 신약시대 삼위일체의 성부, 성자, 성령 하나님을 모두 대면하는 점은 가장 주목할 만하다. 하지만 헤일과 관련된 「재의 수요일」의 해석은 그가 주장해왔던 시인의 개성을 없애고 시와 작가와의 연관성을 배제해야 한다는 "몰개성 이론"(조병화 81)이나 신비평 이론(New Criticism)을 벗어나게 한다. 그래서인지 엘리엇은 「재의 수요일」 이후 노벨상을 받았던 『네 사중주』(Four Quartets)를 제외하고는 시보다 시극에 더 치중하는 모습을 보인다.

IV. 줄거리

「재의 수요일」은 총 6부로 구성되었다. 「재의 수요일」의 제2부는 1927년 12월에 "Salutation"(인사)로 가장 먼저 발표되었고, 바로 이어서 1928년 봄에 제1부가 "Perch' Io non Spero"(나는 희망하지 않기 때문에)로 발표되었고, 1929년 가을에 제3부가 "Som de l'escalina"(우리는 계단에 있다)로 발표되었다. 1930년 발표된 「재의 수요일」 초판의 제1부와 제6부는 기도문의 형식이고 제2, 3, 4, 5부는 꿈에 관한 화자의 환상 이야기로 재구성되어 출판되었다. 제1부는 "돌아가기를 희망하지 않기 때문에"라는 "종교적 항복"(Grant 362)의 기도로 시작하고, 마지막 제6부도 "다시 돌아가기를 바라지는 않지만"을 반복한다. 그리고 1부와 6부 사이에 화자의 세 가지 꿈이 과거, 현재, 미래와 영원의 시간으로 나열되었다. 첫 번째 꿈은 여인, 세 마리 표범, 하나님, 뼈다귀들의 노래에 대한 꿈이다. 두 번째 꿈은 지옥과 연옥의 경계인 세 개의 계단, 악마, 그리스도에 대한 꿈이다. 세 번째 꿈은 베일을 쓴 침묵의 여인과 말씀에 대한 꿈이다. 각 꿈은 시간상으로 과거, 현재, 미래, 영원을 상징하고, 공간적으로 지옥, 연옥/낙원, 천국을 상징한다.

「재의 수요일」의 제1부에서 화자는 "다시 돌아가기를 희망하지 않기에"란 선포로 시를 시작한다. 이는 1928년 미리 발표된 제1부 시의 제목이기도 하다. 화자는 여기서 "우리"(27)라는 단어를 사용하는데 그가 다른 누군가와 동행하고 있음을 암시한다. 화자는 "축복받은 얼굴"과 그 "목소리"(22-23)를 부인하는 죄인으로, 천국으로 비상할 수 있는 "날개"(6, 35)는 무용지물이 되어 단지 메마른 공기를 부채질하는 데 사용된다. 이는 지옥과 같은 절망적 상황을 암시한다. 그저 "자비를 내리시길 하나님"(27)께 간구하고, 죽음 이후 내려질 "심판"(34)에 대한 두려움뿐이다. 화자는 마지막에 "지금과 우리 죽을 때에 우리를 위하여 빌으소서"란 기도로 마치는데, 이는 "성모송"의 마지막 부분과 같아서 「재의 수요일」 제1부는 성모 마리아에게 드리는 기도문처럼 보이게 한다.

「재의 수요일」의 제2부는 1927년에 가장 먼저 발표된 부분이다. 『신곡』의 「지옥편」과 성경의 「에스겔서」 37장의 '죽음의 골짜기' 부분을 차용하여 지옥의 정경을 효과적으로 재현하였다. 화자는 침묵의 "여인"(42)을 호칭하며 제2부를 시작하는데, 이는 엘리엇이 연서에서 헤일을 성스럽게 부를 때 종종 사용하던 호칭이다. 여기서 화자는 "마른 뼈다귀"(49), 즉 죽은 자의 상태인데, 뼈다귀는 엘리엇의 시에서 원죄와 본죄9)로 인해 이미 죽었거나 죽음의 선고를 받은 죄인인 인간의 상태를 상징한다. 또한 엘리엇은 단테의 「지옥편」의 세 마리 동물을 차용하여 세 마리 백 표범들로 지옥을 정경을 설정하였다. 여기서 죽은 자의 뼈가 삼위일체의 성부 "하나님"(46, 63)을 직접 대면하여 새로운 생명을 얻게 된다. 하나님의 명령으로 뼈들이 여인의 "선함"과 "사랑스러움"과 "동정녀"10)(마리아)에 대한 공경심을 찬양하자 뼈들에 "살"(겔 37:6)과 "창자와 힘줄"(57)이 붙어 육체가 소생된다(49-51). 하지만 그 육체 안에 "생명"(60; 겔 37:5)이 없음을 알고 하나님은 "바람"(63-65; 행 2:2-4)/여인을 소환하는데, 뼈들은 이때 세상에서 가장 아름답고 화려한 찬사로 침묵의 여인을 찬양한다.

> 침묵의 여인은
> 평온하고 고뇌에 싸여
> 찢기고도 가장 온전한
> 기억의 장미

---

9) 원죄에서 파생된 본죄는 ① 알고 지은 죄와 모르고 지은 죄 : 하나님의 법을 알고 범죄한 자는 모르고 범죄한 자보다 더 큰 벌을 받는다(롬 2:12). ② 과실죄와 고범죄: 인간이 고의로 짓는 죄는 실수로 짓는 죄보다 그 책임이 크다(민 15:26-31). ③ 용서받지 못할 죄: 모든 본죄는 회개를 통해 용서받을 수 있지만, 성령을 훼방하는 죄는 하나님이 제시하신 용서의 방법까지 무시한 것으로 영원히 용서받지 못한다(마 12:31-32). (「본죄」)

10) 그녀가 "묵상하는 "동정녀 (마리아)에 대한 공경으로 / 우리가 빛난다'란 의미는 인간이 동정녀로 인해 인간인 우리도 구원을 받을 수 있는 빛나는 존재라는 의미로 해석될 수 있다.

망각의 장미
고갈되고 생명을 주는
염려하고 평온한
그 홑겹 장미는
이제 동산입니다.

Lady of silences
Calm and distressed
Torn and most whole
Rose of memory
Rose of forgetfulness
Exhausted and life-giving
Worried reposeful
The single Rose
Is now the Garden (67-75)

여기서 침묵의 여인은 장미이자 장미동산으로 성경의 에덴동산을 암시
한다. 에덴은 원래 지복, 행복이라는 의미를 지녔고 아담과 하와의 원죄 사
건 이후에 허락되지 않은 금기의 땅이 되어있다. 1931년 3월 19일 편지에서
엘리엇은 「번트 노튼」("Burnt Norton")의 장미동산을 설명하였다. 장미동산은
『이상한 나라의 앨리스』에서 앨리스가 들어가 보지 못한 동산으로 자신들
에게는 허락되지 않은 "아름다움과 행복을 상징하는 곳"이었다. "앨리스가
동산의 문을 통과할 수 있는 크기였을 때 열쇠가 손에 닿지 않게 작았고,
열쇠를 손에 쥐었을 때는 너무 커서 바닥에 납작 엎드려서 문 너머를 보지
못했던 장면을 기억하나요? . . . 작은 창문 너머로 남들의 행복을 들여다보
았을 뿐이죠"(Letters 19 Mar. 1931). 장미동산은 현실에 존재하는 장소가 아니
라 시인의 머릿속에서 상상으로 존재하던 "사변적인 곳"(조병화 94)이었다.
엘리엇은 헤일과의 만남 이후 그의 방에 남아 있는 "장미 향기"(Letters 3 May

1935)를 맡으며 에덴과 같은 행복으로 그녀를 기억하였다. 1935년 7월에 엘리엇은 헤일과 실제로 번트 노튼의 장미동산을 방문하였고 여기서 깊은 영감을 받았다. 후에 엘리엇은 헤일에게 감사하며 『네 사중주』의 「번트 노튼」을 "그녀에 대한 사랑의 시"(Hale 2)라고 말하였다. 이처럼 「재의 수요일」에서도 장미동산은 모든 "사랑의 종결"점 즉 완성점이다. 여인에 대한 찬사를 마치자 로뎀나무 아래 흩어져 있던 뼈다귀들은 생명을 얻고 서로 연결되어서 "하나"의 사람 형상으로 회복된다. 여기서 침묵의 여인은 "바람"(64-65)으로 나타나는데, 바람은 성경에서 "성령"(요 3:8, 행 2:2) 하나님을 뜻하기도 한다.

제3부는 생명을 얻은 화자가 지옥을 탈출하여 연옥의 세 개의 계단을 오르는 장면이다. 이 계단은 『신곡』 「연옥편」의 세 개의 회개의 계단을 연상시킨다. 「연옥편」 9곡에서 복된 여인 루치아인 "한 마리 독수리가 단테를 움켜쥐고 하늘로 올라 그를 연옥문에 내려놓는데, 그 연옥문을 지나서야 회개의 세 개의 계단"(「연옥편」, 9.28)에 이른다. 「재의 수요일」 화자도 단테처럼 지옥을 거쳐 연옥의 계단을 올라간다. 그는 두 번째 계단에서 첫 번째 계단을 내려다보고 거기서 희망과 절망과 가식의 "악마"(103)의 얼굴을 보았다. 두 번째 계단은 현대인의 노화의 공포를 극대화한 계단으로 "침 흘리는 노인"의 입이나 "늙은 상어"의 거대한 이빨과 목구멍이 보이는 공포스럽고 음습한 계단이었다. 세 번째 마지막 계단의 굽이에서 화자는 에덴동산 같이 아름다운 정경과 음악을 접한다. 깨끗한 창문이 아닌 볼록렌즈처럼 "무화과" 열매 모양의 "불룩하고 홈이 파인 창문"(111)을 통해 희미한 풍경이 눈앞에서 "사라진다"(119). 환영 같은 풍경을 지나서 화자는 "라일락 색과 갈색의 머리칼"(114)을 지니고 청록색 옷을 입고 "옛 플루트"(113)를 부는 한 사람을 보았는데, 그는 제4부에도 등장하는 플루트를 든 "동산의 신"/하나님의 모습이다. 그의 휘날리는 "라일락과 갈색의 머리칼"은 바로 엘리엇이 기억하던 "헤일의 머리칼"(Reports 30 May 2020)이기도 하다. 화자는 자신이 "가치 없는 자"(121-22)임

을 고백하고, 용서를 구한다. 셋째 계단을 오르면서 다시 화자는 "주여, 나는 가치가 없는 자입니다 / 그러니 한 말씀만 하소서"(122-24)라고 말씀을 간구한다. 여기서 화자가 기독교에서 하나님을 호칭하는 주여(Lord)라는 단어를 사용했음을 주목해볼 필요가 있다. 이는 「재의 수요일」의 화자가 기도를 드리는 대상이 성모 마리아나 베아트리체 같은 인간적 존재가 아니라, 바로 신적 존재인 삼위일체 하나님임을 알 수 있게 한다. 화자는 드디어 하나님께 구원의 한 "말씀"(123)을 경청하고자 간구한다. 성서에서 "말씀"(요 1:1)은 예수를 상징하고 예수는 구원자이다. 화자가 말씀을 구한다는 의미는 구원의 소망을 나타내는 것으로 해석될 수 있다.

제4부에서 화자는 침묵의 여인/누이의 성스러운 모습을 설명한다. 그녀는 "보랏빛"(124) 꽃과 초록빛 초원 사이를 걸어 "마리아의 희고 푸른 옷"(127, 133, 145)을 입고, "보석으로 치장한 유니콘들이 끄는 금빛 찬란한 상여"(154; 「연옥편」29.106-50)를 탔다. 여인은 성모 마리아와 베아트리체의 특징을 지닌다. 여인의 본체는 그들과 같은 존재이고 "옷"(133)/형상만 바꿔 입는 존재로 보인다. 그녀는 엘리엇의 환상/꿈속에서 성모 마리아가 되고 베아트리체도 되는 여성적 존재이다. 무엇보다도 엘리엇의 기억에 있는 (히아신스 소녀) 헤일의 형상을 쫓는다. 따라서 그 침묵의 여인은 모든 성스러운 여성의 원형을 상징하는 모습과 엘리엇의 이상형을 추측하게 한다. 화자는 침묵의 여인에게 "우리를 구원하소서"(Sovegna vos)(134), "시간을 구원하소서"(141-42), "읽지 않은 비전을 구원하소서"(142-43)라며 간곡히 기도드린다. 그러자 그의 기도를 들은 여인은 동산의 하나님에게 가서 "머리를 조아려" 인사하고, 그의 뒤에서 "아무 말도 없이 십자성호"(147-48)를 긋는다. 그러자 응답을 받은 듯이 동산의 "샘"이 다시 흐르고 새가 노래"(149)를 시작하였다. 여인의 간청으로 정원의 하나님이 즉시 응답한 것이다. 이때 "구원"(141-43)의 확신을 얻은 화자는 "말씀의 징표"(151)를 간구한다.

제5부에서 화자는 환상/꿈속에서 말씀의 징표를 찾아 영원을 여행하는

여행자의 모습을 보인다. 우주의 중심은 세상 모든 과거와 현재와 미래가 "한 점"(point to one end)(117)을 중심으로 거대하게 소용돌이치고 있었다. 바로 영원의 세계이다. 엘리엇은 그 영원에서 하나님과 인간의 존재를 말(word)로 표현하였다. 이는 이미 성경 요한복음 1장 1절 "태초에 말씀이 계시니라 이 말씀이 하나님과 함께 계셨으니 이 말씀은 곧 하나님이시니라"라며 예수의 존재를 말씀으로 설명한 구절과 같은 맥락이다. 이처럼 엘리엇은 성경을 차용하여, 태초 이후부터 지금까지 세상은 이미 사람들의 "발화된 말"(154)이 무수히 많이 있었고, 현재에도 매 순간 사람들은 여전히 말을 발화하고 있고, 거기에는 아직 "말하지 않은 말들과 들리는 말들과 들리지 않는 말들"(155-57)도 잠재적 영역에서 무수히 존재한다는 사실을 깨닫게 하였다. 인간의 말과 함께 "말씀"(the Word)도 아직 "한마디 없는 말씀과 이미 세상에 있는 말씀과 세상을 위한 말씀들"(158-59)로 존재하고 있음을 보인다. 말씀/하나님에게 저항하는 세상의 모든 말들/인간들이 말씀의 중심을 따라 거대한 "소용돌이"(161) 치고 있는 환상이 있었다. 세상은 하나님을 배반하고 있어도 여전히 하나님의 주권 아래 조용히 질서 있게 흐르고 있었던 것이다. 이처럼 엘리엇은 「재의 수요일」에서 인간과 우주의 원리를 성경 요한복음 1장처럼 말과 말씀으로 설명한다.

화자는 하나님에게 미가서[11] 6장 3절 "오 나의 백성이여 내가 너희에게 어떻게 했는가"란 말씀을 받는다. 이것은 앗수르 왕국의 침범으로 황폐해진 유다왕국의 참담한 몰락을 참을 수 없었던 이스라엘 사람들이 하나님과의 계약을 파기하고 불평하게 되자, 하나님께서 그들을 구원하려고 어떻게 했는지를 생각해보라며 온 우주 앞에서 이스라엘 사람들을 소송하는 말이다.

---

11) 미가(Micah)는 BC 690년 예루살렘 남서쪽 34km 모레셋 출신의 예언자이다. 그는 사마리아의 함락과 황폐를 예언하였다. 미가서는 7장으로 구성되어 있는데 "4부"로 나뉜다(「미가서」). 1부는 이스라엘과 유대의 심판 예언이고, 2부는 종말적 영광의 예언과 회복의 약속이고, 3부 민족의 타락에 대한 예언자의 탄식과 회개의 권유, 4부는 기도와 구원의 예고이다(「미가서」).

「재의 수요일」의 화자가 받은 말씀도 죄인들의 타락에 대한 탄식과 회유의 말씀이었던 것이다.

화자는 그 말씀을 세상에서 찾고자 바위, 섬, 육지, 바다를 찾지만, "고 요"(165)하지 못한 시끄러운 세상에서 그 말씀을 들을 수는 없었다. 구원받았 으나 아직 돌아오지 못한 죄인들에게는 "적시 적소"(170)가 허락되지 않았고, 어둠/"무지"(Asher 1) 속에서 얼굴을 피하는 죄인들은 "은총의 땅"이 없었고, 목소리를 거부하는 죄인들은 "기쁨의 시간"이 없기 때문이었다. 화자는 자복 하고 회개하며 침묵의 여인/"베일을 쓴 누이"(174)에게 모든 죄인을 위한 기 도를 다시 한번 간청해본다. "베일을 쓴 누이는 기도하시나요? / 어둠 속을 걷는 자들을 위해서, 당신을 택하고도 거역하는 / 자들을 위해서 . . . 문간 의 아이들을 위하여 기도하시나요? / 물러가지도 않으면서 기도할 수 없고 / 선택받고서도 거역하는 이들을 위하여 기도하소서"(174-82)라며 간구한다. 문 간의 아이들은 『칵테일 파티』에서 "죄의식"에 휩싸여 "숲속을 방황하는 아이 들"(CPP 416)로 다시 나타난다. 그들은 그녀에게 "선택받았으나 거역하고 여 전히 어둠 속을 걷는" 죄인들이다. 화자는 여인에게 사망과 생명의 갈림길, "문간에 있는 아이들"(180)을 위한 기도한다. 이처럼 화자의 기도를 받는 여 인은 "누이"와 "어머니"(216)를 포괄하는 신적 존재로 짐작되는데, 헤일·베 아트리체·성모 마리아 등 모든 여성을 아우르는 여성성을 지닌 원형적 존 재, 삼위일체의 성령[12] 하나님으로 추측된다.

제6부에서 화자는 한 말씀을 붙잡고 구원의 확신과 새로운 삶을 희망 한다. 그는 성부 하나님의 "축복"(198)을 간구하며, 심장에 기쁨을 되찾고, 깨 지지 않는 "날개"(201)로 바다를 향해 힘차게 비상하려 한다. 그리고 화자는 그동안 상실했던 모든 감각을 회복하는데, "심장의 긴장"의 촉각, "바닷소리"

---

[12] "이와 같이 성령도 우리 연약함을 도우시나니 우리가 마땅히 빌 바를 알지 못하니 오직 성령 이 말할 수 없는 탄식으로 우리를 위하여 친히 간구하시느니라"(롬 8:26).

의 청각, "모래땅의 짠맛"의 미각, "바다 냄새"의 후각, "눈먼 눈"의 시각으로 오감의 기능을 모두 회복한다(202-10). 화자는 다시 여인을 "축복받은 누이, 성스러운 어머니, 샘의 영, 동산의 영"(216-17), "강의 영, 바다의 영"(304) 등 여러 객관적 상관물로 간곡히 호명하며 기도드린다. 화자는 여인에게 "가르침"[13]과 "평화"[14]를 간구하면서, 무엇보다도 "자신을 버리지 말아달라"는 "절규"(306)로 「재의 수요일」의 기도를 마친다.

1930년 헤일과의 연서 교환으로 자신의 사랑을 확인하고 그녀와의 재결합을 원했던 엘리엇에게 사회의 관습과 도덕, 그리고 교회법은 결코 넘어서기 어려운 벽으로 느껴졌을 것이다. 그는 「재의 수요일」에서 절규에 가까운 그의 회개의 기도를 드리고, 자신이 죄인임을 고백하고, 구원을 향한 말씀에 집중하는 태도를 보인다. 이처럼 「재의 수요일」은 세상의 구원을 향한 삼위일체 하나님을 향한 기도문이고 특히 침묵의 여인인 성령 하나님을 통한 회개와 구원에 무게를 두는 시이다. 이처럼 엘리엇은 「재의 수요일」에서 현대인들의 영성 회복과 구원의 가능성을 활짝 열어 놓고 있다. 또한 그는 「재의 수요일」을 통하여 사랑하는 헤일을 뮤즈이자 성모 마리아와 베아트리체와 침묵의 여인과 성령 하나님까지 가장 성스러운 존재들의 신적 차원으로 영원히 기억되게 한다.

이처럼 「재의 수요일」은 시인 엘리엇의 예언자적인 감각을 엿볼 수 있는 시이다. 엘리엇은 그의 첫사랑 헤일을 미국에 남겨두고 하버드대 대학원 장학생으로 영국 옥스퍼드대로 떠났다. 하지만 그곳에서 유니테리언 금욕주의자였던 그의 억눌렸던 성적 욕망이 분출되었고 당시 "간통을 허용"(Letters 3 Nov. 1930)했던 퇴폐적 예술가들의 분위기에 휩쓸려서 엘리엇은 자신의 결

---

13) "보혜사 곧 아버지께서 내 이름으로 보내실 성령 그가 너희에게 모든 것을 가르치고 내가 너희에게 말한 모든 것을 생각나게 하리라"(요 14:26).
14) "지극히 높은 곳에서는 하나님께 영광이요 땅에서는 기뻐하심을 입은 사람들 중에 평화"(눅 2:14)이고, 성령의 열매는 바로 사랑과 희락과 "화평"(갈 5:22)이다.

혼을 성급히 결정하게 된 것 같다. 또한 엘리엇은 부모님의 희망이었던 철학박사와 교수로서의 안락한 삶보다도 비록 가난할지라도 자신이 원하는 시인의 삶을 원해서 영국에 남으려 했다. 이런 그에게 반한 비비엔은 무일푼인 그가 시인이 되도록 돕겠다는 열정과 사랑만으로 그의 청혼을 허락한다. 하지만 그들의 결혼은 파국으로 치달았다. 엘리엇은 극심한 생활고를 겪게 되고 결국 1922년 『황무지』를 쓸 당시에 그는 정신적으로나 육체적으로 거의 죽은 자 같은 심정이 되고 만다.

그러다가 그해 런던의 에클스톤 광장에서 엘리엇은 헤일을 우연히 만나고 헤일의 질문에 자신이 그동안 잘못된 선택을 했음을 단번에 알아챘다. 그래서 그는 비비엔과의 불행한 결혼생활을 청산하고 헤일에게 돌아가려고 결심하면서 그동안 소홀히 했던 하나님에 대한 믿음을 회복하게 되고 신실한 기독교도로 변신한다. 1930년 연서를 교환하기 직전 출판된 「재의 수요일」은 이런 변화된 엘리엇의 기억 속에 남아 있던 헤일의 이미지를 단테의 베아트리체와 성모와 성령을 접목해서 가장 신성하고 아름다운 여인으로 탄생시킨 것으로 보인다. 그 여인은 베아트리체처럼 꿈/기억 속에서 지옥에 있던 화자/엘리엇을 구하고 연옥과 천국을 거쳐 영원/우주에 있는 하나님을 대면하게 이끈다. 거기서 자신의 죄를 구원할 한 말씀을 간구하던 화자는 결국 미가서의 말씀을 받게 되고 세상에 나와서 그 말씀을 구현하고자 한다. 하지만 사람들이 아직도 죄에 구속되어 있고 하나님의 시선을 피하려는 죄인들뿐임을 깨닫는다. 그럼에도 불구하고 화자는 오직 죄에서 구원하기를 소망하고 절규하는 회개의 기도로 시를 마친다.

엘리엇은 비비엔과의 이혼과 헤일과의 재혼을 간곡히 소망하며 「재의 수요일」을 썼으나 결국 이혼도 재혼도 하지 못했다. 엘리엇과 헤일의 관계는 그들의 1930-56년 연서와 1963년 엘리엇의 입장문에서 밝힌 바와 같이 사회법과 교회법을 넘지 못했고 결국 명예로운 관계로 끝날 수밖에 없었다. 하지만 엘리엇이 헤일에게 보낸 연서는 그들의 깊은 사랑과 헤일의 영향력을 증명하였고, 그의 1960년과 1963년 입장문은 그들의 슬픈 운명을 재확인 시킨다. 엘리엇은 이미 「재의 수요일」에서 그의 간절한 사랑과 이로 인해서 용서받을 수 없는 그들의 죄의식과 슬픈 운명을 예감하였고, 오직 하나님의 자비와 용서를 간구할 뿐이었다. 따라서 그는 자신의 연인이자 뮤즈, 그리고 비공식 아내인 헤일을 과거나 현재나 미래의 시간적 차원에 둔 것이 아닌 영원의 차원의 성령과 같은 존재로 박제하고자 했던 것 같다. 이런 「재의 수요일」의 침묵의 여인은 죄인들/우리를 위하여 기도하는 성모와 같은 모습의 여성적 원형에 성령 하나님의 영성이 반영되어 영원히 아름답고 성스럽게 빛나게 된다.

인용문헌

Accord, Peter. *T. S. Eliot*. London: Famish Hamilton, 1984.
「본죄」. 『교회용어사전: 교리 및 신앙』. 가스펠서브 발행. 서울: 생명의 말씀사, 2019. Naver Corp. Web. 10 Feb. 2019.
["actual sin." *Church Glossary: Doctrine and Faith*. Ed. GospelServ. Seoul: Life Books, 2019. Naver Corp. Web. 10 Feb. 2019.]
Asher, Kenneth. *T. S. Eliot and Ideology*. Cambridge: Cambridge UP, 1995.
「성모송」. 『두산백과』. Naver Corp. Web. 10 Feb. 2019.
["Ave Maria." *Doopedia*. Naver Corp. Web. 10 Feb. 2019.]
방승민. 「총리의 화려한 여성편력, 가톨릭 '이혼 논쟁'으로 번지다」. 『시사저널』. 1661호. Web. 17 June 2021.
[Bang, Seungmin. "The Prime Minister's Glamorous Female Affiliation Spreads into a Catholic 'Divorce Debate.'" *Sisa Journal*. Vol. 1661. Web. 17 June 2021.]
The Bible. Introd. and notes by Robert Carroll and Stephen Prickett. Oxford: Oxford UP, 1998. Oxford World's Classics. Authorized King James Vers.
최현빈. 「뮤즈, 그 존재의 아이러니: T. S. 엘리엇—에밀리 헤일 연서」. 『안과밖』 49 (2020): 273-98.

[Choi, Hyonbin. "The Irony of Being a Muse: T. S. Eliot's Love Letters to Emily Hale." *English Studies in Korea* 49 (2020): 273-98.]

단테, 알리기에리. 『신곡: 연옥편』. 박상진 옮김. 서울: 민음사, 2007.

[Dante, Alighier. *Divina Commedia: Purgatorio*. Trans. Sangjin Park. Seoul: Minumsa, 2007.]

Dickey, Frances, ed. *Reports from the Emily Hale Archive, 2020*. *The International T. S. Eliot Society*. Web. 10 July 2021. [Abbreviated as *Reports*]

⟨https://tseliotsociety.wildapricot.org/news?pg=3⟩

『컬러한영해설성경』. 김의원 편찬. 서울: 성서원, 2004.

[*The DK Illustrated Korean-English Study Bible*. Ed. Yiwon Kim. Seoul: Singseowon, 2004.]

Eliot, T. S. *The Complete Poems and Plays of T. S. Eliot*. London: Faber, 1969.

엘리엇, T. S. 『T. S. 엘리엇 전집: 시와 시극』. 이창배 번역. 서울: 동국대학교 출판부, 2001.

[___. *The Complete Poems and Plays of T. S. Eliot*. Trans. Changbai Lee. Seoul: Dongkuk UP, 2001.]

___. *For Lancelot Andrews*. London: Faber, 1928.

___. *Letters to Emily Hale*. 1930-56. Princeton Univ. Lib., Princeton. 2020. [Abbreviated as Letters]

___. *The Poems of T. S. Elot: Collected and Uncollected Poems*. Vol. 1. Ed. Christopher Ricks and Jim McCue. Baltimore: Johns Hopkins UP, 2015.

___. "Statement by T. S. Eliot on the Opening of the Emily Hale Letters at Princeton." Houghton Lib. at Harvard Univ., Cambridge. 1960-63. Web. 10 Aug. 2021. [Abbreviated as 1963]

⟨https://tseliot.com/foundation/statement-by-t-s-eliot-on-the-opening-of-the-emily-hale-letters-at-princeton/⟩

Gordon, Lyndall. *T. S. Eliot*. New York: Norton, 1998.

Hale, Emily. "Face to Face: Emily Hale on Her Letters from T. S. Eliot." *PUL Manuscripts News*. Web. 21 Jan. 2020. ⟨https://blogs.princeton.edu/manuscripts/2020/⟩

조병화. 「엘리엇의 뮤즈로서 에밀리 헤일」. 『T. S. 엘리엇 연구』 30.1 (2020): 79-101.

[Joh, Byunghwa. "Emily Hale as a Muse to Eliot's Poetry." *Journal of the T. S. Eliot Society of Korea* 30.1 (2020): 79-101.]

주낙현. 「T. S. 엘리엇의 시, 「재의 수요일」」. 『바람과 함께 사라진 티끌』. Ed.
SonKJ. Web. 10 Aug. 2020. 〈https://blog.naver.com/sonwj823〉

[Joo, Nakhyun. "T. S. Eliot's Poem, 'Ash Wednesday.'" *Dust Gone with the Wind*.
Ed. SonKJ. Web. 10 Aug. 2020.]

김영희. 「『성회 수요일』에 나타난 죄인의 세 가지 꿈과 침묵의 여인」. 『T. S. 엘리엇
연구』 29.1 (2019): 101-25.

[Kim, Younghee. "A Sinner's Three Dreams and Silence Lady in *Ash Wednesday*."
Journal of the T. S. Eliot Society of Korea 29.1 (2019): 101-25.]

이호갑. 「찰스 왕세자 재혼 '몰래한 사랑' 35년 만에 결실」. *donga.com*. Web. 10
Aug. 2021.

[Lee, Hogap. "Prince Charles' Remarriage 'Secret Love' Bears Fruit after 35 Years."
donga.com. Web. 10 Aug. 2021.]

이상섭. 『문학 비평 용어 사전』. 서울: 민음사, 2001. 17.

[Lee, Sangseop. *Literary Criticism Glossary*. Seoul: Minumsa, 2001.]

Michael, Grant, ed. *T. S. Eliot: The Critical Heritage*. Vol. 1. London: Routledge,
1982.

Schuchard, Ronald. *Eliot Dark Angel*. Oxford: Oxford UP, 1999.

Sencourt, Robert. *T. S. Eliot: A Memoir*. New York: Delta, 1973.

Seymour-Jones, Carole. *Painted Shadow*. New York: Anchor, 2001.

Smith, Grover Jr. *T. S. Eliot's Poetry and Plays*. Chicago: U of Chicago P, 1956.

Spurr, Barry. *Anglo-Catholic in Religion: T. S. Eliot and Christianity*. Cambridge:
Lutterworth P, 2010.

양재용. 「에밀리 헤일에 대한 T. S. 엘리엇의 앵글로 가톨릭의 죄－2020년에 개봉된
편지와 칵테일 파티를 중심으로」. 『T. S. 엘리엇 연구』 30.3 (2020): 1-25.

[Yang, Jaeyong. "'Anglo-Catholic' Sin of T. S. Eliot to Emily Hale." *Journal of the T.
S. Eliot Society of Korea* 30.3 (2020): 1-25.]

Williamson, George. *A Reader's Guide to T. S. Eliot*. New York: Farrar, 1966.

재의 수요일

1
다시는 돌아가길 희망하지 않기에
희망하지 않기에
돌아가길 희망하지 않기에
이 남자의 재능 저 남자의 능력을 탐내는 그런 일에
이제 더 이상 나는 애쓰지 않기에
(늙은 독수리가 왜 날개를 펼쳐야 하는가?)
일상을 지배하던 힘/생명이 사라진 것을
왜 내가 애도해야 하는가?

나는 알고자 희망하지 않기에
그 또렷했던 시간의 허무한 영광을
나는 생각하지 않기에
단 하나의 참다운 힘도 덧없음을
알지 못할 것을 나는 알기에
거기, 나무가 꽃 피고 샘이 흐르는 그곳에서
나는 마실 수 없기에
거기에는 다시 아무것도 없기에

시간은 늘 시간이고 장소는 늘 장소일 뿐
현실이란 오직 한순간과
오직 한 장소를 위한 것으로
나는 알고 있기에
있는 그대로의 사물을 기뻐하고
그 축복받은 얼굴을 부인하고
그 목소리를 부인한다

나는 다시 돌아가길 희망하지 않기에
그리하여 나는 기뻐한다 기뻐해야 할
어떤 것을 세워야 하기에

그리고 우리에게 자비를 내리시기를 하나님께 기도한다
내가 스스로 너무 많이 논쟁하고
너무 많이 설명했던 일들에 대해
그리고 내가 잊고자 하는 그런 일들을 기도한다
나는 다시 돌아가기를 희망하지 않기에
이런 말들이 응답되게 하소서
이루어진 일, 다시 이루어지지 않을 일 때문에
심판이 우리에게 너무 가혹하지 않게 하소서

이 날개들은 더 이상 날 수 있는 날개들이 아니기에
단지 공기를 부채질하는 풀무일 뿐
지금 아주 작고 메마른 공기를
의지보다 더 작아지고 더 메말라진 공기를
우리가 염려할 일과 염려하지 않을 일을 가르치소서
우리가 고요히 앉아 있도록 가르치소서

지금과 우리 죽을 때에 우리 죄인들을 위하여 기도하소서.
지금과 우리 죽을 때에 우리를 위하여 기도하소서.

II
여인이여, 세 마리의 흰 표범들이
날이 서늘할 때, 로뎀나무 아래에서
내 다리를, 내 심장을, 내 간을, 그리고
둥글게 텅 빈 내 해골 속에 담겼던 것을 양껏 먹고 앉았다.
그러자 하나님께서 말씀하셨다: 이 뼈들이 살겠는가?

이 뼈들이 살겠는가? 그러자 (이미 말라버린) 뼈들 속에

담겨있던 것이 재잘거리며 말했다.

이 여인의 선하심으로

그녀의 사랑스러움으로,

그리고 그녀가 묵상하는 동정녀/마리아를 공경했기에

우리가 밝게 빛난다. 그리고 여기에 숨겨진 나는

내 행동을 망각/용서에게 주고, 내 사랑을 광야의 자손과 표주박 열매에게 드린다.

이것은 나의 창자와 나의 눈 힘줄과

표범들이 거부한 소화 안 되는 부분들이

되살아나게 한다. 여인은 흰옷을 입고, 묵상하러, 흰옷을 입고

물러난다.

뼈들의 흰빛으로 망각의 속죄/용서를 하소서.

그들 안에는 생명이 없다. 마치 내가 지금 잊히고

잊히기를 바란 것처럼, 그렇게 몸 바쳐,

목적에 집중하며 나는 잊고 싶다.

그러자 하나님께서 말씀하셨다.

바람에게 예언하라, 바람에게, 오직 바람에게만,

왜냐하면 바람만이 들을 것이기 때문이다. 그러자 뼈들이

메뚜기의 짐으로/가볍게 재잘대며 노래했다, 말하면서

침묵의 여인은

평온하고 고뇌에 싸여

찢기고도 가장 온전한

기억의 장미

망각의 장미

고갈됐지만 생명을 주고

염려하지만 평온한

단 하나의 장미는

이제 동산이다

그곳은 모든 사랑이 끝나는 곳
채워지지 못한 사랑의 고뇌와
채워진 사랑의
보다 더 큰 고뇌를
끝내는 곳
끝없는 여행의
끝없는 종착지
결론에 이를 수 없는
모든 것의 결론
말 없는 연설과
연설 없는 말들
성모에게 은총을
그 동산에서
모든 사랑이 끝나기에

로뎀나무 밑에서 흩어져 빛나던 뼈들이 노래했다
우리는 흩어져 있어 기쁘다, 우리는 서로에게, 잘하지 못했다.
서늘한 날에 나무 밑에서, 모래의 축복을 받으며,
자신과 서로를 잊어버리고, 그리고 광야의 적막 속에서
결합/하나 되었다. 이곳이 당신들이 제비 뽑아
나눌 땅이다. 그러니 나누거나 합치거나 문제가 되지 않는다.
이곳이 그 땅이다.
우리는 우리의 유산이 있다.

III
두 번째 계단의 첫 굽이에서
나는 되돌아서 내려다보았다
난간 위에 뒤틀려 있는 같은 사람(형상)을
악취 나는 공기 속 안개 밑에서

희망과 절망의 거짓된 얼굴을 한
계단의 악마와 고군분투하고 있었던 그 사람을.

두 번째 계단의 둘째 굽이에서
나는 뒤틀린 그들을 남겨두었다. 거기에는
더 이상의 얼굴은 없었다 그리고 그 계단은 캄캄하고,
축축하고, 쭈글쭈글했다, 어느 침 흘리는 노인의 입처럼,
도저히 가망 없는
혹은 늙은 상어의 이빨 있는 목구멍 같은 계단.

세 번째 계단의 첫 굽이에는
무화과처럼 불룩하고 홈 파인 창이 있었다.
그리고 산사나무 꽃과 초원의 풍경 너머에
청록색 옷을 입고, 어깨가 딱 벌어진 이가
옛 플루트를 불며 오월의 계절을 매혹하였다.
부푼 머리칼은 고왔다, 입을 덮은 갈색 머리칼,
라일락색과 갈색의 머리칼,
흐트러진 마음, 플루트의 음악, 마음의 정지와 발자국이,
세 번째 계단 위에서,
사라지고, 사라진다, 희망과 절망을 넘어서 힘을 내어
셋째 계단을 올라갈 때

주여 나는 가치 없는 자입니다
주여 나는 가치 없는 자입니다

그러나 한 말씀만 하소서.

IV

보랏빛 제비꽃 사이를 거닐던 분
가지각색 초록색의 여러 줄 지은
사이를 거닐던 분
희고 푸른 옷을 입고, 마리아/어머니의 색을 입고 가면서,
영원한 비탄을 아는지 모르는지
사소한 일들을 이야기하시며
그들이 걸을 때 그들 사이에서 움직이는 분
그리하여 근원을 강하게 만들고, 샘물들을 맑게 하신 분이

마른 바위를 서늘하게 하시고 모래를 굳게 하셨다,
미나리아재비꽃의 푸른 옷, 마리아의 푸른 옷을 입으신 분이시여
저희를 잊지 마소서

여기 사이를 걷는 세월이 있다,
바이올린/피들과 플루트를 가지고, 잠들고 깨는 시간 사이에서
움직이는 한 사람을 회복시키고, 입고서

가볍게 주름 접힌, 그녀 주변을 감은, 주름진 흰옷을.
새로운 세월이 걷는다, 눈물 어린 찬란한 구름을 통과하여
되돌리고, 그 세월을 다시 살리며,
새로운 시로 낡은 시를 되살린다. 그 시간을
구원하소서. 더 높은 꿈속에 있는
아직 읽지 않은 비전을 구원하소서
보석으로 치장한 유니콘들이 금빛 상여를 끌고 가는 동안.

희고 푸른 베일을 쓴 침묵의 누이는
주목 나무 사이에서, 플루트를 불지 않는/쉬고 있는

동산의 하나님 뒤에서, 머리를 숙이고, 십자를 그었고,
아무 말도 하지 않았다.

그러나 샘의 근원이 솟아났고 새가 앉아 노래했다
그 시간을 구원하소서, 그 꿈을 구원하소서
들리지 않고, 말하지 않은 말씀의 징표를

바람이 주목 나무에서 천 개의 속삭임을 흔들어댈 때

그리고 이런 우리의 추방 이후에

V
만약 잃어버린 말을 잃어버리고, 써버린 말을 써버린다면
만약 들리지 않고, 말하지 않은
말씀이 말해지지 않고 들리지 않았다면;
말해지지 않은 말, 들리지 않은 말씀,
그 한마디 없는 말씀, 세상 안과
세상을 위한 말씀은 여전하다,
그리고 빛은 어둠에 비쳤었고
말씀에 저항하던 소란하던 세상은 고요히
침묵의 말씀 핵심 근처를 소용돌이쳤다.

오 나의 백성이여 내가 너희에게 어떻게 했는가.

어디서 그 말씀이 발견되고, 어디서 그 말씀이 반향되는가?
여기는 아니다. 이곳은 아주 조용하지 않다
바위 위는 아니고, 섬 위도 아니고,
육지도 아니고, 사막이나 비 오는 땅속,

어둠 속을 걷는 자들과
낮이나 밤을 모두 걷는 자들을 위한
적시와 적소가 이곳에는 없다
그 얼굴을 피하는 자들에게는 은총의 땅이 없고
소음 속을 거닐며
그 목소리를 거부하는 자들에게 기쁨의 시간이 없다

베일을 쓴 누이는 기도하시나요?
어둠 속을 걷는 이들을 위하여, 당신을 택하고서 당신을 거역하는 이들을 위하여,
계절과 계절, 시간과 시간 사이 갈림길에서 찢긴 이들을 위하여,
순간과 순간, 말과 말, 힘과 힘 사이에서
어둠 속에서 기다리는 이들을 위하여, 기도하시나요?,
베일을 쓴 누이는 문간의 아이들을 위하여 기도하시나요?
물러가지도 않으면서 기도할 수도 없고
선택받고서도 거역하는 이들을 위하여 기도하소서

오 나의 백성이여 내가 너희에게 어떻게 했는가

베일을 쓴 누이는 가느다란 주목 나무들 사이에서
그녀를 화내게 하는 이들을 위하여 기도하시나요
두려워하지만 복종할 수 없고
세상에 앞에서는 우겨대지만, 바위틈에선 부인하고
최후의 푸른 바위들 앞 마지막 광야에서
동산 안의 광야, 마른 광야 속의 동산에서
시든 사과씨를 입에서 뱉어버린 이들을 위하여

오 나의 백성이여

VI

나는 다시 돌아가기를 희망하지 않지만

나는 희망하지 않지만

나는 돌아가기를 희망하지 않지만

이득과 손실 사이를 망설이면서

꿈들이 교차하는 이 짧은 통로에서

탄생과 사망 사이 꿈이 교차하는 황혼에서

(저를 축복하소서 아버지여) 나는 이런 일들을 바라길 원하지 않지만

화강암 해안을 향한 넓은 창으로부터

흰 돛단배들은 잠잠히 바다를 향하여 비상한다, 바다로 비상하는

깨지지 않는 날개들이여

그리고 상실했던 심장은 긴장하고 기뻐한다

잃어버린 라일락과 잃어버린 바다 목소리들에서

그 연약한 영혼은 배반의 속도를 더한다

굽은 금 지팡이와 잃어버린 바다 냄새를 위하여

메추리 울음소리와 공중에 선회하는 물새들을

급히 되찾으려 한다

그리고 눈먼 눈은 상아문 사이에서

빈 형상들을 만든다

그리고 냄새는 모래땅의 짠맛을 새롭게 한다

지금은 사망과 탄생 사이에서 긴장의 시간이다

세 가지 꿈이 푸른 바위들 사이에서 교차하는 고독의 장소이다

그러나 그 주목 나무의 떨리는 목소리들이 둥실 사라질 때

다른 주목 나무가 흔들려 대답하게 하소서.

축복받은 누이여, 성스러운 어머니여, 샘의 영이시여,
정원의 영이여,
우리가 거짓으로서 자신을 기만하지 않게 하소서
우리에게 염려할 것과 염려하지 않을 것을 가르치소서
이 바위들 사이에서조차
우리가 조용히 앉도록 가르치소서
주님의 뜻 속에 그리고 이런 바위들에서조차
우리의 평화가 있게 하소서
누이시여, 어머니시여,
강의 영이시여, 바다의 영이시여,
나를 버리지 마소서

그리고 내 부르짖음이 당신에게 이르게 하소서. (*PI* 87-97)

「동방박사들의 여정」: T. S. 엘리엇의 종교적 여정

_____ 장철우(강원대학교)

I. 개관

　　「동방박사들의 여정」("Journey of the Magi")은 기독교 메시아인 그리스도 예수(Jesus)에게 탄생 선물을 가져다준 동방박사들의 신화적인 여정을 담은 크리스마스 설교를 바탕으로 구성된 작품이다. 이 시는 동방박사들에게 그 여정이 육체적, 정신적, 영적으로 얼마나 어려웠는지를 그리고 있다. 먼저 '여정'은 표면적으로 한 장소에서 다른 곳으로 이동하는 행위를 의미하지만, 여기서는 은유적인 의미에서 개인의 변화와 발전을 이루어가는 험난하고 어려운 과정을 의미하고 있다. 이 시의 처음 다섯 행은 윈체스터(Winchester)의 랜슬롯 앤드류스(Lancelot Andrewes, 1555-1626) 주교의 예수 탄생 설교를 인용한 부분으로 시작된다. 앤드류스는 킹 제임스 성경의 번역을 감독한 저명한 성직자이자 학자이며, 원본은 1622년 자코비안 궁정에서 크리스마스에 설교한 설교문이다. 둘째로 여정의 영적인 측면에서 이야기하자면, 그들은 영혼의 어두운 밤을 거쳐서 영적으로 새로운 새벽을 맞이한다는 의미이다. 동방박사들은 불가지론자에서 앵글로 가톨릭으로 개종한 T. S. 엘리엇(T. S. Eliot)

의 페르소나 역할을 한다. 신실한 기독교인으로서의 그의 관점에서 이 여정은 예수 그리스도가 탄생할 때 세상이 겪은 급격한 변화를 나타내기도 한다. 지난 여정을 되돌아보는 1인칭 시점에서 그들은 예수의 탄생과 오랫동안 지켜온 이교도의 영적 죽음을 예상하며 새로운 기독교 시대를 숙명으로 받아들이며 시를 마무리한다. 엘리엇은 복음서의 내용과 앤드류스의 설교를 극적 독백 형식을 통해 병치시킴으로써 화자, 청자, 사건 등의 여정을 잘 녹여내었다. 이 작품에서 시인은 동방박사들이 기독교에 동화되어 이교들의 삶을 정리하기까지의 육체적·영적 고통을 여정에 투영시켜 개종의 고통을 알레고리적으로 묘사한다. 회상에 따르면, 그들이 아기 예수 탄생의 장소에 도착했을 때 탄생의 고통과 죽음의 고통을 구별할 수 없었다고 고백한다. 「동방박사들의 여정」은 화자가 느끼는 육체적·영적 고통을 여정에 투영시켜 개종의 고통을 신화적 기법으로 표현하면서 삶과 죽음 또는 죽음과 탄생이 순간을 분리하지 않고 공시적으로 다층적 의미를 보여준다.

II. 관련된 전기적 사실들

「동방박사들의 여정」은 엘리엇이 앵글로 가톨릭 신앙으로 개종한 직후 1927년 크리스마스와 관련된 팸플릿 시리즈에 처음 출판되었다. 이 시는 우화적인 극적 독백으로 쓰인 시지만, 간접적으로 개인의 소회를 담은 시로도 볼 수 있다. 동방박사들의 영적 변화보다는 끝이 없어 보이는 힘든 여정에서 이를 읽을 수 있다. 예수의 탄생에 대한 동방박사들의 관점과 이교도에서 기독교로의 일련의 복잡한 전환과정은 이 시가 독자에게 전하는 메시지이기 때문이다. 즉, 「동방박사들의 여정」은 한 가지 삶의 방식, 한 가지 믿음, 다른 삶의 탄생을 인정하는 고통에 대한 엘리엇의 자서전적인 시인 것이다.

Ⅲ. 해당 작품의 문학적 의의

    엘리엇은 스스로 문학은 고전주의, 정치는 왕당파, 종교는 앵글로 가톨릭(성공회의 가톨릭 전통을 중시하는 신학 조류) 노선의 성공회라고 밝혔다. 엄밀히 이야기하자면, 그의 종교는 1927년에 그의 조상들이 믿던 전통적 기독교의 삼위일체를 부정하는 유니테리언주의(Unitarianism)에서 영국국교회(Anglican Catholic)로 개종된 것이다. 이런 점에서 「동방박사들의 여정」은 엘리엇이 앵글로 가톨릭으로 개종한 이후의 첫 번째 작품이다. 그는 이 작품에서 엘리엇 특유의 신화적 기법을 사용하였다고 이야기하는데,[1] 이러한 신화적 기법은 그의 비평 에세이 「율리시즈, 질서와 신화」("Ulysses, Order, and Myth")에서 전통적인 내러티브 기법과 비교하여 모더니즘적 기법이라고 강조된 바 있다.[2] 과거와 현재를 동시에 표현하는 신화적 기법은 그에게 단순히 현재의 새로운 것을 돋보이게 하려는 의도가 아니고 미술기법에서처럼 여러 층으로 색칠된 수채화의 층위로서 현재와 과거가 동시에 존재 가능하게 하는 의도이다. 이러한 기법은 그의 개종을 다룬 이 시뿐만 아니라, 개종 이전의 1922년 시에서부터 잘 나타나 있는 기법이다.

    따라서 그의 현재는 과거와의 교류가 동시에 존재한다. 예를 들면, 『황무지』에서 제1장 「주검의 매장」에서, 4월의 황무지는 새로운 생명체를 꽃피

---

1) T. S. Eliot, *The Letters of T. S. Eliot Volume 3: 1926-1927*, eds. Valerie Eliot and John Haffenden (London, Faber and Faber, 2012), 861.

2) T. S. Eliot, "Ulysses, Order, and Myth." *Selected Prose of T. S. Eliot*. Ed. Frank Kermode. New York: Harcourt, 1975, 178. "In manipulating a continuous parallel between contemporaneity and antiquity, Mr. Joyce is pursuing a method which others must pursue after him. they will not be imitators, any more than the scientist who uses the discoveries of an Einstein in pursuing his own, independent, further investigations. It is simply a way of controlling, of ordering, of giving shape and significance to the immense panorama of futility and anarchy which is contemporary history. . . . Instead of narrative method, we may now use the mythic method. It is, I believe, a step toward making the modern world possible for art."

우기 위해 분열이 아닌 통합의 메커니즘이 작동하고 있다. 봄과 겨울은 서로의 위치에서 역할을 충실하게 하였고, 겨울의 눈은 대지를 따뜻하게 덮어서 새 생명을 키워내었고, 봄은 죽은 땅에서 봄비로 새 생명을 깨어나게 하였다. 이러한 과정에서 "기억"과 "욕망"은 라일락이 꽃 피도록 도움을 준다. 여기서 기억이 과거에 대한 사건이라면 욕망은 앞으로 발생할 일에 대한 기대이다. 또한 「불멸의 속삭임」에서도 삶과 죽음과 현재와 과거가 병치되었는데, 이는 형이상학파 시인들이 남겨놓은 불멸의 유산을 전통으로 받아들임으로써 불멸의 가치를 높이 평가한 것이다. 이런 모더니즘적 불멸성은 17세기 시인들의 죽음의 흔적을 통해 그리고 그 흔적들과 대화를 통해서 얻을 수 있는 전통과 같은 것으로 여겨졌다. 이처럼 「동방박사들의 여정」은 시인의 개종 사실을 암시하면서, 과거와 현재, 삶과 죽음, 기억과 욕망, 삶과 죽음, 현재와 과거의 시·공간적 대화를 통하여 새로운 전통을 만들었다.

. 「동방박사들의 여정」은 동방박사들의 이야기에 대한 많은 변형이 있지만, 성경적 설명³⁾에서 동방박사들이 헤롯왕에게서 들은 것이 사실인지, 즉 새로운 유대인의 왕인 예수 그리스도가 어떻게 세상에 태어났는지를 밝히기 위해 그들이 파견되었다는 사실을 알려준다. 즉, 동방박사들은 예수를 찾고 그의 정체를 확인하는 임무를 맡았다. 그렇다면 이 시에서 묘사된 모든 여

---

3) 작품의 곳곳은 성경의 암시로 가득 차 있다. 요한복음 4장 10-14절에서 예수는 자신을 "물"(*P1* 101)이라고 부르셨고, 요한복음 8장 12절에서 "세상의 빛"이라고 말하셨다. 이는 "어둠을 때리는"(*P1* 101) 방앗간과 반대된다. 학자들은 "하늘에 낮은 세 그루 나무"(*P1* 101)를 그리스도가 십자가에 못 박히고, 두 도둑이 양옆으로 같이 못 박힌 모습이나, 성부와 성자와 성령의 삼위일체 하나님을 지칭한다는 해석을 해왔다. "백마"(*P1* 101)는 사가랴서 6장 5절에서 예수님의 오심을 알리는 사람을 말한다. 동방박사들은 출애굽기 12장의 유월절 이야기와 그리스도를 "참 덩굴"(*P1* 101)로 비유하는 성경적 암시가 있는 선술집에 도착한다(요. 15:1, 5). "lintel"이라는 단어는 문턱을 의미하는 라틴어 limen에 뿌리를 두고 있다. 이는 동방박사들이 베들레헴에 입성하기 전, 그리스도께서 태어나시기 직전, 세상이 완전히 바뀔 문턱을 의미한다고 볼 수 있다. 또, "손"과 "발"(*P1* 101)은 타락한 행동에 사용되는 신체 부위에 의해 도박을 하고 술을 부르기 위해 가죽을 차는 사람들을 가리키는 신조어이고, "물물교환"(마 26:14-16, *P1* 101)과 새 "포도주"에 대한 비유(마 9:17, P1 101) 등 성경적 암시가 작품 곳곳에 나타나 있다.

정은 기독교 이전과 기독교 이후의 두 세계 사이의 경계점에서 일어났음을 보인다.

　화자는 베들레헴으로의 고된 여정을 회상하면서 예수의 탄생이 상징하는 세상의 큰 변화에 대한 자신의 생각과 감정을 이야기한다. 동방박사들은 출발하기 전에 편안한 삶을 누리고 있었다. 그들은 비탈의 여름 궁전과 같은 테라스, 그리고 비단옷을 입은 소녀들이 셔벗을 가져오는 편안하고 안락함을 누렸었다. 그렇게 편안한 나라에서 살았는데, 그들에게 예수를 향한 순례는 그들의 옛 세계에서 벗어나고 다른 신앙에 기초한 새로운 영적 세계로 가는 여정이었다. 동방박사들이 도처에서 마주한 실제적인 여정의 어려움은 개인이나 사회적 차원에서 영적 부활의 어려움을 말해준다. 즉, 이 시는 어떤 큰 변화에도 함정이 따른다는 것을 암시한다. 긴 여정의 길, 불편한 쪽잠, 그리고 불친절한 낯선 사람들과 함께하는 여정의 고통은 마치 그들을 정화시키며 오래된 이교도에서 탈피하여 새롭게 아기 예수를 맞이할 준비를 시키는 과정이라고 볼 수 있다. 동방박사들이 마침내 예수님을 찾아냈을 때, 만족스러웠고 그들은 자신이 방금 하나님의 아들을 만났다는 것을 알고 있었지만, 그들이 다시 절망의 분위기에 휩싸이는 것을 볼 수 있다. 궁극적으로, 그들은 "탄생 또는 죽음"(P1 102)을 위해 그 모든 험난한 길을 겪으며 지금 이 상황에 어떻게 이르렀는지를 되묻는다. 그들은 (그들이 아기 예수를 찾았다는 점에서) 탄생이 있었다는 것을 인정하지만, 여기서 "죽음"(P1 102)이 아마도 더 큰 화두가 된다. 즉, 기독교의 탄생과 함께 그들의 옛 이교도의 삶이 죽게 됨을 감지하였기 때문이다. 마술, 점성술, 이교도와 같은 그들 세계의 관습과 전통은 더 이상 유효하지 않게 되는 각성의 여정이 된 것이다.

IV. 줄거리

동방박사는 자신들의 여정을 "일 년 중 최악의 시기인 너무 추운 날씨에 여행을 해서 시간이 오래 걸렸고 길은 힘들고 날씨가 끔찍한 잔인한 겨울이었다"(PI 101)라고 회고한다. 동행한 낙타들도 고통스러워서 더 여정을 지속하기 싫어하며 눈 위에 누웠다. 동방박사들은 아름다운 여인들이 사치품을 가져다주던 옛날 궁궐에서 흥청망청 즐기던 시절을 그리워했다. 낙타꾼들도 불평이 가득해서, 급기야 그들 중 일부는 술과 여자를 갈망하며 도망치기에 이르렀다. 무엇보다도 동방박사들은 그들이 가는 곳마다 불이 계속 꺼져있어서 쉴 곳을 찾기가 힘들었는데, 그곳 사람들이 꺼렸기 때문이었다. 그들이 방문한 마을들은 더러웠고 숙박비도 비쌌기에, 쪽잠을 자며 밤새도록 여행을 할 때 그들에게 "바보짓"(PI 101) 그만하고 돌아가라는 목소리가 들리기도 했다.

그러던 어느 날 아침, 동방박사 일행은 쾌적한 계곡에 도착했다. 습기는 있지만 눈은 더 이상 오지 않았고 식물로 가득했다. 지평선에는 개울과 물레방아, 나무 세 그루가 있었고, 일행은 근처 초원에서 백마를 보았다. 결국 그들은 문 위에 덩굴이 있는 선술집에 여정을 풀려 했지만, 마을 사람들이 일행에게 돈을 요구했고, 거기 있던 사람들은 모두 술에 취했으며, 아무도 그들에게 유용한 정보를 주지 않아서, 그들은 계속 여정의 길을 떠나게 된다. 그러던 어느 날 저녁, 동방박사 일행은 시간에 맞게 베들레헴에 도착할 수 있었다.

화자인 동방박사는 자신의 기억으로는 이 모든 것은 오래전에 일어난 일임을 이야기한다. 만약에 다시 이러한 상황에 놓이게 되면 다시 할 것이고 그때는 이 모든 걸 기록해둘 것이라고 강조한다. 그는 자신들이 탄생을 위한 여정을 떠났는지, 죽음을 위한 여정을 떠났는지를 자문한다. 아기 예수님을 보고 기존에 자신이 출생과 죽음에 관한 생각을 고치게 되는데, 예수님의 탄생은 그들에게 긍정적인 행복으로만 느껴지지 않고, 고통으로 가득 찬 것으로 다가왔기 때문이다. 그 사건은 그들 자신의 죽음을 나타내는 것처럼 보였다. 그리고 동방박사들은 자신들의 고국으로 돌아갔지만 더 이상 거기에 속하지 않는 것처럼 느끼게 된다. 이제는 자신들의 민족이 가짜 우상을 섬기는 이교도라는 생각이 들었다. 마지막으로, 그들이 새롭게 직면할 또 다른 의미의 죽음의 의미는 종교적 측면에서는 기쁨이 될 수도 있다고 생각하게 된다.

V. 새로운 번역

우리는 추위를 맞이했다.
한 해 중 가장 힘든 시기이다.
여행을 하는데, 그렇게 긴 여행을 하기에는
길고 깊고 날씨가 매섭고
매우 혹한의 겨울
낙타들은 피부가 벗겨지고, 발은 아프고, 움직이려 하진 않고
녹는 눈 속에 드러눕는다.
우리가 후회하는 시간이었다.
언덕 비탈에, 테라스에 여름 별장들
셔벗을 가져오는 비단옷의 소녀들
그때 낙타꾼들은 욕을 하고 투덜거리고
멀리 달아나고, 그들이 마실 술과 여자를 원했다.
밤의 불빛은 사라지고, 쉴 곳은 부족하고
도시는 적대적이고, 읍내는 불친절하고
마을들은 더럽고 비싼 요금을 요구하고
우리는 힘든 시기를 겪었다.
급기야는, 차라리 밤새 여행하기를 원했다.

쪽잠을 자고
우리의 귓가에 맴도는 노랫소리는
이것은 다 부질없는 짓이라고 노래한다.

동틀 녘, 따뜻한 계곡에 우리가 도착했을 때
젖은, 눈 쌓인 산줄기 밑으로, 식물 냄새가 나는
냇물이 흐르고, 물레방아가 어둠을 때리며
낮은 하늘 아래, 세 그루의 나무가 있고
그리고 늙은 백마는 풀밭에서 뛰어 달아나고
그다음, 가로대 위로 담장이 잎이 덮인 선술집에 도착했을 때
은덩이를 걸고 주사위를 던지던 여섯 사람의 손이 보이고
텅 빈 술통을 발로 차며
그러나 아무런 소식이 없어서 우리는 계속 여행을 했고
저녁때, 너무 늦지 않게
장소를 찾기에, 말하자면, 만족스러웠다.

내 기억에는, 오래전 일이었다.
그 상황이 되면 다시 그렇게 할 것이다. 그러나
이것을 적어 둘 것이다.
이것: 우리가 줄곧 이끌려 왔는가?
탄생 아니면 죽음? 확실히 탄생이었다.
우리는 확실히 증거가 있었다. 나는 탄생과 죽음을 목격했다.
그러나 지금껏 탄생과 죽음이 다르다고 생각해왔다. 이 탄생은
죽음과 같이, 우리의 죽음과 같이, 우리에게는 힘들고 고통스러운 외침이었다.
우리는 고향, 이 왕국으로 돌아왔다.
그러나 이곳에서 오래된 율법 때문에 편치 않았다.
그들은 신을 놓아버리지 않는 이방인들 때문에
나는 또 다른 죽음을 기쁘게 맞이할 것이다. (*P1* 101-02)

인용문헌

Barbour, Brian M. "Poetic Form in 'Journey of the Magi.'" *Renascence* 40.3 (1988): 189-96.

Brown, R. D. "Revelation in T. S. Eliot's 'Journey of the Magi.'" *Renascence* 24.3 (1972): 136-40.

Dean, Michael P. "Eliot's 'Journey of the Magi,' 24-25." *Explicator* 37 (1979): 9-10.

Eliot, T. S. *The Complete Poems and Plays: 1909-1950*. New York: Harcourt, Brace and World, Inc., 1952.

___. *The Poems of T. S. Eliot*. Vol. 1. Ed. Christopher Ricks and Jim McCue. London: Faber, 2015.

Gordon, Lyndall. *Eliot's New Life*. New York: Oxford UP, 1988.

Moody, A. David. *Thomas Stearns Eliot: Poet*. New York: Cambridge UP, 1944.

Scofield, Martin. *T. S. Eliot: The Poems*. Cambridge: Cambridge UP, 1988.

『네 사중주』 개관

『네 사중주』(*Four Quartets*)는 T. S. 엘리엇의 후기 걸작이라고 평가받는 작품이다. 엘리엇은 『황무지』(*The Waste Land*)로 대표되는 초기에 모더니즘 미학에 기반을 두고 작품을 창작했지만, 1927년에 영국국교회로 개종한 이후 그는 주로 종교적이고 철학적인 주제의 시 작품들과 시극을 창작하였다. 이런 후기 작품들에는 『텅 빈 사람들』(*The Hollow Men*), 『재의 수요일』(*Ash Wednesday*), 『에어리얼 시집』(*Ariel Poems*) 등과 같은 시작품과 『대성당의 살인』(*Murder in the Cathedral*), 『가족의 재회』(*The Family Reunion*) 등과 같은 시극 작품이 있다.

『네 사중주』는 「번트 노튼」("Burnt Norton"), 「이스트 코우커」("East Coker"), 「드라이 샐베이지즈」("Dry Salvages"), 「리틀 기딩」("Little Gidding")이라는 제목의 각각 5부 구조를 가진 작품들로 구성된 장편 시이다. 『네 사중주』를 본격적으로 계획하게 된 것은 엘리엇이 「이스트 코우커」를 집필할 때였다. 엘리엇은 1936년에 「번트 노튼」을 『시집 1909-1935』(*Collected Poems 1909-1935*)에 실어서 출판한 후 시극에 관심을 집중하였다. 시극을 향한 엘리엇의 관심을 시로 이끌었던 것은 1939년 발발한 제2차 세계대전이었다. 전쟁의 상황은 엘리엇이 「이스트 코우커」를 집필하게 하였고 그 과정에서 「번트 노튼」을 구조적 모델로 삼아 「드라이 샐베이지즈」와 「리틀 기딩」이 포함된 『네 사중주』라는 장편 시를 구상하고 완성하게 된 것이다. 각 작품의 저술 시기와 출판 시기는 아래의 표들을 참조하자.

(1) 저술 시기

「번트 노튼」	1935년 말 – 1936년 2월
「이스트 코우커」	1939년 10월 – 1940년 3월
「드라이 샐베이지즈」	1940년 7월 – 1941년 2월
「리틀 기딩」	1941년 초 – 1942년 9월

(2) 출판 시기

「번트 노튼」	1936년 4월 2일
「이스트 코우커」	1940년 3월 21일
「드라이 샐베이지즈」	1941년 9월 27일
「리틀 기딩」	1942년 10월 15일

『네 사중주』는 철학적이고 종교적인 내용 때문에 교훈적인 명상시 혹은 종교시로 평가받거나 엘리엇의 전기 작품보다 예술성이 떨어진다는 부정적인 평가부터 엘리엇의 지적이고 정신적인 발전을 보여주는 걸작이라는 긍정적인 평가까지 비평가들로부터 다양한 반응을 불러일으켰다. 장시인 『네 사중주』의 주제에 대해서 다양한 해석이 있지만, 필자는 『네 사중주』가 시간과 영원, 그것의 교차점인 성육(Incarnation) 그리고 유전(flux)과 고정(fixity), 변화와 영구성과 같은 모순된 속성들의 일시적인 결합과 그것을 인식하는

화자의 정서와 사상을 다루었다고 생각한다. 비슷한 주장을 했던 비평가 중 리스(Thomas R. Rees)는 『T. S. 엘리엇의 기법』(*The Technique of T. S. Eliot*)이라는 비평서에서 "『네 사중주』의 기본 주제는 인간의(mortal) 시간을 통해서 영원한 실재를 찾는 시인의 탐색"(304)이라고 주장하였다. 『네 사중주』의 화자는 시간과 영원에 대한 그의 철학적이고 종교적인 생각들을 언급한다. 또한 그는 "장미원"(rose garden), 한겨울 봄(midwinter spring) 등과 같이 시간과 유전이 지배하는 현실 세계에 일시적으로 영원이 교차하는 신비의 순간을 경험하지만 다른 신비 사상가들처럼 그런 경험에서 오는 열광이나 황홀한 기쁨의 정서를 표현하지 않는다. 그는 신을 찾는 탐색 과정에서 오는 정서와 사상들을 표현한다.

　　몇몇 비평가들은 이런 화자를 시인 엘리엇과 동일시하며 이 작품이 엘리엇의 다른 작품들에 비해서 개인적이고 고백적인 특징이 나타난 작품으로 평가한다. 비평가들의 이런 평가는 『네 사중주』가 화자의 형이상학적 사상을 직접적으로 표현했다는 것 이외에도 시인 엘리엇과 연관된 요소들이 있는데, 그중 하나가 이 작품을 구성하는 네 편의 시들의 제목이다. 각 작품의 제목은 엘리엇과 직접적이거나 간접적으로 관계있는 지명이다. 「번트 노튼」은 1934년 엘리엇이 에밀리 헤일(Emily Hale)과 함께 방문했던 글로스터셔 (Gloucestershire) 지방의 저택에서 나온 것이고, 「이스트 코우커」는 17세기 엘리엇 가문이 미국으로 이주하기 전에 살았던 서머싯(Somerset) 지방의 마을 이름이다. 그리고 「드라이 샐베이지즈」는 엘리엇이 어린 시절 여름휴가를 보냈던 매사추세츠(Massachusetts)의 앤 곶(Cape Ann)의 해안지대를 나타내며 「리틀 기딩」은 1936년 엘리엇이 방문했던 케임브리지셔(Cambridgeshire)의 작은 마을로서 17세기에 니콜라스 페라(Nicholas Ferrar)의 인도 아래 기독교 인들의 공동체가 구성되었던 곳이다. 또한 엘리엇이 『네 사중주』라는 제목 외에 염두에 두었던 『켄싱턴 사중주』(*Kensington Quartets*)라는 제목에서도 전기적인 요소가 발견된다. 발레리(Valerie Eliot)에 따르면 엘리엇이 네 편의 시의 제목을 『켄싱턴 사중주』로 부르려고 했던 것은 「번트 노튼」과 「이스트 코우커」가 로열 버로우(Royal Borough), 그렌빌 플레이스(Grenville Place)와 임페러스 게이트(Emperor's Gate)에서 창작되었고, 이 작품들에 그 지역의 인유(引喩)들이 나타나기 때문이라는 것이다. 예를 들면 「번트 노튼」 3부의 "불만의 장소"(a place of disaffection)는 글로스터로드 지하철역을 지칭하며, 「리틀 기딩」 2부의 "우리는 죽음의 순찰자로서 보도를 걸었다"(We trod the pavement in a dead patrol)라는 시행은 크롬웰 로드(the Cromwell Road)를 참조한 것이다.

『네 사중주』는 제목이 암시하듯이 음악과 연관이 깊다. 엘리엇의 음악에 대한 관심은 그의 초기 작품들에서부터 나타난다. 인벤션(inventions), 서곡(prelude), 랩소디(rhapsody) 등의 음악 용어들이 엘리엇 시의 제목에 이용되었고, 작품에 등장하는 인용과 인유들도 음악에서 나온 것이 있다. 『네 사중주』의 철학적이고 종교적인 내용을 형상화하고 장편 시로서 통일성을 갖추기 위해 음악적 구조가 이용되었다. 엘리엇은 1942년 토마스 헤이워드(Thomas Hayward)에게 보낸 편지에서 '사중주'라는 단어가 『네 사중주』를 이해하는 올바른 방향이라고 하면서 주제들을 조직하여 시를 형성하는 개념을 제시해준다고 말하였다. 또한 엘리엇은 1942년에 발표된 비평문 「시의 음악」("The Music of Poetry")에서 음악적 구조에 관해 설명하였다. 그는 음악의 구조가 시인의 주제, 구문, 그리고 이미지에 대한 반복과 변화에 대한 유용한 유추(analogy)를 제공한다고 주장하였다. 엘리엇은 반복되는 주제들(themes)에 대한 음악의 이용이 시에도 자연스럽다고 하면서, 다음과 같은 세 가지 특징을 통해서 음악과 시의 연결 관계를 제시하였다. 첫 번째는 음악에서 이용되는 "상이한 악기 집단"(different groups of instruments)에 의한 주제의 전개와 유사한 시의 가능성이고, 두 번째는 교향곡이나 사중주의 악장(movements)의 전이(transitions)와 비교되는 시의 전이의 가능성이며, 세 번째는 주제의 대위법적인(contrapuntal) 배열의 가능성이다. 「시의 음악」에서 엘리엇이 열거한 음악적 구조의 특징은 『네 사중주』에서도 발견된다. 예를 들면 엘리엇은 이 작품에서 음악의 반복되는 주제들처럼 주제 혹은 모티브들의 반복을 이용하였으며, 음악에서 이용되는 "다른 악기의 집단들"과 유사한 목소리 혹은 화자의 어조(tone)를 사용하였다. 또한 그는 이 장편 시의 부분마다 다른 리듬을 이용하거나 한 부분 안에서 다른 리듬을 이용함으로써 음악에서 나타나는 악장들의 전이와 같은 효과를 시도하였다. 예컨대 『네 사중주』의 2부, 특히 「번트 노튼」 2부의 1행부터 15행까지가 운문체의 단락이라면 나머지 시행들은 산문체의 단락으로 구성되었다.

▍인용문헌

Eliot, T. S. *The Complete Poems and Plays of T. S. Eliot.* London: Faber and Faber, 1969.

___. *The Poems of T. S. Eliot.* Vol. 1. Ed. Christopher Ricks and Jim McCue. London: Faber, 2015.

Rees, Thomas R. *The Technique of T. S. Eliot.* The Hague: Mouton, 1974.

『네 사중주』 제1부 「번트 노튼」*

_____ 배순정(연세대학교)

1. 개관

앞에서 언급됐지만 『네 사중주』의 첫 번째 시에 해당하는 「번트 노튼」은 1934년 엘리엇이 에밀리 헤일과 함께 방문했던 글로스터셔에 있는 장원영주의 저택 이름에서 나온 것이다. 이 시는 엘리엇이 그의 희곡 『대성당의 살인』(*Murder in the Cathedral*, 1935)에서 제외된 시행들로부터 영감을 받아 완성한 작품이다. 엘리엇에 따르면 그 시행들은 『대성당의 살인』의 감독이 연극에 부적절하다고 지적함으로써 삭제된 것이다. 『대성당의 살인』에서 삭제된 시행은 다음과 같다.

Time present and time past
Are both perhaps present in the future.
Time future is contained in time past . . .

---

* 이 글은 『T. S. 엘리엇 연구』 제31권 3호(2021)에 「기독교적 시각으로 『네 사중주』 1부 「번트 노튼」 읽기」라는 제목으로 수록되었던 것을 수정한 것임.

What might have been is a conjecture
Remaining a permanent possibility
Only in a world of speculation . . .
Footfalls echo in the memory
Down the passage which we did not take
Into the rose-garden.

이 삭제된 시행과 「번트 노튼」의 차이는 「번트 노튼」 1부의 4행에서 5행인
"모든 시간이 영원히 현존한다면 / 모든 시간은 되찾을 수 없는 것이다"라는
시행과 9행에서 10행인 "있을 수 있었던 일과 있었던 일은 / 한 점을 향하고,
그 점은 항상 현존한다"라는 시행이 첨가되었다는 점이다.

　『네 사중주』에도 엘리엇이 작품의 주제를 암시하기 위해 이용했던 제
사(epigraph)가 나오는데, 이 제사는 처음에 「번트 노튼」의 제사로 나타났지
만, 후에 『네 사중주』 전체의 제사로 이용되었다.

(1) τοῦ λόγου δὲ ἐόντος ξυνοῦ ζώουσιν οἱ πολλοί
ὡς ἰδίαν ἔχοντες φρόνησιν
－ I. p. 77. Fr. 2.
(2) ὁδὸς ἄνω κάτω μία καὶ ὡυτή
－ I. p. 89 Fr. 60. (PI 177)

이 제사들은 엘리엇이 헤르만 딜스(Hermann Diels)가 편찬한 헤라클레이토스
(Herakleitos)의 두 개의 단편을 그리스 원어로 인용한 것이다. 첫 번째 제사는
"로고스가 공통적이지만, 대부분의 사람은 마치 자신만의 사고방식을 가진
것처럼 살아간다"(Whereas the word is common, most men live as if having their
own way of thinking)라는 의미를 갖는다. 여기에서 로고스는 헤라클레이토스
에게 만물을 지배하는 법칙으로서 4원소(땅, 물, 공기, 불)의 변화 즉 유전(flux)
을 의미하며, 요한복음에서도 사용된 이 로고스는 기독교에서 신의 진리의

말씀을 의미한다. 세상 만물에는 보편적인 법칙 혹은 진리가 존재하지만, 인간은 개인적인 계획과 이익을 추구하며 자신만의 생각을 진리로 착각하고 살아간다는 의미이다. 이것은 보편적인 법칙이나 신적인 진리를 알지 못하고 살아가는 현대인들의 문제를 함축한 것이다. 두 번째 제사는 "올라가는 길이나 내려가는 길이나 동일하다"(The way up and the way down are one and the same)라는 의미를 갖는다. 로고스를 유전, 4원소 간의 변화라고 생각했던 헤라클레이토스에게 올라가는 길이나 내려가는 길은 4원소 간의 움직임 혹은 변화를 의미하며, 이 움직임을 유발하는 제1원소는 불이다. 올라가는 길은 땅에서 불로의 움직임을, 내려가는 길은 불에서 땅으로의 움직임을 의미하며, 이 움직임은 영원히 순환하며 진행된다. 이 두 번째 제사는 두 개의 길이 모두 필요하며 보편적인 로고스를 향한 보완적인 길이라는 의미를 함축한다. 또한 이 제사는 종교적 관점에서 해석되어 『네 사중주』의 기독교적인 주제를 암시하기도 한다. 『네 사중주』에 대해 기독교적 해설서를 쓴 밀워드(Peter Milward)는 이 작품들의 종교적 교리에 대한 중요한 출처인 십자가의 성 요한(St. John of the Cross)의 신비주의적인 저서 『어둔 밤』(The Dark Night of the Soul)에서 이 제사와 유사한 표현이 발견된다고 주장하였다.

> 이 길에서 내려감은 바로 오름이고, 오름이 바로 내려감이기 때문이다. 그래서 "누구든지 자신을 높이는 이는 낮아지고 자신을 낮추는 이는 높아질 것이다" (루카 14, 11)라고 말씀하신 것이다.[1]

> For, upon this road, to go down is to go up, and to go up, to go down, for he that humbles himself is exalted and he that exalts himself is humbled.[2]

---

1) 십자가의 요한, 『어둔 밤』, 방효익 옮김 (서울: 기쁜소식, 2012), 208.
2) St. John of the Cross, *Dark Night of the Soul* trans. E. Allison Peers (Radford: Wilder Publications, 2008), 107.

십자가의 성 요한은 하느님과의 일치를 향한 길 혹은 관상을 일종의 사다리로 비유하며 올라가는 것과 내려가는 길은 같은 것이라고 하면서 겸손의 방식을 이용해서 완덕(完德)으로 나아갈 것을 권고한다. 엘리엇은 헤라클레이토스의 단편을 제사로 이용하면서 십자가의 성 요한이 제시하는 기독교적 의미를 표현한 것이다.

2. 본문 해설

「번트 노튼」 1부의 1행부터 10행까지는 시간에 대한 철학적 명상이 표현되었다. 1행에서 3행까지 화자는 과거의 시간과 현재의 시간이 미래의 시간에 존재하고 미래의 시간이 과거에 포함된다고 가정하면서 연대순의 시간을 명상한다. 시간은 과거로부터 미래로의 움직임의 척도이고 과거의 사건들은 현재와 미래에 영향력을 행사하기 때문에 과거와 현재는 미래의 시간에 존재한다고 가정될 수 있다. 거꾸로 말하면 미래의 시간은 과거의 시간 안에 포함된다고 가정된다. 이어서 화자는 영원히 현존하는 양상으로서의 시간을 가정하는데, 그런 시간 속에서 미래는 이미 결정되어있고 시간은 구제될 수 없다고 생각한다. 또한 영원히 현존하는 시간은 시간이 아니라 영원이라고 할 수 있다. 다음에 화자는 "있을 수 있었던 일"이라는 과거의 실현되지 않았을 가능성을 언급하면서 이 과거의 가능성이 사색의 세계에서 추상으로만 남는다고 말한다. 화자는 "있을 수 있었던 일"과 "있었던 일"은 항상 현존하는 "한 끝"(one end)을 가리킨다고 말하는데, 이 "한 끝"은 시간의 경과와 관계없이 시간의 밖에 있는 것을 의미한다. 비평가들은 "한 끝"을 영원을 의미하는 것으로 해석하였는데, 그런 비평가 중 하나인 밀워드는 "한 끝"을 "영원한 실재의 숨은 현존"이라고 하였고(35), 기쉬(Nancy K. Gish)는 "한 끝"이 초월적인 순간, 즉 영원을 의미하는 것으로서 시간을 가치 있게 만드는 영원을 향한 움직임에 대한 생각이 이 「번트 노튼」의 중심이면서 기독교적 의미를 함축한다고 하였다(99).

시간과 영원에 대한 화자의 철학적이고 사색적인 명상 이후에 화자는 기억의 문을 통해서 과거의 세계로 들어가고 장미원(the rose garden)에서의 환상의 경험을 이야기한다. 화자는 장미원에서의 경험이 자신뿐만 아니라 독자에게도 있을 것이라고 하면서 이 경험을 인간 전체의 의미로 확대하고자 한다. 시적인 영감 혹은 비둘기 형상으로 예술에서 재현되는 성령(聖靈)을 암시하는 새의 유인으로 화자는 장미원으로 들어간다. "최초의 세계"로 묘사된 장미원은 1934년 엘리엇이 번트 노튼을 방문할 때 있었던 특정한 장소이기도 하지만 어린 시절의 세계, 에덴동산 혹은 어떤 실현되지 않은 개인적인 과거 등의 상징적인 연상 등을 갖고 있다. 장미원은 아담과 이브, 번트 노튼의 과거의 거주자들 혹은 키플링(Rudyard Kipling)의 소설 『그들』(They)에 등장하는 꿈속의 아이들 등 다양한 상징적 의미를 함축한, 보이지 않는 "그들"과 "보이지 않는 시선," "들리지 않는 소리"로 가득한 곳이며, 화자는 그 장미원의 말라버린 연못에서 갑자기 물이 차고 연꽃이 피어오르는 환상을 경험한다. 밀워드는 36행의 "연꽃이 조용히, 조용히 떠오르며"라는 시행에서 "떠오르는"(rose)이 동사로 쓰였지만 기독교의 신비주의적 경험의 상징인 장미꽃(rose)과 동일시하였고 불교의 상징 꽃인 "연꽃"(the lotus)과 서양의 꽃인 장미꽃의 병치라고 보았다. 기쉬에 따르면 "연꽃"은 흙 속에서 피어나서 더럽혀지지 않고 완벽함과 순수함을 지향하는 것을 암시하는 것으로서 명상, 각성된 정신, 정신의 계몽을 의미하며 기독교와 동양 종교 모두의 상징이다(98). 실제로 마른 연못에 물이 차고 연꽃이 떠올랐다는 화자의 신비적 경험은 시간과 영원이 교차하고 "있었던 일"과 "있을 수 있었던 일"이 조화를 이루어 과거의 가능성도 추상이 아니라 기억 속에서 현실이 된다는 의미를 함축한 것이다. 그런데 화자의 신비적 경험은 지속되지 못한다. 구름이 빛을 가리자 환상의 연못은 다시 현실의 말라버린 연못임이 드러나게 되고 화자

는 새의 "너무 벅찬 현실을 인간이 감당하지 못할 것"이라는 권고에 이끌려
서 현실로 돌아오게 된다.

연못에서의 신비적 경험 이후 화자는 시간과 영원에 대한 명상으로 되
돌아와서 시간과 과거의 가능성은 "항상 현존하는 한 끝"을 가리킨다고 재
언급하며 요약한다. 이것은 장미원에서의 신비적 경험 이후 화자가 숨어 있
지만 시간 세계에 의미를 주는 "항상 현존하는 한 끝"을 이해하게 되었다는
것을 의미한다.

2부에서 화자는 우주 전체를 바라보면서 그 안의 부조화와 혼란의 표
면 너머 숨어 있는 로고스를 상징과 형이상학적 명상들로 표현한다. 1행부
터 15행은 장미원의 신비적 경험이 지상에 묶여있는 이미지들과 소우주와
대우주의 단계에서 표현되었다. 먼저 화자는 "진흙 속에서 마늘과 청옥은 파
묻힌 차축에 엉겨 붙는다"라고 말한다. "마늘"(garlic)과 "청옥"(sapphires)은 탐
식과 탐욕의 죄를 의미하거나 평범한 것과 귀중한 것, 즉 서로 대립하는 요
소들을 상징하는 이미지인데, 이것들이 피처럼 "파묻힌 차축"(the bedded
axle-tree)에 응고되어 붙어 있다는 것이다. "차축"은 다양한 의미를 상징하는
데, 윤회(samsara)의 바퀴라는 불교적인 의미 이외에도 구유라는 기독교적 상
징을 함축한다. 또한 이그드라실(Yggdrashil)이라는 우주목(the cosmic tree)으
로 간주되기도 하고, 기독교적 전통에 따라서 예수 그리스도의 십자가를 함
축한다(Milward 31). 이런 다양한 상징적 의미를 함축한 "차축"은 "오래 잊힌
전쟁들"과 연관되어 "마늘"과 "청옥"이 나타내는 대립적인 것들 그리고 "동맥
에 전하여진 춤"과 "성좌의 운행"이 나타내는 소우주와 대우주적 단계를 화
해시킨다. "동맥에 전하여진 춤"은 소우주를, "성좌의 운행"은 대우주를 지칭
하며, 인간 신체의 춤이 우주적인 요소들(elements)의 춤에 반응하고, 소우주
는 대우주를 반영한다는 것이다. 이 시행들에서 이용된 우주적인 춤 이미지
는 오랜 문학적 전통을 갖고 있는데, 그중 하나는 존 데이비스(Sir John
Davies, 1569-1626)의 「오케스트라」("Orchestra")이다. 엘리엇이 이 작품에서 영

감을 받았다는 해석도 있는데, 그것은 엘리엇이 존 데이비스에게 관심을 두고 1926년에 그에 대해서 비평문을 쓴 적도 있기 때문이다. 화자는 우리가 "차축"에서 연상되는 나무 위로 올라가서 움직일 때 우리는 지상에서의 쫓고 쫓기는 사냥개와 멧돼지의 반복되어온 추적 관계와 동시에 "성좌"에서의 조화를 들을 수 있다고 말한다. 우리는 우주목과 예수 그리스도의 십자가를 함축하는 "차축"에 의하여 지상으로부터 하늘로 상승할 수 있으며 이때 지상과 하늘 사이의 대조를 숙고하고 이해할 수 있다. "쫓는 사냥개와 쫓기는 멧돼지"는 지상의 투쟁 모습 혹은 약육강식의 모습을 의미하며, 이런 추격과 투쟁의 모습은 자연 어디에서나 관찰되고 반복되는 패턴이지만 나무 위에서 혹은 하늘의 관점에서 보게 되면 이런 투쟁의 관계 속에서도 질서와 조화가 있음을 이해하게 된다.

다음으로 화자는 "회전하는 세계의 정지하는 일점"에 대한 형이상학적 명상을 말한다. 이 "정지하는 일점" 즉 "정지점"은 장미원에서의 화자의 신비적 경험과 우주목 혹은 예수 그리스도의 십자가를 상징하는 나무에 의해 지상으로부터 천상으로 상승하는 인간의 경험의 한 끝을 함축하는 것이다 (Milward 35). 62행부터 68행에서 화자는 신적인 본질에 대해 이야기하는 기독교 신비주의자들과 신학자들의 전통적인 언어에 따라서 정지점을 부정적이고 역설적인 방식으로 설명한다. 정지점은 "육도 비육도" 아니고 "그곳으로부터도 혹은 그곳을 향하여서도" 아니며 "정지도 운동도" 아니지만 "고정"인 것도 아니다. 화자는 오직 정지점에만 "춤"이 있다고 하는데, "춤"은 모든 창조물의 개별적인 움직임들을 하나의 조화로운 통일성으로 묶는 우주적 춤을 의미한다(Milward 37). 또한 화자는 이 정지점이 공간과 시간의 한계를 초월한 것이라서 공간적이고 시간적인 의미로 언급될 수 없지만 우리가 그것의 현존을 경험했다는 것만을 말할 수 있을 뿐이라고 한다. 이 "회전하는 세계의 정지점" 이미지는 엘리엇의 시 『코리올란』(*Coriolan*) 1부에서 가져온 것인데, 이것은 바퀴의 이미지로 표현되면서 변화에 대한 생각이 함축되어 있다.

그리고 정지점에서의 춤이라는 이미지는 「번트 노튼」이 나오기 3년 전에 출판된 찰스 윌리엄스(Charles Williams)의 소설 『대신비』(*The Greater Trumps*)에서 참조된 것이다.

이어서 71행부터 화자는 정지점을 인식한 것에서 오는 행동의 효과와 결과들을 언급한다. 화자는 정지점의 경험이 가져온 "실제적 욕망"과 "행동과 고뇌"로부터의 자유와 같은 금욕주의적인 효과를 말한다. 또한 화자는 "감각의 은총" 혹은 "정중동의 흰빛," "동작 없는 앙양," "배제 없는 집중"의 효과를 말하는데, 이것들은 정지점을 경험한 후 화자가 차이 속의 유사성 혹은 유사성 속의 차이를 인식하게 되었음을 나타낸다. 화자는 이런 효과들이 현실의 "부분적인 법열(法悅)"에 완성을 가져오고 "부분적인 공포"를 해결하며, 그 속에서 새로운 세계와 낡은 세계가 명확하게 이해된다고 말한다. 그러나 화자는 과거와 미래가 육체에 엮여 있기 때문에 인간은 육체가 감당하기 어려운 "천국과 지옥"으로부터 보호받는다고 말한다.

마지막으로 화자는 과거와 미래는 "적은 의식"만을 허용하지만 "의식한다는 것" 즉 영원을 의식하는 것은 시간 밖에서나 가능하다고 말한다. 하지만 화자는 "장미원에 있는 순간," "비가 내려치는 정자에 있는 순간," "바람이 잘 통하는 교회에 있는 순간" 등이 시간 속에 기억된다고 말하는데, 이런 순간들은 영원과 시간이 교차하여 신비적 경험들로 이해된다. 이런 순간들의 의미는 실제적 경험보다는 그것들에 대한 기억에서 더 많이 이해되는데, 그 이유는 지성이 유추와 비교의 수단으로 감각 경험에 작용하는 것은 기억을 통해서이기 때문이다(Milward 42). 즉 시간 속에서 영원을 이해하기 위해서는 기억이 필요하다는 것인데, 『네 사중주』에 대한 책을 쓴 크래머(Paul Kramer)는 기억이 종속적인 일시성(temporality)으로부터 구원의 순간들을 되찾기 위한 작인(agency)으로 소개되었다고 주장하였다(51). 이런 기억의 힘을 통해 시간 속에서 영원을 이해하게 됨으로써 화자는 시간을 통해서만 시간이 정복된다고 말하는 것이다.

「번트 노튼」 3부에는 시간에 종속된 혼란하고 무질서한 현대 세계가 묘사되었고 이런 세계를 벗어나기 위해서 십자가의 성 요한으로부터 참조된 암흑으로 내려가라는 권고가 표현되었다. 3부의 배경은 엘리엇이 매일 이용했던 글로스터로드 역(Gloucester Road Station)의 런던 지하철(Gardner 86)이어서 지하철과 연관된 이미지들이 표현되었다. 먼저 화자는 여기가 시간에 얽매여있고 희미한 빛 속에 살아있는 것도 죽어있는 것도 아닌 황무지의 인간들이 사는 불만의 땅이라고 말한다. 빛은 지상의 창조물의 형태에 "선명한 정적"을 부여하고, 그림자를 영원을 암시하는 "덧없는 아름다움"으로 변화시키며, 암흑은 박탈에 의하여 감각적인 것을 비우게 함으로써 감정을 순화시키고 영혼을 정화시킨다. 빛도 아니고 암흑도 아닌 현대 도시에서 사는 인간들은 시간에 얽매여 긴장 속에서 마음의 여유가 없고 영혼의 평화가 없다. 그런 인간들은 긴장, 착란, 환상, 무감각에 빠져 찬바람에 휩쓸려 여기저기 굴러다니는 휴지 조각과 같은 존재들로서 구원의 가능성이 없다. 화자는 햄스테드(Hampstead), 클러큰월(Clerkenwell) 등의 런던의 7개 언덕을 열거함으로써 이런 현상이 현대 도시에 만연해 있음을 암시하며, 현대 도시를 이 "재재거리는 세계"(this twittering world)로 규정한다.

　화자는 이런 현대 도시를 벗어나기 위하여 암흑으로 내려가라고 말한다. "더 아래로 내려가라"(Descend lower, descend only)라는 이 시행은 앞에서 언급된 엘리엇이 지하철을 타기 위해 이용했던 글로스터로드 역의 계단과 엘리베이터(lift)와 연관된 것이다. 화자는 이 암흑을 "세계가 아닌 세계," "내적인 암흑"이라고 말하며 "모든 소유물이 상실되고 없는 곳 / 감각 세계의 건조 지대 / 공상 세계의 철수 지대 / 정신세계의 비작동 지대"라고 하였다. 여기에서 감각, 공상(fancy), 정신(spirit)은 아리스토텔레스적인 심리적 능력을 의미하며, 이것들이 메마르게 되고 비워지며 활동하지 않는다는 것이다. 비평가들은 이 암흑이 십자가의 성 요한의 부정 신학에 등장하는 암흑을 반영한다고 주장하는데, 십자가의 성 요한의 저서인 『어둔 밤』의 한 부분을 살펴보자.

하느님께서는 여기에서 영혼이 지닌 감각적이고 영적인 실체에 따라서, 그리고 내적이며 외적인 감관의 능력에 따라서 영혼을 정화시키는데 이로 말미암아 영혼은 모든 부분에서 비워지고, 가난해지고, 버림을 받고 암흑과 메마름에 머물게 된다. 감각적 부분은 메마름에 의해, 감관의 능력들은 지각의 비워짐에 의해, 그리고 영(정신)은 어두운 암흑에 의해 정화되기 때문이다. (십자가의 요한 128)

Inasmuch as God here purges the soul according to the substance of its sense and spirit, and according to the interior and exterior faculties, the soul must needs be in all its parts reduced to a state of emptiness, poverty and abandonment and must be left dry and empty and in darkness. For the sensual part is purified in aridity, the faculties are purified in the emptiness of their perceptions and the spirit is purified in thick darkness. (St. John of the Cross 68)

밀워드는 암흑을 설명하는 「번트 노튼」 3부의 시행들에서 엘리엇이 『어둔 밤』의 이 인용된 부분을 바꾸어 표현한 것이라고 주장하였다(51). 밀워드에 따르면 엘리엇은 "모든 소유물이 상실되고 / 없는 곳"(deprivation / And destitution of all property)이라는 시행을 따라서 "메마름"(aridity) 대신에 "건조"(desiccation), "비워짐"(emptiness) 대신에 "철수"(evacuation), "어두운 암흑"(thick darkness) 대신에 "비작동"(inoperancy)과 같은 라틴어에서 파생된 단어들을 선택했는데, 그것은 기술적인 언어라는 인상을 전달하기 위해서라는 것이다.

　　이어서 화자는 지금까지 언급했던 것들이 암흑으로 내려가는 하나의 길이며, 다른 길도 같지만 "운동이 아니라 운동으로부터의 절제"라고 말한다. 이 암흑으로 내려가는 두 가지 길이 구체적으로 무엇인지는 명확하지 않다. 가드너(Helen Gardner)에 따르면 엘리엇은 글로스터로드 역에서 지하철을 갈아타기 위하여 계단 혹은 엘리베이터로 더 깊은 곳으로 내려갈 필요가 있었는데, 계단의 경우 그 자신이 적극적으로 되었던 반면에 엘리베이터의 경우 그 자신을 움직여지게 했다는 것이다(86). 그러나 암흑으로의 하강의 두 가지 길은 엘리엇의 개인적인 일화보다 그가 참조했던 십자가의 성 요한의 길과 더 관련이 있다. 성 요한에 따르면 하느님과의 합일에 이르기 위한 두 개의 길이 있는데, 그중 하나는 인간이 적극적으로 되는 것이고 다른 하나는 하느님이 주도권을 쥐는 수동적인 길이다. 이 두 개의 길 모두 세 부분의 정화 즉 감각, 정신 그리고 기억과 열망의 정화를 통해 하느님과의 합일에 이르게 된다. 그러나 불만의 땅인 현대 도시에서 시간에 얽매여 사는 현대인들은 그 어떤 길도 따르지 않고 시간의 철길 위에 욕망 속에서 움직인다.

「번트 노튼」 4부는 검은 구름, 주목(yew), 꽃들과 물총새(kingfisher) 같은 다양한 자연의 이미지들로 모든 만물이 죽음을 향해 움직이지만 "회전하는 세계의 정지점"에 빛이 있다는 희망이 표현되었다. 가드너에 따르면 4부에 나오는 다양한 자연의 이미지들은 엘리엇이 1934년과 1935년에 각각 방문했던 번트 노튼과 켈햄(Kelham)의 실제 정원에서부터 나온 것인데, 이 중에서 물총새는 엘리엇이 자주 방문했던 켈햄에서 보았던 것이라고 전해진다(37-38). 먼저 화자는 "시간과 종이 낮을 파묻고 / 검은 구름이 햇볕을 가져간다"라고 말함으로써 어둠이 내려오고 있음을 언급한다. 낮이 지나고 어둠이 다가오는 시간의 움직임을 의식한 화자는 자연과 인간 사이의 관계에 대해 생각해보는데, 그것은 장미원에서의 신비적 경험처럼 조화로운 것일 수도 있지만 땅이 죽은 시신을 받아들일 때처럼 위협적일 수도 있다. 장미원에서 신비적 경험을 했지만 여기에서 시간과 죽음을 의식하는 화자는 해바라기, 주목 등과 같은 식물들이 우리에게 기울고 매달려서 우리를 덮을 것이라고 말하는데, 이것은 땅에 묻힌 시신의 모습을 연상시킨다. 자연과 인간 사이의 이중적인 관계는 주목이 상징하는 이중적인 상징성에서도 나타난다. 주목은 전통적으로 묘지에 심는 나무이기 때문에 필멸(必滅)을 상징하지만 상록수로서 불멸을 상징하기도 한다.

자연을 바라보며 시간과 죽음을 의식한 화자는 동시에 희망의 빛을 감지한다. 화자는 "물총새의 날개가 / 빛에 대하여 응답하고 침묵한 후에, 빛은 / 회전하는 세계의 정지점에 여전히 있다"라고 말한다. 이것은 물총새가 물고기를 잡기 위해 물에 뛰어들 때, 지는 해의 빛을 받아 그것의 날개에 반사되는 모습을 표현한 것이며, 회전하는 세계의 정지점에 있는 영원한 현재를 가리키는 과거의 특별한 기억을 표현한 것이다(Milward 56). 또한 밀워드에 따르면 물총새는 물로부터의 재생, 기독교의 세례식 그리고 인간의 왕이자 어부로서의 예수 그리스도를 상징하며, 이 물총새의 날개는 회전하는 세계의 정지점을 숨겼다가 드러내는 역할을 한다는 것이다(56). 4부는 빛의 순간이 사라져도 빛은 세계의 중심에 남아있다는 확신으로 마무리되는데, 정지점에 있는 이 빛은 「번트 노튼」 1부의 "빛의 중심"(heart of light)과 2부의 "정중동의 흰빛"(a white light still and moving)과 연결되며 희망적인 분위기를 암시한다. 밀워드는 이 빛을 기독교적 차원에서 해석하였는데, 빛에 응답하는 물총새 날개 위의 섬광은 니케아 신경(Nicene Creed)에서 "빛에서 나신 빛"으로 선언된 예수 그리스도 안에서 영원의 의미를 갖게 된다고 주장하였다(57).

「번트 노튼」 5부에서 먼저 화자는 시와 음악 같은 예술을 통해서 "운동"(movement)과 "고요"(stillness)의 관계를 명상한다. 화자는 시간 안에서 움직이는 살아있는 만물이 죽음에 이르는 것처럼 언어와 음악도 "침묵"(silence)에 이른다고 말한다. 그러나 이런 예술도 패턴과 형식을 가지게 될 경우 "고요"의 상태에 들어가게 되며 구체적인 예로서 중국 자기(瓷器)와 바이올린이 있다. 중국 자기는 고요 속에서 영원히 움직이고 있고 음악이 흐르는 동안 바이올린은 고요의 상태를 나타내는 것이다. 화자는 이 두 예술 작품을 통해서 진정한 예술은 운동과 고요가 공존하고 있음을 제시한다. 화자는 계속해서 더욱 모호하고 역설적인 방식으로 대립적인 것이 공존하는 관계를 설명하며 끝이 시작에 앞선다고 말하면서 끝과 시작이 항상 거기에 있었고 결국 모든 것은 현재라고 주장한다. 하지만 화자는 말이 의미를 전달할 때 긴장 상태에 있거나 부정확해지면 "소멸" 상태에 이르러 썩게 되고 힐책, 조롱 등 아무 의미 없는 비명의 목소리가 된다고 말한다. 그리고 화자는 말이 비명의 소리에 위협받듯이 말씀이신 예수 그리스도가 광야에서 유혹의 소리, 즉 "장례식 춤에서 울부짖는 그림자"와 "절망적인 키마이라의 시끄러운 비탄"에 의해 강력하게 공격당한다고 말한다.

이어서 화자는 "고요"를 가리키는 패턴의 세부는 "십 단의 계단의 비유" 처럼 운동이라고 하는데, 이 "십 단의 계단의 비유"는 십자가의 성 요한의 『어둔 밤』에 나오는 영혼을 정화하기 위한 10계단의 사다리를 참조한 것이다. 십자가의 성 요한에 따르면 이 사다리를 오르고 내려가는 과정을 통해서 영혼은 욕망이 아니라 "영원하고 무욕망인" 사랑에 의해 완벽하게 되고 신의 사랑(Divine Love)에 대한 앎으로 상승하게 된다는 것이다. 그리고 화자는 욕망은 운동이지만 좋지 않고 사랑은 운동이 아니지만 운동의 원인이고 목적이며 영원하고 무욕망이라고 말한다. 밀워드는 이 "운동이 아닌, 영원한" 사랑은 아리스토텔레스적인 "제1 운동자"(the Unmoved Mover)로서 만물을 욕망의 힘으로 자신에게 끌어들이지만 만물에 의해 끌리지 않는 개념을 참조한 것이라고 주장하였다(63). 하지만 화자는 이 "운동이 아닌, 영원하고 무욕망인" 사랑이 시간 속에서 한계의 형태를 취하고 존재와 비존재의 영역에 처하게 된 적이 있다고 말하는데, 밀워드는 이것을 말씀의 성육(the Incarnation of the Word)으로 해석하였다(64). 5부의 마지막 부분에서 화자는 1부의 장미원의 기억으로 돌아가서 화자의 기억 속에서 장미원은 아이들이 웃고 즐거워하는 에덴동산과 같은 곳이며 끊임없이 움직이는 것 속에 존재하는 정지점과 같은 곳이라고 말한다. 이런 세계에서 바라보는 현실의 세계는 화자에게 무익하고 우습게 보일 뿐이다.

3. 본문 번역

I

현재의 시간과 과거의 시간은
아마 모두 미래의 시간에 존재하고
미래의 시간은 과거의 시간에 포함된다.
모든 시간이 영원히 현존한다면
모든 시간은 되찾을 수 없는 것이다.
있을 수 있었던 일은 하나의 추상으로
다만 사색의 세계에서만
영원한 가능성으로서 남는 것이다.
있을 수 있었던 일과 있었던 일은
한 끝을 가리키고, 그 끝은 항상 현존한다.
발걸음 소리는 기억 속에서 반향하여
우리가 걸어 보지 않은 통로로 내려가
우리가 한 번도 열지 않은 문을 향하여
장미원 속으로 사라진다. 내 말들도
이같이 그대의 마음속에 반향한다.
그러나 무슨 목적으로 장미 꽃잎에 앉은 먼지를 뒤흔드는지
나는 모르겠다.
그 밖에도 메아리들이
장미원에 산다. 우리 따라가 볼까?
빨리, 새가 말했다. 그걸 찾아요, 찾아요,
모퉁이를 돌아서. 최초의 문을 통과하여
우리들의 최초의 세계로 들어가, 우리 따라가 볼까,
믿을 수 없지만 지빠귀를? 우리들의 최초의 세계로 들어가.
거기에 그들은 있었다. 위엄 있게, 눈에 보이지 않게,
죽은 잎 위에 가을의 열기 속에서,

활기찬 대기를 통해 가벼이 움직였다.

그러자 새는 불렀다. 관목 숲속에 잠긴

들리지 않는 음악에 호응하여

그리고 보이지 않는 시선이 오고 갔다. 왜냐하면 장미는

우리가 보는 꽃들의 모습이었으니까.

그곳에서 그들은 영접받고 영접하는 우리의 손님이었다.

우리들이 다가서자 그들도 하나의 정형의 패턴으로

텅 빈 소로를 따라 변두리 회양목 숲으로 들어가

물 마른 연못을 들여다보고 있었다.

연못은 마르고, 콘크리트는 마르고, 변두리는 갈색

햇빛이 비치자 연못은 물로 가득 찼고,

연꽃이 조용히, 조용히 떠오르며,

수면은 빛의 중심에 부딪혀 반짝였다.

그리고 그들은 우리의 등 뒤에서 연못에 비치고 있었다.

그러자 한 가닥 구름이 지나니 연못은 텅 비었다.

가라, 새가 말했다. 나뭇잎 밑에 아이들이 가득

소란하게 웃음을 머금고 숨어 있었다.

가라, 가라, 가라, 새가 말했다. 인간이란

너무 벅찬 현실에는 견딜 수 없는 것이다.

과거의 시간과 미래의 시간

있을 수 있었던 일과 있었던 일은

한 끝을 가리키며 그 끝은 항상 현존한다.3)

---

3) 본 글에서의 우리말 번역은 이창배의 『T. S. 엘리엇 전집: 시와 시극』을 이용했으며, 일부
수정하였음을 밝힌다.

II

진흙 속에서 마늘과 청옥은
파묻힌 차축에 엉겨 붙는다.
핏속에서 떨리는 철선은
만성의 상처 밑에서 노래하며
오래 잊혀진 전쟁들을 달랜다.
동맥에 전하여진 춤과
임파의 순환이
성좌의 운행에 표상되고
위로 올라가 나무에서 전성한다.
무늬 진 나뭇잎에 내리는 빛 속에서
우리는 움직이는 나무 위에서 움직이며
아래로 질퍽거리는 바닥에서
쫓는 사냥개와 쫓기는 멧돼지가
전과 다름없이 그들의 패턴을 쫓는 것을 듣는다.
그러나 성좌 속에서는 조화되어 있고.

회전하는 세계의 정지하는 일점에, 육도 비육도 아닌
그곳으로부터도 아니고 그곳을 향하여서도 아닌, 정지점 거기에 춤이 있다.
정지도 운동도 아니다. 고정이라고 불러선 안 된다
과거와 미래가 합치는 점이다. 그곳으로부터 또는 그곳을 향한 운동도 아니고
상승도 하강도 아니다. 이 점, 이 정지점이 없다면
춤은 없을 것이고, 거기에만 춤이 있다.
나는 거기에 우리가 있었음을 말할 수 있을 뿐이다. 그러나 어딘지는 말할 수 없다.
나는 얼마 동안이라고도 말할 수 없다. 그러면 그곳을 시간 안에 두는 것이기 때문이다.
실제적 욕망으로부터의 내적 자유,
행동과 고뇌로부터의 해방. 그러나 그것은 감각의 은총에,
싸여, 정중동의 흰 빛,
동작 없는 '앙양,' 배제 없는 집중,

부분적인 법열이 완성되고
부분적인 공포가 해소되는 데서
새 세계와 낡은 세계가
뚜렷해지고 동시에 이해된다.
그러나 과거와 미래의 사슬은
변화하는 몸의 연약함으로 짜여 있어,
인간에게 육체가 견디기 어려운
천국과 지옥의 길을 막는다.
　　　　　　　　과거의 시간과 미래의 시간은
적은 의식밖에는 허용치 않는다.
의식한다는 것은 시간 안에 있지 않다.
그러나 장미원에 있는 순간과
비가 내려치는 정자에 있는 순간과
폭연이 오를 때 바람 잘 통하는 교회에 있는 순간은
다만 시간 안에서만 기억될 뿐이다. 그것이 과거와 미래에 포함된다.
시간은 시간을 통하여서만 정복된다.

III
이곳은 불만의 땅
앞 시간과 뒤 시간
희미한 빛 속에 잠긴 ─ 선명한 정적으로써
형체를 부여하며
영원을 암시하는 완만한 회전으로써
그림자를 덧없는 아름다움으로 바꾸는 밝음도 아니요,
박탈로써 감각적인 것을 비우게 하며
세속적인 것으로부터 감정을 정화하여
영혼을 순화하는 암흑도 아니다.
충만도 아니고 공허도 아니다. 다만

시간에 얽매인 긴장된 얼굴들 위에 나풀거리는 불길,
착란과 착란으로 얼빠진 얼굴들,
환상에 차고 의미를 잃고
집중 없는 부어터진 무감각,
사람과 종잇조각들, 앞 시간과 뒤 시간,
불건전한 폐 속으로 드나드는
찬 바람에 휘몰리는, 앞 시간과 뒷 시간,
병든 영혼이 퇴색한 대기 속에
내뱉는 트림, 런던의 음침한 산들과
햄스테드 · 클러큰월 · 캠프든 · 프트니.
하이게이트 · 프림로즈 · 러드게이트를 휩쓰는
바람에 휘몰린 무신경. 이곳에는 없다.
이곳에는 없다, 이 재재거리는 세계엔 암흑이 없다.

더 아래로 내려가라 다만 영원한
고독의 세계로,
세계가 아닌 세계, 아니 세계가 아닌 그곳으로,
내부의 암흑으로, 그곳 모든 소유물이
상실되고 없는 곳,
감각 세계의 건조지대,
공상 세계의 철거지대,
정신 세계의 비작업지대.
이것이 한 길이고, 다른 길도
동일하다, 그 길은 운동에 의하지 않고,
운동의 절제에 의하여 가는 길, 그러나 세계는 욕망 속에서
움직인다, 과거의 시간과
미래의 시간의 철로 위를.

IV

시간과 종이 낮을 파묻고
검은 구름이 햇볕을 가져간다.
해바라기가 우리에게 향할 것인가, 미나리아재비가 뻗어내려
우리에게 기울 것인가? 덩굴과 줄기가
달라붙고 매달릴 것인가?
싸늘한
주목의 가지들이 꼬부라져
우리를 덮을 것인가? 물총새의 날개가
빛에 대하여 응답하고 침묵한 후에, 빛은
회전하는 세계의 정지점에 여전히 있다.

V

말은 움직이고, 음악도 움직인다
다만 시간 안에서. 그러나 살아 있기만 한 것은
다만 죽을 수 있을 뿐이다. 말은 말한 후엔
침묵에 든다. 다만 패턴과 형식에 의해서만
말이나 음악은 고요에 이른다.
마치 중국의 자기가 항시
고요 속에서 영원히 움직이는 것과 같다.
곡조가 계속되는 동안의 바이올린의 고요,
그것만이 아니라, 그것과의 공존,
아니 끝이 시작에 앞서고,
시작의 앞과 끝의 뒤에,
끝과 시작이 언제나 거기 있었다고 말할까.
그리고 모든 것은 항상 현재다. 말이
의미의 짐을 싣고 긴장할 땐 터지고, 때로는 깨어지며

부정확할 땐 벗어나고. 미끄러지고, 소멸하고 썩는다.
결국 자리에 머무르지 않고,
고요에 머무르지 못할 것이다. 비명의 목소리,
힐책, 조롱의 목소리, 또는 단순히 지껄이는 목소리는
항상 말에 대한 공격일 뿐이다. 황야에서 '말씀'은
장례식 무도에서 울부짖는 그림자와
절망적인 키마이라의 시끄러운 비탄 등
유혹의 목소리로 호되게 공격을 받는다.

패턴의 세부는 운동이다,
십 단의 계단의 비유에서처럼.
욕망 자체는 운동이고
그 자체는 좋지 못하다;
사랑은 그 자체가 움직이지 않고
단지 운동의 원인이고 목적이며,
영원한 것이고 무욕망인 것이다,
시간의 양상 속에서
한계의 형태에 처해서
비존재와 존재 사이를 제외하고서는.
한 줄기 햇빛 속에서 갑자기
그 순간에 먼지가 움직여
나뭇잎들에서 아이들의
숨은 웃음소리가 일어난다.
빨리, 자, 여기, 지금 언제나―
우습게도 쓸모없는 슬픈 시간은
앞으로 뒤로 이어져 있을 뿐. (*PI* 179-84)

▌인용문헌

Eliot, T. S. *The Complete Poems and Plays of T. S. Eliot*. London: Faber and Faber, 1969.

___. *The Poems of T. S. Eliot*. Vol. 1. Ed. Christopher Ricks and Jim McCue. London: Faber, 2015.

엘리엇, T. S. 『T. S. 엘리엇 전집: 시와 시극』. 이창배 역. 서울: 동국대학교 출판부, 2001.

[___. *The Complete Poems and Plays of T. S. Eliot*. Trans. Changbae Lee. Seoul: Dongguk UP, 2001.]

Gardner, Helen. *The Composition of* Four Quartets. New York: Oxford UP, 1978.

Gish, Nancy K. *Time in the Poetry of T. S. Eliot*. London: Macmillan, 1981.

Kramer, Kenneth Paul. *Redeeming Time: T. S. Eliot's* Four Quartets. Lanham: Cowley Publications, 2007.

Milward, Peter. *A Commentary on T. S. Eliot's* Four Quartets. Tokyo: The Hokuseido Press, 1968.

St. John of the Cross. *Dark Night of the Soul*. Radford: Wilder Publications, 2008.

십자가의 요한. 『어둔 밤』. 방효익 역. 서울: 기쁜소식, 2012.

[___. *Dark Night of the Soul*. Trans. Hyo-Ik Bang. Seoul: The Good News, 2012.]

.

『네 사중주』 제2부 「이스트 코우커」

_____ **김구슬**(협성대학교)

I. 개관

T. S. 엘리엇(Eliot)의 『네 사중주』(*Four Quartets*)는 「번트 노튼」("Burnt Norton" 1936), 「이스트 코우커」("East Coker" 1940), 「드라이 샐베이지즈」("Dry Salvages" 1941), 「리틀 기딩」("Little Gidding" 1942) 등 네 편의 시로 되어 있다. 엘리엇은 많은 단편(lines and fragments)을 써놓았다가 그것을 나중에 하나의 작품의 출발점으로 삼거나 중간에 삽입한 경우가 많다. 1922년에 발간된『황무지』(*The Waste Land*)의 경우도 1914년경부터 써온 단편들이 나중에 어떤 형태로든 하나의 작품으로 탄생하게 되는 중요한 씨앗이 되었다. 『네 사중주』역시 처음부터 4부작을 구상했던 것은 아니었고, 『대성당의 살인』(*Murder in the Cathedral* 1935)을 연출하던 중 연출자가 무대에 올리기에 적절하지 못한 몇몇 부분을 빼버리겠다고 하자, 그 부분을 시로 구상해서 다음 해인 1936년 「번트 노튼」이 나오게 되었고, 「이스트 코우커」를 쓰면서 비로소 4부작으로 구상하게 되었다. 이 시를 쓰기 전인 1937년 8월 이곳을 방문했던 엘리엇은 1940년 제2차 세계대전 당시 런던이 독일군의 공습을 받고 있던 상황에서

「이스트 코우커」를 집필했다. 이 작품이 단행본으로 출간되자 그 해에만 1만 2천 부가 팔릴 정도로 전쟁의 참혹상과 공포에 시달리던 독자들의 반응은 뜨거웠다.

「이스트 코우커」를 출발점으로 4부작을 구상하면서 엘리엇은 『네 사중주』 첫 번째 시 「번트 노튼」의 주제를 작품 전편의 주제로 발전시키고자 했다. 그것은 일차적으로 무질서한 현상의 세계를 살아가면서 그것을 넘어서려는 시인의 궁극인, '시간과 무시간,' '현상과 실재'의 주제이며 이는 시인의 숙명적 과제인 언어와 표현의 문제와 긴밀한 관계 속에서 전개된다. 「번트 노튼」은 헤라클레이토스(Herakleitos: c. 535−c. 475 BC)의 제사(epigraph)로 시작하는데, 이는 작품 전편의 주제를 상징적으로 압축한 것이다.

로고스가 공통적인 것임에도 불구하고 대부분의 사람들은
마치 자신의 지혜를 가진 것처럼 살아간다.

올라가는 길이나 내려가는 길이나 동일하다.

엘리엇은 제사를 즐겨 사용한다. 이 작품의 제사 역시 엘리엇의 우주관이나 시 세계, 특히 『네 사중주』 전체를 이해하는 중요한 열쇠이다. 그러므로 헤라클레이토스의 예술철학을 이해하는 것은 엘리엇의 시 세계에 접근하는 빠르고 바른 길잡이가 될 것이다.

헤라클레이토스는 '모호한 이' '수수께끼 같은 이'라는 별명을 얻었을 정도로 신탁 투의 말을 즐겼던 고대 그리스 철학자이다. 그가 의사를 전달하는 방식은 일종의 델피 신탁의 방식과 같은 것으로, 그는 이 신탁을 "그 뜻을 털어놓지도 숨기지도 않고, 다만 그 뜻을 암시할 뿐이다"라고 했다(거스리 66).[1]

---

1) W. K. C. 거스리, 『희랍 철학 입문: 탈레스에서 아리스토텔레스까지』, 박종현 옮김 (서광사, 2000).

이는 즉각 엘리엇이 즐겨 '말하는 방법'인 "암시와 추측"(hints and guesses in "Dry Salvages")을 떠올리게 하는 흥미로운 대목으로, 엘리엇은 말하는 방식을 특별히 중요하게 생각하여 이를 여러 차례 언급한 바 있다.

엘리엇이 헤라클레이토스에 관심을 가지는 중요한 이유는 헤라클레이토스가 보여주는 동양철학적 사유 때문일 것이다. 엘리엇은 한때 불교도이기도 했고, 특히 『네 사중주』를 쓸 즈음엔 더욱 동양적 명상에 집중했다. 헤라클레이토스가 보여주는 동양적 사유는 당대 서구의 다른 철학자들과 길을 달리하는 중요한 부분으로 주목할 만하다. 그는 감각을 통해 외적 자연이나 사실에 대한 탐구에 집중했던 피타고라스나 여타 당시 철학자들과 달리 동양적 사유의 핵심인 '마음'을 통해 깨달음, 진리를 발견할 것을 강조한다. "그대 자신 속을─즉 그대의 마음을─ 들여다보라. 그러면 그대는 진리인 로고스를, 그리고 모든 사물에 공통되는 로고스를 발견하게 될 것이다"(66)라는 그의 유명한 말은 마음을 통해 진리에 이른다는, 이른바 유심론(唯心論)과 맥을 같이 하는 것으로, 이는 특히 동아시아적 사유의 핵심이다.

이를 첫 번째 제사인 '로고스'의 관점에서 살펴볼 필요가 있다. 물론 로고스는 기독교적 관점에서는 말씀(Word)[2]을 의미하며, 궁극적으로 기독교적 로고스와 헤라클레이토스적 로고스는 개인이나 사물의 개체성을 넘어서는 보편적 진리가 있다는 점에서 다를 바가 없다. 그러나 헤라클레이토스에게 로고스는 '말씀'이라는 기독교적 개념이라기보다는 사물에 공통으로 존재하는 어떤 것, 우리가 마음을 들여다볼 때 비로소 도달하게 되는 보편적 진리에 더 가깝다.

헤라클레이토스의 첫 번째 제사를 두고 볼 때 엘리엇이 말하고 싶어 하는 것은 만물에 공통되는 진리인 로고스가 존재하지만, 대부분의 사람들은

---

[2] "태초에 말씀이 계시니라. 이 말씀이 하나님과 함께 계셨으니 이 말씀은 곧 하나님이시니라" (요한복음 첫 구절)

자신만의 사유 방식을 가지고 있는 것처럼 살아간다는 것이다. 여기서 엘리엇은 개인적인 생각과 보편적인 진리를 구분하여, 참된 진리나 실재는 개별성을 넘어서는 초월적 보편성에 있다는, 엘리엇 사유의 궁극을 강조하고 있다. 이는 두 번째 제사와도 연결된다.

두 번째 제사에서 헤라클레이토스는 '올라가는 길이나 내려가는 길이나 동일하다'라고 말한다. 초월적인 보편성의 관점에서 볼 때 상충하고 상반된다고 생각하는 현상적인 것들이란 실은 하나의 조화로운 실재를 이루고 있는 '부분'일 뿐 본질은 동일하므로 올라가는 길이나 내려가는 길은 다르지 않다는 것이다. 이것은 헤라클레이토스의 유전의 법칙으로 설명할 수 있는데 이는 이 작품의 중요한 주제 중의 하나이다.

헤라클레이토스 사유의 중요한 특징은 만물의 본질을 유전하고 상호 투쟁하는 역동적 에너지로 파악하고 있다는 점이다. 모든 것이 투쟁에 의해서 산다고 보았던 그에게 투쟁은 단지 투쟁 그 자체가 아니라 투쟁에 의한 파멸을 통해 생명의 영속성을 담보하는 생명의 근원이다. 그러므로 투쟁은 삶에 있어서 본질적인 것이고, 그래서 좋은 것이다. 역동성이 부재하는 정체나 정지는 그에게 죽음이나 다름없는 것이었다. 이는 당시로서는 매우 혁명적인 발상이었을 것이다. 당시 피타고라스학파의 경우 대립하는 것들의 조화를 역설하고 있지만, 평화롭고 조화로운 세계의 이상이란 있을 수도 없는 정체된 죽음의 이상이므로 헤라클레이토스는 이를 받아들일 수 없었다. 그는 살아 있는 것은 무엇이건 자기 이외의 다른 어떤 것의 파멸에 의해서만 산다고 생각했다. "불은 공기의 죽음을 살고, 공기는 불의 죽음을 산다. 그리고 물은 흙의 죽음을 살고, 흙은 물의 죽음을 산다"(67)라는 말이 의미하는 바가 이것이다. 이처럼 헤라클레이토스는 균형의 본질을 '정지'가 아닌 '투쟁'으로 보았고 투쟁이야말로 생명의 원천이라고 생각했다. 이런 시각에서 본다면 올라가는 길이나 내려가는 길은 결국 유전할 뿐 동일한 것이다.

『네 사중주』를 헤라클레이토스의 관점에서 보자면, 첫 번째 시 「번트 노튼」은 공기에 관한 시이며, 두 번째 시 「이스트 코우커」는 흙, 세 번째 시 「드라이 샐베이지즈」는 물, 그리고 마지막 시 「리틀 기딩」은 불에 관한 시라고 할 수 있다. 많은 철학자가 우주의 4원소에 대해 말하고 있지만, 주목해야 할 것은 헤라클레이토스의 경우 불의 개념을 통해 자신의 철학 원리인, 만물유전과 투쟁의 법칙을 논하고 있다는 점이다. "세계는 영원히 살아 있는 불, 적절히 태우고 적절히 꺼지는 불이다"(68)라는 말에서 보듯, 불은 세계의 본질에 대한 일종의 상징으로서 그의 우주관을 설명하는 탁월한 물질이라고 할 수 있다. 앞서 설명했듯이, 그는 불의 개념을 통해, 1. 모든 것은 다툼에서 탄생하며, 2. 모든 것은 끊임없는 흐름 속에 있다는, 즉 다툼과 유전이라는 우주의 핵심에 주목했던 것이다. 불은 태워 없애 버림으로써만 살거니와, 그것은 비록 촛불처럼 얼마 동안은 한결같고 불변인 것처럼 보일지라도, 그 재료에 있어서는 부단히 변화하고 있기 때문이다(68). 그에게는 운동과 변화만이 실재하는 것이었다는 점에 주목해야 한다. 우주의 본성을 역동적인 다툼의 법칙으로 설명하는 헤라클레이토스의 원리는 죽음을 통해 생을 회복할 수 있다는 점에서 그리스도의 현현 또는 기독교적 로고스와 연결된다.

II. 전기적 사실

「번트 노튼」이나 「드라이 샐베이지즈」, 「리틀 기딩」처럼, 「이스트 코우커」역시 장소의 시이다. 그것은 단순히 장소의 시가 아니라 시간 속에서 의미를 갖는 장소의 시이다. 우리는 인생을 살아가면서 수많은 장소와 시간을 경험하지만, 그중에서도 특별히 특권과도 같은 시간과 장소가 있는 법이다. 엘리엇에게 특정한 장소와 시간, 특히 유년의 의미로 가득 찬 장소와 시간은 엘리엇 문학을 면면히 흐르는 시원의 상징으로서 그것은 시간적 공간적 발원지이자 동시에 종착점이다. 특히 「이스트 코우커」는 일종의 뿌리 의식으로서 그것은 엘리엇이 말한바 전통의식을 상기시킨다. 이 구체적 시간과 장소는 시공의 의미를 강렬하게 환기하면서 이 작품 전반의 주제인 시작과 끝에 집중한다. 첫 행부터 시간에 관한 명상으로 시작되나 공간과의 관계 속에서 특별한 의미를 갖는 시간이다. 또한 그 시간과 공간은 시인의 개인적 경험으로부터 출발하여 시간과 공간이 갖는 객관적이며 공적인 의미로 확장되면서 보편성을 획득한다. 특히 후기로 들어서면서 엘리엇의 시간에 관한 명상은 더욱 깊어지는데 그것이 실제의 장소와 연관성을 가지면서 시간의 추상성을 넘어서는 구체성을 확보하게 된다.

이스트 코우커는 영국 서머셋(Somerset) 주의 작은 마을 이름으로, 그의 먼 선조인 토마스 엘리엇 경(Sir Thomas Elyot)[3]이 16세기에 살았던 곳이기도 하고, 그의 선조 앤드루 엘리엇(Andrew Eliot)이 1667년 뉴잉글랜드로 이주하기 전까지 대대로 살던 곳이기도 하다. 엘리엇은 1937년 처음으로 이곳을 방문했고 그 고장에 대한 구체적인 느낌을 이 작품에서 시간과 영원이라는 주제로 발전시킨다. 이 작품의 주제에 암시되어 있듯이 이곳에는 엘리엇의 유해가 묻혀있다.

III. 문학사적 의의

우선 『네 사중주』는 사중주라는 제목이 시사하듯이 네 개의 악기가 대화를 나누면서, 때로는 변주를 통해 때로는 반복을 통해 주제를 심화 발전시켜나간다. 사중주의 특성상, 각각의 악기가 때로는 개별적인 목소리로, 때로

---

3) 외교관이자 인문주의 학자로 명성이 높았던 토마스 엘리엇은 영어를 문학적인 목적으로 사용할 것을 최초로 주창하기도 했으며, 1531년에 발간된 저술 『지도자의 책』(*The Boke Named the Governour*)은 헨리 8세에게 헌정한 것으로 기본적으로 왕정을 옹호하면서 위정자들을 제대로 훈련하는 방법이라든가 당시 교육제도의 윤리적 딜레마 등을 다루고 있다.

는 친밀하게 다른 목소리들과 대화를 나누면서 종국에는 개인의 목소리를 넘어 하나의 중심 주제를 공적인 목소리로 표현하고 있다. 더 중요한 것은 사중주의 특징이 각 사중주마다 다른 양상으로 나타난다는 것인데, 작품 전편에 적용되는 헤라클레이토스의 두 개의 제사를 중심 주제로 하여 또 다른 주제가 변주 형식으로 소개되기도 한다. 어떤 의미에서 네 개의 각기 다른 사중주가 주제를 반복 변용하면서 하나의 커다란 사중주가 된다고 할 수 있다. 첫 번째 사중주인 「번트 노튼」을 출발점으로 중심 주제를 연주하면서, 두 번째 사중주인 「이스트 코우커」에 이르면 중심 주제는 여전히 이 작품 전편의 중심 주제인 '시간관'이지만, '언어와 의미의 싸움'이라는 시인의 필생의 과제인 표현의 문제가 변주 형식으로 삽입된다.

「이스트 코우커」는 "나의 시작에 나의 끝이 있다"로 시작하여 "나의 끝에 나의 시작이 있다"로 끝난다. 첫 행, "나의 시작에 나의 끝이 있다"라는 대명제는 첫 번째 사중주 「번트 노튼」의 주제를 반복하면서 시작한다. 엘리엇이 한때 경도되었던 베르그송(Henri Bergson)적인 시간 개념으로 볼 때, 시간은 현재 과거 미래로 분리되는 단순한 지속과 현재 과거 미래로 분리할 수 없는 순수 지속으로 구분되는데(베르그송 93-94),[4] 이 순수 지속이 진정한 의미의 '시간'이라는 것이다. 이를 형이상학적으로 말하면 전자는 현상 또는 현실 시간이고 후자는 실재 또는 영원이다. 2차 세계대전 중에 쓴 두 번째 사중주에서 시간은 절대적이고 영적인 영원의 개념의 시간이라기보다는 세계대전이 보여주듯이 과학 중심의 인간주의적 사유의 결과로서의 자연과 문명의 황폐와 무질서에 관계되는 현상의 시간이다. 그러나 과학의 가치에 의존하는 물질주의적이고 인간중심주의적인 사고로는 영적이고 절대적인 세계를 이해할 수 없다. 병든 인간 영혼이 구원받기 위해서는 인간의 한계를 인식하고 더 큰 존재에 자신을 맡기는 겸허한 자세가 필요하다. 결국 자연과

---

4) 헨리 베르그송, 『시간과 자유의지』, 정석해 · 정경석 역, 삼성출판사, 1990.

문명의 황폐함이나 무질서와 관계되는 시간의 주제는 궁극적으로 인간중심주의적 인간과 영적인 존재와의 관계의 주제와 연결되면서 시간과 영원, 현상과 실재의 주제로 귀결된다.

중요한 것은 「번트 노튼」이 시간을 넘나드는 환상적 순수의 순간을 규정하고 있다면, 선조의 영국의 뿌리인 「이스트 코우커」는 개인의 순례로 시작하여 궁극적으로 그것을 넘어 자기 인식을 통해 더 넓은 영적 통찰에 이르는 두 번째의 신성한 장소를 제공하고 있다는 점이다. 그런가 하면 「드라이 샐베이지즈」는 시인의 미국의 뿌리인 미주리와 뉴잉글랜드를 기억하게 하며, 마지막 시, 「리틀 기딩」은 순례의 목적지를 영국 종교의 문맥에 둔다 (Cooper 92).[5] 시인이 가장 원숙한 경지에 이르러 쓴 작품답게 완결성을 이룬 네 편의 시는 각기 시인 자신과 관계되는 개인의 장소나 시작(詩作)의 주제 등 개인적 관심사를 말하는 매우 사적인 시이지만, 동시에 개별성을 넘어서는 가장 공적인 시이기도 하다. 엘리엇은 어두운 시대에 두려움에 가득 찬 독자를 위로하는 공적 의무를 다하는 방식을 찾았던 것이며, 이는 시만이 할 수 있는 의무이기도 하다(93). 런던이 독일군의 공습을 받고 있던 2차 대전 중 단행본으로 발간된 이 시가 전시임에도 불구하고 발간되자마자 12,000부가 팔렸다는 것은 시가 독자를 위로하는 공적 의무를 해낼 수 있다는 것을 실제로 보여준다. 개인의 목소리가 개성을 뛰어넘어 공적인 목소리가 된다는 것은 좋은 시가 가지는 보편성의 한 측면이면서 고전주의자로서 엘리엇의 정통성을 입증하는 것이기도 하다.

그런가 하면 이는 엘리엇 자신의 필생의 지속적인 관심사인 시작의 주제와도 관계된다. 실제로 1939년 엘리엇은 자신이 시를 계속 쓸 수 있을지, 자신이 생각하는 바를 어떻게 언어로 표현해야 할지 등에 대해 대단히 회의적인 태도를 보인 바 있다. 시인은 시작 행위를 당시 전시의 상황에 비유하

---

5) John Xiros Cooper, *The Cambridge Introduction to T. S. Eliot*, Cambridge, 2006.

면서 시를 쓴다는 개인적 주제를 공적이고 보편적인 주제로 확장하고 변용하고 있다. 시인은 단테의 『신곡』의 지옥편 첫 3행시를 인용하면서 인생의 반 고비에서 자신을 반성적으로 바라보면서, "시가 문제가 아니다"라고 말한다. 그렇다면 무엇이 문제일까? 문제는 개인의 목소리를 넘어선 보편적 목소리를 찾는 것이다. 시인은 반인본주의적인 자세를 취하며, 경험적 지식이란 제한적인 것일 뿐이라고 생각한다. 끊임없는 자기 훈련을 통해 현상적 자아를 넘어설 때 경험이 주는 지식의 노둔함에서 벗어날 수 있다. 헤라클레이토스식으로 말하자면 자신만의 지혜를 가지고 있다는 망상에서 벗어날 때 우리에게 공통된 로고스를 발견할 수 있을 것이다. 이를 위해서는 겸양의 자세가 필요하다. 겸양이란 자신보다 더 큰 존재를 위해 자신을 낮추면서 자신을 넘어서는 것이다. 그럴 때 시인은 비로소 자아의 지혜와 로고스를 구분하고 진실과 실재를 통찰하는 보편적 목소리를 지닐 수 있기 때문이다.

시인은 여름날 저녁, 석양이 내릴 무렵 이스트 코우커 마을을 바라보며, 16세기 토마스 엘리엇 경이 살았던 마을을 떠올린다. 이 시는 화자의 의식의 발원지인 이스트 코우커라는 특정 지역에 대한 명상으로 시작하여 이 작품 전체의 중심 주제 중의 하나인 시간과 영원, 현상과 실재에 대한 명상으로 전개된다.

IV. 줄거리

첫 번째 시, "나의 시작에 나의 끝이 있다"로 시작하는 이 시는 「번트 노튼」의 시간에 대한 명상을 보다 구체화한다. "나의 시작에 나의 끝이 있다"라는 스코틀랜드의 비운의 여왕 메리 스튜어트(Mary, Queen of Scots)의 좌우명 "나의 끝에 나의 시작이 있다"(En ma fin est mon commencement: In my end is my beginning)를 뒤집어서 변용한 표현이다. 시인은 실제로 튜더 왕조

시대의 그의 선조 토마스 엘리엇이 살았던 마을, 이스트 코우커를 방문하면서 선조의 삶의 특정 공간을 시간의 흐름에 따라 변화하는 물리적 변천의 시각에서 바라보고 이를 시작과 끝이라는 시간의 관점에서 명상한다. 현상의 관점에서 보자면 만물은 끊임없이 변화하는 것처럼 보이지만, 더 큰 우주적 실재의 관점에서 보자면 만물은 변화의 과정을 통해 결국 출발점으로 되돌아가는 것이라는 만물유전의 법칙을 깨닫게 한다. 이곳이 실제로 사후에 엘리엇 자신이 묻힌 곳이기도 하다는 점을 생각해보면 시작과 끝의 의미는 더욱 분명해진다. 이는 「번트 노튼」에서 다룬 시작과 끝이라는 시간의 주제와 연결되면서 이 작품을 해명하는 중요한 제사인 헤라클레이토스의 만물유전을 환기한다.

실제로 집을 짓고 복원하고 허물고 그 자리가 허허벌판이 되거나 공장이나 길이 들어서는 물리적 변화는 시간의 흐름 속에서 일어나는 일이다. 오래된 돌로 새 건물을 짓고 오래된 불이 재가 되고 재가 흙이 되는 과정에서 만물은 흙으로 환원한다는 것이 이 작품의 흙의 의미이다.

우주의 원소 중의 하나인 흙은 만물이 흙으로부터 시작해 흙으로 돌아간다는 생성 소멸이라는 물리적 차원의 원리이면서 다른 한편 시작과 끝이라는 형이상학적 의미의 시간의 원리와도 깊은 연관을 갖는다. 흙이라는 원소로 지어진 집이 지어졌다 허물어지는 과정의 시간의 개념은 이런 의미에서 물리적, 형이상학적인 복합적인 시간의 개념을 통해 만물유전, 즉 '순간과 영원'이라는 이 작품 전편의 주제에 부합한다.

"흙은 이미 살, 털, 똥이고, / 사람과 짐승의 뼈, 옥수숫대와 잎이다."에 이어 시간의 개념이 등장하는 이유이다. "집들은 살다가 죽는다. 지을 때가 있고, / 살아갈 때와 생성할 때가 있다."

이처럼 사실적 관찰로부터 시작된 물리적인 시간은 이제 형이상학적 시간적 명상으로 해석되면서 시간에 대한 시인의 의식은 다시 한번 각성된다. 물리적 시간을 형이상학적 시간으로 해석함으로써 추상성에 구체성을 부여하는 것이 엘리엇의 명상의 특징이다. 2연은 이렇게 시작한다.

"나의 시작에 나의 끝이 있다."

위의 명제가 단지 형이상학적이고 추상적인 것이 아니라 보다 사실적인 구체성에 기반한 것이라는 점을 화자는 자신이 방문했을 당시 이스트 코우커의 좁은 거리를 묘사함으로써 보다 분명하게 보여준다. "이제 빛은 / 들판에 내리쬐고, 깊숙한 오솔길은 / 나뭇가지에 뒤덮인 채 오후면 어둑하"다. 실제로 이스트 코우커는 거리가 좁아서 차가 지나갈 때면 길섶에 기대어 몸을 비켜야 했다.

1937년 이곳을 방문했던 엘리엇은 선조 토마스 엘리엇이 한때 살았던 마을을 방문하면서 당시 그 마을에 살았던 농부들의 목가적이고 소박한 삶을 상상해본다. 순간 엘리엇은 상상적 음악 소리를 매개로 인생에서 가장 장엄하고 신성한 혼례식 장면을 그려본다. 그것은 자연의 질서와 리듬에 어울리는 무도(dance)의 이미지로 포착된다. 엘리엇뿐만 아니라 예이츠 역시 무도를 조화의 절대적인 상징으로 즐겨 사용한다.

선조 토마스 엘리엇 경은 『지도자의 책』(The Boke Named the Governour)에서 자연과 인간의 조화, 남녀의 조화를 무도의 조화로운 이미지(In daunsinge, signifying matrimonie)로 그린 바 있다. 이 책은 종교개혁이 일어나기 직전에 출간된 것으로 이후 영국은 헨리 8세가 로마가톨릭으로부터 결별하고 영국성공회 수장임을 선언하게 되는 극적인 종교적 변화를 겪게 된다. 위의 책에서 인용한, "남녀가 한데 어울려 / 춤추니, 그것은 혼례의 의미" (The association of man and woman / In daunsinge, signifying marimonie－)에서 보듯 엘리엇은 16세기 당시의 철자를 그대로 사용하고 있다. 이는 자연의 질서에 맞추어 살아가는 소박하지만 통합된 당시의 생활상을 그 이후, 특히 전쟁의 와중에서 모든 것이 분열된 격동기 영국사와 대비하기 위한 의도적인 장치로 여겨진다. 자연의 질서를 따른 삶이란 생성, 소멸해가는, 결국 "똥과 죽음"인 삶이다. 화자는 선조의 삶의 출발점을 조화와 균형과 통합이라는 궁극적 삶의 형식으로 기억하면서 자신이 있는 곳을 '여기'이면서 동시에 '저기'라고 명명하여, 결국 현상의 삶의 근거인 '여기'가 그 발원지이자 현상을 넘어선 '저기'와 다르지 않다는 일원론적 시각을 견지한다. 그럴 때 나의 시작에 나의 끝이 있다는, 시작과 끝이 다르지 않다는 명제가 성립될 수 있다.

이제 시인은 "여기" 이스트 코우커에서 이곳을 넘어선 "저기에, 아니면 또 다른 곳"을 상정하며 현실의 시공(時空)에서 현실을 넘어선 초월적 시공을 상상한다. 그는 이곳에 있으면서 동시에 이곳을 넘어서 있는, 그리하여 현상과 초월이 공존하는 곳을 상정한다. 그곳은 여기이면서 여기를 넘어선, 시작이면서 동시에 끝인 무시간의 영역이다.

두 번째 시의 도입부는 2차 대전 직후의 역사적 혼란상을 재현하기 위해, 시인이 이스트 코우커를 실제로 방문했던 1937년 여름이 아니라 1939년 늦은 11월로 시간적 배경을 설정한다. 이는 지상의 동요뿐 아니라, 이를 하늘의 별들 사이의 전쟁에 비유하여 인간 욕망의 파괴적 행위가 우주 전체에 미치는 영향을 보여주기 위함이다. 늦은 11월임에도 얼어붙은 땅을 뚫고 생명이 움트는 "봄철의 소란"과 여름 더위 속에서나 있을 법한 "생물"의 꿈틀거림, "붉은빛이 잿빛" 되는 "접시꽃", "이른 눈 가득한 늦장미" 등, 지상의 소요가 얼핏 아름답게 묘사되고 있다. 그러나 이어 지상에서의 자연계의 순환과 변화가 하늘의 대혼란과 결합하여 세계의 파멸이 표현되고 있다. "전갈자리는 해와 맞서 싸우다" "해와 달이 떨어지자" "혜성들 눈물짓고" 결국 이 세상이 "저 파멸의 불"로 이끌려 들어가 종국에는 만년설로 뒤덮인다는 종말론적 파국이 날카롭게 예고된다. 천문학적 고증의 비유를 통한 현대문명의 몰락상은 「게론티온」의 마지막 부분을 환기하기도 한다.

2연에서 화자는 자신의 지속적인 관심사이자 이 작품의 주요 주제 중의 하나인 언어의 문제를 논한다. 시인이 어떻게 언어를 통해 의미를 표현할 수 있는가이다. 기존의 표현방식은 낡은 방식에 의한 것이어서 항상 말과 의미와의 끝없는 씨름을 하지 않을 수 없는 만족스럽지 못한 것이었으며 문제는 "시"가 아니라고 말한다. 문제는 오랫동안 바라왔던 고요한 가을날의 평정과 같은 노년의 "지혜"가 사실은 노둔하고 "죽은 비밀을 아는 것에 불과"하며, 그것은 경험에서 나온 지식이므로 "기껏해야, 제한된 가치밖에" 없다는 것이다.

여기서 기억해야 할 것은 인간적인 가치에 대한 화자의 불신이다. 고전주의자였던 엘리엇은 흄(T. E. Hulme)이 주창한 반인본주의를 표방한다. 인간의 가치를 불완전하고 제한된 것으로 보는 고전주의적 시각에서 보면 노인의 지혜란 경험에 근거한 것이어서 사물의 본질을 보여주는 절대적인 것이 못 된다. 여기서 노인이란 단순히 사람을 의미하는 것이 아니라 과거라는 시간성을 의미하기도 한다. 과거에 의존한 노인의 지혜란 매 순간 변화하는 새로운 패턴을 수용하지 않으려 한다. 매 순간은 과거에 대한 새로운 평가이지만, 지식이 패턴을 고착화하는 순간 그것은 기만적인 것이 되고 만다. 진리란 고착화할 수 없는 유동적인 것이기 때문이다.

화자는 노년의 지혜란 이처럼 기만적이므로 차라리 노인의 어리석음이나 그들이 두려워하는 것이 무엇인지 들려달라고 한다. 노인이 두려워하는 것은 과거(자신)에서 벗어나 새로운 것, 자기 바깥의, 자신보다 큰 존재를 인정하는 것이다. 그것을 화자는 "사로잡히기를 두려워"하고, "상대방에게, 남들에게," 궁극적으로 "신에게 속하기를 두려워"하는 것이라고 표현한다. 화자는 인간의 자기 집착과 자만의 위험성을 지적하고 싶은 것이다. 인간은 자신보다 더 큰 존재, 즉 신에게 자신을 종속시키기를 두려워한다. 그렇다면 노인의 지혜란 사실 얼마나 인간중심주의적인가? 인간이 인간중심주의에서 벗어날 때 비로소 인간은 자신보다 큰 존재를 인정하게 된다.

그러므로 절실히 요구되는 것은 오만한 인간적 지혜가 아니라 "겸양의 지혜"(the wisdom of humility)이다. 'humility'의 희랍어 어원이 "땅에"(on the ground)라는 점을 상기해볼 때 그 의미는 더욱 심화 확장된다. '자신을 낮추는 행위'의 표상인 그리스도가 하늘에서 땅으로 자신을 낮추어 십자가에 못 박히는 죽음을 통해 인간을 죄에서 구원한다는 종교적 해석이 가능하기 때문이며, 그런 의미에서 "겸양에는 끝이 없"다는 해석은 강력한 설득력을 갖는다. 좀 더 논의를 전개할 필요가 있겠지만 이는 기본적으로 엘리엇의 전통론 등 많은 시론과 같은 선상에 있다.

마지막 2행, "집들은 모두 바다 밑으로 사라졌다. / 무도객들은 모두 산 밑으로 사라졌다."에서 보듯 겸양의 지혜가 요구하는 시각으로 바라볼 때 인간적 가치를 대변하는 지상의 집들이나 지상의 희락을 대변하는 무도 역시 얼마나 헛된 것인가를 시인은 강조하고 있다.

세 번째 시의 중요한 이미지는 '어둠'이다. 두 번째 시의 마지막 시행에서 인간적 가치란 무릇 헛된 것이라는 '공'(空)의 이미지가 어둠의 이미지로 구체화된다. 집들과 무도객들이 모두 어둠 속으로 사라지듯 권력이든 재력이든 문필이든 지상적 가치를 대변하는 것들은 모두 어둠 속으로 들어간다.

이어서 첫 행 "아 어둡고 어둡고 어둡도다"(O dark dark dark)라는, 존 밀턴(John Milton)이 『고뇌하는 삼손』(Samson Agonistes)에서 외친 "아 어둡고 어둡고 어둡도다, 타오르는 달빛 아래서도. . ."(80행)의 목소리를 연상시키며, "별과 별 사이 텅 빈 공간들"(The vacant interstellar spaces)은 『팡세』(Pensée)에서 블레즈 파스칼(Blaise Pascal)이 "그 무한한 공간들의 영원한 침묵은 나를 두렵게 한다"(91번)를 상기시킨다. 여기서 어둠은 지상의 빛을 초월한 어둠, 즉 현상적 가치가 부정된 절대적인 세계이다. 그곳은 「번트 노튼」에서도 언급한 바 있는, "감각세계의 건조지대"이고, 행동하되 인간적 동기의 차원을 넘어선 절대성의 세계이다. 이것을 화자는 "감각은 차갑고 행동의 동기는 상실되어버렸구나"(cold the sense and lost the motive of action)라고 말한다. 화자의 궁극은 인간적 감각과 헛된 행동의 동기가 없는, 현상을 넘어선 세계이다.

그러므로 그는 자신의 영혼에게 "가만히 있어라, 그리고 어둠이 네게 다가오도록 하라 / 그것은 신의 어둠일 것이니"라고 말한다. 화자는 이런 어둠의 순간을 열거한다. 첫 번째는, 극장에서 장면을 바꾸느라 불이 꺼질 때, 두 번째는 지하철 열차가 구간 사이에서 너무 오래 멈추어 사람들의 이야기가 서서히 침묵이 되어갈 때, 세 번째는 마취 상태에서 의식은 있으나 아무것도 의식할 수 없을 때이다. 문제는 조용히 기다리는 것이다. 믿음도 사랑도 소망도 없이 기다릴 때, 아무런 "생각 없이" 기다릴 때, 비로소 "어둠이 빛"이 될 것이다. 그것은 일종의 '부정의 방식'인데, 엘리엇은 이것이 절대에 이르기 위한 방식이라고 생각한다. 기다리되, 생각이나 동기(믿음, 사랑, 소망) 없이 기다리는 것, 이 순간들은 현상 가운데 있으되 현상을 넘어선 상태이다. 베르그송식으로 말하면 시간 가운데 있으면서 시간을 넘어선 상태인 특권의 순간이다. 이때 우리는 인간적인 차원을 넘어서 절대의 빛에 다가갈 수 있기 때문이다.

소망이나 사랑 없이 기다리는 '신앙'의 자세를 통해 "어둠이 빛"이 되고 "고요가 무도"가 된다. 인간적인 어둠은 영혼의 빛을 약속하고 인간적 욕망을 벗어난 고요는 춤추는 자가 자신을 완전히 잊어버려 춤추는 자와 춤이 하나가 되는 '무도'로 상징되는 조화의 절대적인 영역이다. 이것은 엘리엇의 작품에 자주 등장하는 일종의 '정지점'(still point)이다.

인간적 차원의 어둠이 영적 차원으로 승화할 때 만나게 되는 '빛'의 이미지가 「번트 노튼」에서처럼 최초의 세계, 절대 순수의 이미지로 제시된다. "흐르는 시냇물의 속삭임" "겨울의 번개" "눈에 보이지 않는 야생 타임과 야생 딸기" "정원에서의 웃음소리" "메아리치는 환희" 그런데 그것들은 잃어버린 것이 아니라 우리에게 꼭 필요한 것이다. 그것은 「번트 노튼」의 장미원의 정경처럼 현상의 세계에 살고 있는 우리에게 현상을 넘어선 세계, 초월적인 것을 경험하게 하는 참으로 값진 것이다. 그 절대 순수의 세계는 영원히 잃어버린 것이 아니라 우리가 경험의 세계로 들어서면서 잠시 잊힌 것이므로

"시냇물의 속삭임"이나 "겨울의 번개" "야생 타임과 야생 딸기" "정원에서의 웃음소리" 등을 통해 어떤 순간 우리에게 특권처럼 주어진다. 그런 순간은 빛처럼 다가왔다가 순식간에 사라져버린다 해도 우리에게 "죽음과 탄생의 고뇌"가 무엇인지를 생각하게 하고 그 의미를 암시해준다.

"죽음과 탄생의 고뇌"가 무엇인지 안다는 것은 신, 즉 빛을 향한 길로 가야 한다는 것인데, 그곳에 닿기 위해서는 일종의 '어둠,' 즉 '부정'의 방식을 취해야 한다. 인간적인 것을 부정할 때 빛에 닿을 수 있기 때문이다.

이를 위해 화자는 십자가의 성 요한의 『카르멜산 오르기』(*The Ascent of Mount Carmel*) 1권 13장의 역설의 원리를 설파한다. "그대가 있는 그곳에 도달하자면, 그대가 있지 않은 그곳에서 빠져나가자면, / 그대는 환희가 없는 길을 가야 한다." 인간적 환희의 길을 벗어날 때 우리는 비로소 진정한 의미의 환희인 종교적 희열의 길을 발견할 수 있다. 마찬가지로, "그대가 알지 못하는 것에 이르자면 / 그대는 무지의 길을 가야 한다." 인간적 지식이란 한갓 헛된 지식에 불과하므로 진정한 앎의 길에 이르기 위해서는 인간적 차원의 지식을 부정하는 길을 택해야 할 것이다. 또한 "그대가 소유하지 않은 것을 소유하고자 한다면 / 그대는 무소유의 길을 가야 한다." 인간적인 차원의 소유를 벗어날 때 비로소 진정한 소유의 길에 이를 것이다. "그대가 아닌 것에 이르자면 / 그대가 있지 않은 길로 가야 한다." 현상의 세계에서 나를 넘어설 때 우리는 종교적, 절대적 차원에 이르게 될 것이다. 그럴 때 비로소 "그대가 알지 못하는 것이 그대가 아는 유일한 것이고, / 그대가 가진 것은 그대가 갖지 않은 것이고, / 그대가 있는 곳은 그대가 있지 않은 곳"이 될 것이다. 결국 우리가 아는 것이란 우리가 모르고 있는 절대의 세계이고, 우리가 가지고 있다고 생각하는 것은 허망하고 헛된 것일 뿐, 우리가 존재한다고 생각하는 현상의 세계는 인간적 차원 너머에서 볼 때 헛되고 헛된 것일 뿐, 실재(reality)로서 존재한다고 할 수 없다는 것이다.

네 번째 시는 그리스도의 수난과 인간구원의 주제, 즉 죽음을 통한 삶의 주제를 엘리엇 자신의 기독교론을 통해 역설의 논리로 전개한다. "상처 난 외과의"는 물론 십자가에 못 박혀 상처 입은 그리스도에 대한 비유이며 그의 피 흘리는 두 손 아래에서 치료를 기다리는 "우리"는 병든 인간에 대한 비유이다. 십자가에 못 박혀 상처 난 그는 피 흘리는 두 손으로 메스를 들고 원죄로 인해 또 다른 의미에서 영혼의 상처를 입은 병처를 찾아 인간의 죄를 치료하러 왔다는 그리스도의 역할을 잘 보여준다. 이 시행은 "건강한 자들은 의사가 필요하지 않으나, 병든 자는 필요하니라"라는 그리스도의 주장(마태복음 9장 12절)이며, 동시에 랜슬롯 앤드류즈(Lancelot Andrewes)의 구원의 설교를 연상시킨다. 메스를 든 외과의인 그리스도가 실은 병든 인간 영혼을 치료하는 내과의이기도 하다는 은유는 대단히 적절하다. 치유의 척도인 의술이 예리할수록 그것은 영혼을 치유하려는 따스한 사랑이 더욱 강렬하다는 것을 의미한다.

문제는 인간적인 관점에서 우리는 영혼이 병들어있음에도 불구하고 자신이 건강하다고 생각하지만, 기독교적 관점에서 보자면 이것이 곧 병이다. 우리는 피 흘리는 그리스도의 치료를 받고 있을 뿐 아니라 간호사에 비유된 교회의 간호를 받고 있기도 하다. 교회가 온갖 박해와 수난을 받고 있으니 이를 "죽어가는 간호사"에 비유하고 있다. 그러나 우리가 교회에 헌신하고 교회의 끊임없는 간호를 받을 때 그것은 우리를 즐겁게 하는 것이 아니라 우리에게 "아담의 저주를 상기"시켜 믿음을 통해 원죄의 의미를 각성시킨다. 그러므로 우리의 병이 깊어질수록 우리는 그리스도의 정신에 가까이 다가가게 되는 것이니 병이 점점 악화될수록 우리는 영혼 회복의 길로 향하게 되는 것이다. 그리스도의 죽음을 통한 인간구원이라는 명제를 상기할 때 자못 역설적인 논리는 더욱 강한 설득력을 갖는다.

같은 맥락에서 이 지상은 수많은 환자로 가득 찬 병원이다. 시인은 이 지상을 "파멸한 백만장자가 물려준" 곳으로 칭한다. 물론 "파멸한 백만장자"

란 하나님의 말씀을 거역하여 낙원에서 추방되어 이 지상에 거대한 병원을 건설한 최초의 환자, 아담이다. 이 지상에서 우리가 건강을 유지하려면 우리를 보호하시는 절대자의 간호가 필요할 것이며, 절대자를 받아들인다는 것은 현세적 의미의 생명은 죽고 영적인 존재로 살아남는다는 것이다. 그리스도가 죽음을 통해 부활하여 인류를 구원하는 영원한 생명이듯이 인간 역시 인간적 생명의 죽음을 통해 종교적이고 영적인 생명을 살 수 있다는 것이다.

그다음 죽음이 도래하는 과정을 "한기"와 "열"이라는 상반된 이미지로 제시하면서 이를 죽음을 통한 삶이라는 역설적 주제로 연결한다. 한기가 발에서 무릎으로 올라오고, 열이 심장으로 올라온다. 여기에서 엘리엇은 다시 한번 진정한 삶이란 죽음을 통해 획득되는 것이라는 역설의 논리를 '얼음'과 '불'이라는 상반된 시적 이미지를 통해 전개한다. 얼음 같은 죽음에서 구원되자면 몸이 뜨거워져야 하는데, 이를 얼음 같은 "정죄의 불" 속에서 얼어서 죽어야 한다고 말한다. 연옥의 불길 같은 정화의 불 속에서 우리의 죄를 불태울 때 우리는 싸늘하게 얼어 죽게 된다. 불타서 얼어 죽는다는 모순어법은 죽음을 통한 재생이라는 역설적 주제를 효과적으로 드러낸다. 연옥의 불길 속에서 타락한 영혼이 불타면서 '들장미' 같은 연기가 피어오르고 그 불꽃은 한 송이 '장미'로 순수 결정체가 된다. 불과 장미가 하나가 되는 이미지는 「리틀 기딩」에서도 볼 수 있다.

이어서 화자는 다시 병든 영혼의 인간과 치료자인 외과의 그리스도의 비유를 환기하면서 성찬식으로 마지막 부분을 마무리한다. 우리는 피 흘리는 외과의로부터 성체를 받는다. 그리스도의 "뚝뚝 듣는 핏방울"은 우리의 유일한 마실 것이고, "피 흘리는 살"은 우리의 유일한 먹을 것이다. 그 피와 살만이 우리의 병든 영혼을 치유할 수 있으니, 이는 그리스도의 죽음이 인류를 구원하기 위한 대속이라는 점을 증거하기 위한 적절한 이미지들이다. 그럼에도 불구하고 우리는 영혼이 병든 줄도 모르고 우리가 건강하다고 생각하고, 대속의 그리스도의 의미도 모른 채 그리스도가 십자가에 못 박히신 이 금요일을 성스럽다고 한다. 우리가 그리스도의 수난의 의미를 항상 의식하고 그 길을 함께 걸을 때 우리는 영원한 생명의 길을 걷게 될 것이다. 엘리엇은 이 시를 1940년 성금요일을 경축하기 위해 썼다.

마지막 5번째 시 첫 행, "그리하여 나는 여기 중도에 있다."라는 단테의 『신곡』 지옥편 첫 3행시, "우리네 인생길 반 고비에, / 바른 길 잃고, / 나 어두운 숲에 서 있었네."(In the midway of this our mortal life, / I found me in a gloomy wood, astray / Gone from the path direct)를 연상시킨다. 이 시를 썼던 1940년 당시 엘리엇은 52세였다.

두 차례에 걸친 세계대전 사이의 20년을 되돌아보면서 역사적으로는 세계대전이 가져온 비극과 문명의 황폐함을 떠올리고, 문학적으로는 1922년에 발표한 「황무지」로부터 1940년 「이스트 코우커」를 포함한 『네 사중주』를 쓰기까지 말과 의미와의 싸움을 해온 지난 20여 년을 되돌아본다. 여기서 화자는 그 세월을 허송했다고 말하는데, 그것은 양 세계대전의 세월이 헛된 것이라는 의미이면서 동시에 시인으로서의 그간의 노력이 만족스럽지 못했음을 암시하는 것이다. 그동안 "말을 쓰는 법"을 배우려 했고 매번 새로운 시도를 해보았지만 그것은 또 다른 실패였다는 것이다. 그는 그 원인을 두 번째 시에서도 언급했듯이 말하는 방식의 문제였다고 말한다.

그는 이 말의 의미와 표현의 문제의 실패를 "불분명한 감정이 막연하게 뒤죽박죽"된 때문이라고 하면서 이를 세계대전을 연상시키는 "너절한 장비"나 "훈련되지 않은 정서의 분대"로 "불명료한 것에 대한 하나의 침공"을 하는 것에 비유한다. 낡아빠진 장비나 훈련되지 않은 부대로 확실한 공격을 할 수 없듯이 분명하지 않은 감정으로 정확한 표현을 할 수 없다는 것이다. 전투에서 개인이 자신보다 큰 조직에 복종함으로써 세계의 질서를 유지할 수 있듯이, 「전통과 개인의 재능」에서 강조한바, 시인 역시 자신의 개성보다는 자신보다 큰 존재인 전통에 자신을 종속시킬 때 문학의 질서가 유지될 수 있다는 것이다. 정복해야 할 이 전통은 이미 위대한 선배 시인들에 의해 발견되어왔으니 이들은 경쟁 상대가 아니라 따라야 할 규범적 전통이다. 이제 시인이 해야 할 것은 전통의 형성 과정에서 전통에 순응하지 않는 개성이나 독창성에 의해 상실된 어떤 것을 회복하는 일이다. 그러나 세계대전이 세계의 질서에 혼돈과 문명의 황폐함을 가져왔듯이 시인 역시 무질서한 의미의 세계에서 명확한 감정의 질서를 발견하기는 쉽지 않은 일인 것 같다. 그것은 인간의 한계 너머의 일일지도 모른다. 중요한 것은 이것이 승부와 관계없는 일일뿐더러 우리가 할 일은 다만 시도해보는 것이라는 자세이다. 그 외는 우리의 일이 아니라는 말이 의미하듯 우리가 할 수 있는 것은 큰 질서 안에서 최선을 다할 뿐이라는 것이다. 결과와 관계없이 그저 노력한다는 것은 엘리엇이 「드라이 샐베이지즈」 등 도처에서 강조한 겸양의 자세이기도 하다.

    마지막 부분에서 시인은 「이스트 코우커」의 첫 행 "나의 시작에 나의 끝이 있다"의 명제로 되돌아가 우리가 출발한 곳의 의미를 되새긴다. 선조들의 장소 이스트 코우커에서 시인은 선조들의 역사를 떠올리며, 집이란 "우리가 출발한 곳"이라는 점을 다시금 확인한다. 모두 나이가 들면서 가정을 떠나게 되고 살아가는 세상 역시 점점 낯설어지고 삶의 패턴도 복잡해진다. 이어 시인은 시간의 의미를 다시 생각한다. 인생의 과정에서 "격렬한 순간"이란 전후가 없이 고립된 단선적인 한순간이 아니라 영속되는 순간의 한 지점일 뿐이다. 그것을 "한 사람만의 생애"만도 아니고 "옛 묘비들의 생애"라고 말함으로써 단지 현재적 개념의 시간이 아니라 과거와 연속되는 '지속'의 개념으로 보고 있다. 이렇게 시간을 단속적인 것이 아니라 지속의 개념으로 보는 것은 엘리엇이 한때 경도된바 있는 베르그송의 순수 지속의 시간관이기도 하다.

    이어 시인은 "별빛 아래 저녁때"와 "등잔불 아래 저녁때"라는 두 가지 종류의 시간을 언급하는데 물론 전자는 영원성을 의미하고 후자는 시간성을 의미한다. 이어 "사랑이 가장 사랑다울 때"는 "지금과 여기"가 더 이상 관계

없는 때라고 말한다. 사랑이 영원성을 지닌다는 것을 상기해볼 때 "등잔불 아래 저녁때"의 시간성이 "별빛 아래 저녁때"처럼 영원성을 획득할 때 그 사랑은 비로소 진정 사랑다운 사랑이 될 것이다.

이제 52세 시인은 자신을 노인으로 자처하고 "노인은 탐험가여야 한다"라고 말한다. 앞서 우리가 할 일은 결과와 관계없이 오직 노력하는 일이라고 했듯이, 끝없이 노력하고 탐구하며 "더 높은 결합"과 "더 깊은 영교"를 위해 "또 다른 강렬함" 속으로 들어가야 할 것이다. 더 높은 결합과 더 깊은 영교란 절대의 경지에 이르기 위한 것이며, 이는 시인의 궁극이다.

절대에 이르기 위한 더 높고 깊은 길은 엘리엇이 즐겨 인용하는 부정의 길이다. 그것은 십자가의 성 요한이 말한바, 캄캄하고 차갑고 공허한 부정의 길이며, 파도 소리, 바람 소리, 바다제비와 돌고래의 거대한 해원을 통하여 가야 하는 길이다. 이제 화자는 "나의 시작에 나의 끝이 있다"로 시작하여, "나의 끝에 나의 시작이 있다"로 끝맺는다. 물론 시인에게 시작과 끝은 동일한 것이다. 조상의 땅 이스트 코우커에 묻힌 것을 생각하면 더욱 그러하다. 이곳 이스트 코우커, 성 마이클(St. Michael) 교회 한 벽면에 다음의 시구가 적혀있다.

> 나의 시작에 나의 끝이 있다,
> 친절하게, 시인, 토마스 스턴즈 엘리엇의 영혼을 위해 기도하라.
> 나의 끝에 나의 시작이 있다.
>
> In my beginning is my end,
> Of your kindness, pray for the soul of Thomas Stearns Eliot, poet.
> In my end is my beginning.

V. 번역

I

　　나의 시작에 나의 끝이 있다. 연달아서
집들은 섰다가 쓰러지고, 허물어지고, 확장되고,
제거되고, 파괴되고, 복구되거나, 그 자리에
들판이나 공장이나 우회도로가 들어선다.
오래된 돌은 새 건물이, 오래된 목재는 새 불이,
오래된 불은 재가 되고, 재는 흙이 되고
흙은 이미 살, 털, 똥이고,
사람과 짐승의 뼈, 옥수숫대와 잎이다.
집들은 살다가 죽는다. 지을 때가 있고,
살아갈 때와 생성할 때가 있다.
그리고 바람이 헐거운 유리창을 깰 때와
들쥐 뛰어다니는 벽 판장을 뒤흔들 때와,
말 없는 좌우명 새긴 해진 벽걸이를 뒤흔들 때가 있다.

　　나의 시작에 나의 끝이 있다. 이제 빛은
들판에 내리쬐고, 깊숙한 오솔길은
나뭇가지에 뒤덮인 채 오후면 어둑하고,
이 오솔길에 짐차가 지나갈 때면 길 가장자리에 기대고,
이 깊숙한 오솔길은 전열 같은 더위에
마취된 채, 끝내 마을 쪽으로
뻗어있다. 뜨뜻한 아지랑이 속에서 후텁지근한 햇빛이
회색 돌에, 반사되지 않고, 흡수된다.
다알리아꽃이 텅 빈 적막 가운데 잠들어 있다.
초저녁 부엉이를 기다려라.

저 들판에서
너무 가까이 가지 않아도, 너무 가까이 가지 않아도,
여름날 자정, 음악 소리 들리리라,
가느다란 피리 소리와 작은 북소리,
그리고 그들이 모닥불 주위에서 춤추는 것 보이리라.
남녀가 한데 어울려
춤추니, 그것은 혼례의 의미―
장엄하고 넉넉한 성례(成禮).
쌍쌍이 필연적인 결합을 이루어
손에 손을 잡거나, 팔에 팔을 잡으니,
그것은 화합의 징표. 불 주위를 돌고 돌며
불길 사이로 펄쩍 뛰거나, 둥그렇게 모이다가,
촌스럽게 근엄하다가, 촌뜨기처럼 깔깔대다가,
투박한 신발 신은 둔중한 발들 치켜들고,
소박한 흥에 겨워 흙발 진흙발 쳐드니
오래전부터 땅속에 묻혀 곡식을 살찌게 해온
이들의 흥. 박자 맞추고
장단 맞추어 춤추며
생동하는 계절 따라 살아가는 이들처럼
계절과 별자리의 시간
젖 짜고 수확하는 때
남녀가 짝짓고 동물이
짝짓는 때. 발이 올라가고 내려가고.
먹고 마시고. 똥과 죽음.

동이 튼다. 그리고 또 하루가
열기와 정적을 준비한다. 저 바다에서 동터오는 바람이
주름지며 미끄러져 간다. 나는 여기 있다
아니면 저기에, 아니면 또 다른 곳에. 나의 시작에.

II

늦은 11월은 어찌 된 일인가

봄철의 소란과

여름 더위 때의 생물들과

발밑에서 꿈틀거리는 눈꽃들,

너무 높이 오르려다

붉은빛이 잿빛 되어 굴러떨어진 접시꽃

이른 눈 가득한 늦장미들이라니?

굴러가는 별들이 굴리는 천둥은

개선 전차를 방불케 하고

별자리들 전쟁에 배치되어

전갈자리는 해와 겨루며 싸우다가

마침내 해와 달이 떨어지자

혜성들 눈물짓고 사자자리 유성들 날아올라

하늘과 평원을 사냥하고

소용돌이 속에 휩쓸려

이 세상을 저 파멸의 불로 이끌어

불타올라 만년설이 이를 지배할 것이다

그것이 한 가지 표현방식이었으나—그다지 만족스럽지 않았다.

낡은 작시법의 완곡어법,

내내 말과 의미와의 견딜 수 없는

씨름을 하게 한다. 시가 문제가 아니다.

그것은(다시 시작하자면) 기대했던 바도 아니었다.

오랫동안 고대해왔던 가치,

오랫동안 바라던 안정과 가을날 같은 평정

노년의 지혜란 무엇이던가? 목소리 점잖은 어른들,

그들이 우리를 속인 것인가, 자신을 속인 것인가,

우리에게 고작 허위의 처방을 남겼던 것인가?
평정은 그저 의도적인 둔감함이고,
지혜는 죽은 비밀을 아는 것에 불과해서
그들이 들여다보거나
보지 않으려 눈길을 돌려버린 어둠 속에서는 쓸모없다. 우리가 보기에
경험에서 나온 지식에는
기껏해야 제한된 가치밖에 없는 듯하다.
지식은 패턴을 가하고 조작한다,
패턴은 매 순간 새롭고
순간순간은 이제까지의 우리 삶에 대한
새롭고 충격적인 평가이기에. 우리를 속이지 못하는 것들은
속이되, 더는 해칠 수 없는 것일 뿐이다.
길의 중도에서, 중도에서뿐만 아니라,
내내, 어두운 숲속에서, 가시밭길에서,
안전한 발판도 없는 그림펜 늪 가에서,
마법에 걸릴 위험을 무릅쓰고 도깨비들, 환상의
불빛의 협박을 당한다. 내게 노인의
지혜를 들려주지 마라, 차라리 들려달라 그들의 어리석음을,
두려움과 광란을 두려워하고, 사로잡히기를 두려워하고,
상대방에게, 남들에게, 신에게 속하기를 두려워한다는 것을.
우리가 얻고자 바라는 단 한 가지 지혜는
겸양의 지혜뿐, 겸양에는 끝이 없으니.

집들은 모두 바다 밑으로 사라졌다.

무도객들은 모두 산 밑으로 사라졌다.

III

아 어둡고, 어둡고, 어둡도다. 그들 모두 어둠 속으로 들어간다.

별과 별 사이 텅 빈 공간, 공허가 공허 속으로 들어가고,

사령관도, 은행업자도, 저명한 문필가도,

통 큰 예술 후원자도, 정치가와 지배자도,

훌륭한 공직자들, 여러 위원회 의장도,

산업계의 제왕들, 하찮은 업자들, 모두가 어둠 속으로 들어간다,

어둡도다 해도 달도, 유럽 왕실의 연감도,

증권거래소의 뉴스도, 이사 명부도,

감각은 차갑고 행동의 동기는 잃어버렸구나.

그리고 우리는 모두 그들과 함께 간다, 침묵의 장례식으로,

누구의 장례식도 아니다, 매장할 자 없으니.

나는 내 영혼에게 말했다, 가만히 있어라, 그리고 어둠이 네게 다가오도록 하라

그것은 신의 어둠일 것이니. 마치, 극장에서,

불이 꺼지고, 장면을 바꾸느라

무대 양편에서 우르릉거리며, 어둠 위로 움직이는 어둠 소리,

그리고 우리는 안다 언덕과 나무와 저 멀리 파노라마와

거만하게 우쭐대는 외관도 모두 굴러 나가고 있다는 것을-

또는 마치, 지하철 열차가 구간에서 너무 오래 멈출 때

대화가 떠올랐다가 서서히 침묵으로 사라지고

보이는 얼굴마다 뒤에 마음의 공허가 깊어지고

생각할 것이 없다는 공포감만 점점 커질 뿐,

혹은 마취 상태에서, 의식은 있으나 의식할 것이 없는 정신 상태처럼-

나는 내 영혼에게 말했다, 가만히 있어라, 그리고 소망 없이 기다려라.

소망이란 잘못된 것에 대한 희망일 테니, 사랑 없이 기다려라.

사랑이란 잘못된 것에 대한 사랑일 테니, 아직 믿음은 있지만

믿음과 사랑과 소망은 모두 기다림 속에 있다.

생각 없이 기다려라, 당신은 생각할 준비가 되어 있지 않으니.

그러면 어둠이 빛이 되고, 고요는 무도가 될 것이다.
흐르는 시냇물의 속삭임, 그리고 겨울의 번개.
눈에 보이지 않는 야생 타임과 야생 딸기,
정원에서의 웃음소리, 메아리치는 환희
잃어버린 것이 아니라, 요구하는 것, 죽음과 탄생의
고뇌를 암시하는 것.

그대는 말하겠지 내가 전에 말한 것을
되풀이하고 있다고. 나는 다시 그 말을 하리라.
다시 말해볼까? 그곳에 도달하려면,
그대가 있는 그곳에 도달하려면, 그대가 있지 않은 그곳에서 빠져나가려면,
   그대는 환희가 없는 길을 가야 한다.
그대가 알지 못하는 것에 이르려면
   그대는 무지의 길을 가야 한다.
그대가 소유하지 않은 것을 소유하려면
   그대는 무소유의 길을 가야 한다.
그대가 아닌 것에 이르려면
   그대가 있지 않은 길로 가야 한다.
그리고 그대가 알지 못하는 것이 그대가 아는 유일한 것이고,
그대가 가진 것은 그대가 갖지 않은 것이고,
그대가 있는 곳은 그대가 있지 않은 곳이다.

IV
상처 난 외과의는 메스를 들고
병처를 찾는다.
피 듣는 두 손 밑에서 우리는
체온 차트의 수수께끼를 풀어내는
의사의 의술의 날카로운 연민을 느낀다.

우리의 유일한 건강은 질병이다
우리가 죽어가는 간호사에 순종하면
그의 끊임없는 간호는 기분 좋게 하려는 것이 아니라
우리와, 또 아담의 저주를 상기시키려는 것이며,
회복하자면 우리의 병이 점점 깊어져야 함을 상기시키려는 것이다.

지구는 온통 파멸한 백만장자가 물려준
우리의 병원이다,
거기서, 우리가 잘하면, 우리는
우리를 버리지 않고, 도처에서 우리를 보호해주는
절대적인 아버지의 간호로 죽게 될 것이다.

한기가 발에서 무릎으로 올라오고,
열은 정신의 전선으로 노래한다.
몸이 따뜻해지자면, 나는 얼어붙어
얼음 같은 정죄의 불 속에서 떨어야 하리니
그 불꽃은 장미이고, 그 연기는 들장미다.

뚝뚝 듣는 핏방울은 우리의 유일한 마실 것이고,
그 피 흘리는 살은 우리의 유일한 먹을 것이다.
그럼에도 우리는 우리의 살과 피가
건강하고 견실하다고 생각하고 싶어 한다―
다시 말해서, 그럼에도 우리는 이 금요일을 성스럽다고 한다.

V
그리하여 나는 여기 중도에 있다. 20년의 시간을 보내고―
20년, 두 전쟁 사이의 세월을 대부분 허송하고―
말을 쓰는 법을 배우려고 했다. 그런데 해볼 때마다 그것은

전혀 새로운 출발이고, 또 다른 실패이다

말을 이기는 법을 배운 경우란

더 이상 할 말이 없을 때나, 더 이상

말하고 싶지 않은 식일 때이기 때문이다. 그래서 모험은 매번

새로운 하나의 시작이고, 불분명한 감정이 막연하게 뒤죽박죽된 가운데,

항상 악화만 되는 너절한 장비와,

훈련되지 않은 정서의 분대로 감행하는

불명확한 것에 대한 하나의 침공이다. 그리고 힘과 복종으로,

정복해야 할 것은 우리가 도저히 경쟁할 수 없는

사람들에 의해서 한 번, 두 번, 또는 여러 번 이미 발견되어 왔다

ー그러나 경쟁은 없다ー

다만 잃었다 찾고, 다시금 잃은 것을

되찾고자 하는 투쟁이 있을 뿐ー그런데, 현 상태로서는

그것이 순조로울 것 같지 않다. 그러나 아마 승부 문제가 아닐 것이다.

우리에게는 다만 노력이 있을 뿐. 나머지는 우리의 일이 아니다.

가정은 우리가 출발한 곳, 우리가 나이를 먹어감에 따라

세상은 점점 낯설어지고, 죽은 자와 산 자의 패턴도

복잡해진다. 격렬한 순간이란

전후도 없이, 고립된 것이 아니고,

매 순간 불타는 한평생이다.

그것은 다만 한 사람만의 생애만도 아니고

해독할 수도 없는 옛 묘비들의 생애이다.

별빛 아래 저녁때가 있고,

등잔불 아래 저녁때가 있다

(사진첩과 함께하는 저녁)

사랑이 가장 사랑다울 때는

여기와 지금이 관계 없을 때이다.

노인은 탐험가여야 한다

여기건 저기건 상관없이

우리는 끊임없이 움직여

더 높은 결합과 더 깊은 영교를 위하여

또 다른 강렬함 속으로 들어가야 한다

캄캄한 찬 곳과 공허한 폐허를 지나,

파도의 외침, 바람의 외침, 바다제비와 돌고래의

거대한 해원을 지나. 나의 끝에 나의 시작이 있다. (*PI* 185-92)

▌인용문헌

Cooper, John Xiros. *The Cambridge Introduction to T. S. Eliot.* Cambridge, 2006.

Eliot, T. S. *The Poems of T. S. Eliot.* Vol. 1. Ed. Christopher Ricks and Jim McCue. London: Faber, 2015.

거스리, W. K. C. 『희랍 철학 입문: 탈레스에서 아리스토텔레스까지』. 박종현 옮김. 서광사, 2000.

베르그송, 헨리. 『시간과 자유의지』. 정석해·정경석 역. 삼성출판사, 1990.

『네 사중주』 제3부 「드라이 샐베이지즈」: 순간과 영원 그리고 인간

_____ **이철희**(인하대학교)

I. 서론

「드라이 샐베이지즈」("The Dry Salvages")는 1941년 2월 말에 출판되었으며 「번트 노튼」("Burnt Norton")과 「이스트 코우커」("East Coker")에 비해 매우 역동적인 작품이다. 엘리엇은 「드라이 샐베이지즈」에서 자연 이미저리를 좀 더 구체적으로 사용하여 생동감을 살리고 있는데 바로 이 점이 먼저 출판된 두 개의 작품과는 다르다고 볼 수 있다. 부연하면 「번트 노튼」과 「이스트 코우커」가 다분히 추상적이며 사색적으로 전개되었다면 「드라이 샐베이지즈」는 시·청각적 이미지로 그 의미를 강하게 전달하고 있다. 그래서 표면적으로는 감상에 어려움은 없어 보이지만 그 내면에 포함된 핵심 내용을 파악하기 위해서는 먼저 창작된 작품과 동일하게 집중력이 요구되는 작품이다. 특히 인상적인 점은 엘리엇이 보스턴(Boston)에서 애머슨-소로(Emerson-Thoreau)상을 받으며 행한 연설의 제목을 「시인에게 풍경의 영향」("The Influnce of Landscape upon the Poet")으로 정했고 「드라이 샐베이지즈」를 낭독함으로써 연설을 종결시킨바 있다는 사실이다(Gardner 46). 이렇듯 엘리엇은 『네 사중주』를 가장 우수한 작품으로 간주하면서도 『네 사중주』 창작 과정에서 뒤에 이어질수록 더 우수하다고 말한 바 있다(Plimpton 40). 결국 세 번째 중주곡인 「드라이 샐베이지즈」는 시적 아름다움을 최대한 발휘했다는 장점이 있다.

무엇보다도 「드라이 샐베이지즈」는 강과 바다라는 이미지를 대비시켜 우리의 삶을 고찰할 수 있게 만든다. 즉, 유한하며 미래를 예측할 수 없는 우리 인간의 시간과 무한하며 측량할 수 없는 하나님의 시간을 대조할 수 있는 작품이라 할 수 있다. 또한 그 과정에서 우리 인간의 바람직한 삶의 자세를 탐구할 수 있는 동시에 시간에 대해서 우리가 지향해야 할 자세 또한 제시하고 있다.

「드라이 샐베이지즈」의 대표적인 이미지가 강과 바다로 구별되듯 「드라이 샐베이지즈」의 주된 심상은 물(water)이다. 그러나 특이한 점은 '물'이 전통적으로 전해지고 있는 '정화' 또는 '세례'의 의미보다는 엘리엇은 바다와 강을 각각 시간에 적용하고 있다. 즉, 뉴잉글랜드(New England) 해안의 바다는 항구적이며 영원한 시간을 의미하고 미시시피(Mississippi)강은 인간의 시간으로서 유한하고 여기서 살아가고 있는 인간은 시간의 한계에서 벗어날 수 없으므로 매 시간(순간)마다 변하는 운명에 처해 살아가게 되는 것이다. 그래서 강이 지극히 개인적이며 개별적 의미를 내포한다면 바다는 항구적이며 영원을 의미한다고 볼 수 있다. 쉽게 말해 "「드라이 샐베이지즈」의 주제는 시간 속에서 살아가는 인간의 여정"(Traversi 153)이라 할 수 있다. 엘리엇 역시 1950년에 출판된 『허클베리 핀』(Huckleberry Finn)의 서문에서 아주 거대하고 큰 강은 인간의 긴 여정을 결정할 수 있는 유일한 자연력(natural force)이라고 주장한 바 있다(Gardner 48). 이렇듯 「드라이 샐베이지즈」를 통하여 우리는 인간의 삶을 고찰할 수 있는데 그런 의미에서 이 글은 바다와 강을 중심에 놓고 우리 인간의 삶을 조명해 보고자 한다.

II. 순간과 영원 그리고 인간

미주리(Missouri) 지역과 함께 미시시피는 엘리엇에게 어떤 다른 지역보다도 강한 인상을 주었던 곳이다(Crawford 12). 「드라이 샐베이지즈」 역시 미시시피강을 배경으로 엘리엇 자신의 어린 시절에 대한 추억으로 시작해서 영국성공회 뜰(Anglican churdyard)에서 종결짓고 있다. 그 의미 또한 엘리엇 개인의 추억에서 출발하여 그의 소망으로 종결짓고 있다. 그러나 단순히 묘사에 멈추지 않고 엘리엇은 초반과 종결부에 이르기까지 강과 바다를 대비시켜 자신의 의견을 진지하게 전달하고 있다. 먼저 도입부에서는 강의 모습을 매우 섬세하게 묘사하고 있다.

> 나는 신들에 대해서는 많이 알지 못한다. 그러나 강은
> 강한 갈색의 신이라고 생각한다—퉁명스럽고, 야성적이며, 고집이 센,
> 어느 정도 참을성이—, 처음에는 미개의 영역으로 생각되었고,
> 통상 운송 수단으로서는 효용이 있었지만.
> 그때 그것은 교량 건설가에게 당면한 하나의 문젯거리였을 뿐이었다.
> 일단 문제가 해결되자 그 갈색의 신은
> 도시주민들에게 거의 잊혀졌다—그러나 그것은 항상 달래기 힘들고,
> 철 따라 분노를 드러내는 파괴자이고, 인간들이 잊고 싶어 하는 것을
> 회상시키는 자이다. 기계 숭배자들에게는 숭배받지 못하고
> 아첨도 받지 못하지만, 기다린다, 주시하며 기다린다.

> I do not know much about gods; but I think that the river
> Is a strong brown god—sullen, untamed and intractable,
> Patient to some degree, at first recognized as a frontier;
> Useful, untrustworthy, as a conveyor of commerce;
> Then only a problem confronting the builder of bridges.
> The problem once solved, the brown god is almost forgotten

By the dwellers in cities—ever, however, implacable,
Keeping his seasons and rages, destroyer, reminder
Of what men choose to forget. Unhonoured, unpropttiated
By worshippers of the machine, but waiting, watching and waiting. (*PI* 193)

엘리엇은 젊은 시절 열정적으로 요트를 탔었으며 무엇보다도 그가 강과 바다와 어부의 일상생활을 직접 목격했으므로 「드라이 샐베이지즈」에서 보다 구체적이고 정밀한 묘사가 가능했다. 다시 말해 엘리엇은 그의 형인 헨리 (Henry)와 함께 항해하는 방법을 배웠고 위험한 날씨에도 항해할 수 있는 전문가가 되었으며 하버드(Harvard) 대학 시절에는 휴가 동안에 친구인 피터스 (Harold Peters)와 항해를 한바 있다(Gardner 50). 그래서 「드라이 샐베이지즈」는 항해에서 사용되는 표현과 어부들의 삶에서 사용되는 표현들이 자주 등장한다. 이런 사실이 역으로 어부의 생활에 익숙하지 못한 독자에게는 「드라이 샐베이지즈」를 좀 더 흥미롭게 감상하는 과정에서의 난점일 수 있지만 표현상의 섬세함과 치밀함을 엿볼 수 있다는 장점이 있다. 위에서 볼 수 있듯 엘리엇은 "자기 분석적 어조로 인간 전체의 체험을 해설자의 입장으로 전개하고 있다"(Drew 177). 흥미롭게도 엘리엇은 "강"을 "갈색의 신"으로 단정하고 항상 달래기 어렵고 계절마다 분노를 표출한다는 등으로 의인화시키고 있으며 인간에게 하나의 문젯거리를 던져 주지만 인간은 그것을 해결하면 강의 존재를 망각한다고 묘사한다. 즉, 도시주민들은 자신들의 거주지 주변에 강이 건설되지만 중요하게 여기지 않으므로 강의 존재를 망각하며 매우 드문 경우에만 홍수를 기억하는 모습이라고 볼 수 있다. 부연하면 강의 유속이 빠를 때는 뗏목이나 증기선의 군림자로서 매우 신뢰할 수 없고 변덕이 심한 존재이면서 그 속에서는 누구도 생존할 수 없으므로 종종 시체나 소와 집들이 떠다니게 된다(Gardner 49). 이를 엘리엇은 실제로 "죽은 흑인의 시체와 암소와 닭장을 싣고 흐르는 강"(the river with its cargo of dead negroes, cows and chicken coops. *PI* 187)으로 표현한다. 이처럼 강을 인간에게 위협적인 존재로 표현하는 동시에 엘리엇은 그것을 또한 인간의 성장 과정에도 비유하고 있다.

> 강의 리듬은 아기들의 침실에 있었고,
> 4월의 앞마당 무성한 개가죽 나무 숲속에 있었고
> 가을 식탁에 오른 풍성한 포도 향 속에,
> 겨울밤 가시 불빛 아래 둘러앉은 저녁 모임 속에도 있었다.

> His rhythm was present in the nursery bedroom,
> In the rank ailanthus of the April dooryard,
> In the smell of grapes on the autumn table,
> And the event circle in the winter gaslight. (*P1* 193)

여기서 엘리엇은 강의 리듬이 유년 시기를 의미하는 보육원 침실과 청년 시기를 의미하는 4월 울창한 개가죽 나무에 있었고 성년 시기를 내포하는 가을 테이블의 포도 향기에 있었으며 노년 시기를 내포하는 겨울 가스등 불빛 속의 저녁 모임에도 있었다고 표현한다. 이처럼 단지 4행 속에 엘리엇은 우리 인간의 출생부터 노년에 이르기까지의 과정을 압축시켰다. 결국 아기들의 침실과 개가죽 나무숲 속 그리고 포도 향기와 저녁 모임은 바로 인간의 삶이 한계가 존재하듯 유한함 즉, 물리적 측정이 가능한 순간들인 동시에 미래에 언젠가는 반드시 사라질 운명에 놓이는 것들이다. 한마디로 "시간 속의 삶과 그 결과 수반되는 한계를 암시하는 것이다"(Headings 131). 이와 같은 측면에서 인간은 시간과 공간의 제약에서 벗어날 수 없으며 또한 인간의 삶 역시 길이 또는 물리적으로 측정할 수 있는 한계 속에서 지내고 있는 것이다.

또한 강과 바다를 서로 적절히 대조시키며 엘리엇은 "강은 우리 내부에 있고 바다는 온통 우리 주변에 있다"(The river is within us, the sea is all about us.)(*P1* 193)라고 주장하여 강과 바다를 이분법적으로 나누고 있다. 여기서

"강은 개별적 시간을 의미하고 바다는 역사 이전의 시간으로서 영원을 의미한다"(Scofield 222). 곧 강이 인간 개인의 시간을 의미하고 바다는 우리를 에워싼 하나님(God)의 시간으로서 영원을 의미한다고 볼 수 있다. 아울러 바다가 해안의 모습을 매우 사실적으로 묘사하면서 거대한 파도는 물리적 시간보다는 더욱 오래된 시간으로서 과거부터 존재해왔고 현재도 그대로 존재하고 있는 것이다. 즉, 인간은 영원이라는 하나님의 시간을 의식하지 못한 채 오직 개인적 시간 즉, 강의 시간에 몰입된 채 각자의 삶을 이어가고 있음을 이야기한다. 우리가 영원을 기억하지 못하고 유한한 존재 혹은 변함을 항상 수반하는 것에만 집중하는 것이 올바른 삶의 자세일까라는 질문을 던져 보게 만드는 대목이다.

「드라이 샐베이지즈」에서 관찰할 수 있듯 엘리엇은 인간의 삶을 하나의 "항해"(voyaging)로 압축시켰으며 우리 인간을 항해자 또는 선원 혹은 여행자 등으로 표현하고 있다. 즉, 우리의 삶을 끊임없는 하나의 항해 과정으로 비유하는 것이다.

> 앞으로 나아가라, 여행자들이여. 과거로부터 도피하여
> 다른 생활이나 미래로 들어가는 것이 아니다.
> 그대들은 그 정거장을 떠났거나 혹은
> 어느 종점에 도달할 그 사람들과 동일인이 아니다.

> Fare forward, travellers! not escaping from the past
> Into different lives, or into any future;
> You are not the same people who left that station
> Or who will arrive at any terminus. (PI 198)

결국 우리가 해야 할 일은 부단하게 앞으로 나가는 것이다. 그러므로 우리 인간이 설령 목적지는 설정할 수 있으나 그 과정이나 결과는 전혀 예측할

수 없다는 것을 강조한다고 볼 수 있다. 다시 말해 우리 인간의 삶이 하나의 항해 과정이므로 언제 어떤 일에 마주치게 될지 예상이나 예측할 수 없다는 것이다. 단적으로 불규칙하고 변화무쌍한 가운데 우리의 삶은 바다 한가운데를 항해하고 있는 것으로서 수시로 변하는 현장에서 우리는 삶을 이어가고 있는 것이다. 그러므로 우리는 항해 중이므로 과거와 미래의 관계를 숙고할 필요가 있다.

> 그리고 고동 울리는 정기선 갑판 위에서
> 등 뒤로 넓어지는 물이랑을 바라보면서
> 그대들은 생각할 수 없으리라, "과거는 끝났다"라거나
> "미래가 우리 앞에 있다"라고.
>
> And on the deck of the drumming liner
> Watching the furrow that widens behind you
> You shall not think 'the past is finished'
> Or 'the future is before us'. (*PI* 197-98)

여기서 보듯 설령 항해 과정 중에 배가 전진할 때 일어나는 물이랑을 바라보면서 과거는 종결되었으며 미래가 이제 다시 올 것이라는 생각은 금물이라는 것이다. 왜냐하면 우리의 삶은 시시각각 변하며 언제 어느 상황에 마주치게 될지 모르기 때문이다. 우리가 내일을 기약할 수 있을까? 이 질문을 엘리엇 식으로 대답한다면 결코 기약할 수 없다는 것이다. 왜냐하면 내일은 오늘과는 전혀 다른 상황이 펼쳐질 수 있기 때문이다. 좀 더 강조하면 우리는 잠시 후의 상황도 예측하거나 예단할 수 없으므로 미래를 기약할 수 없다는 것이다. 왜냐하면 "미래 또한 그것이 가진 편견을 부과할 수 있는 시간상의 왜곡이 존재"(Ricks 262)하기 때문이다. 결국 엘리엇이 이야기하고 싶은 것은 "시간과 영원을 화해시킴으로써 이 둘 사이의 딜레마(dilemma)를 해결하려고

시도하는 것이었다"(Dale 149)라고 볼 수 있다. 그런데 이러한 논리는 과거에
도 그대로 적용된다.

> 사람이 나이 듦에 따라
> 과거가 또 다른 하나의 패턴을 취하여 단순한 계속이나
> 발전으로 되지 않는 것처럼 보인다. 후자는 진화라는
> 피상적 관념에서 조장된 편파적인 거짓이어서,
> 통속적인 생각에서는 과거를 부인하는 하나의 수단이 된다.

> It seems, as one becomes older,
> That the past has another pattern, and cease to be a mere sequence —
> Or even development: the latter a partial fallacy
> Encouraged by superficial notions of evolution,
> Which becomes, in the popular mind, a means of disowning the past.
>
> (PI 196)

우리 삶의 궤적에서 과거란 이미 지나가 버렸으며 고정된 사실로 존재하는
것만이 아니라 또 하나의 패턴을 형성하게 되는데 이것은 단지 발전이나 연
속의 개념이 아니라는 것이다. 과거를 우리가 어떻게 해석하느냐란 문제가
제기되는데 엘리엇은 그것을 새로운 시각 또는 수정된 시각으로 관조할 것
을 요구하는 것이다. 이 논리는 이미 엘리엇의 비평에도 명시적으로 나타나
있다. 그렇게 될 때 비로소 과거가 그 진정한 의미를 찾게 되는 것이다. 이
는 엘리엇의 전통에 대한 견해와도 유사하다. 즉, "엘리엇에게 전통이란 바
로 과거와 미래를 동일한 시각으로 보는 것이다"(Robson 111).

엘리엇은 「드라이 샐베이지즈」에서 우리가 해야 할 일은 전진하는 것
이 중요하다고 표현한다. 다만 전진하는 과정에서의 우리의 올바른 자세 역
시 제시하고 있다.

그리고 행동의 결과를 생각하지 말라.

앞으로 나아가라.

　　　오 항해자들이여, 오 선원들이여.

항구로 간 그대들이여, 몸으로

바다의 시련과 심판을, 또는 어떠한 사고라도

그것을 겪을 그대들이여, 이것이 그대들의 실제 목적지이다.

And do not think of the fruit of action.

Fare forward.

　　　O voyagers, O seamen,

You who come to port, and you whose bodies

Will suffer the trial and judgement of the sea,

Or whatever event, this is your real destination. (*P1* 198)

결국 엘리엇은 우리 인간이 실제로 행한 행동에는 그 결과를 예상하거나 예단하지 말 것을 종용하고 있다는 것이다. 왜냐하면 그것은 우리의 판단과는 전혀 다를 수 있기 때문이다. 그래서 신학적으로 하늘의 뜻에 맡기라는 논리가 중요하게 대두되는 것이다. 엘리엇 역시 "바다의 시련과 판단"을 겪게 될 것이라고 표현하고 있다. 결국 우리는 순간 혹은 유한함 속에서 살아가고 있지만 영원 혹은 무한함을 의식하면서 자신의 행위에 대해서는 그 결과에 대한 판단을 유보하고 계속적으로 전진하는 것이 중요하다고 볼 수 있다.

　　또한 「드라이 샐베이지즈」를 통하여 엘리엇은 우리에게 우리 인간 삶의 시작과 끝을 숙고할 수 있는 계기를 제공한다. 엘리엇은 명시적으로 바다와 강으로 구별하여 그 속에 인간의 삶을 항해로 표현하여 변화무쌍한 삶에 인간의 모습을 나타내기도 한다.

　　당신은 항상 이 사실을 직시할 수는 없겠지만 이것은 확실하다.

　　즉, 시간이 의사가 아니다. 환자는 이미 여기에 있지 않다.

기차가 출발하여 손님들이 자리를 잡고서
과일을 깎고, 잡지를 보고, 상용 편지를 읽을 때,
(그리고 그들을 전송한 사람들은 플랫폼을 떠날 때)
그들의 얼굴은 슬픔에서 안도의 빛으로 누그러진다.

You cannot face it steadily, but this thing is sure,
That time is no healer; the patient is no longer here.
When the train starts, and the passengers are settled
To fruit, periodicals and business letters
(And those who saw them off have left the platform)
Their faces relax from grief into relief. (*PI* 197)

위에서 볼 수 있듯 우리가 흔히 이야기하는 '시간이 약'이라는 표현은 엘리엇에게는 정면으로 배치된다. 왜냐하면 우리의 삶은 순간순간 변하기 때문이다. 즉, 시간이 모든 것의 해결자가 될 수는 없다는 논리이다. 이는 곧 헤라클레이토스(Heraclitus)의 흐르는 강물의 비유에서 볼 수 있듯 이 세상 만물은 결코 고정되어 변하지 않는 것이 하나도 없으며 모든 것이 유한하며 무한한 존재는 절대 존재하지 않는다는 것이다. 이것이 곧 「드라이 샐베이지즈」는 물론 『네 사중주』 전체의 주제이기도 하다. 다만 「드라이 샐베이지즈」에서 특이한 점은 이러한 인생의 고뇌와 모진 풍파 속에서도 인간이 추구해야 할 지향점을 제시한다는 것이다. 그것이 바로 '전진하는 것'이다. 이 시 전체가 기독교 사상을 주된 테마로 삼는다는 것이 국내외 연구자들의 공통된 의견임을 감안할 때 여기서도 하나님의 뜻에 순종하여 그것을 따라가라는 것이 핵심이라고 해석할 수 있다. 그러기 위해서는 나의 뜻과 의지를 체념할 필요가 있다. 그러나 '의지 체념' 또는 '자기 부정'이 결코 모든 것을 포기하거나 정지시키는 것이 아니라는 점을 유념할 필요가 있다. 한 마디로 의식은 깨어 있으되 나의 자아를 정지한 채 하나님의 뜻을 기다리라는 것이다. 결국 「드라이 샐베이지즈」는 모든 부당한 욕망에서 벗어나는 것이 핵심이라고 할 수 있다"(Kenner 316). 여기서 보듯 부당한 욕망이 문제가 된다. 이런 욕망에는 자아의 욕구가 포함되어 있기 때문에 바람직하지 못하다. 그러므로 자아를 부인하고 하나님의 뜻을 판별하여 그것에 순종하는 것이 항해자로서의 인간의 바람직한 자세라고 볼 수 있다.

엘리엇은 「드라이 샐베이지즈」에서 영구적인 시간과 인간의 짧은 시간을 고찰해보게 만드는데 하나님의 시간과 인간의 시간을 대조시켜 변화무상한 인간의 삶을 묘사하고 있다. 태곳적부터 이어져 오고 있는 바다의 시간과 우리의 현재의 시간을 대조할 수 있는 작품이다.

> 소리 없이 쌓이는 안개 밑에서
> 울리는 종은
> 우리의 시간이 아닌 시간을 재는 것이다. 유유히 움직이는,
> 거대한 파도에 울리는 그 시간은
> 시계의 시간보다 오랜 시간. 뜬 눈으로 누워
> 초조히 가슴 태우는 여인들이 세는 시간보다
> 더 오랜 시간, 그들이 누워서 미래를 계산하고,
> 과거와 미래를 풀고 끄르고 헤치고
> 다시 이으려고 노력하는 시간보다.

> And under the oppression of the silent fog
> The tolling bell
> Measures time not our time, rung by the unhurried
> Ground swell, a time
> Older than the time of chonometers, older
> Than time counted by anxious worried women
> Lying awake, calculating the future,
> Trying to unweave, unwind, unravel
> And piece together the past and the future. (PI 194)

여기서 보듯 바다에 있는 거대한 파도는 인간의 시간 이른바 유한하고 물리적인 시간의 범주를 넘어서고 있다. 단적으로 영원을 의미한다고 볼 수 있는데 엘리엇은 이 사실을 밤잠을 설치며 항해에 나간 남편을 기다리는 여인이 측정하는 시간보다 더욱 오래된 시간이라 말하고 있다. 「드라이 샐베이지즈」는 먼저 창작된 「번트 노튼」과 「이스트 코우커」와는 달리 시간의 길이 즉, '항구성'으로서 '영원'이란 개념과 우리의 인생의 시간 즉, 짧은 시간 개념으로 크게 나누어서 전개되고 있는데 엘리엇은 순간으로 대변될 수 있는 우리의 시간을 하나님의 영원한 시간에 맞출 것을 요구한다고 볼 수 있다. 영원은 곧 하나님의 시간으로서 카이로스(Kairos)이며 인간의 시간은 크로노스(Chronos)이다. 요약하면 카이로스 속에 크로노스가 포함되어 있다는 의미이다. 언제나 크로노스에 카이로스가 종속되어야 한다는 의미라고 볼 수 있다. 바로 이런 점에서 우리는 먼저 창작된 작품과 「드라이 샐베이지즈」와의 차이를 알 수 있다. 즉, 먼저 창작된 「번트 노튼」과 「이스트 코우커」의 경우, 시간의 '순간적' 개념이 강하게 나타나지만 「드라이 샐베이지즈」는 바다를 태곳적부터 존재해온 시간 개념으로 표현하고 있다. 결국 「드라이 샐베이지즈」에서는 영원 속에서의 순간을 이야기하는 것이다. 즉, 인간은 이와 같은 영원한 시간 속에서 한순간 한순간을 사는 것이다. 우리 인간의 시간보다는 하나님의 시간이 더욱 오래되고 그것을 인간이 측정한다는 것은 불가능하다는 사실을 담고 있다. 한마디로 우리 인간의 이성으로는 신비한 하나님의 세계를 모두 이해할 수는 없다는 것이다. 즉, 매 순간 변하는 인간의 시간에 대한 집착을 버리고 영원으로서 하나님의 시간에 집중할 필요가 있다는 것이다. 이 말속에는 하나님의 계획이 담겨 있다. 인간은 하나님의 계획 이른바 섭리(Providence)를 모두 이해할 수는 없으며 측량도 불가능하다. 다만 그의 뜻을 구하려고 노력할 필요는 있다. 우리 인간은 어디까지나 유한함에서 벗어날 수 없으므로 올바른 마음가짐으로 최선을 다해서 살아가는 것이 중요하다. 그래서 인간의 시간에 대한 집착을 버리고 영원으로서 하나님의 시간에 관심을 가질 필요가 있다. 첨언하면 변하기 마련인 인간사 모두는 때와 장소에 따라 다르며 그 또한 변하기 마련이다. 그러므로 기독교적으로는 나의 시계를 하나님의 그것에 맞추라는 것으로 해석할 수 있다. 이는 곧 물리적으로 계산하는 시간의 범주는 하나님의 그것과는 정확하게 일치될 수 없다는 의미를 포함한다. 즉, 태곳적부터 있었던 시간이 우리 인간의 순간적 시간과는 완벽히 대조된다는 것이다. 이러한 모습이 「드라이 샐베이지즈」에 여실히 나타나고 있다.

그럼에도 불구하고 인간은 호기심 혹은 지적 욕구를 채우기 위해 여러 가지 방법에 의존하는데 엘리엇은 이를 호의적으로 수용하지 않고 있다. 인간은 미래를 알아내기 위하여 다양한 방식 즉, 인간이 자신의 운명을 예견하기 위하여 다양한 점술 행위에 의존하는 모습이 등장한다.

화성과 소통하고, 정령들과 대화하고
바다 괴물의 행동을 전달하고
운세도를 그리고, 내장점, 수정점 치고,
서명에서 병을 알아내고,
손금에서 사주팔자를,
지문에서 비극을 탐지하고,
제비뽑기나 찻잎으로 전조를 풀어내고
카드놀이로써 불가피한 것을 풀고 오각성형이나
바르비투르 산을 써서 초월을 시도하고, 반복되는
심상을 조사하여 의식 전의 공포를 분석하고자 하는—
자궁과 무덤과 꿈을 탐구하는—

To communicate with Mars, converse with spirits,
To report the behaviour of the sea monster,
Describe the horoscope, haruspicate or scry,
Observe disease in signatures, evoke

Biography from the wrinkles of the palm
And tragedy from fingers; release omens
By sortilege, or tea leaves, riddle the inevitable
With playing cards, fiddle with pentagrams
Or barbituric acids, or dissect
The recurrent image into pre-conscious terrors —
To explore the womb, or tomb, or dreams. (*PI* 199)

'육'(肉)이나 '유한한 세계' 속의 불안감에서 벗어나기 위해서 현대인들이 다양한 점술 행위에 의존하지만 결국 이러한 행위로서는 영원에 들어갈 수도 없을 뿐만 아니라 오히려 불안감만 가중할 뿐이다. 이러한 행위로는 영원을 의미하는 하나님의 시간 속에 들어갈 수 없음은 물론이거니와 이와 같은 행위들은 또한 하나님이 가장 원치 않는 행동 중의 하나이다. 그 대표적인 예로 십계명(Ten Commandments) 중 제1계명과 제2계명이 '나 이외에는 다른 신을 섬기지 말라'와 '우상을 만들지 말라'는 것이기 때문이다. 현대인들이 이처럼 점술 행위에 의존하는 것은 바로 자아라는 우상에 몰입된 상태라고 볼 수 있다. 부연하면 현대인들이 의존해야 할 것은 이와 같은 점술 행위가 아니라는 것이다.

또한 엘리엇은 시간과 무시간의 교차점을 구현하기 위해 성자와 일반인들을 비교하고 있다.

그러나 무시간과
시간의 교차점을 구현하는 것은
성자의 직무이다—
아니 직무라기보다는 사랑과
정열과 무아와 자기 방임 속에
일생을 사랑으로 죽는 동안에 주고받는 그 무엇이다.

But to apprehend
The point of intersection of the timeless
With time, is an occupation for the saint—
No occupation either, but something given
And taken, in a lifetime's death in love,
Ardour and selflessness and self-surrender. (*PI* 199-200)

즉, 성자에게는 시간과 무시간의 교차점을 수행하는 것이 하나의 임무일 수 있지만 평범한 인간에게는 그것이 불가능하다. 왜냐하면 성자는 평생 "자기 부인"(self-denial)과 "희생"을 주된 목적으로 살아가기 때문에 그것이 가능하다. 그러나 일반 사람들의 경우에는 성자와는 다른 양상을 보인다.

대부분 우리에게는 다만 방심한 순간,
즉, 시간 세계를 들락날락하는 순간이 있을 뿐
한 줄기 햇빛에 없어지고 마는 정신착란의 발작.

For most of us, there is only the unattended
Moment, the moment in and out of time,
The distraction fit, lost in a shaft of sunlight. (*PI* 200)

여기서 볼 수 있듯 엘리엇은 우리 평범한 인간에게는 기껏해야 순간적으로 시간 안팎을 들락거리거나 정신 착란적 발작만이 있을 뿐이라고 표현하고 있다. 이렇듯 대부분 우리는 "황홀한 계몽(illumination)의 짧은 순간"(Gish 183)만이 존재하며 스미스(Grover Smith)는 이 순간들을 "영원한 현재"(present eternity)라고 명명한다(284). 다시 말해 과거와 미래에서 완벽히 해방된 상태라고 할 수 있다. 이것이 곧 『네 사중주』에 자주 등장하는 정점(still point)이라고 할 수 있다. 「드라이 샐베이지즈」에서 정점을 찾는 방법은 변화무쌍한 통찰력과 범상한 행동으로 가능한데"(Smith 277) 엘리엇은 그것을 인간의 노력 또는 훈련에 의해서만 가능한 것으로 보고 있다.

결국 우리 인간은 어디까지나 유한하다. 그러므로 우리의 행동은 공정한 마음(disinterested mind)으로 앞으로 나아갈 필요가 있다. 이는 엘리엇이 행위의 열매를 생각하지 말고 전진할 것을 요구하는 장면에서 그대로 살펴볼 수 있다. 우리는 "끝" 또는 "결과"를 예측하거나 예견해서는 안 된다. 왜냐하면 그것 역시 예상과는 다를 수 있기 때문이다.

한편 우리에게 필요한 자세는 개인적 의도나 의지를 배제한 채 과거와 미래를 주시하는 것으로서 이 마음 자세가 우리로 하여금 시간 즉, 엘리엇은 과거와 미래에서 해방될 수 있다고 주장하는 것이다. 이는 다음 악장인 「리틀 기딩」("Little Gidding")의 제3부에 나타나고 있는 "초탈"(detachment)과 그대로 연결된다. 즉, 엘리엇은 자아와 사물과 사람들로부터의 초탈하는 것을 권유하고 있다. 그러나 다행인 것은 인간이 노력하기 때문에 절대 실패하지 않는다는 점을 엘리엇은 강조한다.

> 그리고 옳은 행동은
> 과거와 또한 미래로부터의 해방이다.
> 대부분 우리에게는 이것이
> 지상에서 결코 실현될 수 없는 목표이다.
> 우리는 다만 노력하고 있기 때문에
> 좌절하지 않을 뿐이다.

> And right action is freedom
> From past and future also.
> For most of us, this is the aim
> Never here to be realized;
> Who are only undefeated
> Because we have gone trying. (*PI* 200)

결국 유한한 세상에서 살아가면서 인간에게 중요한 것은 '옳은 행동'이 된다. 옳은 행동이란 무엇인가에 대해 고민할 수 있는 계기를 제공하는데 엘리엇은 그것을 신학적으로 보고 있다. 즉, 나와 하나님 사이의 소통 속에서 이루어진 행동을 의미한다. 좀 더 구체적으로는 성령(Holy Spirit)에 따라서 행동하는 것을 의미하는 것이다. 이것이 성사될 때 비로소 인간은 과거와 미래에서 해방되어 영원에 이르게 되는 것이다. 그러나 이것이 결코 녹록지 않음을 엘리엇도 인정한다. 다만 안도할 수 있는 것은 우리는 쉬지 않고 끝까지 그것을 시도하기 때문에 좌절할 필요는 없다는 것이다. 이처럼 「드라이 샐베이지즈」에서는 현재를 살아가는 우리의 행동의 방향에도 초점을 맞추고 있다. 비록 작품의 주된 주제가 인간의 시간과 하나님의 시간으로 양분되지만, 인간의 과거와 현재를 비교하면서 앞으로 나아가야 할 인간의 행위(action)를 제시하고 있다. 그러므로 우리의 삶의 방식이 또한 중요한 테마가 될 수 있는데 한마디로 결과를 생각하지 말고 전진하라는 것이다. 그래서 "전진하라"는 표현이 반복적으로 등장한다. 물론 이는 『바가바드 기타』에 등장한 내용 중 일부를 엘리엇이 인유 형식으로 사용한 것이다. 엘리엇은 일찍이 인도의 시(Indian Poetry)를 감상한 바 있고 자신의 시가 인도의 사상과 감성(sensibility)에 영향받았음을 인정한 바 있다.

> 오래전에 나는 고대 인도어를 공부했으며 그 당시에 나는 주로 철학에 관심이 있었지만 시도 약간 읽었다. 그리고 나는 내 자신의 시가 인도의 사상과 감성의 영향을 보여준다는 사실을 알고 있다.

> Long ago I studies the ancient Indian language and while I was chiefly interested at that time in Philosophy, I read a little poetry too; and I know that my own poetry shows the influence of Indian thought and sensiblility. (Gardner 55)

그렇듯 이 작품에서도 인도 사상의 일부가 스며들어 있다. 그러나 여기에서 핵심은 '사심 없는 행동'이다.

> 그가 『기타』로부터 취한 기본적 개념은 사심 없는 행동 즉, 카르마-요가이다. 행동(카르마)이 아르주나의 의무이며 행동의 결실이 그의 임무가 아니다. . . 성공 혹은 실패는 인간의 관심이 아니다. 인간은 마음의 공정이 요가라고 불리기 때문에 성공과 실패에 공평한 마음을 가져야 한다.

> The fundamental concept that he takes from the Gita is the concept of disinterested action: Karma-Yoga. Action(Karma) is Arjuna's duty: the fruits of action are not his business. . . Success or failure is not man's concern. He must have an even mind in success and failure for eveness of mind is called yoga. (Gardner 56)

쉽게 설명하면 우리의 행동은 결과에 연연해서는 안 되며 자신의 행동으로 좋은 결과를 기대하지 말라는 것이다. 왜냐하면 성공이냐 실패하느냐는 우리의 관심사가 아니기 때문이다. 그러므로 우리의 행동은 사적 의도나 개인적 내면의 욕구가 개입되어서는 안 된다는 것이다. 왜냐하면 "개인적 의도나 의지가 배제된 행동은 자아로부터 초탈해서 더 고차원적 영역으로 인도하기"(Drew 184) 때문이다. 그래서 결과에 예속되지 말고 철저하게 최선을 다할 필요가 있는 것이다. 이것은 곧 기독교적 행동 원칙과도 일치한다고 볼 수 있다. 마치 우리가 최선을 다하고 결과는 하늘에 맡길 것을 요구하는 것과 일치한다. 한 마디로 은총이 내려오기 이전에 자존감이 제거되어야 한다(Dyson 229)는 것이다. 즉, 인간의 행동은 그 결과를 예측할 수 없으므로 균등한 마음(equal mind)을 가지고 행위에 임하라는 것이다. 균등한 마음으로 과거와 미래를 주시하라는 것으로서 과거에 대한 집착이나 이기적 자세를 지양하고 엘리엇이 직접 이야기하고 있는 초탈의 자세를 견지하라는 것이다. 그렇게 될 때 제5부에 나타난 것처럼 시간에서 해방될 수 있는 하나의 요인이 된다는 것이다. 핵심은 올바르게 포기한 행동은 자유를 가져다주며 또한 올바로 수행된 행위 역시 시간에서 해방될 수 있는 초석이 될 수 있는 것이다. 그래서 두 가지는 모두 단순히 행위를 회피하는 것보다는 더 좋다는 것이다. 그럼에도 불구하고 "인간의 호기심이 과거와 미래를 탐구하고 그 차원에 집착한다"(Men's curiosity searches past and future/And clings to that dimension. *TSEP* 199)라는 내용에서 볼 수 있듯 인간은 과거와 미래에 집착을 보이는 경향이 있다. 결론적으로 인간의 현재의 삶은 불안, 가변성, 결과 예측 불가, 한 치 앞을 내다볼 수 없는 상황에 처하게 되지만 바다는 하나님의 시간으로서 영원성을 담고 있다. 그러므로 인간의 삶은 언제나 하나님의 영원한 시계에 맞추어야 한다는 것이다.

III. 결론

『네 사중주』의 제3악장인 「드라이 샐베이지즈」는 앞선 작품과는 달리 시각적, 청각적 이미지에 의존하여 그 의미를 전달하고 있다. 엘리엇은 「드라이 샐베이지즈」를 통하여 우리 삶의 여정을 탐색하고 있다. 이를 위하여 우리 인간의 시간인 크로노스를 강에 비유하고 하나님의 시간인 카이로스를 바다에 비유하고 있다. 인간은 언제나 시간 속에 묶여 살아가면서 하나님과 소통할 필요성을 역설하고 있다. 이를 실현하는 좋은 방법은 '사심 없는 마음'으로 과거와 미래를 주시하라는 것이다. 즉, 인간사는 모두 항상 '변화'를 수반하므로 모든 부당한 욕망을 제거하고 하나님의 섭리에 따라 행동하라는 것이다. 그 행동 과정에도 결과에 집착하지 말고 순수하게 자아를 내려놓을 필요가 있다. 이것이 곧 옳은 행동이며 이 행동으로 비로소 인간은 과거와 미래로부터 해방될 수 있다는 것이다. 물론 이것이 쉽지는 않지만 우리는 꾸준히 노력하므로 실패하지 않는다는 사실을 엘리엇은 이야기하고 있다.

▌인용문헌

Crawford, Robert. *The Savage and the City in the Work of T. S. Eliot.* Oxford: Clearendon P, 2001.

Dale, Alzina Stone. *T. S. Eliot: The Philosopher Poet.* Wheaton: Harold Shaw Publishers, 1988.

Drew, Elizabeth. *T. S. Eliot: The Design of His Poetry.* New York: Charles Scribner's Sons, 1949.

Dyson. A. E. *Yeats, Eliot and Thomas: Riding the Echo.* London: The Macmillan Press, Ltd., 1981.

엘리엇, T. S. 『T. S. 엘리엇 전집: 시와 시극』. 이창배 역. 서울: 동국대학교 출판부, 2001.

[___. *The Complete Poems and Plays of T. S. Eliot.* Trans. Changbae Lee. Seoul: Dongguk UP, 2001.]

___. *The Poems of T. S. Eliot.* Vol. 1. Ed. Christopher Ricks and Jim McCue. London: Faber, 2015.

Gardner, Helen. *The Composition of Four Quartets.* London: Faber and Faber, 1978.

Gish, N. K. *Time in the Poetry of T. S. Eliot: A Study in Structure and Theme.* London: The Macmillan Press Ltd., 1981.

Headings, Philip R. *T. S. Eliot.* Boston: Twayne Publishers, 1964.

Kenner, Hugh. *The Invisibe Poet: T. S. Eliot.* New York: Mcdowell, Obolensky, 1959.

Plimpton, George, ed. *Poets at Work: The Paris Review Interviews.* London: Penguin Books, 1989.

Ricks, Christopher. *T. S. Eliot and Prejudice.* London: Faber and Faber, 1994.

Robson, W. W. *Modern English Literature.* Oxford: Oxford UP, 1984.

Scofield, Martin. *T. S. Eliot: The Poems.* London: Cambridge UP, 1988.

Smith, Grover. *T. S. Eliot's Poetry and Plays: A Study in Sources and Meaning.* Chicago: U of Chicago P, 1974.

Traversi, Derek. *T. S. Eliot: The Longer Poems.* New York: Harcourt Brace Jovanovich, 1976.

『네 사중주』 제4부 「리틀 기딩」*

_____ **봉준수**(서울대학교)

들어가며

    T. S. 엘리엇(Eliot)이 『네 사중주』(*Four Quartets*)의 맨 마지막 작품인 「리틀 기딩」("Little Gidding")을 쓴 것은 1941년 초부터 1942년 9월까지였다. 그는 세 번째 작품인 「드라이 샐베이지즈」("The Dry Salvages")를 1941년 2월 말에 발표하고 얼마 지나지 않아 「리틀 기딩」을 쓰기 시작했다고 추정된다 (Gardner, *Composition* 19, 21; Gordon 384-85). 창작과정에서 조언을 얻기 위하여 당시 가까이 지내던 존 헤이워드(John Hayward)에게 최초의 원고를 보냈던 것은 1941년 7월이었는데(Moody 332), 이때는 독일이 전폭기로 런던을 공격하던 시기였다.[1] 이렇듯 「리틀 기딩」은 「이스트 코우커」("East Coker," 1940)와 「드라이 샐베이지즈」처럼 제2차 세계대전을 창작의 역사적 맥락으로 삼고 있는, 소위 '전시 사중주'(the war quartets)에 속한다. 린달 고든(Lyndall Gordon)

---

* 『T. S. 엘리엇연구』 32.2 (2023)에 게재된 논문임.

[1] 런던이 매일 공습당하던 시기였으며, 특히 1941년 5월 10일(또는 16일)에는 공습으로 인하여 3,000명 이상의 런던시민들이 다치거나 목숨을 잃었다(Ackroyd 263; Gordon 372).

이 논평하듯 이미 세 편의 사중주가 발표되어 시인과 작품의 틀이 조화롭게 균형을 이룬 상태에서 또 하나를 창작하는 것은 "위험한 일"이었지만 엘리엇은 바로 그 "엄청난 위험을 감수하였다." "돌아가는 바퀴의 가장자리 위에 떠서 균형을 잡으면서," 엘리엇은 그 바퀴의 "중심축"을, 즉 움직임의 한 가운데에서 움직이지 아니하는 지점을 포착하고자 했다고 고든은 비유적으로 표현하고 있다(371). 고든이 적시하는 엘리엇의 창작 의도는 독자를 위한 하나의 지침이 될 수도 있을 것이다. 이 글은 움직임 속에서의 부동점에, 또는 시간 속에서 시간을 초월하는 역설적인 순간에 주목하면서「리틀 기딩」의 전체적 흐름을 파악하려는 시도이다. 사실『네 사중주』는 그 "서사"나 "[시적] 논지"에 있어서 "반복적"이고 "사유의 전개양상을 분간하기 힘들며 머릿속에서 계속 기억하기란 더욱 어렵다"(Tamplin 161).「리틀 기딩」은 특히『네 사중주』를 마무리하는 작품으로서 앞선 세 사중주와의 접점을 끊임없이 만들어내는 까닭에 그저 한 편의 시로 편안하게 독립시켜서 읽어내기란 불가능하다. 그럼에도 불구하고 시적 논지의 차원에서「리틀 기딩」의 전체적 윤곽을 파악하고자 한다면 일단 공간적 배경(리틀 기딩)과 불의 상징, 그리고 역설과 모순어법을 살펴보는 것이 필요하다.

리틀 기딩이라는 장소 또는 역사

『네 사중주』에 속하는 시들이 모두 그러하듯「리틀 기딩」도 지명을 시의 제목으로 내세우면서 시간, 역사, 영원에 대한 통찰로 나아간다. 리틀 기딩이라는 장소는 시의 구조 및 주제와 다각도로 연관을 맺고 있는데, 일반론이 되겠지만 장소, 즉 공간은 시간이나 역사로 치환되거나 '번역'된다.「리틀 기딩」보다 먼저 발표된 세 사중주의 제목은 모두 엘리엇 가문의 역사와 연관이 있다. 번트 노튼(Burnt Norton)은 엘리엇 가문이 살았던 영국 서부의 글로스터셔(Gloucestershire)에 있는 시골 저택과 정원을 지칭한다. '번트 노튼'이라는 명칭은 이 저택이 세워진 부지에 원래 있었던 저택이 17세기에 화재로 내려앉았다는 사실에서 유래한다(Ackroyd 229; Gordon 15). 서머셋(Somerset)의 작은 마을 이스트 코우커(East Coker)에서 살던 앤드루 엘리엇(Andrew Eliot)은 17세기 중엽에 매사추세츠(Massachusetts)주의 세일럼(Salem)으로 건너왔고 (Ackroyd 15; Scofield 10), 드라이 샐베이지즈(the Dry Salvages)는 매사추세츠주 글로스터(Gloucester)의 케이프앤(Cape Ann) 해안에서 북동쪽으로 2마일 정도 떨어져 해수면 위로 나와 있는 세 개의 바위를 가리킨다. 글로스터에는 엘리엇 가족의 여름 별장이 있었는데 앤드루 엘리엇이 정착하였던 세일럼과 멀지 않은 거리에 있다. 그러나 리틀 기딩은 엘리엇 가문과는 무관하다. 엘리엇은 1936년 5월 25일에 휴 프레이저 스튜어트(Revd. Hugh Fraser Stewart) 부처와 함께 리틀 기딩을 방문하였는데 찰스 1세(Charles I)가 리틀 기딩에 온 것을 다룬 조지 에브리(George Every)의 희곡을 읽었다는 것이 그곳을 방문하게 된 하나의 동기가 되었을 것이다(Gordon 372, 384n; Schuchard 181). 비록 자신의 가문과 무관한 곳이기는 하지만 주목(朱木)들이 빽빽하게 자라고 있는 리틀 기딩에서 엘리엇은 개인적이면서도 보편적이고, 역사적이면서도 초시간적인 의의를—그가 「리틀 기딩」에서 '패턴'(III.16, V.21)이라고 지칭하는 것을—구축해내고 있다.[2]

니콜라스 페라(Nicholas Ferrar, 1592-1637)가 1626년에 수도원을 방불케 하는 일정으로 "청빈, 규율, 그리고 기도 속에서 영위되는 가족의 삶"(Ackroyd 263)을 추구했던 곳이 바로 리틀 기딩이다. 이 국교회 공동체는 조지 허버트(George Herbert)와 리처드 크래쇼(Richard Crashaw)가 방문하기도 했었는데, 둘 다 형이상학파 시인이요, 국교회의 사제이기도 했다(크래쇼는 훗

---

2) 엘리엇의 시 텍스트는 크리스토퍼 릭스(Christopher Ricks)와 짐 맥큐(Jim McCue)가 편집한 판본(2015)으로부터 인용한다.

날 가톨릭으로 개종하였다). 페라가 세운 이 가족공동체는 올리버 크롬웰(Oliver Cromwell)이 주도한 청교도혁명의 격변기를 버터내지 못하고 1647년에 와해되었다. 「리틀 기딩」의 I부에 나오는 "만약 그대가 꺾여진 왕처럼 밤에 온다면"(I.26)이라는 구절은 1646년 6월 14일에 네이스비 전투(the Battle of Naseby)에서 패한 후 리틀 기딩으로 피신한 찰스 1세에 대한 인유(allusion)이다. 그는 다시 근처에 있는 코핑포드(Coppingford)로 옮겨가 이틀을 지냈고 그 후에는 스탬포드(Stamford)에 몸을 숨겼으나 오래 버티지 못하고 체포당해 결국 1649년 1월 30일에 처형되었다. 그러나 호국경의 자리에 올라 공화정을 이끌던 크롬웰이 1658년에 세상을 떠나자 프랑스에 피신해 있던 찰스 2세(Charles II)가 옹립되어 1660년에 왕정복고가 이루어졌다. 찰스 1세의 도피를 도왔다는 이유에서 1646년 11월에 크롬웰의 병사들에 의해 안과 밖에서 훼손당했던 리틀 기딩의 교회는 방치되어 있다가 1714년과 1853년에 보수되었다(Scott 30-31; Hargrove 185, 225 n67).

리틀 기딩과 얽혀 있는 이러한 역사는 엘리엇이 1927년 6월에 영국의 국교회에 귀의하고 같은 해 11월에 영국 시민권을 취득한 것과 연결된다. 조지 5세(George V)의 신민(臣民)이 되어 1928년에 발간한 『랜슬럿 앤드루스』(For Lancelot Andrewes)의 서문에서 엘리엇은 자신이 문학에 있어서는 고전주의자이며, 정치적으로는 왕당파요, 종교적으로는 국교회를 지지한다는 점을 명백히 밝히고 있다(ix). 리틀 기딩은 왕당파와 국교회의 역사가 함께 스며들어 있는 장소인데, 그 역사는 의식적으로 구축된 엘리엇의 정체성-왕당파, 국교도, 고전주의자-과 접점을 형성하고 있다. 1936년 5월에 리틀 기딩을 방문했을 당시 그는 그곳에 어떤 역사적 의미가 있는지, 또한 그곳이 자기 자신의 정체성과 어떤 연관성이 있는지 잘 알고 있었기에 "거의 순례자의 역할"(Ackroyd 243)을 수행하였다고 할 수 있다.

「리틀 기딩」은 화자가 그 위치와 풍경 등에 있어서 별로 두드러질 것이 없는 곳, 바로 리틀 기딩을 방문한다는 설정에서 출발한다. 엘리엇이 실제로 리틀 기딩을 방문했던 것은 1936년 봄이었지만 시에서는 시 창작이 이루어지던 기간, 즉 제2차 세계대전을 치르는 와중에 방문하는 것으로 되어 있다. 이 방문의 목적은 어느 겨울날 어두워질 무렵에 리틀 기딩에 있는 교회에서 기도하기 위함인데(Gardner, *Art* 176), 그곳에서 기도한 사람들 덕분에 역사 속에서 역사를 넘어서는, 의미 깊은 패턴이 형성되었던 까닭이다. 또한 겉보기에 특별할 것이 없는, 리틀 기딩이라는 촌구석을 배경이자 소재로 삼는다는 점에서 「이스트 코우커」의 중요한 주제였던 '겸손'이 다시금 부각되고 있다(이는 「리틀 기딩」의 핵심적 주제이기도 하다). 인간 행위의 진정한 목적은 "그대가 생각한 목적 너머에 있고 / 충족되는 과정에서 변한다"(I.34-35). 「리틀 기딩」 I부에 나오는 이 대목은 「이스트 코우커」의 "겸손이라는 지혜"와 연결된다. "우리가 얻고자 희망할 수 있는 유일한 지혜는 / 겸손이라는 지혜, 겸손은 끝이 없으니"(II.47-48). 「리틀 기딩」의 화자는 개인이 내세운 목적은 그것이 달성되는 순간 변해버리거나 저만치 달아나 있다고 말한다(I.34-35). 인간이 노력하여 무엇인가를 성취하기가 어렵다는 점을 화자는 뚜렷하게 인식하고 있는데, 이 역시 겸손의 주제로 수렴되고 있다. 이는 인간의 한계 또는 유한성에 방점을 찍는 고전주의자의 시각이기도 하다. 엘리엇의 고전주의는 T. E. 흄(Hulme)의 영향으로 인하여 원죄에 대한 깊은 인식에 기반하고 있으며(Schuchard 52-69), 「리틀 기딩」에서 이는 자연스럽게도 정화의 개념으로 이어지고 있다.

불의 상징

헬렌 가드너(Helen Gardner)가 적시하듯 "「리틀 기딩」은 불의 시인데, 불은 자기애를 가진 자들에게는 고통이요, 뉘우치는 자들에게는 정화요, 복 받은 자들에게는 희열이다"(*Art* 183). 불과 장미가 하나로 되는 것(V.46)이 이 시의 궁극적 지향점이며, "천상의 장미라는 부활의 상징 속에서 필멸과 불멸의 삶이 합쳐진다(*Art* 183). 이러한 상징 너머에는 단테(Dante)의 『신곡』(*La Divina Commedia*)이 어른거리고 있음은 주지의 사실이다. 『신곡』에서 불은 죄인들을 벌하는가 하면(지옥편 14, 15, 19, 26곡) 연옥에서는 그 죄를 정화하기도 한다. 연옥편 25-26곡에서는 정욕의 죄를 짓고 참회하는 죄인들이 정화의 불로 세속적인 불(정욕)을 태워 없애고 있다. 그러나 조금 더 맥락을 넓혀서 보자면 4원소설을 주장한 헤라클레이토스(Herakleitos)의 철학에서 불은 모든 것들의 시작과 끝을 나타내며 자연에서 발견되는 모든 유전(流轉)의 가장 강력한 이미지인데(Ward 264), "불의 동적인 속성이 생명의 동력과 가장 가깝고 생명의 가장 확실한 매체인 것처럼 보이기 때문이다"(Cornford 188). 여기에 오순절과 관련된 엘리엇의 인유―"오순절의 불"(I. 10)―를 통하여 불은 또 하나의 핵심적 의미를 드러낸다. 사도행전 2장 1-4절은 강한 바람 소리가 나고 불꽃처럼 갈라져 움직이는 혀들이 예수의 제자들 위에 내려앉아 그들로 하여금 각기 다른 언어로 말하게 하였다고 기술하고 있다. 오순절의 불은 혀를 연상시키는 불꽃의 움직임을 통해 영감받은 언어적 능력을 암시한다. 성령으로 인하여 가능해진 영적인 발화인 것이다. 이 불꽃의 이미지는 단테의 『신곡』 지옥편 26곡에서는 부정적으로 환기되어, 세치 혀를 사악하게 놀려 다른 사람들을 불행으로 이끈 죄인들의 상태를 묘사하는데 사용된다. 이 죄인들은 날름거리는 혀와 같은 불꽃 속에서 벌을 받고 있는 것이다.

역설 또는 모순어법

시간이라고 하는 철학적 수수께끼는 『네 사중주』를 관통하고 있다. 「리틀 기딩」의 경우 "한겨울의 봄"(I. 1)이라는 수수께끼로 시가 시작되며 그것은 "봄이지만 / 시간의 계약 속에 존재하지는 않는"(I. 13-14), 실로 역설적인 봄으로 제시된다. 이러한 역설(paradox) 또는 모순어법(oxymoron)은 작품 전체에서 발견되는 시적이며 철학적인 사유와 불가분의 관계가 있다. 가령 「리틀 기딩」의 산문적 내용이 세속적인 시간을 따라 전개되면서도 그러한 시간을 초월하는 순간을 또한 집요하게 추구한다는 점은 시간적 차원의 역설과 모순어법이 이 작품의 시적 논지와 수사의 핵심임을 명확하게 드러낸다. 이는 또한 역설의 종교라고 할 수 있는 기독교와도 연관이 있는데, 특히 17세기 형이상학파 종교시인들에게서 빈번히 발견되는 것이다. 그 대표적인 예를 가령 성(聖)과 속(俗)을 연결하는 크래쇼의 색정적 신비주의(voluptuous mysticism)에서, 또는 삼위일체의 신에 의하여 겁탈당하지 않으면 순결해질 수 없다는 존 던(John Donne)의 역설에서 볼 수 있다. 동일한 맥락에서 신성한 성육(the divine Incarnation) 역시 하나의 역설이며 "초시간적 순간의 교차점"(l.52)이다. 유한한 인간의 속성과 무한한 신의 속성이 교차하는 바로 그 지점, 불가능할 것 같은 그 교차점에 예수가 존재한다. "한겨울의 봄"이라는, 존재하지 않을 것 같은 일종의 '교집합'이 그러하듯 「리틀 기딩」에서 감지되는 수많은 역설은 상식적으로는 불가능할 것 같은, 이질적 속성들의 만남이다.

"한겨울의 봄"

"한겨울의 봄"은 "그것만의 계절"(l.1)이요, 그 계절은 해 질 무렵에 축축해지기는 해도 변화가 없는 영원한 계절이다. 시간 속에 존재하지만 그와 동시에 "시간 속에서도 흘러가지 않고, 극과 열대 사이에"(l.3)−계절로 비유해 본다면 겨울과 여름 사이의 어딘가에−존재한다. 「리틀 기딩」은 첫 번째 운문단락(l.1-20)부터 이렇게 상식적으로는 불가능한 표현들로 가득 차 있다. 낮이 가장 짧은 날이 "서리와 불"(l.4)로 가장 밝으며[3] 잠시 비추는 햇빛이 연못과 웅덩이 위 얼음에 불을 붙이고, 바람 없는 냉기는 심장의 열기이며,

"눈부신 빛"은 "눈멂," 즉 어둠이기도 하다(I.4-8). 그리고 나뭇가지에 붙은 불이나 화로의 불길보다 더 강렬한 빛이 말 없는 영혼을 뒤흔든다. 바람이 불지 않아도 오순절의 불이 절망과 고난의 심연("한 해 중 어두운 시간")에서 타오르고 해빙과 결빙 사이에서 영혼의 수액이 떨고 있다(I.9-12). 이미 앞에서 언급한 "극과 열대 사이"를 상기시키는 표현인데, 물이 어는 온도와 얼음이 녹는 온도가 같으니 이 역시 일종의 교차점이다. 바로 그 교차점에서 생명의 섬세한 떨림이 감지되며, 이 떨림은 숨죽인 상태로 그 발현을 준비하고 있는 생명의 가능성이다. 한 시간 동안 피었다가 사라지는 눈꽃으로 생울타리가 "표백"되니, 이는 여름의 개화보다 더 급작스러운 개화이다. 그 꽃은 피지도, 시들지도 않고, "세대의 계획" 속에 있는 것도 아니다. 화자는 여름이 어디에 있는지, 상상하기 불가능한 영(靈)의 여름, 또는 무(無)의 여름이 어디에 있는지 묻는다(I.12-20). 여름은 생명으로 충만한 계절이지만 지금까지의 시적 논리(역설)를 따르자면 바로 그 생명의 핵심부가 의미심장하게 비어 있는 여름을, 존재의 충만함 속에서 풍요로운 부재를 상상해보아야 할 것이다. 화자는 상상력을 동원하여 시간 또는 계절에 대한 사유를 계속 전개해나간다. "만약 그대가 이리로 온다면," 그것도 산사나무 꽃이 피어나는 시절에 온다면, 넘쳐나는 아름다움으로 마치 눈으로 덮인 듯 다시금 하얘진 생울타리를 보게 될 것이다(I.23-24). 화자는 이미 "한겨울의 봄"을 묘사하였기에 '다시금' 희게 꽃이 핀다고 말하는데, 겨울의 비유적인 '눈꽃'이 실제 봄꽃을 시간상으로 앞서고 있기 때문이다.

리틀 기딩은 개별성이 지워지는 곳으로 그려지는 까닭에 그곳에 오는 개인의 사정이나 목적보다 그 장소가 지닌 궁극적 의미와 가치가 부각된다. "꺾여진 왕처럼 밤에"(I.26) 그곳으로 올 수 있고, 이는 물론 찰스 1세가 매우

---

3) "서리와 불"(frost and fire)은 상반되는 의미와 동일한 소리(f)의 결합으로서 효과적인 두운(alliteration)이다.

절박한 상태에서 명확한 목적을 가지고 리틀 기딩에 왔음을 상기시킨다. 그런가 하면 왜 리틀 기딩을 방문하는지 자신도 모르는 상태로 오는 경우도 있을 것이다. 그러나 어느 편이건 매한가지이다. "울퉁불퉁한 길에서 벗어나 / 돼지우리 뒤에서 길을 꺾어 칙칙한 건물의 앞을 지나 / 묘비석으로 [향하는"(I.28-30) 이 여정에는 화려한 그 무엇이 포함되기 힘들다. 또한 목적지에 도달해서도 방문객이 한 개인으로서 자신을 드높이거나 내세우기 힘들기에 이 여정이 겸손의 여정임을 재확인할 수 있다. 처음에는 각자 사연이나 사정이 있어서 리틀 기딩을 방문하게 되지만 결국 한 '개인'은 보편성 또는 '패턴' 속으로 자연스럽게 흡수되기 때문이다. 애초에 여행의 목적지 내지는 목적이라고 생각했던 리틀 기딩의 교회가 "그저 껍질, 의미의 깍지"(I.31)에 불과하다고 화자는 말할 뿐 아니라 목적과 관련하여 극단적인 관점을 제시하기도 한다. 목적이 애초에 없었을 수도 있고, 설령 있었더라도 이루어지는 순간 그 목적 자체가 변해버린다고 화자는 말한다(I.33-35). 내세웠던 목적을 달성하는 경우에만 그 목적이 무너져 내린다는 것은 인생이나 인간을 보는 매우 독특한, 아니 혹독한 관점이다. 이렇게 인간이 내걸었던 목표나 의도가 힘과 의미를 잃을 수밖에 없다는 깨달음은 궁극적으로 인간 존재가 얼마나 작고 보잘 것 없는지를 드러낸다. 이루어지지 못한 것은 계속 욕망의 대상으로 남아서 괴로움의 원천이 되고, 이루어진 것은 목적으로서의 의미를 상실하게 되어 허무감을 준다.

리틀 기딩이라는 장소는 또한 "세상의 끝"이라고 되어 있는데, 그곳은 "바다의 어귀"나 "어두운 호수"의 수면 위일 수도 있고 "사막"이나 "도시"일 수도 있다(I.36, 37). "세상의 끝"이라는 표현은 모종의 절대성을, 또는 존재의 다른 차원과 맞닿아 있는 특별한 곳임을 함축하고 있지만 화자는 그것이 바다, 호수, 사막, 도시에서 발견될 수 있다고 말한다. 결국 "세상의 끝"은 편재(遍在)한다는 역설적 의미가 되며, 이는 "한겨울의 봄"처럼 모순어법의 연장선상에 있다. "세상의 끝"이 여러 곳에 존재하지만 화자는 시공의 근접성을 이유로 리틀 기딩을 택한다(l.38). 화자에게는 시간상으로 바로 "지금"이 가장 가깝고, 공간적으로는 제2차 세계대전을 치르고 있는 영국이 가장 가깝다.

어디에서 출발하여 어떤 경로로 언제 리틀 기딩을 방문하든 항상 같다. 처음에는 개인적인 차이가 있겠지만 결국 어떤 보편적 의의로 그 차이는 극복된다. 리틀 기딩으로 오는 사람들은 "지각과 생각"(l.43)을 제쳐두어야 하는데, 뭔가를 입증하거나, 배우거나, 호기심을 충족시키거나 보고하기 위하여 오는 것은 아니고, 더 보편적이며 커다란 대의를 위하여 오는 것이다. 그대는 "기도가 올발랐던 곳에서 / 무릎을 꿇기 위하여"(l.45-46) 리틀 기딩에 오는 것이다. 기도는 단어들을 어떠한 순서로 배열해놓은 것 이상이고, 기도하는 의식의 의식적인 몰두, 또는 기도하는 목소리 이상이라는 것이 화자의 주장인데(l.46-48), 과연 리틀 기딩이라는 곳에 와서 하는 기도의 의의는 무엇인가? 그것은 역사와 전통에 대하여 명확히 인식하는 가운데, 이미 다른 사람들이 올바르게 기도를 올렸던 곳에서 무릎을 꿇기 위하여, 즉 이미 형성된 패턴을 인지하고 긍정하며, 나아가 그 안에 포함되기 위함이다. 엘리엇의 커다란 화두 가운데 하나는 자아의 밖에 그 자아보다 크고 중요한 무엇이 있다는 것이며, 그것은 바로 전통이다. 화자가 리틀 기딩에 온 이유는 제대로 된 기도가 올려졌던 곳에서 무릎을 꿇으며 포괄적 의미의 전통, 즉 리틀 기딩에 구축된 역사적 의미와 가치에 자발적으로 귀속되면서 동시에 그것을 변화시키기 위함이다. 이는 엘리엇의 대표적인 평론 「전통과 개인의 재능」 ("Tradition and the Individual Talent")에서 전통을 추구하는 예술가가 자신의 개인적인 재능보다 비개성을 택하는 것과도 일맥상통한다. 엘리엇의 이상적인 예술가는 자신의 의식을 하나의 창조적 공간으로 제공하여 그 공간에서 선배 시인들, 즉 망자들의 텍스트가 새롭게 이합집산을 하다가 한 편의 시로 탄생하게끔 한다("Tradition" 17-21). 망자들이 살아 있었을 때 하지 못했던 말을 죽어서 할 수 있다는 역설적 주장("망자의 의사소통은 / 살아 있는 인간의 언어 너머에서 불길이 이는 혀로 이루어진다"l.50-51)은 이러한 관점에서 이해할 수 있으며 인유나 반향(echo)은 망자들이 '발화'하는 전형적인 방법이다. 엘리엇은 화자가 제2차 세계대전의 시름 속에서 망자들과의 소통을 위하여 리틀 기딩을 방문하는 것으로 설정해놓고 있는데, 이는 시인 자신이 의식적으로 구축한 영적인 본향을 찾아가는 여정이기도 하다. 그 본향이란 익숙한 곳, 바로 "영국이며," 동시에 "그 어디에도 존재하지 않는"(I.53), 그런 곳이다.

4원소의 죽음과 복합유령

II부는 크게 보아 두 부분으로 나뉘는데 전반부는 4원소의 죽음을, 후반부는 화자와 유령의 조우를 다루고 있다. 4원소의 죽음은 8행으로 이루어진 세 개의 연에서 시적으로 압축되어 그려지며, 모두 2행 연구(couplet)로 *aabbccdd*의 각운을 맞추고 있다.[4] 첫 번째 연(II.54-61)에서는 공기의 죽음, 두 번째(II.62-69)는 흙의 죽음, 세 번째(II.70-77)는 물과 불의 죽음을 이야기하고 있는데, 4원소 또는 4원소설을 원용하는 『네 사중주』의 전반적인 구조를 환기하려는 듯한 의도를 감지할 수 있다. 4원소로 "운명의 패턴"이 형성되고 "문명의 확연한 붕괴, 전쟁의 파괴와 황량함"이 묘사된다(Traversi 188). 헤라클레이토스는 4원소들이 서로 맞물려 있어서 흙이 죽어서 불이 되고, 불이 죽어서 공기가 되며, 공기는 죽어 물로, 물은 죽어 흙으로 변한다고 보았다(Kramer 260 n12). 연쇄적으로 변전하는 4원소의 관계에서 죽음이란 다음 단계로 옮아감을 의미하며, 공기, 흙, 물과 불 모두가 완벽히 어울리면서 제 역할을 하고 있다(Ward 270-71). 그리고 4원소 사이의 이러한 연계성은 『네 사

---

4) 운문단락(verse paragraph)이 아니라 연(stanza)을 형성해가면서 각운을 맞추는 경우는 IV부에서 다시 접할 수 있다. 다른 사중주 시편의 예로서는 「이스트 코우커」의 IV부(*ababb*), 그리고 여섯 개의 연이 동일한 각운의 구조(*abcdef*)를 반복하는 「드라이 샐베이지즈」의 II부에서만 볼 수 있다.

중주』에 속하는 작품들을 이어주는 이미지들에서도 발견되는데, 장미는 그 대표적인 예다.

> 타버린 장미꽃잎들은 기껏해야
> 노인의 소맷부리에 묻은 재가 되니,
> 공기 중에 떠도는 먼지가
> 어떤 사연이 끝난 곳을 알려준다.
> 숨으로 들이마신 먼지는 한때 집이었으니
> 벽, 징두리널과 새앙쥐,
> 희망과 절망의 죽음,
> 　　이것이 공기의 죽음.

> Ash on an old man's sleeve
> Is all the ash the burnt roses leave.
> Dust in the air suspended
> Marks the place where a story ended.
> Dust inbreathed was a house
> The walls, the wainscot and the mouse,
> The death of hope and despair,
> 　　This is the death of air. (II.1-8)

「번트 노튼」("Burnt Norton")의 장미는 순수, 초월, 이상의 상징이지만 "불과 흙에 의하여 파괴되고"(Ward 270), 「이스트 코우커」에서는 "연옥의 차가운 불"이 내뿜는 화염이 장미에 비유된다(IV.19-20). 이 비유가 의미하는 바는 영적인 정화과정을 거친 "새로운 인간"(Ward 270)의 탄생이다. 「리틀 기딩」에서는 전쟁이라는 시대적 배경이 부각되어 "타버린 장미꽃잎들"은 실로 초라하게도 "노인의 소맷부리에 묻은 재"가 되고(II.1-2), 「이스트 코우커」에서 "탄생과 죽음의 변함없는 리듬으로 편입되었던 . . . 집들은" 「리틀 기딩」에서는 폭격으로 "허물어져서 먼지가 된다. . . ."(Traversi 189). 그리고 "공기

중에 떠 있는 먼지"(II.3)는 건물의 파괴를 넘어 내면의 붕괴를 나타낸다. "이 먼지, '희망과 절망의 죽음'은 인지의 무력함, 정서적 불협화음, 습관화된 의지, 그리고 직관의 마비를 암시한다"(Kramer 151). 화자는 이러한 상태를 "공기의 죽음"(II.61)이라고 비유적으로 표현한 후에 흙의 죽음에 관하여 이야기한다.

> 홍수와 가뭄이 온다
> 눈 위로 그리고 입 안으로,
> 죽은 물과 죽은 모래
> 우월해지려고 싸우고 있다.
> 갈라져서 내장을 드러내는 대지는
> 헛수고에 입을 떡하고 벌려
> 웃지만 즐겁지 않으니.
>   이것이 흙의 죽음.

> There are flood and drouth
> Over the eyes and in the mouth,
> Dead water and dead sand
> Contending for the upper hand.
> The parched eviscerate soil
> Gapes at the vanity of toil,
> Laughs without mirth.
>   This is the death of earth. (II.9-16)

가뭄으로 갈라져버린 땅은 인간이 수고하여 무엇인가 해내려고 하는 것이 궁극적으로 "허영"(II.14)임을 드러낸다. "입을 떡하고 벌려 / 웃지만 즐겁지 않[음]"(II.14-15) 대지는 "모든 생명이 고갈된"(Kramer 151) 부정적인 상태를 일순간에 포착하는 강력한 시각적 이미지로서 『황무지』(*The Waste Land*)에서 묘사되는 정신적인 건조함과 죽음을 연상시킨다. 세상이 이토록 나빠진 것은 영적인 차원의 문제("훼손된 토대" [II.22]) 때문임을 세 번째 연이 드러내고 있다.

> 물과 불이 계승한다,
> 고을과 목초지와 잡초를.
> 물과 불이 비웃는다
> 우리가 하지 않았던 그 희생을.
> 물과 불은 썩게 하리
> 우리가 잊었던, 훼손된 토대를,
> 성소의 토대, 그리고 성가대의 토대를.
>   이것이 물과 불의 죽음.

> Water and fire succeed
> The town, the pasture and the weed.
> Water and fire deride
> The sacrifice that we denied.
> Water and fire shall rot
> The marred foundations we forgot,
> Of sanctuary and choir.
>   This is the death of water and fire. (II.17-24)

세 번째 연은 비록 조용한 어조이기는 하지만 문명과 자연이 공히 파괴되는 종말론적 분위기로 시작된다. "고을과 목초지, 그리고 잡초"를 물과 불이 "계승한다"(II.17-18)는 표현은 다분히 반어적이다. 『성경』에 언급된 바와 같은 물과 불에 의한 문명의 파괴—노아(Noah)의 홍수, 그리고 소돔(Sodom)과 고모라(Gomorrah)에 내린 유황불—에서 징벌의 함의를 감지할 수 있는데 그것은 "우리가 하지 않았던 희생"(II.20)과 연관되어 있다. 물과 불은 또한 "우리가 잊었던, 훼손된 토대"를 썩게 할 것인데 "성소"나 "성가대"에 대한 언급(II.21-22, 23)을 통해 물론 런던의 교회들이 독일군의 공습으로 파괴된 것을 상기할 수 있다(Ward 271). 그러나 "오랜 전통들," "문명이 의존하고 있는, 삶에 대한 제의적, 마술적, 종교적 관점"이 사라지는 것을 의미한다고 좀 더 보편적, 거시적으로 볼 수도 있다(Ward 271).

서구문명이 전쟁으로 인하여 무너지는 모습을 4원소의 죽음으로 압축하여 묘사한 후 화자는 시의 공간적 배경을 독일군의 공습 직후의 런던으로 전환한다. 지옥을 연상케 하는 런던을 배경으로 화자가 "복합유령"(II.42)과 만남으로써 1부에서 언급된 망자와의 소통이 이루어지는데, 화자와 복합유령은 다르면서도 같은 존재이기에 이 조우는 화자/시인 자신에 대한 치열한 성찰을 극화하는 것이기도 하다. 화자가 복합유령과 만나는 대목은 「리틀 기딩」뿐만 아니라 『네 사중주』 전체에서도 가장 길게 전개되는 운문단락이다. 오디세우스(Odysseus), 아이네아스(Aeneas), 순례자 단테(Dante the Pilgrim) 등과 같은 대표적인 서양 서사시의 주인공들이 하계나 지옥을 여행하는 것은 서사시라는 장르의 중요한 관습적 요소로서 그들이 축자적, 비유적 차원에서 앞으로 나아가기 위하여 거치는 일종의 통과의례이다. 『신곡』 지옥편은 인간이 어디까지 영적으로 추락할 수 있는지 순례자 단테가 지옥 여행을 통하여 몸소 확인하는 과정인데, 이 과정을 거친 후에야 그는 연옥을 거쳐 천국을 여행할 수 있다. 엘리엇은 독일의 공습이 가장 심했던 1940년부터 1942년까지 소방 감독관으로 자원하여 자신이 근무하던 페이버(Faber) 출판사―러셀스퀘어 24번지(24 Russell Square)―의 옥상에서 런던이 파괴당하는 장면을 목도하였다(Soldo 83). 오디세우스, 아이네아스, 그리고 순례자 단테가 장르의 관습을 따라 하계나 지옥을 여행하듯 엘리엇도 독일공군의 공격을 받는 런던이라는 '지옥'에 화자를 집어넣은 것이다.

복합유령과의 조우를 묘사하는 대목에서 무엇보다도 단테의 『신곡』에 대한 엘리엇의 깊은 존경심을, 그리고 그 작품에 드러나는 단테의 문학적 야심만큼이나 큰 엘리엇의 '야심'을 또한 감지할 수 있다. 우선 엘리엇은 단테가 『신곡』에서 사용한 3운구법(terza rima)을 사용하고 있는데 비록 각운의 형식을 그대로 따르지는 않아도[5] 행의 배열을 통해 시의 형식적 기본단위를 명확히 드러내고 있다. 이는 시의 형식을 통해 표현되는 『신곡』에 대한 경의이다. 살아 있는 사람(화자)과 죽은 사람(복합유령)의 만남을 통한 이승과 저승의 연결이나 겹침에 있어서도 『신곡』의 영향력이 감지되는데, 순례자 단테와 수많은 망자들이 시간을 초월하는 보편적 문제와 역사적 맥락에 얽혀 있는 구체적인 문제 모두에 대하여 대화하듯, 엘리엇의 화자와 복합유령의 만남 역시 보편과 구체, 인류와 개인을 연결하는 스펙트럼을 제시하고 있다. 『신곡』 지옥편 4곡에서 순례자 단테는 거장의 반열에 오른 선배 작가들로부터 인정을 받게 되는데, 이는 시인 단테가 자신의 문학적 명성에 대한 야심을 드러내는 대목이다. 엘리엇의 경우 단테와는 다른 방식, 다른 의미에서 '야심'을 드러내고 있다. 엘리엇의 복합유령은 화자에게 세 가지 선물 (II.76)을 주는 것으로 되어 있으나 이내 그 선물이 혹독한 자기성찰과 쇄신의 필요성을 의미한다는 것이 드러난다. (이는 시인 단테가 자신의 이상화된 사후의 명성을 순례자 단테를 통하여 그려보는 것과는 흥미로운 대조를 이룬다.)

복합유령과의 만남을 묘사할 때도 엘리엇은 모순어법을 빈번하게 사용하고 있다.

끝나지 않는 밤의 끝이 가까워질 때
　아침이 되기 전 불확실한 시간에
　끝나지 않는 것의 반복되는 끝에서
혀를 날름거리는 검은 비둘기가
　수평선 너머 둥지로 간 후에. . . .

---

5) 3운구법의 각운 형식은 *aba bcb cdc . . . xx*로서 석 줄로 연(stanza)을 하나씩 이루며 나아가다 2행연구로 끝을 맺는다.

In the uncertain hour before the morning

    Near the ending of interminable night

    At the recurrent end of the unending

After the dark dove with the flickering tongue

    Had passed below the horizon of his homing. . . . (II.25-29)

위의 인용문의 첫 석 줄은 하나같이 어떤 말을 하고서 그것을 즉각적으로 뒤집거나 지워버리고 있다. 우리가 익히 알고 있는 단선적인 시간과 바로 그러한 시간의 흐름에서 벗어나는 지점이 계속 언급되는 바, 이는 시적 논리에 있어서 "한겨울의 봄"과 유사하다. 인간이 늘 경험하는 단선적 시간("한겨울")에서의 한 지점이 영원과 맞닿을 때("봄") 비로소 복합유령과의 만남이 가능해지기 때문이다. "혀를 날름거리는 검은 비둘기"(II.28)는 독일 전폭기와 성령의 상징인 비둘기를 합친 시각적 이미지이다.6) 그 모양과 움직임에 있어서 혀를 연상시키는 오순절의 불이 영감 받은 발화의 능력을 의미하는 반면, 검은 비둘기의 날름거리는 혀는 전투기의 기총소사(機銃掃射)를 비유적으로 재현하고 있다.

    화자는 또한 공습이 끝난 후 낙엽이 아스팔트 위에서 양철 조각처럼 달그락거린다고 표현하는데(II.30-31), 과연 복합유령은 바람에 휘날려 우연히 화자와 '조우'하게 된 "금속성의 나뭇잎"과도 같다(II.34). 낙엽이 불러일으킬 수도 있는 상투적 감상성은 차갑고 딱딱한 쇠붙이의 이미지로 인하여 효과적으로 차단된다. 화자가 맞닥뜨린 복합유령은 모순어법으로 표현되는 존재로서 하릴없이 배회하지만 바삐 서두르며(II.33), "알았었지만 잊었고 반쯤 기억해낸, / 작고한 어떤 스승"(II.39-40)으로서 지옥 또는 연옥의 불에 그을린 것으로 묘사가 되어 있고(II.41), "친밀하면서도 누군지 모를"(II.43) 존재요,

---

6) 공관복음과 요한복음에서 성령은 비둘기에 비유된다(마태 3장 16절, 마가 1장 10절, 누가 3장 22절, 요한 1장 32절).

"하나"이며 동시에 "여럿"이라고 표현되어 있다(II.41). 하나의 주체이지만 여러 가지 목소리로 이루어진 존재, 그것이 바로 복합유령이고 화자 또한 하나의 복합유령이다. 왜냐하면 화자는 자신이 변함없이 동일한 인물이지만 그와 동시에 자기가 또한 어떤 다른 인물임을 알고 있으며(II.46-47), 그가 발화할 때 그의 귀에 들려오는 것은 자신의 목소리가 아니라 누군가 다른 사람의 목소리이다(II.44-45). 인유의 시인 엘리엇의 화자는 이미 존재하는 텍스트들을 통하여 발화하기에 하나의 고유한 목소리를 내는 것으로 상정되는 발화주체(speaking subject)의 개념과는 거리가 있다. 엘리엇의 '주체'는 이미 존재하는 텍스트를 재활용하여 구축되는 효과의 총합이다.

복합유령이 화자에게 해주는 말은 그 취지에 있어서 「이스트 코우커」에서 강조하는 겸손과 맞닿아 있지만 딱딱하고 교훈적인 어조 때문에 그러한 취지와 미묘하게 충돌한다.

> 유령이 말하기를, "나는 그대가 이미 잊어버린 나의 사상과 이론을
> 애써 되풀이하고 싶지 않다.
> 그것들은 제 몫을 다하였으니 그냥 놔둘지어다."

> And he: "I am not eager to rehearse
> My thoughts and theory which you have forgotten.
> These things have served their purpose: let them be." (II.58-60)

이 대목에서 엘리엇은 단테를 고쳐 쓰고 있다. 『신곡』 지옥편 15곡에서 순례자 단테는 스승 브루네토 라티니(Brunetto Latini)를 만나는데 지옥에 있는 많은 죄인들이 그러하듯 라티니 역시 자신의 사후 명성에 관심이 많으며 자기가 남긴 저술을 잊지 말라고 당부하고 있다. 엘리엇의 복합유령은 지옥에서 등장하는 단테의 스승과는 달리 "사상과 이론"(II.59) 같은 세속적 성취에 대하여 초연하다. 그는 자신에 대한 일말의 환상도 없이 삶이란 것이 어떻게

흘러가는지 냉철하게 보고 있다. 가령 추수하였던 과일은 다 먹었고 한껏 배를 채운 가축은 빈 양동이를 차버릴 것이며, 문학도 새로운 인물을 기다린다는 복합유령의 말을 통하여(II.63-66) 엘리엇은 자신의 시대가 가고 새로운 시인들이 등장하는 것까지 예견하고 있다. 이렇게 초월적 성취나 명성 등을 바라지 말고 세월의 흐름에 따른 쇠락을 받아들이라는 복합유령의 말에서 겸손의 의미를 감지할 수 있다. 그와 동시에 복합유령으로부터 자유로움과 예기치 못했던 발화의 능력을 또한 발견할 수 있다. 독살당한 햄릿(Hamlet)의 선왕을 떠올리게 하는 목소리로 복합유령은 산 사람의 세계와 죽은 사람의 세계가 매우 닮았으며 자신이 둘 사이를 자유롭게 오간다고 말한다. 그런 다음에는 결코 생각하지 못했던 곳에서, 말하리라고는 결코 생각하지 못했던 말을 하고 있다고 덧붙이는데(II.67-72), 이는 죽음을 통한 소통의 가능성을 부각시키고 있다. I부에서 언급되었던 망자와의 소통과 직결되는 대목인데, 발화 그 자체에 대한 이와 같은 관심을 통해 복합유령은 시인과도 같은 존재가 된다. 즉 "부족의 언어를 순화하는 것"(II.74),[7] 그리고 과거와 미래를 살피는 것(II.75)이 화자와 복합유령의 공통적인 관심사로 부각되면서 두 인물의 정체성은 다시금 겹치고 있다. 복합유령은 화자의 필생의 노력을 치하하는 의미에서 그의 몫으로 마련된 '선물'에 대하여 언급하는데, 이는 거장들의 인정을 받는 순례자 단테를 통해 자신의 문학적 성취를 확인하고 싶은 시인 단테를 떠올리게 한다.

그러나 복합유령의 세 가지 '선물'(II.78-93)은 경고 또는 훈육의 의미가 더 강하다. 이는 죄를 지은 인간이 고통스러운 정화의 불길로 그 죄를 씻어내고 영적으로 더 높은 위치에 도달해야 한다는 채찍질과도 같다. (힘들겠지

---

7) 죄인들이 정화되어야 하듯 언어 또한 정화의 대상이다. "부족의 언어"(II.74)를 순화하는 것이 시인의 사명이라고 말하는 복합유령의 관점은 에드거 앨런 포우(Edgar Allan Poe)에 대한 스테판 말라르메(Stéphane Mallarmé)의 소넷(sonnet)을 원천으로 삼고 있다(Matthissen 192). 이러한 인유를 통하여—특히 정화를 의미하는 불의 상징을 통하여—「리틀 기딩」은 언어와 시에 관한 작품이 된다.

만 정화의 과정을 통해 지복의 단계에 이를 수 있다면 궁극적 의미에서 '선물'이라 할 수 있다.) 첫 번째 선물은 영육이 분리될 때, 즉 죽음의 순간에 대한 묘사로서 인생의 "모호한 과실"(Ⅱ.80)을 맛보는 순간인데, 그 맛은 씁쓸하면서도 아무 맛도 느껴지지 않는 것이다. "사라져가는 감각의 차가운 마찰"(Ⅱ.78)은 두 겹의 모순어법을 품고 있다. 이 구절은 삶의 끝에 도달하여 감각이 사라질 때 마찰이라는 강렬한 감각적 경험을 하는 것을 상상하고 있으며, 나아가서 그 마찰이 뜨겁지 않고 "차가운 마찰"이라고 다시 한번 모순어법을 사용한다.

두 번째 선물은 "인간의 어리석음에 대한 / 분노"가 제대로 표현되지 못하고 "의식적으로 무력한 분노"(Ⅱ.82-83)에 그치는 것을 지적한다. 이는 그 무력함을 스스로도 알고 있어서 더욱 괴로운 것이다. 그리고 더 이상 웃음을 주지 못하는 것에 대한 (비)웃음이 열상(裂傷)을 남긴다고 한다. 이렇듯 두 번째 선물은 알렉산더 포프(Alexander Pope)나 조나단 스위프트(Jonathan Swift)의 풍자적인 어조를 떠올리게 한다. 이는 인간의 뚜렷한 한계에 대한 (신)고전주의의 시각을 공격적으로 표현한 것이라고 할 수 있다.

세 번째는 "교만, 이해의 부족, 자신의 동기와 다른 사람들이 필요로 했던 것에 대한 무지"(Ward 281)와 같이 인간으로서의 실패를 깨닫는 것이다. "행하였던 모든 것을 / 다시 행한다는 찢는 듯한 고통"(Ⅱ.85-86), "수치스럽게도 / 뒤늦게야 드러나는 동기"(Ⅱ.86-87), "한때는 미덕의 실천이라 생각했지만 / 제대로 행해지지 못하고 타인에게 해악을 끼친 일에 대한 / 깨달음"(Ⅱ.87-89)은 인생이라는 것이 잘못을 반복하면서 그것을 또한 반복적으로 인식해야 하는 괴로운 과정임을 명확하게 보여준다. 이 대목에서 반복되는 행위라는 의미로 사용된 "re-enactment"(Ⅱ.85)에 주목할 만하다. 두 개의 접두사 (re-, en-)와 하이픈(hyphen), 그리고 접미사(-ment)가 어근 act 앞뒤로 붙어서 단어의 형성 그 자체에 대한 자의식을 불러일으키는 듯한 이 단어는 '공연,' '연기,' 또는 '수행'의 의미를 품고 있다. 자연스러운 행위라기보다는 무대 위에서의 반복되는 연기처럼, 스스로 의식하고 있는 상태에서 뭔가를 반복한다는 의미가 있어서 두 번째 선물로 언급된 "의식적으로 무력한 분노"(the conscious impotence of rage; II.82)를 떠올리게 한다. 이렇게 잘못을 반복하는 "격분한 영혼"(II.91)에게는 "정련의 불"(II.92)이 필요하다고 복합유령이 말할 때 「리틀 기딩」은 성찰과 회개를 강조하는 연옥의 시가 된다.

"죽음 속에서 완성된 상징"

II부에서 화자가 복합유령과 조우한 것은 이미 언급한 바와 같이 자기 자신과의 조우이기도 한 까닭에 자기성찰의 의미가 있다. 매우 엄격한 그 성찰의 시선은 III부에서 인간에 대한 보편적 성찰로 이어져서 첫 번째 운문단락(III.1-16)은 "비슷한 것처럼 보여도 / 전적으로 다른 세 가지 상태"(III.1-2)에 대하여 이야기하고 있다. "밀착된 사랑"(attachment, III.3), "거리를 둔 사랑"(detachment, III.3), 그리고 이 둘 사이에 위치하는 "무관심"(indifference, III.4)이 바로 그 세 가지 상태인데, 이는 인간이 "자신과 사물 그리고 사람들"(III.3)과 맺는 관계이기도 하다. 비유를 들자면 무관심은 "쐐기풀과 광대수염 사이"(III.6-7)에 있지만[8] "꽃을 피우지는 못하는"(III.6) 식물로서 결국 죽음을 의미한다. "밀착된 사랑"이 쐐기풀에 비유되는 이유는 그것이 쐐기풀 줄기의 가시에 찔리는 것과 같은 고통을 줄 수 있기 때문이다. 이에 반하여 "거리를 둔 사랑"을 상징하는 광대수염에는 가시가 없다.

이처럼 가시 없는 사랑 또는 멀리서 사랑하기를 가능케 하는 하나의 기

---

8) 원문에는 "The live and the dead nettle"(III.7)이라고 되어 있는데, 이는 두 가지 상태의 쐐기풀(nettle)이 아니라 각각 쐐기풀과 광대수염(lamium album)을 지칭한다. 가드너는 헤이워드에게 보낸 엘리엇의 편지를 인용해가면서 둘 사이의 차이에 대하여 논하고 있다 (Composition 200).

제는 "기억"이며 그것의 "쓰임새"는 "해방을 위한" 것이다(III.7-8).9) 거리를 둔 사랑은 사랑의 부족이 아니라 사사로운 욕망 너머로 사랑이 확장됨을 의미하며 그 결과 과거뿐만이 아니라 미래로부터도 해방된다. 즉 "기억 때문에 과거에, 그리고 욕망 때문에 미래에" 얽매이지 않고 자유로운 상태가 되는 것이다(III.7-10; Smith 292). 국가에 대한 사랑도 늘 하는 일에 대한 밀착된 사랑으로 시작되지만 나중에 거시적으로 보면 그것이 별로 중요하지 않음을 깨닫게 된다. 그러나 이것이 국가에 대한 무관심은 결코 아니다(III.10-13). 엘리엇의 관점에서 볼 때 궁극적으로 사랑을 싹틔우는 것은 "거리를 둔 사랑이나 해방"이며 "밀착된 사랑은 보답 받지 못한 열정으로, 무관심은 냉담함으로 인하여 사랑에 해를 끼칠 수 있다"(Smith 292). 시간이 흘러감에 따라, 즉 '거리'가 생겨남에 따라, 사랑의 대상("얼굴과 장소")은 사랑의 주체와 함께 사라지는데 이는 "또 다른 패턴으로 새로워지고, 변화하기 위한 것이다"(III.14-16). "기억은 역사를 통해 거리를 둔 사랑을 가능케" 하는데, 그것은 "자잘한 것들로부터의 해방"이며 "과거를 변화시키고, 그것과 함께 자아를 변화시킨다"(Pinion 231).

III부의 첫 번째 운문단락에서 두 번째로 넘어갈 때 시어와 어조가 완전히 바뀌지만 그 이유가 시의 표면에 명백히 드러나지는 않는다. 그러나 이러한 변화 속에서도 지속되는 것이 있다면 그것은 역사에 대한 관심이다. 의당 인간의 차원에 속하는, 굴종 또는 자유로서의 역사 이외에도 근본에 있어서 '낙관적'인 기독교의 역사가 존재하는데 엘리엇은 중세의 은수자 노리치의 줄리안(Julian of Norwich, 1342-1416)이 남긴 신비주의적 저술 『성스러운 사랑의 계시』(*Revelations of Divine Love*)의 27장에 나오는 구절을 인용하고 있다

---

9) 물론 기억이 해방이 아니라 그 반대가 되는 경우를 엘리엇의 작품에서 빈번하게 접할 수 있다. 역사 또한 "예속"이 될 수도 있고 "자유"가 될 수도 있다(III.13-14).

(91). "죄는 불가피하지만 / 모두가 평안하고 / 만물이 평안하리"(III.17-19). 이렇게 줄리안을 인용하여 온 세상이 결국 평안해지리라는 기대를 확연히 드러내는 것은 급작스럽다고 느껴진다. 일견하여 이러한 기대 내지는 주장이 시 자체의 논리 축적을 통하여 자연스럽게 형성된 것 같지는 않기 때문이다. 그럼에도 불구하고 쉬운 언어로 세계에 대한 낙관적이며 궁극적인 기대를 표현하는 것은 예기치 못한 신앙고백과도 같고, 발화의 맥락을 초월하는 울림이 있다. 그러나 이 시가 창작되던 당시의 역사적 현실(제2차 세계대전)과 중세 텍스트를 통하여 시에서 그려보는 미래 사이에는 커다란 괴리가 존재하는 것이 사실이다. 그럼에도 불구하고 줄리안의 목소리로 표현되는 이러한 낙관적 소망은 III부의 끝(47-50)에서, 그리고 다시 V부의 끝(43-46)에서 마치 후렴구처럼 반복된다. 죄는 가르침을 주며, 이를 바꾸어 말하자면 바로 그러한 가르침에 도달하게끔 해주기에 죄가 필요하고 또한 은혜롭다고도 말할 수 있다. 고통은 인간 자신과 신을 알게 해준다고 줄리안은 믿었는데 (Brooker 176), 죄란 불가피하면서도 적절한 그 무엇이라는 그녀의 생각은 기독교의 핵심적인 역설인 복된 타락(*felix culpa*)과도 일맥상통한다.

뒤이어 화자는 리틀 기딩을 에워싼 역사를 곱씹는데 이는 줄리안이 제시한 종교적 비전을 확인한다는 의미가 있다. 화자는 리틀 기딩이라는 특정한 장소에 대하여, 그리고 전적으로 칭찬할 만하지는 않고 혈연상으로 아주 가깝거나 친절하지도 않은 사람들에 대하여 생각한다. 그중에는 "독특한 정신"(III.23)을 지닌 사람들도 있지만 그보다 더 중요한 것은 모든 사람이 "공통된 정신"(III.24)의 영향을 받았다는 점이다. "그들을 분열시킨 투쟁을 하는 가운데" 역설적으로 "하나가 된"(III.25) 그 인물들에게 줄리안이 믿었던 평안한 결말이 구현되었음을 알 수 있다. 네이스비 전투(1646)에서 의회파에 패배하여 밤에 리틀 기딩으로 피신했던 찰스 1세는 화이트홀(Whitehall)의 단두대에서 처형당했고(1649), 그보다 앞서서 그의 측근이었던 스트래포드경(Lord Strafford)은 1641년에, 그리고 로드주교(the Archbishop of Canterbury, William

Laud)는 1645년에 형장의 이슬로 사라졌다. 화자는 또한 영국과 해외에서 숨을 거둔 사람들을, 가령 자신이 담당하던 교구 베머튼(Bemerton)에서 1633년에 타계한 허버트와 이탈리아에서 1649년에 운명한 크래쇼를, 그리고 실명한 상태로 조용히 세상을 뜬 존 밀튼(John Milton)을 떠올린다. 그러나 화자는 "왜 우리는 죽어가는 사람들보다 이 죽은 사람들을 / 드높여야 하는가?" (Ⅲ.31-32)라고 질문하며 이미 세상을 떠난 역사의 인물들보다 제2차 세계대전에서 목숨을 바치고 있는 사람들이 더 중요하다고 암시한다. 오래전에 세상을 떠난 사람들을 떠올리는 것은 요크(York) 가문과 랭커스터(Lancaster) 가문의 장미전쟁(1455-1487)을 곱씹기 위한 것이 아니다. 우리는 "옛날의 정파" (Ⅲ.36), "옛날의 정책"(Ⅲ.37)을 되풀이할 수 없고 "오래전의 북소리를 따를 수도 없다"(Ⅲ.38).

갈등관계에 있었던 역사의 인물들은 이제 "정적(靜寂)이라는 규약을 받아들여 / 하나의 무리로 포개어져 있다"(Ⅲ.41-42). 리틀 기딩으로 오는 사람들의 차이 또는 개별성이 결국에 가서는 역사의 패턴 속으로 흡수되며 지워지듯 종교적, 정치적 신념의 차이로 인한 온갖 갈등도 거시적으로 볼 때 죽음의 정적 속에서 극복된다. 후대의 사람들은 왕당파와 의회파 양쪽으로부터 물려받은 것들을 감사히 여기고, 극복할 수 없을 것 같았던 그들의 차이를 이제 균형 잡힌 시각으로 볼 수 있는 위치에 있다(Traversi 202). 결국 유명을 달리한 사람들이 우리에게 남긴 것은 "죽음 속에서 완성된 상징"이다 (Ⅲ.45-46). 그들은 죽음을 통하여 차이를 극복하고 줄리안이 말하는 평안한 상태에 도달한 것이다. 이렇게 우리는 고뇌를 기억하는 것이 아니라 고뇌가 구원으로서 가지게 되는 의미를 기억한다(Smith 292).

그러나 모든 것이 잘 되리라는 줄리안의 바람은 수동적인 기대가 아니다. 『성스러운 사랑의 계시』 41장에서 줄리안은 예수, 즉 사랑 덕분에 인간이 간청한 바가 이루어진다고 말하는데-"나는 너의 간청의 근원이다"(113) -엘리엇은 이를 이미 논한 바 있는 26장으로부터의 인용구와 합치고 있다.

"우리의 간청의 근원 안에서 / 동기를 순화하여 / 모두가 평안하고 / 만물이 평안하리"(III.47-50). 줄리안이 경험한 예수의 비전에서는 인간이 간청한 것이 다 주어질 것이라고 되어 있으나(113-14) 엘리엇은 이를 그대로 따르지 않고 조건을 붙이고 있다. 그 조건은 인간이 사랑의 토대에서 동기를 순화해야 한다는 것이다(Brooker, "Fire" 79). "동기의 순화"(III.49)라는 표현은 II부에서 복합유령이 등장하여 한 말과 직결되며 불의 상징과도 맞닿아 있다. 유령의 세 가지 '선물' 혹은 훈계 중 맨 마지막은 과거에 행했던 좋지 못한 일들의 반복이 주는 고통이다. 그중의 하나는 뒤늦게야 밝혀진 수치스러운 동기로서(III.86-87) 정화를 필요로 한다. 그리고 그 정화는 "인간의 간청의 근원"인 예수 안에서 이루어진다.

"하강하는 비둘기"

「리틀 기딩」의 IV부는 형식적으로 동일한 두 연으로 이루어져 있다. 각운의 구조를 보면 첫 번째 연은 *ababacc*, 두 번째 연은 *dededcc* 로서 두 연 모두 동일한 각운(*cc*)을 지닌 2행 연구(pyre/fire, suspire/fire)로 끝을 맺고 있다. 이렇게 이 두 연이 마무리될 때 동일한 모음(aɪə)으로 묶이는 것은 산문적 내용의 유사성과도 무관하지 않다. 형식적으로 꽉 짜여 있는 이 두 연의 내용과 어조는 II부 후반에서 화자를 엄정하게 대하는 복합유령을 떠올리게 한다. II부에서 처음 언급되었던 독일의 전폭기는 "하강하는 비둘기"(IV.1)로 다시 등장하며, 역시 성령의 상징으로도 읽어내야 한다는 어려움이 있다(II부에서는 『성경』에서의 전통을 따르면서도 동시에 이를 비틀어서 "어두운 비둘기" III.28라고 되어 있다). 이미지와 의미에 있어서 극명하게 상반되는 전폭기와 비둘기를 포개어 읽기란 쉽지 않다. 이러한 읽기는 해석의 논리나 이미지의 기능에 초점을 맞추면 받아들일 수 있어도 궁극적으로는 부자연스럽고 작위적이라는 느낌을 주기 때문이다. 가령 W. B. 예이츠(Yeats)의 「쿨 호수의 백조」("The Wild Swans at Coole")에 등장하는 백조처럼 자연스럽게 기능하는 상징은 아니다. 그러나 비둘기와 전폭기가 합쳐진 이미지는 다음과 같이 궁극적인 선택의 문제로 일단 이해할 수 있다. "희망"과 "절망"의 갈림길에서 정화의 "불"(IV.7)에 의하여 파괴의 "불"(IV.7)로부터 구원받으려면 어떠한 "장작"(IV.6)을 선택해야 하는가?

> 유일한 희망, 그것이 아니라면 절망은
> 불에 의하여 불로부터 구원받기 위하여
> 장작 또는 장작의 선택에 달려 있으니-

> The only hope, or else despair
> Lies in the choice of pyre or pyre-
> To be redeemed from fire by fire. (IV.5-7)

"장작"과 "불"은 그 환유적 관계를 고려할 때 거의 동어반복(tautology)이다. 그러나 "pyre"와 "fire"가 완전 각운을 이루어 수식어 없이 각각 반복되는 가운데, 강약격(trochee)으로 대치된 하나의 음보("Lies in" [IV.6])만 빼고 약강4보격(iambic tetrameter)의 정형률이 5-7행에서 유지됨을 감안하면 이러한 동어반복은 강박에 근접하는 시의 맥락에 잘 어울린다. 두 가지 "장작"(IV.6) 가운데 어느 쪽을 선택할 것인가? 인간은 "죄와 지옥의 불로부터 사랑과 연옥의 불에 의하여" 구원받아야 하며(Scofield 237), 후자, 즉 정화를 위한 "연옥의 불"은 고통을 수반한다.

> 그러면 누가 고통을 지어내었나? 사랑.
> 사랑은 그 낯선 존재
> 사람의 힘으로 벗어 던질 수 없는

불붙은 고통의 옷을 지어낸
손길 너머에 그 사랑이 있으니

Who then devised the torment? Love.
Love is the unfamiliar Name
Behind the hands that wove
The intolerable shirt of flame
Which human power cannot remove. (IV.8-12)

고통까지도 포함하는 인간 경험의 궁극 너머에는 인간을 위하여 그 고통을
지어낸 사랑, 바로 절대자가 있다. 절대자가 인간을 위하여 고통을 지어냈다
는 것을 각도를 달리하여 보면 분노한 신으로부터의 징벌을 열망하는 것이다
(Davies 104). 이처럼 절대자가 인간을 위하여 예비해둔 길은, 엘리엇의 관점
을 따르자면, 손쉬운 위안을 주지 않는다. 인간은 "불 또는 불에 의하여 소진
되어 / 그저 살아가며, 그저 한숨지을 뿐"(IV.13-14)인데, 결국 "불 또는 불에
의하여," 즉 파괴의 불에 의하여 소진되는 것과 신의 궁극적인 사랑을 의미하
는 정화의 불로 다시 태어나는 것 중에서 선택해야 한다. 수식어 없이 반복
되어 쉽게 구분하기 힘든 "장작"과 "불"은 바로 그 선택의 어려움을 대변한다.

"불과 장미가 하나가 될 때"

「리틀 기딩」이 대체로 그러하지만 특히 V부에서는 「번트 노튼」, 「이스
트 코우커」 그리고 「드라이 샐베이지즈」를 되돌아보는 시선ー『네 사중주』의
구성에 대한 엘리엇의 자의식ー이 확연하게 드러난다. 이를테면 「이스트 코
우커」에서 이미 제시된 바 있었던, 시간에 대한 철학적 명제와 글쓰기의 문
제가 다시금 부각되고 있다.

우리가 시작이라고 부르는 것은 종종 끝이고
끝맺기는 시작하기.
끝은 우리가 시작하는 곳. 제대로 된
모든 구(句)와 문장(모든 단어는 있어야 할 곳에,
다른 단어들을 받쳐주려고 제 자리에 있고
쭈뼛거리거나 허세 부리지 않으니,
옛것과 새것의 편안한 왕래,
평이한 단어가 천박함 없이 정확하며,
격식에 맞는 단어가 정확하여도 현학적이지 않고,
함께 춤추는, 온전한 지고의 어울림)
모든 구와 문장은 끝이요 시작이니,
모든 시는 묘비석.

What we call the beginning is often the end
And to make an end is to make a beginning.
The end is where we start from. And every phrase
And sentence that is right (where every word is at home,
Taking its place to support the others,
The word neither diffident nor ostentatious,
An easy commerce of the old and the new,
The common word exact without vulgarity,
The formal word precise but not pedantic,
The complete consort dancing together)
Every phrase and every sentence is an end and a beginning,
Every poem an epitaph. (V.1-12)

시작이 끝이요, 끝은 또한 시작점이라는 명제는 「이스트 코우커」에서 제시
되었던 것이다. 「이스트 코우커」의 첫 문장은 "나의 시작에 나의 끝이 있나
이다"(In my beginning is my end)이며 두 번째 운문단락 역시 동일한 문장
(I.14)으로 시작된다. 그런가 하면 "나의 끝에 나의 시작이 있나이다"(In my

end is my beginning)가 「이스트 코우커」의 맨 마지막 문장이다. 시작과 끝에 대한 이러한 관점은 「리틀 기딩」에서는 글쓰기에도 적용되어 "모든 구와 문장은 끝이요 시작이니, / 모든 시는 묘비석"(V.11-12)이다. 모든 시가 묘비석이라면 그것은 시적 발화가 모종의 '죽음' 이후에야 이루어짐을 의미하며 죽음은 시적 발화를 위한 필요조건이 된다. 또한 끝맺기가 시작하기라면, 한 편의 시가 완성되는 순간에 새로운 창작이 시작된다. 화자는 인간의 모든 행위가 단두대로 향하거나, 파괴의 불로 작용하거나, 바다에서 익사하거나, 망자의 이름이 지워져버린 묘비석을 향해 한 걸음 나아가는 것이라고 한다 (V.13-14). 즉 인간의 모든 행위는 죽음으로 향하며, 죽음은 우리의 존재와 행위의 시발점이다. 죽음의 의의는 공동체의 맥락에서 비유적으로 확대되는데, 화자는 우리가 죽어가는 사람들과 함께 죽고 망자들과 함께 태어난다고 말한다(V.15-18). 우리가 "죽어가는 사람들의 고통을 함께 나누고 공감하는 만큼" 우리는 그들과 함께 죽어간다고 할 수 있다. 우리가 "이전 세대의 정신과 동정심에 의하여 계속 새로워진다는 의미에 있어서" 우리는 망자들과 함께 태어난다(Kramer 170). 맞물려 있는 삶과 죽음의 관계는 평형을 이루는 구문으로 제시되는 장미와 주목의 관계로도 확인할 수 있다.

장미의 순간과 주목의 순간은
똑같이 지속되니.

The moment of the rose and the moment of the yew-tree
Are of equal duration. (V.19-20)

물론 장미와 주목은 서로 대비되는 상징이며 전자가 단테의 장미로서 "영원"을 상징한다면 후자는 "시간"을, 특히 "교회의 지상에서의 삶"을 상징하며 (Montgomery 47), 전통적으로 죽음과 슬픔을 나타낸다. 그러나 평형을 이루는 구문이 암시하듯 궁극적으로 둘 사이의 차이는 지워지는데 특히 인간의 영혼이 스스로를 받아들일 때 주목과 장미는 조화롭게 공존할 수 있다 (Montgomery 47-48). 영원과 시간의 이러한 조화는 개인을 넘어선 공동체의 차원에도 그대로 적용된다.

역사가 없는 민족은

시간으로부터 구원받지 못하니, 역사란
시간을 초월하는 순간들의 패턴. 그리하여 빛이 스러져가는
겨울 오후에, 외딴 교회에서
역사는 바로 지금 영국.

A people without history

Is not redeemed from time, for history is a pattern
Of timeless moments. So, while the light fails
On a winter's afternoon, in a secluded chapel
History is now and England. (V.20-24)

I부에서 이미 살펴본 바와 같이 리틀 기딩은 특별할 것이 없어 보이는 곳이지만 이 시가 발화되는 지금 이 순간에 그곳(특히 교회)은 시공의 한계를 뛰어넘는다. "역사가 시간을 초월하는 순간들의 패턴"(V.21-22)이라면, 그리고 그것이 바로 "지금 영국"이라면, "한겨울의 봄"처럼 "지금"은 시간의 흐름 속에 존재하지만 동시에 그것을 초월하고 "영국"은 리틀 기딩이 순간적으로 확장된 것이다. "'지금'은 초월의 순간이며 영국은 '지금'이 감싸고 있는," 즉 시간의 흐름에서 떨어져 나온 "역사의 순간들이다"(Montgomery 48). 이렇게 리틀 기딩이라는 특정한 장소에서 시적으로 경험하는 패턴, 즉 "한겨울의 봄"은 그 맥락을 확장하여 제2차 세계대전을 치르고 있는 영국에서도 감지되며, 이러한 확장을 통하여 시는 결론으로 나아간다.

이러한 사랑의 이끄심과 이렇게 부르시는 목소리로

With the drawing of this Love and the voice of this Calling (V.25)

이 구절은 단 한 줄로 이루어진 운문단락이라서 눈에 띄며 작자미상의 신비주의적인 텍스트『무지의 구름』(*The Cloud of Unknowing*) 2장(59)으로부터의 인용이란 점에서도 주목할 만하다. 전달하는 내용만 놓고 본다면 앞에서 살펴본『성스러운 사랑의 계시』로부터의 인용처럼 신앙심의 표현으로 읽힌다. 사랑을 따르며 부르심에 순명하여 우리는 계속 정진할 것이며 마침내 목적지에 도달하여 그곳이 우리의 출발점이었음을, 그리고 그 출발점의 의미를 비로소 깨닫게 될 것이다(V.26-29). 이 모든 것은 자신을 낮추고 지우는 여정이지만 천상적 요소들을 포함하기도 한다.

> 기억에 남아 있는 미지의 대문을 통해
> 발견해야 할 마지막 땅이
> 바로 출발점일 때,
> 가장 긴 강의 발원지에서
> 숨겨진 폭포의 소리와
> 사과나무 속 아이들의 목소리를
> 알지 못했던 것은 찾지 않았기 때문,
> 바다의 파도와 파도 사이의
> 고요 속에서 어렴풋이 소리가 들려왔으니.

> Through the unknown, remembered gate
> When the last of earth left to discover
> Is that which was the beginning;
> At the source of the longest river
> The voice of the hidden waterfall

And the children in the apple-tree
Not known, because not looked for
But heard, half-heard, in the stillness
Between two waves of the sea. (V.30-38)

목적지에 도착하는 것은 출발점으로의 회귀라는 역설적 주제에 걸맞게 맨 마지막 운문단락은 이전에 발표된 세 편의 사중주에서 등장하였던 구절들을 의식적으로 불러낸다. 종착점이자 출발점이기도 한 그곳에서는 "사과나무 속 아이들"이 천상의 존재 양식을 상징한다. 이는 새로이 구축해야 할 그 무엇이 아니라 잊거나 상실하였기에 되찾아야 할 이상적 상태인데, 이 대목에서 「번트 노튼」의 종결부에 나왔던 한 구절—"이제 서둘러, 여기, 지금, 항상"(V.37)—이 「리틀 기딩」의 마지막 운문단락에서 그대로 반복되면서(V.39) 초시간의 패턴을 감지하려는 노력이 필요함을 알 수 있다. 모든 것이 잘 되리라는 줄리안의 낙관적인 믿음 또는 기대가 다시 인용되고 있는데(V.42-43), 그 기대에는 두 가지 조건이 달려 있다. 첫 번째 조건은 "온전한 소박함"(complete simplicity [V.40])인데, 여기에서 "소박함"은 "겸손"으로 읽을 수도 있을 것이다. 그러한 상태가 되기 위해서는 모든 것을 다 바쳐야 하며(V.40-41), 이는 개성이나 자아를 지우고 자신의 밖에 존재하는 더 값진 것(전통)을 추구해야 한다는 "비개성의 시론"("Tradition" 18)과도 연결된다. 두 번째 조건은 "불꽃의 혀가 안으로 접혀 들어 / 지고의 불의 매듭이 되고 / 불과 장미가 하나"가 되어야 한다는 것이다(V.44-46). "불꽃의 혀"는 당연히 "오순절의 불"을 연상시키고(Ward 287), "불의 매듭"은 『무지의 구름』 47장에서 언급된, 신과 인간 사이에서 "불타고 있는 사랑의 영적인 매듭"(170)으로서 인간을 위해 중재자로 나선 예수로 해석할 수도 있다. 불과 장미의 하나 됨이 이 시의 궁극적인 지향점이라면 그것은 이미 살펴본 바와 같이 「이스트 코우커」에 명징하게 표현되어 있다. 죄인을 정화하는 불은 "연옥의 차가운 불"이며 이는 또한 "영생"(Kramer 95)을 의미하는 장미와 등가를 이룬다 (IV.19-20). 간단히 표현하자면 "불은 꽃이 된다. 자연과 영혼, [번트 노튼의] 장미원과 [리틀 기딩의] 교회는 하나이다"(Drew 199). 그렇지만 이러한 합일은 충족되어야 할 조건이며 이상적인 미래일 뿐, 순례자 단테가 『신곡』이라는 허구적 구조 안에서 '현실'로 경험하는 것과는 다르다. 아직 합일을 이루지는 못했음을 상기하면서 이 종결부를 읽을 때 「리틀 기딩」은 다시 한 번 성찰과 정화의 필요성을 강조하는 연옥의 시가 된다.

인용문헌

Ackroyd, Peter. *T. S. Eliot: A Life*. New York: Simon, 1984.

Brooker, Jewel Spears. "The Fire and the Rose: Theodicy in Eliot and Julian of Norwich." *Julian of Norwich's Legacy: Medieval Mysticism and Post-Medieval Reception*. Ed. Sarah Salih and Denise N. Baker. New York: Palgrave Macmillan, 2009. 69-86.

___. *T. S. Eliot's Dialectical Imagination*. Baltimore: Johns Hopkins UP, 2018.

The Cloud of Unknowing. Trans. Ira Progoff. New York: Dell, 1983.

Cornford, F. M. *From Religion to Philosophy: A Study in the Origins of Western Speculation*. New York: Harper, 1957.

Dante. *The Divine Comedy of Dante Alighieri*. Trans. John D. Sinclair. 3 vols. New York: Oxford UP, 1961.

Davies, Alistair. "Deconstructing the High Modernist Lyric." *British Poetry, 1900-50: Aspects of Tradition*. Ed. Gary Day and Brian Docherty. New York: St. Martin's, 1995. 94-108.

Drew, Elizabeth. *T. S. Eliot: The Design of His Poetry*. New York: Scribners, 1949.

Eliot, T. S. *For Lancelot Andrewes*. London: Faber, 1928.

___. *The Poems of T. S. Eliot*. Vol. 1: Collected and Uncollected Poems. Ed. Christopher Ricks and Jim McCue. Baltimore: Johns Hopkins UP, 2015.

___. "Tradition and the Individual Talent." *Selected Essays*. London: Faber, 1932. 13-22.

Gardner, Helen. *The Art of T. S. Eliot*. New York: Dutton, 1950.

___. *The Composition of* Four Quartets. London: Faber, 1978.

Gordon, Lyndall. *T. S. Eliot: An Imperfect Life*. New York: Norton, 1998.

The Holy Bible: Authorised King James Version. N. p.: Collins, n. d.

Hargrove, Nancy Duvall. *Landscape as Symbolic in the Poetry of T. S. Eliot*. Jackson: UP of Mississippi, 1978.

Julian of Norwich. *The Revelations of Divine Love of Julian of Norwich*. Trans. James Walsh, S. J. New York: Harper, 1961.

Kramer, Kenneth Paul. *Redeeming Time: T. S. Eliot's* Four Quartets. Lanham: Cowley, 2007.

Matthiessen, F. O. *The Achievement of T. S. Eliot: An Essay on the Nature of Poetry*. 3rd ed. London: Oxford UP, 1958.

Moody, A. David. *Thomas Stearns Eliot, Poet*. 2nd ed. Cambridge: Cambridge UP, 1994.

Montgomery, Marion. *T. S. Eliot: An Essay on the American Magus*. Athens: U of Georgia P, 2008.

Pinion, F. B. *A T. S. Eliot Companion: Life and Works*. Houndmills: Palgrave Macmillan, 1986.

Schuchard, Ronald. *Eliot's Dark Angel: Intersections of Life and Art*. Oxford: Oxford UP, 1999.

Scofield, Martin. *T. S. Eliot: The Poems*. Cambridge UP, 1988.

Scott, Nathan A. *The Poetry of the Civic Virtue: Eliot, Malraux, Auden*. Philadelphia: Fortress, 1976.

Smith, Grover. *T. S. Eliot's Poetry and Plays: A Study in Sources and Meaning*. 2nd ed. Chicago: U of Chicago P, 1974.

Soldo, John J. *The Tempering of T. S. Eliot*. Ann Arbor: UMI, 1983.

Tamplin, Ronald. *A Preface to T. S. Eliot*. London: Longman, 1988.

Traversi, Derek. *T. S. Eliot: The Longer Poems*. London: Bodley Head, 1976.

Ward, David. *T. S. Eliot between Two Worlds: A Reading of T. S. Eliot's Poetry and Plays*. London: Routledge, 1973.

T. S. 엘리엇 연보

1888년 9월 26일   미국 미주리(Missouri)주 세인트루이스(St. Louis)에서 출생

1898-1904년   세인트루이스 스미스아카데미(Smith Academy)에서 수학

1905-1906년   매사추세츠(Massachusettes)주 밀턴아카데미(Milton Academy)
              에서 수학

1906년   하버드대학교 입학

1907-1909년   『하버드 애드버킷』(*Harvard Advocate*)에 시를 실음
              동지(同紙) 편집위원

1907년   하버드대학교 학부 졸업, 동대학 대학원 입학
         (철학 및 문학 전공)

1910년   하버드대학교에서 석사학위 취득
         파리에서 앙리 베르그송(Henri Bergson) 강의 참석
         장 베르드날(Jean Verdenal)과 만남

1911년   런던 방문
         하버드대학교에서 박사과정(철학 전공) 시작
         러셀(Bertrand Russell), 산타야나(George Santayana), 제임스
         (William James)를 사사(師事)
         「J. 알프레드 프루프록의 연가」("The Love Song of J. Alfred
         Prufrock") 등 완성

1913년	브래들리(F. H. Bradley)의 『외양과 실재』(*Appearance and Reality*)를 읽음
1914년	독일서 연구 중 제1차 세계대전 발발로 중단
	옥스퍼드대학교에서 연구
	파운드(Ezra Pound)와 만남
	『황무지』(*The Waste Land*)로 발전하는 단편적 글들 쓰기 시작
1915년	비비엔(Vivienne Haigh-Wood)과 결혼
	「J. 알프레드 프루프록의 연가」 등 출판
	영국에 정착하기로 결심
	생활고로 중학교에서 교편을 잡고, 서평을 쓰고, 편집 일을 맡음
1917년	로이드(Lloyds)은행 입사
	『에고이스트』(*The Egoist*) 편집 시작
	『프루프록과 다른 관찰의 시들』(*Prufrock and Other Observations*) 출판
	블룸스베리(Bloomsbury) 단체 및 여러 철학자와 교류
1919년	「전통과 개인의 재능」 출판
	『시들』(*Poems*) 출판
1920년	제임스 조이스(James Joyce)와 만남
	최초의 비평문집 『성림』(*The Sacred Wood*) 출판
1921년	정신적, 신체적 과로로 인해 로이드 은행으로부터 3개월 간 병가
	치료차 마게이트(Margate)와 스위스 로잔(Lausanne) 행 (『황무지』 초고 완성)
1922-1923년	파운드에 의한 수정을 거친 뒤 『황무지』 출판

1925년	로이드은행 퇴사, 페이버출판사(Faber & Gwyer) 입사
	『시, 1909-1925』(*Poems, 1909-1925*) 출판
1926년	케임브리지대학교에서 클라크 강연(Clark Lectures)
1927년	성공회로 개종, 영국으로 귀화
1928년	『랜슬럿 앤드루스를 위하여』(*For Lancelot Andrews*) 출판, 서문에서 '고전주의자, 왕정주의자이자 앵글로 가톨릭'임을 천명(闡明)
1930년	『재의 수요일』(*Ash-Wednesday*) 출판
	에밀리 헤일(Emily Hale)과 연서 교환
1932년	하버드대학교에서 찰스 엘리엇 노튼(Charles Eliot Norton) 교수직
1933년	『시의 효용과 비평의 효용』(*The Use of Poetry and the Use of Criticism*) 출판
	『이신을 찾아서』(*After Strange Gods*)로 출판된 내용을 강연
	비비엔과 결별
1935년	『대성당의 시해』(*Murder in the Cathedral*) 초연
1936년	「번트 노튼」("Burnt Norton") 출판
1938년	비비엔 정신병 판정, 이후 영구적으로 정신병동에서 지냄
1939년	『가족의 재회』(*The Family Reunion*) 초연
	『늙은 주머니쥐가 들려주는 지혜로운 고양이들에 관한 이야기』(*Old Possum's Book of Practical Cats*) 출판
1943년	『네 사중주』(*Four Quartets*) 출판
1947년	비비엔 사망
1948년	노벨문학상 수상
	『문화의 정의에 대한 소고』(*Notes towards the Definition of Culture*) 출판

1949년	『칵테일 파티』(*The Cocktail Party*) 초연
1953년	『비밀의 서기』(*The Confidential Clerk*) 초연
1957년	발레리 플레처(Valerie Fletcher)와 재혼
1958년	『원로 정치인』(*The Elder Statesman*) 초연
1964년	미국의 자유메달(U.S. Medal of Freedom) 수훈
1965년 1월 4일	런던에서 사망

한국 T. S. 엘리엇 학회 30주년 기념 총서

T. S. 엘리엇의 새로운 이해

초판 1쇄 발행일 2023년 2월 28일

한국 T. S. 엘리엇 학회 엮음

발 행 인	이성모
발 행 처	도서출판 동인 / 서울특별시 종로구 혜화로3길 5, 118호
등록번호	제1-1599호
대표전화	(02) 765-7145 / FAX (02) 765-7165
홈페이지	www.donginbook.co.kr
이 메 일	donginpub@naver.com
I S B N	978-89-5506-887-0 (93840)
정 가	32,000원